颐和园文化研究丛书

湖山集翠

颐和园地区历代文人诗文合集

〔加〕夏成钢 编著

北京出版集团
北京出版社

图书在版编目（CIP）数据

湖山集翠 ：颐和园地区历代文人诗文合集 /（加）
夏成钢编著. — 北京 ： 北京出版社，2024.2
　（颐和园文化研究丛书）
　ISBN 978-7-200-17526-4

　Ⅰ．①湖… Ⅱ．①夏… Ⅲ．①古典诗歌—诗集—中国
②古典散文—散文集—中国 Ⅳ．① I211

中国版本图书馆 CIP 数据核字 (2022) 第 202618 号

版权合同登记号　图字：01-2022-5878

颐和园文化研究丛书

湖山集翠　颐和园地区历代文人诗文合集
HUSHAN JICUI YIHEYUAN DIQU LIDAI WENREN SHIWENHEJI
[加]夏成钢　编著

出　　版　北 京 出 版 集 团
　　　　　北 京 出 版 社
地　　址　北京北三环中路 6 号
邮　　编　100120
网　　址　www.bph.com.cn
总 发 行　北京出版集团
发　　行　北京出版集团有限责任公司
经　　销　新华书店
印　　刷　北京华联印刷有限公司
版 印 次　2024 年 2 月第 1 版第 1 次印刷
成品尺寸　185 毫米 ×260 毫米
印　　张　37
字　　数　550 千字
书　　号　ISBN 978-7-200-17526-4
定　　价　398.00 元
如有印装质量问题，由本社负责调换
质量监督电话　010-58572393

作 者 简 介

　　夏成钢　1982 年毕业于北京林业大学园林系，长期从事风景园林规划设计与园林理论研究工作，发表了大量学术论文，已出版《颐和园楹联镌刻浅释》（合作）、《湖山品题——颐和园匾额楹联解读》等著作。

　　作者在大量造园实践中，主持设计了一系列具有中国特色的风景园林项目。如先后九届国际园林博览会中的北京园设计、北京"三山五园"地区诸多景观提升规划设计、承德避暑山庄及外庙景观复原设计、中国园林博物馆景观设计、北京城市副中心千年城市守望林设计等。这些设计与研究相互依托。一方面，设计实践强化了理论研究的深度和广度；另一方面，理论研究的成果也为设计提供了灵感与素材。

　　作者还担任《中国园林》《风景园林》学术期刊编委，北京林业大学园林学院、中国人民大学徐悲鸿学院客座教授。现任中国园林文化与实践研究院院长、北京市园林古建设计研究院有限公司总顾问。

"颐和园文化研究丛书" 总序

这是一套关于颐和园地区园林艺术、历史人文的研究丛书。丛书分为5册，分别从景观景物、匾额楹联、金石碑刻、历代诗文、帝王原典5个方面入手，深层次解读这片山水与园林。

相对于山水楼台的外在形态，丛书着眼于内在的文化渊源，正是它们影响了这片湖山的布局与特征。了解它们使我们既能知其然，又能知其所以然，即透过景观思考文化、透过文化思考景观。丛书宗旨基于下面3个认识。

一是颐和园作为世界遗产的评价："以颐和园为代表的中国皇家园林，是世界几大文明之一的有力象征。"这是自辛亥革命以来对颐和园最正面、最积极的评价。那么，我们这代人能够理解祖先的这份遗产吗？了解多少蕴含其中的文化与文明？又有什么样的研究成果来印证这份世界遗产评语？这是本丛书首要回答的问题，也是不断思考的动力。

二是国学的视野。研究这一地区所体现的文化与文明，若从现代某一学科单独而论，都难以概括全面，而经史子集的国学体系，则涵盖了目标研究的所有内容，也提供了思考线索。可以说，颐和园就是一座鲜活的国学研究园地。

三是首都功能定位的启示。在构成京城特色的文化体系中，颐和园地区不仅是北京西北郊风景园林区的中心，还是两大文化带的交会点。它向东孕育出"大运河文化带"，向西牵动起"大西山文化带"；历史上，它不仅是城市生态的源流之地，还是京城文化的灵感之区。尤为可贵的是，它现在依然是首都最具特色与活力的区域，影响广大而深远。

为呼应颐和园最早的研究刊物《湖山联咏》，丛书各册均冠以"湖山"二字。同时想强调，昆明湖与万寿山是构成颐和园的根本生命。依托于这片湖山，历史上前辈英杰以园林形式筑造他们时代的梦想，倾注无限情感、留下无数故事。颐和园之前的清漪园、圆静寺、大功德寺、大承天护圣寺……无一不是时代文化的结晶。本丛书在湖山背景下，将其呈现出来，从中我们可以看到，今天的这份世界遗产，不是某朝某代一蹴而就，而是辈辈薪火相传的结果；它也绝非某一帝王的灵光闪现，而是集中了全国乃至历代人的聪明才智，是社会、政治、经济、文化诸因素合力而成，折射着某个历史时期国家的整体身影。

以"湖山"为题还想指明丛书涉及的空间与时间。历史上的昆明湖自玉泉山向东移动，景随水移，游赏热点也随之转换，因此研究范围涵盖了颐和园外围地带，特别是西部区域。地质年代万寿山就以"山前残丘"的形态存在，所以时间追溯到远古时期。总之，拉长空间与时间维度，是想跳出颐和园来论颐和园，大墙内的亭台楼阁不过是湖山中的一些片段、一个过程而已。

丛书分别为：《湖山纵横——颐和园地区历史与园林新解》，以一景一物为线索，深究其后的文脉典故；《湖山品题——颐和园匾额楹联解读》，将园中现存与消失的匾额楹联收录书中，详加注解，既是"微言大义"传统的延续，也是造园"小中见大"的延展；《湖山集翠——颐和园地区历代文人诗文集》，收集了历代诗文，以"诗史"形式展示湖山美的历程；《湖山颂碑——颐和园地区石刻碑碣集录》，整理、解读湖山间的金石碑刻，这是前人留下的最直观信息，随着碑刻风化加剧愈发珍贵；《湖山真意——颐和园地区历代帝王诗文解读》，集合了历代帝王建设这片湖山的原始论述，展现决策者的思想历程。

丛书各册均以挖掘原始资料为着力点，特别收集了来自中国台北故宫博物院，以及日本、韩国、美国图书馆所藏的中国文献，力求论据充足。在此基础上，针对一些流行传说，尝试着提出新观点，并在写作方法上追求深入浅出，力戒"戏说"。

丛书构想源自湖山品题的写作，2008 年成稿之际还余有大量资料，笔者深感颐和园文化积淀的丰厚，于是萌发了系列写作的想法。湖山品题只是个开始，感谢孟兆祯院士、罗哲文先生为其作序。孟先生是我大学的指导老师，引领我走上学术之路。罗先生是古建园林大家，对我的想法给予了热情支持，生前还题下书名墨宝。

在此要感谢张钧成先生，他的言传身教和主导写作的《颐和园楹联镌刻浅释》一书，开启了我的文化研究之门。而我亲历的汪菊渊、周维权、金柏苓等先生的授课与学术思想也影响至深。

由于我的主职是园林设计师，繁多的项目常常打断写作思路，使出版计划一再拖延，只好学李贺以锦为囊，逐步成稿出版。

总体而言，要论述颐和园的文化积淀仅从 5 个方面是远远不够的。另外，以个人之力、跨界而论也似乎有些不自量力，然而，每当我面对这片好山好水，总有一种冲动，愿将自己积累的一星半点展示出来，或许对那些热爱中国传统文化的人们有用，抛砖引玉也是一件有益的事情，因此不揣浅陋一吐为快，其中错误还请读者批判指正。

夏成钢
2016 年秋 于潮白河畔锥园

序

书题中的"颐和园地区",是指历史上昆明湖变迁所影响的区域。颐和园不是孤立存在,也不是一蹴而就的园林,它是在昆明湖演变的大环境下,历史文化叠加的结果。这一过程的很多细节就被记录在历代诗文之中。

书中辑录了 1337 首诗词、73 篇文记,涉及 635 个版本的文集、别集,时间从金、元、明至清末民初,跨度 700 余年。这些文字有着珍贵的历史、文化与社会价值,长期以来被湮没在书山文海之中,有如散落湖山间的孔雀羽毛,将其积攒编织起来,足以为颐和园这座世界遗产披彩。"积攒"工作始自 20 世纪 80 年代,日积月累,故名湖山集翠。

一、本书特点

通过诗文呈现颐和园地区风景园林的整体性、连续性,是本书最大的特点,也是编撰出发点。

一般读者对颐和园的认知常常会受到颐和园大墙的局限,事实上这种"墙里观景"的局面仅仅是近百年的事情,而在更远更久的时间长河中,这里是一片宏大辽阔的风景区。它西自玉泉山,东至瓮山,一汪湖水流动其间。自金元开始,人们就将这"一湖两山"作为一个整体单元来游赏。水是灵魂,它历史性地从玉泉山下逐渐移至万寿山麓,景随水而盛,诗由景而发。

在湖水移动的轨迹上产生了历代大型皇家园林:元代大承天护圣寺、明代大功德寺、清乾隆清漪园、清光绪颐和园。这些园林也带动玉泉山、金山、红石山、瓮山(万寿山)的风景开发,促成了大有庄、六郎庄、万泉庄等地田园风景的兴盛。历代诗篇就诞生于这些景观、景物之中,诗人们在这里挥洒笔墨，讴歌湖山，将美好愿景与情感投入其中，也积淀出今日颐和园地区风景的文化气质。

这些诗文作者大都是当时的社会文化精英，其中不仅有久居帝都者的春筋秋咏，也有偶尔进京者的畅怀高歌，"一湖两山"成为朝野文人争相展示风采的舞台。这些作者几乎都有自己的诗文结集，因此湖山之作也就组成了各个时代文化成就的一部分。同时他们大多在朝为官，参与了国家各个层次的管理，咏叹之间不可避免地反映出当时的社会、政治导向，也反过来影响了这一地区的发展。

与正史的简略相比，诗文表现出的风景园林更加形象生动、清晰入微。细细品读，昔日景色如在眼前，往事不再如烟。具体而言，有3个方面值得关注。

1. 丰富的风景园林史料。早期"三山五园"地区的历史资料稀缺，而这些诗文提供了直接史实，如金元时期的耶律楚材瓮山别墅、大承天护圣寺与瓮山泊、明代大功德寺、西湖变迁、瓮山圆静寺、金山风景等不一而足。尤为珍贵的是收录的朝鲜史料，不仅有已为人熟知的元代信息，还有清漪园、颐和园时期的园林细节，大大弥补了国内史料的空白。研究者、爱好者可由此顺藤摸瓜，展开更多的研究课题。

2. 优美的风景文学意境与中国特色的审美观。在北京西北郊风景中，并没有什么奇峰异水，那么它美在何处？历代诗文给出了一系列的答案，并形成一种系统的审美观。以今日全球化视野，读来更能感受其中的中国特色，如袁中道的《西山游记》，描述了由西湖大堤走向玉泉山途中的诗画意境与审美情趣，也成为今日文学基础教育的经典。这样的特质充满在书中的字里行间。如果携文身游，会对这一地区的山水之美有更深的认识。

3. 展现了不同历史时期的社会背景。由于这一地区历代为皇家活动集中地，这些诗文自然带有国家层面的时代烙印，如元代诗文的豪迈宏大，与其疆土辽阔、赫赫武功相一致；明初的激情与仁宣之治相呼应；嘉靖年间的借景颂圣又是这一时期"大礼议"斗争的投影；具体还有嘉靖二十九年俺答蒙古的入侵，是北京以及明代史上的大事件，诗文中记述了焚毁玉泉山的情况，这在正史中仅是几字而已；到清代几乎重复着历史的轮回，尤为突出的是清末，"三山五园"的焚毁又让这一时期的诗文充满悲愤，以及对国家复兴的企盼；民国时期更为鲜明，新文化运动产生的各种新文体，新诗、白话文、散文纷纷将这片湖山纳入笔下，让人感受时代的变迁。而高丽、朝鲜王朝的诗文则反映出当时中国在国际地缘视域中的地位形象。

二、本书体例

1. 诗文收录涉及内容范围西起玉泉山，北至红石山、青龙桥、大有庄，东至六郎庄、万泉庄，南至北坞、船营村。

2. 著录原则"宁多勿漏"，金、元诗文几乎全部收录，明、清作品除去一笔带过者外，也尽可能收录。

3. 清末截止时间为溥仪出宫的 1924 年。虽然此时社会大环境已进入民国，颐和园也已对公众部分开放，但其性质仍为皇家所有，是准备居住的私园。1924 年之后，颐和园才具有博物馆、公园的性质，其诗文表达也有所不同。

4. 由于民国诗文数量呈爆炸式增长，风格、形式、作者更为广泛，因此计划另作续集。本书仅著录民国初年的典型作品。

5. 本区风景园林的碑记石刻，以及帝王御制诗文不录，另书刊行。

6. 全书以作者生卒年或中举年排序，清末报刊作品以发表年为序。诗、词、文等体例不另分列，使之呈现出历史的脉络。

7. 附作者简略小传。以二十四史为准，阙如者分别以《全元文》《全元诗》《清代文人集总汇》《清代人物生卒年表》等资料补充。

8. 本书工作重点集中于诗文的收集、标点、校勘，因容量所限，注释、今译等项留待日后择机完成。

9. 版本尽可能选用点校本。对他书引文类文献尽量追溯原诗文集，如《帝京景物略》是这一地区重要的历史文献，收录了大量文人诗词，广为流传，也为现代研究者所倚重。然而其中部分诗文词不达意，对比原作者文集，多有不同，此类情形不在少数。《帝京景物略》中还有大段对袁中道等人游记的改编。这些在本书中都以原作者文集为准，无集者则给予标识或不录。

10. 诗句中原有夹注者，一律置于诗文末。

11. 原诗文版本中漫漶不清者，以 □ 表示。

12. 为保持原真性，一些诗文中虽有谬误也予著录，如"大功德寺板庵上师驱球募捐"的记述，虽有纳兰性德、乾隆皇帝的考证辨伪，但还是有以讹传讹者。对此，本书只作部分简单提示，还请读者自己辨别引用。

三、不同时期诗文概要

历史上颐和园地区风景园林随着湖水的迁移而变化。就湖水形态而言，可分为 5 个阶段：玉泉湖阶段、瓮山泊阶段、西湖阶段、清漪园昆明湖阶段和颐和园昆明湖阶段。这些阶段湖水的位置、大小、形态各不相同，但无论如何变化，在空间上都未超出玉泉山至瓮山的范围，湖水不仅成为游览中心，而且成为周边各景区建设的依托、视线焦点和指向目标，使得这一地区的诗文描述无不带有"向心"湖水的特征。

玉泉湖阶段（或说前瓮山泊阶段）。湖水集中在玉泉山下，呈现沼泽与湖泊群交替景观。风景游览集中于玉泉山上，湖水成为观赏前景。对应时间为金、元交替之际。这时期瓮山刚刚有了名字，并非游览景点，只是风景区的边界背景，这从耶律楚材游于玉泉，葬于瓮山得到佐证。

瓮山泊阶段。郭守敬开白浮河，筑瓮山大堤，使玉泉山水面东扩，呈现出辽阔浩瀚之态，水体第一次正式得名"瓮山泊"。其时间为元大都建立至元末，随着大承天护圣寺的建立，湖区、瓮山大堤成为游览与诗文热点。

西湖（西海、金海）阶段。由于白浮河断流，湖水减少，稻田增加，本区出现山、水、林、田交错的景象。对应时间是明永乐四年至清乾隆十四年。这一阶段瓮山开始被开发，但也只是风景区中的配角，稍兴即衰。玉泉山、金山风景则得到深度开发，景点众多，持续不衰，诗文集中于西湖大堤、功德寺、玉泉山、瓮山圆静寺、金山、青龙桥等处。明代景点之多，内容之丰富，居历史之首。

清漪园昆明湖阶段。乾隆皇帝将西湖向东北扩至瓮山脚下，山名改称万寿山，一跃而成湖区风景的主角，同时又在两山间开挖高水湖、养水湖、泄水湖，这时期两山间呈现"六湖三河"的宏大空间，湖与湖之间的景观相互呼应、视线通透。时间从乾隆十四年至咸丰十年。文人诗文集中于万寿山外围的西堤、东堤、青龙桥等处。

颐和园昆明湖阶段。筑起的颐和园大墙，隔断了万寿山与玉泉山，以及其他三湖的直接联系，赏景视野与游览局限于围墙之内，但周边山水林田的地形、地貌并未根本改变，仍有游览活动。诗文数量虽然不减，但描述场景与内容大大受限。

这种阶段性的变化轨迹就声情并茂地展现在本书中，也使颐和园地区成为首都文化积淀最为深厚的区域之一。

四、结语

颐和园地区一直是众多学科研究的热点，随着城市建设的快速推进，以及"三山五园"地区列入全国文物保护利用示范区，不同尺度、目标的规划设计方案纷纷出台，决定着这一地区的未来走向，本书诗文或可以为之提供文脉回顾与设计灵感。这也是本书编撰动机之一，即希望为有关方面决策者提供一个"备忘录"，使筹划、讨论有共同的文化基础和语境，也是本书出版所期盼的现实意义。

本人不揣浅陋，多年汲汲于此，虽结集出版，肯定存在不少问题，也请方家学者指正。

编者

识于八达岭·清凉怡夏

2021 年 10 月

目　录

金元诗文

明代诗文

清代诗文

瓮山泊大承天护圣寺推测图

金末至忽必烈建元时期，瓮山至玉泉山之间为湖泊、湿地、林莽交错的区域，瓮山前有村落与农田，流经瓮山前的小河，被耶律楚材称作"荆水"。玉泉山山上有金章宗行宫芙蓉殿遗址，万寿山开始有了初名"瓮山"。耶律楚材父子游于玉泉，葬于瓮山，显示了这片风景区自始即以"两山一湖"为一个完整的游览单元，这也为明、清时代所沿袭。

忽必烈建元前后，本区开凿了金水河、玉泉河，将湖水引向东南为城市供水。至元二十九年（1292年），郭守敬再次主持水利，在瓮山西南筑起十里大堤，同时开凿白浮瓮山河，引来昌平神山白浮泉及沿线11泉，并将玉泉山下众多湖泊整合成辽阔水面，始称"瓮山泊"，湖水经高梁河（长河）汇入大都积水潭，这条运河时称御沟，又泛称高梁河、通惠河等。从大堤至瓮山山脚之间为田园。元后期随着风景区的兴盛，瓮山泊又被称作七里泊、西湖景、西湖、大泊湖。

本区的风景游览热点最初集中于玉泉山，随着元文宗在瓮山泊北岸、两山中点建立大承天护圣寺，湖水开始成为游览中心，泛舟至玉泉山、至护圣寺是最具特色的游览形式，也成为诗文描述重点，其他歌咏点还有玉泉、瓮山大堤、御沟、稻田等。

本时期歌咏作者中，首倡者为契丹人，随之而来的有中原汉人、女真人、蒙古人、色目人，以及高丽人，体现出金、元的时代特征，也展示出多元一体的中华文化格局。

金元诗文

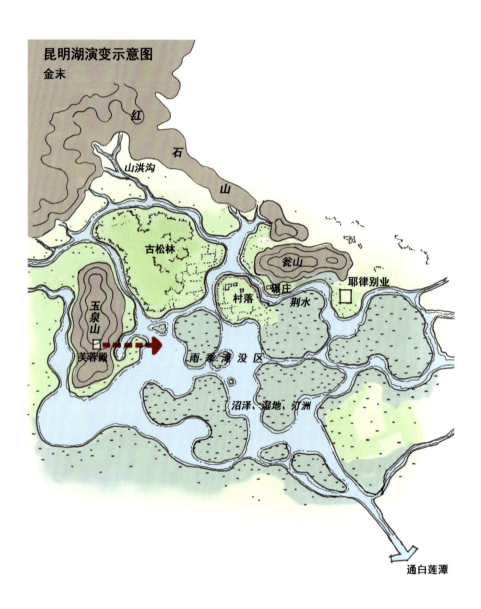

昆明湖演变示意图·金末玉泉湖（图中箭头表示从玉泉山芙蓉殿观赏景区的方向）

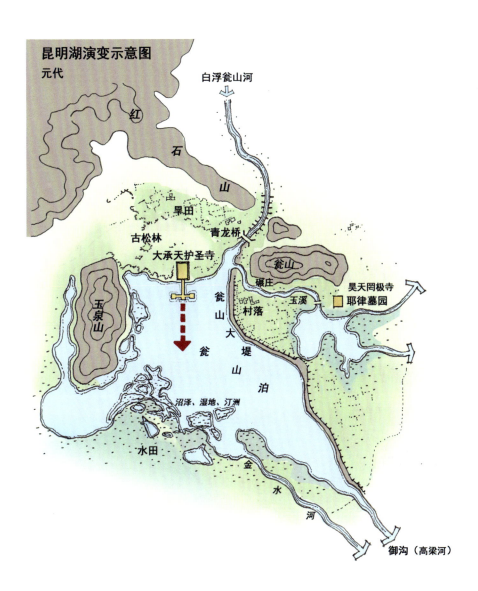

昆明湖演变示意图·元代瓮山泊（图中箭头表示从大承天护圣寺观赏景区的方向）

赵秉文（诗1题1首）

赵秉文（金正隆四年至天兴元年，1159—1232年）

字周臣，号闲闲居士，晚年称闲闲老人。磁州滏阳（今河北省邯郸市磁县）人。金大定二十五年（1185年）进士，历任礼部尚书、翰林学士。著有《闲闲老人滏水文集》。

游玉泉山

夙戒游名山，出郊气已豪。薄云不解事，似妒秋山高。西风为不平，约略出林梢。林尽湖更宽，一镜涵秋毫。披云冠山顶，屹如戴山鳌。连旬一休沐，未觉陟降劳。高谈到晋魏，健笔凌风骚。玉泉如玉人，用舍随所遭。何以侑嘉德，酌我玉色醪。

出处

《闲闲老人滏水文集》卷三（民国八年上海商务印书馆四部丛刊景明汲古阁抄本）。

耶律楚材（诗14题18首）

耶律楚材画像

耶律楚材（金明昌元年至蒙古乃马真后三年，1190—1244年）

字晋卿，号湛然居士，别号玉泉老人。金末蒙古初人，契丹皇族后裔，早年仕金，拜师万松老人学佛，有别墅园林在瓮山、玉泉山一带。后仕蒙古，随成吉思汗西征，窝阔台汗时官至中书令。忽必烈即位后，遵耶律楚材遗愿，将其遗骸移葬于玉泉之东的瓮山山麓。元文宗时赠经国议制寅亮佐运功臣、太师、上柱国，追封广宁王，谥文正。著有《湛然居士文集》《西游录》等。

耶律楚材诗中常常以"同山""吾山""白露""翳同"代指燕京的西山、玉泉山、瓮山，王国维有专考，本书依此收录。

和薛伯通韵

滴滴秋光溢远山，穹庐寥落酒瓶干。诗章平淡思居易，禅理纵横忆道安。

不忿西风霜叶脱，难禁秋雨菊花残。闾山旧隐天涯远，梦里思归梦亦难。

出处

《湛然居士文集》卷一（谢方点校本）。

编者注

据王国维考，本诗作于蒙古太宗八年（1236 年）。

和人韵二首

西域诸蕃古未知，来生远过禹封畿。名山准拟金泥检，古塞无劳羽檄飞。

世乐讵能敌静乐，蓑衣到底胜朝衣。年来痛忆闾山景，月照茅亭水一围。

干戈未敛我伤神，自恨虚名误此身。否德讵能师百辟，微才安可步三辰。

箕裘谩叹青毡旧，勋业空惊白发新。安得夔龙立廊庙，扶持尧舜济斯民。

出处

《湛然居士文集》卷四（谢方点校本）。

编者注

据王国维考，本诗作于蒙古太宗五年至八年（1233—1236 年）。

和景贤见寄

龙冈参透后三三，仿佛前人何所惭。妙笔照人惊老字，新诗入手想清谈。

尘中名利予难出，梦里荣华君不耽。准拟归时便归去，闾山珍重[1]旧禅庵。

自注

[1] 珍重，一作"好在"。

耶律楚材《送刘满诗卷》（局部）

出处

《湛然居士文集》卷六（谢方点校本）。

编者注

据王国维考，本诗作于蒙古太宗五年至八年（1233—1236年）。

继孟云卿韵

归欤奚待鬓双皤，无恙闾山耸岌峨。万壑松风思仰峤，千岩烟雨忆平坡[①]。

开基气概鲸吞海，遁世生涯鼠饮河。好买扁舟从此逝，醉眠江国一渔蓑。

自注

①仰峤、平坡，皆燕然名刹。

出处

《湛然居士文集》卷九（谢方点校本）。

编者注

据王国维考，本诗作于蒙古太宗五年至八年（1233—1236年）。

鼓 琴

宴息穹庐中，饱食无用心。读书费目力，苦思嫌哦吟。樗蒲近博徒，围棋杀机深。

洞箫耗余气，篪筑恶郑音。呼童炷梅魂，索我春雷琴。何止销我忧，还能禁邪淫。

正席设棐几，危坐独整襟。寻徽促玉轸，调弦思沉沉。清声鸣鹤鸾，古意锵石金。

秋水洗尘耳，秋风振高林。清兴腾八表，成连何必寻。弦指忽两忘，世事如商参。泥涂视富贵，昼夜等古今。湛然有幽居，只在闾山阴。茅亭绕流泉，松竹幽森森。携琴当老此，归去投吾簪。

出处

《湛然居士文集》卷十（谢方点校本）。

吟醉轩

修竹千竿五亩宫，幽居活计兴无穷。清词丽句梅诗老，白发苍颜欧醉翁。洒墨疾书千首敏，浮白痛饮百樽空。醉吟闻有香山老，倒用颠拈意暗同。

出处

《湛然居士文集》卷十（谢方点校本）。

寄西庵上人用旧韵四首

别后无缘得再参，新诗重寄代和南。他年放我休官去，只向云川结小庵。

功名我已让曹参，又见曹参定五南。布袜青鞋从此始，济源闻有侍中庵。

多幸松轩得罢参，玉泉山水胜江南。泉边便作归休计，何必香山觅旧庵。

忆昔吾师[1]放晚参，扬兵西北击东南。一声霹雳龙飞去，尚有痴人宿草庵。

自注

①吾师，万松老人也。

出处

《湛然居士文集》卷十（谢方点校本）。

送侄九龄行

我欲归休与愿违，而方知命正宜归。

闾山自有当年月，一舸西风赋式微。

出处

《湛然居士文集》卷十（谢方点校本）。

编者注

据王国维考，本诗作于蒙古太宗六年（1234 年）。

吾山吟 并序

儿铸学鼓琴，未期月，颇能成弄。有古调《弦泛声》一篇，铸爱之，请余为文。因补以木声，稍隐括之，归于羽音，起于南宫，终于太簇，亦相生之义也。以文之首句有吾山之语，因命为《吾山吟》，聊塞铸之请，不敢示诸他人也。湛然题。

吾山吾山余将归，余将归深溪，苍松围茅亭，扃扃柴扉。水边林下，琴书乐矣。水边林下，琴书乐矣。不许市朝知。猿鹤悲，吾山胡不归！

出处

《湛然居士文集》卷十一（谢方点校本）。

慕乐天

荆水①浑如八节滩，玉泉佳趣类香山。韦编《周易》忘深意，贝叶佛经送老闲。爽我琴书池五亩，侑人诗酒竹千竿。乐天活计都相似，脂粉独嫌素与蛮。

自注

①荆水出于玉泉。

出处

《湛然居士文集》卷十一（谢方点校本）。

编者注

据王国维考，本诗作于蒙古太宗六年（1234 年）。

信之和余酬贾非熊三字韵见寄因再赓元韵以复之

鹪鹩徒羡大鹏南，驽马终须后骞骖。至理犹删万归一，庸儒刚说二生三。

透关活眼嫌金屑，恋土痴人宿草庵。寄与云川贤太守，洗心涤虑与君参。

恼人捷径起终南，虚忝沙堤相国骖。幻术莫惊殷七七，真筌谁识后三三。

家邻荆水①宜栽竹，缘在香山好结庵。斫断葛藤窠已后，闲家破具不须参。

鸿雁翩翩自北南，归欤何日驾归骖。潜龙在下宜初九，即鹿无虞戒六三。

洛下好游白傅寺，济源重觅侍中庵。衰翁自揣何多幸，昨梦斋②中得罢参。

旧隐翳闾白𩾌南，故山佳处好停骖。贪嗔痴者元无一，诗酒琴之乐有三。

菱芡香中横短艇，松筠声里称危庵。有人问道来相访，一碗清茶不放参。

自注

①玉泉也。

②万松老人住持大觉寺，榜其斋曰昨梦。

出处

《湛然居士文集》卷十四（谢方点校本）。

用梁斗南韵

丁年学道道难成，却得中原浪播名。否德自惭调鼎鼐，微才不可典玑衡。

谁知东海潜姜望，好向南阳起孔明。收拾琴书作归计，玉泉佳处老余生。

出处

《湛然居士文集》卷十四（谢方点校本）。

题新居壁

旧隐西山五亩宫，和林新院典刑同。

此斋唤醒当年梦，白昼谁知是梦中。

出处

《湛然居士文集》卷十四（谢方点校本）。

编者注

据王国维考，本诗作于蒙古太宗八年（1236 年）。

鹧鸪天·华严洞

花界倾颓事已迁，浩歌遥望意茫然。江山王气空千劫，桃李春风又一年。　　横翠崿，架寒烟，野春平碧怨啼鹃。不知何限人间梦，并触沈思到酒边。

出处

《（明万历）顺天府志》卷六（明万历刻本）。

编者注

本词刻于玉泉山华严洞（又名七真洞），成为后世游览景点与话题，见明代文人多篇记载。清《词综补遗》记为：《鹧鸪天·题七真洞》"野花平碧怨啼鹃"。《湛然居士文集》中无载。

耶律铸（诗 17 题 20 首）

耶律铸（蒙古太祖十六年至元至元二十二年，1221—1285 年）

字成仲，耶律楚材之子。耶律楚材逝后，继领中书省事。蒙古宪宗八年（1258 年）·随蒙哥汗伐蜀。次年蒙哥亡，他投奔忽必烈，被任命为中书省左丞相。后多次被任免中书省左丞相之职，最终因罪免职。著有《双溪醉隐集》。

枕流亭

振濯尘缨奠枕流，桃花源上玉溪头。春风来领长欢伯，和气追陪独醉侯。

童子只知除害马，庖丁元不见全牛。痴仙事业依然拙，甚识人间有棘猴。

出处

《双溪醉隐集》卷三（清文渊阁四库全书本）。

题枕流亭

窃期擿藻捄天庭，闲作篇章抒下情。殊喜濂溪《爱莲说》，未甘桑苎著《茶经》。

逍遥方外无为业，整顿人间不朽名。缘洗尘嚣耳中事，举家移住枕流亭。

出处

《双溪醉隐集》卷三（清文渊阁四库全书本）。

桃花源别业重理旧稿戏题

无忧树下无怀氏，独乐园中独醉仙。八斗待量珠玉价，等闲不若一囊钱。

辞锋几挫毛元锐，心印都传楮守玄。未碍刘郎长占断，桃花流水洞中天。

出处

《双溪醉隐集》卷三（清文渊阁四库全书本）。

游玉泉

纷披容与纵笙歌，蕙转光风艳绮罗。露冷桃花春不管，月明芳草夜如何。[1]

灵珠浩荡随兰棹，云锦低回射玉珂。深入醉乡休秉烛，尽情挥取鲁阳戈。

自注

[1]桃花夫人事，见《洛阳耆旧》，刘伯寿二侍妾名"萱草""芳草"。

出处

《双溪醉隐集》卷四（清文渊阁四库全书本）。

次张子敬游玉泉诗韵

并觉氛埃不更侵，水天澄碧自相临。纵游人在知鱼乐，浪作诗来羡鸟吟。
花障尽缘芳草合，香云浓锁洞房深。从今落笔惊风雨，要识春风是此心。

出处

《双溪醉隐集》卷四（清文渊阁四库全书本）。

次赵虎岩过玉泉怀古韵

玉泉潇洒已年深，昔日游踪尚可寻。有意林泉堪作伴，无情岁月任相侵。
携壶乘兴开怀饮，策杖闲游信口吟。地僻山空无客过，松杉庭户月沉沉。

出处

《双溪醉隐集》卷四（清文渊阁四库全书本）。

曲水游

上巳日，临水中宴，遂泛舟玉泉至桃园吕公洞。

宴随步障水西东，曲水①烟光锦绣中。杨柳②结攀垂柳带，桃花嘶立落花风。
延引仙人莲叶舟，衣冠杂沓载凉州。风流今日兰亭会，移在桃源水上头。

自注

①曲水，一作"野色"。

②杨柳，唐乐家歌姬名也。燕俗，上巳日结柳带为圈脱穷，亦有《景龙记》上巳日
柳圈之说。

出处

《双溪醉隐集》卷四（清文渊阁四库全书本）。

游玉泉山废宫基口号

殿阁人稀草树荒，旧游空记五云乡。

劫前天地兴亡梦，借问山灵是几场。

出处

《双溪醉隐集》卷五（清文渊阁四库全书本）。

春日游玉泉道院

露桃香泛冷胭脂，低映相思玉树枝。

看取广寒宫殿去，涌金亭上月来时。

出处

《双溪醉隐集》卷五（清文渊阁四库全书本）。

玉　溪

玉溪声泻玉声寒，流绕祥烟瑞霭间。

却是冰壶凉世界，始知元是在人寰。

出处

《双溪醉隐集》卷五（清文渊阁四库全书本）。

和光祖

诗篇足继晋名流，几度思君倚寺楼。

十载龙庭归不得，玉泉何日更同游。

出处

《双溪醉隐集》卷六（清文渊阁四库全书本）。

次赵虎岩诗韵

读书学剑两无成，牢落无由话此情。闻道太平公事了，蓬窗闲杀老书生。

寄语幽都君子儒，年来活计道人居。而今扰扰封侯辈，大剑长枪不读书。

玉泉泉下有鱼龙，风起波涛沧海同。自是鱼龙无意出，月明愁杀钓鱼翁。

出处

《双溪醉隐集》卷六（清文渊阁四库全书本）。

次赵虎岩过玉泉怀古韵

绿回芳草春长在，梦与浮云一段空。休向玉泉悲故国，咸阳无处问秦宫。

路僻山荒碧草迷，行人惆怅马频嘶。当时楼观寻无处，落日疏林鸦乱啼。

出处

《双溪醉隐集》卷六（清文渊阁四库全书本）。

复次过玉泉诗韵四首

玉泉佳景昔人传，近筑幽居碧水前。他日卜邻无我弃，竹篱茅舍好相连。

玉泉清浅野梅苏，驿路尘空未得书。独坐穷庐情味恶，漫吟新句寄双鱼。

客梦时时绕玉泉，碧山无数锁苍烟。君恩未报归难得，且向龙沙待数年。

广文寥落客幽都，我在天涯亦隐居。料得因循浑忘却，数年不寄一封书。

出处

《双溪醉隐集》卷六（清文渊阁四库全书本）。

护先妣国夫人丧南行奉别尊大人领省

泪满云笺未怆神，高楼望不见飞尘。

重重门户无人到，深锁桃花一院春。

出处

《双溪醉隐集》卷六（清文渊阁四库全书本）。

燕城之北垂三十里有瓮山，原先妣国夫人坟室在焉，予过之哀感不已而贮之诗，仍寄呈尊大人领省以慰其感戚云

仙佩飘飘驾彩鸾，白云深锁瓮山寒。自从好梦风吹断，谁念孤儿泪不干。

彩鸾飞去几时回，望断青天望不来。二十二年恩与爱，若为心地不成灰。

醮台霜冷纸钱灰，醮罢秋风独自回。满面尘埃人不识，缓驱灰马①入城来。

自注

①灰马，吾家良马也。

出处

《双溪醉隐集》卷六（清文渊阁四库全书本）。

拜书尊大人领省瓮山原茔域寝园之壁 并序

尊大人领省茔域在燕都面北一舍，西至玉泉五里，实曰瓮山。寝园居在昊天冈极禅寺之右，正寝去隧东北百余步。

昔尊大人居台省，竟为伴食所沮，曾不得行其道之万一，屹然特立，如底柱之在横溃，天下人之所共闻知者也。悠悠之徒，嗳嗳之口，务欲中伤。闻其横议，则必笑谓左右曰：不足介意，吾固知不免为任尚辈谓班超无奇策，其言平平耳。若辈后必自知，宁无舆论自定、是非自别矣。曾不数年一如所喻。

太平与乱俱无象，先觉分明尽有闲。

间气欲常游帝所，旱霖终不沃人寰。

出处

《双溪醉隐集》卷六（清文渊阁四库全书本）。

王恽（诗5题11首，文1篇）

王恽（金正大四年至元大德八年，1227—1304 年）

字仲谋，号秋涧。卫州汲县（今河南省卫辉市）人。历任翰林修撰、左右司都事、监察御史、翰林学士、山东东西道提刑按察副使、福建闽海道提刑按察使等职。元大德五年（1301 年）致仕。卒赠翰林学士承旨、资善大夫，追封太原郡公，谥文定。著有《秋涧先生大全文集》等。

王恽《山水图》

谒玉泉真像五首

昔年几读九山碑，管葛襟期汉相规。
思欲执鞭那可得，徘徊松下独来时。

济世安民五十年，后人经济渺难攀。
须知浴日回天手，只在丹崖翠领间。

□□□□□□□，□□麒麟事业新。
□□有言□□到，伊周元不是庸人。

丞相祠堂忆重寻，几年西崦柏森森。
入门再拜夫人表，忘却登山力不任。

总道书生吏事疏，米盐无术应时须。
请看中统元年事，济得朝廷半老儒。

出处

王恽《秋涧先生大全文集》卷第三十一（四部丛刊景明弘治翻元本），参校《全元诗》。

玉泉岩 并序

元贞二年正月中旬，两梦登海山绝岛。明日邻人葛巨济以此山见示。岩峦四面，皆自天成，色深翠秀丽，惜其沦落泥涂，惨淡有未之发者。上刻五题，曰寿山，曰玉泉岩，其傍绝顶有悬流一脉，下注山足，甚鲜明也。曰崆峒洞，曰子陵滩，曰白石濑，皆以金填。形势与玉泉山不殊，疑前金宫中物也。

两夜登临倚碧岑，梦中惊绝此崎嵚。

朝来翠射娉婷底，笑煞平生未足心。

出处

《秋涧先生大全文集》卷第三十三（四部丛刊景明弘治翻元本），参校《全元诗》。

瓮山记老人语

刑清兵寝岁丰穰，五十年来帝道光。

驼马栏东逢老叟，向人犹解说先皇。

出处

《秋涧先生大全文集》卷第三十三（四部丛刊景明弘治翻元本），参校《全元诗》。

游玉泉山记 至元七年四月二十一日

玉泉，附都之名山也。予十年间三走居庸，以事梗未遑一游，有顾揖云烟而已。至元七年四月廿一，与宪台诸公出饯高、刘二侍御于高梁河上。客既去，相与并骑，且话且前，举目瞻伫，已次瓮山，因共为玉泉之游。于是转岗陵，过碾庄，望西南林壑，烟霏空翠，襟袖为之淋漓也。

遂舍骑而步，历佛阁，观槛泉，偃灵鳌之□骞，讶玉虹之□□。命童子以银罂挹水于石鲸之口，清冷甘冽，三咽乃已。

于是攀云萝，转山腹，不百余步□□飞□□□□□平湖，令人有撑舟昆明之想。

稍西，得□□□□廿□而上，入□华石洞，二三子解□盘礴□酒谈□□□大□□□洽所欢，充然有所得□之□俗顶□□醒从□□□凝空，清和扇物，云光湖水，倒影一碧。□子与客□春山之诗，歌离宫之曲，不知□之属，宫日之在山也。歌曰：昔人作宫兮重扃扉，今□来游兮登故基。山田有苗兮渔有矶，鸟飞鸥泳兮同一□。翠华一去兮□落晖，山川良是兮往事非。感今怀□□□人悲，我生胡为兮亦栖栖。沧浪水清兮濯冠□□□而去□思□□□□意于得□□□而然。若□□□□□□□□□意于登赏，遂成兹游，至有心于成约。与造物游于一日之内，而偿穷年之劳，不为事夺、风雨妨者，殆无几耳。

予然后知天下之事，任术以去取，留意于成全者，皆以小智自私，则失自然之理也，可胜叹哉！同游者凡六人：范阳李公弼、秦台杨子秀、鄪城韩君美、洹水梁干臣、太原温次霄、汲郡王仲谋。期不至者：饶阳高瑞卿、涑水邢良辅。饯不及者：固安王辅之、相州马才卿。

出处

《秋涧先生大全文集》卷第三十六（四部丛刊景明弘治翻元本），参校《全元诗》。

游玉泉山

山腰一径转云萝，照眼平湖涨碧波。形胜左蟠辽海远，风烟还觉玉泉多。自怜俗驾来逋客，急遣清樽发浩歌。笑拂岩花醉归去，山林钟鼎两蹉跎。

出处

《秋涧先生大全文集》卷第十六（四部丛刊景明弘治翻元本），参校《全元诗》。

重游玉泉 并序

元贞二年龙集丙申三月二十八日，大驾北狩，同翰林诸君送次大口回，独与孙笴西过玉泉，因忆至元七年，御史里行时来游者一十有五人。岁月如流，转首廿五年，今在者李司卿辅之、温漕使次霄与不肖三人耳。人欲久不死，而于人世何如也。凡得诗三绝，留山间而去。

轹辘泽车转碧崖，山烟喜客望中开。畸人问我从何自，适送銮舆大口来。

进水山僧去未回，日长空阁独徘徊。寻诗不到瑶华洞，踏遍松间碧色苔。

峰头乱石斗权枒[①]，水底浮光浸碧霞。绝似苏门山下路，惜无修竹与梅花。

出处

《秋涧先生大全文集》卷第三十三（四部丛刊景明弘治翻元本）

编者注

①权枒，《宸垣识略》《日下旧闻考》作"嵯岈"。

张之翰（诗1题1首）

张之翰（蒙古乃马真后二年至元元贞二年，1243—1296年）

字周卿，号西岩。邯郸（今属河北省）人。元世祖中统初年任知洺磁路事，后官至知松江府。著有《西岩集》三十卷。

上巳日游玉泉呈刘侍御

十五年来走凤城，玉泉今日一经行。湖光与世淡无味，山色向人浓有情。

物外是非元自少，眼前宠辱不须惊。诗成莫讶忽忽去，恐被山僧问姓名。

出处

《西岩集》卷六（清文渊阁四库全书本）。

马臻（诗1题1首）

马臻（宋宝祐二年至不详，1254—？ ）

字志道，号虚中、紫霞道士。钱塘（今浙江省杭州市）人。南宋亡，学道于褚伯秀之门。元大德五年（1301年），随天师张与材北至上都觐见，后至大都行内醮。不受道秩，辞归江南。武宗至大年间，天师命为佑圣观虚白斋高士，亦不就。隐居杭州西湖，以诗画名于世。著有《霞外诗集》十卷。

回南（2首选1）

家在杭州江上春，京华投老独漂零。玉泉山外雪犹白，金水河边柳又青。

帽底流尘春冉冉，花间行李发星星。分明记得经游处，一路吟诗写驿亭。

出处

《霞外诗集》卷四（明元人十种诗本）。

虞集（诗2题2首）

虞集（宋咸淳八年至元至正八年，1272—1348年）

字伯生，号道园、邵庵。临川崇仁（今属江西省）人。元成宗大德初，以荐授大都路儒学教授。元文宗时为奎章阁侍书学士，任《经世大典》总裁官。卒谥文靖，追封仁寿郡公。著有《道园学古录》《道园类稿》等。

和马侍御西山口占

岩峣宫殿水西头，春日时闻翠辇游。雾引旌幢连阁道，风传钟鼓出城楼。

群臣颂德金为刻，万岁称觞玉作流。避暑醴泉凉气早，旋京应喜大田秋。

出处

《道园学古录》卷之三（民国八年上海商务印书馆四部丛刊景明本）。

虞集《青绿山水》

次韵杜德常典签秋日西山有感

落日龙舟山下回，寺门依旧对山开。霜凋碧树烟生草，从此频伤八月来。

百顷芙蓉野水光，石梁秋日度流香。空遗玉座临高阁，只有金仙住上方。

阁上露华生翡翠，潭阴日色射金虬。旧时车驾迎风动，此日阑干傍水流。

每进文章出殿迟，日华西转万年枝。甘泉罢幸扬雄老，满鬓秋风不受吹。

出处

《道园学古录》卷之四（民国八年上海商务印书馆四部丛刊景明本）。

胡助（诗2题2首）

胡助（元至元十五年至至正十年后，1278—1350年后）

字履信，一字古愚，号纯白道人。婺州东阳（今属浙江省）人。始荐茂才，授建康路儒学学录。官至翰林国史院编修官。年近七十致仕。著有《纯白斋类稿》三十卷。

胡助《跋范仲淹〈道服赞〉》

上京纪行之一·见玉泉山下荷花

西山咫尺玉泉清，无数藕花香气生。

立马岸边看不足，却疑五月到临平。

出处

《纯白斋类稿》卷之十四（民国金华丛书本）。

初度游西山

水树凉生五月秋，河边驻马看龙舟。

几年初度京华客，今日西山特地游。

出处

《纯白斋类稿》卷之十六（民国金华丛书本）。

马祖常（诗2题5首）

马祖常〔元至元十六年至（后）至元四年，1279—1338年〕

字伯庸，号石田，光州（今河南省信阳市潢川县）人。色目雍古人，也里可温（基督教徒）。元延祐二年（1315年）进士，官至御史中丞、枢密副使。谥文贞。著有《石田先生文集》等。

西　山

凤城西去玉泉头，杨柳堤长马上游。六月熏风吹别殿，半天飞雨洒重楼。

山浮树盖连云动，露滴荷盘并水流。舣岸龙舟能北望，翠华来日正清秋。

出处

《石田先生文集》卷第三（元至元五年扬州路儒学刻本）。

附：和马伯庸尚书四绝句

晴澜金色漾琉璃，日落春风拍岸时。鸥鸟不惊人去远，掖垣南下树参差。

步障随车起暗尘，画罗难隔艳阳春。水边争羡春阳柳，一岁东风一岁新。

玉泉山下水潺潺，不比温泉洗玉环。濯罢九龙池内锦，才教流出到人间。

丝丝垂柳拂金沟，学就宫娃舞态柔。莫遣落红飘一点，长门春色不禁愁。

出处

〔宋〕王迈《臞轩集》卷十六（文津阁四库全书本）。

编者注

据钱锺书考证，此诗为元人所写，误收入王迈诗集。见《容安馆札记》366 则。

吴师道（诗3题3首，文1篇）

吴师道（元至元二十年至至正四年，1283—1344 年）

字正传。婺州（今浙江省金华市）人。元至治元年（1321 年）进士。授高邮县丞、调宁国录事，终以礼部郎中致仕。著有《礼部集》等。

三月十八日张仲举、赵伯器、吴伯尚、王元肃同游西山玉泉遂至香山

肃清门外春草青，背城曼衍趋郊坰。西山晓晴出苍翠，高下不断如连屏。

道傍巨家乌鸟噪，寒食野祭道膻腥。沟深路狭雪泥在，缓控瘦马仍跉蹋。

行行山近寺始见，半空碧瓦浮晶荧。先朝营构天下冠，千门万户伴宫庭。

寺前对峙两飞阁，金铺射日开朱棂。截流累石作平地，修梁雄跨相纬经。

平台当前白玉座，刻镂精巧多殊形。常时御舟此游幸，清箫妙管鱼龙听。

沿堤万柳著新绿，未见蒲苇弥烟汀。凫飞鹭起渺空阔，使我清思凌沧溟。

游船两两棹歌起，亦有公子携娉婷。主僧说法据高座，撞钟击鼓声发霆。

欣然肃客道周历，顾瞻幻怪何神灵。后园小殿翳花木，绣帏香阁犹深扃。

坐陪方丈谈亹亹，伊蒲清供分余馨。出门暄风掠人面，前趋复历岘与陉。

泉干土劲草树少，只有广塔高亭亭。香山兰若金源旧，犹余大定残碑铭。

长松老桧见未有，涧水绕屋鸣清泠。扳危陟峻剧喘汗，却下迅走谁能停。

班荆列坐杏花底，持觞受此香雪零。日规渐隐半峰侧，酒行不尽双玉瓶。

众赏未醉有余兴，惟我却饮嗟独醒。疾驱信马路已熟，遥见楼堞尘冥冥。

归来门巷未深黑，春云黯黪明疏星。广文官况淡于水，矧复聚散如浮萍。

玉泉颇恨不少住，客意更拟同扬舲。明朝清游堕梦境，拥书却坐槐阴厅。

《吴礼部文集》卷五（民国十三年永康胡氏梦选楼刊续金华丛书本）。

玉泉山图

何许泉如玉，元因有玉人。山晖神发夜，木秀泽含春。

此日还看画，无缘可卜邻。寄声嘉遁者，莫污世间尘。

出处

《吴礼部文集》卷六（民国十三年永康胡氏梦选楼刊续金华丛书本）。

次韵许可用参政从幸承天护圣寺是日升左丞

西北群山迥，盘盘护帝乡。玉泉流海润，金刹倚云翔。四月龙舟迈，千官马首骧。

落花萦剑佩，高柳拂帆樯。采女遥分队，材官迤缀行。和声宣鼓钥，珍献集梯航。

天雨清初霁，湖波静不扬。瓦光浮璀璀，铃语振锵锵。梵呗雷音偈，醍醐雪色浆。

玉床敷御座，翠殿散天香。内晏筵初秩，仙韶乐更张。驺虞游近野，黄鹄下回塘。

驰道风随辇，行宫月转厢。应同游上苑，何似幸云阳。心共斯民乐，谟咨上相良。

传宣升列辅，稽首答休光。勋业期千载，精神萃一堂。序调尧历象，泽浃舜要荒。

盛事传新句，迂儒乏寸长。愿将归美意，弦诵播修廊。

出处

《吴礼部文集》卷六（民国十三年永康胡氏梦选楼刊续金华丛书本）。

游西山诗序

三月十七日，金华吴师道正传、晋宁张翥仲举、襄城赵璏伯器、临川吴当伯尚、河东王雍元肃，同游西山玉泉护圣寺，遂至香山。既归，各赋诗以纪实。

先是护圣主僧月潭师款客甚勤，留之不果，则约以再游，又约以诗为寄；未及寄，则又屡督趣之。于是袤写为卷，纳之山中。四人者，推某为最长，故其诗居首，而又复叙其略焉。

吁！吾曹东南西北之人，幸而会于京师，佳时胜集，徜徉名山水间，既惬于心，师超然方外而独惓惓焉，其高致尤可爱而仰也。秋风扬铃，客兴未已，又将往践前约，然桑下三宿之恋，或法所不可，师其有以语我来。

出处

《吴礼部文集》卷十五（民国十三年永康胡氏梦选楼刊续金华丛书本）。

许有壬（诗2题2首）

许有壬（元至元二十四年至至正二十四年，1287—1364年）

字可用。汤阴（今属河南省）人。元延祐二年（1315年）进士，授辽州同知，后在多地任职，屡辞屡起，官至中书左丞。谥文忠。著有《至正集》《圭塘小稿》等。

至正改元四月十三日戊子，皇帝御龙舟幸护圣寺，中书右丞臣帖穆尔达实，参知政事臣阿鲁、臣有壬扈行，乐三奏，命右丞前特授平章政事，参政进右丞，臣有壬进左丞，恳辞不允，惶汗就列。平章、右丞曰：今日游骋之盛、恩遇之隆不可不纪也。悚惧之余，为二十韵以献

宇宙承平日，邦畿壮丽乡。宫中无暇逸，湖上暂翱翔。凤辇重云降，龙舟万斛骧。
风霆随桂楫，日月运牙樯。五卫分翚羽，千官列雁行。长年花压帽，仙妓锦连航。
绒𬘓初徐引，鸾旗渐远扬。牦轩呈曼衍，偞休递铿锵。玉食传麟脯，冰壶出蔗浆。
鱼鸢知永跸，莺燕逐余香。夹岸金戈翊，弥空绣幕张。汀回开瀚海，天近胜杭州。

翠阁峨双岛，珠帘护两厢。九霄披瑞霭，四表睹朝阳。补助资游豫，登崇贵俊良。不图推朽质，亦复被清光。左辖纲维地，中书政事堂。出谋惭不学，好乐愿无荒。喻水民堪畏，从桥策最长。济川非所任，歌咏献岩廊。

出处

《圭塘小稿·卷之别集》上（民国河南官书局刊三怡堂丛书本）。

护圣寺泛舟·浣溪沙词

花露浓沾桂棹香，柳风轻拂葛衣凉，放歌深入水云乡。　　荷叶杯中倾绿醑，瓜皮船上载红妆，都堂何似住溪堂。

出处

《圭塘小稿·卷之别集》上（民国河南官书局刊三怡堂丛书本）。

陈旅（诗2题2首）

陈旅（元至元二十五年至至正三年，1288—1343年）

字众仲，号荔溪。莆田（今属福建省）人。师从傅定保，荐为闽海儒学官。后至大都（今北京市）任国子助教。官至应奉翰林文字、国子监丞。著有《安雅堂集》十四卷。

次韵许左丞从车驾游承天护圣寺是日由参政升左丞

银瓮呈山麓[①]，銮舆际水乡。离宫疑驳娑，行殿仿飞翔。细浪鱼鳞袭，轻飙鹢首骧。扶桑明远岸，析木度高樯。屏翳时清跸，丰隆夙启行。卫兵环越棘，舞女蹋吴航。渐觉仙楼近，微闻梵铎扬。石坛登案衍，琼佩杂璆锵。夕渚休兰棹，春壶泻桂浆。伊蒲颁内供，蕡卜散林香。罢宴蜕旌动，开帆兽锦张。弄田低碧树，驰道出金塘。畿甸严车辅，臣邻重室厢。方欣麟在楸，复喜凤鸣阳。圣主需贤急，嘉猷赖弼良。

从容承顾问，舄奕拜恩光。文采堪华国，芳菲正满堂。协忠成泰治，流泽遍遐荒。援古言应切，匡时虑更长。谁哉疲土木，况乃象为廊。

自注

①地名，瓮山。

出处

《陈众仲文集》卷第一（元至正刻明修本）。

西山诗 有序

至顺三年六月之吉，西山新寺之穹碑树焉。是日，百僚无敢不至碑所。余与赵博士继清早作，出平则门，沿大堤并驻跸亭下，转入湖曲，逢赵宗吉、成汉卿二编修与刘敬先典籍骑驴，从苍头，挈匏尊，邀余与继清就堤侧藉草坐，灌木延阴风，泠然生涧底，幽鸟鸣其上。命苍头堤傍取荷为盘，以实腊肉，倒尊中浊醪饮数行。瓮山流黛，与湖影相荡漾于杯盘巾袂之上，余在京师七年，盖未有一适如此时也。酒尽，三君子起曰：子于此能无诗乎？余言：归即赋之。及归，以职事縻绕，少清趣。明年三月，宗吉持纸来索诗。户外雪深二尺，无他客，乃赋诗曰：

蓐食出西郭，初日明远川。联镳走山麓，山树尽含烟。紫石拥驰道，绿水侵弄田。高人湖上来，邂逅野涧边。茂柳垂密幄，曾莎布柔毡。回风飒幽爽，有鸟声清圆。采荷荐珍胏，洗盏行芳泉。夫容濯新雨，迥立方婵娟。晤言摅素抱，逸思慕遐骞。窈窕绀园夕，珠林映璇渊。黄金作台殿，缥缈集诸天。顾惭凡躅污，亟去不敢邅。适意无先期，重寻有中悁。华月忽易改，赏心与时迁。晨兴望云物，皓雪满层巅。

出处

《陈众仲文集》卷第三（元至正刻明修本）。

柯九思（诗2题6首）

柯九思（元至元二十七年至至正三年，1290—1343年）

字敬仲，号丹邱生、五云阁吏。台州（今属浙江省）人。以父荫得授华亭县尉。元文宗在金陵潜邸时，他被荐受到赏识。任典瑞院都事、鉴书博士，后退居吴下。著有《丹邱生稿》。

次杜德常典签玉泉寺秋日感怀韵五首

万骑时巡九月回，年年望幸寺门开。儿童不识髯龙远，犹问君王几日来。

玉殿珠楼漾水光，翠华来幸拂天香。高皇魂魄应思沛，时有祥云护此方。

贝叶空闻驮白马，金根不复驾苍虬。当时迎日花如锦，一片人间逐水流。

锦缆牙樯天上移，美人争挽绿杨枝。如今泪洒西风急，采尽蘋花晚欲吹。

萦波翠荇牵秋恨，泣露红蕖落晓芳。惟有旧时西岭月，自移阁影过朱墙。

出处

《丹邱生集》卷第三（清光绪三十四年柯逢时刻本）。

苏文忠天际乌云卷九首 (9首选1)

三月旌旗幸玉泉，牙樯锦缆御龙船。
千官车骑如云涌，杨柳梢头月色娟。

出处

《丹邱生集》卷第四（清光绪三十四年柯逢时刻本）。

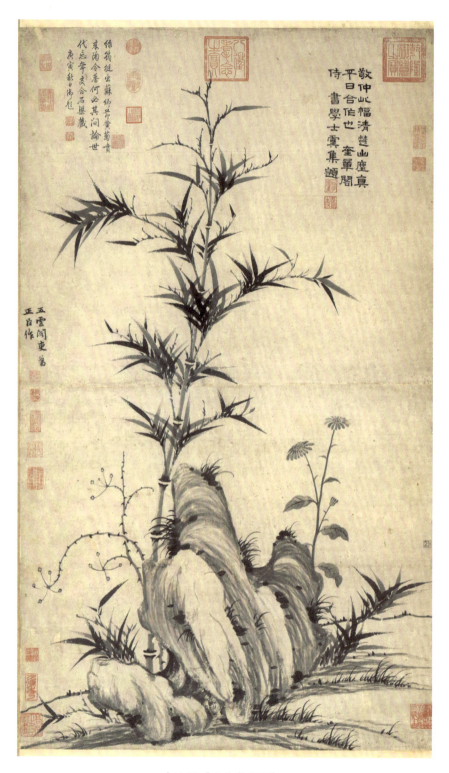

柯九思《晚香高节图》

刘鹗（诗4题4首）

刘鹗（元至元二十七年至至正二十四年，1290—1364年）

字楚奇。吉安（今属江西省）人。皇庆年间，荐授扬州学录。后任广东宣慰使，拜江西行省参政。红巾军起，守韶州，城陷被俘，绝食而死。著有《惟实集》。

四月十三书所见

天历二载春客燕，河清海晏消戈铤。上林四月风日妍，乘舆思乐游龙船。

凤辇并驾花云辂，骑麟翳凤骖群仙。鸾旗属车相后先，牙樯锦缆相蝉联。

万马杂沓蒙锦鞯，千官扈从控紫弦。和风不动舟徐牵，琼童玉女歌采莲。

黄门传宣奏钧天，龙伯国人夜不眠。金支翠旌千花钿，光怪出没明遥川。

红云翠雾覆锦筵，青鸟飞去当帝前。珍羞玉食罗纷骈，驼峰骆乳繁馨鲜。

御炉紫烟浮龙涎，金瓯琼液凝醴泉。才人歌舞争取怜，南金蜀锦轻弃捐。

龙颜一笑春八埏，臣子拜舞呼万年。呜呼！吾皇圣智轶汉宣，但恨子虚之赋，

无一能为君王传。

出处

《惟实集》卷六（清文渊阁四库全书本）。

九日以公事随官曹之西山新寺与宋良卿遍游诸寺

京城西北地多幽，依约江南九月秋。湖岸草枯霜欲下，野田水落稻初收。

乡心无奈还随雁，机事相缠独愧鸥。犹喜簿书今颇静，追随官长赋清游。

出处

《惟实集》卷六（清文渊阁四库全书本）。

西山即事

鳌头突兀黄金殿，水面空明翡翠楼。

锦绣山河天有待，帝王宫苑地长留。

烟迷柳影三山晓，月浸荷花十里秋。

更一登临多胜概，五云南上即神州。

出处

《惟实集》卷六（清文渊阁四库全书本）。

玉泉山

杨柳芙蕖接断岑，流泉如玉本源深。

四时潋滟无晴暖，一派清泠有古今。

石井分甘供御膳，湖波流润洗尘心。

我来正值秋将晚，独坐长吟雪满襟。

孤塔苍崖结构牢，岿然俯视世滔滔。

烟云连野心同远，楼合依山步渐高。

性本虚明宜自得，无经悟入亦徒劳。

可怜有客勤三礼，不见灵光现玉毫。

出处

《惟实集》卷六（清文渊阁四库全书本）。

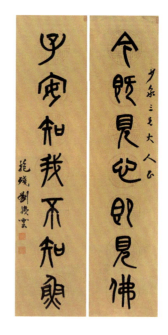

刘鹗书法

黄清老（诗1题1首）

黄清老（元至元二十七年至至正八年，1290—1348年）

字子肃，号樵水。邵武（今属福建省）人。元泰定四年（1327年）进士。以曹元用、马祖常等举荐，留馆阁任职，后出任湖广省儒学提举。著有《樵水集》等。

怀友时住夏玉泉山

远水平林翠绕城，秋来风雨动离情。

玉泉千尺梧桐树，月下时闻落叶声。

出处

《黄提举清老》（清康熙长洲顾氏刊元诗选本）。

宋褧（诗3题3首）

宋褧（元至元三十一年至至正六年，1294—1346年）

字显夫，大都宛平（今属北京市）人。元泰定元年（1324年）进士，授秘书监校书郎，后拜翰林直学士，兼经筵讲官。卒追封范阳郡侯，谥文清。著有《燕石集》十五卷。

杨柳词又六首·通州道中作 至元四年春（6首选1）

玉泉山下绿丝垂，曾见先皇驻跸时。

翠辇金舆何处去，烟条露叶不胜悲。

出处

《燕石集》卷第四（清抄本）。

从驾观承天护圣寺 至顺二年五月

陪驾西郊外，遐观倦未还。荷深七里泊，云近五华山。

胜境嗟来暮，官微愧不闲。凭高歌夏谚，真拟重跻攀。

出处

《燕石集》卷第五（清抄本）。

七月望日西山即景十二韵

朔土中元展墓辰，暂时从俗出重阊。秋光萧飒无余暑，野色虚明不动尘。

仙馆旧时通辇路①，官沟佳处似江津②。郊扉亭榭皆沽酒，石岸湾埼半鬻薪。

见寺参差多白塔，逢僧络绎尽红巾。凫茨映草花轻小，鸿荚遮萍大叶匀。

洁白芙蕖犹是夏，淡黄杨柳不如春。偶随渔艇方游目，忽见龙舟却怆神③。

金水河宽风掠面，玉泉山暗雨催人。马蹄不惮平芜远，鸟语常因密树频。

可惜痴顽携子侄，未能放旷会亲宾。茫茫世网谁堪约，负郭同为学稼民。

自注

①昭应宫西有英庙别殿。

②通惠广源闸风物类南方。

③英庙、文宗两朝御舟藏广源闸上别港。

出处

《燕石集》卷第七（清抄本）。

朱德润（诗2题2首）

朱德润（元至元三十一年至至正二十五年，1294—1365年）

字泽民。昆山（今属江苏省）人。元延祐六年（1319年），以荐授翰林应奉。后任江浙行省平章辟为行省照磨。著有《存复斋集》《存复斋续集》等。

游西山作

宛平佳山水，历历蟠心胸。偶登群峰顶，下瞰青莲宫。长松腾翠蛟，古磴妥垂虹。

云开扶舆气，翕忽如仙踪。我来方醉后，游览彻九重。长啸出林杪，振袂扬天风。

愿同安期生，携手凌昊穹。

出处

《存复斋文集》卷之八（明刻本）。

王编修邀游西山海子

晴川低回山苍苍，涵烟夹溪千里长。山腰涧曲细泉响，下激石窦为微潢。

枯梢挽风秋色里，修林落叶随长江。林疏石露见茅屋，时有小径通微茫。

招提横截翠微上，阑干九曲云飞扬。自从束书离故乡，脚头青鞋走山梁。

山川悠长日月速，跻攀分寸何能强。太原高人知我意，请裂纨素书沧浪。

丹青不关名利眼，虎头痴绝非王郎。百年有怀良可哂，还拂长松思道场。

出处

《存复斋文集》卷之十（明刻本）。

朱德润《松涧横琴图》

李穀（诗3题6首）

李穀（元大德二年至至正十一年，1298—1351年）

字中父，自号稼亭先生。高丽韩州人。元统元年（1333年）进士，授翰林国史院检阅官，留元任职。后往返中土与高丽之间，先后6次入元任职，与朝中士大夫多有交往。至正十年（1350年）还本国，元授征东行省左右司郎中。次年正月卒。高丽谥文孝公。著有《稼亭集》，《高丽史》有传。

六月十五游西湖

舟人见客竞来迎，笑指荷花多处行。此日溯流应更好，夜来山雨水添生。

清风不用玉壶迎，红日如催画舸行。欲识西湖奇绝处，夜深花睡暗香生。

龙舟几向此中迎，玉仗拟拟夹岸行。但道侧金开梵刹，谁知前席问苍生。

小儿安可折腰迎，高士多应掉臂行。湖上秋来花易落，人间日出事还生。

晓日舟人似喜迎，晚来何事即催行。人情利尽皆如此，怅望西山暮霭生。

出处

《稼亭集》卷十六（《韩国文集中的蒙元史料》上册）。

与东国观光诸生游西山

湖山胜景世间稀，千里同游本不期。瘦马蹇驴谁复数，清风明月自无私。

万夫力尽东西寺，二圣心存左右碑。须信此行天所赋，晚来云雨更催诗。

自注

是日有骑驴者，为守湖者呵止。

出处

《稼亭集》卷十六（《韩国文集中的蒙元史料》上册）。

仲孚再和喜晴仍约游西湖复作四首

风荡穷阴匆放晴，楼台好处拟闲行。天瓢洗出山河秀，玉烛调来日月明。
犹恐残云含雨意，要分霁景助诗情。新篇漫兴休烦和，吟苦还嫌作乞声。

比邻笑语闹初晴，急取青藜著履行。螺点远岑云际出，鸦翻夕照树腰明。
生成衮衮看天意，忧喜纷纷见世情。及此晚凉同一醉，忙闻门外马嘶声。

西湖水满北山晴，山下乘舟湖上行。四面天机云锦烂，中心仙阁翠华明。
白云杳杳遗弓恨，红日悠悠倚柱情。不可此间无好语，喜君自昔有诗声。

水光山色弄微晴，好向西湖载酒行。已卧莲舟浮滉漾，更鸣桂楫击空明。
恐君孤负同游约，举世奔忙各有情。他日相逢空大笑，此诗荒涩不成声。

出处

《稼亭集》卷十七（《韩国文集中的蒙元史料》上册）。

贡师泰（诗1题1首）

贡师泰（元大德二年至至正二十二年，1298—1362年）

字泰甫，号玩斋。宣城（今属安徽省）人，泰定四年（1327年）进士，授太和州判官。官至户部尚书，负责由海道向大都运粮。著有《玩斋集》。

游西山次周伯温韵

严钟启城钥，百辟联佩绅。斜汉在昴毕，摇光正当寅。
华车出广陌，光采生熙春。阴崖冻犹结，阳谷景已新。
云林白汹涌，石磴青嶙峋。先皇昔游幸，顾瞻怆兹辰。
恍若铁马起，空留玉衣陈。鼎湖去虽远，元化同其神。
凭危俯高树，历览穷荒榛。梵宇抗疏岭，飞阁腾迢津。

贡师泰书法

虚庭潜飙起，白日无纤尘。长杨十二衢，甲第连居民。

清时治兹久，天地涵深仁。矧兹风气完，且复俗习淳。

耦耕杂畎亩，独钓当漪沦。高仙去窈邈，瑞气留氤氲。

于焉契嘉晤，顿觉烦抱伸。寒予敬亭下，清池翳修筠。

时时一瓢酒，独酌不计巡。对此重归思，江海愁畸人。

出处

《贡礼部玩斋集》卷之一（明嘉靖刻本）。

傅若金（诗1题5首）

傅若金（元大德七年至至正二年，1303—1342年）

字与砺，初字汝砺。新喻（今江西省新余市）人。至顺三年（1332年）携诗篇北游京师，虞集、宋褧荐于朝廷。元顺帝时，出使安南（今越南），归授广州路儒学教授。著有《傅与砺文集》。

清明日游城西诗 并叙

予资嗜幽澹，所遇名山水，兴至辄飙然径造，兴尽即休，无留滞之意。客京师三年，闻西山之胜，未至焉。乃元统二年二月二十五日为清明节，风和景舒，卉木妍丽。金华王叔善父、四明俞绍芳、同里范诚之，与予，从一小苍头，载酒肴共出游城西，遂至先皇帝所创大承天护圣寺，纵观行望寿安、香山而还。

先是约信宿遍历山麓诸寺乃止。至是谓三子曰："是行适意尔，即一诣而穷其胜，岂更有余兴哉。"相与登高，藉草而坐，酒数行，约赋古诗五言六韵五章，道所得之趣，书二十字乱器中，人探五字以为韵。时诚之止酒，予又性不饮，叔善、绍芳脱冠纵酌，旁若无人，予亦吟啸自若。都人士游者车服声伎相阗咽、金壶玉盘罗列照烂，意若甚薄余数子者。而又有若甚慕者焉。

既夕罢归，所赋诗各缮写为一卷，明日会余于杜氏馆中。夫予在同游间年最少，而好任意兴，三子不以予年少而夺之。诚之与余俱不举酒，而能从二子之饮，不厌其醉，是游不已乐哉。叙以识之。

曜灵动若木，晨鸟鸣东窗。兴言集俦侣，西郊出翱翔。登高望荆吴，延目极三江。
密林何掩蔼，嘉树翳苍苍。感此时节迁，慨然思旧邦。乘风即清旷，薄使我心降。

出自城西门，未知道所穷。并驱涉长阜，山川郁何雄。累累道边坟，四顾生悲风。
茫昧万物始，冥冥天地终。阴阳相推化，焉知抟埴工。谁能同朽木，俱尽委蒿蓬。

梵宫何巍巍，白日耀流藻。前楹交网树，阴阶被灵草。宿昔构华丽，河沙施七宝。
丹霞通飞阁，清飙激驰道。车马纵横至，虚谷漫浩浩。飞龙逝不返，令人伤怀抱。

游子爱良辰，出门各有携。阳春发惠气，好鸟鸣喈喈。芳花明曲渚，新杨拂大堤。
群物纷相悦，斯人多所怀。飘彼陌上尘，化为水底泥。百年亮如此，不乐复奚为。

长风度广泽，清辉泛遥甸。层宫发崔嵬，落景驻遐眷。群观各侈靡，金壶列丰膳。
幽赏聊共娱，谁云极游衍。喈喈水中凫，翩翩云间燕。微生亦何勤，志足非所羡。

出处

《傅与砺诗集》卷之二（民国吴兴刘氏刻嘉业堂丛书本）。

台哈布哈（诗1题1首）

台哈布哈（元大德八年至至正十三年，1304—1353年）

又写作泰不华、达普化，字兼善，初名塔斯布哈，元文宗御赐今名。西域巴约特氏，蒙古人。祖籍西域白野山。其父塔布台始居浙江台州。至治元年（1321年）进士，官至浙东道宣慰使、都元帅，在与方国珍对战中殉职。赠行省平章政事、魏国公，谥忠介，立庙台州，额曰崇节。著有《顾北集》。

陪幸西湖

北都冠盖地，西郭水云乡。珠树三花放，鸾旗五色翔。鸡翘翠凤渚，豹尾殿龙骧。
驾拥千官仗，帆开百尺樯。属车陪后乘，清道肃前行。河汉元通海，湖山远胜杭。

经纶属姚宋，制作从班扬。瑞绕金根动，声摇玉佩锵。春阴飞土雨，晓露挹天浆。

御柳枝枝绿，仙葩处处香。葵倾惟日向，荷偃借风张。宝马鸣沙路，华舟迥石塘。

金吾分禁籞，武卫四屯箱。小大濡深泽，仁明发正阳。皇皇星斗阔，落落股肱良。

朝野崇无逸，邦家重有光。赐租宽下国，传诏出中堂。布政亲巡省，观民或恤荒。

麦禾连野迥，桑柘出林长。乐岁天颜喜，回銮月下廊。

出处

《元诗选》（清文渊阁四库全书本）。

梵琦（诗1题2首）

梵琦（元元贞二年至明洪武三年，1296—1370 年）

僧人。俗姓朱，字楚石，晚号西斋老人。浙江象山人，9 岁出家天宁永祚禅寺，元英宗时应选入京。晚年归天宁寺。入明后参加过明太祖两次大法事，洪武三年（1370 年）圆寂。著有《楚石集》等。

燕京绝句六十七首（67 首选 2）

谁凿西湖绕瓮山，白云点缀绿萝间。坐看水色浮天影，几个渔舟自往还。

西山水落瓮山浮，无数人烟簇上头。好种荷花三十顷，中间更著采莲舟。

出处

《楚石大师北游诗》（旧抄本）。

周伯琦（诗5题7首）

周伯琦（元大德二年至明洪武二年，1298—1369 年）

字伯温，晚号坚白老人。江西饶州（今江西省鄱阳县）人。自幼随父入京，以荫授海南县主簿，累升直学士、监察御史。元至正十七年（1357 年），奉旨招谕张士诚，后还故里。著有《周翰林近光集》《扈从诗》。

四月十二扈从乘舆泛舟西山玉泉次韵左丞许公可用纪事廿韵

首夏清和候，西郊山水乡。飞龙方利见，鸣凤尽高翔。游豫三农慰，巡观八骏骧。
采虹明斗盖，文鹢缓风樯。剑佩鹓联序，貂珰鹘肃行。珍羞移饔膳，琛贽自梯航。
警跸乾坤廓，旗旌日月扬。五云光郁郁，九奏韵锵锵。雾阁藏莲界，霞杯湛桂浆。
洞岩晴拂黛，草树昼生香。探妙由仁智，怡神在弛张。紫鳞依密藻，朱鹭戏回塘。
御榻瑶为陛，离宫锦幂厢。诗人咏灵沼，史氏纪昭阳①。立政登庸盛，赓歌辅弼良。
灵祇诃地胜，畿甸拱天光。熙洽当今日，都俞集一堂。宅中应锡福，治泰更包荒。
相业嵩衡峻，词源江汉长。余波私幸及，播颂殿西廊。

自注

①癸岁名。

出处

《近光集》卷一（清文渊阁四库全书本）。

岁癸未三月廿二日侍从圣上泛舟玉泉西寺护国寺行香作二首

西郊柳暗晓风和，岩谷莺花散绮罗。双凤引箫来阆苑，六龙捧棹泛银河。
祠宫星列天香蔼，阁道云深禁跸过。九奏虞韶嘉瑞集，明朝齐唱上回歌。

翠华游豫暮春天，花满长堤草满川。渔艇凌波遥掷网，农廛趁候竞犁田。
皇情嘉共民心乐，御气能增物色妍。析木津头多雨露，从今四海屡丰年。

出处

《近光集》卷二（清文渊阁四库全书本）。

岁甲申三月陪平章喀喇公子山展墓作

东风拂面又清明,共揖西山晓出城。杨柳数村烟外过,杏花十里雪中行。

凤毛世表贤臣瑞,马踏人传故相茔。展罢归涂无限思,一尊松下重班荆。

出处

《近光集》卷二（清文渊阁四库全书本）。

初秋同杨国贤太监耀珠巴戬少监子贞监丞暨僚属重泛湖游西山

清商应候管,凉飔涤炎歊。兰台多暇佚,西郊共消摇。凌晨拂星露,适兴宁辞遥?
稼宝丰黄云,击壤喧髦髫。重峦霏湿翠,澄湖莹冰绡。朱华拥绿衣,弄影酣且娇。
菰蒲漾藻景,柳槐咽残蜩。楼船泛中流,雅会崇风标。华讴振远树,妙舞惊潜蛟。
霁虹驾文漪,飞阁摩层霄。登临据赏眺,沿洄屡停桡。累觞互称寿,气合笑语饶。
微云起天际,疏雨鸣林梢。异芳袭四坐,雾里群仙遨。回头扰扰中,何啻万仞超。
人生聚合难,况际休明朝。同班侍璧府,峨冠听云韶。兹游岂偶尔,三生旧相招。
宛然在瀛岛,孰谓非松乔。羊谢素旷达,李郭真英翘。欢惊各洒洒,归途尽陶陶。
揽胜犹未遍,寻盟更联镳。

出处

《近光集》卷三（清文渊阁四库全书本）。

仲秋休沐日同崇文僚佐泛舟游西山即事二首

西郊爽气薄西山,山下平湖水接天。十里香风荷盖浪,一川雾景柳丝烟。

玉虹遥亘星河上,翠阁双悬日月前。壮观神州今第一,胜游何啻拟飞仙。

藕花深处泛楼船,八面亭台绮绣连。晴鹜乱蒲迷弱缆,空蝉落叶和繁弦。

蟹螯入手殽烝最,莲实登筵果品先。共倒碧筒宁惜醉,明时多幸侍甘泉。

出处

《近光集》卷三（清文渊阁四库全书本）。

附：朝鲜（文1篇）

朝鲜《朴通事谚解》

为元末明初朝鲜人学习汉语的两个教材之一。二者分别名《朴通事》《老乞大》，对话体形式，前者是高级汉语读本，后者为初级。早期为手抄本，朝鲜王朝前期开始印刷发行并整理完善，朝鲜成宗年间由崔世珍编成《朴通事谚解》《老朴辑览》，肃宗年间再由边暹、朴世华重新考订刊行。

《朴通事谚解》中有对玉泉西湖与大承天护圣寺景观的详细描述，是颐和园地区早期珍稀史料之一。

西湖景

挥使，你曾到西湖景来么？我不曾到来。你说与我那里的景致么。说时济甚么事，咱一个日头随喜去来。然虽那们时，且说一说着。

我说与你，西湖是从玉泉里流下来，深浅长短不可量。湖心中，有圣旨里盖来的两座琉璃阁，远望高接青霄，近看时远侵碧汉。四面盖的如铺翠，白日黑夜瑞云生，果是奇哉。那殿一划是缠金龙木香停柱，泥椒红墙壁，盖的都是龙凤凹面花头筒瓦和仰瓦。两角兽头都是青琉璃，地基地饰都是花斑石、玛瑙幔地。两阁中间有三叉石桥，栏干都是白玉石，桥上丁字街中间正面上，有官里坐的地白玉石玲珑龙床，西壁厢有太子坐的地石床，东壁也有石床，前面放一个玉石玲珑酒卓儿。

北岸上有一座大寺，内外大小佛殿、影堂、串廊，两壁钟楼、金堂、禅堂、斋堂、碑殿，诸般殿舍不索说，笔舌难穷。殿前阁后，擎天耐寒傲雪苍松，也有带雾披烟翠竹，诸杂名花奇树不知其数。

阁前水面上，自在快活的是对对儿鸳鸯，湖心中浮上浮下的是双双儿鸭子，河边儿窥鱼的是无数目的水老鸦，撒网垂钩的是大小渔艇，弄水穿波的是觅死的鱼虾，无边无涯的是浮萍蒲棒，喷鼻眼花的是红白荷花。官里上龙舡，官人们也上几只舡，做个筵席，动细乐大乐，沿河快活。到寺里烧香随喜之后，却到湖心桥上玉石龙床上，坐的歇一会儿。又上琉璃阁，远望满眼景致，真个是画也画不成，描也描不出。休夸天上瑶池，只此人间兜率。

出处

《近代汉语语法资料汇编：元代明代卷》。标题、分段由编者添加调整。

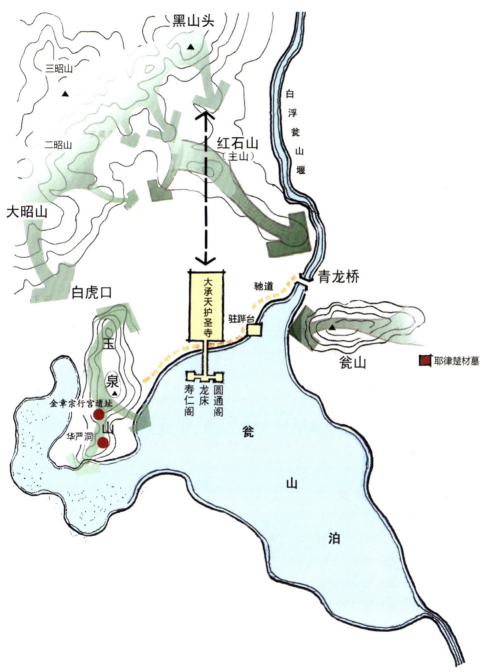

大承天护圣寺山水格局

明《出警入跸图》（局部）

瓮山泊在明代被称作西湖。由于水利失修，元末明初西湖萎缩，面积仅剩一顷余。永乐初年，明廷对瓮山长堤进行了大规模整修，使西湖得到恢复，但由于白浮瓮山河断流，水面再未恢复到元代盛期水平。退水滩涂被大量开发为稻田。

　　随着明宣宗在湖北岸大承天护圣寺遗址建立大功德寺，西湖再次兴起游览热潮，并辐射带动了周边风景建设，湖畔田园也成为一大游览内容，并形成五个文人歌咏热区：

　　大功德寺与瓮山大堤。周边有松林庵、西林禅寺、七圣寺、西方庵。

　　玉泉山。最为兴盛持久，景点有玉泉亭、玉泉池、玉泉寺、望湖亭、华严寺与华严洞、金山寺、吕公洞、观音寺、玉龙洞、昭化寺、隆佑寺等。

　　青龙桥周边。环桥有慈恩寺、塔院、红石山妙应寺与毗卢阁、李氏园亭。

　　瓮山。有圆静寺与晶庵、仁慈庵、耶律墓园，至明后期大都趋于衰败。

　　金山皇家陵寝区。石马华表与殿脊飞檐相望于途，终明之际成五十四园。另有宝藏寺。

昆明湖演变示意图·明代西湖

钱仲益（诗1题1首）

钱仲益（元至顺三年至明永乐十年，1332—1412年）

名允昇，字仲益，以字行，号锦树山人。南直隶无锡（今属江苏省）人。元末为杭州录事，明洪武末年举明经。永乐初年改汉王府长史。著有《锦树集》。

李叙班望云思亲诗

白云一片影霏霏，孝子遥瞻目力微。定向玉泉山上出，却来金殿阙前飞。

身同抱日从龙起，心逐因风傍鹤归。愿托思亲今夕梦，蓟门千里觐庭闱。

出处

《锦树集》卷二（清文渊阁四库全书三华集本）。

张羽（诗2题2首）

张羽（元至顺四年至明洪武十八年，1333—1385年）

字来仪，更字附凤，号静居。江西九江人。官至太常寺丞，著有《静居集》。

玉泉山中怀李景山田师孟二公

雁落苍烟外，蝉吟夕照中。与谁论古道，独自立秋风。

远岫青无数，晴波碧四空。故人成久别，不见寄诗筒。

出处

《静居集》卷之四（四部丛刊三编景明成化刻本）。

燕山春暮

金水桥边蜀鸟啼，玉泉山下柳花飞。

江南江北三千里，愁绝春归客未归。

出处

《静居集》卷之六（四部丛刊三编景明成化刻本）。

袁珙（诗3题3首）

袁珙（元元统三年至明永乐八年，1335—1410年）

字廷玉，号柳庄居士。浙江宁波人。明初著名相士，洪武三十年（1397年）被邀至北平燕王府，永乐后任太常寺丞。著有《柳庄集》。

题玉泉垂虹

飞瀑下崚嶒，虹光照晚晴。涓涓来福地，衮衮入皇城。

景胜诗难赋，愁多酒易醒。清名今万古，来往濯尘缨。

出处

《柳庄先生诗集》（抄本）。

游寿安山大昭孝弘圣寺有感

西湖湖上寿安山，曾访禅林几往还。

此日谁怜风景异，断碑衰草夕阳间。

出处

《柳庄先生诗集》（抄本）。

吊耶律墓

玉泉东畔瓮山阳，水抱孤村地脉长。

一自楚材埋玉后，儿孙两辈谥宁王。

出处

《柳庄先生诗集》（抄本）。

金幼孜（诗2题2首）

金幼孜（元至正二十八年至明宣德六年，1368—1431年）

名善，字幼孜，以字行，号退庵。江西新淦（今江西省吉安市新干县）人。建文二年（1400年）进士。官至礼部尚书，兼武英殿大学士。谥文靖。著有《北征录》《金文靖集》。

玉泉垂虹

宛宛垂虹引玉泉，萦岩出涧净娟娟。细通树底明初日，遥转湖阴涵远天。

鱼动翠纹生雨后，鸥翻细浪起风前。源源自是归沧海，添作恩波下九埏。

出处

《金文靖集》卷四（清文渊阁四库全书本）。

随驾过西湖

载笔从容扈乘舆，经行偶得过西湖。林花朵朵迎人笑，水鸟双双向客呼。

雨洗断碑荒绿藓，烟埋废刹长青芜。欲论往事皆尘土，立马东风日又晡。

出处

《金文靖集》卷四（清文渊阁四库全书本）。

张鸣善（诗1题2首）

张鸣善（生卒年不详，明初在世）

名择，号顽老子，以字行。山西平阳（今山西省临汾市）人。官至淮东道宣慰司令史。入明后任江浙提学，后辞官隐居吴江。著有《英华集》。

次卢参书御沟水韵二首

华清波色汉阳沟，不似粼粼暖绿柔。飘尽上林红万点，又从天上送春愁。

堤头春涨碧琉璃，堤外春阴海子时。同是玉泉山下水，可怜波浪太参差。

出处

《元风雅后集》卷九。

胡广（诗1题1首）

胡广（明洪武三年至永乐十六年，1370—1418年）

字光大，号晃庵。江西吉水人。建文二年（1400年）状元，官至文渊阁大学士，兼左春坊大学士。卒赠礼部尚书，谥文穆。著有《胡文穆公文集》等。

玉泉垂虹

玉泉之山下出泉，泉流萦折如虹悬。却带西湖连内苑，直下东海汇百川。

微风时动碧波动，明月夜映清光圆。静观太易有至理，此中曾见羲皇年。

出处

《胡文穆公文集》卷八（清乾隆十五年刻本）。

杨荣（诗1题1首）

杨荣（明洪武四年至正统五年，1371—1440年）

字勉仁，号默庵。福建建安（今福建省建瓯市）人。建文二年（1400年）进士，官至谨身殿大学士，兼工部尚书。卒赠太师，谥文敏。著有《北征记》《杨文敏文集》等。

玉泉垂虹

一派清泠蝀蛛悬，涵云浴雾自年年。声回晓阙鸣清佩，影落秋崖湿紫烟。

石罅转来幽涧里，瑶池分出御桥前。汪洋长比恩波阔，万古东流会百川。

出处

《文敏集》卷之六（明正德刻本）。

曾棨（诗1题1首）

曾棨（明洪武五年至宣德七年，1372—1432年）

字子棨，号西墅。江西永丰人。明永乐二年（1404年）状元。官至詹事府少詹事，入直文渊阁。谥襄敏，追赠嘉议大夫、礼部左侍郎。著有《巢睫集》《西墅集》等。

玉泉垂虹

跳珠溅玉出岩多，尽日寒声洒碧萝。秋影涵空翻雪练，晓光横野落银河。

潺湲旧绕芙蓉殿，滉漾遥通大液波。更待西湖春浪阔，兰桡来听濯缨歌。

出处

《巢睫集》卷之三（明成化七年长清张氏刻本）。

钱习礼（文1篇）

钱习礼（明洪武六年至天顺五年，1373—1461年）

名干，字习礼，以字行。江西吉水人。永乐九年（1411年）进士，官至礼部右侍郎致仕。谥文肃。著有《归田稿》《钱习礼文集》等。

游玉泉山记

玉泉山在都城西三十里，最号奇胜，常欲游未果。正统四年，临川王时彦、泰和王行俭约予往游，并辔西出阜成门，望西山如屏幛，层列翠出天半。驰十余里至豆腐闸上，高柳数株可荫休，少憩其下，周视野次，平衍如席，麦畦谷垄相间，麦苗方生，长寸许。

顷之，造山下崇真观，观外小涧环流，涧桥坏，循岸西得清浅处以渡。道士王希言引入山门，遍览殿庑，依岩壁为之，不甚弘敞。从东庑转入小方丈，颇高爽，其前累石为台，台下甃方池，水黝然黑色，冬夏不登耗。池上有

钱习礼书法

小室，揭其楣曰灵渊斋。厨后一小池，深尺余，泉涓然流溢其中，道士取给焉，余流入于溪。观毕出，坐灵渊池上。清风徐来，凉满衣袖，命具酌酒饮之。

遂导予四人者沿涧诣金山寺，涧道欹窄仅可步，水清见底，其中白石磷磷。既至寺，出抵一笑庵观龙洞。洞方广无寻丈，旁有石穴深窅莫可测。庵中老僧高顶龙眉，长身竦瘦如野鹤。希言云：自朝鲜浮海而来，常宴坐洞中，夜有异物现光，怪恬不怖畏，盖澹然忘世者。

欲入华严寺观泉支流不果，径至泉所。泉上有亭，宣宗命构，以备临幸。亭下甃石为池，泉侧出石罅中，凿石为龙吻吐之。池前为石桥，水从桥下出为长溪，曲

折流三百步许，潴为西湖。秋高气清，泓澄渟潆，水光浮天，浩然一白。

亭后三顶址皆石，无大树，相传上有昔人遗迹，宽可坐数十人，俗传洞宾尝息于此，名吕公洞。相与酌泉饮之，泉味甘洌，冰骨霜齿。行俭领二客坐洞中，遍观游者题名而下，遂归。

经（护）圣寺，寺前松柏行直如引绳，其间台殿甍桷飞动，金碧照人。稍东，度青龙桥，桥下水声如雷。迤逦并湖堤以行，湖畔野树向摇落，枯荷残苇，椷籁洲渚间。堤下皆水田，稻多未获，弥望如黄云，宛然有江湖景趣，使人心目开爽，顿忘乡土之思。相与叹兹，游乐甚。

昔明道程子，以幼闻秦山奇秀在鄠县，未得游览，逾冠登第，即请为是县主簿，求以偿其素志。一旦遍游诸山，赋诗以归，并自为记，岂非山水奇胜，诚仁智者所乐与！兹泉近在都邑，来观无半日程，吾党列官，禁林职务清简，屡约游而不果。今喜得乘休暇以酬夙昔之愿，不负泉石之胜，兹非幸欤？用次第游览所经而为记。

出处

《古今游名山记》卷一（明嘉靖四十四年庐陵吴炳刻本）。

林环（诗1题1首）

林环（明洪武八年至永乐十三年，1375—1415年）

字崇璧，号纲斋。福建莆田人。明永乐四年（1406年）进士。授翰林院修撰。著有《纲斋先生集》。

玉泉垂虹

浮花溅玉落崔嵬，迥出千岩去不回。白日半空疑雨至，青林一道见烟开。

月分秋影云边去，风送寒声树杪来。流入宫墙天汉近，还同瀛海绕蓬莱。

出处

《绚斋先生集》卷之一（明成化十三年林侅刻本）。

王英（诗1题1首）

王英（明洪武九年至景泰元年，1376—1450年）

字时彦，号泉坡。江西金溪人。永乐二年（1404年）进士。官至南京礼部尚书，谥文安。著有《泉坡集》等。

西 湖

雨余凫雁满晴莎，风静花香霭芰荷。曾见牙樯牵锦缆，遥看翠浪接银河。

秋光渺渺连天净，山势亭亭绕岸多。好是斜阳湖上景，芙蓉千迭映回波。

出处

《明一统志》卷一（清文渊阁四库全书本）。

王直（诗1题1首）

王直（明洪武十二年至天顺六年，1379—1462年）

字行俭，号抑庵。江西泰和人。永乐二年（1404年）进士。官至吏部尚书。卒赠太保。著有《抑庵集》等。

西湖诗

玉泉东汇浸平沙，八月芙蓉尚有花。曲岛下通蛟女室，晴波深映梵王家。

常时凫雁闻清呗，旧日鱼龙识翠华。堤下连云杭稻熟，江南风物未宜夸。

王直《题文同墨竹图》

出处

《明诗抄·明诗七言律》（四部丛刊续景写本）。

王翱（诗1题1首）

王翱（明洪武十七年至成化三年，1384—1467年）

字九皋。直隶沧州（今属河北省）人。永乐十三年（1415年）进士。官至吏部尚书。
谥忠肃。

由望湖亭至华严寺

虚亭开窈窈，湖望亦微茫。马择垂杨系，尊移近水张。

月光恢岸阔，钟韵引秋长。酒醒寒仍旧，何应典客裳。

出处

《帝京景物略》卷七（明崇祯刻本）。

唐文凤（诗2题2首）

唐文凤 [生卒年不详，永乐十二年（1414年）前后在世]

字子仪，号梦鹤。南直隶徽川（今属安徽省）人。永乐中，荐授兴国县知县，后改赵王府纪善。著有《梧冈集》。

西湖景

玉泉山浚源，西湖乃渊深。春波紫鲤跃，夜雨苍龙吟。下有芙蕖陂，上有杨柳林。溉灌饶黍稷，德泽被古今。堤防日疏凿，万载神禹心。挹清以酌别，对此消烦襟。

出处

《梧冈集》卷二十一（明正德唐氏三先生集本）。

玉泉山

荡荡神京地，峨峨玉泉山。一涧洒雨细，六月飞雪寒。银河绕云阙，玉虹挂天关。中有龙所居，万古波不干。为霖泽下土，丰年民物安。行人挹苍翠，目送孤鸿还。

出处

《梧冈集》卷二十一（明正德唐氏三先生集本）。

刘球（文1篇）

刘球（明洪武二十五年至正统八年，1392—1443年）

字求乐，号两溪。江西安福人。永乐十九年（1421年）进士，官至翰林侍讲。正统年间因反对宦官王振，被下狱肢解死。景泰初年，追赠翰林学士，谥忠愍。著有《两溪文集》《两溪诗集》等。

游玉泉记

玉泉之游，非佚游也，词林诸寮欲为编修萧君孟勤尽一日之观，以壮其荣归之行也。适上巳之辰，编修与俭、安简、主静邀孟勤会予参编撰中规、检讨廷器偕行。以编修元玉未至，候久之，意其必有所妨，遂发骑从西城出，行六七里犹皆以缺元玉为念，俄于广源闸见二骑立水北，乃元玉得武臣导，从别径至，为之大喜。

沿流行十数里，抵西湖。湖中蒲荇郁郁皆春，禽鸟虾鱼飞潜自得，湖上草木方萌析，而奇峰秀嶂蔚然翠黛交辉，水畔亦有耕者。且行且观，尽湖东涯至昭应庙，下马憩松柏下，出茶饼啖之。

北行渡青龙桥，有老人年八十余，家桥西迎入奉蜜汤。因即其地置酒，各尽数酌，西折而达大功德寺，寺前有古台三，久不屋矣，而廉隅尚整。相传为金元主幸故，所谓护圣寺时更衣处也。

寺门内有碑穹然，乃宣宗皇帝御制始建今寺文，众聚观之。僧右觉义雪峰率徒来候且导入，殿阁门庑皆极壮丽肃。至方丈，具素膳为礼甚恭。

既别之玉泉，泉涌出池中而注之湖，其清可掬，其温可濯，其甘可饮，其上有亭可风，乃环池取水以自洁。升坐亭上，柔风四来，余垢尽涤。僧复携茗来，献茗毕张具。余七人，以次酌孟勤，孟勤酬亦如之，众复相酬。因取诗来游来歌，以矢其音，八字为韵，分以赋诗。虽无流觞曲水，然临清序坐，以觞以咏，怀亦甚畅。

自玉泉遵湖西涯行一里余，将折而南归，遥望灵应观，栋宇隐隐出树林中，皆欲造焉。独孟勤引骑行不顾，众皆挽之，辞曰：吾醉矣，姑留此再游以相乐也，即为之罢。

归途过普光寺，僧群然出迎，亦不能为之留，至城门已阖半扉，抵家夕矣。

因坐而思京畿之盛在西湖，西湖之盛在玉泉。湖之作本于泉，而为利于畿内也，有自来矣。自唐失驭，是方遂为战斗之场，五代以后，中更辽、金，南北隔绝者将百年矣，孰敢一投足其间以览其胜耶？元虽一天下而士大夫得为玉泉游者，犹未几人。今其山川景物，乃得数蒙衣冠骈集而宠临者，不偶然也，圣朝之赐也！

虽然予前六年尝为是游，当时馆阁同行者十人，今为孟勤往则向十人中独予一人与焉，余皆不在职矣，岂惟予哉？诸君游亦出于再，而亦多非故侣，则吾侪之足迹得再及于玉泉之境者亦不偶也，斯文之幸也！合二不偶而揆之，其大小虽异，其有感于予心一尔已，而诸君录所赋诗，且嘱予记，因述其实而附以所感，期与诸君无忘是游焉！

出处

《两溪文集》卷之四（明成化六年刘钺等刻本）。

邹缉（诗1题1首）

邹缉（不详至明永乐二十一年，？—1423年）

字仲熙，号素庵。江西吉水人。洪武中举明经，官至右庶子兼侍讲。著有《素庵集》。

玉泉山

嶂雾岩云涌玉泉，长流未似瀑流悬。声惊素练鸣秋壑，光讶晴虹饮碧川。

飞沫拂林空翠湿，跳波溅石碎珠圆。传闻绝顶芙蓉殿，犹记明昌避暑年。

出处

《帝京景物略》卷七（明崇祯刻本）。

柯潜（诗2题5首）

柯潜（明永乐二十一年至成化九年，1423—1473年）

字孟时，号竹岩。福建莆田人。明景泰二年（1451年）进士。官至詹事府少詹事，兼翰林学士掌院事。著有《竹岩文集》《竹岩诗集》等。

夏日游西湖四首

醉骑翩翩踏软莎，水村西去碧山多。遥看湖上落花满，知是夜来新雨过。

近市有桥通石涧，隔溪无路入烟萝。同游俱是金銮客，吟倚清风赏芰荷。

天风两袖下蓬瀛，十里湖光照眼明。行近荷花香满舄，坐依苔石翠沾缨。

白云飞去不留迹，黄鸟啼来如有情。野老亦能知爱客，短筇扶过石桥迎。

上方楼殿少尘埃，暇日寻幽得趣来。坐久花阴移近席，吟余松子落成堆。

僧邀访竹穿云去，鹤伴看山绕涧回。忽有好风吹满面，趁凉骑马度岩隈。

远野苍茫接近郊，酒旗摇曳出林梢。湖山佳处多僧寺，云树深中半鹤巢。

�清泉通石罅。冥冥白鹭下塘坳。夕阳未尽登临兴。明日重来载酒肴。

出处

《竹岩集》卷四（清雍正十一年柯潮刻本）。

游瓮山圆静室 在西湖北

寻常只说西湖胜，今日才知有瓮山。曲槛飞花香冉冉，小桥流水碧湾湾。

树经千岁不曾老，云在孤峰长自闲。痛饮一樽偿绝景，醉时骑马月中还。

出处

《竹岩集》卷四（清雍正十一年柯潮刻本）。

徐贯（诗3题3首）

徐贯（不详至明弘治十五年，？—1502年）

字符一，原一。浙江淳安人。景泰四年（1453年）举人，天顺元年（1457年）进士，官至兵部尚书，加太子少保，以疾乞归。卒赠少保，谥康懿。著有《余力稿》。

功德寺沐浴口号

禅关聊把凡尘涤，习习清风生两腋。

雪崖深处望蓬莱，谁借飞空鹤一只。

出处

《徐康懿公余力稿》卷之二（明嘉靖三十一年徐健刻本）。

功德寺沐浴口号

阴阴树色暗溪桥，满目春光可自骄。林外风清山霭散，湖边日暖水痕消。

莺啼弱柳如相唤，鹤舞长松不用招。回首凤城三十里，肩舆来往亦飞遥。

出处

《徐康懿公余力稿》卷之四（明嘉靖三十一年徐健刻本）。

游西湖偶成录侣雪岸并示宗宪

明媚春光三月天，西湖湖上最堪怜。好山面面开图画，函鸟声声弄管弦。

泉水每从崖际出，野花故向雨中鲜。老僧不得同相当，只傍闲云树影眠。

出处

《徐康懿公余力稿》卷之四（明嘉靖三十一年徐健刻本）。

左赞（文1篇）

左赞（生卒年不详）

字时翊，号桂坡。江西南城人。天顺元年（1457年）进士。官至广东布政使。善书法。著有《桂坡集》《桂坡遇录》等。

玉泉山记

论者有谓天地发育万物挈成于西，故名山川多西。京都之西山，自太行恒岳而来，蜿蜒旁薄，联峰复嶂拱挹城阙，其间多胜境。玉泉山其最也。山麓出泉，潴为西湖，千顷一碧，澄波拍天，云物舒惨，晨夕异状，自昔词人达士以不一迹其胜为缺典，而迹之者莫不侈为歌咏以铺张其胜。

先十有五年，予会试。试甫毕，友人夏景源同一游焉，未至湖堤，夫风扬尘，目不能瞬，兴尽言还。受职以来，坐席未温，两以忧志，遑及于游。成化丙戌复任司封，屡欲往游，夺于公冗又无好事者为之倡，而湖山之胜徒隆于怀间。与司勋陈朝用、翰林修撰张启昭、中书舍人王东白言之，其心盖与予同。

岁庚寅夏四月丁卯，属公务稍暇，先期与司勋辈约。是日早朝罢，会于西直门外桥畔，而太学生张元善、王廷福闻之欣然欲往，若有契焉。至期，予与修撰同行，而司勋、元善辈已先至约处，好事之士夏文雅、徐崇德泊予从子宪亦携匏尊以从，候东白不至，乃度桥北折西二里许，饭于灵通观，观虽小而雅，道士二三人，投袂肃客。邻观有真觉寺，五塔并峙，自趾及颠，白石一色，其前若伞盖，饰以青碧琉璃，道六曰：此效西域制度，号金刚座，出中贵所建。

饭已，易便服按辔循溪徐行。时雨初歇风日清美，四野究阔一尘不兴，流水清驶蒲藻含香，鱼鸟翔泳若解人意。司勋马上微吟，或作推敲之势，得奇名辄索予和之。

数里至广源闸，傍有人家，酒帘摇曳撩人息有。又数里湖堤隐起，垂柳交阴，堤下多水田，农方播种，至龙王庙欲下马少憩，会中贵人较射，遂迂路折北至圆静寺。

寺依瓮山，主僧思晓迎，相与历阶而升，有轩翼然，□户玲珑，榜曰湖山胜慨，乃通政司参议何文壁代僧求予所书者。又有暖云、晴雪二额，亦予天顺中为淳僧官所书，隶古也。湖光山色可坐见之，而城郭楼观、平川茂林参错于烟霏渺莽间，游人、行旅、骑者、步者断续隐见于履舄之下，翛然有脱去凡近而游高明之趣，盖其寺最胜处也。

轩之西庵有胡僧耳王环□坐不起，但请啜茶。予辈不答而出，信慕其教者多京城富人，率拜谒施财求福，可笑也。

思晓复送上马，且为言玉泉之快捷方式。直寺西行，少顷至青龙闸，石阑宏壮差胜广源，居人亦阅莅焉。闸边饮马毕，度桥二里至功德寺，旧名护圣。虞文靖公有记，不知废于何时。宣德中重建，闳廓靓深，为西山第一精蓝，车驾临幸改今名，云僧众六百有奇。

主僧迎款如晓，而仪观修整，讯其名曰戒靖，以阐教来为住持，雅好文，与之言论，娓娓可听。导游佛殿，像设庄严，两庑画释氏源流，皆一时名笔。最后至无量寿殿，雕铍髹、饰丹腹，藻绘光彩照人，金书藏经函列左右，供张什物之器备极精巧。殿前隙地方筑台基建佛阁，其费无虑百家之产，一出于中贵所施，时日将午遂别。

靖可三里至玉泉亭，亦宣德中所建，俗呼：歇凉亭。亭前泉来石罅，从螭口喷出，泠泠有声，渟潴为池，广三丈许，清澈可鉴毛发，味甘冽异常。池东跨以石梁，水经其下注于西湖，而复迤为长溪海子、太液池、金水玉河一源于此。

由亭南入昭化寺，主僧惠兴，缁衣质朴而礼貌甚恭。寺后有华严洞，崖上刻玉泉二字，洞中凉气袭人，不可久息，欲缘岭访吕公岩，诸君以足力倦回寺。

予独与惠披丛薄至绝顶，莽苍中有金章宗芙蓉殿废址。山虽不甚高，色当奇胜之会，而香山、五华、翠峰、国朝宗室祠墓举在目睫，诚瑰观也！

吕公岩界观音、金山二寺间，广可丈许，深倍之。岩南之寺尤多，不暇遍游，亦不能悉言也。大抵出西直门，支冈裔阜、奥区沃壤俱为浮屠蟠据，蠹财厉民一至此极夫，其可叹已！

回至昭化，而文雅具肴核甚丰，酒数行，予少醉假寐，诸君各随量尽欢，饫及童骑至玉泉亭，席地更酌。予不胜酒，但饮泉数瓯，余醒俗虑，荡涤殆尽。

已而复经功德寺前石台，盖文靖所记圆通寿仁阁故基。出入松桧阴中，不循故道，径取湖堤回，返照入湖，芒采相射。西山凝紫与湖影摩荡，荷叶贴水如盘盂。然水鸟近人，载翔载集，可玩也。至龙王庙歇马，坐柳阴，余兴未尽，北望元中书令耶律楚材墓，可五里，欲往一观，以日薄暮恐妨入城，各上马至广源闸，日已衔山，遂策马入西直门，驻万宁寺，以俟同行之未至者，及家已一鼓矣。

噫！相徉以适闲旷之怀，非踪迹市朝者所可得，兼吾侪玉泉之游，迟迟数年始得一偿所颐，东白已有宿约，羁于他事竟啬一游，信乎其难矣。景源物故已五年，今与其子文雅同游，而存没之感又何如也。灯下操觚记之，翌日质诸同游，见人生佳会之难得，而斯游之不可无述也。若夫同志之士，素所愿游而未得者，读予斯文宁不有会于心为之击节而叹慕耶！

出处

《桂坡集》卷之八（明刻本）。

吴宽（诗7题8首）

吴宽（明宣德十年至弘治十七年，1435—1504年）

字原博，号匏庵，世称匏庵先生。南直隶苏州（今属江苏省）人。成化八年（1472年）进士，官至礼部尚书，谥文定。著有《家藏集》《平吴录》等。

与蒋宗谊城东观泉因忆旧谈越中五泄之胜

秋早俄惊急雪流，夜来高岸雨初收。同行赖有三山客，试问何如五泄游。

歇马旋成燕市饮，扣舷遥想越人讴。玉泉山路凉风爽，还约寻源向上头。

出处

《匏翁家藏集》卷第八（四部丛刊景明正德本）。

谒耶律丞相墓

在瓮山下，前有石象，须分三缭，其长过膝，真异人也。

角端人语太兵还，帷幄功高掩伯颜。身托中原只抔土，神归朔漠自重关。

僧伽香火青松盛，翁仲风霜白石顽。遗象俨然惊叹久，一间空屋倚西山。

出处

《匏翁家藏集》卷第十五（四部丛刊景明正德本）。

晚至湖上

到湖疑路尽，忽复转林塘。雨后添泉脉，云中漏日光。

新蒲仍自绿，怪柳不成行。欲唱吴歌去，凭谁觅野航。

出处

《匏翁家藏集》卷第十七（四部丛刊景明正德本）。

宿功德寺航公房

山下禅堂向晚登，扶筇一笑有卢能。饭余蔬笋收斋钵，供杂香花映佛灯。

汉阙乍违同野史，吴音无改尽乡僧。蒲团稳睡回清梦，风雨萧萧撼古藤。

出处

《匏翁家藏集》卷第十七（四部丛刊景明正德本）。

吴宽《饮玉泉二首》

饮玉泉二首

龙唇喷薄净无腥，纯浸西南万叠青。地底洞名疑小有，江南泉品类中泠。

御厨络绎驰银瓮，僧寺分明枕玉屏。曾是宣皇临幸处，游人谁复上高亭。

垂虹名在壮神都，玄酒为池不用沽。终日无云成雾雨，下流随地作江湖。

坐临且脱登山屐，汲饮重修调水符。渴吻正须清泠好，寺僧空自置茶垆。

出处

《匏翁家藏集》卷第十七（四部丛刊景明正德本）。

登华严洞

缘崖缭绕近青天，十步回头一竦然。但觉群峰俱在下，忽临空洞更无前。

三年桓椁坚谁凿，半夜庄舟重莫牵。便借石床逃酷暑，白云为幕称高眠。

出处

《匏翁家藏集》卷第十七（四部丛刊景明正德本）。

还至湖上

湖上寻归路，行行背落晖。青山嫌客去，白鸟背人飞。

不觉过泉闸，空劳带雨衣。江南如梦醒，仍见水田肥。

出处

《匏翁家藏集》卷第十七（四部丛刊景明正德本）。

刘大夏（诗4题4首）

刘大夏（明正统元年至正德十一年，1436—1516年）

字时雍，号东山。湖广华容（今属湖南省）人。天顺八年（1464年）进士，官至兵部尚书。卒赠太保，谥忠宣。著有《东山诗集》《刘忠宣公遗集》等。

游西山·出城道中

晓来联骑踏晴沙，风景苍苍一望赊。几处白云前代寺，数村流水野人家。

莺啼别墅春犹在，马到西山日未斜。回首不知归路远，九重宫殿隔烟霞。

出处

《刘忠宣公遗集·诗集》卷一（清光绪元年刘乙燃刻本）。

游西山·寻功德寺失道

最是祇园佳境深，白云堆里路难寻。禅房未了看花兴，清梵空闻隔叶音。

酒醒微风双树远，诗成斜日半山阴。相逢拟就汤沐宿，古钵分泉洗渴心。

出处

《刘忠宣公遗集·诗集》卷一（清光绪元年刘乙燃刻本）。

游西山·登玉泉山华严寺

云外双峰俯玉湍，寻春此日共凭栏。过来泉石机心静，醉拂烟霞眼界宽。

石上古松巢白鹤，寺旁修竹隐青鸾。一团风致同江左，座上何人识谢安。

出处

《刘忠宣公遗集·诗集》卷一（清光绪元年刘乙燃刻本）。

游西山·晚过西湖

踏遍云林日已晡，匆匆犹自过西湖。好山还似留征客，长路何如倦仆夫。

堤柳扬风惊别渚，沿蒲摧浪出双凫。何时试看丹青手，布此江山入画图。

出处

《刘忠宣公遗集·诗集》卷一（清光绪元年刘乙燃刻本）。

吴希贤（诗1题1首）

吴希贤（明正统二年至弘治二年，1437—1489年）

名衍，以字行，改字汝贤。福建莆田人。天顺八年（1464年）进士。官至南京翰林院侍读学士。著有《听雨亭稿》。

上巳倪舜咨会瓮山 得木字韵

世路苦氛埃，缅怀在山谷。晓出西郭门，珂马纷相逐。细草迷旧津，屡问烦僮仆。

小径入湖阴，穿云过林麓。僧房雾露清，石磴莓苔绿。主人携酒至，盘餐杂肴蔌。

杯行既已频，诗赋未能续。逸思转昏倦，欲借藤床宿。归骖不可留，夕阳在林木。

出处

《石仓历代诗选》卷四百十二（清文渊阁四库全书补配清文津阁四库全书本）。

张升（诗5题5首，文1篇）

张升（明正统七年至正德十二年，1442—1517年）

字启昭，号柏崖。江西南城人。成化五年（1469年）进士。官至礼部尚书，乞归，赠太子太保。卒赠太子太傅，谥文僖。著有《柏崖文集》（又名《张文僖公文集》）。

游西山诗序 (节选)

弘治丙辰秋，七月望属，谒陵还时，宿雨未收，黑雾蔽空，至沙河乱流而渡，马惊横鹜，任其所之。依山而迈已四鼓矣，逮明见樵者问焉，曰此距西湖不远。同行者少司徒岳阳刘公时雍、少司马东莱季公守贞、少司寇乐安谢公维章、少廷尉山阴王公明仲，暨予为五人。相与笑曰：西山之约久矣，辄以事阻，今乃偶出，是途非天假耶？

遂乘兴而往，可二十里，峦峰明秀，风景悠然，钟声隐隐出林表，渐近则长堤绕湖，夹堤而北，绿云细缊，荷香袭人。堤尽，崇门盛开，台殿突兀，曰功德寺也。入寺坐东禅堂，有老衲剌剌道宣庙频幸斯地，天语神踪宛然在目。

已而穷西湖之源，折而益西，五里有一亭倚山，山麓俱石，石窦出泉，汇成大池，波翻如毂转，洞见其底，每水珠出，累累连贯而上方止，其下盖有伏流也。

（下略香山、八大处）

呜呼！际文明之代，会风日之清，乘途次之便，经形胜之地，振大雅之音，鸣治世之隆，具有诸公之作，在余不足言也。

出处

《古今游名山记》卷一（明嘉靖四十四年庐陵吴炳刻本）。

西 湖

澄湖映带国西偏，水色山光两渺然。隔竹幽禽难辨语，绕堤古树不知年。金波倒浸千峰月，玉藻平铺一镜天。对面荷花浑胜锦，香风吹我兴无边。

出处

《张文僖公诗集》卷之一（明嘉靖元年刻本）。

游功德寺

万松阴里问招提，未到招提马亦嘶。峭壁晓瞻红日近，短墙时度碧云低。
空门旧识鸣銮下，赐额曾经御笔题。驰道芊芊芳草合，多情野鸟向人啼。

出处

《张文僖公诗集》卷之一（明嘉靖元年刻本）。

耶律楚材墓

草昧从龙一代豪，经纶何必佩弓刀。幕中决胜应千里，数里凭占迈六韬。
黑水无家春草合，青山有冢暮云高。燕云幸有回生路，追想当年泣俊髦。

出处

《张文僖公诗集》卷之一（明嘉靖元年刻本）。

玉　泉

玉泉寺里坐熏风，遥见飞流下碧空。动地水声来院落，惊人雪色映帘栊。
灵源直与银河接，绝域还应黑海通。一入禁城长作雨，天瓢随处管年丰。

出处

《张文僖公诗集》卷之一（明嘉靖元年刻本）。

西湖上堤

绿杨堤畔水云乡，镜里人行马亦骧。过雨转添莺语滑，隔涯频送藕花香。
明湖冷浸三更月，瀑布寒飞六月霜。翠辇昔年曾此幸，至今鱼藻被恩光。

出处

《张文僖公诗集》卷之一（明嘉靖元年刻本）。

倪岳（诗8题8首，文1篇）

倪岳（明正统九年至弘治十四年，1444—1501 年）

字舜咨。南直隶南京（今属江苏省）人。天顺八年（1464 年）进士。官至吏部尚书。卒赠少保，谥文毅。著有《青溪漫稿》等。

上巳出游瓮山分得处字

密勿金闺籍，逍遥玉堂署。承平荷君恩，倏忽感时叙。夙约犹未忘，远游孰为拒。
晴日散微暄，晨景及初曙。共出西郭门，相寻旧行处。物生遂敷荣，民居乐繁庶。
望望出林麓，迢迢转湖溆。草色迷断岸，山光接孤屿。轻风吹客衣，闲云擘晴絮。
冠裳惊杂沓，鸥鸟忽轩翥。羸马行复嘶，野花粲如语。前途不可诘，幽寺渺何许。
逢人试借问，揽辔重延伫。隔林见僮仆，展席具尊俎。悬崖费跻攀，佳境足依据。
午桥晋公庄，辋川右丞墅。烟岚宿轩窗，风云入毫楮。览眺豁心目，推敲失杯箸。
欢呼非放旷，觞咏亦容与。讵云礼法疏，聊得江山助。清赏殊未酣，归兴一已遽。
白日不可留，青春渐将去。怀哉望三益，怃然增百虑。岂不惜燕乐，神交愧鸡黍。
愿言结同心，勉旃永终誉。

出处

《青溪漫稿》卷一（清武林往哲遗著本）。

游玉泉华严寺

门外寒流浸碧虚，玉泉山上老僧居。芙蓉云锁前朝殿，耶律诗存古洞书。
曲涧正当虹饮处，好山相对雨晴初。笑攀石磴临高顶，浩荡天风袭翠裾。

出处

《青溪漫稿》卷四（清武林往哲遗著本）。

四月八日游西山道中有作呈奚元启

匹马行春到郭西，远山无数暮烟迷。林间已觉飞花少，风外还看落絮低。
宿麦带黄应半熟，新蒲抽绿未全齐。旧游又是三年别，此日重来取次题。

出处

《青溪漫稿》卷四（清武林往哲遗著本）。

游西山圆静寺晶庵限韵一首

半山晴雪护禅庵，门外长堤到水南。隔岁疏篁犹个个，倚云危磴自三三。
清风送我来琼岛，垂柳随人堕碧潭。莫笑跻攀凌绝顶，登临高兴固能堪。

出处

《青溪漫稿》卷四（清武林往哲遗著本）。

游玉泉洞限韵一首

壁间有诗云"洞口桃花春不管，山中芳草夜如何"之句，乃金人之作。
谁凿青山一窍空，春寒深琐夕阳中。平临北极无尘到，近接西湖有路通。
窟底云雷生白日，窗间松柏下清风。旧题磨灭犹堪认，芳草桃花没断蓬。

出处

《青溪漫稿》卷四（清武林往哲遗著本）。

登功德寺新阁限韵一首

凭虚高阁不胜寒，乘醉来登更倚栏。十里湖光通几席，八窗云影上衣冠。
荒台漫惜千金业，羸马聊陪一日欢。极目天南驰远眺，催归无那夕阳残。

出处

《青溪漫稿》卷四（清武林往哲遗著本）。

玉泉限韵一首

西山深处俯流淙，乱石清泉自击撞。铁马嘶风惊客枕，玉虹拖雨过禅窗。

临溪正爱红亭一，逆浪时看白鸟双。万斛尘襟浑似洗，酒酣应使寸心降。

出处

《青溪漫稿》卷四（清武林往哲遗著本）。

西湖限韵一首

望尽西山十里湖，平洲缥缈水萦纡。潜腥久识鱼龙近，倒影长怜岛屿孤。

落日微风吹白浪，深春细雨出青蒲。经过几度怀遗迹，百尺荒台草半芜。

出处

《青溪漫稿》卷四（清武林往哲遗著本）。

游瓮山诗序

汉志祓除晋叙修禊，故同年诸君子有上巳之会，成化戊子三月己巳会适主于余，故以先一日戊辰有瓮山之游。

山在都城西三十里，清凉玉泉之东，西湖当其前，金山拱其后，山下有寺曰：圆静。寺后绝壁千尺，石磴鳞次而上，寺僧淳之晶庵在焉。然玩无嘉卉异石，而惟松竹之幽，饰无丹漆绮丽，而惟土垩之朴。

而又延以崇台，缭以危槛，可登而眺，或近或远。于以东望都城，则宫殿参差，云雾苍苍，鸡犬相闻，烟火茫茫，焕乎若是其广也。西望诸山，则崖峭岩窟，隐如芙蓉，泉流波沉，来如白虹，渺乎若是其旷也。至若茂树回环，幽荫蓊蔚，坳洼淳澄，百川所蓄，窅乎若是，其深者又临瞰乎西湖者矣。

故夫有事于游者，沿城隍、逾高凉、缘长堤、历崇冈，穷兹山而止，攀援而登，箕踞而观。于是云开日晴，川流山拥草木之蕃，鸟兽之动回巧献技，若迎若送者，则有不必穷深极幽，而西山之奇一览俱足者矣。然后知是山之特出，殆冠乎西湖之上，而余之游于此者亦已三矣。

是日退朝，出阜城门，行廿里许，遂抵湖堤。俯入林麓回绕，而西湖波、粳田映带左右。水风时来，尘意俱散。又数里复转而北，山木蔓络郁然而青，苔径逶迤坦然而平，石梁可涉，潺湲水声，此则所谓圆静者矣。

乃相与下马，摄衣以行，求晶庵而登焉。至则僮仆俱在，稍具杯酌，汲泉瀹茗已。乃就坐清吟笑歌，忘驱驰之劳；引觞轩眉，尽游观之乐。风林暮色，雅兴未已。促驾而归，陶然忘醉。

夫游，固君子之所不废者也。然交承之分，兄弟之义，丽泽之益，盖不可以或忘也。矧当四方敉宁之时，得相与优游，以为今日之游，皆圣天子之明赐。则夫所以竭力以图报者，又不可以不知也。徒以无所事事而日皇自暇逸，不亦重贻君子之责乎？此又朋友之谊，所当交相戒者也。

游者九人，孟阳以事不赴，合分韵联句诸作通若干首，汇为一卷而序以弁之。

出处

《青溪漫稿》卷十七（清武林往哲遗著本）。

马中锡（诗2题3首）

马中锡（明正统十一年至正德七年，1446—1512年）

字天禄，号东田。直隶故城（今属河北省）人。成化十一年（1475年）进士。官至右都御史。以兵事为朝廷论罪，卒于狱中。著有《东田集》等。

十四日游瓮山次谢于乔太史韵二首

柳外湖光花外楼，四时佳兴属春游。隔林阳焰初疑马，度水晴云欲乱鸥。

客醉不禁寒食酒，僧归还上夕阳舟。自惭潦倒东风里，也复看山逐胜游。

草色湖光远带楼，一春过尽始寻游。未愁花落如红雨，只恐身忙愧白鸥。

寺僻岂无玄度屐，树深疑有武陵舟。山人若肯招携住，洗耳宁甘逐下流。

出处

《东田集》卷之二（明嘉靖十七年文三畏刻本）。

题功德寺航上人小画

青山如髻立林梢，隔水茅茨远市朝。

我欲谈玄寻惠远，槁梧携过虎溪桥。

出处

《东田漫稿》卷之一（明嘉靖十七年文三畏刻本）。

屠勋（诗3题3首）

屠勋（明正统十一年至正德十一年，1446—1516年）

字符勋，号东湖。浙江平湖人。成化五年（1469年）进士。官至刑部尚书。谥康僖。著有《屠康僖集》《太和堂集》等。

入功德寺

一入空门便觉宽，怪来雀跃更蜿桓。上方可许随云卧，胜慨应难坐井观。

三界尊严依宝树，千年功德护金銮。凭高极目皆诗料，何处钟声出树端。

出处

《屠康僖公文集》卷之三（明万历四十三年刻清初重修本）。

寻西湖源

西来一派见银泓，倒影琉璃万丈清。滚滚泉源浮地起，涓涓寒碧照人明。

且于万法观云水，莫向三乘问海瀛。坐久飒然毛骨爽，不知尘世有尘缨。

出处

《屠康僖公文集》卷之三（明万历四十三年刻清初重修本）。

再入功德寺

舍卫城高枕碧湖，天然绝胜辋川图。移居欲学双林传，问诀还参六祖卢。

沙界离尘空玉宇，禅心如月湛冰壶。酣余睡思凭谁遣，玉碗茶分竹里厨。

出处

《太和堂集》卷之三（明万历四十三年刻清初重修本）。

程敏政（诗6题7首）

程敏政（明正统十年至弘治十二年，1445—1499年）

字克勤，号篁墩。南直隶休宁（今属安徽省）人。成化二年（1466年）进士。官至礼部右侍郎。卒赠礼部尚书。著有《篁墩文集》等。

十二月七日有事西山陵园宿功德寺航公房次韵二首

青山绕屋树藏桥，我骑初来亦自骄。晓日初红寒未敛，冻岚输翠午全消。

白鸥近水如堪狎，黄鹄凌空不可招。拟扫闲云分半榻，帝城清梦未应遥。

白石岩扉锁绿萝，江南佳处此无多。天晴楼阁雾中见，日晚牛羊山下过。

寂寂古祠依灌木，亭亭枯苇向寒波。诗禅久绝风花句，神女无劳说旧魔。

出处

《篁墩程先生文集》卷之八十一（明正德二年何歆刻本）。

自金山口奉送孝穆太后仝葬茂陵

金山直北启玄堂，黯淡风云曙色凉。翠辇忽扶双凤出，祎衣还从六龙翔。

姜嫄祀举坤仪重，妠汭波均庆泽长。孝穆大名知不朽，万年哀册庙中藏。

出处

《篁墩程先生文集》卷之八十一（明正德二年何歆刻本）。

耶律丞相庙次韵

一代豪华去不还，碧峰长暎紫芝颜。七分数拟尧夫邵，十倍髯过汉将关。

致主力曾遵夏礼，活人功比革苗顽。穹碑已没荒祠在，谁剪荆榛表墓山。

自注

石像髯垂至足。

出处

《篁墩程先生文集》卷之八十一（明正德二年何歆刻本）。

观音寺望湖亭次沈中律旧韵

涧水分明一线来，碧天空阔镜中开。亭前医俗怜新笋，石上题名扫旧苔。

野衲未惊中爨熟，林乌遥认晚钟回。春来觞咏休轻掷，白塔累累遍草莱。

出处

《篁墩程先生文集》卷之八十二（明正德二年何歆刻本）。

吕公洞

石洞知何代，门当玉涧湾。潮音疑可听，仙驾香难攀。

暗穴深通海，危亭上据山。吟身贪纵步，遥带夕阳还。

出处

《篁墩程先生文集》卷之八十二（明正德二年何歆刻本）。

自玉泉亭步至功德寺

东风几日到郊坰，岸草汀蒲已自青。羁客乍来方纵目，野人相见亦忘形。

湖当鹫岭烟光重，路入龙潭水气腥。闻说先皇曾驻跸，红云犹绕玉泉亭。

出处

《篁墩程先生文集》卷之八十二（明正德二年何歆刻本）。

李东阳（诗4题5首，文2篇）

李东阳（明正统十二年至正德十一年，1447—1516年）

字宾之，号西涯。湖广茶陵（今属湖南省）人。天顺八年（1464年）进士。以礼部右侍郎、侍读学士入直文渊阁。谥文正。著有《怀麓堂集》《怀麓堂诗话》等。

玉泉垂虹

玉泉东下转逶迤，百尺虹霓欲倒垂。石罅正当山断处，林光斜映雨晴时。

惟将远色兼天净，不恨微涓到海迟。五老峰前才一派，可能消得谪仙诗。

出处

《怀麓堂诗稿》卷之十六（清康熙二十年刻本）。

乔主事归自西山闻南屏隐瓮山晶庵漫寄一首

静倚岩扉自咏诗，岂知朝市有人知。山林入后应嫌浅，踪迹看来颇近奇。

满目尘埃须笑我，一川风月合分谁。苍苔白石湖边路，亦欲相寻未可期。

出处

《怀麓堂诗稿》卷之十五（清康熙二十年刻本）。

游西山记

西山，自太行联亘起伏数百里，东入于海。而都城中受其朝灵秀之所会，屹为层峰，汇为西湖。湖方十余里，有山趾其崖曰瓮山；其寺曰圆静。寺左田右湖，近山之境，于是始胜。

又三里为功德寺，洪波衍其东，幽林出其南，路尽丛薄始达于野。乃有玉泉出于山，喷薄转激，散为溪池，池上有亭，宣庙巡幸所驻跸处也。又一里为华严寺，有洞三，

李东阳（款）《山水图》

其南为吕公洞，一窍深黑，投之石有水声，数步不可下，竟莫有穷之者。

又二十里为香山，楼宇堂殿与石高下，其绝顶胜瓮山，其泉胜玉泉。又二十里为平坡寺。俗所谓大小青龙居之，迥绝孤僻，其胜始极，而山之大观备矣。

成化庚寅四月之望，刑部郎中陆君、孟昭与客十人游之，晨至于功德寺，有寇生者亦载酒从，劝客数行，僧食客蔬。食已，复上马南至于玉泉，求觞斝不得，又不可掬饮，相顾爽然，良久方别。道取馈者瓦杯还饮之，又南至于华严，有俗客数辈不顾径去。

又西南至于香山，坐而乐之曰：美哉山乎，而不得在西湖之旁，造物者亦有遗技乎？或曰其将靳于是，或曰物固然尔，造物者何容心哉！因相与大笑。

望平坡远弗至，乃循故道归。过瓮山登之，孟昭复大飨客饭，仆夫刍马，日昃乃返。进士奚元启预号于众曰：至一所须一诗，成不者且省罚，罚依桃李园故事。然竟无罚者。

李东阳（款）《山水图》

孟昭曰：维西山实胜都邑，不可阙好事者之迹，然官有守、士有习，不得岩探窟到于旬月之顷，取适而止，无留心于兹，盖有合于弛张之义者，不可以不记。乃起揖客，请授简于执笔者。

出处

《怀麓堂文稿》卷之十（清康熙二十年刻本）。

山行记（节选）

弘治癸亥冬十月，予有事于申邸之园。园在都城西五十里，兰山之麓。丙申朏晨出郭，沿官河北堤，并西湖至瓮山圆静寺，忆昔所登晶庵者，停肩舆缘石磴而上，则有平甃新构，屋前后栉比，层波远树、平田旷野已不复见，慨然感之，乃遽去。

转湖西，入功德寺，寺盖宣德间所建，甚弘敞。后殿尤极精丽，殿柱及藏经笥皆锥金。锥金者布金于地，髹彩其上，以锥画之，为人物花鸟状若绘画然，又有刻丝观音一轴，悬于梁际，刻丝者以丝刻为画，非绣非织，别为一法。殿后有毗卢阁，阁两檐八角，高七八丈而已。

时予壻衍圣公孔闻韶知德闻予兹行，乃与偕南至玉泉亭，宣庙所驻跸处。泉寒不可饮，勺而玩之。

又至华严寺，寺有洞五，其下洞凿为方室，深可二三丈，东壁有元耶律楚材诗刻尚存，缘崖上数折，径仅容足。约半里许至绝顶，乃昔与杨都宪应宁所登，有一僧结草为衣，出洞揖客，其西壁有予所题诗，已为人涤去。予笑曰：吾诗固非纱笼中物也。因忆予尝数游，实不知有上洞，吾子兆先时为童，从予游，忽自上趋下，云更有佳处，自是始知之。而今不可作，默然自伤者久之，诸君不识也。旋降至下洞，欲往香山，日已昃，知德辈还宿功德，予独向西南可十五里，历重冈，入杏子口，至善应寺宿焉。

降而东北十余里，由华严山后经诸公主园入金山口，复过功德不入，折而北西登妙应寺，凭栏望湖水如圆静旧址，而空阔过之。东北行二十余里，又北至静虚观，登土山，山可百步，高四三丈，有树数百，风籁籁有声，发尽竖，不可久驻。亟降至畏吾村墓舍，少憩而还，比抵家日又晡矣。

噫！汉之五陵、唐之曲江，皆神州名胜地，词人墨客动侈言之。西山为本朝胜概，予实京产顾限于官守不得，时至自备员台阁以来如兹游者，仅一见而已。孤登独眺固不若群游众乐之，为傃舞雩童冠非仕者所有，事信宿之际为兴已不齐，则是行也诚不可以不纪。诗五言十首汇录于后共为卷。

李东阳书法

出处

《怀麓堂文后稿》卷之七（清康熙二十年刻本）。

春兴八首 (8首选1)

瓮山西望接平坡，匹马双童几度过。十载衣冠朋旧少，五更风雨梦魂多。

湖边渔榜惊鸥鸟，树里僧房隐薜萝。飞尽桃花还燕子，一年春事竟如何。

出处

《心斋稿附录》卷之六（明正德四明李氏刻本）。

西山十首 (10首选2)

日日车尘马足间，梦魂连夜到西山。近郊地在翻成远，出郭身来始是闲。

云里荡胸看缥缈，溪边洗耳听潺湲。秋风忽散城头雨，先为游人一解颜。

日照西山紫翠生，雨余秋色更分明。蜃楼出雾东浮海，雉堞连云北绕城。

旧识邮亭犹问路，渐多僧寺岂知名。十年几度登临约，不尽平生吏隐情。

出处

《怀麓堂诗稿》卷之十五（清康熙二十年刻本）。

王佐 (诗9题9首)

王佐（生卒年不详）

字仁辅，号古直，以号行。浙江黄岩人。天顺举人，官训导。工书画，喜聚书。著有《古直存稿》。

和谢木斋太史游瓮山

湖上青山山下楼，最宜冠盖暮春游。两行疏密堤边柳，几点浮沉水上鸥。

瓮有烟云随短策，湖多风月欠扁舟。诸公俱是匡时客，莫向吟边赋急流。

出处

《古直存稿》卷之二（明弘治十五年刻本）。

和李西涯先生游慈恩寺

红尘不识清游乐，日日繁华度栽华。偶寄乾坤本无事，每看山水欲移家。

园林□处消得酒，风雨等闲飞尽花。忆着当年李太白，水西诗好有人夸。

出处

《古直存稿》卷之二（明弘治十五年刻本）。

游功德寺限韵

诸公大拼今日闲，出郭红尘事不关。乘兴已忘三十里，寻幽又过一重山。

老僧潇洒烟霞外，我辈嬉游天地间。更爱岩花迎客笑，笑予诗债未曾还。

出处

《古直存稿》卷之二（明弘治十五年刻本）。

功德寺 （联句）

树里人家渐出村 （东阳），登登石路转山根 （铎）。

马头云拥冈陵断 （辰），象外天开殿阁尊 （东阳）。

诗景不教僧占尽 （铎），山灵休厌客来烦 （辰）。

招提旧事吾能说 （仁甫），圣德神功此地存 （铎）。

出处

《古直存稿》卷之三（明弘治十五年刻本）。

西湖道中 (联句)

两岸青山马上看（仁甫），岚光高映海波寒。

诸宫日射金银气（东阳），万籁风回水石滩。

富贵地余幽胜在（铎），尘劳身愧赏心难。

放歌欲到千峰顶，谁向青霄借羽翰（辰）。

出处

《古直存稿》卷之三（明弘治十五年刻本）。

登瓮山圆静寺 (联句)

极目湖光半接山（铎）， 一清真足洗愁颜（仁甫）。

层楼迥出飞鸿外（东阳），远寺平分积翠间（辰）。

云拥帝城天咫尺（铎），石藏仙洞水潺湲（东阳）。

山僧莫笑忘归去（辰），十载官曹几日闲（铎）。

出处

《古直存稿》卷之三（明弘治十五年刻本）。

严华寺 (联句)

出洞云深日易斜（东阳），清杯犹恋羽人家（铎）。

惯来仙犬能迎客（辰），老去林莺尚惜花（东阳）。

山好不妨归路晚（仁甫），诗清须向病翁夸（辰）。

濯缨何处沧浪水（东阳），许占前溪白鹭沙（铎）。

出处

《古直存稿》卷之三（明弘治十五年刻本）。

编者注

"严华寺"应为"华严寺"。

重经瓮山（联句）

卧看湖光榻底浮（辰），梦魂如恋此情幽。

入山便拟真判宿（铎），出寺犹烦强见留（东阳）。

青竹瘦堪书细字（东阳），碧溪清可著扁舟（辰）。

城头落日休催马（铎），更欲题诗寄白洲（仁甫）。

出处

《古直存稿》卷之三（明弘治十五年刻本）。

重经西湖（联句）

湖上归来爱马迟（仁甫），酒酣还耐晚风吹（铎）。

天光下与平芜接（辰），树影遥随落照移（东阳）。

路熟不劳童仆问（辰），心闲直许鹭鸥知。

留连更有临流兴（铎），坐待高城月上时（东阳）。

出处

《古直存稿》卷之三（明弘治十五年刻本）。

王鏊（诗6题6首）

王鏊（明景泰元年至嘉靖三年，1450—1524年）

字济之，号守溪，晚号拙叟。南直隶苏州（今属江苏省）人。成化十一年（1475年）

进士。累官户部尚书、文渊阁大学士、武英殿大学士。卒赠太傅，谥文恪。有《王文恪公集》《震泽集》等。

游华严寺（寺在京城之西山）

扪萝陟巇路登登，人在山房唤不应。

犬吠林间知有客，鸟啼洞口若无僧。

危阑一览总堪了，绝顶重来殊未曾。

古洞深温谁氏子，俨然趺坐对南能。

出处

《王文恪公集》卷之一（明万历震泽王氏三槐堂刻本）。

元耶律丞相墓和匏庵韵

西山几度只空还，好事怀贤厚我颜。

蒙古有公方用夏，居庸从此不为关。

犹闻窆地三髻委，自笑登高两足顽。

今日幽燕归圣代，可怜埋骨尚荒山。

出处

《王文恪公集》卷之一（明万历震泽王氏三槐堂刻本）。

游功德寺

河畔南辕忽改西，人家两两傍山低。

云归远岫昏初敛，春入平原绿未齐。

钟动招提迎老衲，纸飞荒冢哭孤嫠。

凭谁乞与龙亭水，化作东郊雨一犁。

王鏊书法

出处

《王文恪公集》卷之四（明万历震泽王氏三槐堂刻本）。

登毗庐阁（在京城西）

忙身抽得且闲游，天上回瞻十二楼。百战昔悲燕赵地，万年今作帝王州。

天花散漫金光烂，野树苍茫水墨稠。指点云间吴会近，扁舟湖上几时浮。

出处

《王文恪公集》卷之四（明万历震泽王氏三槐堂刻本）。

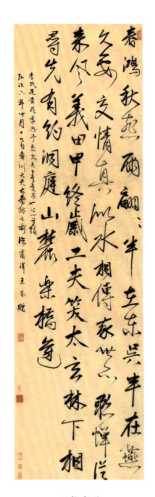

王鏊书法

玉泉亭

燕山自西来，连峰划中绝。有泉出其间，终古流不歇。

石缝漱潺湲，螭头泻幽咽。罗注粲成帘，激射喷为雪。

怒声亦砰鍧，静性终昭晰。肺肠藉洗湔，毛发归莹彻。

珠体碎复圆，玉流方以折。缅怀六龙来，坐觉万象别。

天光借澄明，日影增荡潏。幡幢乱山椒，貔貅遍林樾。

谁知百年后，尚睹孤亭巀。悠悠彼渔竿，盈盈者仙袜。

不忍向唾洟，胡能斯厉揭。虎跑真浪传，趵突差可啜。

醉破刘伶醒，病失相如渴。卫公递莫通，陆子评久缺。

何当携一罂，归洗人间热。

出处

《王文恪公集》卷之五（明万历震泽王氏三槐堂刻本）。

十一月廿七日被诏有事景陵归途作

严程西指日边霞，平野苍茫集晚鸦。

湖色破寒犹惨淡，山容得雪若矜夸。

谁当游衍还承诏，可惜风光不近家。

坐啜玉泉怀六一，漫将名器许浮槎。

出处

《王文恪公集》卷之五（明万历震泽王氏三槐堂刻本）。

杨一清（诗4题4首，文1篇）

杨一清（明景泰五年至嘉靖九年，1454—1530年）

字应宁，号邃庵，别号石淙。云南安宁人。成化八年（1472年）进士。官至兵部尚书兼右都御史，加太子太师，华盖殿大学士。谥文襄。著有《石淙类稿》等。

望湖亭示诸生

家住西南本爱湖，登临未觉此身孤。乾坤俯仰还高下，鱼鸟飞潜乍有无。

云梦可吞应待子，沧浪如濯未妨吾。浴沂童冠真谁是，犹自临风咏舞雩。

杨一清书法

出处

《石淙稿》卷之六（明嘉靖刻本）。

华岩洞听琴赠何生启东

步入深岩醉复醒，坐来幽思转泠泠。数声皋鹤在远汉，千迭水云浮洞庭。
调里溪山心自语，城中筝笛耳羞听。钟期去后知音少，莫怪齐门眼未青。

出处

《石淙稿》卷之六（明嘉靖刻本）。

湖上作

湖光入望寺门前，浅水平河断却连。对景不妨诗当酒，傍溪聊借马为船。
及时不乐真徒尔，此界逢人亦偶然。净洗渴尘三万斛，旧游重续定何年。

出处

《石淙稿》卷之六（明嘉靖刻本）。

游西山诗引

弘治辛酉春三月壬戌，予游西山，李兆先征伯实治具以从。同从行者，开郡马宗范成宪，广阳刘钊德几何、春启东，肥乡郭郛、于蕃，太原乔宗本大，淮阴杨盘国安，凡七人，皆门下士也。是夜宿香山寺，厥明循山麓而北登望湖亭，寻吕公、华严诸洞，嗽玉泉，历功德寺，沿西湖岸东还。探奇览胜，小大不遗，饮酒鸣琴各极其趣。子间有所述，辄为诸君诵之，众次第属和之。

抵暮入城，已大醉，犹与征伯递为句续，然皆率意口占，次日不复能记。而诸君乃裒辑之，以请于予，曰：是行也，弟子获奉杖履，庶几暮春浴沂之乐焉，不可以不识也。予笑而书之，因忆往年备员侍从，与诸朋旧山游登览，无岁无之，自擢外台以出先后几二十年，两以公务入京，亦尝定约以往，辄为他事所阻，比还朝又二载，公私纠纷，竟未能成。约兹行稍慰平生，而曩时同游故人无一与偕者。予又领南都太常之命，戒程有日，此别不知后来当复何，似言之怅然，乔吏部希大亦与此山知己，盖汲汲倡予为是行者，而适以改曹文选公务方剧，不得偕往，故予于联句及之，其辞其意两有憾焉，非漫为笑也。后二日甲申，石淙某识。

出处

《石淙稿》卷之六（明嘉靖刻本）。

初到西山口占示同游诸君子

偶向名山慰所思，幽寻已是来年期。一春风雨清明后，满目莺花烂漫时。
老觉同游非故侣，笑看残壁有前诗。相逢得意凭开口，莫为迂疏引兴迟。

二十年来别此山，胜游随意且开颜。云林隙地僧俱占，春水扁舟客未还。
花鸟不须愁漫兴，烟霞空自慕真间。登临我已非年少，颇觉丹梯不易攀。

出处

《石淙稿》卷之六（明嘉靖刻本）。

乔宇（诗1题1首，文1篇）

乔宇（明天顺五年至嘉靖十年，1461—1531 年）

字希大，号白岩山人。山西乐平（今山西省晋中市昔阳县）人。成化二十年（1484 年）进士，官至吏部尚书。因直谏罢官。谥庄简。著有《乔庄简公文集》等。

送瓮山偶遇潘南屏

朝日散林薄，钟声出翠微。青山面湖立，白鸟背人飞。

胜地不常有，幽期能久违。会逢高士话，相对欲忘归。

出处

《明诗综》卷五十四（清康熙四十八年内府刻后印本）。

游西山记

都城之西有山焉，蜿蜒磅礴，首太行尾居庸，东向而北绕，实京师雄观也！予自童时尝嬉游其胜，比长登仕，身系于公无因而遂者屡矣。

今年九月七日，偶休暇即速二三友，联镳出阜成门，指山以望则烟霏杳霭，近远参差，旧路恍然如梦。缘溪而北，境渐开豁，梵寺仙宫盘列掩映，廊檐台榭之覆压，册朦金碧之炜煌，殆不可数计。

又二十里为西湖，即玉泉所潴者。右浸冈陵，溟漾一碧。堤之东则稻畦千亩，接于瓮山之麓。上有寺曰：圆净（静），因岩而构，甃为石磴数寻，游者必拾级聚足以上。绝顶有屋曰：雪洞。俯面西湖之曲，由中而暇，旷焉茫焉，如驾远翩凌长空，予与客浩歌长吟，举酒相属。时天高气清，水叶尽下，平田远村，绵亘无际。虽不出咫尺之间，而骋眺千数百里之外，群峰拱乎北，众水宗乎东，荡胸释形将与寥廓者会已！

而客进曰：此地美矣，西山之胜恐未止于是。夫登高不蹑其巅，临深不穷其源，要非好奇者。于是复命驾西往，踏长桥、渡盘涡，又五里抵玉泉山。山下泉出如沸，有亭为宣皇驻驿之所，潴为池，清可鉴毫发，扣之而金石鸣，洒之而风雨至。其泷愈远，其势愈冲，瀺灂湝，所谓西湖

乔宇书法

之源也。岸则桧柏松杉之荫郁，洲则芰蒲菱荇之偃敷，幽宫古洞，行宫荒台，又争奇献秀于左右。

予乃踞大石，濯清流颓乎其既醉、浩乎其忘归，不知世间何物可以易此乐也。夫西山之胜，虽非一日所周，然瓮山之高旷，玉泉之幽邃其大率已得之矣。抑何必陟巉岏披蒙翳，如邓诜之数月山行者，然后为快邪？且兹山自唐虞以来，下上数千年或为列国、或为名藩或割据于英雄、或侵并于夷狄咸未有大一统如今日者，岂天固遗之以壮我国家哉！

出处

《古今游名山记》卷一（明嘉靖四十四年庐陵吴炳刻本）。

吴俨（诗1题2首）

吴俨（明天顺元年至正德十四年，1457—1519年）

字克温，号宁庵。南直隶宜兴（今属江苏省）人。成化二十三年（1487年）进士，官至南京礼部尚书。著有《吴文肃公摘稿》。

游功德寺次朝文韵二首

登高俯视乱山低，山势如攒万马蹄。石壁倒悬霄汉外，玉泉斜注寺桥西。龙从千尺渊中卧，僧向三叉路口迷[1]。习习香风携满袖，却疑骑马过苏堤。

野寺门前信马过，莫将尘土涴烟萝。云蒙山顶晴犹雨，月浸潭心水不波。青杏子垂珠蓓蕾，紫藤花发锦曼陀。诗人兴在留衣外，石壁新题不厌多。

自注

①时有僧随行误引至西直门故云。

出处

《吴文肃公摘稿》卷之二（明万历十二年刻本）。

李堂（诗7题7首）

李堂（生卒年不详）

字时升。浙江宁波人。成化二十三年（1487年）进士。官至工部右侍郎，总理漕河。著有《堇山集》。

西山杂咏·游功德寺

梦想惜尘缘，清游悒数年。佛图雄宇宙，帝锡壮山川。

丽日开金屋，香芜润玉田。载瞻龙驭远，凝望独潸然。

出处

《堇山文集》卷之二（明嘉靖刻本）。

西山杂咏·上玉泉亭

汩汩自山根，滔滔过石门。鸥眠惊碎滴，湖阔长新痕。

一派天潢远，千年胜迹存。圣恩流不尽，亭子镇乾坤。

出处

《堇山文集》卷之二（明嘉靖刻本）。

康定陵 在金山之麓

监国承兄统嗣天，寿陵葬后启隧泉。胡乃升遐金山迁。

宪皇复尊号，康定谥永宣。四海还歌景泰年，小臣肃拱尤慨然。

仰瞻金屋浮紫烟，尧仁恳舜孝虔。两朝家法自心传，重华运洽千万年。

出处

《菫山文集》卷之六（明嘉靖刻本）。

二十四妃陵 在金山，分二园，一园十一位，一园十三位

英皇治命肃，宪庙遵矩绳。嫔妃不许殉山陵，二十四妃免同薨。

寿终喜相仍，皇子女仁爱。全家法元从，心法传两园。

隧井金石坚，恩泽漏九泉。瑞气蒸云烟，小臣供事歌舜天。

出处

《菫山文集》卷之六（明嘉靖刻本）。

孝穆园 在金山，弘治初迁祔茂陵，今有寺存

纪太后，尧毋尊，光启弘治元孝穆。

锡类恩，满乾坤。梓宫祔陵寝，仙游萧寺存。

云飞凤杳杳，泽远龙蜿蜿，嗣皇孝敬伦叙敦。

汉唐近世何足论。奉慈殿，同清温，祝禧绵绵圣子孙。

出处

《菫山文集》卷之六（明嘉靖刻本）。

蔚王坟 亦在金山

蔚悼王，胡夭亡，卜葬龙穴昌太康。

公主仍继殇，小臣职营兆，忍视封双冈。

体怀弘治法虞唐，训典惩怠荒。前星宜耀少海光，还锡多男符颂章。

金枝茁莠玉叶香，方知天道信有常，非渺茫。

出处

《菫山文集》卷之六（明嘉靖刻本）。

西湖景 今沿湖三十里俱为寺观、坟庐游乐之处

西湖景，画不成，金山倒浸玉泉清。五里闸，三里亭，道院禅林不记名。

十五年来工不停，庭台处处列画屏。

游人跃马驰香风，天教土石涂青红。捕鱼弋鸟来不空。

君不见，燕山石，似玉坚，大窝采尽无穷年。

鲸鳞碑碣处处镌，文山祠宇何寂然。

出处

《菫山文集》卷之六（明嘉靖刻本）。

都穆（文1篇）

都穆（明天顺二年至嘉靖四年，1458—1525年）

字立敬。南直隶吴县（今属江苏省苏州市）人。后徙居南濠里，人称南濠先生。弘治十二年（1499年）进士，官至礼部郎中。著《西使记》《南濠诗话》等。

游京师西山上记

予闻西山之胜久矣，而未获一游。正

都穆（款）题画跋

德丙寅三月之望，御史熊君士选、户部员外郎李君献吉招余往游。

出城西北行二十里，至青龙桥。其下民庐颇稠，花柳隐映水畴，东作方兴。予谓士选：此何异于江南？北折八里，经回龙庵，复折而西，随行两僮足不及马，与士选缓辔俟之。二里，抵西湖。湖中萍荇薄藻交青布绿，而野禽鸟翔泳于水光山色间，皆悠然自适。人言每盛夏荷开，云海满湖，尤为清绝。

沿湖行二里，达功德寺，寺旧名"护圣"。其前有古台三，相传金、元氏主游乐更衣之处，或曰此看花钓鱼台也。寺极壮丽，中立二穹碑。其一，宣宗章皇帝御制今寺文。其一，元氏旧物，字皆番刻，莫能读。僧录觉义淇公速登毗卢阁，崇可数寻，凭栏而眺，一寺之胜，攒聚目睫。盖寺倚山而创。寺西景皇帝陵及尉悼王墓在焉。

午燕淇公山园。适献吉与兵部郎中李君贻教、主事王君伯安偕至，遂共饮花下。献吉前此尝游功德，言寺左、瓮山之阳有元耶律楚材墓。楚材有词刻华严洞壁。

出寺西行数百步，至玉泉山。金章宗建行宫，今废。西南一洞不甚深广，山之北麓凿石为螭头，口出泉，潴而为池，即所谓玉泉。其形如规，莹澈深靓，掬饮之甚甘。上有亭宏敞可憩。其东石梁横跨，泉由之东流入湖，经大内注都城东南，至大通河，为京师八景之一。西南行至补陀寺。寺在玉泉山半，门内有吕公洞，广仅丈许、深倍之。僧云：仙人吕洞宾常游此。寺之右跻石级上望湖亭，峰峦围拱，湖水亘其前，俨如匹练。士选、伯安皆留诗亭上，献吉谓予宜有记。

惟西山为京师之胜，而玉泉又西山之胜，盖其润泽滋溉，溥及天下，固国脉之所在也！中间不幸据于金元，干戈相寻，大夫士能游而载之文翰者不一二见。今逢至治，予辈得以暇日游宴笑咏于斯，其幸大矣！而乌可忘所赐耶？

出处

《古今游名山记》卷一（明嘉靖四十四年庐陵吴炳刻本）。

许天锡（诗1题1首）

许天锡（明天顺五年至正德三年，1461—1508年）

字启衷，号洞江。福建福州人。弘治六年（1493年）进士，历任吏科给事中、工科左给事中。为弹劾刘瑾"尸谏"，将奏疏交托侍童后自缢。著有《黄门草诗集》。

大功德寺

第一湖山大布金，当时松柏郁森森。月明高下楼台影，风静东西钟梵音。

苔上穹碑春寂寂，草荒行殿昼沉沉。劫灰易见如弹指，独倚雕栏感慨深。

出处

《石仓历代诗选》。《帝京景物略》亦录，有异。

杭淮（诗3题7首）

杭淮（明天顺六年至嘉靖十七年，1462—1538年）

字东卿。南直隶宜兴（今属江苏省）人。弘治十二年（1499年）进士。官至右副都御史致仕。著有《双溪集》。

西山吕公洞

惊见吕公洞，水边驻春鞍。侧身入地底，逼侧颇碍冠。导灯如星明，堕石讶剑攒。

鱼贯缘曲折，忽俯千丈湍。却步不敢前，下有龙结蟠。腥风起昏黑，飒爽肌骨寒。

翻思张公胜，焉得生羽翰。五年客京华，兹辰亦奇观。

出处

《双溪集》卷一（明嘉靖杭淘刻本）。

陪祀毕西湖途中杂兴同献吉赋五首

微茫沙际阁，兀嵂水穷山。望望郊原豁，烟青白鸟还。

雨气村村麦，溪流岸岸山。况逢同志友，春日咏歌还。

沙际花红白，纡回皂荚村。田翁引稚子，秉耒出郊门。

击马榆河驿，高林春已丰。司农经略旧，才足济川功。

远寻山外寺，数计水边程。未上平坡阁①，白云先眼明。

自注

①寺名。

出处

《双溪集》卷二（明嘉靖杭洵刻本）。

陪祀还至西湖

勒马西湖看晚波，波浮寒绿上银珂。偶教踪迹亲鱼鸟，莫把衣裳问芰荷。

岩洞参差诸佛阁，夕天清远一渔蓑。无端忽起江南思，水国蘋花半黍禾。

出处

《双溪集》卷八（明嘉靖杭洵刻本）。

贾咏（诗1题1首）

贾咏（明天顺八年至嘉靖二十六年，1464—1547年）

字鸣和，号南坞主人。河南临颍人。弘治九年（1496年）进士。官至礼部尚书、武英殿大学士。卒赠太保，谥文靖。著有《南坞集》。

游圆静寺有感

年来霜鬓已萧然，春兴惭知减却前。古寺重过僧欲老，芳时恣赏地能偏。

谁家第宅归新主，几处松楸识旧阡。得酒何妨今日醉，鸟声山色又晴烟。

出处

《南坞集诗》卷第五（明嘉靖二十四年刻隆庆二年重修本）。

湛若水（诗2题2首）

湛若水（明成化二年至嘉靖三十九年，1466—1560年）

字符明，号甘泉。广东增城人。弘治年间进士。官至南京国子监祭酒，历南京吏、礼、兵三部尚书。著有《湛甘泉集》《甘泉先生两都风咏》等。

走笔次韵和少司空林小泉同差于功德寺话旧

同考分经听鹿鸣，廿年今日话平生。

看花信宿能无恙，屈指存亡正感情。

玉液封云泉溜细，金山过雨月华明。

羡公自昔传家学，才望如今老更成。

出处

《甘泉先生两都风咏》卷三（明嘉靖十四年未敬之刻本）。

同小泉游玉泉龙泉看花台望湖亭诸胜再次前韵

寺下珊珊双窦鸣，石间汩汩万泉生。

看云尽日忘言坐，得我平生遗世情。

雨过芳林他自得，月来空阁为谁明。

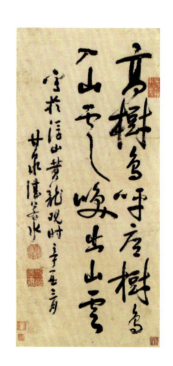

湛若水书法

天公侣解游人意，更与新诗一趣成。

出处

《甘泉先生两都风咏》卷三（明嘉靖十四年未敬之刻本）。

陈沂（诗5题5首）

陈沂（明成化五年至嘉靖十七年，1469—1538年）

字宗鲁，号石亭。浙江宁波人。正德十二年（1517年）进士，官至山西行太仆寺卿致仕。著有《拘虚集》《畜德录》《石亭集》等。

功德寺

宝地起峥嵘，还多物外情。楼台山色尽，门径水光平。

昔日来龙驭，清时有凤鸣。愧今投白笔，何处望归旌。

出处

《游名山录》卷三（明嘉靖中刻本）。

登宝阁

上方登宝阁，风日但闻铃。四睇回雕槛，孤吟伏绮棂。

林涵一水白，天倚数峰青。僧有龙眉在，宸游事可听。

出处

《游名山录》卷三（明嘉靖中刻本）。

观玉泉

山池一径平，池下暗泉生。蛟弄明珠起，鱼吹细浪行。

静中时髣沸，动里自澄泓。西岭飞千涧，标亭独有名。

出处

《游名山录》卷三（明嘉靖中刻本）。

西　湖

水外惟宫合四围，宫花千树泥芳菲。

銮回舞散歌声歇，惟见年年锦翼飞。

出处

《游名山录》卷三（明嘉靖中刻本）。

从西湖归

信宿山中湖上归，故园归梦转依稀。沙堤不断青榆绕，野水遥连白鹭飞。

香度苹花晴逐马，寒添麦秀晚侵依。行人见说燕台近，始觉江南旧路非。

出处

《游名山录》卷三（明嘉靖中刻本）。

高江（文1篇）

高江（明成化六年至正德八年，1470—1513年）

字一龙，又字万里，号此谷，晚号二雨。福建莆田人，弘治六年（1493年）进士。官至湖广按察使。著有《此谷集》。

游西山记

始予抵京师，则闻西山之胜，雅游而未暇也。今年夏，姻丈周章甫、邦立二先生将南还，乃拉予及陈玉畴、柯其孝、尚彬三君子，约以五月廿三日偕往，而托锦衣陈廷玺先彼供具。偶廷玺之甥，吾乡林华仁亦会焉。

凌晨，骑出阜城门里许外，皆沿溪行，林木掩映，恍然如入江南。西抵大潭，涵泓渟澄，色深如绀，上有龙王祠，旱时祷雨处。憩道傍小庵，见壁间有《次尚彬之尊甫学士公诗》者，因记其韵。

又数里为西湖，荷尚未花而叶香袭人，杂以蒲荇，葱蒨可爱，有鸥鹭数群，来往水际，如与游人相狎。湖之尽为功德寺，外有三废台，问之，知为元人遗址。主僧出迎，礼甚恭。因随诣诸佛刹，循两廊行，壁堵绘画俱极闳丽。登浮屠顶，东望城阙，隐隐如云雾。中出从前堂，有松柏百株，拳曲樛结，风籁泠然。

又里许为华严寺，凿山为洞，上下凡五处。深者二三十步，浅亦不下十余尺，有石榻可坐，于避暑最宜。然地阴气温，且幽咽啮绝，骤入之莫不眩且骇。

山下有泉，散出乱石间，喷薄沸涌，少远乃曳而长，演迤徐去。手掬饮之，特香冽异他处。寺僧云：中宫间取以供御。日既中，廷玺乃就僧舍设馔。酒酣，或弈或射，倾倒真率，适而不渲。晡时复携壶于旁之王泉寺，登望湖亭，历吕公洞，其间为缁黄之庐者五六处，皆面水依山，相比而居，其景胜大都不甚相别。是夜还宿于华严。

明发后西行，则石路崎岖十余里，乃抵香山。山益峻，招提在绝顶，闳丽与功德等相埒。下有泉甚剽疾，因泉为池，饲金鱼百余尾，投以饵皆出浮水面。其南傍有丘，巨石二对立，垂首瞰如虾蟆状。石下二井，相去丈许，水深才三四尺，俯手可得，望见底，沙石历历可数，不竭不溢，近寺之家取给焉，亦灵泉也。

盖自此抵城三十里，二日之观惟此为最。闻其上复有元通寺，尤奇峭，而仆马已倦，且西北有雨意，不可复往，遂舍旧道取捷而还。

是行凡得诗共若干首，虽一时之作不能尽工，然亦可以见兹游之不虚焉耳。二周先生因裒而录之，而以记属予。

夫山川之胜亦因人以传，往时右军之兰亭、安石之东山、六一之醉翁亭皆僻在一方，而至今称之，以有三若人也。是山独雄峙都下，四方之文士至者无不游，游则无不赏，且歌咏之，其为遇当在兰亭诸山之右。然自余年，未有以人称者，岂以泛而不专耶？抑未值其人耶？因附书之，且以待后之游者，必有为山灵解嘲也。诗中有间字韵者，皆次柯公。今年为弘治戊午岁，以游之后又六日。此谷野人高某记。

出处

《莆阳文献列传》卷十二（明万历刻本）。

文徵明（诗1题6首）

文徵明（明成化六年至嘉靖三十八年，1470—1559年）

名壁（或作璧），字徵明，后以字行。因先世衡山人，故号衡山居士。南直隶苏州（今属江苏省）人。官至翰林待诏。著有《莆田集》，编有《停玉馆法帖》等。

游西山诗十二首（12首选6）

早出阜城马上作

有约城西散冶情，春风辍直下承明。清时自得闲官味，胜日难能乐事并。

马首年光新柳色，烟中兰若远钟声。悠悠歧路何须问①，且向白云深处行。

自注

①是日迷道，数问程，故云。

出处

《莆田集》卷第十（明嘉靖刻本）。

歇马望湖亭

寺前杨柳绿阴浓，槛外晴湖白映空。

客子长途嘶倦马，夕阳高阁送飞鸿。

即看野色浮天际，已觉扁舟落掌中。

三月燕城花满地，春光都在五云东。

出处

《甫田集》卷第十（明嘉靖刻本）。

吕公洞 内有耶律楚材字

何时神斧擘幽崖，古窦春云福地开。

翠壁未磨耶律字，石床曾卧吕公来。

阴寒四面凝苍雪，秀色千年蚀紫苔。

凡骨未仙留不得，刚风吹下夕阳台。

出处

《甫田集》卷第十（明嘉靖刻本）。

功德寺

西来禅观两牛鸣，曾是宣王玉辇行。

宝地到今遗路寝，山僧犹及见鸾旌。

琅函万品黄金字，飞阁千寻白玉楹。

头白中官无复事，夕阳相对说承平。

出处

《甫田集》卷第十（明嘉靖刻本）。

玉泉亭

爱此寒泉玉一泓，解鞍来上玉泉亭。

文徵明 《品茶图》

潜通北极流虹白，俯视西山落镜清。

最喜须眉摇绿净，忍将缨足濯清泠，

马头无限红尘梦，总到阑干曲畔醒。

出处

《甫田集》卷第十（明嘉靖刻本）。

西　湖

春湖落日水拖蓝，天影楼台上下涵。十里青山行画里，双飞白鸟似江南。

思家忽动扁舟兴，顾影深怀短绶惭。不尽平生淹恋意，绿阴深处更停骖。

出处

《甫田集》卷第十（明嘉靖刻本）。

王守仁（诗2题4首）

王守仁（明成化八年至嘉靖八年，1472—1529年）

幼名云，字伯安，别号阳明，人称阳明先生。浙江余姚人。弘治十二年（1499年）进士。官至南京兵部尚书、都察院左都御史。谥文成。著有《王文成公全书》。

京师诗二十四首（24首选2）

正德庚午年十月，升南京刑部主事。辛未年入觐，调北京吏部主事作。

夜宿功德寺次宗贤韵二绝

山行初试夹衣轻，脚软黄尘石路生。一夜洞云眠未足，湖风吹月渡溪清。

水边杨柳覆茅楹，饮马春流更一登。坐久遂忘归路夕，溪云正泻暮山青。

王守仁书法

出处

《阳明先生文录·外集》卷三（明嘉靖十四年闻人诠刻本）。

张潜（诗1题1首）

张潜（明成化八年至嘉靖五年，1472—1526 年）

字用昭，号东谷。陕西华州人。弘治九年（1496 年）进士。官至山东布政使司右参政。著有《东谷集》。

玉泉山

山椒台殿与山齐，萝径逶迤独杖藜。自捣松花供浊酒，共分柿叶写新题。
虹收急雨方回涧，风逐痴云半渡溪。闲步空阶春事晚，飞飞双燕已衔泥。

出处

《帝京景物略》卷七（明崇祯刻本）。

李梦阳（诗10题10首）

李梦阳（明成化八年至嘉靖九年，1472—1530 年）

字献吉，号空同。陕西庆阳（今甘肃省庆阳市）人。弘治七年（1494 年）进士。官至江西按司提学副使。后辞官还乡，治园著述。谥景文。著有《空同集》等。

游览·功德寺

宣宗昔行幸，游戏玉泉傍。立宇表巇嵊，开池荷芰香。波楼递蹙沓，风松奏笙簧。

百灵具来朝，落日锦帆张。万乘雷霆动，千岩灭流光。绮绣错展转，翠旗沓低昂。

法眷撞钟鼓，宫女拭御妆。笙镛沸两序，星斗宿岩廊。至尊奉太后，国事付三杨。

六军各宴眠，百官守旧章。巡非瑶水远，迹岂玉台荒。呜呼百年来，回首一慨伤。

凤腾赤霄暮，龙归竟茫茫。山风撼网户，紫殿生夜霜。退朝值休沐，我行暂翱翔。

娟娟登岸林，惨惨度石梁。废道哀湍泻，松柏间成行。启钥肃览历，过位增悲凉。

积久洒扫缺，乳鸽鸣膳堂。旧时琉璃井，倒树如人长。神已佐上帝，教犹托空王。

铃磬飒鸣戛，晨昏礼相将。盘游非圣理，操纵在先皇。至今朝廷上，不改旧纪纲。

出处

《空同子集》卷之十五（明万历三十年长洲邓云霄刻本）。

游览·翠华岩

洞剿耶律词，其名翠华岩。俯视耸观阁，仰面攒松杉。厥维何王代，鬼斧开崭岩。

精气久削薄，烟岚郁相搀。屡憩验足苶，独往悲情凡。入萝畏石坠，转峤惊日衔。

飘飘万里风，吹我秋衣衫。放迹慕康乐，入道怀贺监。载思武陵避，愈怅桃花岩。

去往亦由人，极目江上帆。

出处

《空同子集》卷之十五（明万历三十年长洲邓云霄刻本）。

游览·望湖亭

来登望湖亭，始尽览历妙。布席倚岩嵌，波望领佳要。山花落天镜，钩帘巨鱼跃。
岩潭递隐见，圆浪浴奔峭。屼崔百万阁，日落展光耀。羁缚阻延放，临渊羡孤钓。
霜寒葭菼白，沙晚鸬鸧叫。吾非阮生伦，于此亦长啸。

出处

《空同子集》卷之十五（明万历三十年长洲邓云霄刻本）。

游览·吕公洞

崖恨豁一门，怪石相撑拄。谽谺自吞呷，白昼亦风雨。阴处泛清泉，积苔荫钟乳。
往闻茅山胜，夙慕华阳主。路遐限孤往，倏历十寒暑。经亘骋心目，小憩偕道侣。
兹洞虽人境，固足托茅宇。惕然忽内咎，我何恋簪组。

出处

《空同子集》卷之十五（明万历三十年长洲邓云霄刻本）。

西山湖春游图歌

我家挂出西山图，上有西山下西湖。上堂见者怒气粗，问客何所怒？何得生此嗔？
纵使撑天拄地无比伦，古人局量非今人。罅间虽添两秃松，孰与远势开心胸。
银山铁壁皇陵东，仿佛下走追飞龙。一曲一折若不易，可怜片素腾云气。
落花冥冥万壑静，白日杲杲千岩碎。森沉不见雷霆仗，照烁尽压金银寺。
回思开疆帝秉钺，燕山突立五凤阙。锦绣离宫巉嵘入，龙欢水戏沧溟竭。
君不见辇道哀湍泻，松柏摧枯虎出没。至今守僧住湖傍，琉璃涌动鼋鼍忙。
事关体统画合讳，点缀半露还半藏。伊昔休沐屡憩此，耳边尚戛金琳琅。
上林花艳何所无，东风只恁吹西湖。夹岸小杏欲烂漫，骑驴纱帽西郭途。
同行康何咸我徒，只须十钱买尺鱼。旋挑土荠甘如酥，朝来青，暮望湖。

紫衣行童随挈壶，大者鼓簧小吹竽。烂醉花下鸟每呼，汝曹何处吾已翁，
十年独看梁园红。伤心痛定忍复说，回首万事真匆匆。呜呼！故旧离合谁独无，
使我不悲堂上图。

出处

《空同子集》卷之二十二（明万历三十年长洲邓云霄刻本）。

感怀 (8首选1)

宣宗玉殿空山里，野寺霜黄锁碧梧。不见虎贲移大内，尚闻龙舸戏西湖。
芙蓉断绝秋江冷，环佩凄凉夜月孤。辛苦调羹三相国，十年垂拱一愁无。

出处

《空同子集》卷之二十九（明万历三十年长洲邓云霄刻本）。

集古句·景帝陵

北极朝廷终不改，崩年亦在永安宫。

云车一去无消息，古木回岩楼阁风。

出处

《空同子集》卷之三十七（明万历三十年长洲邓云霄刻本）。

集古句·望湖亭

与客携壶上翠微，千家山郭静朝晖。

平沙渺渺来人远，黄鸟时兼白鸟飞。

出处

《空同子集》卷之三十七（明万历三十年长洲邓云霄刻本）。

集古句·功德寺

忆昔霓旌下南苑，江亭晚色净年芳。

重门深锁无人到，僧在翠微开竹房。

出处

《空同子集》卷之三十七（明万历三十年长洲邓云霄刻本）。

集古句·翠华岩

晓行不厌湖上山，别有天地非人间。

安得移家此中老，白云常在水潺潺。

出处

《空同子集》卷之三十七（明万历三十年长洲邓云霄刻本）。

顾鼎臣（诗3题3首）

顾鼎臣（明成化九年至嘉靖十九年，1473—1540年）

初名同，字九和，号未斋。南直隶昆山（今属江苏省）人。弘治十八年（1505年）进士。官至礼部尚书兼文渊阁大学士。谥文康。著有《未斋集》《文康公集》。

偕卢侍御游西山和韵

四野风烟漠漠迎，随人片月更多情。

酒悭不放如泥醉，诗苦从教泛马行。

二里禅林分夜暝，几人游赏逐秋清。

寻常开口风前笑，不管悠悠身外名。

出处

《顾文康公续稿》卷之六（明崇祯十三年至清顺治二年顾氏家刻本）。

望湖亭

湖上虚亭图画开，冈峦迤逦水萦回。

一天诗景月为钓，满眼稻田云作堆。

物色撩人须借榻，歌声入座好衔杯。

拟将酩酊偿余兴，留待山阴雪后来。

出处

《顾文康公续稿》卷之六（明崇祯十三年至清
顺治二年顾氏家刻本）。

出功德寺至香山

马首遥遥紫翠重，苍虬夹道拥长松。

天当北极无高处，山是西来第一峰。

此地秋光余殿阁，前朝胜事有歌钟。

登临莫问兴亡迹，衲子蒲团午睡浓。

顾鼎臣书法

出处

《顾文康公续稿》卷之六（明崇祯十三年至清顺治二年顾氏家刻本）。

陶谐（诗3题3首）

陶谐（明成化十年至嘉靖二十五年，1474—1546年）

字世和，号南川。浙江绍兴人。明弘治九年（1496年）进士，累迁兵部左侍郎，总督两广军务。著有《南川稿》《陶庄敏公文集》等。

游西山途中有感

仰止名山久，登临已白头。地依宫阙胜，老逐俊英游。

彩错楼台盛，萧条野墅秋。胡儿骄直北，回首动迟愁。

出处

《陶庄敏公文集》卷之四（明天启四年陶崇道重刻本）。

过功德寺有感

金碧前朝寺，宫墙此日颓。风尘埋赑屃，露草长庭台。

无复村翁走，空余过客哀。柏梁与铜雀，转眼亦成灰。

出处

《陶庄敏公文集》卷之四（明天启四年陶崇道重刻本）。

登望湖亭前韵

飞榭澄湖畔，褰衣最上头。尊罍逢郑驿，丘壑恣吾游。

忧乐丹心在，勋名两鬓秋。临流思解绂，一洗万端愁。

出处

《陶庄敏公文集》卷之四（明天启四年陶崇道重刻本）。

顾璘（诗1题1首）

顾璘（明成化十二年至嘉靖二十四年，1476—1545年）

字华玉，号东桥居士等。南直隶苏州（今属江苏省）人。弘治九年（1496年）进士，官至南京刑部尚书，罢官。返乡建息园，与友诗文唱和。著有《顾华玉集》《山中集》等。

京城西湖漫赋

万顷澄波浸太清，先皇开凿拟昆明。

锦帆不羡扬州路，橹橹谁夸下濑兵。

出处

《顾华玉集》卷二十九（民国金陵丛书本）。

刘玉（诗1题1首）

刘玉（生卒年不详）

字咸栗，号执斋。江西万安人。弘治九年（1496年）进士。官至刑部左侍郎，以大狱致仕。著有《执斋集》。

游瓮山次韵

游子纡归路，禅关访早春。山明花已放，湖暗柳初匀。

芳茗消诗困，清歌助酒神。夜窗空有约，禁漏忆侵晨。

出处

《执斋先生文集》卷四（明嘉靖刻本）。

蓝田（诗1题1首）

蓝田（明成化十三年至嘉靖三十四年，1477—1555年）

字玉甫，号北泉。山东即墨人。嘉靖二年（1523年）进士。官至陕西巡按御史，遭诬入狱，获释归乡讲学。著有《蓝侍御集》《北泉集》等。

登功德寺阁

忆昨宣皇幸梵庐，霓旌锦缆照西湖。雅歌云静鱼龙跃，清跸风来草树呼。

岩岫何来钟紫气，楼台当日眺清眄。而今芝辇无游豫，官柳萧残驰道芜。

出处

《蓝侍御集》北泉草堂诗集上（明刻本）。

黄绾（诗3题5首）

黄绾（明成化十三年至嘉靖三十年，1477—1551年）

字宗贤、叔贤，号久庵、石龙。浙江黄岩人。承祖荫官后军都督府都事。著有《明道编》《石龙集》《久庵文选》等。

奉命往金山公干次林小泉司空韵

渺渺平湖入远林，云堂风阁不知深。围炉方惬平生话，阖户尤便避世心。

雨洒青崖朝复急，烟笼寒树日犹沉。诗成吟咏时相慰，千古真同一旷襟。

出处

《石龙集》卷第六（明嘉靖刻本）。

再游西湖感旧三首

村前红叶晚无数，山下北风冬已严。往事旧僧俱不见，茶烟一缕起岩檐。

青龙桥边华严寺，丹霞白石洞门阴。记得扪萝曾信宿，春湖月出夜沉沉。

西湖山下云堂静，忆昔携朋坐夜深。三十年间事如梦，终宵寒雨响空林。

出处

《石龙集》卷第七（明嘉靖刻本）。

望湖亭

谁于绝壁缀孤亭，曲磴深林入窅冥。

漠漠湖田春满眼，水云飞上葛衣青。

出处

《石龙集》卷第七（明嘉靖刻本）。

屠侨（诗1题2首）

屠侨（明成化十六年至嘉靖三十四年，1480—1555年）

字安卿，号东洲。浙江宁波人。正德六年（1511年）进士，官至都察院左都御史。卒赠少保，谥简肃。有《东洲杂稿》《南雍集》等。

度岭至西湖功德寺二首

绝磴扬鞭送马蹄，斜阳平照马头低。无边行色看山好，来向西湖寺里题。

功德寺前湖水头，偃旌忙里送双眸。夕阳留我蓬莱馆，也作风流一度游。

出处

《屠简肃公集》卷之三（明嘉靖四十四年屠大来刻本）。

严嵩（诗2题2首）

严嵩（明成化十六年至嘉靖四十五年，1480—1566年）

字惟中，号勉庵等。江西分宜人。弘治十八年（1505年）进士。官至华盖殿大学士、内阁首辅，后罢官抄家病逝。著有《钤山堂集》。

摄事西陵行次旧功德寺作

湖寺春禋到，高秋得重寻。川原通远色，岩嶂锁寒阴。

暂息尘中驾，犹怜物外心。彩云松柏里，长候翠华临。

苹际冷风起，飒然湖上秋。远波明岛屿，层雾隐林丘。

鸟下溪田熟，钟鸣谷寺幽。驰驱念于役，心赏若为酬。

出处

《钤山堂集》卷第十二（明嘉靖二十四年刻增修本）。

西山杂诗

本朝陵墓壮西山，松柏神宫未可攀。独有中官奉祠祀，石房烟火翠微间。

玉匣珠襦掩夜泉，世人那见鹤归年。秋来十里金山道，华表参差夕照前。

无穷台殿倚山椒，土价黄金向此消。常侍不来僧独在，游人还自说先朝。

涧松岩石荫秋萝，贪看青山寺寺过。归鸟数行西日外，树烟横碧晚钟多。

方池涌出玉流寒，耐可溶溶一鉴宽。尘事驱人留不得，欲归还复倚阑看。

金代遗踪寄草莱，湖边犹识钓鱼台。沙鸥汀鹭寻常在，曾见龙舟凤舸来。

湖上闲云对草亭，蒹葭淅沥映寒汀。千峰万壑看难尽，白鸟双飞入翠屏。

万峰苍翠入云端，极目江山此郁盘。地隐西湖成泽国，天开蓟苑作长安。

白羊山路白云中，鸟道羊肠一线通。岂有胡儿能牧马，万年天险限华戎。

出处

《钤山堂集》卷第十二（明嘉靖二十四年刻增修本）。

孙承恩（诗3题4首）

孙承恩（明成化十七年至嘉靖四十年，1481—1561年）

字贞甫，号毅斋。南直隶松江（今属上海市）人。正德六年（1511年）进士。官至礼部尚书兼掌詹事府，后以不肯遵旨穿道士服，罢官。谥文简。著有《文简集》《孙文简公瀼溪草堂稿存》等。

孙承恩 《富贵长春》

金山口望诸陵

野色朝开墟日晴，冲寒踏冻作郊行。

地从西北冈峦拥，望直陵园云雾生。

虎踞龙蟠天险壮，河清海晏帝衢亨。

万年鸿宝如盘石，不尽敷天颂祷情。

出处

《孙文简公瀼溪草堂稿》卷之二十三（明孙克弘孙友仁刻本）。

晚趋功德寺遇雨

马蹄不为踏山忙，王事幽怀兴故长。

疏霭淡云天杳沓，石林茆屋日荒荒。

翠华有梦连清夜，野渡谁家系小航。

坐对明灯忽闻雨，无边爽气入虚堂。

出处

《孙文简公瀼溪草堂稿》卷之二十三（明孙克弘孙友仁刻本）。

宿功德寺二首

招提岁晚偶淹延，落木萧萧风色严。一榻和衣眠不稳，坐看明月度高檐。

老去河山系此心，上方钟鼓坐来深。乘闲欲问无生偈，却忆当年支道林。

出处

《孙文简公瀼溪草堂稿》卷之二十五（明孙克弘孙友仁刻本）。

夏言（诗7题25首）

夏言（明成化十八年至嘉靖二十七年，1482—1548年）

字公谨。江西贵溪人。正德十二年（1517年）进士。官至礼部尚书，兼武英殿大学士入参机务，为内阁首辅。因支持收复河套，受严嵩诬陷，坐罪处死。后平反追谥文愍。著有《桂洲集》等。

侍上奉圣母观玉泉山赋

岁丙申之季春兮，上有事于园陵；严万乘以夙驾兮，奉圣母而同行。

遍七圣以展谒兮，越四宿而礼成；指归途以回銮兮，度沙河而西征。

揽金山之陂陀兮，有玉泉之清冷；惟斯泉之可玩兮，溜石罅而潜涌。

汇一泓之湛洁兮，俨玉渊而金井；鉴眉发其不爽兮，纷镜光之炯炯。

既寥戾以圆渟兮，复淡洞而深冷；俯引卮而可酌兮，羌不劳乎素绠。

讚碧橋翠亭
曉雲明歲〻
麗玉深駐輦百
龍馬豐裏三面奉
新
此部己復觀群物
禮昀苑竹開新
蘭宮源出
源方玉雪儀成
玄袞焙山龍
麟〻書無逸興
幽風廣莩
寧〻章著述同

昭和殿橅兔兒
山春日曾嶠
雲之歡孳〻羔〻
駒出西苑霜毫
玉管賦祥壇
錦芳開傍玉池彩
傑構雄規出
聖君殿敞松陰傍
鎮〻亭君竹色
翠茅〻
西苑匄前波影暖
彭沲烟小漲寒〻
翠池烟小漲寒〻
碧山郁遠承光霽
保橋形藏寶月

玄武門宵天少程
廣寒宮宮在水中
央
綠梯紅桂闢芳
叢峰芷汀蒲烟
遠室瀰鵝渡〻
金殿鎖天畿
固〻玉池心龍
嘉靖甲午六月八
月桂洲言書于
南宮慎治書〻
東玉亭

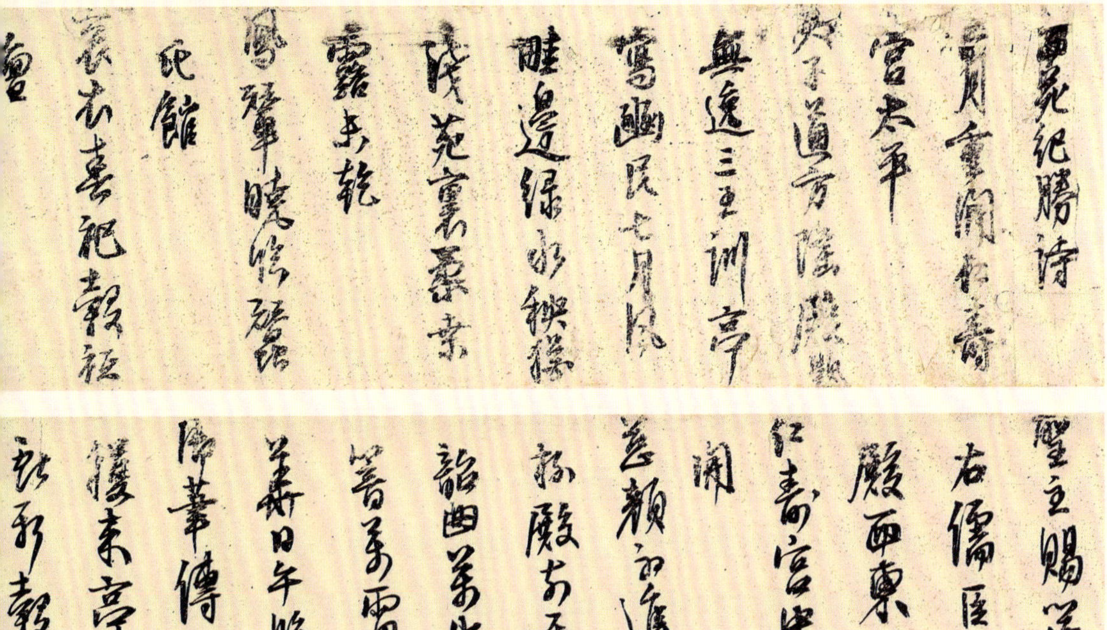

夏言《西苑纪胜诗卷》

惟皇情之志养兮，奉慈幄而来观；盛东朝之法驾兮，罗羽骑其桓桓。

箫鼓鸣而谷震兮，步幛宛而龙蟠；陟方亭于山椒兮，扫素石而临澜。

动天颜之有喜兮，映鹤发而增欢；仰圣人之大孝兮，叙天伦之乐事。

睹洪源之浚发兮，体上善而流惠；何小臣之多幸兮，侍宸旆而扈跸。

感君恩之罔极兮，岂鱼水之足喻；祝慈寿之无疆兮，颂如川之方至。

出处

《夏桂洲先生文集》卷之一（明崇祯十一年吴一璘刻本）。

侍上祀陵回奉圣母泛舟西湖恭述二首

何处侍宸游，西湖最上游。龙旗迎晓日，凤吹逐春流。

柳映黄金幄，波涵翡翠楼。正逢周镐日，不是汉汾秋。

湖上青山好，龙舟锦幄张。菰蒲缘岸浅，杨柳荫堤长。

隔浦闻天乐，中流浮御香。太平真有象，慈寿正无疆。

自注

舟行有图，乃上亲制赐臣言藏之。是行御舟居中，左一舟樯书少保文臣二员，赐臣时臣言共之。右太傅武臣一员，赐臣勋。舟共二十五艘，圣母以下至官眷侍卫皆序列有差。

出处

《夏桂洲先生文集》卷之四（明崇祯十一年吴一璘刻本）。

过功德寺

山雪湖冰相应寒，松门长绕雨花坛。风幡迥倚诸天静，湖海空留色界宽。

玉带也须逢寺解，金函还许借经看。五云回首趋朝急，独上毗卢一倚栏。

出处

《夏桂洲先生文集》卷之五（明崇祯十一年吴一璘刻本）。

舟抵西山

青山万迭玉湖头，旭日晴光荡碧流。闪闪黄旗围晓岸，依依画舫过春洲。

杨柳阴连曲岸头，平湖渺渺玉泉流。凤笙响度榧花渚，龙鼎香传杜若洲。

出处

《夏桂洲先生文集》卷之六（明崇祯十一年吴一璘刻本）。

侍上奉圣母舟行西游恭述一十八首

碧草长蔫绵，绿柳荫婀娜。春湖浮紫烟，天风送龙舸。

青山半夜雨，碧湖流水新。平沙列万骑，凉飙清路尘。

晓日明柘袍，鲜云护华盖。舟转碧杨湾，骑绕青林外。

高梁桥畔柳，何幸缆龙舟。摇荡东风里，千年御气浮。

兰棹漾中流，平湖静如镜。箫鼓奏钧天，鱼龙尽出听。

新蒲碧玉剑，弱柳黄金丝。牙樯风细细，锦缆日迟迟。

黄旗杨柳中，画桨菰蒲里。鸳鸯拂岸飞，鸂鶒冲波起。

湖外沙逾白，湖边草更清。金山起烟雾，隐映玉泉亭。

榆荚堕青钱，杨花飞白绵。风光湖上好，绝胜早春前。

柳映青龙桥，云隐香山寺。烟景自天开，画图那得似。

甲光晴耀日，旗影昼翻云。夹岸朱衣队，连营龙虎军。

千峰送青来，一桨凌波去。指点麦庄桥，灵鱼跃舟处。

夹岸风云拥，重湖烟水连。汀沙千白鸟，飞起入青天。

御幄开临水，仙韶响遏云。龙樯初抵岸，惊起鹭鸥群。

日映金波细，烟含翠巘深。湖光与山色，清赏悦皇心。

湖山有天地，君臣几共游。遭逢今日盛，鱼水未堪俦。

船舷戛岸急，兰桡激水飞。忽闻天语近，莫湿侍臣衣。

朱舫开华席，行厨出大官。圣恩宽似海，醉饱得游观。

出处

《夏桂洲先生文集》卷之六（明崇祯十一年吴一璘刻本）。

鹧鸪天·西山灵岩寺和元耶律丞相韵劂洞中石壁

人世沧桑几变迁，灵岩玉洞自岿然。朝衣几共游山日，佛界犹存刻石年。
嗟岁月、惜风烟，等闲花发又啼鹃。只将彩笔题僧壁，玉带留来朝日边。

出处

《夏桂洲先生文集》卷之七（明崇祯十一年吴一璘刻本）。

何景明（诗5题5首）

何景明（明成化十九年至正德十六年，1483—1521年）

字仲默，号白坡，又号大复山人。河南信阳人。弘治十五年（1502年）进士。官至
陕西提学副使。著有《大复集》《何景明诗集》等。

出游功德寺

昔闻功德寺，今出帝城西。晚日丹梯近，秋天翠巘齐。

荷衰犹映水，树古曲盘堤。十里经行地，清沙送马蹄。

出处

《何氏集》卷第十七（明嘉靖野竹斋刻本）。

大功德寺

宝地烟霞上，珠林霄汉间。宣皇留殿宇，今日共追攀。

御榻临丹壑，行宫锁碧山。帝城看不远，时见五云还。

出处

《何氏集》卷第十七（明嘉靖野竹斋刻本）。

宿洪公方丈

落日罢登临，禅房秋坐深。不妨留枕簟，聊得谢冠簪。

楼合湖天影，松萝洞月阴。明朝又朝市，回忆碧山岑。

出处

《何大复先生集》卷之二十（明万历五年陈堂、胡秉性刻本）。

玉　泉

行游金口寺，坐爱玉泉名。云去随龙女，风来动石鲸。

入宫朝太液，穿苑象昆明。却望天河水，迢迢万古情。

出处

《何大复先生集》卷之二十一（明万历五年陈堂、胡秉性刻本）。

望湖亭

独上湖亭望，霜空万里明。槛疑天上立，槎是斗边行。

云雾开山殿，芙蓉暗水城。先朝四百寺，秋日遍题名。

出处

《何大复先生集》卷之二十一（明万历五年陈堂、胡秉性刻本）。

顾清（诗2题2首，文1篇）

顾清（不详至明嘉靖六年，？—1527年）

字士廉，南直隶松江（今属上海市）人。弘治年间进士。官至南京礼部尚书。谥文僖。著有《东江家藏集》《松江府志》。

潘氏园赋得流水

玉泉山前看滥觞，凫鹭翔集菰蒲香。远波明灭带城阙，别派宛转通林塘。

褰衣经涉孺子喜，展席俯视尘襟凉。斜阳上马傍堤去，极目东流思故乡。

出处

《东江家藏中集·北游稿》卷三（明嘉靖顾应阳刻本）。

寿王艾坡

西湖东畔瓮山阿，灵草年深绿满坡。林壑为公增媚妩，杖藜终日共婆娑。

天生寿骨如彭祖，人道医名似华佗。闻说新庄更幽胜，一尊还许醉烟萝。

出处

《东江家藏中集·北游稿》卷八（明嘉靖顾应阳刻本）。

艾坡记

艾坡王先生医名满京城。数百里外重趼而迎之，刀圭所行，远及江岭，闾阎女妇皆知。所谓艾坡者，而莫识其名之所自也，近有吴生者，写其像于杨炼师山水图中，茂松清泉映带，左右艾芃芃生其前，先生黄冠氅衣，手一编坐盘石，童子执书侍其后。泊乎其无思；澹乎其无为；浩乎其不可拘；超乎其绝迹风尘之外也。客见而呀，曰："兹其为艾坡者乎？其在苏台之阳，长干之坂乎？将西湖之隈，瓮山之阻乎？是何其境之清、地之幽，从先生久而未尝一至而优游也。"先生笑曰："子未足以涉吾之坡也。子游方之内而未始游方之外也。游方之外者，视吾身寄也，坡又身之寄也，若此者，又坡之寄也，而庸知其所哉？且夫艾之用主于灸，而灸非医之全也。坡艾之所出，而坡之出不专于艾也。执艾而言医指坡而求艾，且必求其所而执焉。吾惧其胶而不解哉。"于是客洒然而寤，曰："昔之至，人有悬一壶而卖药于市者，日暮则跳而入壶中，时人莫之见也。先生之坡，其斯人之壶，欸丹崖千重、青壁万寻，吾又安得而窥之？"姑书此为记，以俟如葛陂君者，从先生而请焉。先生名经，字伯常，其先姑苏人，生于南京，今家于京师瓮山西湖，其别业所在也。壬戌冬十二月十八日记，是日其生辰也。

出处

《东江家藏中集·北游稿》卷十七（明嘉靖顾应阳刻本）。

蒋山卿（诗 7 题 12 首）

蒋山卿（生卒年不详）

字子云，号江津。南直隶仪真（今江苏省仪征市）人。正德九年（1514 年）进士。正德十四年（1519 年）以谏阻武宗朱厚照南巡而被杖谪，后复起官至广西布政司参政。著有《南泠集》。

宫词（14 首选 1）

十里湖光引玉泉，仙娥遥上木兰船。

最怜一种天然色，并向中流采白莲。

出处

《蒋南泠集》卷一（明嘉靖二十年乔佑刻本）。

游功德寺内有先帝离宫在焉

佛法金银寺，神仙白玉桥。宫墙锁萝薜，塔劫倚云霄。

丹仗留今日，銮舆想昨朝。老僧谙旧事，拱手说先朝。

出处

《蒋南泠集》卷六（明嘉靖二十年乔佑刻本）。

小憩玉泉亭

山下孤亭好，由来号玉泉。湖光开镜远，石溜溅珠圆。

水落鱼龙见，风回藻荇牵。尘心此俱豁，坐对欲忘年。

出处

《蒋南泠集》卷六（明嘉靖二十年乔佑刻本）。

出西直门向西湖道中望西山

路出西郊外，寻幽兴已赊。径回迷远树，林合隐疏花。

山色争迎马，湖光欲泛槎。翠微多少寺，处处足烟霞。

出处

《蒋南泠集》卷六（明嘉靖二十年乔佑刻本）。

过西湖

欢留频驻马，怅望少行舟。白鸟栖湖景，红莲赴客愁。

枫寒山月晓，稻熟野田秋。仿佛江村路，翻怜作远游。

出处

《蒋南泠集》卷六（明嘉靖二十年乔佑刻本）。

登望湖亭

云霞随绝壁，亭槛倚清秋。湖影浮天阔，泉声带石流。

寒松千寺静，落日万山稠。胜慨吁初到，酣歌不自由。

出处

《蒋南泠集》卷六（明嘉靖二十年乔佑刻本）。

送沙裕民工工部比上六首

红亭送酒杏花披，绿岸牵丹杨柳垂。

无限风光随画舸，青春二月上京师。

御沟东畔草萋萋，水部分曹竹树齐。

今日送君思往事，曾陪鸳鹭听朝鸡。

五陵佳气胜蓬莱，台阁新从天上开。

好去仙郎应得意，汉庭今日正需才。

西山胜处说西湖，碧水丹崖入画图。

绮阁琼楼开秘苑，杭州得及此间无。

君王出幸泛楼船，别殿离宫绕玉泉。

不数乐游开晋苑，殊胜昆明凿汉年。

黄松白马尽三关，翠辇时巡御路闲。

桃峪定应过绣岭，温泉元不让骊山。

蒋山卿《跋虞世南摹〈兰亭序〉》

出处

《蒋南泠集》卷十二（明嘉靖二十年乔佑刻本）。

张綖（诗1题1首）

张綖（明成化二十三年至嘉靖二十二年，1487—1543年）

字世文，自号南湖居士。南直隶高邮（今属江苏省）人。正德八年（1513年）举人，屡试不中，谒选为武昌通判，官至光州知州。后归隐武安湖上。著有《诗余图谱》《南湖诗集》等。

游北京西山宿功德寺

久慕名山景，兹来慰此生。境幽僧貌古，天迥梵音清。

石溜常悬梦，山蔬不辩名。禅宫澹人虑，一憩转婴情。

出处

《张南湖先生诗集》卷之二（明嘉靖三十二年张守中刻本）。

沈仕（诗3题4首）

沈仕（明弘治元年至嘉靖四十四年，1488—1565年）

字懋学，号青门山人。浙江杭州人。布衣文人，其散曲称为"青门体"。晚年潦倒，卖画自给。著有《唾窗绒》《沈青门诗集》等。

登望湖亭归宿王锦衣山庄二首

步屧盘回上，遥遥望处明。林中残电隐，雨外别峰晴。

寻宿过莲浦，题诗就竹屏。晚来啼鸟乱，沙柳忽烟生。

辍驾披仙馆，投踪远世哗。雅歌金有韵，童子玉无瑕。

高树疏烟霭，清池漾月华。况余麟作脯，何异蔡经家。

出处

《沈青门诗集》（民国七年杭州西泠印社活字印本）。

复和对阳七言一首

瓮山遥隔五云乡，宗伯乘闲问野堂。柳拂行幨红寺远，花迎过马绿沟长。

猗兰曲爽云初散，倚芰亭开月正凉。奚藉主人能醉客，自应倾尽玉壶浆。

出处

《沈青门诗集》（民国七年杭州西泠印社活字印本）。

夏日晚登望湖亭少憩偶怀顾小玉旸谷二昆玉先生

曲磴三天上，孤亭六月登。霞开暴雨霁，风闭热云蒸。

净路无游侣，香寮有定僧。因怀谢庭月，此夕槛谁凭。

出处

《沈青门诗集》（民国七年杭州西泠印社活字印本）。

姚涞（诗4题6首）

姚涞（明弘治元年至嘉靖十六年，1488—1537年）

字维东，号明山。浙江慈溪人。嘉靖二年（1523年）进士。官至左春坊左谕德、侍读学士，后辞官。著有《明山集》。

坐翠花岩洞

闻说华严寺，山泉旧隐居。石龛千仞后，丹灶七真余。

凿室惊神斧，磨崖忆篆书。一尘真不到，尽日玩清虚。

上方幽胜地，洞户号临光。招隐披云幕，怀仙憩石床。

华胥真有国，虚白若为堂。昏黑迷归路，春风入梦长。

深径曲还曲，幽岩空复空。匡庐白鹿洞，桐柏金庭宫。

日月光斜透，烟霞气半笼。冥搜兼远寄，步履逐仙风。

出处

《明山先生存集》卷四（明嘉靖三十六年姚稽刻本）。

游华严寺

都下多名刹，岩栖境更奇。王孙芳草路，耶律鹧鸪词①。

山远云如幕，沙明玉满池。高僧能结社，借榻便忘归。

华严分上下，相对构云庵。苔径烟岚隔，金堂紫翠涵。

莺花浑欲醉，泉石未为贪。寂与喧相竞，禅门试一参。

自注

①洞中有耶律楚材鹧鸪词。

出处

《明山先生存集》卷四（明嘉靖三十六年姚稽刻本）。

吊瓮山耶律楚材墓

斡难河水正滔天，成吉思军已入燕。破国年年兵作戏，屠城处处血成川。

公于夷狄称君子，兽出流沙动上天。莫说金元如晋楚，追思宗国更凄然。

出处

《明山先生存集》卷四（明嘉靖三十六年姚稽刻本）。

初夏西湖候驾马上偶成

烟开杨柳度回塘，水泊金堤跨玉梁。鹭北鸳南还一渚，芦长蒲短自为乡。

龙舟彩色来西苑，宝刹钟声出上方。笑我乘闲时骋望，懒将心事竞年芳。

出处

《明山先生存集》卷四（明嘉靖三十六年姚稽刻本）。

李濂（诗9题9首）

李濂（明弘治元年至嘉靖四十五年，1488—1566年）

字川父。河南开封人。正德九年（1514年）进士。官至山西按察司佥事。后免归乡，肆力于学。著有《嵩渚文集》《观政集》等。

九月十日雨不果西湖之约

细雨回游骑，空庭静晚花。未阑登塔兴，犹阻泛湖槎。

海雾凝窗白，霜云傍槛斜。玉泉清绝地，西望一长嗟。

出处

《嵩渚文集》卷十六（明嘉靖二十五年刻本）。

望湖亭

绝壁千盘上，孤亭万木扶。凭高聊骋望，壮丽览皇都。

云气浮觞斝，湖光展画图。卜居终拟遽，一壑老潜夫。

出处

《嵩渚文集》卷十六（明嘉靖二十五年刻本）。

善化寺

福地云霞合，空山日月昏。峰回九条涧，林转七家村。

石塔留春咏，香台对晚飡。尘缘欣暂脱，聊复驻辒轩。

出处

《嵩渚文集》卷十六（明嘉靖二十五年刻本）。

过驾到口

宛转山无尽，跻攀兴未阑。衣裳沾雾湿，石磴凿云寒。

瑶水周王迹，汾阴汉武坛。当时扈从者，词赋刻巑岏。

出处

《嵩渚文集》卷十六（明嘉靖二十五年刻本）。

出功德寺泽僧官送上山

岩僧戴渔笠，送上玉泉峰。猿啼云气夕，回首碧千重。

我醉卧山月，尔归鸣暮钟。辗然自兹别，相忆采芙蓉。

出处

《嵩渚文集》卷十六（明嘉靖二十五年刻本）。

登毗卢阁

金口毗卢阁，登临日月孤。暮钟清袤雾，石镜迥悬湖。

辽海分胡镇，云霞抱上都。俯怜双雁影，耐可此书无。

出处

《嵩渚文集》卷十六（明嘉靖二十五年刻本）。

耶律丞相墓下作

胜国中书令，茔园旧址存。螭碑秋卧草，石象晚衔村。

徒有山阳赋，难招漠北魂。追思留守略，驻马玉泉原。

出处

《嵩渚文集》卷二十（明嘉靖二十五年刻本）。

功德寺

宣帝行宫袅碧萝，霓旌几驻玉泉阿。三杨扈从宸恩重，十载升平乐事多。

敕寺松云封殿阁，钓台霜水落鼋鼍。白头野老空山夕，闲说曾看凤辇过。

出处

《嵩渚文集》卷二十三（明嘉靖二十五年刻本）。

望湖亭

绝壁千盘上，孤亭万木扶。爽疑天地外，危骇斗牛衢。

云气低檐白，沙光隐雁纡。卜居吾倘遂，终日对虚无。

出处

《观政集》（明抄本）。

薛蕙（诗6题7首）

薛蕙（明弘治二年至嘉靖十八年，1489—1539年）

字君采，号西原。南直隶亳州（今属安徽省）人。正德九年（1514年）进士，官至吏部考功司郎中。嘉靖初以"大礼议"忤旨获罪，解仕归。著有《考功集》《西原遗书》等。

望湖亭

阴磴穿云上，天窗绮雾中。苍茫玉泉水，指点翠微东。

坐石牵萝蔓，攀崖憩桂丛。何当避炎暑，几杖待秋风。

出处

《薛考功集》卷第五（明嘉靖刻本）。

晚憩玉泉寺

看山兴不辍，落日有余情。稍憩中林宿，犹攀绝顶行。

风泉晚逾响，松雪夜微明。长啸云岑上，飘萧白露生。

出处

《薛考功集》卷第五（明嘉靖刻本）。

泛舟二首

别馆初停骑，横塘更泛舟。

兰芳满南浦，翠羽覆春洲。

落日明渔火，微风引棹讴。

今朝泥行乐，那室炼丹砂。

薛蕙《星坛七桧》

出处

《薛考功集》卷第五（明嘉靖刻本）。

功德寺

忆昨宣皇帝，西方结胜缘。庄严修佛土，功德施人天。

龙象山开辟，金银地接连。伤心万岁后，陵谷尚依然。

出处

《薛考功集》卷第五（明嘉靖刻本）。

西　湖

苑外西湖似若耶，翠湍锦石象云霞。春深杜若已满径，日暖凫鹥正在沙。

胜地欲今谁作主，浮生安得此为家。直须轻舸随烟雾，还仗新诗对物华。

出处

《薛考功集》卷第七（明嘉靖刻本）。

自西山归经西湖遇雨

恰向山头窥泛滥，旋从湖畔望嵯峨。云轻不隔翠微色，雨细初增绿水波。

树影离离岩际少，鸟声嗷嗷雾中多。未愁沾湿穿花去，更拟青春载酒过。

出处

《薛考功集》卷第七（明嘉靖刻本）。

许宗鲁（诗2题2首）

许宗鲁（明弘治三年至嘉靖三十八年，1490—1559年）

字伯诚，号少华山人。陕西西安人。正德十二年（1517年）进士，官至右副都御史，巡抚保定、辽东。著有《少华山人文集》等。

功德寺

功德寺前湖杳冥，渚花汀草流芳馨。法堂云深殷仙梵，塔院昼寂喧风铃。

野烟空蒙石阁邃，春水荡漾莲台青。开门秀色净如洗，落日西山虚翠屏。

出处

《少华山人前集》前集卷十一（明嘉靖刻本）。

行　宫

宣皇行幸西湖上，玉殿长留野寺间。世远丹青凋画壁，春深林莽闷金关。

莺啼呖呖仙台古，草色萋萋辇路闲。万岁神游明月下，羽旗芝盖满空山。

出处

《少华山人前集》前集卷十一（明嘉靖刻本）。

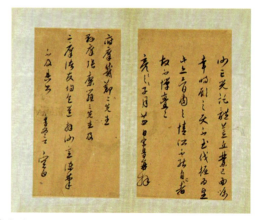

许宗鲁书法

何栋（诗2题2首）

何栋（明弘治三年至万历元年，1490—1573年）

字伯直，又字子宇，号太华。陕西西安人，正德十六年（1521年）进士。官至右都御史兼兵部左侍郎。著有《太华集》。

望湖亭

丹磴入青霭，瑶亭俯翠峦。晴轩一以眺，湖涨正弥漫。

波影含云细，荷珠滴露圆。须臾明月上，坐对水晶盘。

出处

《明诗纪事》卷十四（清光绪二十五年贵阳陈氏听诗斋刻本）。

登妙应寺回眺京邑作

不上西峰望，谁知帝宅雄。星河围紫极，龙虎抱金宫。

王气千年在，朝宗万国同。皇图天共久，形胜陋关中。

出处

《日下旧闻考》卷一百（清乾隆五十三年武英殿刻本）。

戴钦（诗6题6首）

戴钦（明弘治六年至嘉靖五年，1493—1526年）

字时亮。广西马平（今广西壮族自治区柳州市）人。正德九年（1514年）进士。官至刑部郎中。嘉靖初忤旨遭廷杖重伤。著有《鹿原集》《玉溪存稿》等。

游西山

莫道西湖好，西山亦胜游。万峰盘古寺，一水散金沟。

鹤下丹田熟，龙眠石洞幽。钓台犹在眼，风动绿芜秋。

出处

《鹿原集》七言律（明抄本）。

登毗卢阁

石磴盘空上，香台鉴翠开。攀萝旋斗柄，飞步历星台。

山接雁门壮，僧缘鸟道回。苍虬如可控，吾欲访蓬莱。

出处

《鹿原集》七言律（明抄本）。

出功德寺释人送过山

山僧相送罢，海鹤出仙群。竹杖回山路，芒鞋踏洞云。

花香伴我去，月色与君分。未了西湖兴，清猿远共闻。

出处

《鹿原集》七言律（明抄本）。

功德寺

宝地曾经御辇游，凤歌鸾吹绕瀛洲。钓台烟水回星汉，行殿云霞见冕旒。

瑶岛碧桃留八骏，函关紫气抱青牛。岩僧说罢升平事，怅望陵园涕泗流。

出处

《鹿原集》七言律（明抄本）。

玉泉山

芙蓉宫殿玉泉隈，怅望幽山晚自开。关塞千年非汉土，山河百战有秦灰。

清秋湖水霜莲老，落日雷风灌木哀。回首翠华歌舞地，暮云犹自锁荒台。

出处

《鹿原集》七言律（明抄本）。

望湖亭

孤亭岌嶪千盘上，绝顶空明万象悬。舟洞仙骑黄鹤去，寒潭云抱白龙眠。

浴凫飞惊春相并，翠竹金沙秋可怜。瞻眺下缘沽醉后，风泉无奈晚蒲庄。

出处

《鹿原集》七言律（明抄本）。

马汝骥（诗5题9首）

马汝骥（明弘治六年至嘉靖二十二年，1493—1543 年）

字仲房。陕西绥德人。正德十二年（1517 年）进士，官至礼部右侍郎，加翰林侍讲学士。著有《西玄集》。

昭化寺泉亭集作

刹邻玉泉辟，亭傍金沙构。风柳荡回渚，林花洒轻溜。肆筵雨湿尊，拊瑟云沾袖。

泛月渺莲航，流霞间俎豆。山兼仁智德，水变朝昏候。彼岸孰先登，濯缨赋多又。

出处

《西玄诗集》（明嘉靖刻本）。

行经西湖

西湖宣皇迹，辇道依然行。岸夹芰荷密，波摇松桧明。日朱合璇盖，云彩扬丹旌。
岩壑阅王气，楼台表神营。周巡车马遍，夏豫歌颂成。寂寂龙归久，鸱鸽徒尔鸣。

出处

《西玄诗集》（明嘉靖刻本）。

西湖曲五首

宣皇画舸戏湖中，鼍鼓鸾箫震碧空。何以汉家汾水上，棹歌摇落叹秋风。

湖上青春一鹭飞，湖中白浪几龙归。侍臣翻藻怜歌席，宫女穿荷忆舞衣。

珠林翠阁倚长湖，倒影西山入画图。若得轻舟泛明月，风流还似剡溪无？

浮沉竹屿蔽千峰，回合花台树万松。落日平波悬石镜，青天谁削玉芙蓉。

武林湖波遥接天，鄱阳洞庭空渺然。此水元从河汉落，乘槎欲上女牛边。

出处

《西玄诗集》（明嘉靖刻本）。

大功德寺

宣宗别殿托禅林，暇觅朋攀路未深。石壁春盘松桧色，风湖昼掩芰荷阴。
翠旗想象千岩动，宝塔虚无万乘临。坐见慈云回截嶂，行占御气不销沉。

出处

《西玄诗集》（明嘉靖刻本）。

吕公洞

吁嗟怪石开者谁，崖根撑拄何累累。入门昼黯俨风雨，探穴泉泻惊蛟螭。

云覆万山丹灶隐，苔深几年钟乳垂。仙翁乘鹤傥再至，木食草衣予自随。

出处

《西玄诗集》（明嘉靖刻本）。

汪佃（诗1题1首）

汪佃（生卒年不详）

字友之。江西弋阳人。正德十二年（1517年）进士。官至詹事府正。著有《东麓稿》。

归途望功德寺呈诸同游

先皇遗构此山隈，翠辇曾经几度来。树拥楼台时隐见，苔封碑碣镇崔嵬。

花香逐马余春在，客意趋程落日催。高兴渺然殊未极，重游有约许追陪。

出处

《东麓遗稿》卷之三（明刻本）。

邵经济（诗1题1首）

邵经济（明弘治六年至嘉靖三十七年，1493—1558年）

字仲才，号泉崖。浙江杭州人。嘉靖五年（1526年）进士。官至成都知府。著有《西浙泉崖邵先生诗集》。

功德寺

望入西岩紫气生，宣王曾驻六龙旌。松抟高盖和烟湿，涧曳长虹入汉明。

锦簇庄严遗寝在，天开宫殿御阶平。可怜辇路繁秋草，愁绝维摩钟磬声。

出处

《西浙泉崖邵先生诗集》卷之九（明嘉靖四十一年张景贤、王询等刻本）。

廖道南（诗3题4首）

廖道南（明弘治七年至嘉靖二十六年，1494—1547年）

字鸣吾。湖广蒲圻（今湖北省赤壁市）人。正德六年（1511年）进士。官至侍讲学士。后忧归。著有《楚纪》等。

癸未驾诣金山载谒恭让章皇后康定景皇帝二陵

从官朝见于行宫，臣敬纪以诗。

群峰侵晓翠微寒，万乘回春紫盖团。载向山陵陈俎豆，更从水殿集衣冠。

花明衮绣围岩树，香袅炉烟杂畹兰。欲向卷阿赋车马，已闻郊薮颂麟鸾。

出处

《楚纪》卷五十《云穆风外纪后篇》（明嘉靖二十五年李桂刻本）。

是日既夕，驾幸玉泉亭上，亲赋诗，命辅臣宗伯各撰赋以进，臣谨按：宣皇幸玉泉，特建兹亭，于今百四十余年，君臣同游，岂亦有天数耶？ 敬纪以诗二首

兹泉开胜地，丽景奉宸游。银汉浮空下，瑶亭拥地浮。

影涵双凤辇，香喷九龙斿。日夕瞻奎璧，煌煌帝藻流。

泉上芙蓉殿，花开几度春。旧游佳丽地，若候圣明君。

石曲金波沸，岩端玉树芬。赓歌千载盛，光彩动星文。

出处

《楚纪》卷五十《云穆风外纪后篇》（明嘉靖二十五年李桂刻本）。

是日朝谒毕臣同张赞善治童中允承叙宿华岩寺登望湖亭有述

鹫岭诸天近，泉流尽日闻。晚栖亭上树，春煮涧中芹。

岩鸟宿萝月，石鲸鸣洞云。瞻依回辇处，佳气夕氤氲。

出处

《楚纪》卷五十《云穆风外纪后篇》（明嘉靖二十五年李桂刻本）。

许成名（诗1题1首）

许成名（生卒年不详）

字思仁。山东聊城人。正德六年（1511年）进士。官至礼部左侍郎。著有《龙石诗集》。

李氏园亭

青龙桥畔瓮山头，石碧云深草阁幽。落日菰蒲喧水鸟，有时钟磬出僧楼。

参差野壑千年树，飘洒湖风五月秋。已幸仙舆随杖屦，更攀金马惬同游。

出处

《龙石诗集》卷六下（明嘉靖四十二年刻本）。

张璧（诗4题7首）

张璧（生卒年不详）

字崇象。湖广石首（今属湖北省）人。正德六年（1511年）进士。官至礼部尚书、东阁大学士。谥文简。著有《阳峰家藏集》等。

祗役金山宿功德寺次桂洲公韵一首

山房趺坐石床寒，独忆先皇听讲坛[①]。松桧绕溪霜露滑，云霞浮栋海天宽。

金轮乱逐飘花转，画粉遥应秉烛看[②]。还向都城瞻帝座，更从琳阁傍僧阑。

自注

①寺为宣皇驻跸之所。

②寺东西画廊甚嘉。

出处

《阳峰家藏集》卷之十六（明嘉靖二十四年世恩堂刻本）。

次小泉司空壁间绝句三首

玄冬晓出长安道，雪酿余寒势转严。晚憩花坛坐松阁，一帘斜日下西檐。

宣皇旧日巡游处，万树松杉白昼阴。坐傍胡床对僧语，夜深钟磬落云沉。

玉泉亭上晚云净，金口山前春雪深。行傍老翁询往事，坐听寒衲说空林。

出处

《阳峰家藏集》卷之十六（明嘉靖二十四年世恩堂刻本）。

西湖曲

金山源头一线开，千旋万转不知回。

已从凤苑云中去，又送龙舟天上来。

出处

《阳峰家藏集》卷之十八（明嘉靖二十四年世恩堂刻本）。

湖上即事二绝

山泉汇为泽，流到锦宫上。御气忽东来，鱼鸟惊天仗。

晓从湖上过，忽听湖人语。夜半亘虹光，烟深不知处。

出处

《阳峰家藏集》卷之十八（明嘉靖二十四年世恩堂刻本）。

郭维藩（诗5题7首）

郭维藩（生卒年不详）

字价夫，号杏冈、杏东。河南仪封（今河南省开封市兰考县仪封镇）人。正德六年（1511年）进士。官至太常少卿兼侍读学士。著有《杏东集》。

金山候驾和泾野韵

玉辇来临草木荣，从臣金紫耀花明。

云韵只在行宫里，天上时闻彩凤鸣。

出处

《杏东先生文集》卷之二（明嘉靖四十一年蔡汝楠刻本）。

金山候驾冷泉所次泾野韵

烹茶稚子汲山泉，有客来游不用延。

坐对青春发高兴，石栏点笔和瑶篇。

出处

《杏东先生文集》卷之二（明嘉靖四十一年蔡汝楠刻本）。

扈从陵祀毕先赴金山口候驾有作和姚明山韵

望望金山口，苍苍树色分。可人求友鸟，适意出岩云。
严卫张千幕，连营列六军。祀陵虽旧典，但恐圣躬勤。

出处

《杏东先生文集》卷之二（明嘉靖四十一年蔡汝楠刻本）。

登玉泉山临光洞二首

扪萝上云洞，举手引霞觞。神斧开山骨，吾人坐石堂。
豪华随变尽，文字独留长[①]。俯仰应多感，凭轩对夕阳。

岩际开仙洞[②]，浮生始一临。日来更虚白，云起转幽深。
胜迹留天地，豪游自古今。石床森爽极，坐觉豁烦心。

自注

①洞内刻耶律楚材词二首。
②洞口刻"七真洞"。

出处

《杏东先生文集》卷之二（明嘉靖四十一年蔡汝楠刻本）。

陵祀毕山由西湖御舟还京二首

玉水灵源近[①]，仙舟锦缆长。横汾羞汉武，在沼忆周王。
鱼见开图瑞，龟游报寿昌。湖边云烂漫，万众睹龙翔。

仙源接琼岛，挂楫引天游。紫气低笼幔，黄龙起翼舟。

鸾旗拂碧树，凤吹绕芳洲。在藻同周乐，恩波浩荡流。

自注

①即玉泉水也。

出处

《杏东先生文集》卷之三（明嘉靖四十一年蔡汝楠刻本）。

陆钶（诗2题2首，文1篇）

陆钶（明弘治八年至嘉靖十三年，1495—1534年）

字举之，号少石。浙江宁波人。正德十六年（1521年）进士。官至山东督学副使。著有《少石集》《山东通志》。

登镜光阁

湖边翠阁凌空起，阁里丹梯伏道斜。宝镜光寒侵石壁，佛灯烟袅落天花。

披云忽见蓬莱阙，步斗虚疑河汉槎。白昼未能生羽翼，青春今已负瑶华。

出处

《少石集》卷之一（明万历刻本）。

功德寺

古殿空山涧道穷，翠华当日驻仙踪。百灵地迥峰峦拱，万玉泉流星汉通。

春寂鱼龙沈画舫，夜深溪阁奏松风。侍臣歌藻思游幸，院静忽闻长乐钟。

出处

《少石集》卷之一（明万历刻本）。

春游西山序

凡都会多胜概，若陕之终南、洛之龙门、建康之牛首、临安之吴山皆为古今登眺游观之地，今留都之胜，雄峙江南。北都惟西山为最其峥嵘壮伟，虽不逮陕洛诸山，而奇峰怪石、幽泉邃壑、茂林澄湖与夫琳宫仙梵，辉映金碧，真天府之佳丽、一方之奇观矣！

余居京数载未能一至，今年春二月，果庵侍御谢君将出按西广，谓兹游不可负，己酉朏辰，偕李鹿岩、杨后江、张东沙，暨余四人联辔出平则门，行可数里，清风徐来，尘意洒落，遂遵湖堤、绕村径，后先惟意，行歌相答，举眄间楼台鳞次出没烟霭，若非人世所有者。

午至功德寺，主僧汲泉瀹茗、酒数进，起陟英庙行宫。已乃促骑西往，缘崖攀磴穿云雾间，溪花石竹幽芳袭人，徐憩玉泉、登望湖亭、抚看花台，道旁诸刹不能遍历，惟听主僧谈名耳。

顷至碧云，下窥岩洞，松风如沸飒，有奇趣，复寻绝壁，得小亭。泉可飞觞，箕踞酬歌，时日已半暝。余兴尚浓，复还功德，载歌载觞，主僧俄出阳明纪游二律，读之飒飒然，遂各用韵赋数首。二鼓宿，禅塔群籁阒寂，惟闻四壁山鬼声诘。朝易故道东行，经耶律楚材墓吊焉。午驻一野寺饭而出，且眺且旋，抵都门灯火煌然矣。

出处

《少石集》卷之七（明万历刻本）。

谢榛（诗9题9首）

谢榛（明弘治八年至万历三年，1495—1575年）

字茂秦，号四溟山人。山东临清人。布衣诗人，16岁时作乐府商调，流传颇广，后携诗卷游京师，与李攀龙、王世贞等结诗社，为"后七子"之一。著有《四溟集》《四溟诗话》等。

忆西湖玉泉寺

去秋禅林集虏骑，老衲惊魂走无地。诸天宝刹摧菩提，一火金身断舍利。

西湖风景几人愁，日斜正倚帝京楼。壁间若不更留偈，鹫岭法云空自浮。

出处

《四溟山人全集》卷之二（明万历二十四年赵府冰玉堂刻本）。

晚过西湖

怅望西山路，曾经胡马过。重来把杨柳，独立向烟波。

日影峰头尽，春寒湖上多。渔樵一相见，犹为话兵戈。

出处

《四溟山人全集》卷之四（明万历二十四年赵府冰玉堂刻本）。

夜自西湖循瓮山同玉峰上人步归兰若

湖色冷春衣，沙禽夜尚飞。路随山下转，僧伴月中归。

祇树藏金界，禅灯出翠微。他年谢灵运，结社愿无违。

出处

《四溟山人全集》卷之四（明万历二十四年赵府冰玉堂刻本）。

游翠岩七真洞

一攀灵秀处，松映石门清。虚抱冰霜气，幽含神鬼情。

碧天孤鹤下，苍覃细云生。仿佛来仙客，空山凤吹鸣。

出处

《四溟山人全集》卷之八（明万历二十四年赵府冰玉堂刻本）。

宿玉泉寺同郁子和姜子学

有客同高趣，珠林取次攀。松声寒暮阁，月色净秋山。

四大空虚里，三乘浩渺间。野云时聚散，浮世几人闲。

出处

《四溟山人全集》卷之八（明万历二十四年赵府冰玉堂刻本）。

青龙桥上有感

去秋胡骑此纵横，骠骑乘时议北征。四野晴烟犹惨色，千村寒食重悲声。

黄鹂独啭杏花尽，白日低临湖水平。万户征求今转剧，何人驻马问春耕。

落落狂歌一阮公，旗亭把酒送归鸿。湖光不定春风里，山气偏多夕照中。

满眼莺花双鬓改，百年愁思几人同。边庭李牧空遗迹，此日谁论破虏功。

出处

《四溟山人全集》卷之十五（明万历二十四年赵府冰玉堂刻本）。

春夜同玉峰禅师游湖上

夜出招提境，沧浪意不孤。偶经花浦歇，动有竹筇扶。清净同禅侣，疏狂信老夫。

暖沙闲白鸟，春雨发青蒲。树断星垂野，天空月满湖。摩尼珠独在，长此照虚无。

出处

《四溟山人全集》卷之十六（明万历二十四年赵府冰玉堂刻本）。

妙应寺

殿宇独嶙峋，披云兴益新。重来布金地，不见雨花人。湖近龙时出，岩空鸽自驯。

磬声山正午，草色路犹春。浩劫殊无极，浮生会有因。可怜倦游客，空自老风尘。

出处

《四溟山人全集》卷之十六（明万历二十四年赵府冰玉堂刻本）。

诗家直说一百二十七条

予客京师游翠岩七真洞，读壁上诗曰：

纷披容与纵笙歌，蕙转光风艳绮罗。露湿桃花春不管，月明芳草夜如何。

琼珠浩荡随兰棹，云旆低回射玉珂。深入醉乡休秉烛，尽情挥取鲁阳戈。

耶律丞相门客赵衍所作，清丽有味，颇类唐调，惜乎大元风雅不载，故表而出之。

出处

《四溟山人全集》卷二十二（明万历二十四年赵府冰玉堂刻本）。

骆文盛（诗2题2首）

骆文盛（明弘治九年至嘉靖二十九年，1496—1550年）

字质甫，号两溪。浙江武康（今浙江省湖州市德清县）人。嘉靖十四年（1535年）进士，授翰林院编修。后辞官，筑屋石城山麓，读书自娱。著《两溪集》。

驾还谒金山二陵

瞳瞳晓日初回辇，蔼蔼春风复上台。倚径苍松浮淡霭，侵坛碧草净纤埃。

层岚迥睹金山丽，华烛双悬玉殿开。盛事于今夸始见，倚那清颂更须裁。

出处

《两溪先生遗集》卷之七（明嘉靖三十九年王健刻本）。

驾奉圣母泛舟西湖

淼淼芳湖霁景开，翠华遥自翠微来。波翻紫荇迎仙舸，风送红霞上寿杯。

缥缈花香浮凫屿，葱茏佳气护蓬莱。当筵拟献嵩华祝，染翰惭非沈宋才。

出处

《两溪先生遗集》卷之七（明嘉靖三十九年王健刻本）。

李宗枢（诗1题1首）

李宗枢（明弘治十年至嘉靖二十三年，1497—1544年）

字子西，号石叠。陕西富平人。嘉靖二年（1523年）进士。官至右佥都御史。著有《李石叠集》。

清明日同张漳滨游功德寺

水带金山合，天开宝地深。苑花沉宿雾，殿柏净春阴。

立马诸天暮，凭轩万里心。同游或不愧，还拟共登临。

出处

《李石叠集》卷二（明嘉靖二十九年西亭书院刻本）。

皇甫汸（诗1题1首）

皇甫汸（明弘治十年至万历十年，1497—1582年）

字子循，号百泉。斋名浩歌亭。南直隶苏州（今属江苏省）人。嘉靖八年（1529年）进士，官至工部虞衡司郎中。著有《皇甫司勋集》等。

驾幸西山

先帝瑶宫起翠微，今皇玉辇历朱扉。诸天香霭纷仙仗，百道祥云绕御衣。

花影数移幢扇过，箫声遥杂佩环归。灵池望幸鱼龙跃，福地衔恩草树辉。

出处

《皇甫司勋集》卷二十五（明万历三年吴郡皇甫氏自刻本）。

王用宾（诗3题12首）

王用宾（明弘治十四年至万历七年，1501—1579年）

字允兴，号三渠。陕西西安人。正德十六年（1521年）进士。官至南京吏部尚书兼翰林院学士。著有《三渠先生文集》。

金山口候驾因忆廖洞野学士

崔嵬幄殿倚云开，圣主行春复道回。仙仗迥从天外转，慈舆真向日边来。

玉泉饮马蛟螭避，珠树鸣鸾鹳鹤猜。独有扬雄老陪从，甘泉献赋沐恩回。

出处

《三渠先生集》卷之三（明万历二十九年刻本）。

清明登镜光阁

袅袅松筠回绮阁，悠悠登眺倚青莲。春流曲抱鼋鼍窟，梵镜虚悬日月天。

北极祥云开五色，西山金界满三千。看花对酒酬佳节，挂锡参禅避俗缘。

出处

《三渠先生集》卷之三（明万历二十九年刻本）。

皇上谒陵奉圣母从功德寺前登舟泛西湖，是日驾回即事十首

功德寺前花正开，云飙一夜净氛埃。乘兴为谒山陵过，非是寻芳游幸来。

凤棹龙舟切紫冥，珠帘绣幕丽春星。临风忽奏均天典，疑是仙槎出洞庭。

绿水青山列画图，暖烟晴日胜蓬壶。吾皇不侍瑶池宴，海内谁知慈极娱。

水殿崔嵬御宴开，三千歌舞递相催。从今慈寿齐天地，愿泻银河入酒杯。

御岸舣舟鼍鼓鸣，春风扈驾彩云生。高梁桥上频回首，万柳千花无限情。

九衢春暖瑞烟开，万姓传呼圣主回。日月欲从黄道转，笙歌先傍紫霄来。

宝马仙幢向九重，千官列校尽从容。金根高卷芙蓉箔，要使人间识衮龙。

羽士林林大驾还，红云紫雾满尘寰。金袍尚带星河气，铁骑犹屯虎豹关。

园簿葳蕤照玉墀，箫韶缥缈动黄帷。千官未展回銮贺，圣主先行谒庙仪。

行春真羡光尧典，肃祀还同受汉釐。侍臣莫献甘泉赋，圣主新裁大雅诗。

出处

《三渠先生集》卷四（明万历二十九年刻本）。

高叔嗣（诗1题1首）

高叔嗣（明弘治十四年至嘉靖十六年，1501—1537 年）

字子业，号苏门山人。河南开封人。嘉靖二年（1523 年）进士。官至湖广按察使。著有《苏门集》。

华严洞上夜作同邹生

宴坐最高头，冯岩散客愁。俯聆玉泉响，仰眺金波流。

伐鼓山堂夕，焚香石殿幽。与君学栖遁，它日更相求。

出处

《苏门集》卷之一（明刻本）。

邬绅（诗1题1首）

邬绅（生卒年不详）

字佩之。南直隶丹徒（今属江苏省镇江市）人。嘉靖二年（1523年）进士，官至四川按察副使。著有《中宪集》。

游燕京西湖

垂鞭遵广陌，携酒眺长汀。葭芦参差绿，岩峦远近青。

鸟飞天欲暝，龙卧水犹腥。赖有张平子，裁诗表地灵。

出处

《日下旧闻考》卷八十四国朝苑囿（清乾隆五十三年武英殿刻本）。

袁袠（诗4题4首）

袁袠（明弘治十五年至嘉靖二十六年，1502—1547年）

字永之，号胥台山人。南直隶苏州（今属江苏省）人。嘉靖六年（1527年）进士。官至兵部武选司主事。著有《胥台集》《世纬》等。

镜光阁

绝磴翔云上，飞轩践斗回。旗亭开百市，魏阙枕三台。

地入榆关险，山迎桂苑来。登高还望远，秋气使人哀。

出处

《衡藩重刻胥台先生集》卷之六（明万历十二年衡藩刻本）。

玉泉山

野寺层峰抱，山泉百道流。风传环佩响，谷和管弦幽。

度岭行还坐，观鱼去复留。谁知帝城外，数里即丹丘。

出处

《衡藩重刻胥台先生集》卷之六（明万历十二年衡藩刻本）。

功德寺

宣皇临御日，此地数游观。花下停双辇，松间拜百官。

云长依宝座，月自照瑶坛。寂寞桥陵路，惟余古木看。

出处

《衡藩重刻胥台先生集》卷之六（明万历十二年衡藩刻本）。

达磨洞

三秋怀土望，千里卷游情。阴洞悬崖缀，飞泉激涧鸣。

杂花难辨种，怪鸟不知名。幽独下云峤，遥闻清磬声。

出处

《衡藩重刻胥台先生集》卷之六（明万历十二年衡藩刻本）。

屠应埈（诗1题1首）

屠应埈（明弘治十五年至嘉靖二十五年，1502—1546年）

字文升，号渐山。浙江平湖人。嘉靖五年（1526年）进士，历刑部主事、礼部郎中、右春坊右谕德兼侍读，后上疏乞归。著有《兰晖堂集》。

驾幸西山

行宫迢递接仙台，郭外骖骦羽骑来。山护皇舆千嶂合，天临宸极五云开。

春留翠柳供行幄，香引繁花献寿杯。独愧周南流滞者，侍臣遥羡柏梁才。

出处

《屠渐山兰晖堂集》卷四（明嘉靖三十一年屠仲律刻本）。

王维桢（诗1题1首）

王维桢（明正德二年至嘉靖三十五年，1507—1556年）

号槐野。陕西华州人。嘉靖十四年（1535年）进士。官至南京国子监祭酒。死于地震。著有《槐野先生存笥稿》等。

功德寺游眺

敕寺百年湖水渍，渚花汀柳尚秋芬。草迎凤辇闻前事，柳引龙舟想瑞云。

驰道逶迤还鹫岭，行宫寂寞下鸥群。太平游幸仍今主，波上重看五色氛。

出处

《槐野先生存笥稿》卷之三十五（明万历三十四年黄升、王九叙刻本）。

陈束（诗1题1首）

陈束（明正德三年至嘉靖十九年，1508—1540年）

字约之，号后冈。浙江宁波人。嘉靖八年（1529年）进士，官历湖广佥事、河南提学副使。求去不许，纵酒呕血死。著有《陈后冈诗集》。

望湖亭迟唐一

弥策跻石磴，扪萝陟云亭。凌危坐超越，临深瞰窈冥。野色向虚尽，湖态含晖明。
树乱识人度，峰峭知岚轻。目送景共远，心与氛俱清。趣惬百虑豁，神感四愁婴。
愿言同襟子，如何旷不并。忘筌理无阂，瞩象思空萦。洋洋流水志，嘤嘤鸣鸟情。
匪伊知赏逖，谁为拳服膺。

出处

《陈后冈诗集》卷一（明万历十九年林可成刻本）。

莫如忠（诗1题1首）

莫如忠（明正德三年至万历十六年，1508—1588年）

字子良，号中江。南直隶松江（今属上海市）人，嘉靖十七年（1538年）进士。官
至浙江布政使。著有《崇兰馆集》。

功德废寺

功德何年寺，开山纪释昙。诸天迷宿莽，双树网晴岚。
径掩花空落，坛虚鸟不参。寥寥禅诵侣，穴土自为龛。
苍山余古木，云是法王宫。何物生无灭，宁烦色逾空。
残经收贝叶，遗梵响秋蛩。吾欲逃禅去，弥高饮者风。

出处

《崇兰馆集》卷之三（明万历十四年冯大受、董其
昌等刻本）。

莫如忠《山水图》

王慎中（诗11题22首）

王慎中（明正德四年至嘉靖三十八年，1509—1559年）

字道思，号遵岩居士，后号南江等。福建晋江人。嘉靖五年（1526年）进士。官至山东提学佥事。后罢官，专事写作。著有《遵岩集》等。

登金山口绝顶二首

峥嵘峙西隅，其名金山口。拱势凌玉泉，分宗自天寿。捐骑竭独往，宛转携良友。

攀石足犹滑，扪萝葭在手。回望目转眩，前首步逾陡。及其登层颠，诸峰宛相就。

蘦峍各殊状，罗列若拱绣。晶晶天宇阔，俯之何所有。大河涌我前，落日在吾右。

微微见楼阁，脉脉分陇亩。时惟仲冬交，众壑已衰朽。虽乏芬华敷，弥增嶙峋斗。

天风飒然下，飘飘吹衣袖。丹霞翼素裾，白云生左肘。遗形身已仙，得意岂在酒。

兹山非吾土，石室何当构。神灵忌穷讨，苍茫立难久。

地纪控西界，灵山亘北甸。足弱步屡憩，崖峭石犹践。枝樛乃能援，葛脆不可挽。

当其意象开，岂复虑绝塞。瞻峰皆刿峛，陟涧数回缅。稍觉天地宽，即看云烟变。

石窦枝自荣，林罅雪尚泫。兴阔无近寻，登高有远见。周垎矗五云，易水溅一线。

微茫燕赵区，历历皆可辩。长啸发灵籁，倦坐石苔藓。氛垢苟不婴，沉虑斯可遣。

出处

《遵岩先生文集》卷之一（明隆庆五年邵廉刻本）。

功德寺

我昔已闻功德寺，山游日暮行始至。旧栽松柏森成行，庭空寥戾鹤孤唳。

巍碑古秩苔半封，上有金镌护敕字。岩峦长闾龙虎宫，栋宇犹带金银气。

老僧告我昔年事，令我感叹长欷歔。宣宗昔日盛行游，四海晏然边尘收。

凿嵌构宇俯乔岳，穿池引水开沧流。慈云覆顶翔赤凤，灵山绕势蟠青虬。

万乘时来过雷电，郊原旖旋闪黄斿。御前一一侍玉女，鸣珰曳佩凌清秋。

危阁蘨沓象纬逼，长廊丹碧辰星留。绮绣参错开荷芰，华芝翠葆翼龙舟。

汾水具茨存至理，国有元老翊皇猷。鼎湖龙去已茫然，此地即看余百年。

辇路凄迷芊草合，御堤曲圮洑波溅。诵经释子四五侣，法鼓振响扬芳烟。

梧月落梁净梵色，松风撼户韵清弦。吁嗟陵谷须臾改，何况世事多变迁。

君不见，素旗飒飒下灵车，神来应与群帝俱，玉殿金灯夜有无。

出处

《遵岩先生文集》卷之二（明隆庆五年邵廉刻本）。

圆静寺二首

身病登山健，寺幽引兴长。听莺过别院，歇马傍疏塘。

竹散晴窗影，花飘晚槛香。高游有如此，谁肯恋绅裳。

仄径垂萝密，高崖茑葛长。疏槐阴玉宇，尺鲤跃金塘。

入殿斋僧礼，开轩到妙香。亦知绝地迥，朱雾细沾裳。

出处

《遵岩先生文集》卷之五（明隆庆五年邵廉刻本）。

再至功德寺与张水部偕二首

路谙能自至，僧狎不须猜。蔓藤犹覆院，菱草已侵台。

竹怜独宿处，花为再看来。与君同避地，得笑且衔杯。

旧宿春初转，今来节载阴。风烟殊岁色，云物异登临。

问松怀系马，开阁恋披襟。奔命兼行乐，携游倍赏心。

出处

《遵岩先生文集》卷之五（明隆庆五年邵廉刻本）。

登毗卢阁

阁峻看天堕，湖平益势孤。风帘齐铎响，云磴拂衣趋。

指顾极空阔，风烟乍有无。青眸依落日，缥缈入皇都。

出处

《遵岩先生文集》卷之五（明隆庆五年邵廉刻本）。

功德寺观三官感怀二首

丹梯翠壁郁烟霄，宣帝行宫锁沈潦。牧马池荒残白草，钓鱼台古长青苔。

宸游梦到华胥上，仙仗巡非汾水遥。晓向危楼瞻气象，云端佳色护岧峣。

忆昔宣皇游幸初，时看水舰戏西湖。江花海石藏秋浦，杂佩华裾驻玉舆。

天地百年殊感慨，日月三殿自虚无。登临欲下牛山泪，桧柏吟风夕照孤。

出处

《遵岩先生文集》卷之八（明隆庆五年邵廉刻本）。

望湖亭

望湖亭倚碧山隈，不尽长天万里来。水阔槎从云际泛，波涵山是镜中开。

霏霏曙霭芙蕖落，宛宛晴沙鹥鹜回。垂钓解缨本吾事，临风把酒兴悠哉。

出处

《遵岩先生文集》卷之八（明隆庆五年邵廉刻本）。

龙　潭

卧龙潭在碧山岑，喷沫蟠涡自古今。隐隐鲛鼍逃灵气，时时风雨激高吟。

青天日月悬相映，白画云雷黯自阴。会见九霄嘘黑雾，即看四海望能霖。

164 | 湖山集翠——颐和园地区历代文人诗文集

出处

《遵岩先生文集》卷之八（明隆庆五年邵廉刻本）。

吕公洞

高顶可怜吕公洞，磊砢危石相住撑。根豁一门山欲断，泉流四野昼常清。
险绝故须秉烛入，苍茫只怪傍云行。藏虬蟠蠖理或有，冥搜恐触神物惊。

出处

《遵岩先生文集》卷之八（明隆庆五年邵廉刻本）。

登圆静寺后山携张子汝思

策马清随沧水吏，扪萝幽到碧山岑。最怜绝壁流霞气，况有澄湖清客心。
落木萧疏明远近，行云缥缈静高深。灵芝紫蕨亦吾分，石髓丹砂共尔寻。

出处

《遵岩先生文集》卷之八（明隆庆五年邵廉刻本）。

金山杂诗八首

崔嵬楼殿俯金山，窈窕亭台引玉泉。羽猎连屯万虎士，水嬉齐奏六龙船。
征歌乐选燕秦伎，听法筵参摩遁禅。宣帝巡游甘脱屣，侍臣扈从总登仙。

武常乘兴驻翠微，西山重见五云辉。羌儿掣马行营疾，校士射蛟水榭围。
霞气如临仙醴泻，泉声故近御筵飞。至今草木遗光宠，日暮遥瞻冉冉晖。

沓嶂回峦莽不分，紫烟苍霭晚氛氲。楼台拔地千峰起，钟鼓中天四野闻。
画栋雕甍回日月，曲池伏窦定风云。高僧尽住黄金宇，护敕并镌睿藻文。

康定陵前栖夜乌，盘林郁郁锁松梧。总闻再造驱戎虏，不见千官拜鼎湖。
内使司香开寝殿，祠臣常祀扫金铺。翠华缥缈空中度，绛节灵应群帝俱。

珠衾玉碗扈繁芳，遗令千秋祇自伤。落月恍闻环佩响，阴风犹散绮罗香。
兰蘅湖上疑湘浦，云雨峰头似巫阳。寂历群山花自发，为看当日倚新妆。

累累青冢碧山隈，银海铜泉中映回。百岁吴阊宝剑出，一朝茂苑玉鱼来。
牛羊昼下新樵径，牧竖夜窥旧锁台。又道东阡营石椁，路人徒有雍门哀。

青郊迤逦接城闉，湖水西来绕御津。锦里豪华纷转日，芳原池馆错围春。
金堆石谷朝专宠，玉浚卢塘帝近亲。三辅选迁元此地，五陵侠贵定何人。

西山巉岈奠金方，白帝精躔龙走藏。水学涧伊萦洛邑，原开鄠杜壮咸阳。
云霞气结青莲宇，粳稌脂流碧玉光。恒镇潈涛天地险，汤池金郭帝王邦。

出处

《遵岩先生文集》卷之八（明隆庆五年邵廉刻本）。

王格（诗1题1首）

王格（生卒年不详）

字汝化。湖广京山（今属湖北省）人。嘉靖五年（1526 年）进士。官至太仆少卿，后辞官还乡，从事著述。著有《少泉集》。

上陵回晚憩西山功德寺

返辔诸陵道，西山越几重。晚风凄谷响，秋霭净峰容。
虎穴千年寺，龙鳞百尺松。香台一徙倚，隐隐夜闻钟。

出处

《少泉诗集》卷第五上（明嘉靖刻本）。

李攀龙（诗1题1首）

李攀龙（明正德九年至隆庆四年，1514—1570 年）

字于鳞，号沧溟。山东济南人。嘉靖二十三年（1544 年）被赐同进士出身，官至河南按察使，为"后七子"领袖。著有《沧溟集》《古今诗删》等。

与茂秦金山寺亭上望西湖

孤亭遥上翠微重，槛外空林何处钟。秋到诸天开薝卜，湖连双阙散芙蓉。

云光忽落鼋鼍窟，雨色飞来鸐鹭峰。自信登临能作赋，肯令陶谢不相从。

出处

《沧溟集》卷七（清文渊阁四库全书补配清文津阁四库全书本）

黎民表（诗13题14首）

黎民表（明正德十年至万历九年，1515—1581 年）

字惟敬，号瑶石、瑶石山人等。广东从化人。嘉靖十三年（1534 年）举人，累官河南布政参议。万历七年（1579 年）致仕。居广州粤秀山麓清泉精舍，善书画。著《瑶石山人稿》《北游稿》等。

游西山玉泉池

圆潭知异脉，方折纪灵踪。濯月金规满，含风石镜融。

平湖隐作浪，曲涧泻为淙。一入昆明去，千秋照绮栊。

出处

《瑶石山人诗稿》卷之五（明万历十六年黎君华刻本）。

奉命至西山坟园

回首长杨苑，风霜始觉秋。青山低卷幔，寒日淡披裘。
杨柳兼村落，菰蒲有钓舟。佩鱼虽汉使，还得采真游。

宿草经春长，新阡近郭多。彩销团扇粉，香尽舞衣罗。
陌上花如绮，云间月似蛾。繁华今不见，遗恨雍门歌。

出处

《瑶石山人诗稿》卷之六（明万历十六年黎君华刻本）。

同谦之丘使君自天宁寺骑至西湖上

欲送残春去，长堤日已曛。村春隔水远，浦树到湖分。
惜别贪携手，行吟独共君。莫惊沙上鸟，飞去各青云。

出处

《瑶石山人诗稿》卷之八（明万历十六年黎君华刻本）。

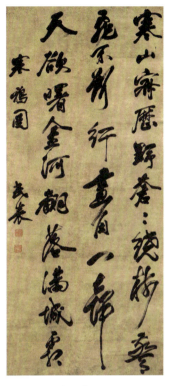

黎民表书法

龙　潭

何年龙已去，野色澹荒陂。元气回深洞，阴风出古祠。
探珠寻赤水，沉璧问清时。牧竖犹回首，千灵访具茨。

出处

《瑶石山人诗稿》卷之八（明万历十六年黎君华刻本）。

宿瑗上人房

久客应难寐，中宵独据床。心无蕉鹿兢，梦已路途长。

曙色斋钟动，行厨野蔌香。更衣问前路，惆怅别云房。

出处

《瑶石山人诗稿》卷之八（明万历十六年黎君华刻本）。

功德寺牡丹

一径交深竹，千丛暗野堂。碧疑天女唾，花是佛王香。

绝艳休相妒，佳期不可忘。飘零一杯酒，长啸望西房。

出处

《瑶石山人诗稿》卷之八（明万历十六年黎君华刻本）。

华岩洞有耶律楚材故桓夏公石刻

深壑因谁造，挥斤亦有神。江山留王气[①]，题咏待词人。

泉作窗间雨，苔生石上尘。碧纱笼底墨，萧索竟千春。

自注

①耶律词云江山王气空千载。

出处

《瑶石山人诗稿》卷八（明万历十六年黎君华刻本）。

望湖亭

层崖出天半，应接颇纷纭。山合溟蒙雨，湖通来去云。

春风吹桂棹，野日散鸥群。一片江南色，吟思越鄂君。

出处

《瑶石山人诗稿》卷八（明万历十六年黎君华刻本）。

酌玉亭上

登山方改屐，把酒爱临流。龙去还成雨，风鸣并作秋。

开奁鸿照影，弭盖凤经游。绝胜频来往，毵毵笑白头。

出处

《瑶石山人诗稿》卷八（明万历十六年黎君华刻本）。

同谦之午憩金口寺石榻上

济胜心无己，看山日暂停。梦回云屋冷，衣藉石床扃。

佛境看如幻，尘途笑独醒。僧房无所供，亦自遣沉冥。

出处

《瑶石山人诗稿》卷八（明万历十六年黎君华刻本）。

秋怀 (8首选1)

玉泉迢递入昆池，百尺栏干俯碧漪。镜缆双维龙凤舸，雕楹深锁柏松枝。

侍臣鸣佩丹枫远，宫女临霞彩袖垂。曾预都人夸盛事，周南今日叹衰迟。

出处

《瑶石山人诗稿》卷十七（明万历十六年黎君华刻本）。

同邓征甫朱在明游西山抵夜宿金山寺

石林千仞削孤根，飞阁遥临小给园。青竹代桥无结构，紫萝垂径费扳援。

星河正落高僧榻，猿鹤偏惊旅客魂。起舞晨鸡何事者，不将瓢笠入云门。

出处

《瑶石山人诗稿》卷十二（明万历十六年黎君华刻本）。

明晨同征甫在明游玉龙洞题名其上

龙去山前空白云，流泉潏潏静偏闻。梯悬地底星辰见，天入壶中气象分。

持钵懒过香积寺，封书谁识洞庭君。青苔石上聊镌记，千载休疑鸟篆文。

出处

《瑶石山人诗稿》卷十二（明万历十六年黎君华刻本）。

杨巍（诗1题1首）

杨巍（明正德十一年至万历三十六年，1516—1608年）

字伯谦，号二山。山东海丰（今山东省滨州市无棣县）人。明嘉靖二十六年（1547年）进士。卒赠少保。著有《梦山存家诗稿》。

同朱金庭僚长扈跸宿瓮山寺

野寺临寒渚，僧房依暮山。不因扈仙跸，那得叩禅关。

朗月旌旗近，严更钟梵闲。况同朱仲晦，高论碧云间。

出处

《梦山存家诗稿》卷之三（明万历三十年杨岑刻本）。

欧大任（诗9题9首，文1篇）

欧大任（明正德十一年至万历二十四年，1516—1596年）

字桢伯，号仑山，别称欧虞部。广东顺德人。嘉靖四十二年（1563年）进士。官至南京工部屯田司主事、虞衡司郎中。著有《虞部集》等。

端阳日施缮部曾虞部邀游西山马上次韵

联镳从画省，命赏陟烟岑。稍适林峦兴，因谐鱼鸟心。

开尊临水次，采药遍峰阴。员峤前期路，翩翩何处寻。

出处

《欧虞部集·旅燕集》卷二（欧虞部集十五种清刻本）。

登望湖亭

宴坐一斋闲，西湖几席间。岂期金马客，能到玉泉山。

解带同围竹，看云且放鹇。烟波心更远，谁共棹歌还。

出处

《欧虞部集·旅燕集》卷二（欧虞部集十五种清刻本）。

同黎秘书刘山人游西山经玉泉山池亭望西湖

并马今朝路，西行访石经。山泉浮钵绿，湖草映袍青。

积玉迷春涧，飞花入暮亭。十年江上客，烟雨忆扬舲。

出处

《欧虞部集·旅燕集》卷二（欧虞部集十五种清刻本）。

功德寺

宣皇游豫日，此地六龙回。忍草生驰道，慈云护讲台。

玉波仙鹭浴，绯雪御桃开。望幸还今日，何人托乘陪。

出处

《欧虞部集·旅燕集》卷二（欧虞部集十五种清刻本）。

金山寺

泠泠钟磬音，金口惬幽寻。溪绕芙蓉殿，山开薝卜林。

绳床听鸟乐，竹杖破苔深。南客言归久，郊游坚此心。

出处

《欧虞部集·旅燕集》卷二（欧虞部集十五种清刻本）。

宿寿公禅房

王泉初解辔，松院揖方袍。地远祇林静，天空禅月高。

楼真知道在，息影觉心劳。且伴山僧宿，西湖听夜涛。

出处

《欧虞部集·旅燕集》卷二（欧虞部集十五种清刻本）。

寻华严洞

谁期宗炳至，石室访山僧。桐帽飘云气，棕鞋受石棱。

莓苔前代字，瓶钵几传灯。更看波罗长，追攀最上层。

出处

《欧虞部集·旅燕集》卷二（欧虞部集十五种清刻本）。

晓出玉泉山经西湖

玉泉散作镜湖波，闻道宸游向此过。宫阙三山浮弱水，楼船千里度星河。

白麟朱雁无消息，瑶草金芝近若何。词客昔年夸扈从，琳池花似汉时多。

出处

《欧虞部集·旅燕集》卷三（欧虞部集十五种清刻本）。

惟敬出次郊园示予以功德寺牡丹之盛辄赋二诗讯之

广陵红药洛阳花，一曲山芎为客夸。万朵千枝看欲遍，问君何事恋京华。

君从花下忆天涯，予亦长安五见花。惟有青山怜倦客，几人容易得烟霞。

出处

《欧虞部集·西署集》卷八（欧虞部集十五种清刻本）。

两游西山记

嘉靖癸亥二月，余至燕京。四月丁丑，晦施缮部惇甫、曾虞部以三约余，为西山之游。五月戊寅朔，并马出阜城门，缘御河缓辔行柳阴下。听鸣蝉玩流水可十余里，饭海潮庵，印上人持茗迎入延寿寺，同过真觉寺，观金刚宝座，午后至碧云寺。

（下略香山）

己卯，惇甫、以三、震卿祇役卢沟，时桥工方竣，代祭树碑。君泽则点视京军于桥下。余早起饭罢，琰上人与侍者四五，从余出观西湖，下马饮望湖亭。湖中荷花已开，香闻数里，龙舸一二存焉。水田皆种稻，白鹭飞鸣，宛若江南。余殆徘徊不能去。逮晚君泽、惇甫、以三、震卿先还海潮庵，待余入城。是游也，余兴颇未尽。

逾年甲子后二月癸未，刘山人子修约黎秘书惟敬及余再游骑。从旧路十余里，窥玉泉池、饮小亭、入华严洞、观元人耶律楚材字刻。

循湖至金口功德寺，即金章宗芙蓉殿也。门外河水始解，绿净如练，桃杏方花，山莺啼声近人可爱。寺已半毁，只存后殿及两庑。盖先为宣皇敕建，屡临幸焉，规制犹倍他寺。

巩言寿上人方修前殿、山门及僧房落成，业已请惟敬撰碑。

是日，惟敬则为上人隶书数扁，子修秉烛作南山精舍图，余遂尽书碧云诸诗，淋漓满卷。夜宿禅房，西湖风涛，声彻枕上，实三年京邸所未闻。余因与惟敬、子修和姚元白旧游壁上诗。

甲申昧爽，惟敬奉命往视宫妃葬事，又迫于入直阁中，竟先驰归矣。余与子修及寿上人携酒观岩壑积雪，大者径丈，削峭如石，子修戏作西山积雪图。小侍者索余题诗，欣然持去。

转入南禅，登宝华阁，极目居庸，远连绝漠，大风偶作，黄沙忽飞，顷刻殊状。

（下略八大处、戒台寺）

夫西山为燕京右腋，视长安之终南、洛阳之北邙尤近也。巀嶪巃嵸，支脊太行。佛刹千所，瑰丽甲天下。余两游仅七日，不能行百之一，而陵寝密迩，王气郁葱，关镇连都城，藩蔽倚属。且物产饶裕，诚百世可以取给万民、可以仰足者，大概目睹之矣！前后所赋共五七言卜一百。记成于再游后二日，己丑也。

出处

《欧虞部集·文集》卷八（欧虞部集十五种清刻本）。

王樵（诗5题7首，文1篇）

王樵（明正德十六年至万历二十九年，1521—1601年）

字明逸，别号方麓。南直隶金坛（今属江苏省常州市）人。嘉靖二十六年（1547年）进士。官至刑部侍郎、南京都察院右都御史。著有《方麓居士集》《尚书日记》等。

游西山记（节选）

予官京师前后十年，西山凡四至。

一自大同出使，回经华严寺，上翠华岩，憩七真洞，题诗云："似我华阳洞，何时住七真。问僧僧不语，为拂石床尘。"洞深广可二三丈，中有石床，东有耶律楚材诗锲于石。缘崖上数折，又有吕公洞，人迹罕到。洞隐隐若风雨声，盖暗有流泉过也。

出登玉泉山，坐望湖亭，见群山环绕，惟此山如游龙，首脊穹窿，势若将饮于湖中者。诸泉或从石罅侧出，或从平地仰出。仰出者尤奇，喷如贯珠，及水面而止。

流而为渠，止而为湖，皆清澈见底。水中怪石错落，翠藻如带，时时与沦漪相舞，因行役有程，遂去。

一因上陵取道西山，宿瓮山圆静寺，此往天寿山之别道也。无车马交杂，无尘嚣聒扰，良自得以为比之昌平旅、泊清如登仙也。寺甚幽僻，出寺闲步，入一寺，两僧对弈不起，旁有泉出于地，倚长松看其舋沸，久之乃去。

一同姜廷善内翰骑驴，从一仆一隶会西直门，并驴且行且话，遇佳处即下，相与眺览。大抵西直门外多中贵人别业，园亭之胜，一人一意竞极新巧。春时休暇，大闉鼓吹导骑，各适所珍为戏乐不绝于路，各有守者亦不禁人游玩，予辈但至三四处，览大都而已，不能遍也。

是日至功德寺午饭，寺据湖山之胜，弘敞壮丽，宣庙数游幸焉。自毁于火，今存者僧舍数楹与周垣，旧殿趾可认而已，临湖有三台尚在。湖上长堤十里，平畴盈望，皆依江南种稻法引水溉灌，岁收充御廪，非私家可擅也。

跨驴度垂杨流水石桥，遥见有人指点凭栏，姜兄笑谓予曰：此胡正甫、邹继甫也。至则内翰王君者亦在焉，遂同游香山寺，坐来青轩，晚同宿碧云寺，薄暮给谏胡君应嘉亦至焉，诸君相与极论数目，予若欲有以发予之言者，而予不能参一辞，遂各就室寝，予与姜兄同榻，王内翰同一室复论诗至夜分，姜兄曰：可不语矣。予犹不成寐，但恐妨人，不敢辗转，一仆卧床头咳不止，欲出语禁之，复已无何闻，山下铃声络绎，与清寐相杂，知驮煤者过矣，遂独起步庭中，得句云："青山在屋上。"此虽旧语，而实切时景。但未有对蚤，与五君同游卧佛寺有"别院对回廊，修门锁花木。前山未须往，欲留佳处宿"之句，邹胡二君欲先归，予遂与同归，而兴犹未尽。越月再与进士赵君讷同行出西郊，得句云："出门不问途，但随流水去。流水自西山，水尽行当住。"马上举似赵君，赵君以为佳。盖西山泉流导入大内为太液池，御沟过金水桥，又东出入御河，自山至都城水门，凡三十里，节节有佳境。予诗云："年年绿树摇春风，一道清溪掩映中。幽赏供人三十里，潺湲又出凤城东。"又云："名园古刹贵家村，往往清溪恰在门。"皆写实也。

凡游西山者，先经玉泉诸胜，而后至平坡寺。

（省略八大处、香山游历）

出处

《方麓集》卷七（清文渊阁四库全书本）。

寻　泉

寻泉到野寺，对弈两僧闲。僧不为客起，我自趋泉间。

倚松看髯沸，坐石弄潺湲。几日山中屐，行歌又独还。

出处

《方麓集》卷十四（清文渊阁四库全书本）。

望　山

城郭春阴合，看山眼独醒。雪分遥巇色，云出数峰青。

漫拟莲花界，堪称素锦屏。欲携双白鹤，一上望湖亭。

出处

《方麓集》卷十四（清文渊阁四库全书本）。

西郊行

出门不问途，但随流水去。流水自西山，水尽行当住。

名园古刹贵家村，往往清溪恰在门。此去亭台谁最好，春来丝管日相喧。

亭台丝管时时变，一人一意看无厌。谒告新辞鹓鹭行，明朝又上麒麟殿。

年年绿树摇春风，一道清溪掩映中。幽赏供人三十里，潺湲又出凤城东。

出处

《方麓集》卷十四（清文渊阁四库全书本）。

望湖亭三首

平畴门外春雨，远寺山西夕阳。柳暗溪桥辇路，水肥稑稑江乡。

孤村数家隐树，一曲清流抱山。四月城中未有，林端黄鸟关关。

垂杨流水石桥，白马青衫来路。有人指点凭栏，当喜相期不误。

自注

胡、王、邹三子先至。

出处

《方麓集》卷十四（清文渊阁四库全书本）。

翠华岩七真洞

似我华阳洞，何时住七真。

问僧僧不语，为拂石床尘。

出处

《方麓集》卷十四（清文渊阁四库全书本）。

徐渭（诗2题2首）

徐渭（明正德十六年至万历二十一年，1521—1593年）

初字文清，后改字文长，号天池山人、青藤老人等。浙江绍兴人。著有《徐文长集》《徐文长三集》《路史分释》等。

与友人载装饷往游西山，忽与仆夫相失，遇雨，士人止宿功德寺 寺为今上游幸所

客子联床处，君王跸驻时。草留承辇色，树拱向阳枝。

入夜迷山径，逢人问路岐。阿谁能下榻，灯火傍禅栖。

出处

《徐文长逸稿》卷之三（明天启三年张维城刻本）。

望湖亭

亭上望湖水，晶光澹不流。镜宽万影落，玉湛一矶浮。

寒入沙芦断，烟生野鹜投。若从湖上望，翻羡此亭幽。

出处

《徐文长逸稿》卷之三（明天启三年张维城刻本）。

徐渭《青藤书屋图》

程瑶（诗1题1首）

程瑶（生卒年不详）

字子彬，号完璞子。山东德州人。嘉靖十一年（1532年）进士，官至江西右布政使。著有《右丞稿》。

望湖亭

天畔孤亭敞，凭栏落照穿。湖光檐漾动，山色镜平悬。

人影随行处，鱼游近藻边。何时重此地，结构称名泉。

出处

《帝京景物略》卷七（明崇祯刻本）。

赵统（诗11题23首）

赵统（生卒年不详）

字伯一。陕西临潼人。嘉靖十四年（1535年）进士，官至户部郎中。因诬入狱25年，著述不止。著有《骊山集》《杜律意驻》等。

金　山

玉泉回头近，金山入望遥。峰团千树结，壑啸五云歊。

皇子藏鱼碗，仙人歇凤箫。此生空浪迹，何日问王乔。

出处

《骊山集》卷四（明万历三十一年杨光训刻本）。

西　湖

地灵海眼豁，日漾湖光浮。地胜涵僧寺，天空缆帝舟。

风云旋北极，日月度中流。谁乞莲花浦，渔樵作伴游。

出处

《骊山集》卷四（明万历三十一年杨光训刻本）。

玉　泉

昔绕金山下，斜阳美玉泉。湖源山脚出，峰影水心悬。

鹁鹳磨天近，藻菱匝地圆。先皇歌舞处，犹见采莲船。

出处

《骊山集》卷四（明万历三十一年杨光训刻本）。

望湖亭

望湖亭上望，落日尚含情。吐纳探元气，虚无眩暮晶。

茶香留地主，松关啸山精。共尔拼迟暮，原来卜夜行。

出处

《骊山集》卷四（明万历三十一年杨光训刻本）。

吕公洞

远扣吕公洞，山人去未归。云留封石窦，水落挂藤帷。

夜月陪龙卧，夕阴送鸟飞。悠悠尘世里，漠漠几相违。

出处

《骊山集》卷四（明万历三十一年杨光训刻本）。

歇凉亭

亭古仍名在，君王几度游。水关山窍上，云撷杖头流。

汀草侵沙浦，岩花护石洲。白头惭作赋，空忆荡龙舟。

出处

《骊山集》卷四（明万历三十一年杨光训刻本）。

宿功德废寺

残僧依废寺，留客候山房。钟簴支颓阁，花栏架缺墙。

借床谈往事，伏枕忘他乡。却笑双黄鸟，声声在绿杨。

出处

《骊山集》卷四（明万历三十一年杨光训刻本）。

圆静寺阁二首

西湖晴更美，健我上楼看。河逐山腰曲，风生水面寒。

诸天擎远寺，半日谢危冠。雷雨来何骤，拟乘暮涨观。

山气欲为雨，留君待雨看。楼阴忽过午，葛袂倒愁寒。

石溜当松户，溪云就竹冠。兴来物共适，遮莫是奇观。

出处

《骊山集》卷四（明万历三十一年杨光训刻本）。

雨过自龙王庙取归路

雨过行湖上，绿塍画水田，荷凉擎露细，鱼戏唼沤圆。

远浦浮僧寺，横塘系钓船。微官谁自缚，濯足且流连。

出处

《骊山集》卷四（明万历三十一年杨光训刻本）。

青龙桥四首

青青夹岸柳，拂上青龙桥。浣衣桥下女，招住采莲桡。

白鹭银塘下，青蒲拥钓台。欲和采莲曲，相招不肯来。

轻雨净湖水，黄花铺水圆。逢人隔水问，谩道是金莲。

荷长花欲放，鸥轻不受招。倦行依断岸，闲坐数鱼苗。

出处

《骊山集》卷八（明万历三十一年杨光训刻本）。

甲辰夏游西湖宿升公方丈观方册九图因诗僧朽庵之作亦为九章云

老僧闲无事，独吟湖上庵。洗心弄明月，糊口吸朝岚。

陂上忽龙起，莫不是二青。山深有魑魅，休教拄杖惺。

偶来湖上坐，茶烟散夕阴。高僧渺不来，风月共龙吟。

童子睡何窹，茑幄寂不开。老僧山中去，采药几时回。

西湖小西天，泛舟闲寻渡。翘首望慈航，好济象马兔。

老僧时入定，身在第几龛。禅心净似水，却放小童参。

岛也萦尘缘，推敲只自误。骑驴上溪桥，莫忘天竺路。

苦海茫无岸，山人应自知。临流无限意，东向望松枝。

世事悬芳饵，潜然投钓竿。坐背山中寺，空惭头上冠。

出处

《骊山集》卷八（明万历三十一年杨光训刻本）。

何御（诗2题2首）

何御（生卒年不详）

字范之，号蓝川。福建福清人。嘉靖十七年（1538年）进士。历官廉州知府、两淮都转运使。著有《白湖集》。

西湖作

西湖堤上立，风景恣游心。十里澄虚色，峰峰落翠阴。

菰蒲随远近，鱼鸟自高深。一望天河接，星槎拟共寻。

出处

《日下旧闻考》卷八十四（清乾隆五十三年武英殿刻本）。

青龙桥南遇山人汪旦

沿湖行欲竟，前望青龙桥。茅茨郁烟火，稍已邻纷嚣。故人欻相值，雅见尘外标。
长揖立道左，眷言相招邀。山居当瓮麓，转岐路非遥。松膏堪继夜，菰米足供朝。
畦蔬摘露薤，林果炊新蕉。慷慨珍来意，婉娈停予镳。野风吹秋水，征马鸣萧萧。
愿留竟莫克，投赠愧琼瑶。

出处

《日下旧闻考》卷一百郊坰（清乾隆五十三年武英殿刻本）。

冯行可（诗2题2首）

冯行可（生卒年不详）

字见卿，号敕斋。南直隶松江（今属上海市）人。12岁为父申冤，轰动一时。嘉靖
十九年（1540年）举人。官至应天府通判。

玉泉山

野亭花历乱，春色昼霏微。柳暗云初合，山深鸟不飞。
寒流鸣玉涧，空翠袭人衣。却爱经行处，闲僧扫石扉。

出处

《四朝诗·明诗》卷五十九（清文渊阁四库全书本）。

望湖亭

特立孤亭隐翠微，空山春早客来稀。望深烟景堪投策，坐久岚光欲染衣。

赤鲤惊看牵藻去，白鸥闲自傍人飞。芳洲杜若应思采，那得扁舟系钓矶。

出处

《四朝诗·明诗》卷八十四（清文渊阁四库全书本）。

朱曰藩（诗4题4首）

朱曰藩（1501—1561年）

字子价，号射陂。南直隶宝应（今江苏省扬州市宝应县）人。嘉靖二十三年（1544年）进士。官至九江知府。著有《山带阁集》《池上编》等。

功德寺

驰道柳沙碧，春风倒玉瓶。飞泉入解吐，行殿九霞扃。

石镜翻龙象，大池洗日星。先皇避雨处，犹结御香亭。

出处

《山带阁集》卷之三（明万历刻本）。

玉 泉

采仗骊山浴，白云汾水歌。戏鱼天一笑，在藻乐如何。

捧剑金人立，投壶玉女过。无妨舜海小，千载不扬波。

出处

《山带阁集》卷之三（明万历刻本）。

望湖亭夜酌于言子美

古寺翠微里，湖大暝望开。山精听说剑，法供助倾杯。

沙月千岩动，金元百战来。坐深移斗柄，更上祭星台。

出处

《山带阁集》卷之三（明万历刻本）。

玉泉寺小山子言将卜居因赠

笑指蓬莱石，春桃几度花。仙潭饮白鹿，童子戏金沙。

一榻居士室，三车长者家。冯君磨素壁，重过赋青霞。

出处

《山带阁集》卷之三（明万历刻本）。

刘效祖（诗2题2首）

刘效祖（生卒年不详）

字仲修，号念庵。寓居北京，故称宛平（今属北京市）人。嘉靖二十九年（1550年）进士。官至陕西按察副使。后罢官退居林泉。著有《云林稿》《都邑繁华》等。

瓮山耶律丞相祠作

迢递荒山下，披榛拜古祠。衣冠犹左衽，岁月已明时。

溪远泉声细，林深日影迟。犬羊空朔漠，谁与奠新卮。

出处

《宛署杂记》卷二十（明万历刻本）。

登望湖亭

为览西湖胜，来登最上亭。云生拖练白，日出拥螺青。

葭菼高低岸，鸥凫远近汀。泉源何所藉，佛土与山灵。

出处

《宛署杂记》卷二十（明万历刻本）。

赵完璧（诗2题2首）

赵完璧（生卒年不详）

字全卿，号云壑，晚号海壑。山东胶州人。嘉靖年间贡生。官至巩昌府通判。著有《海壑吟稿》。

都城西望湖亭

云外下长坂，湖南过小亭。寒泉冷石窦，细草暗沙汀。

骇鹭开青霭，游鱼破翠萍。钓矶来暂息，波影俗怀醒。

出处

《海壑吟稿》卷二（清文渊阁四库全书补配清文津阁四库全书本）。

次韵玉泉

惊飞神锡翠岩开，泻出琼珠涣不回。风带潮声千涧落，雪翻寒色一时来。

清流人逸娱高枕，淳影龙归撼上台。一脉九天输万古，沧波未必更尘埃。

出处

《海壑吟稿》卷三（清文渊阁四库全书补配清文津阁四库全书本）。

赵完璧《山水人物图》

曹子登（诗1题1首）

曹子登（生卒年不详）

字以渐，号如川。南直隶苏州（今属江苏省）人。嘉靖三十八年（1559年）进士。官至湖广郧阳知府。

由望湖亭至华严寺

歌罢沧浪调，驱车又上方。片云天竺远，千障雨花香。

冻雪飘山磬，寒灯照石床。闻君耽吏隐，吾亦问慈航。

出处

《宛署杂记》卷二十（明万历刻本）。

戚元佐（诗2题3首）

戚元佐（生卒年不详）

字希仲，号中岳。浙江嘉兴人。嘉靖四十一年（1562年）进士。官至尚宝司卿。著有《青藜阁初稿》。

巩华城早朝先驾戒行二首

万炬初攒夜色阑，晓钟飞彻数星残。翠游半卷陈三辂，画氅平分列百官。

入侍幄前承帝制，退朝柳下促征鞍。金绯历乱沙堤上，隐约园陵雾里看。

巩华晴散紫宸朝，晓度春风威漠桥①。花映前茅仙跸引，日临左纛玉骢骄。

山回御气云中转，炉袅天香林外飘。六尚才人都后乘，彩霞深处拥笙韶。

自注

①威漠，世宗所题桥名。

出处

《青藜阁初稿》卷之二（明万历元年胡日新刻本）。

回銮次功德寺行宫

山近行宫逼翠微，宸游于此驻鸾旗。风含八骏春回跸，月映千屯夜合围。

旧刹花深留帝寝，疏松钟报问宵衣。侍臣莫献长杨赋，不是当年羽猎归。

出处

《青藜阁初稿》卷之二（明万历元年胡日新刻本）。

李荫（诗1题1首）

李荫（生卒年不详）

字于美，号岈客。河南内乡人。嘉靖四十三年（1564年）举人。曾任宛平知县，后迁户部主事。

金山寺

石趾金山寺，山平水怒生。觅榆随涧绕，过岸有僧迎。

柳覆荇苔影，池涵澄月明。逢幽不便住，深处入峻峥。

出处

《帝京景物略》卷七（明崇祯刻本）。

颜廷矩（诗1题1首）

颜廷矩（生卒年不详）

字范卿。福建永春人。嘉靖中以岁贡官九江府通判，官至岷王府长史。著有《燕南寓稿》《丛桂堂集》等。

青龙桥湖上

忆昔荒游讷一言，湖光犹待墨魂翻。方耽剧兴随花散，又逗春嬉入鸟喧。

柳下肩行兄弟少，鱼来影乐羽觞繁。停歌忽送斜阳夕，病懒期人入药园。

出处

《丛桂堂诗集》（明崇祯八年刻本）。

沈应文（诗1题1首）

沈应文（生卒年不详）

字征甫。浙江余姚人。隆庆二年（1568年）进士，官至刑部侍郎。著有《新修余姚县志》。

华严寺

御道平沙直，祇园曲径斜。风前翻贝叶，象外拥昙花。

玉乳飞泉冷，金茎汲露华。宸游曾纪胜，当护赤城霞。

出处

《帝京景物略》卷七（明崇祯刻本）。

卢维祯（文1篇）

卢维祯（生卒年不详）

字瑞峰，号水竹居士。福建漳浦人。隆庆二年（1568年）进士。官至户部侍郎。著有《醒后集》。

游西山前记（节选）

出西直门西北行二十里为西湖，迤湖西南行十里为西山，山势自西来，融结都会，是以在所皆极乐世界。丁丑仲秋休沐，余偕李文学、袁武学策马驰豆腐闸，沿流夹岸古杨蔽空，过蓝靛厂中贵出，袍服耳目未之闻睹。西至湖堤，堤上柳阴可五六里，湖上芙蕖，一望半开半落，香气袭人不散。堤强半小大龙王二庙，庙旁小潭，相传是龙蛰处，纵目眺听，徘徊久之，而隶人报日西矣。

西至功德寺，主僧西贤袈裟颠倒，三人抚掌宛成群笑。因指点，寺极宏伟。宣宗朝敕泥金华严经百卷，作镇山门，后寺毁卷旋散失。寺左右水田所种粳米，比江南尤好。寺前诸山之水约束成河，圣驾谒陵回尝于此登舟入闸焉。

西至龙池，龙嘴泉水涌出，泠泠澄澈可瞩须眉。西至玉泉亭，亭西望湖亭一带山多异石。有吕公洞，可坐数十人洞，僧头颅古甚。山下石隙喷泉，亭亭若白莲并蒂状，约之仅二亩，然为水田灌溉之利。

西至金山、绵山，吊景皇园，遍吊诸帝子、帝女、妃嫔、夫人坟，松槚飘零，令人邑邑。又西丹碧满山隈，以薄暮径投弘法寺宿，马上寓目而已。

（下略碧云寺、香山、八大处游历）

出处

《醒后集》卷之四（明万历三十二年至三十三年刻，三十八年续刻本）。

康从理（诗2题2首）

康从理（明嘉靖三年至万历九年，1524—1581年）

字裕卿，号二雁山人。浙江永嘉人。曾隐雁荡山中，客北京数年。著有《二雁山人集》。

玉　泉

山拔昆仑势，泉生渤海源。迸珠分地脉，漱石冷云根。

泽借灵池注，波从太液翻。澄清东逝色，千古自潺湲。

出处

《二雁山人诗集》上卷（民国敬乡楼丛书本）。

功德寺牡丹

山抱空王宅，春留洛苑花。却怜天女降，翻作上林夸。

色似迎雕辇，阴犹想翠华。宣皇曾驻跸，台殿五云车。

出处

《二雁山人诗集》上卷（民国敬乡楼丛书本）。

吴国伦（诗3题3首）

吴国伦（明嘉靖三年至万历二十一年，1524—1593年）

字明卿，号川楼等。湖广兴国（今湖北省黄石市阳新县）人。嘉靖二十九年（1550年）进士。官至河南左参政。后罢归。与李攀龙、王世贞、谢榛、宗臣、梁有誉、徐中行并称"后七子"。著有《甔甀洞稿》。

妙应寺方丈同严舍人叔侄夜酌

佛水青龙卧，词人白马来。静疑天竺院，高并雨花台。

松月清禅榻，湖云送客杯。多情逢二阮，永夜坐徘徊。

出处

《甔甀洞稿》卷之十（明万历刻本）。

喷玉泉

偶入布金地，还看喷玉泉。乍疑飞咒雨，忽已度迷川。

绝壑松声细，空亭竹色偏。寒生阴洞雪，不敢恣留连。

出处

《甔甀洞稿》卷之十（明万历刻本）。

经华严废寺

野寺经胡虏，愁云黯不开。先朝存贝叶，过客问香台。

无复金人梦，空传白马哀。当时闻法鸟，日夕尚飞来。

出处

《瓴甄洞稿》卷之十（明万历刻本）。

黄克晦（诗4题4首）

黄克晦（明嘉靖三年至万历十八年，1524—1590年）

字孔昭，号吾野。福建惠安人。福建莆田布衣诗人，善书画。著有《北游草》《蓟州吟》等。

金山道中答李于美

西山苍苍出皇甸，五色霞标映湖练。伊人宛在水中央，咫尺盈盈不相见。

关门气色杳难分，半山鸾啸好谁闻。双凫不坠天边影，雁字空投水上云。

出处

《黄吾野先生诗集》卷之二（清乾隆二十五年黄隆恩刻本）。

和望湖亭至华严寺 同用方字

亭下临清浅，岩端望杳茫。渚蒲穿尚短，堤柳意偏长。

白水摇人影，青山放佛光。饮余还自散，飞鸟去无方。

出处

《黄吾野先生诗集》卷之三（清乾隆二十五年黄隆恩刻本）。

同朱秉器游金山寺

久客从多病，金山始再登。过桥波弥弥，拂坐石棱棱。

独树巢双鹤，千峰老一僧。重来还几日，为尔续传灯。

出处

《黄吾野先生诗集》卷之三（清乾隆二十五年黄隆恩刻本）。

功德寺得潭字

西岩欲暝酒初酣，十里新荷万顷潭。山雨溪云连塞北，水秧堤柳似江南。

草侵辇路行人歇，花落经台坐客谈。三百僧英今半在，月明白地礼瞿昙。

出处

《黄吾野先生诗集》卷之四（清乾隆二十五年黄隆恩刻本）。

王世贞（诗1题1首）

王世贞（明嘉靖五年至万历十八年，1526—1590年）字符美，号凤洲，又号弇州山人。南直隶太仓（今属江苏省）人。嘉靖二十六年（1547年）进士。官至南京刑部尚书。卒赠太子少保。"后七子"之一。著有《弇州山人四部稿》《弇山堂别集》等。

王世贞书法

经功德废寺

古寺逢人语，宣皇御辇过。散香群帝下，迎跸万灵呵。

水束蟠丹砌，虹垂饮碧萝。雕梁扶日月，绣障拥山河。

果失阿罗汉，缘空堵窣波。嘶鸣来白马，剥凿怅青螺。

赐额苔全卧，残碑雨自磨。杌龙阴吐甲，壁刹暮扬戈。

佛坐狐禅倨，僧房鸟迹多。化城归一劫，净土让诸魔。

函舌惊珠梵，泉音想玉珂。低昂人代有，生灭竟如何。

出处

《弇州山人四部稿》卷之三十一（明万历五年王氏世经堂刻本）。

余有丁（文1篇）

余有丁（明嘉靖六年至万历十二年，1527—1584 年）

字丙仲，号同麓，又号潜庵。浙江宁波人。嘉靖四十一年（1562 年）进士。官至礼部尚书兼文渊阁大学士。致仕回乡后，建"五柳庄"，盛极一时。谥文敏。著有《余文敏公文集》。

游西山记（节选）

帝城之西，有山隆降而蜿蜒者名西山云。余曩岁祗役山陵，凡两至，至辄为王程催去。辛未年，余居槐市中，幸宽朝请，几得遍陟其地。于是以八月上丁祀先师事竣，故事六馆诸生得休沐三日，遂乘闲邀友人往。

余先舁笋舆出西直门，迟友人于广通寺。戒侍者挈罍榼从，毋几友人至，余舍舆与并骑造真觉寺。寺有浮图，其形方，上为浮图者凡五，则直跻浮图上。时天新霁，秋色射人，须发摇动，而面尘垢若濯，因命觞且餐焉。

餐已，则策骑沿河而西。河之浒为寺凡有十，土人名西湖十寺。然故多倾弛者，乃创一庵，甚丽。讯之，云是中贵人别业，阍者扃戒不得入。前后类如此者十数所，修垣峻拱周遮数百武，缭以高杨隐隐若宫阙者不可胜。

原西折数里为蓝靛厂，河稍广，渐近湖涘则武定侯茔。茔之西高垆巉然，满岐皆修莽，而白杨萧萧，颇足悲戚。

越数里为湖口，湖滨多丘亭，亭止数楹，以憩游者、担者、负而戴者。湖北为水田，夹塘为驰道，两堤崇起若墉以障湖水。田间稼垂垂熟，膏壤沃野，不异东南。

大龙王堂西则湖更广，若巨浸然。水浅宜芡、宜菰米、宜芹、宜蓼、宜苹藻，独菡萏最盛。翠盖中红锦葳蕤，烂然眩目。风徐来香，细细袭人衣袂。而白羽素鳞、栖飞游泳其中者，君王凫雁也。下骑延伫良久始去。

去数里则一石桥，桥下置闸，闸中水殊急，声汩汩不绝。逾桥折而西北，水皓皭且皋，溢及田家岩突上，土人云：败塘间可稍通，然逼仄不容马足，则又舍骑扶侍者蹒跚水上石，入委巷即不见湖光。

旁功德寺后、沿山下逶迤而西，峰嶂巑岏皆削成，而四方者若不可出，复舁舆行数里。塍间多岐失道，行且问人。余渴甚，从小庵中得山茗，戒舆人亟行，值境上游徼者始得入，径至属垣，遥闻水声漦然，而树杪钟磬出矣。邀游者曰：是碧云寺也。

（下略碧云寺、万安山、八大处游历）

出处

《余文敏公文集》卷之五（明万历刻本）。

朱孟震（诗4题4首，文1篇）

朱孟震（明嘉靖九年至万历二十一年，1530—1593年）

字秉器，号秦关散吏、郁木山人。江西新淦人。隆庆二年（1568年）进士。官至副都御史，山西巡抚。著有《秉器集》《河上楮谈》等。

金山寺

寻山君自好，林路恍然登。看竹无论主，拈花不问僧。

诸天凭指掌，半偈了传灯。余亦逃禅者，相从恨未能。

出处

《河上楮谈》卷三（明万历刻本）。

华严寺

最是关情地，追陪此上方。千峰凌日起，一水浸天长。

遥望诸陵紫，时驱我马黄。到时为彼岸，何必问慈航！

出处

《河上楮谈》卷三（明万历刻本）。

由望湖亭至华严寺

不尽观澜兴，回骖指上方。台悬云外磴，洞偃雾中床。

水色涵飞动，春容入杳茫。金茎延召处，沉渴愧仙郎。

出处

《宛署杂记》卷二十（明万历刻本）。

金山寺

地入金山胜，联镳快此登。亭当绿水曲，门迓白眉僧。

法苑开皇甸，神霄揭慧灯。平生无住意，何处问南能？

出处

《宛署杂记》卷二十（明万历刻本）。

游西山诸刹记 (节选)

遂行，望金山，于美又遣人走书云，以事阻不果来，且为诗属二人和，因入金山寺。寺后为景泰帝陵。入寺憩小亭，亭下瞰流水，宛曲殊可人意。寺僧来迓，年可七十，眉修而白，与之言，亦自质愿憨憨若无怀氏。又也亭有黎惟敬、欧桢伯并于美诗，诵之数过，然后饭。取惟敬诗灯字各赋一章，出诣望湖亭，欲小酌其上，不果乃还。

诣华严寺，寺在半山中，攀石磴而上，一望平楚苍然，碧流萦合，水光野色，日气烟岚，氛氲浮动，若有若无，回瞻帝城，双阙隐隐出云中，奇矣！因呼酒，酌数爵，赋诗一章。

复由金山入碧云，道中诸名刹金碧鳞鳞，应接不暇。

出处

《宛署杂记》卷二十（明万历刻本）。

李蓘 (诗1题1首)

李蓘（明嘉靖十年至万历三十七年，1531—1609年）

字子田，号少庄，晚年号黄谷山人。河南内乡人。嘉靖三十二年（1553年）进士。官至南京礼部郎中，罢归。著有《李子田文集》《李太史诗集》《黄谷琐谈》等。

回路登圆静寺

香刹侵云出，层楼迭石成。无风看湖水，尽日涵空明。
人醉青山色，莺流碧树声。迟回转归骑，何限此岩情。

出处

《李子田诗集》卷之一（明刻本）。另载《李太史诗集》卷之三，"楼"作"台"。

孙丕扬（诗1题1首）

孙丕扬（明嘉靖十年至万历四十二年，1531—1614年）

字叔孝。陕西富平人。嘉靖三十五年（1556年）进士。官至吏部尚书。追赠太子太保，追谥恭介。

功德废寺

禅房余废壁，客屐损莓苔。破灶饥乌集，荒阶怖鸽来。

芊芊留竹径，隐隐见花台。功德今何在，像残僧可哀。

出处

《帝京景物略》卷七（明崇祯刻本）。

王祖嫡（诗1题1首）

王祖嫡（明嘉靖十年至万历十九年，1531—1591年）

字胤昌，号师竹。河南信阳人。隆庆五年（1571年）进士。官至右春坊右庶子兼侍读。著有《家庭庸言》《师竹堂集》等。

扈驾宿妙应寺毗卢阁

绀殿俯平川，霜林媚夕烟。慧灯明净界，宝月上瑶天。

西极玄踪杳，南山别梦牵。尘缘犹未了，那问老僧禅。

出处

《师竹堂集》卷之四（明天启刻本）。

曾朝节（诗3题3首）

曾朝节（明嘉靖十三年至万历三十二年，1534—1604 年）

字直卿，号植斋。湖广临武（今属湖南省）人。万历五年（1577 年）进士。官至礼部尚书。后五请致仕。卒赠太子太保，谥文恪。著有《臆言》等。

功德寺

功德湖堤寺，荒台马上看。金绳月荡荡，石础露汸汸。

钟动他山报，僧耕侵晓寒。行宫曾气象，珠藏想鸣銮。

出处

《帝京景物略》卷七（明崇祯刻本）。

望湖亭

山前湖水阔，山下即其源。城阙云霞映，鱼龙窟宅尊。

苹风遥雁鹜，树霭带林园。万乘曾游此，亭犹御道存。

出处

《帝京景物略》卷七（明崇祯刻本）。

华严洞

陇北金山口，华严望里分。凉阴石洞榻，清响玉泉云。

胜迹惟幽事，闲僧述昔闻。高杨长藻影，送客入尘氛。

出处

《帝京景物略》卷七（明崇祯刻本）。

姚汝循（诗3题3首）

姚汝循（明嘉靖十四年至万历二十五年，1535—1597年）

字叙卿，号凤麓。南直隶应天（今属江苏省南京市）人。嘉靖三十五年（1556年）进士。官至大名知府，后罢官。退居秦淮。著有《锦石山斋集》《姚汝循诗》等。

西湖堤上

西湖湖上路，十里大堤平。雨后飞埃敛，风前归骑轻。

青蒲翻立鹭，碧树隐流莺。今夜江天梦，应先绕帝城。

出处

《（清康熙）畿辅通志》卷四十五（清康熙二十二年刻本）。

望湖亭

湖平开一鉴，亭迥复临湖。山色遥分蓟，风光绝似吴。

暮云将雨至，水鸟去人呼。怅怅此归路，重游君莫孤。

出处

《帝京景物略》卷七（明崇祯刻本）。

过功德废寺

系马枯杨下，逢僧断壑边。龙宫何处是，蜗壁漫相连。

禅舍迷荒草，斋厨冷暮烟。惟余群鸟聚，似说讲经年。

出处

《宛署杂记》卷二十（明万历刻本）。

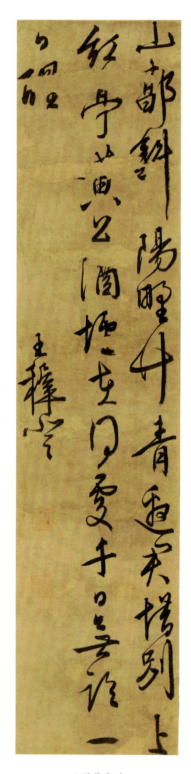

王稺登书法

王稺登（诗4题4首）

王稺登（明嘉靖十四年至万历四十年，1535—1612年）

字伯谷，号松坛道士。南直隶苏州（今属江苏省）人。布衣诗人。万历中诏修国史荐入太学。著有《王百谷集》《燕市集》等。

望湖亭

亭边杨柳水边花，落日行人正忆家。

不及江南湖上寺，木兰舟里载琵琶。

出处

《燕市集》卷下（明刻本）。

金山寺读故人黎司马碑文

宛然江上寺，门对绿波开。珠利皆新建，旃林是旧栽。

秋云禅际入，水鸟食时来。黄绢碑中字，因怜司马才。

出处

《燕市集》卷下（明刻本）。

圆静寺

香阁马头攀，登临夕霭间。霜寒半陂水，木落一禅关。

食施湖中鸟，窗窥塞上山。能令许玄度，相过便忘还。

出处

《燕市集》卷下（明刻本）。

妙应寺老僧

岧峣翠微半，头白一僧居。病耳万声息，斋心众虑除。

寺田无复米，香积欲生鱼。犹有耽诗癖，留人壁上书。

出处

《燕市集》卷下（明刻本）。

董裕（诗2题2首）

董裕（明嘉靖十六年至万历三十四年，1537—1606年；一说嘉靖二十五年至万历三十四年，1546—1606年）

字惟益，号扩庵。江西乐安人。隆庆五年（1571年）进士。官至刑部尚书。著有《董司寇文集》《扩庵岭草》等。

游华严寺

古寺临芳甸，秋风驻客旌。玉泉嘘地肺，石洞劈天丁。

雪液含云结，玄珠跃沼明。已无簪绂念，从此学无生。

出处

《董司寇文集》卷之十六（清雍正十三年宸翰阁刻少保公全集本）。

功德寺 寺前有行在所

紫禁横金刹，三车迓六龙。诸天严宿卫，双阙俯灵峰。

树借昭阳色，湖连大液淙。嵩呼齐万国，慧海亦朝宗。

出处

《董司寇文集》卷之十六（清雍正十三年宸翰阁刻少保公全集本）。

黄凤翔（诗1题1首）

黄凤翔（明嘉靖十七年至万历四十二年，1538—1614年）

少名凤羾，字鸣周，号仪庭，晚号止庵，别号田亭山人。福建泉州人。隆庆二年（1568年）进士。著有《嘉靖大政类编》《田亭草》《黄宗伯集》等。

功德寺

缭绕招提路，平湖映翠岚。烟波生道左，秋色似江南。

钟磬天香近，蒹葭雨气含。心随渔艇去，望望欲停骖。

出处

《日下旧闻考》卷一百郊垧（清乾隆五十三年武英殿刻本）。

田一俊（诗1题1首）

田一俊（明嘉靖十九年至万历十九年，1540—1591年）

字德万，号钟台。福建大田人。隆庆二年（1568年）进士。官至礼部左侍郎教习庶吉士，掌翰林院。卒赠礼部尚书，谥文洁。著有《钟台集》。

扈从幸功德寺

帝省名山及此方，曾闻驻跸自宣皇。只缘求瘼劳明主，非为斋心礼法王。

灵鹫争扶双凤下，群黎快睹六龙翔。宸游见说询耕稼，喜起还歌庶事康。

出处

《钟台集》卷之十一（明万历二十八年田元振刻本）。

李言恭（诗7题7首，文1篇）

李言恭（明嘉靖二十年至万历二十七年，1541—1599年）

字惟寅，号青莲居士，南直隶盱眙（今属江苏省）人。万历三年（1575年）袭爵临淮侯，总督京营戎政。著有《贝叶斋稿》《日本考》等。

西山十咏·山行

行随芳草色，面面起芙蓉。径转湖边树，花藏寺里钟。

胡麻那可遇，猿鹤漫相从。何处箫声发，青霞隔几重。

出处

《贝叶斋稿》卷一（明万历八年朱宗吉刻本）。

西山十咏·华岩寺

郭外即沧洲，行歌问钓钩。空山盘细路，破壁绕寒流。

洞古僧常卧，花深客自留。尊前啼鸟过，亦解唤人游。

出处

《贝叶斋稿》卷一（明万历八年朱宗吉刻本）。

西山十咏·湖上

郊原水竹幽，落日竟淹留。草色连僧舍，湖光上寺楼。

放歌皆傲吏，款客是轻鸥。且莫论封事，相呼促酒筹。

出处

《贝叶斋稿》卷一（明万历八年朱宗吉刻本）。

过松林庵迟王孙二君不至

拂石坐莓苔，松阴午不开。云随飞鸟出，花傍讲堂来。

意气原吾辈，风尘见此杯。春光驱二妙，何地更登台。

出处

《贝叶斋稿》卷一（明万历八年朱宗吉刻本）。

过金山寺

不必论羁旅，春风兴自偏。落花惊宿鸟，乱石响流泉。

野艇浮鸥狎，山村绿树连。何人当此地，对酒复醒然。

出处

《贝叶斋稿》卷一（明万历八年朱宗吉刻本）。

过功德废寺

湖天日月开，春色好衔杯。地本黄金布，经从白马来。

草萋飞锡处，烟锁散花台。门外双林在，西风起暮哀。

出处

《贝叶斋稿》卷一（明万历八年朱宗吉刻本）。

秋日仲弟同沈贤甫往游西山诗以送之

出郭相寻鸥鹭群，西湖宿雾晚纷纷。自多村酒供秋色，况有山僧赠白云。

纵饮任呼嵇叔夜，同行兼得沈休文。遥知醉卧藤萝月，无数飞泉树杪闻。

出处

《贝叶斋稿》卷四（明万历八年朱宗吉刻本）。

游西山记 (节选)

少憩，遂缘溪行，跨石桥过金山寺不入，入华岩寺。寺依山，山有洞二，一在殿后深数十武，壁间镌耶律楚材《鹧鸪天词》，先相国夏公和之。一在千仞之上，史丈偕健足者先跻焉，余与诸公摄衣争鸟道上，内老僧跌坐，面如槁木，叩无所知。洞口指点，香山诸刹已在云雾中矣。经游之地俄落梦境，怅然良久。

过华岩为玉泉池，池内如明珠万斛拥起不绝，知为源也。水色清而碧，细石流沙、绿藻翠荇一一可辨。余与梁公徘徊独后，不忍去。

及过功德寺，诸丈从寺门出，同至松林庵，史丈借香积治供具饭客。先是王、孙二司隶相约于此，迟之不至，殊觉怏怏。

去庵里许，西湖忽当吾前，远山如黛，浮列水上，浴凫飞鹭不避行人，即江南何以异此！席堤而饮，悠然忘世。无何，暝色渐深，都城尚远，不可留矣。

余素僻山水，自甲戌构家难，万虑尽灰，既绍先封，日奔趋于长安陌，俗吏矣！又奚暇登览为哉？乃以祀陵之役，便道得探诸胜，且与诸丈联镳把臂，放情于鹿豕、木石之间，不为山灵所鄙，良非偶也，然亦敢忘所自哉！

抵舍回记其事，他日一披过，则此游常在目也。徐丈名邦荣，官勋侍；史丈名继书，官司隶；曹丈名司勋，官国博；皆余尊党。梁纳言名子琦，王司隶名之化，孙司隶名如津，刘山人名印，山人以绘事擅场，则皆余忘形交云。

出处

《贝叶斋稿》卷四（明万历八年朱宗吉刻本）。

王弘诲 (诗1题2首)

王弘诲（明嘉靖二十年至万历四十五年，1541—1617年）

字绍传，号忠铭，广东琼州府（今海南省）人。嘉靖四十四年（1565年）进士。官至南京礼部尚书。卒赠太子少保。著有《尚友堂稿》《吴越游记》《天池草》等。

扈驾功德寺陪李大司寇于徐二学士登南山对月二首

扈跸乘高爽气浮，湖山清胜远凝眸。行宫夜度燕关月，辇路风回汉苑秋。
扇影屯云随御仗，炉烟散彩傍宸游。虞巡到处覃休泽，睿赏时闻遍比丘。

天行云汉灞陵滨，鄠杜长杨望幸新。阁道銮旗回日月，周庐警柝拥星辰。
镐京汾水陪清赏，宝地瑶空隔世尘。其羡枚皋工赋咏，风流还似曲江春。

出处

《天池草》卷二十四（清康熙刻本）。

于慎行（诗3题3首）

于慎行（明嘉靖二十四年至万历三十五年，1545—1607年）

字可远，更字无垢，号谷山。山东东阿（今属山东省济南市平阴县）人。隆庆二年（1568年）进士。官至东阁大学士，入参机务。卒赠太子太保，谥文定，追赠光禄大夫。著有《谷城山馆文集》《谷城山馆诗集》等。

金山望湖亭

孤亭斜倚碧山隈，槛外明湖对举杯。万顷玻璃天上出，千岩紫翠镜中开。
云连阁道笼春树，雨过行宫锁绣苔。尽说昆明雄汉苑，无如此地接蓬莱。

出处

《谷城山馆诗集》卷十三（明万历三十二年刻本）。

西山上华严寺

峰盘一径蹑珠林，绝顶凭轩气郁森。磴道松杉晴作雨，洞门萝薜昼成阴。
秋横城阙青山迥，地绕园陵白露深。回首千门车马路，翠华前日此登临。

出处

《谷城山馆诗集》卷十三（明万历三十二年刻本）。

九月十三夜扈从功德寺陪李渐庵大司寇
王忠铭徐检庵二学士登金山对月

长杨别苑碧山头，扈跸登临暮霭收。正惜岩花过九日，却怜湖月似中秋。
楼台近映沧波出，灯火深回翠辇游。连夕尚方传赐酒，飞觞何幸藉林丘。

属车飒还倚湖滨，湖畔青山夜色新。为侍宸游分象纬，因随仙履上星辰。
勾陈影静千峰月，法界烟销万骑尘。莫道秋光寒不奈，温泉云树总如春。

出处

《谷城山馆诗集》卷十三（明万历三十二年刻本）。

王士性（文 1 篇）

王士性（明嘉靖二十六年至万历二十六年，1547—1598 年）

字恒叔，号太初。浙江临海城关人。万历五年（1577 年）进士。官至南京鸿胪寺正卿，后致仕归里。著有《五岳游草》《广游志》等。

西山游记 (节选)

汉、唐、宋五陵、曲江、艮岳、西湖与我明国家之鸡鸣、牛首、西山咸近都城内外，非乘舆游幸、都人士走集、百官赐休沐之地耶？今上元假仅仅一集灯市，未敢越宿出都城。即值和风霁雪之晨，骑马投刺、祖帐郊门，亦有挂笏望西山爽气而已。戊子清明节，余给事礼垣，当诣监理康陵祭，乃得乘兴归取间道一往云。

始沿河发二十里，行依水曲，峰峦转盼明灭。渐近，见长堤绕浸，是为西湖。

夹堤种荷芰，夏时锦云烂漫，香气袭人。兹春水方生，荷钱尚未出水，第见涟漪碧皱，鸥鹭群飞，三五立藻荇间，避人不甚狎。

并湖有山曰瓮山，寺曰圆静。左俯绿畴，右蘸碧浸，近山之胜于是乎始。

又三里，去湖西为功德寺。寺基敞王宫，楹柱咸锥金髹彩。今殿毁，庑宇多陁陊，驾幸亦时时为浮宫蔽之。一老僧庞眉鹤胫，补破衲左方丈下。问湖源？为余道玉泉之境甚都，乃折而益西，三里至玉泉山。山麓咸石，石窦出泉，笼泉以亭，捧亭以池，架池以石梁。亭，故我宣庙所常驻跸之地也。泉出其下，累累如贯珠浮涌水面，清彻靡所不照。微波动处，见游鱼如针伏石底，娓娓不能隐形。

又南里许，至华严寺，有五洞，下洞东壁刻元耶律楚材诗，剔藓可读。访其墓，乃在瓮山之阳。从山腰转盼，逦迤而去复数里，是为香山。

（略香山寺、碧云寺游历）

夫西山首太行、尾居庸，而朝于京师。其山水所会，既非偶然，且也逼近都城，中贵人富而黠者，往往散赀造寺，倚为乐丘，动以十数万计。故香山、碧云巨丽，咸甲于海内，然此地没于金元，蒙垢百年余，一旦获生清时，得随兹游以与诸君子之后，良厚幸也。昔宋室望祭恒山，尚不得过真定，何论士大夫游展哉？

出处

《五岳游草》卷二（清康熙刻本）。

陆可教（诗2题2首）

陆可教（生卒年不详）

字蔡日，浙江兰溪人。万历五年（1577年）进士。官至南京礼部右侍郎。著有《陆学士先生遗稿》。

大功德废寺

禅官消歇总堪哀，况复先皇驻辇来。玉殿翠华成往事，短蒲疏柳只荒台。

苔侵坏壁蝎旋走，烟暝长堤鹤自回。极目凄怆频驻马，平湖一望夕阳开。

出处

《陆学士先生遗稿》卷之六（明万历刻本）。

华严废寺

曾经无量庄严地，一望凄凉倍可哀。废院有僧空自闭，坏廊无佛鸟应猜。

龙天四界修来供，泉石千秋劫后灰。莫上中峰重驻目，金台云气晚崔巍。

出处

《陆学士先生遗稿》卷六（明万历刻本）。

顾绍芳（文1篇）

顾绍芳（生卒年不详）

字实甫。南直隶太仓（今属江苏省）人。万历五年（1577年）进士。官至左春坊左赞善。著有《宝庵集》。

游西山记

岁丙戌三月戊午，时维暮春，风日惠和。余与张给谏伯任、龚虞部汝修偕游西山，出都门而西三四里，村落间绿阴袭裾。又西北三四里，度赤桥，清溪湛然流其下。自是缘溪而西，两岸皆古柳，作参天黛色，与波光相映发，可爱！乃舍舆而骑。

又三四里，水益弥漫为湖。其右为平畴数百顷，瓮山、玉泉山列障其前，恍然江南风物。因相与按辔缓节，徘徊循省，若骤见契阔故人，缱绻无已。

湖尽，度大石梁而西，可伯武为功德寺。寺故甚壮，自嘉靖中撮其殿，独存僧寮，亦颇废不治。仅有古松柏数十株，荟蔚成胜观耳。然地踞湖山之间，形势轩敞。上每自谒陵还道西山，辄即其地为行宫云。入小饮，因散步松下，涛鸣风起，铮鎗萧瑟，令人想见陶隐居高致。

又数十武为玉泉亭，亭负岩而居，下为小池。小石梁亘其前，玉泉之所潴也。泓渟若鉴，歃水亦甘寒，为尽一觞而去已。缘小溪行，又百武为玉泉山，其崖有亭，曰望湖。拾级而上，骋目肆眺，环湖之景凑焉。

自巳至申始，从山陂下循水而出，道敞乃就舆，遂趋玉泉寺，再登望湖亭。其下为观音寺，有石洞呀然，故夏少师名之曰"玉龙"，所题字及诗具在。

出门闻弈声，两人临溪窗徒跣据局，亦佳事也。已入华严寺，下方毁于虏，其殿阁存者咸在上方，势若翔涌，湖光野色一瞬而尽。有两石洞，其一中辟若堂，其一纵广视玉龙，然皆□□不治。因叹：使置此于东南林壑间，扫除点缀，当滋盛耳。

已过功德寺不入，得大石梁，是为湖尽处。有寺曰"妙应"，当山之脊，向者从湖堤上望见之，故亭亭独出。汝修谋宿其间，甚喜。而从人惮登陟，称寺无置顿处，业已驱赍装入松林庵。乃与二君历磴而上，当门踞坐，则西湖之景益亲。坐久之，竟下宿于松林庵。庵前后列植桧柏，杂以高柳，殊亦不俗也。

明日谋以归道游海殿庄，乃益缘瓮山而北，泉自西湖别出为小溪，垂杨覆之，其前皆成江南稻畦，即湖堤上所见也。

过庄入小憩，高处亦当山麓，却望堤树萦引如带，其左为寺，亦有高轩横绝，而计胜不能过华严、妙应之观，且足力微苦惫矣，乃听二君入，而余从桥上伫立四顾，亦复有致。

已而仆人称：李子侯之园不减海殿，又迂道无几，乃亟过之。环园为小溪，高垣巇巉，从板桥入，其前多壮屋，后乃饶水树，亦具亭榭三四及两舟，然位置不雅，不称善也。

（下略海淀等地游历）

《宝庵集》卷之十三（明监格抄本）。

梅鼎祚（诗1题1首）

梅鼎祚（明嘉靖二十八年至万历四十三年，1549—1615年）

字禹金，号胜乐道人。南直隶宣城（今属安徽省）人。九试不中，后专心著书，有诗文《梅禹金集》，小说《才鬼记》《青泥莲花记》等。

历金山登翠华岩循览蹑波晚至望湖亭因忆夏月看莲之会

乱峰斜日坐细缊，何处钟传下界闻。映酒岩光微借雪，湿衣湖气暗蒸云。
寒波深黑龙常卧，霜叶飞黄雁几群。犹记采莲诸伴在，曾将一曲奏南熏。

出处

《鹿裘石室集》卷第十八（明天启三年玄白堂刻本）。

区大相（诗1题1首）

区大相（明嘉靖二十八年至万历四十四年，1549—1616年）

字用孺，号海目。广东佛山人。万历十七年（1589年）进士。官至南京太仆丞。后称病回乡。著有《太史诗集》《濠上集》等。

功德寺看牡丹歌

去年看花花未发，今年看花花已阑。何事与花常不值，花期误却为微官。
解道天香与国色，只余绿叶护僧栏。沁水园中车马寂，洛阳城里管弦残。

香色从来不耐久，春光到底为谁有。若使花开常不落，安得红颜成白首？

红颜白首暗相催，把酒逢花能几回。僧徒劝我勿惆怅，明岁花时可重来。

出处

《区太史诗集》卷之九（明崇祯十六年刻本）。

胡应麟（诗4题4首）

胡应麟（明嘉靖三十年至万历三十年，1551—1602年）

字符瑞，号少室山人，别号石羊生。浙江兰溪人。布衣学者，广交天下。著有《少室山房集》《少室山房类稿》《诗薮》等。

游玉泉山

湖亭望不极，渺渺入长川。仙洞古云驻，御沟春色连。

芙蓉名殿阁，金玉有山泉。更上遗宫顶，千林起夕烟。

玉　泉

飞流望不极，缥缈挂长川。天际银河落，峰头玉井莲。

波光迥太液，云气引甘泉。更上遗宫顶，千林起夕烟。

功德寺望景陵

宣皇游幸日，千骑转晴沙。殿绕骊山树，窗开绣岭花。

星辰留御辇，云雾锁仙槎。北望龙蟠气，飘飘想翠华。

秋日同诸子登望湖亭

殿隐芙蓉外，亭开薜荔中。山光寒带雨，湖色净连空。

作赋携词客，行歌伴钓翁。夕阳沙浦远，北雁起秋风。

出处

上 4 题辑自《少室山房类稿》卷三十一（民国续金华丛书本）。

于若瀛（诗 2 题 2 首）

于若瀛（明嘉靖三十一年至万历三十八年，1552—1610 年）

字符纲，号子步，山东济宁人。万历十一年（1583 年）进士。官至陕西巡抚。卒赠右副都御史。著有《弗告堂集》。

玉泉亭子

花外一尊转，临流坐钓矶，湖蜂移小艇，树影落人衣，

斜日碧荷卷，中流清吹微，晚来云雾入，昏黑总堪依。

出处

《弗告堂集》卷七（明万历刻本）。

功德寺

废寺西湖上，朱门逐水开，草齐溥白露，树古上苍苔，

鸟为妨人举，风因启户来，相逢一老衲，指点旧香台。

出处

《弗告堂集》卷七（明万历刻本）。

冯元仲（诗1题1首）

冯元仲（明嘉靖三十三年至清顺治二年，1554—1645年）

字尔礼，又字次牧。浙江慈溪人。崇祯十二年（1639年）赴考，试卷被斥，授县丞，不就，归隐故乡慈溪汤山，筑天益山堂藏书楼、望烟楼。晚年贫穷以终。著有《天益山堂遗集》《复古堂诗文集》等。

玉泉山寻望湖亭不见云已圮矣与友饮其址

石梁过溪去，木末一孤亭。剩有阶苔碧，不知湖草青。

闻曾留玉辇，因共倒银瓶。酣醉寻归路，桃源付窅冥。

出处

《晚晴簃诗汇》卷十七（民国十八年退耕堂刻本）。

钟羽正（诗1题1首）

钟羽正（明嘉靖三十三年至崇祯十年，1554—1637年）

字淑濂，号龙渊。山东益都（今山东省青州市）人。万历八年（1580年）进士。官至工部尚书。著有《崇雅堂集》。

西山功德寺

珠阁郁嵯峨，灵宫倚涧阿。石泉流水细，山路古槐多。

王气明郊甸，佛光净薜萝。遥思仙仗八，千骑拥笙歌。

出处

《崇雅堂集》卷之三（清顺治十五年丁耀亢刻本）。

何三畏（诗2题2首）

何三畏（生卒年不详）

字士抑，号绳武。南直隶松江（今属上海市）人。万历十年（1582年）举人。授绍兴推官，以母丧归里。著有《云间志略》《新刻漱六斋全集》等。

游西山

西游一望画图中，立马诸山路不穷。地接鼎湖云缭绕，香浮宝刹树朦胧。
峰头乱石流泉白，堤畔疏杨落照红，春色尚赊归客兴，可堪回首恨东风。

出处

《新刻漱六斋全集》卷之十一（明万历陈锡恩刻本）。

圣驾奉西山恭赋

春光滟荡锦山川，帝幸西郊沸管弦，夹道傅呼香辇下，千官扈从圣人前。
风迥羽骑飞天上，云拥霓旌近日边，此际巡游应有赋，好将歌舞祝尧年。

出处

《新刻漱六斋全集》卷之十一（明万历陈锡恩刻本）。

朱长春（诗4题4首）

朱长春（生卒年不详）

字太复。浙江湖州人。万历十一年（1583年）进士，历刑部主事、光禄寺正卿。著有《朱太复文集》等。

秋日钱吏部国维招饮玉泉山居

泽畔怜同病，山中惠小招。初衣荷叶制，野馔桂枝调。

空谷悠行屐，秋泉冷洗瓢。独醒愁底事，聊与醉逍遥。

出处

《朱太复乙集》卷之九（明万历刻本）。

初登玉泉山入华严寺

下马石梁夕，山昏古寺空。洞门阴带雨①，云壁迥生风。

陵阙通湖外，乾坤旷海东。帝郊灵气满，落日望无穷。

自注

①寺有七真洞。

出处

《朱太复乙集》卷之十二（明万历刻本）。

宿金山寺

暮山钟鼓起，林火客来初。洗马寒塘净，鸣虫高叶疏。

开襟领清露，携榻对红蕖。此地隔人境，禅心卧澹如。

出处

《朱太复乙集》卷之十二（明万历刻本）。

雨酌望湖亭

山黑樵人下，朱亭系马孤。阙云浮北海，陵雨度西湖。

秋意疏荷芰，天风落鹳凫。近郊供客眼，细酌暂相娱。

出处

《朱太复乙集》卷之十二（明万历刻本）。

邓原岳（诗1题7首）

邓原岳（明嘉靖三十四年至万历三十二年，1555—1604年）

字汝高，号翠屏。福建福州人。万历二十年（1592年）进士。官至湖广按察副使。著有《西楼集》《礼记参衡》等。

春兴七首

客里伤春叹式微，长安杨柳正依依。汉廷自笑功名薄，画省应怜日月非。
风雨北迷千嶂令，关河南阻尺书违。萋萋芳草天涯路，为问王孙归未归。

雪尽西山冻未消，五云宫阙更岧峣。中珰驰入争承敕，近侍传来暂放朝。
合殿春回香漠漠，御河水暖草萧萧。扬雄执戟头都白，目断金鳌驾绛霄。

皇舆形胜控幽燕，百二山河未卜年。一自开平讯失险，遂令元老困筹边。
镇城竟作和戎市，瀚海终成饮马泉。不见黄金频出塞，中原膏血至今怜。

昔年被命出榆关，使节翩翩塞外还。南园未论输挽尽，北庭谩说羽书闲。
荒城尚见秦时月，绝岛遥连海上山。回首可怜青岁改，萧萧簪笏愧朝班。

辽后妆楼御苑西，础莲苔冷草新齐。泉流石涧空余恨，鸟入香奁亦异啼。
金锁葳蕤春雨湿，翠华寂寞暮云低。居庸关外黄沙路，极目高风胡马嘶。

西山一带权珰宅，楼观参差接梵宫。鹫岭忽看金刹涌，龙池故与玉泉通。
千层碧落钟声外，十里青山柳色中。惆怅先朝功德寺，门前松柏起悲风。

蓟门春去复如何，寂历莺花客里过。马首山光连塞路，城头柳色暗关河。
虏情自古三边急，谪籍于今五岭多。抗疏可怜林给事，瘴江何处避风波。

出处

《西楼全集》卷五（明崇祯元年邓庆采刻本）。

黄汝亨（文1篇）

黄汝亨（明嘉靖三十七年至天启六年，1558—1626年）
字贞父。浙江杭州人。万历二十六年（1598年）进士。官
至江西布政司参议。著有《天目记游》《寓林集》等。

游西山记

八月，山海之役马走小困，聊寄城西掖门外大觉庵，忽
忽不快，意西山爽气殊佳，念往者不得，一着屐齿为恨。因
从王水部遵考乞车，策蹇驴数头，仆夫四人，会吾乡沈五陵
客此，携与俱，廿一朝自高梁桥行。

晴日，疏柳沿溪，夹岸依依，有江南之色。过此入大真
觉寺，有金刚座，上置五小座，藏如来金身，永乐间西域中
印土僧所献，规制前此未有也。午饭万寿山寺，为今上代修
僧梵处，殿阁极宏丽，有山亭可结跏坐，云十六年上曾于此
尚食，不敢启视。

折青龙桥，为慈恩寺，为功德废寺，寺以世宗驻跸废。
惟松柏两行，苍翠无恙。

过此为玉泉山。玉泉池，亦名西湖。沧洲白石、青苹碧
草、寻崖漱流、冲沙雪窦，不能无吾家西湖之想。所少者紫
衣、霓裳、青雀、舫歌、白苎词一弄耳。上为金山寺，亦有
望湖亭一座可览，下有华严、七真洞，有夏阁老桂州诗，亭
有吕公洞，俱平平。晚至碧云寺，宿寺。

黄汝亨书法

（下略碧云寺、香山、八大处游历）

是游也，凡六日，得泉树十七、得山十三，而禅宫梵刹居半，第他山多先代古刹，废兴可览，而此山自我明标置，间有唐金元一二之遗，故多宏丽少寂寞，又皆为中贵人瘗骨处，香林佛地实多聚溷，亦此山所遭也。过此为混河、为戒坛，皇陵神灵之所栖托，以兴尽不及一瞻览，为灵迹所掩者，亦或不免聊识所耳目，作他日一未了公案。

出处

《寓林集》卷九（明天启四年吴敬吴芝等刻本）。

何乔远（诗4题4首）

何乔远（明嘉靖三十七年至崇祯四年，1558—1631年）

字稚孝，号匪莪，晚号镜山。福建晋江人。万历十四年（1586年）进士，官至南京工部右侍郎，乞归。著《名山藏》《闽书》。

吕公洞

崖根擘一门，群石相嶜砑。既如龙蛇窟，复似藤蔓架。欲探钟乳窦，谁照明珠夜。但见涌泉穴，腾沸开微罅。遡流源未穷，观道心先化。反顾濠梁侣，且缓都城驾。

出处

《何氏万历集》卷之二（明万历三十九年刻本）。

翠华寺

向来香山寺，土木森宏丽。今到翠华岩，颓墙环薜荔。虽兴今古感，亦惬山泉契。物象在兴致，岂以衰旺计。磴回石洞幽，景晏秋山霁。寒兔莽自遁，夕鸟飞相继。

遗趾任芜没，吾游方容泄。

出处

《何氏万历集》卷之二（明万历三十九年刻本）。

昭法寺

谁知一眼水，涨作西山湖。参差垂弱柳，纵横冒短蒲。鲂鳢游可见，凫雁鸣相呼。
其流达御沟，汤汤涌神峿。其膏润香粳，天廪之所滇。逶迤似骊山，郁纡疑东吴。
兴来藉草眠，冠带谁能拘。

出处

《何氏万历集》卷之二（明万历三十九年刻本）。

功德寺

昔闻宣宗初，四海皆谧宁。太后奉至尊，三杨在朝廷。金城户夜启，玉关门朝扃。
二月上陵还，御沟春柳青。弋廪时来过，矢鱼或暂停。熊罴疾三驱，凤凰朝百灵。
甲楯俨后先，冠盖交阗骈。迩来百余年，古柏森空庭。行宫既沈寥，佛像空煌荧。
六龙今时巡，造次具轩楹。吾皇崇俭德，茅茨实仪刑。

出处

《何氏万历集》卷之二（明万历三十九年刻本）。

曹于汴（文1篇）

曹于汴（明嘉靖三十七年至崇祯七年，1558—1634 年）

字自梁，号真予。山西安邑（今山西省运城市）人。万历二十年（1592 年）进士。
官至左都御史。卒赠太子太保。著有《仰节堂集》《共发编》等。

游西山记 (节选)

余寄京二载且半，每闻谈西山之胜，不能一往。拱阳年丈屡约同游，余屡改期，及今月三日乃行。自广宁门出，迤逦而西，草树葱茏，尘襟渐爽，流盼颜解，鞍马无劳。一行三十余里，抵南禅古寺。大缘和尚出迎寺，殿阁门宇俱损漏，其新葺仅殿三楹，廊六楹。然宽敞豁人心目，北有小斋暂憩。出寺后登山踞坐，谷黍一望如油，因思天地生生之德，其大矣乎。又念后稷播种之功，感感不已。山后有山，森树烟霭，远眺堪嘉，良久乃下，经观音阁，睹大像三首六臂，相与叹讶。夫此以像寓意，亦四目四聪之说耳。继而历诸果园蔬圃，井边树下，清幽可人，僧持戒不设酒。拱阳讽之，得白酒一壶，共酌。

迨晚归寝室，时大缘之檀越唐邀游金山，约以明晨。中夜闻雨声洒洒，遂高卧晏起。及起，则山色经雨，青翠大异前夕，忻然称赏。乃跨马缘山北行，见群刹或据山麓，或山半，或山头，朱墙碧树，掩映缥缈。大缘指云：某寺某寺，然不能遍登也。抵一庵，曰：静妙，石墙永巷，将入门，门者大击云板，主人肃客顾瞻殿宇，及殿后大珰之冢，俱壮丽。延入廊房以为止此，廊耳入则更有大宅连楹列栋，颇兴民膏之思。

一茶而起，行乱石中，狭若山穷，蓦然径出，旋绕至香山寺，寺前大木连抱，水声淙淙，蝉语清越，不似城市所闻。殿宇俱依山势，层迭攀援。而上经数殿，转入方丈，进一轩，题曰：来青轩，今皇御笔也。主者谈驾幸之详甚悉。轩前高峰右峙，层峦左衍，此山之胜或未逾此。主僧护守，草木繁茂，无寸不青，复思世人愚蠢，得罪天地者，亦自不鲜而天地生养不厌。盖信乎生生之德大也。

大缘携有果盒，拱阳预命仆夫备酒，盘桓少时，出门犹徙倚石桥，玩水观鱼方行，赴寺曰：碧云者，主僧以讼他出，其头陀启殿迟迟，乃由左廊直入，观所谓卓锡泉者，殊清漪汇为小池，泉边古柳一株，池内有荷，池外修竹数百，琳琅可爱。仆夫仍酌前酒二三啜，由中而出，览沼中金玳鱼，活泼甚伙。

乃赴金山之约，至则唐越及主僧夔江在彼，迟予辈之来也。寺右有小轩团坐之。日且西驰，此一日之行，其朱墙碧树掩映缥缈，不能遍登者，无不似初出南禅时也。

轩临清涧，远瞻平野，左有群峰，绕左而行穷水源，至一石洞亦幽致，过洞抵一楼，据高远览，逸兴益剧，见游人两两，山僧独步，当无机心。

出楼后缘山步进，山径才二尺许，抵华岩寺，寺不大，然有小洞三二，俱幽邃。倚槛回首，见石壁在屋后，绿赤垂垂。下寺抵一池，其形如壶，土人呼为捏钵湖，水清甚，就地坐，垂足池内，去水不盈尺，秋高不可濯。第袭其清气耳。日已沉冥，主人进巨觥，醺然而归。时见灯光出树间，忽闻各梵钟鼓之音，不觉击节抵寺，仍坐前轩，夜色苍郁，漏深乃寝。迨晓主人相留，固辞而回，经功德寺，殿宇俱废，第唐越建一小宅，养花其中，少坐。

缘河堤行，大柳千章，西湖之莲可十里，其花已凋谢，悔不早来，忽睹一二朵亦足酬此一行。既而过万寿寺门，今上祝釐之处也。大缘谓内有奇石，请入观之，予不敢，天威不违颜咫尺谅哉。第入邻寺，延庆观布袋和尚画像，不为六贼所动，颇有所得。

大缘别而西，唐越东，予与拱阳东南，渐觉喧闹逼耳。尘土扑面，至寓殊困倦，隔日不能苏，岂方游时筋力劳惫，彼时不觉，而此时方觉耶。抑尘喧败人佳趣，陡尔成惫耶。抑尘游山游亦俱劳事，不可差视耶。然方在山也，则二年之尘若隔世，今仍在尘也。则三日之山，亦若隔世，信不可大差别矣。复忆生长晋中，故多山河，少年偕计走霍山三日方可出，乘高四望，万壑千峰，汾流激岸，雷轰霆震，彼时不以为奇也。西山暂往乃恋恋，至是倦尘氛之扰，而后知幽栖之乐耳。呜呼，天下事多如此，辛丑八月七日书。

出处

《仰节堂集》卷之四（清康熙二年吕崇烈等刻乾隆增修本）。

王嘉谟（诗3题3首）

王嘉谟（明嘉靖三十八年至万历三十四年，1559—1606年）

字伯俞，号弘岳。直隶顺天（今北京市）人。万历十四年（1586 年）进士，官至四川参政，著有《蓟丘集》。

瓮 山

弥弥湖水外，叠岭削青冥。十丈涵霜镜，三春洗翠屏。

山寒果半落，石古草常青。日夕迷归路，樵声自可听。

出处

《帝京景物略》卷七（明崇祯刻本）。

山下破寺

山岩互结构，古寺对空津。新树连村发，流澌哀壑春。

泥香绝野烧，松雪净飞尘。本欲摩崖记，寻幽未易频。

出处

《帝京景物略》卷七（明崇祯刻本）。

耶律丞相墓

丞相遗丘湖水阴，荒榛野草自萧森。亭前瀑布摇空穴，阶下寒云聚古林。

惨淡重思戎马日，艰难幸有哲人心。云龙鹅鹳真余事，独吊空山泪满襟。

出处

《日下旧闻考》卷一百（清乾隆五十三年武英殿刻本）。

朱国祚（诗 2 题 2 首）

朱国祚（明嘉靖三十八年至天启四年，1559—1624 年）

字兆隆，号养淳。浙江嘉兴人。万历十一年（1583 年）进士。官至户部尚书，以少傅兼太子太傅致仕。卒赠太傅，谥文恪。著有《介石斋集》。

朱国祚书法

西山湖上

芍药阑边花气收，鸬鹚谷口断云浮。

倦游爱说江乡事，先试西湖一叶舟。

出处

《四朝诗》明诗卷一百十（清康熙四十八年内府刻后印本）。

裂帛湖上作

水净一匹练，山围六扇屏。

春风才几日，药甲已先青。

出处

《四朝诗》明诗卷九十九（清康熙四十八年内府刻后印本）。

董嗣成（诗1题1首）

董嗣成（明嘉靖三十九年至万历二十三年，1560—1595 年）

字伯念。浙江湖州人。万历八年（1580 年）进士。官至礼部员外郎，后罢归。著有《董礼部集》。

夏日同吴子野、周士昌功德寺观荷

辇路绝尘埃，浓阴夹道开。荷香侵酒入，岚气上衣来。

落日明秋水，群峰接露台。马蹄芬不散，疑向若耶回。

岂谓帝城游，能兼泽国秋。芙蕖娇宿雨，葭菼暗汀洲。

宝廅空中相，清芬象外幽。云霓常五色，犹似候龙舟。

出处

《董礼部集》卷三（民国吴兴丛书本）。

袁宗道（文2篇）

袁宗道（明嘉靖三十九年至万历二十八年，1560—1600年）

字伯修，号玉蟠，又号石浦。湖广公安（今属湖北省）人。万历十四年（1586年）进士，官至右庶子。"公安派"发起者和领袖之一。著有《白苏斋集》。

游西山四

玉泉山距都门可三十里许。出香山寺数里至，山麓罅泉流汇于涧，湛湛澹人心胸。至华严寺，寺左有洞曰：翠华，有石床可憩息，题咏甚多，莓渍不可读。又有石洞在山腰，若鼠穴。道甚险，一樵儿指曰：此洞有八百岁老僧，从者弃行李争往观，呵之不能止。及返，余问果有老僧否？曰僧有之，然年止四五十。乃知樵儿妄语耳。寺北石壁甚巉，泉喷出其下作裂帛声，故名裂帛泉。有亭可望西湖，故名"望湖"。

出处

《白苏斋类集》卷之十四（明刻本）。

游西山五

余与伯典观裂帛泉毕，将行，余指东一山问寺僧，答云：瓮山。余误记石经洞在此，偕伯典探焉。度桥而南，人家傍山，小具池亭，桔槔锄犁，咸置垣下。西湖当前，水田棋布，酷似江南风景。既至山下，仅一败寺，破屋颓垣，扁曰：圆静。一僧作礼，甚恭。予问："石经无恙否？"僧茫然不能对。乃共伯典辟寺后扉，蹑山巅，顽石纵横无复，所谓石经者，僧舍中残石断碣，悉经爬搜，有一石类磬，疑洞中物，相与嗟叹久之始归。暇日偶检游名山记，石经藏小西天，非瓮山也。不觉失笑。

出处

《白苏斋类集》卷之十四（明刻本）。

王衡（诗9题9首，文2篇）

王衡（明嘉靖四十一年至万历三十七年，1562—1609年）

字辰玉，号缑山，别署蘅芜室主人。南直隶太仓州（今属江苏省）人。万历二十九年（1601年）中举，授任翰林院编修。后辞官归隐。著有《缑山集》《郁轮袍》等。

秋日同友人游西山

灌水翳长坂，靡靡层阴动。细草卧牛羊，应作清都梦。

钟声渐杳蔼，响末交杉松。消沉向何际，洪洪化长风。

出处

《缑山先生集》卷之二（明万历四十五年刻本）。

西山堤上

无穷柳夹堤，苍皇马相逐。

风吹席帽轩，惊入前堤绿。

出处

《缑山先生集》卷之二（明万历四十五年刻本）。

王衡书法

西山望湖亭

水眼虚为星，恍惚若宿海。

水衣化为石，可见不可采。

出处

《缑山先生集》卷之二（明万历四十五年刻本）。

玉泉山

山气饮湖青，日夜水泉长。

微风蹙波纹，倒影石花上。

出处

《缑山先生集》卷之二（明万历四十五年刻本）。

寓瓮山

山围平楚树周遭，迢递河丘界远皋。蹴蹴春冰浮草色，茫茫日暮迟松涛。

烟明碧瓦幡花落，野簌红云睥睨高。十载空悲在朝市，一泓湖水湛征袍。

出处

《猴山先生集》卷之三（明万历四十五年刻本）。

游普通庵

阴岑结岩扉，萝关掩深筑。爱此森沉光，余清散疏竹。石裂潴回潭，潭流自成曲。
乱石纵横梁，时倚老树腹。冰乳鸣钪铮，寒鳞互惊蹙。谷外天茫茫，稀微寺烟绿。
有酒不盈樽，清风坐来穆。空谷何自声，正与吾耳逐。溪头浣花儿，其上喧采牧。
和答良有以，何必豕与鹿。心将广视闲，境以幽赏独。今游非昔游，吾生讵为足。

出处

《猴山先生集》卷之三（明万历四十五年刻本）。

夜踏青龙桥

散步逐流月，月流溪满门。薄晕生纤妍，中天澹孤痕。殷殷犬声里，往往见墟村。
夜气清微钟，烟华督陵屯。转历灯火尽，平桥坐言言。忽见招摇星，澹荡落酒樽。
今夜一何遽，叹息休山樊。

出处

《猴山先生集》卷之三（明万历四十五年刻本）。

十三日夜步月至妙应寺登毗卢阁

忆昨风花天，何意得今夕。有月且复醉，暇计今与昔。相将涉虚台，游氛四垂辟。
市里渺浮浮，湖山静历历。亦有松桧枝，团影荡石壁。如彼河汉间，疏云淡相织。
童子初试灯，试灯受华色。辰物洵明茂，膏火若为力。归掩丈室关，宛此一庭白。
独坐光悄然，树末风策策。

出处

《缑山先生集》卷之三（明万历四十五年刻本）。

再游望湖亭

精篮绚殊采，过之若有亡。循坐湖上亭，欲去神彷徨。以彼一掬水，而具虚空量。埃风暗如雾，受之甘且凉。山氛鼓泽腹，旆旆风旗扬。鲜鱼负水溪，岂必河之鲂。去此一春秋，照我须发黄。影影不可停，喟然歌澹浪。

出处

《缑山先生集》卷之三（明万历四十五年刻本）。

游香山记 (节选)

　　丁亥春三月，余从友人自香山至人山头，为他事所迫，不顿舍而返无足记，记其次游。

　　六月十日，偕汝增、懋钖、季良，各跨一蹇，出高良桥转而北。杨柳行植者三，余从中央水次行以取凉，城堞寺角时时与繁阴相媚。

　　进而河渐广，界以长堤，为西湖。湖在堤以左，盖芙蕖菱芡之薮。堤右，则皆秇田豆场，长杨左右障之。时荷花已开，甚纤缛纷敷浅深，在水植者如翘髻，偃者如羞妆。菱芽、菱花重以青黄相间。乍而须甲，颠倒好风，将百和香来，余急披鞍迎之，咄嗟间未得其似。汝增忽笑曰：嘻，何乃似我江南三月天，莺花菜麦田中耶！余大笑，浮一大白，嚼其言。

　　湖故多种鱼，鸥鹭鸂鶒之属下上嗛鱼，低飞浅踏，花枝颤颤，然香且不风自动矣。数里为龙王庙，庙傍湫潭为龙潭。

　　又一里许，而荷花与湖尾俱穷。穿青龙桥而西，得玉泉山焉。山培塿耳，而土纹隐起，衣纤草作苍龙鳞，其下为池，潴泉而亭之，曰望湖亭。水眼嘘泡，彝彝若飞星之相追。其东为华严寺，寺西泉一区，正绀碧而清，可辨萝发，使得美筱覆之，岂令人痛忆玉女潭耶。出，送晚霞而归宿于山之深翠中。

明日度两石桥，循溪转荫于卧佛寺娑萝树之阴，复二里许至碧云。

（下略香山、万安山游历）

下十余里渡佳树流水，而玉泉之崖始见，望西山层峦远岑，绛宫缥瓦，随云光日影以幻奇，乃急驰北山头悄然四顾，谓自此失西山矣。及湖堤而复得之，意方与山容相亲，而荷香莺韵复横来，撩人流眄不能已已，殊恨我六根之用狭也！

大约西山之胜仿佛武林之西湖，逶迤不如而蒨润或过之。因与二三子作妄想：若斩荻芦、开陂隰，以尽田荷花至山膝而止，使十五小儿锦衣画舸，唱江南采莲词，出没于白鸥碧浪之间，所在室庐必竹门板扉与金碧相间出，而后结远道人为香山社主，乞青莲居士为玉泉酒家翁，吾老此可矣！

虽然人苦不知足，以予株坐此中如春时不解鞍之游，嗅残花数辨亦自谓爽。然视兹游所得多寡何如哉！余故于兹游有专记，而前所过人山头者，巨石怒撑蹲伏甚伟，为北来诸山之额，其胜亦不可没也。因附志于此。

出处

《候山先生集》卷之十（明万历四十五年刻本）。

再游香山至平坡寺卢师山记 （节选）

岁在丁亥，余两游香山。初游盖后花，而继游直踵旧迹耳。归按李学士记，得所谓平坡、卢师者甚胜，而去香山里仅二十。乃于今岁戊子春季之二十二日，约友人张益之、陈锡玄、张仲立、郑子瞻游香山，以了花事。

余与张益之、郑子瞻、周生如春者且行矣。而黄风如矢，益之又谢病归。余三人独当风行。葆发盖面，塞且不前也。已至高梁桥而风窸然，柳枝不摇，巾角微拂。子瞻顾谓余：是风留花耶？抑花留客耶？余笑曰：嘻，互有之。半里许为真觉寺，寺前浮图高五六丈许，而上为塔五，方陟其顶，山林城市之胜收焉。余语子瞻：此不当胜天坛耶？吾于此订雪盟矣。

由真觉寺缘湖堤，堤柳娜妥，水色油油然，而其下则茭芽蒲戟，虚着柳丝，鸭绿正与鹅黄相贴顾，尚不多得花。初见花数十树或百树，则纤骑赏之，以簪余帽且满。

已而去城渐远，花渐繁，则当马首者视之，已则左右指而已，小憩于望湖亭。亭俯而窥泉，以所佩花尽施之池，清飔或来，红翻绿皱，悠然有春江花月之想。余乃以杯酒坐花瓣上，候于桥左，杂水二停，因呼子瞻和花嚼之。

自亭右沿山膝行，又溯一小村而香山碧云始见。见山以上下皆漫漫遥白，余曰：云也！子瞻营视不应，徐而曰：其云耶？将无是英者耶？已而问之山农，乃真杏花也！始大叫以为奇绝。

廿五日又申，别杏花而行二十里至功德寺观瓮山。瓮山压湖，傍顽沙宿莽，向所过而勿问者也。余强二子登之，至天妃阁而山穷，长堤丛柳，连冈复陆，迓迓在望，而适有二杏树当其前。子瞻睨花久，弹树曰那得便老，既而曰那得不老。余为之咨嗟。

概是行也，嗅花而往，踏花而归，倘以循斯，须亦可谓无憾尔矣。忆吾乡绝少杏花，仅朱氏园有三十树，较此直春荠耳。而余每花期必提红酒一罍，与二三子婆娑醉舞其下，岂谓天壤间，自有杏花谷哉！虽然吴中如铜坑之梅、盘螭之桃，闻且绝盛，而长安则寥寥也。试问之花神，若可通有易无，则余请为典花客矣。

出处

《缑山先生集》卷之十（明万历四十五年刻本）。

何白（诗2题2首）

何白（明嘉靖四十一年至崇祯十五年，1562—1642年）

字无咎，自称丹邱生。浙江乐清人。布衣诗人。前半生出外游幕，后半生隐居。著有《汲古堂集》《山雨阁诗》等。

何白书法

游玉泉憩吕公洞晚眺望湖亭作

玉泉崒山腹，云根吐微细。甘比白牛乳，沉沉散溶漪。满月象回塘，日华镜光碎。

鱼泳若靡依，空明绝纤翳。怀仙憩岩扃，玄踪久严闭。石髓尚晶荧，幽芳故醃馤。

丹书事悦惚，百龄随委蜕。载眺湖上亭，澹沲烟无际。冥冥夕吹生，冉冉孤云□。

忽忆故山游，渔歌出兰枻。

出处

《汲古堂集》卷之三（明万历刻本）。

游西湖过功德寺至高梁桥作

林转湖阴长，延眺极崖鄂。远水冒芙藻，回渚纷蘅若。循径诣招提，坛墠仍严错。

瑶水骏驭回，迹往空绵邈。犹想云罦临，香花间天乐。劫火净空王，础莲卧丛薄。

出寺遵长埼，林坰纷以汉。高柳蔽层霄，重阴若施幕。双溪贯交流，文鯈信潜跃。

情宣忘滞淫，目接饶欢谑。日入送归禽，怀土心靡托。

出处

《汲古堂集》卷之三（明万历刻本）。

余懋孳（文1篇）

余懋孳（明嘉靖四十四年至万历四十五年，1565—1617年）

字舜仲，号瑶圃，乳名翔，南直隶婺源（今属安徽省）人。万历三十二年（1604年）进士，出知山阴县，官至给事中。著有《萸言》。

游西山记事 (节选)

九月四日出平子门，朝西直过高梁桥。桥所跨即御河，发源西山，穿大内而出张□者也。桥北有天仙庵，丰碑新勒，乃余云衢宗伯所记。稍西为巡河厂，一水泓然。循水而右小亭孤榭，亦稍稍有致。离亭数里过郑皇亲庄，相携步入。前庭有长松三株，其一挺出如盖，一盘曲如虬，其后园花卉则凌乱且暗淡矣。

再行数武即极乐寺。其时室无主人，遂得纵观。最可赏者，殿后石桥及门前狮子松也。柴门半掩，宛然仙家。迟回久之，而□人为言真觉寺更好，有金刚座，遂奋然同登。座高可比浮屠，而体方广如台。台上复为七级，前辟一门从中环转历级而上，通彻于天。凭栏四顾，自谓空无人也，划然长啸。忽值杨培吾年丈挈壶榼来，吾数人皆悭酒量，杨丈强灌之，尽一杯而罢。时鲍仪部在法华，共往访焉，不遇。止宿双庵。

双庵者，故中贵庄也。左庵积农具，僧皆朴鄙，而右庵颇具经卷、香花，有西来僧行脚其中。与之谈，颇有解。时夜五鼓，允企起礼佛作功课，予亦趺坐床间。

质明乘篮舆豆腐闸，遵御河直行数里，过乌龙潭，极目膏沃不知几千顷。潭上有龙王庙，负潭而抱湖。湖广袤数里，枯荷泛波，半存青色，若初秋时，不啻六桥苏堤间也。予辈止而濯缨，中贵数辈提榼来见客，笑而相迎，以宝珠桃各一枚为寿。邀留不可得，更以鲜藕为供，遂领之登舆至玉泉山望湖亭。湖受泉流为玉河，故得名，且澄澈如碧，不取物华佐胜也。逾岭小转为华严双寺，从左径登小阁，嵌壁飞栋，酷似金陵之小凭虚，余心喜之。

既转而右□□殿，登高岭，扪四洞，虽无萝薜而壁宇天削，固自□胜。但俗僧居食其间，不免烟火气耳。下岭而西，□有龙池，清涧游鳞，宛然郭溪。时日已薄暮矣。拟□金山，既登，独山脉隆起可踏如江南，而方丈、兰若皆为游僧所据，不若华严之清寂也。

余辈遂还华严，托宿论文甚快，间取弈局弹之。余最拙而尔光苦思亦仅小胜。对允企则多逊矣。夜分就寝，俱不成睡，且山间无漏刻，听群鸦交鸣，起而趺坐，允企授我准提诀，且劝以修西方，余默识之。

语毕日已高，春亟乘骑至功德寺。广衍污漫间以丰碑，云：车驾上陵则此为行在。疏树平原异于林草鱼鸟之趣。徐行过诸王、公主园，历弘法，谒卧佛。

（下略香山游历）

于是兴极而返，栖于旅舍，是为九月初七日也。

出处

《薆言》卷二（明万历三十七年刻本）。

宋彦（文1篇）

宋彦（生卒年不详）

南直隶松江（今属上海市）人。明嘉靖至天启年间人。著有《山行杂记》。

山行杂记（节选）

三月十六日入山，乘款段徐行，道经嘉兴观、下庄桥、万寿寺，道上杏花夹繁李、山桃盛开，遥见香山、碧云诸峰，半山如积雪白云，扑而香气袭骨，前视冢口，舆马络绎，回顾小车，载瓶粟辘辘，轻阴嫩绿中，便是葛翁移居图，惜余不久又将出山耳。抵青龙桥东，张氏房寓，下马倦甚，小憩至日下春，策蹇至玉泉山访千贤僧，归已暮矣。酌村醪三四杯，步桥上，淡云微月，烟树朦胧，四山夹水，两水夹桥，桥下流水，雪雪有声，徙倚久之，四顾村中，灯火光灭尽，乃归，归坐窗下听雨，更余乃寝。晓起雨初霁，开南窗见瓮山，磊磊诸石如洗出绀玉，启北扉望金山，松柏菁葱，掩映台殿，翠色欲滴，忽白烟一缕，如线亘天，渐远渐分，如盖如席，白云四出，晴色朗然矣。急握笔记之，乃栉沐瓮山前，仁慈庵荒败，有古意，入门三百武，两傍椿树夹之，登石磴二十级，有堂三楹，两庑翼之，西庑前为楼，看山下，水田绿映，北壁数塍，外即西湖，恨楼卑不能多得水，使十里澄光若缟带耳。仁慈庵左为圆静寺，寺门度石桥，大道通湖堤，门内半里许，从左小径登台，精蓝十余室，室西为殿三楹，左右各精舍一间，面全湖水色，地据山腰，观湖第一处。余欲暂假信宿，土人云，其主僧号净香，住西方庵，富甲西山，非显要不交，那得轻留宿？余访之，果然。复从右小径得一僧舍，湫隘殊甚，其僧老病，一徒乞食于四方，遇余欣然，因留寓。

青龙桥南里许，为西方庵，东望据湖杪一区庵，左为中贵义冢庵，今受司礼，三十余人供养，下院颇多，湖上膏腴、水田皆属主僧，僧甚富，梵宇不雄伟而极精严，庵后一楼，尤工致，余访净香，久不得见，一僧出揖，桀然有贵人风。京师城内外，诸山诸名刹皆有下院，居俗人室家，所称名师耆宿，亦时过其地，京师名为和尚家。西方庵稍南为三元寺。甚隘而颇得水木之胜。青龙桥北半里许，为曹家山，妙应寺殿扃不开，殿左傍小径，直上里许，从东山坡百武趾西转，登石级三十余层，为毗卢殿，山高望湖，仅若一盆盎，东顾都城，雉堞左臂可扪，听桥下水，若挂千琴于松间，风吹无断续声，与下听者迥绝。看水宜近，看山宜远，听水宜高，水近则旷，山远则深，听水愈高则声愈响。

西湖北岸长堤五六里，砌石古色可爱，夹堤烟柳绿荫参天，树多合抱者，龙王庙据其中，仅仅一廛耳。堤下菰蒲荇藻交映翡翠，西北诸山环绕，凫雁满中流群飞，声振林木。夏月行堤上，内视平畴千顷绿云扑地，外视波光十里空灏际天，诸峰秀色在眉睫间，绝无武陵脂粉气，更可赏也。西湖水，每合计重三两，山间井水，每合重二两八钱五分，湖水淡、微甘，山间水则甘而冽耳。春雨淙淙，二日霁后，登山看花，俱泫泫不禁，李花微作黄色，杏白，如粉海棠，酣色退尽，少顷，风掠山巅，松涛顿发，飘瓣满山，如积雪，花事至此，遂尽。度三元寺，即功德寺，昔时壮丽，直比低园，今废矣。圣驾幸西山，于此驻跸，墙外古松围之，尽作蛟龙偃盖中，则森列古柏，青皮溜雨，黛色参天，山势回缭，拱揖入之，真深山穷谷也。

日将入，步西湖堤右小龙王庙，坐门阑望湖，湖修三倍于广，庙当其冲，得湖胜最全，墙东角临湖有一线路侧身转入，隙地半规更堪坐。坐少许，山作赭色，已而霞光万道，贯地亘天，被堤绿杨如城隔水，山如青绡，水纹如绛縠铺地，既若红色欲燃，久之霞渐紫，而暝烟合矣，月色东上，烁烁浮动，镕金跳溢。山渐白，树稍青，所称玉淑金塘，不是过也。

西湖蓄水，专以资运河，湖滨多水田，春夏间颇苦旱，夏秋间又苦涝，莫若专设一司，精究水利，湖宜开广浚深，诸山水溢，则能受诸田苦旱，则能泄闸司，又俟浅深以启闭，则运无阻滞，而三辅内，膏腴可相望矣。

问土人，胜游处必称碧云、香山。余殊以为不然。乃望山路逶迤处，随山行，绕功德寺后，过金山口，见一高峰插天，峰顶时见绀殿角，急趋之，行数里，道经诸王寝园中，丹垣碧甍，苍松翠柏，时掩映马首，而荒寂，绝无僧舍民居，路多砾石不可行，向所见绀殿已不可即矣。仅见一谷口，颇幽邃，骑不能上，乃下马，步上坡三里许，山路稍南，则南行度大壑，沿壑行又三里许，朱门焕然，上书："宝藏精篮"。入门南，向上石磴，荒圮傍深壑，颇可畏，二里许，见废寺，披宿莽陈荄而入，入门百武，上石级为天王殿，再百武，上石级为宝藏殿，殿右傍小径，上石栈，栈凡五转，每转可二丈余，栈尽为台，台有观音殿，二十里外所见绀角者即此也。殿前视门外，岭若树屏在，门则向之，所谓高峰插天者耳，更上度数岭，岭巉薜陟峻，攀莎草根菀乃上，可十五六里许，登中峰顶，东瞰宫阙阛阓，历历可指，南望房山，北望居庸，若声响可应，为诸山第一奇观。下岭从旧路，下石栈尽处，观甘泉，泉在石罅中出，甘冠西山北，寺系正统四年为西域僧道深建，深为金碧峰弟子，与解学士绅胡宗伯濙成国勇友善，游金山口，偶过此山，得甘泉一掬，因留此，建苍雪庵后，敕赐名"宝藏寺"。泉从殿前行，上下有八景。今泉非故道，八景踪迹不可寻。寺亦颓败矣。然而古意雄观更为增胜，未审数百年后，碧云、香山得似之否也。

十九日早，步湖上，诵"春草碧色春水绿波"句，思都门有远行客，宿甫仲舍且祖道，折柳以赠，而余不得为南浦别，大为黯然。功德寺西二里许为玉泉山，山下有望湖亭。亭临半规池，池中一石塔，仅露顶，顶没，则是岁苦涝矣。池名"蹑薄湖"。自此二缕至山前，右折而南，为金山寺。左上临石壁数丈，下潭一泓，南北修二亩余，横半之，复折过寺前，泉皆从石底喷出，汨汨有声，清澈如鉴，四散灌田数百顷，山有二洞，名"上华严洞""下华严洞"。寺亦名"华严寺"。寺室仅仅数楹，而俯瞰湖光殊可喜，上洞深十余丈，宽减之。下洞亦如之，独洞前皆屏以高垣，使不得外眺，则殊不可晓也。

金山寺东厢三楹，推窗临石壁，看水朝曦夕月，别有奇观。西山中观泉第一处"金山寺"。转右为玉泉山，西名"瓦窑头"。西向有隆佑庵，数塵有垂杨柳，内莳名花时卉，楚楚可观。

从玉泉山后北行三里许，有真武庙，为金山口。

（下略黑龙潭、半山云岭游历）

圆静山房西垣，小窗尺许，启之见邻僧屋后梨花一树，灿烂夺目，少顷日光返射，琼影瑶辉，映入满室，昔称玉山，朗照映人，今喜得此玉树。

北地入春少雨，每数日必一风，风则草木皆变。柳之甲拆绽眼、破颦垂线，无不藉风，道路青草亦然。唐罗邺春风诗云："暗添芳草池塘色"，信不诬也。从望湖亭度岭五六里许，为卧佛寺。

（下略卧佛寺、香山、万安山游历）

西山固多佳胜，然未得胜已先碌碌尘坌中数十里矣，不若觅寓青龙、玉泉间，出门便是山阴道也，惟雪中策蹇登山为一快耳。

功德寺前，度桥循水行，直至玉泉寺，门南二桥，过金山寺桥，蜿蜒六七里，孤浦菱芡，丝柳青杨，丛罗属绎其间，绝岸颓堤，芳洲曲涧，红彩碧滋，灿然夺目，竟日如在镜中行，衣无纤尘也。

燕山极宜括鲍家寺皆合抱，云是八十年物，中峰庵、曹家庙，云是三十年物。

山中诸泉，圆通寺前水第一甘，清香冽皆备，宝藏次之，甘稍胜平陂，诸山稍淡，碧云、玉泉稍软，乌龙潭大冽矣。

眉山郭忠恕赞："空蒙寂历烟雨灭没。"只此八字，一幅生绡墨妙，俨然在前，非深于画者不能为此言，亦非深于画者，不知此言之妙。余所寓山房仅得容膝，四山围绕掩映，短垣遮窗，窗前垣缺处，从绿杨景里晃朗一片湖光，千峰倒入，浮动墟烟，晴阴明晦，昕夕变态，百出不知于斯言何如也。

出处

《山行杂记》。

袁宏道（诗1题1首）

袁宏道（明隆庆二年至万历三十八年，1568—1610年）

字中郎，又字无学，号石公。湖广公安（今属湖北省）人。万历二十年（1592年）进士。不仕，与兄宗道、弟中道遍游楚中。后屡官屡辞，最终定居沙市。著有《袁中郎全集》《潇碧堂集》等。

初正偶题

惯赖无心更出关，清时梦亦称人闲。几回寺里寻花去，独自江头看水还。

处世渐同栗里子，全家拟住玉泉山。千溪万碧何由见，只是苍枝也破颜。

出处

《袁中郎全集》卷三十八（明崇祯二年武林佩兰居刻本）。

邓渼（诗3题3首）

邓渼（明隆庆三年至崇祯元年，1569—1628年）

字远游，号壶丘。江西新城（今江西省黎川县）人。万历二十六年（1598年）进士，历浙江浦江县令、监察御史。著有《留夷馆集》《大旭山房集》等。

废功德寺一百韵

宣庙昔全盛，海内称富饶。览物资暇豫，访道契逍遥。永叹逝川迈，将鼓玄津桡。

象教讬空王，结架临崇椒。辇石锦川湄，因木南山乔。倏忽旃檀林，鹫岭割嶕峣。

涌塔竟何凭，荡漾搏晴标。瞰迥启山楹，借月开僧寮。复阁规井干，高台睨凌熇。

坐疑银沙城，遂接玉衡杓。穷阴际野马，落日回秋雕。有鸟啄觚棱，河汉窥苕苕。

虹霓渴上征，雷雨犹半腰。藻扃谽然通，四瞻惟碧寥。迥眺山河低，即知地势辽。

窈窱神明居，翛习生寒飙。谁云沙界中，咫尺绝尘嚣。忆当般尔初，瑰材穷琢雕。

嵌柱耀明当，饰砌施青瑶。周阿植芙蓉，经岁敷荣条。石菌吐秋英，灵草无时凋。

好手摹丹青，白云自吐歘。洪涛立溟渤，万里飞文鳐。凫雁了不惊，啑喋萍与藻。

江天镜毫末，野鸟逝翲翲。玉女临窗窥，笑起若相招。怪类总山海，图形入僬侥。

生憎刹鬼狞，那得面如獠。颇讶佛生时，魔王继为妖。长短森剑戟，左右执弓弰。

疾驱若风霆，人马何轻趫。火铃掷空中，阴昼疑熱燋。顾眄未及终，恾怳魂屡摇。

金姿俨不动，宴坐垂飞绡。重缘度人慈，俯视若无聊。自匪顾陆俦，极意焉能描。

中有息心侣，于此寄团瓢。说法山鸟聚，咒钵毒龙调。夜漏莲花干，呗唱起中宵。

恍然天鸡鸣，月出海门潮。铎音从风扬，雨花床前飘。星辉长明镫，夕色在悬幖。

禅坐不知春，几见庭木杪。前堂树鸟桦，后园舒紫蓥。环堷铺苔钱，曲水映桃夭。

是时上节初，原野气方韶。层冈晔丹黄，深谷滋秀蓁。绿沚闲游睢，芳皋步青鹤。

天子乃顺时，鸣銮肃云轺。虎骑矖星罗，龙旗争电熛。先驱宿江岸，后骑映山桥。

雉尾尚方扇，凫卢侍中貂。缓佩鸣锵锵，长组曳影影。帐殿幂青丘，贯鱼班从僚。

眷兹清净区，言税尘外镳。香幡翼路趋，翠盖扶飘飖。羽人奏清乐，极听非笙箫。

熹微云中君，迎跸相招要。香积移朝膳，塔灯分夜燎。嵩呼合万灵，岩谷殷空廖。

才人解琼簪，贵主脱翠翘。至尊却步辇，天后穆垂揄。稽首向世尊，亲手折神蕉。

一念生回向，西津信非迢。奇芬着庭树，积日犹不销。自从上之回，仙驾不可邀。

玉鱼闭玄宫，紫凤归丹霄。禅关钥葳蕤，殿影垂萧萧。悲鸣来白马，翔集厌鸱鸮。

缘空鲜神护，衰至有魔娆。奂斓青莲台，难辞劫火烧。尔时布金地，谁与禁采樵。

松柏无复行，茑萝纵横骄。香龛穴硕鼠，珠网失蠨蛸。平城渐以摧，秋水日夕漂。

悴姿委芳篱，病叶吟芭蕉。败壁行蜗蜒，废井闲蛙跳。残钟出树阴，不得称丽谯。

升阶揖木客，撼户惊山魈。霜果三两株，地籁嘘刁刁。尚残老病僧，贫居怨湫潦。

七灯黯无辉，残烬或时挑。梵音与虫吟，高下声喓喓。风景岂有殊，览听增悲慅。

则知荣悴理，去日非今朝。我皇嗣历服，垂衣法姒姚。郊庙独斋居，万里绝乘轺。

三宫稀宴赐，节俭过先朝。奈何十年间，海内困征徭。采榷徒纷纭，闾阎腹已枵。

乃知皇度恢，弥觉神理超。衮职况无阙，宸衷转忧焦。时时杂浮屠，亦足挽漓浇。

土木小损农，宁妨令名劭。不闻方外游，姑射丧神尧。兹寺何足云，先帝所荟藋。

愿言鉴无佚，丕承慎宗祧。杞忧虽过计，祖德庶惠徼。立语传山僧，聊用佐刍荛。

维新感棫朴，思古歌黍苗。抽词匪温丽，触物寄吟谣。

出处

《留夷馆集》卷二（明万历刻本）。

出自西直门循湖堤小憩回龙潭望西山作

旭旦春鸟鸣，光风露花泫。美人起孤坐，怀哉念婉晚。携手命同车，迤逦越城限。

采秀径兰薄，搴芳涉蕙苑。涡岸屡夤缘，乘流弄清浅。明玑写璘瑜，白羽窥渺沔。

苹藻从风移，葭蒲蔼云蔓。遥瞻湖上峰，空翠若可挽。嵳峩共亏蔽，开辟异晦显。

苍苍百里内，极望惟巉嵲。绝觏果生平，斯涂惜未践。缘奇足若枳，顾步情逾缅。

卧游徒空言，揽策期绝巘。

出处

《留夷馆集》卷二（明万历刻本）。

由青龙桥步至望湖亭

摄念非境假，览物令心纾。泛泛岂有期，乐此幽胜区。显仁竟何托，原隰多夤与。
素药嫣丛林，红葩耀春衢。入耳感鸣莺，寓目怜游睢。扪萝步层冈，徙倚临芳湖。
天远岸影澹，水清山照虚。风潮壮吐欻，鳞介舒噞喁。皎若凌波仙，临镜窥清眸。
欲赋限盈盈，无由揽子祛。掩涕独何道，日旰空踟蹰。

出处

《留夷馆集》卷二（明万历刻本）。

蒋一葵（诗1题1首，文1篇）

蒋一葵（生卒年不详）

字仲舒，号石原，斋曰"尧山堂"，南直隶常州（今属江苏省）人。万历二十二年（1594
年）举人，官至南京刑部主事。著有《长安客话》《尧山堂外纪》等。

西 湖

西湖去玉泉山仅里许，即玉泉龙泉所潴，此地最洼，受诸泉之委汇，为巨浸。
土名大泊湖。沙禽水鸟出没，隐见于天光云影中，可称绝胜。湖滨旧有钓台，武庙
幸西山，曾钓于此。万历十六年，谒陵回銮幸西山，经西湖登龙舟，后妃嫔御皆从。
先期水衡于下流闭水，水与岸平，白波淼荡，一望十里。内侍潜系巨鱼水中以标识
之，一举网紫鳞泼剌波面，天颜亦为解颐。是时，舻艎青雀，首尾相衔，即汉之昆明，
殆不过是。近为南人兴水田之利，尽决诸洼，筑堤列塍，为畬为畬，菱芡莲菰靡不
毕具，宛然江南风景，而长波弥望则少减矣。

出处

《日下旧闻考》卷八十四（清乾隆五十三年武英殿刻本）。

交趾使游京师西湖赋一绝

一株杨柳几枝花，醉饮西湖卖酒家。

我国繁华不如此，春来遍地是桑麻。

出处

《寄园寄所寄》卷四（清康熙三十五年刻本）。

朱宗吉（诗2题2首）

朱宗吉［生卒年不详，明万历二十六年（1598年）在世］

字汝修，别号忍辱居士。南直隶寿州（今安徽省寿县）人。太医院御医。著有《朱宗吉诗集》。

功德寺

宣帝曾游此，诸天下鬟云。昙花鸾辇拂，贝叶翠华分。

碑趺俱苔藓，槐根垤蚁群。独余岚气在，向夕结龙纹。

出处

《帝京景物略》卷七（明崇祯刻本）。

玉　泉

绝壁危梁转，飞泉落树端。波涵青嶂月，声到白鸥滩。

野寺春云合，空山夜气寒。老僧怜病渴，重为煮龙箏。

出处

《宛署杂记》卷二十（明万历刻本）。

傅淑训（诗1题1首）

傅淑训（生卒年不详）

字启昧。湖广孝感（今属湖北省）人。万历二十九年（1601年）进士。以户部尚书致仕。著有《白云山房集》。

玉泉山

湖上归鸦去雁，湖中暮雨朝霞。

全画潇湘一幅，楚人错认还家。

出处

《帝京景物略》卷七（明崇祯刻本）。

周之纲（诗1题1首）

周之纲（生卒年不详）

字冲白。河南商城人。万历三十三年（1605年）进士。官至南京兵部右侍郎。

金山寺

轻阴难定已深春，剩酒余闲过水滨。野柳动摇初着绿，林花含吐不辞尘。

鱼生石影苔文古，马语堤阴草色新。日尚高春容藉坐，醉中喧止醉归人。

出处

《帝京景物略》卷七（明崇祯刻本）。

释如愚（诗2题2首）

释如愚［生卒年不详，明万历三十三年（1605年）在世］

俗姓袁，字蕴璞。湖广武昌（今属湖北省武汉市）人。剃度后初居衡山石头庵，后行脚四方，入燕京居七指庵卒。著有《空华集诗》《饮河集诗》《石头庵集》等。

功德废寺

入寺不闻钟，番番三两松。荒阶驯鸟雀，废井诎蛟龙。

遗迹传前代，残僧学老农。橛头无诳事，蚤谷隔林春。

出处

《帝京景物略》卷七（明崇祯刻本）。

金山寺

数步门临水，凭空阁倚山。佛龛无火照，僧室有藤关。

鸟下乘牛背，花开落石间。寂寥来作礼，坐立洞边还。

出处

《帝京景物略》卷七（明崇祯刻本）。

张燮（诗1题1首）

张燮（明万历二年至崇祯十三年，1574—1640年）

字绍和，号石户主人。福建漳州人。20岁中举后，因家父无故罢官，遂绝意仕途，定居镇江侍父。著有《文集》《东西洋考》《群玉楼集》等。

华严寺

长日山门不欲关，玉泉山下听泉湲。数行游骑平沙外，一片明湖滟霭间。

亭榭旧林非旧主，钟铙时盛亦时删。话余少睡伊蒲熟，去赏前村酒未还。

出处

《帝京景物略》卷七（明崇祯刻本）。

王思任（文1篇）

王思任（明万历二年至鲁监国元年，1574—1646年）
字季重，号谑庵。浙江绍兴人。万历二十三年（1595
年）进士。清兵破南京后，鲁王监国，以思任为礼部右
侍郎，进尚书。鲁监国元年（1646年），绍兴为清兵所破，
绝食而死。著有《谑庵文饭小品》《王季重十种》等。

游西山诸名胜记（节选）

予读书罕山松寺，手王辰玉游记，跃跃然起，计
蜡屐裹粮，非十金不可。客僧有东明者，请前驱，诸
山寺皆可主，吾能以苏秦纵横，第携诗韵往，无他虑
矣。筮吉，拔足，邀同漏师仲容、兄大然、主僧月川
为汗漫之游，亦复少有所酿。二园丁肩襆盖，二童子
职瓢觚。从下庄买驴，蹄仅八，三人互为政，逊两僧，
麾手谢。仲容曰："长老惯行脚，不须驴矣。"大然
笑曰："焉知不骑驴觅驴哉？"仲容袖《庄》《列》，
大然袖《天台止观》，予袖《山海》《水经》。每五
里一息。坐刘家冈上，望杏花桃李，不啻石园锦障，

王思任《山水图》

翠微缥缈，可据而有也。

数里至云会寺，先之以东公，继之以月公，寺主果出。以夷通夷，言笑啐然。午餐甚设，且止之宿，谢去。

日晡至玉泉，其山洞者两，入华岩寺。苦矣，主出抄化，驴解去。而予以百缗谋栖止，东公之技见矣，逢一沙弥，导入大士庵，可夜。饭不供而蔬饼草草，亦不馁。明旭，下望湖亭看湖，湖名裂帛，瀑布以挂，裂帛以拖，名亦致。其水珠珠然、轮轮然，但吐泉作龙口，此则内相家风耳。泉达湖，渐广渐澄，可照客影，荇发绿披，石断清泚可爱。

顾安所得酒？有角巾遥步者，望之是巢必大。仲容目短，大然曰："是，是，果巢必大也。"则哄唤之。必大曰："王季重哉？何至此？"入山见似人而喜也。至则共执其臂，索酒食，如兵番子得贼者，必大叫曰："无梏我！有，有，有。"耳语其僮："速、速！"必大，予社友，十六岁戊子乡荐，尊公先生有水田十顷在瓮山，构居积谷，若眉坞，可扰。

不二时，酒至，酒且蕙，肉有金蹄、有脍、有小鱼鳞鳞、有餺饦、有南笋、旧芥、撒兰头，豉酱称是。就堤作灶，折枯作火，挥拳歌舞，瓶之罄矣。必大张其说曰："吾有内酝万瓶，可淹杀公等许许，三狂二秃，何足难。"邀往便往，刑一鸡，摘蔬求豕。庄妇村中俏也，亟庖治。又有棋局，一宵千古。

明日看功德寺，木球禅师所肇也。为累朝谒陵天子驻跸之所，无他妙，只老松古柏、农来暍阴、蛙语部传而已。勒必大西偕，不可，第以所为内酝者，赠两盎别。走花村者十一，至子庵憩茗者三。取次得卧佛寺。

（下略卧佛寺、香山、八大处等处游历）

罕山松龛一士曰："天下名山，寺领之；天下名寺，僧领之；天下名僧，势与利领之。"官曰游，士曰撞，天下僧皆势利，而京西更甚。其相遇时，面目有迎拒焉；其相揖时，肱臂有敬肆焉；其相饭时，繁简有器数焉。凡缙绅游，取仪部一檄，敕皂隶和尚，先期往，如会同馆符发，处处皆应矣。伤哉士也！饱时饱杀，饿时饿死。即至其处，有名胜，僧不语也；有精舍，僧不止也。游何容易？士何可游？师行而粮食，食不给，师溃矣。予与仲容、大然畅游，尽西山之敦化，赍十金而犹余九金返，则东明、月川之力哉。

出处

《谑庵文饭小品》卷三（清顺治十五年王鼎起刻本）。参校沈启无《大学国文》。

曹学佺（诗1题2首）

曹学佺（明万历二年至隆武二年，1574—1646 年）

字能始，号雁泽，又号石仓居士。福建福州人。万历二十三年（1595 年）进士，官至南明礼部尚书。清兵入闽，自缢殉节。清廷追谥忠节。著有《石仓十二代诗选》《石仓诗文集》等。

西山纪游四首 (选二)

山游已足佳，况以湖为径。复闻燕昭池，怀古动清兴。
潭泊非一源，中流汇诸胜。大堤修且治，方轨路犹剩。
士女同时游，绮纨亦相称。顾彼芙蓉花，朵朵谁为赠。
只恐易凋落，秋期不堪订。眷予留恋怀，迟迟此川暝。

飞泉漱鸣玉，在此瓮山阳。泉流何渍激，注池仍越梁。
色比昆山璞，规全明月光。历代备巡幸，亭台郁相望。
金元虽驻跸，谁复涤枯肠。明兴好文藻，猗与颂宣皇。
穹碑纪金石，触目为琳琅。至今功德水，循绕入宫墙。

出处

《石仓诗稿·更生篇下》（清乾隆十九年曹岱华刻本）。

曹学佺书法

高出（诗3题3首）

高出（明万历二年至清顺治十二年，1574—1655年）

字孩之，号悬圃。山东莱阳人。明万历二十六年（1598年）进士。官至辽东监军道，镇守辽阳失利获罪，卒于狱中。著有《高孩之集》《镜山庵全集》。

游西山功德废寺

首路择荫息，四顾如错绣。群峰杂树翼，空翠浮衣袖。兹寺具弘规，体势依灵鹫。
面水添多碧，布金殚无漏。废坼自何岁，古瓦凋云构。危木堕风巢，遗基沉青毵。
野鸽过遗矢，头鼠对人斗。老僧黄发秃，眼深筋骨皱。苦诉业因毁，流涕君王狩。
宫监一传语，诸天力不救。呜呼此固然，成毁孰先后。千古祇洹地，常见蓬蒿茂。
门外湖水光，夕阳映如旧。搔首望参差，徙倚采兰臭。

出处

《镜山庵集》卷之十（明天启刻本）。

望湖亭

西行如转镜，天光生我衣。湖青散草木，野亭石根依。山鸟和笙竽，水鹤翔翠微。
云出萍藻上，日延松杉归。近人凫鹥乱，瞻阙凤凰飞。石塔大于斗，常露水中矶。
与波信升降，其理知是非。砥柱有取义，淫预想依稀。忆与吴宋辈①，兹亭醉落晖。
秋连蒹葭夕，唱逐樵渔希。十年疲梦寐，独往无所违。况有二三仆，乐游能忍饥。
断续湖上云，零雨霭霏霏。春服沾湿好，风和亦易晞。妙香发浅濑，余花袭芳菲。
不恨无酒吃，饱此足天机。

自注

①吴宋，吴晗、宋鸿儒。

出处

《镜山庵集》卷之十（明天启刻本）。

华严寺

亭南转崎嵚，修畦百顷滥。湖光漾寺影，蒲生何澹澹。跻险俯澄碧，凭高飘浮绀。
森木出地底，古云待幽探。陟级不记数，寻洞已至三。恐惊龙蛇宅，亦妒鬼神瞰。
鸣鸟悦于人，惜我兹游暂。簪笏可脱屣，长解五湖缆。

出处

《镜山庵集》卷之十（明天启刻本）。

袁中道（诗3题3首，文7篇）

袁中道（明万历三年至崇祯三年，1575—1630年）

字小修，一作少修。湖广公安（今属湖北省）人。袁宗道、袁宏道胞弟，"公安派"领袖之一。万历四十四年（1616年）进士，官至吏部郎中。著有《珂雪斋集》《袁小修日记》。

西湖看荷花寄客

十里清流洗客尘，销魂芳艳满湖滨。
秋来亦自堪行乐，只恐荷花不待人。

出处

《珂雪斋集·前集》卷八（明万历四十六年刻本）。

过史金吾玉泉山庄口占题壁

偶亲碧岫容，忽共清泉话。大喜辋川庄，归予杖履下。
看竹不问主，子猷大有韵。若逢佳主人，那忍不相问。
名园共韵人，缺一皆成俗。山水有清音，还宜丝与竹。

出处

《珂雪斋集·前集》卷八（明万历四十六年刻本）。

玉泉山居

小阁枕鸣泉，青松覆峻岭。

刁刁一夜风，泉声在山顶。

出处

《珂雪斋集·前集》卷六（明万历四十六年刻本）。

西山十记·记一

出西直门，过高梁桥，杨柳夹道，带以清溪，流水澄澈，洞见沙石，蕴藻萦蔓，鬣走带牵。小鱼尾游，翕忽跳达。亘流背林，禅刹相楗。绿叶稠郁，下覆朱户，寂静无人，鸟鸣花落。

过响水闸，听水声汩汩。至龙潭堤，树益茂，水益阔，是为西湖也。每至盛夏之月，芙蓉十里如锦，香风芬馥，士女骈阗，临流泛觞，最为胜处矣。

憩青龙桥，桥侧数武有寺，依山傍岩，古柏阴森，石路千级。山腰有阁，翼以千峰，萦抱屏立，积岚沉雾。前开一镜，堤柳溪流，杂以畦畛，丛翠之中隐见村落。

降临水行，至功德寺，宽博有野致，前绕清流，有危桥可坐。寺僧多业农事，日已西，见道人执畚者、插者、带笠者野歌而归。有老僧持杖散步塍间，水田浩白，群蛙偕鸣。噫，此田家之乐也，予不见此者三年矣。

出处

《珂雪斋集·前集》卷十一（明万历四十六年刻本）。

西山十记·记二

功德寺循河而行，至玉泉山麓，临水有亭。山根中时出清泉，激喷巉石中，悄然如语。

至裂帛泉，水仰射，沸冰结雪，汇于池中。见石子鳞鳞，朱碧磊珂，如金沙布地，七宝妆施。荡漾不停，闪烁晃耀。注于河，河水深碧泓渟，澄澈迅疾，潜鳞了然，荇发可数。两岸垂柳，带拂清波，石梁如雪，雁齿相次。间以独木为桥，跨之濯足，沁凉入骨。

折而南，为华严寺。有洞可容千人，有石床可坐。又有大士洞，石理诘曲，突兀奋怒，较华严洞更觉险怪。后有窦，深不可测。其上为望湖亭，见西湖，明如半月，又如积雪未消。柳堤一带，不知里数，袅袅濯濯，封天蔽日。而溪壑间民方田作，大田浩浩，小田晶晶，鸟声百啭，杂华在树，宛若江南三月时矣。

循溪行，至山将穷处，有庵。高柳覆门，流水清澈。跨水有亭，修饬而无俗气。山余出巉石，肌理深碧。不数步，见水源，即御河发源处也。水从此隐矣。

出处

《珂雪斋集·前集》卷十一（明万历四十六年刻本）。

西山十记·记三

自玉泉山初日雾露之余，穿柳市花弄、田畴轸畦间，见峰峦回曲萦抱，万树浓黛，点缀山腰，飞阁危楼，腾红酣绿者，香山也。此山门径幽遐，青松夹道里许，流泉淙淙下注，朱栏千级，依崖为刹，高杰整丽。

憩左侧来青轩，尽得峰势，右如舒臂，左乃曲抱，林木绣错，伽蓝棋布。下见麦畴稻畦，潦壑柳路，村庄疏数，点黛设色。

夫雄踞上势，撮其胜会，华榱金铺，切云耀日。肖竹林于王居，失梵都之瓦砾；兹刹庶几有博大恢弘之风。至于良辰佳节，都人士女，连佩接轸，绮罗从风，香汗飘雨，繁华钜丽，亦一名胜。独作者聘象马之雄图，无邱壑之妙思，角其人工，不合自然，未免令山泽之癯，息心望岫。然要以数十年后，金碧蚀于蛛丝，阶砌隐于苔藓，游人渐少，树木渐老，则恐兹山之胜，倍当刮目于今日也。

出处

《珂雪斋集·前集》卷十一（明万历四十六年刻本）。

游居柿录 (节选)

从手帕第中发，入西山避暑。过极乐寺，小憩松树下。至西湖，见十里荷花，香风扑鼻。止玉泉山下裂帛湖边史金吾园。

园有竹树，有小亭瞰泉，即裂帛之源也。源出石根中，泠泠然作微籁。石一壁，骨理亦遒劲。缘竹径登山，有亭可望原隰，有洞沁凉。晚步裂帛泉畔读碑，即古昭化寺也。今荒芜。

园右为华严寺，上有华严洞。山之为洞者五，皆如浮屋可住。予十六年前曾游此，今地较葱菁。

出处

《珂雪斋集·外集》卷十一（明万历四十六年刻本）。

西山游后记·高粱桥

都门之盛，皆在西郊，则以西山之山、玉泉之泉，磅礴淋漓，秀媚逼人故也。泉水溯桥绕隍，入于大内，最为清激。过桥，杨柳万株，夹道浓阴，时时停骖照影，不忍去。佛舍傍水，结构精密。朱户粉垣隐见林中者不可数，真令人应接不暇。客曰："此何如山阴道上？"予曰："山阴似郭熙，此似黄筌。"

出处

《珂雪斋集·前集》卷十五（明万历四十六年刻本）。

西山游后记·西湖

出西直门，即不与水相舍，乍洪乍细、乍喧乍寂，至是汇为湖。湖中莲花盛开，可千亩，以守卫者严，故花事极盛。步长堤，息于龙王庙，香风益炽，去山较近。绕湖如袖，至功德寺，水渐约，花事亦减，多腴田，若好畤也。功德寺门景极佳，内已毁。

出处

《珂雪斋集·前集》卷十五（明万历四十六年刻本）。

西山游后记·裂帛泉

泉从玉泉山脚石根出，流声甚壮。溢为渠，了了见文石，沁泠彻骨。依山瞰泉，原为昭化寺基，寺已废。予谓像法，至今日盛极矣，山陬海澨，莫不备极庄严。至西山一带，宝地相望，此处于京师最近，山棱棱有骨，水泉涵澹，极为秀冶，而听其凋残，且夷而为场圃，刹固亦有幸、有不幸欤！

其邻即为史园，正泉所出也，有亭在焉。石色泉声，大类虎丘剑池，以水活，故胜之。缘竹径而上，如龟背，上有堂三楹，可望远。后有洞，阴森甚。燕中不蓄竹，此地独盛。夜宿其中，风大作如广陵潮生时也。

出处

《珂雪斋集·前集》卷十五（明万历四十六年刻本）。

李流芳（文1篇）

李流芳（明万历三年至崇祯二年，1575—1629 年）

字长蘅，号檀园。南直隶徽州（今安徽省黄山市）人。万历三十四年（1606 年）举人。后绝意仕途。诗文多写景酬赠之作，亦工书法。著有《檀园集》。

游西山小记

出西直门，过高梁桥，可十余里至元君祠，折而北有平堤十里，夹道皆古柳，参差掩映，澄湖百顷，一望渺然，西山匈匈，与波光上下，远见功德古刹及玉泉亭榭，朱门碧瓦，青林翠嶂，互相缀发，湖中菰蒲零乱，鸥鹭翩翻，如在江南画图中。

予信宿金山及碧云、香山，是日跨蹇而归。由青龙桥纵辔堤上，晚风正清，湖烟乍起，岚润如滴，柳娇欲狂，顾而乐之。殆不能去，先是约孟旋子将同游，皆不至。予慨然独行，子将挟西湖为己有，眼界则高矣。顾稳踞七香城中傲予此行何也。书寄孟阳诸兄之在西湖者一笑。

出处

《檀园集》卷之八（明崇祯刻本）。

李流芳《松云远岫》

马之骏（诗1题1首）

马之骏（明万历六年至四十五年，1578—1617年）

字九达，河南新野人。万历三十八年（1610年）进士。历任户部主事、郎中。著有《妙远堂集》。

望湖亭

到此峰冈竟，钟为水一屯。矶平苔借面，溪窄柳通根。

山月投光影，洞云照吐吞。菰蒲覆深曲，路尽不知源。

出处

《帝京景物略》卷七（明崇祯刻本）。

姚希孟（文1篇）

姚希孟（明万历七年至崇祯九年，1579—1636年）

字孟长，号现闻。南直隶苏州（今属江苏省）人。万历四十七年（1619年）进士。官至左赞善、右庶子。谥文毅。著有《循沧集》《清秘阁集》等。

游西山小记（节选）

自入都来，久有西山之兴。此愿久未酬。庚申四月人事稍暇因决策往与龚渊孟同行。廿二日出阜城门至海淀，盘礴于台榭之间，看芍药听黄鹂声，此身已习习轻举矣。

过米仲诏勺园则荒落殊甚。行数里至妙应寺，山路透纡，盘折而上，坐山巅眺望都城，及西来诸峰，大可送目。谒景皇帝陵，不胜当年废兴之感。

又数里至玉泉，一泓如碧，游鱼可数，澄澈处可鉴须眉，荇藻牵风如翠旗摇曳，恐子陵滩不是过也。箕坐久之，僦史金吾别业假榻焉。

廿三日至赵中贵园，亭榭轩厂，后有芍药数十本，芬艳袭人。行数里至卧佛寺，殿前娑罗树二株，大可数围，清荫满庭，黄鸟间关其上。余尝恨都中少莺声，两日殆不离耳畔，惜诗肠枯涩，不足鼓吹耳。卧佛二尊，前木像慈容满月，后铜像稍不逮也。

（下略碧云寺、香山寺、八大处等游历）

还至玉泉，徘徊水次，恋恋不能舍，宿功德寺。寺乃乘舆入西山设席殿之地，嘉靖中一宦者传旨毁之，实非世宗意也。殿堂皆鞠为茂草，惟两廊僧寮无恙，游客假榻焉。

廿五日离功德至西顶，庙多塑酆都像，而俗人以意缘饰之极，可笑。至万寿寺，观永乐间所铸大钟，内铸法华经，外铸佛菩萨名号，大如小浮图，撞之如龙吟狮吼，真法宝也。礼佛而出，游万都尉园，崇轩曲沼，亦觉有致，其内亭宴客不得入。

过极乐寺，寺亦荒凉。问至受之昔年所居之地，欲治午餐不可得，乃循高梁桥而东，访滇僧鹜云，饱其伊蒲遂还。

出处

《循沧集》卷二（明清秘全集本）。

熊明遇（文 1 篇）

熊明遇（明万历八年至清顺治七年，1580—1650 年）

字良孺，号坛石。江西进贤人。万历二十九年（1601 年）进士。官至工部尚书，后引疾归。著有《南枢集》《青玉集》等。

西山记游（节选）

乙卯需次长安邸，扉昼掩。会四月八日为佛浴。都人士盛游西郊，因与曾公奭吕玄韬具肩舆，出郭门，望山而赴，初径高梁桥，桥门流水潺湲，桥畔灌园人编黍秆焚围，围菜沃茂，一望平皋麦陇，疏秀驰道，柳眼新青，玄韬咏诗云："若似江南春色早，如今争得嫩枝看。因悟化理迟速递，相为权余亦咏燕。"草如"碧丝秦桑低绿枝"之句，以和之。沿郊多中贵人冢舍，朱甍垩室，杂以招提。虚地上、实地下，此曹为富贵容止，此虎而冠何为也，过一佛寺，甚荒，鞠置轊置薪焉，问之，则宫人斜也，诸以过失死榜棰者，率付之一炬，即欲如蔷薇冷面，环佩归魂，亦不可得，悲夫，近城隅多汉寿亭侯庙，男子鸣金持帜，击鼓吹角，率群妪妇，或百人，或数十人，至各寺庙焚香，膜拜道上口佛号如雷，叹近于巫风，十里为万寿寺，寺为今上祝釐，结构精丽，高阁当衢，悬大钟如千石囷，钟身备镌法华经文，传为永乐时姚广孝所铸。寺僧直视昼夜，击声闻数十里。稍西北行，为米工部勺园。结橼渚，中沟渠环匝，有巧思而不攻致，其南则外家李氏园。高门大屋，左右列泰湖石，如翁仲，自是许史气象园，周里许，最后一池，方广，凭以亭，槛荫以芳树，濒以蒹葭，鹳鹅鹭鹚往来，交属殊有野意。距园西行，沿路开水田，掘田深尺有咫，引泉灌之，农人戴茅蒲、衣被襦，一如江南田家作苦状，益西为瓮山，为青龙桥，桥盖高梁上流发源，虏中京师地脉，右界潴为西海子，其流混混，益西为功德寺，寺甚厂，曾驻御跸。寺南为西湖，湖面平淼十里，其上古木为驰道，水田千顷，沟塍刻镂，帝城浩穰不图，烟波缥缈之至于斯也。

玉泉山，泉窦石脚，明沙布地，喷雪霏金，不见窦端，清若惠山，冽若中冷，悠若水帘。观者如堵，亦合青龙东注。驰道水树翳荫处，朝士张幕群饮，中贵人剪彩为水嬉。自高梁以东皆然，过此遂入山矣。

（下略碧云寺、香山寺、戒台寺等游历）

出处

《文直行书诗文》卷十六（清顺治十七年熊人霖刻本）。

贺世寿（诗1题1首）

贺世寿（生卒年不详）

原名娘，字函伯，又字玉伯、中冷、山甫。南直隶丹阳（今属江苏省）人。万历三十八年（1610年）进士。以户部尚书致仕。著有《思闻录》《闲坪杂识》《净香池稿》等。

华严洞

古洞何年辟，寥寥象广除。每烦游者问，旧是化人居。
鸟突烟中叶，云迷石上书。荧然依佛火，僧静月华初。

出处

《帝京景物略》卷七（明崇祯刻本）。

闻启祥（诗1题1首）

闻启祥（生卒年不详）

字子将。浙江杭州人。万历四十年（1612年）举人。曾于杭州崇圣寺与李流芳、米万钟等11人雅集唱和，又于龙井作别业"龙井山斋"。著有《自娱斋稿》。

同髯公游西山

青龙桥外柳如烟，一片西湖一带泉。

恰似江南三月景，可怜有水只无船。

出处

《四朝诗》卷一百十一（清康熙四十八年内府刻后印本）。

杨尔曾（文1篇）

杨尔曾［生卒年不详，明万历四十年（1612年）前后在世］

字圣鲁，号雉衡山人，又号夷白主人。浙江杭州人。著有《海内奇观》《东西晋演义》《韩湘子全传》等。

西山图说（节选）

西山，首太行、尾居庸而朝于京师。山水所会，既非偶然，且也逼近都城，中贵人富而黠者，往往散赀造寺，倚为乐丘，动以十数万计。故香山、碧云巨丽，甲于海内。

沿河二十里，峰峦转盼明灭，长堤绕浸，是为西湖。夹堤种荷芰，夏时锦云烂漫，香气袭人，并湖有山，曰瓮山；寺曰圆静。左俯绿畴，右蘸碧浸。又去湖三里，西为功德寺。寺基敞，王宫楹柱咸锥金髹彩。今殿毁，庑宇多陁陊，驾幸亦时时为浮宫蔽之。

折而益西三里为玉泉山。山北麓凿石为螭头，口出泉潴而为池，即所谓玉泉。其形如规，莹澈深靓，其味甚甘。上有亭宏敞可憩，故宣庙所常驻跸地也。其东石梁横跨，泉出其下，累累如贯珠，浮涌水面。微波动处，见游鱼如针伏石底，娓娓不能隐形。

西南里许，为华严寺，寺在玉泉山半，门内有五洞，吕公洞其一也，广仅丈许，深倍之。云吕洞宾尝游此寺。右有望湖亭，峰峦围拱，湖水亘其前，俨如匹练。下洞东壁刻元耶律楚材诗，剔藓可读，其墓在瓮山之阳。从山腰逶迤数里，是为香山寺。

（下略）

出处

《海内奇观》卷二（明万历夷白堂刻本）。

吴伯与（诗2题2首）

吴伯与（生卒年不详）

字福生。南直隶徽州（今安徽省黄山市）人。万历四十一年（1613年）进士。官至广东按察司副使。著有《素雯斋集》《国朝内阁名臣事略》等。

经功德废寺

路傍人指旧藤萝，曾护烟霄御辇过。败壁卧云丹欲断，残碑分雨翠全磨。

六时几作随堂课，四野惟传虫语多。门外寺田僧尚种，无灵圊木可如何。

出处

《帝京景物略》卷七（明崇祯刻本）。

望湖亭

扶杖寻微泉，脉兹山径里。几株无名树，孤亭静相倚。泠泠旧草肥，茂茂覆石髓。
涓滴几以竭，居然眹沟尔。何为名望湖，望不见湖水。桃花岂有源，迷其津遂止。
空令游者心，去叹失来喜。

武林湖心亭，画船当酒市。红旗射鱼眼，云纹荡歌妓。半醒半醉人，各息苏堤里。
乃兹破橼亭，断沟残石耳。移作龙潭边，豁眼待新水。水山称奇敌，武林或在此。
一自言之狂，一自思且拟。吾足自可移，何必移亭子。

出处

《帝京景物略》卷七（明崇祯刻本）。

焦源溥（文1篇）

焦源溥（生卒年不详）

字涵一，陕西三原人，万历四十一年（1613年）进士。因战功任山西按察使、右佥
都御史、巡抚大同府，后辞官归里。李自成军攻占关中，受磔而死。著有《逆旅集》。

游西山记

余自往还燕京以来几廿年矣，每遇西山来者，道其诸胜口津津然，求一纵目而
不可得也。丙寅春，以例转外谢客阒坐，计三五内可无它事事，因思此行已不作长
安客，而西山未识，真一缺陷。遂订同韩景珪、萧季馨，皆不果。而韩公琬，散人也，
又柬不至，只与余石镜偕出西门里许，观西洋利西太葬所。其所奉教主暨制作器械
精绝巧，至不类中华，心神澹宕已恍游八荒四极之表矣。

抵西顶，法相庄严宛然兜率陀天。晚宿玉泉观音寺之巢云山房，与禅陀敲棋子，
乙夜就枕。觉来，初暾从棂穴中放入，披衣东望，渟泫一湾，水气朝霞氤氲不辨。
层轩高槛，烟雾中相像迥隔尘寰也。迟步岩畔，循赵公堤，水荇日色中，金波摇漾，

即极十日之工或难描画。

午至碧云，遍登诸合绀宇琳宫、乘鹅殿也。因为诸上人题额精舍，聊作饭报。

（下略香山游历）

出处

《逆旅集》卷之十一（清道光十九年宏道书院刻本）。

戴澳（诗1题1首）

戴澳（生卒年不详）

字有斐，号斐君。浙江奉化人。万历四十一年（1613年）进士。官至顺天府丞。著有《杜曲集》。

宿功德寺

玉泉三万斛，涌出西山嘴。山下泉之上，翛然远朝市。有寺虽已破，胜颇据山水。

窈窕入精舍，正在秋萝里。老僧谈遗事，多堪备野史。曾见万历初，玉辇三幸此。

虎贲罗行营，龙舟舣湖浃。大僚得陪乘，矢音飘风起。巨珰但供事，贵嫔莫敢迩。

师不生荆棘，民不歌劳止。闻此知先帝，行游亦可纪。今方筑群臣，夜云昏故垒。

攀髯苦无路，嗣服幸有子。

出处

《杜曲集》卷一（明崇祯刻本）。

洪孝先（诗1题1首）

洪孝先（生卒年不详）

字从周，号霍山。浙江温州人。明万历四十一年（1613 年）举人。工诗，善画，名重都下。著有《雁池集》《云山集》《操舟稿》等。

游功德寺

长松落落寄蒿莱，净境空遗演法台。辇道不闻通紫气，斜阳犹自照苍苔。

行看幡影宫中尽，偶发钟声象外来。为问从前功德水，湖田苗秀野荷开。

出处

《帝京景物略》卷七（明崇祯刻本）。

管绍宁（诗 1 题 1 首）

管绍宁（明万历十一年至弘光元年，1583—1645 年）

字幼承，号诚斋。南直隶常州（今属江苏省）人。崇祯元年（1628 年）进士。任南京国子监司业。南明任为礼部左侍郎，后归乡。南京破，自尽。著有《赐诚堂文集》。

饭圆静寺

异到烟萝梦已移，偶分僧钵小参时。林荒九月新编屋，鹊迳三年旧歇枝。

未取菱丝留白咽，肯容花酿入清规。江南只信春能此，秋况于今柳不知。

出处

《帝京景物略》卷七（明崇祯刻本）。

谭元春（诗 1 题 1 首）

谭元春（明万历十四年至崇祯十年，1586—1637 年）

字友夏，号鹄湾。湖广景陵（今湖北省天门市）人。天启间乡试第一，与同里钟惺同为"竟陵派"创始人。著有《谭友夏合集》。

观裂帛湖

荇藻蕴水天，湖以潭为质。龙雨眠一湫，畏人多自匿。百怪靡不为，喁喁如鱼湿。波眼各自吹，肯同众流急。注目不暂舍，神肤凝为一。森哉发元化，吾见真宰滴。

出处

《新刻谭友夏合集》卷一（明崇祯六年张泽刻本）。

吕大器（诗2题2首）

吕大器（明万历十四年至永历三年，1586—1649年）

字俨若，号东川。四川遂宁人。崇祯元年（1628年）进士，历任右佥都御史，甘肃巡抚。李自成攻陷北京后，奔南明，终以大学士督师征讨朱容藩。谥文肃。著有《东川文集》《抚甘督楚疏稿》等。

玉泉山寺

游集境难僻，融融泉自清。危岩牢置屋，仙洞俗呼名。
既雨平芜草，无风落叶声。西山佳一望，烟树暮云迎。

出处

《帝京景物略》卷七（明崇祯刻本）。

玉泉溪上

秋落与春生，兹泉渊自洁。

碧荇入空明，行行皆可摘。

出处

《帝京景物略》卷七（明崇祯刻本）。

郑二阳（文1篇）

郑二阳（明万历十四年至清顺治十三年，1586—1656年）

字敦次，号见义。河南鄢陵人。万历四十七年（1619年）进士。官佥都御史，巡抚安庆。张献忠克庐州，二阳兵败负罪下狱，后被释。明亡后辗转回乡，以诗文自娱。著有《郑中丞公益楼集》。

西山游纪（节选）

庚申孟夏，需次选人。偶值冢宰，杜门旅寓无聊，于是招侯德征、齐年，重订西山之约。以四月二日，同山人杨懋修出平子门，过一废寺观浙兵，兵为奉调数千里来者，虮甲鹄面，狼藉殿宇间。顾瞻欷歔，谓此景象殊非盛世所宜见。次登隅北之方台，台无屋，以芦箔为假舍，所以暂息游人，肆睇于高梁桥也。

西行十里许即李戚畹，海淀名胜，著称一时。周回数百亩，朱阁绿窗，奇峰幽洞，种种穷绝人工。且满引西陂活水，普灌其下，巨浸浩淼，兰舟荡漾。纵眸四望，诚一大观也！其东堤，长杨茂柳间，罗立数十怪石，嵌空玲珑，峰峦洞穴，尽天划神镂之巧。德征于是效米颠为下拜。余因调懋修使尔家，次公见此不知何法，攫以登车一笑而出，各就肩舆。

折而北有米氏园。闻其拓基差小而韵致，故自楚楚。余为舆卒争道，迫而过之。德征偕懋修入焉。穷其慨，比憩前途，备述奇胜骄我。余谓：审如所语耳根快绝，何必劳我足力使目独娱也？二友颒然。

又行四里许，遥见苍松参天，云盖森森。询之，则功德寺。有制禁不得阑入。

徘徊松下，坐挹清风，已觉山色在眼，尘胸欲涤。

矫首西望，则玉泉潋滟，冷光浮动。山坳小亭孤竖，榜曰：望湖。并湖而南，兰若叠峙，墙窦屋趾时时碧流涌出。于崖畔得怪榆焉，叶阔如杏，荚大于钱，悬亘水上，如渴骥奔泉状。余谓懋修：观此，胸中又添一种画料矣。

出逾金山寺后，峭壁层崖如拱揖、如却立者，上下华岩寺也。佛域错落，僧舍皆依山构宇，极目远视，居然云窗露寮。山岩之巅，有石洞深广，可贮数十辈。

下巅行二里许，屐齿尚在，树杪忽闻有声如豹，众山皆响。德征笑曰：庶其犬吠云中乎？环岩皆水也，水石相激，怒而啮其凸，则舟马难施，行人苦之。一老中贵结屋水涯，筑长堤数里，蜿蜒循势，柽柳匝列。水流深处，则横以板桥，与德征携手堤上，嫩绿浮浮，染人衣裾。倾壶而饮，不觉颓然。相与把袂，飞度危桥，直跻西峰绝顶，谒纯阳公像。像在古洞中，洞狭不及方丈，山骨石乳，隐磷嵌崎，天然嵌成，非复人力所设。于是扪磴叫绝，疑吕仙在焉。

返宿岩之中峰，德征、懋修推窗对弈，余则捉笔题诗于岩壁："偶因清兴到山阿，山涧新醅引兴多。醉后凌空浑欲上，青天搔首问如何？"会有人出玉泉法酒，来佐我游，故次句及之。德征先就枕，余偕懋修散行禅院。晚钟正发，就而听经堂上黝然，杳无灯光。因呼寺僧，谕以月晦烧灯，用续佛光之旨。

归则拥衣而寝，清梦未续，早见日光荡隙。乃呼德征、懋修起而盥栉，行次一石洞，壁间班剥隐隐，吹尘读之，则夏相桂洲、李侯惟寅纪游四诗也。

腰舆过湖上，西来朝爽，顿令皮骨都清。度峪行未逾二堠，见荷瓢顶笠、扶衰携幼者，趾相错于途。德征问故，余曰：此放堂故事也。都中梵宇夙有此举，每逢岁时，征会醵金，多储麦饭铜钱，至日中使董之撞钟伐鼓，礼佛饭众，远近喧阗，人各赡足，亦是佛法中一种功德。因与观其所为张设者。余谓德征：竺天教指，故自有与儒宗相印处，于此具见一斑。

出行乱石中，窄径委折，短步盘旋凡三里许，始达平冈。长松夹道，凉飙侵人，松尽塔出，洞门宏敞，则所称卧佛寺也。

（下略碧云寺、香山、万安山游历）

万寿寺观大钟。钟之大十倍寻常，内外楷铸华严经一部，静夜一声，远可闻芦沟。其寺则原因旧花坞而更之者，寺后隙地尚存豆棚、药栏，位置不减海淀，而古柏寿藤则十伯过之。南邻为延寿庵，爽垲可以避暑，新植菩提树二株，仿佛若墙下之桑，而叶微多毛相传结实一壳，恰足百八珠之数。

庵前大河则高粱桥上流也。扶河遡行，柳风濯濯，谓是山阴镜中游。而城市渐近，又恐红尘逼人，回首西山如在天上。

乃倩檠修吮毫濡墨，凡所游履皆图之绢素，异日澄怀坐观，或可当少文之卧游也。又与德征谋，著山志略曰：碧云隽、香山古，寄语掌山政者，西来一脉，天子之气实是焉！钟孰作衅始，使刑余之人徒知为厝身计，而不顾斧斤日夜凿制，所伤王脉岂曰浅鲜！奈之何其忽而置之耶？若夫地气之庞厚、水源之绵远，伟哉西山！真亿万世帝王无疆之业也。是为纪。

出处

《郑中丞公益楼集》卷二（清康熙世德堂刻本）。

沈嘉客（诗1题10首）

沈嘉客（明万历十八年至清康熙十一年，1590—1672年）

字无谋，号西溪生。直隶故城人，天启元年（1621年）拔贡，屡试不第，遂杜门著述。著有《西溪先生文集》。

追述四日山程二十首（20首选10）
庚辰二月廿一日与周子粲甫俱

刚有看山兴，山山意俱存。相邀骑马去，极早平则门。

一路身傍水，两人意及山。过桥如相待，候我白云间。

心急早寻路，情深故相徉。到来便臭味，不徒山名香。

问山看澹冶，借草坐芊眠。万绿屯深细，稠叠裹玉泉。

玉泉山上来，玉泉山下过。玉泉泉上立，玉泉泉上卧。

石子饮泉光，或绿或红黄。往情独洁白，匪玉莫相将。

林林护水面，洞洞露岩心。只是五侯宅，拨灰无处寻①。

为问功德寺，下马系松腰。清磬传闽语②，銮舆话先朝。

瓮山山前路，湖影逐高低。对此能无句，采藕不洗泥。

吟鞭促归骑，依依复萧萧。反复寒食道，低回高梁桥。

自注

①戊寅兵营于此。

②时有闽僧住持于此。

出处

《西溪先生文集》卷四（清康熙三十九年沈寅清刻本）。

侯恪（诗1题1首）

侯恪（明万历二十年至崇祯七年，1592—1634年）

字若木，号木庵。河南商丘人。万历四十四年（1616年）进士。官至南京国子监祭酒，因病告归。著有《眠云阁集》《嘤鸣集》等。

金山寺顶眺望

已看玉泉山，更上金山寺。寺影翳流泉，蒙茸覆玉翠。凭高眺远岭，前山霭如睡。林木闳清阴，溪石夹天坠。中有黄鹂鸣，绵蛮发幽吹。洞口老仙人，何时披薜荔。

不得从之游，聊此寄余思。

出处

《四朝诗·明诗》卷三十二（清康熙四十八年内府刻后印本）。

王铎（文1篇）

王铎（明万历二十年至清顺治九年，1592—1652年）

字觉斯，号十樵等。河南孟津人。天启二年（1622年）进士。累擢礼部尚书、东阁大学士。入清后被授礼部尚书、弘文院学士，加太子少保。谥文安。著有《拟山园选集》等。

玉泉寺记

自高梁桥西行。高梁，晋旧地，见智伯事。山趾为瓮山寺，为圆觉。田左焉，湖右焉，水光澄湛无尘，埂土滋润不刚。波演多鹭鹭，余水鸟不知名。丛薄弥蔓多稻田，江南人傚耨之。曲盘者沼溪相瞵。溪又有亭相暧，无次第排耦，可喜也。

又三里，为功德寺与旷野衍田，似南康地。溪之亭，宣庙警跸所驻也。

近玉泉，又华严诸寺皆圮甚矣。泉水涌山脚北，甚雄壮，声亦奇骇。西山脚泉

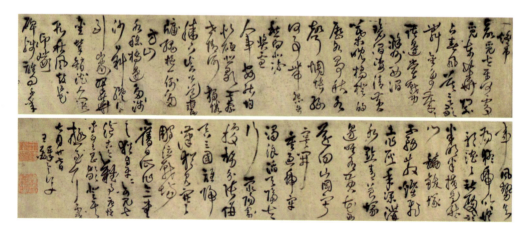

王铎书法

数十处，恨为房室氇掩，泉之遭亦艰难如此。南为赵公园，园东为堤，海棠寂寞，扃扉无主，寇来燔灼，狐狸魑魅，昏哭昼啼。王氏北山数园皆肰物，固有帝旺哉。

西山脚跳石崖，句身拜履如猿猱始得行。跨水越泉恐陨于溪，溪有深浅者，粼粼藻荇，绿嫩可探也。其上为漱石轩，轩之内石洞邃不知几千丈，不敢入。僧数十入而避，兵亦不敢入，竟能匿僧，洞中刻镂诸尊者。拾石路级，上为吕公洞，又上为枕霞亭。伛偻于峭壁，其上则山颠也，树色窅昧，新雨弄烟，黄蒙之气，若铺若断。湖面碧黛，大类西湖。四面横观，山西又开嶂，中平四凸，而玉泉山之肩尻收拾无遗矣。

或曰香山、瓮山若辕子，玉泉前后不洵，美且仁欤。余笑曰：子之意，何能使屈缩就子乎？设造化屈缩而就天台、雁宕、石门、峨嵋皆可罗为园囿中物，造化多事矣！

出处

《拟山园选集》卷四十一（清顺治十年王镛王镳刻本）。

李应升（诗1题1首）

李应升（明万历二十一年至天启六年，1593—1626年）

字仲达，号次见。南直隶江阴（今属江苏省）人。万历四十四年（1616年）进士。官至福建道御史。罢官后被东厂逮捕，害于狱中。崇祯初平反，追赠太仆寺卿，谥忠毅。著有《落落斋遗集》。

次日登玉泉山华严上下洞晚坐史氏竹亭薄暮乃去

洗出风尘眼，山容仔细看。到来盘礴意，赏此曲回澜。

洞杳云根出，峰平屋脚宽。翳然竹林好，秀色饱供餐。

出处

《落落斋遗集》卷四（明崇祯刻本）。

何宇度（诗1题1首）

何宇度（生卒年不详，万历年间在世）

字仁仲。湖广安陆（今属湖北省）人。德安府守御所官籍恩生。万历年间任鸿胪寺序班、华阳令。著有《益部谈资》《北吉集》等。

望湖亭

孤亭秋一望，湖日两氤氲。远岫浮螺影，澄泉涌縠纹。

青沾鸥岸柳，红闪凤楼云。安得凌波棹，飘摇泛夕昏［曛］。

出处

《宛署杂记》卷二十（明万历刻本）。

梁于涘（诗1题1首）

梁于涘（明万历二十三年至弘光元年，1595—1645年）

字饮光，一字湛至，号谷庵。南直隶扬州（今属江苏省）人。崇祯十六年（1643年）进士。任江西万安知县。清军攻南昌，率军民固守，城破自缢。乾隆中赐谥节愍。著有《谷庵诗集》等。

瓮山圆静寺

山光湖影半参差，蒲苇沿溪故故斜。石瓮讵能贫帝里，金绳多半敕官家。

农依一水江南亩，客倦经年蓟北沙。景物亦清僧亦静，无心更过隔林花。

出处

《帝京景物略》卷七（明崇祯刻本）。

刘若宰（诗1题1首）

刘若宰（明万历二十三年至崇祯十三年，1595—1640年）

字胤平，号退斋。南直隶安庆（今属安徽省）人。崇祯元年（1628年）进士，授侍讲学士。因疾辞世。追赠詹事，赐祭葬，又加赠太仆太卿。

玉 泉

高深历尽见清灵，渴眼尘胸梦一醒。翠藻能霜俱石绿，白杨非雨亦烟青。

瓢相掬冷如多味，荷且分香欲半停。细作画家闲指点，远宜秋舫浅宜亭。

出处

《帝京景物略》卷七（明崇祯刻本）。

黎遂球（诗1题5首）

黎遂球（明万历三十年至隆武二年，1602—1646年）

字美周，天启七年（1627年）举人。南明朝任兵部职方司主事，兵援赣州，城破殉难。卒赠兵部尚书，谥忠愍。著有《莲须阁集》等。

同伍国开谭元定游西山杂咏二十首（20首选5）

都门西出马蹄骄，望望山光路不遥。

尽是内人香火寺，月明湖上听笙箫。

新柳风吹与浪黄，画桥东去玉泉长。

年年三月花飞节，得入宫门泛御香。

贵戚庄园隔寺开，夕阳流水绕亭台。

为留进上诸花卉，不放闲游载酒来。

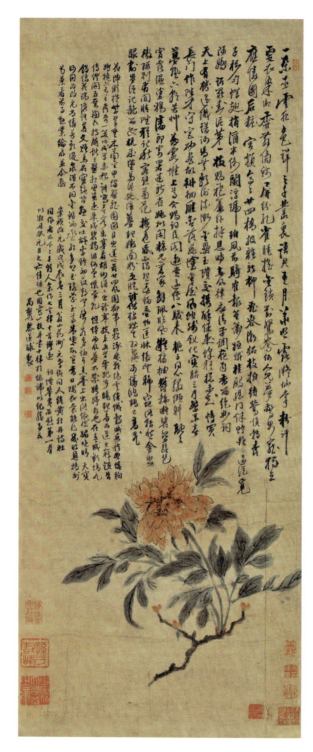

黎遂球《黄牡丹》

黎遂球《山水册》

玉泉山后数家村，亦有先朝太子园。

不识建文坟上树，落花狼藉燕衔喧。

景皇陵殿昼深深，老监龙钟出绿阴。

望去也多妃主葬，白云松柏共萧森。

出处

《莲须阁集》卷之十（清康熙黎延祖刻本）。

阎尔梅（诗1题1首）

阎尔梅（明万历三十一年至清康熙十八年，1603—1679年）

字用卿，号古古，又号白耷山人。南直隶沛县（今属江苏省）人。崇祯三年（1630年）举人。明亡后剃发，号蹈东和尚。著有《白耷山人集》。

从玉泉西游历建文景泰二陵至卧佛寺

王侯别墅百花塍，红雨霏霏落几层。

四载建文须有谥，七年景泰可无陵。

门穿村舍吟新柳，戏喝宗门试古藤。

苦作津梁疲已甚，莎萝树底卧传灯。

出处

《白耷山人诗文集》诗集卷六上（清康熙刻本）。

吴惟英（诗2题2首）

吴惟英（明万历三十三年至崇祯十六年，1605—1643年）

字国华，陕西行都指挥使司凉州卫（今甘肃省武威市）人，蒙古人后裔，袭恭顺侯爵，总督京营戎政。留心图史，家有墨响斋，富藏摹拓金石文字。死于都中大疫。著有《墨响斋集》。

西湖长堤

斜日长堤迥，村烟接帝京。路从溪外转，人在树中行。

野草石桥短，沙鸥春水轻。回看游赏地，晴爽万山明。

出处

《帝京景物略》卷七（明崇祯刻本）。

阻雨功德寺

青郊莽无际，山远为轻烟。云气如奔马，雨脚低垂天。初来漠林樾，众峰一以妍。

沙清石色色，滑滑驴莫前。南阡有荒刹，沙路入山肩。云薄日欲开，径此听新泉。

出处

《帝京景物略》卷七（明崇祯刻本）。

郭之奇（诗2题2首）

郭之奇（明万历三十五年至永历十六年，1607—1662年）

字仲常，号正夫。广东揭阳人。崇祯元年（1628年）进士。南明时累官至礼、兵二部尚书。永历十六年（1662年）殉难。清乾隆时赐谥忠节。著有《宛在堂文集》。

玉泉观源

入山不必深，一壑可幽寻。止岫含奔涧，回堤吐潺音。

蓝光飞玉注，碧潋伏珠沉。对此能朝夕，清颜或洗心。

出处

《宛在堂文集》卷九（明崇祯十一年刻本）。

九九同周仪伯张长卿陈木生游玉泉寺

重阳还似昔年间，长啸西来恣往还。万物经秋凄作气，三杯浇我醉为颜。

徐观松舞情何适，欲叩泉根足未艰。愿化天人身百亿，随风遥向白云间。

出处

《宛在堂文集》卷十（明崇祯十一年刻本）。

何三省（诗1题1首）

何三省（明万历三十九年至清康熙十三年，1611—1674年）

字观我，号日唯。江西广昌人，崇祯四年（1631年）进士。官终广东提学副使，因病辞归。著有《古今类苑》《梯杭纪要》等。

玉泉山

薄言寻水次，山下出蒙泉。径冷光俱碧，沙明物尽妍。

平溪开草木，静履入风烟。载酒深深去，峰望湖在前。

出处

《帝京景物略》卷七（明崇祯刻本）。

周之茂（诗1题1首）

周之茂（生卒年不详，崇祯年间在世）

字松如。湖广黄麻（今湖北省红安、麻城一带）人。崇祯七年（1634年）进士。任户部郎中，崇祯十六年（1643年）自云南回京候补，为农民军所杀。

玉泉山

莫过麦庄桥，堤行源不遥。新春青未入，余雪白难消。

枝脆饥乌怯，冰坚弩马骄。寒犹看七洞，生色在藤条。

出处

《帝京景物略》卷七（明崇祯刻本）。

华廷琳（诗1题1首）

华廷琳（生卒年不详，崇祯年间在世）

字仲玘，南直隶松江（今属上海市）人。崇祯时，以荐授南城兵马司。

吕公洞

泉周山趾岭围岗，左右钟声争夕阳。仙自洞居僧自寺，云栖林嶂月栖廊。

白头守火生丹灶，黄面随钟散讲堂。不道宦游茫似海，归玄归释也茫茫。

出处

《帝京景物略》卷七（明崇祯刻本）。

汪历贤（诗3题3首）

汪历贤（生卒年不详，崇祯年间在世）

字希伯。华亭人。

将至玉泉

新绿涨天犹荅夏，晚花贪水未归春。

路中山气纷来往，乳燕游丝拂着人。

出处

《帝京景物略》卷七（明崇祯刻本）。

泉　上

晨光初发后，默亦识泉生。偶见鱼行处，真知花影轻。

清温资水脉，深浅泳山情。若助幽人听，能为寒磬声。

出处

《帝京景物略》卷七（明崇祯刻本）。

夜经玉泉看月

回看云忽去，吾与汝俱留。水夕能形雪，林空每喻秋。

鸟迎清吹发，灯向翠微收。渐小寺门月，坐知天宇周。

出处

《帝京景物略》卷七（明崇祯刻本）。

胡岳松（诗4题4首）

胡岳松（生卒年不详）

字茂承。南直隶徽州（今安徽省黄山市）人。布衣文人。著有《张氏回生传》。

晚寻华岩寺宿普光上人洞中

寺门披草入，山色郁苍然。空说黄金地，重寻碧玉泉。

双流渔浦月，万木帝城烟。古洞篝灯宿，冥心问四禅。

出处

《宛署杂记》卷二十（明万历刻本）。

望湖亭

空山秋气肃，湖色更凄清。不尽观澜意，长怀把钓情。

渚蒲分掩映，汀树迥回萦。最爱斜阳晚，残霞隔水明。

出处

《宛署杂记》卷二十（明万历刻本）。

饮吕公洞

下马频倾酒，狂来不问仙。醉眠岩子石，渴饮洞中泉。

丹灶依双树，青霞自一天。西湖秋色满，仿佛洞庭边。

出处

《宛署杂记》卷二十（明万历刻本）。

玉泉山赠普光上人

飞锡何年至，安禅石室中。定时无有见，住处总成空。

祇树应千劫，昙花自一丛。泠泠玉泉水，法性本来同。

出处

《宛署杂记》卷二十（明万历刻本）。

公光国（诗1题1首）

公光国（生卒年不详）

字宾王。山东蒙阴人。少年中秀才后，屡试不举，于是弃文从武，因军功升为副总兵，防守徐州。著有《自适吟》《寄乐园》。

再历金山诸寺

葛巾藜杖历空门，每到招提自载樽。过岭云藏千万壑，隔林烟没两三村。

泉奔古洞冰长结，路折层岩昼亦昏。日日登临搜往迹，时时迷入杏花源。

出处

《帝京景物略》卷七（明崇祯刻本）。

明《出警入跸图》（局部）

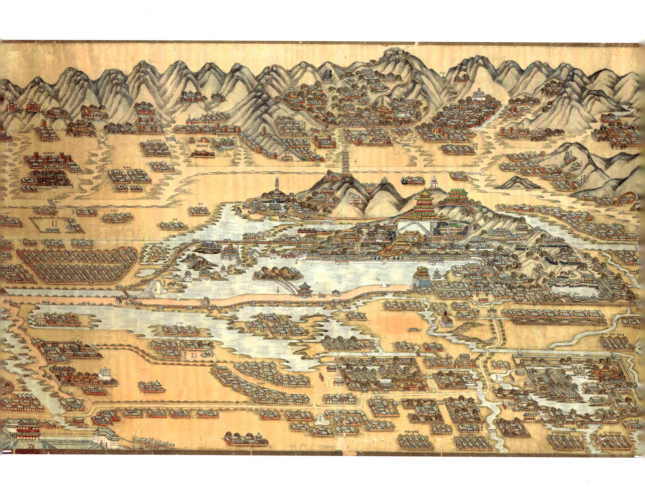

清《三山五园及外三营图》

清乾隆十五年（1750 年）之前，昆明湖地区风景游览延续了元明"两山一湖"格局，这时期西湖被称作西海、金海，还一度被称作裂帛湖，与玉泉山东麓裂帛泉湖相混淆，到雍正年间这一误用才渐渐停止。湖水周边稻田由奉宸苑管辖，并在青龙桥南设立管理衙署——稻田厂。瓮山东山麓辟为御马厩与马料场，由犯错太监在此劳作反省。

乾隆十四年（1749 年）底，乾隆皇帝拓展西湖，并于次年宣布为母祝寿建园，改瓮山为万寿山，金海为昆明湖，后将园林命名为清漪园，其宫禁区只限于山体周边，园墙南起文昌阁，向北绕山止于西宫门。昆明湖东堤、铜牛、绣漪桥、西堤、耕织图至青龙桥全为公共游览区，也是朝野文人歌咏集中的区域。稍后，玉泉山静明园也开始扩建，将整座山林纳为御园。两山之间相继开挖高水湖、养水湖、泄水湖以及玉河、金河与北旱河。自此，"两山一湖"开放型风景区变为多水两园、半开放式的格局，景观相互因借，两山间稻田构成耕织图景区。

光绪十四年（1888 年）重建的颐和园，环昆明湖砌筑大墙，廓如亭东堤景域的东南田园、畅观堂怀新书屋景域的南部田园、耕织图景域的西部田园，以及其余三湖三河风景皆被隔离于墙外。随着政治中心移至园中，园外村庄成为朝臣别墅以及衙署园林的热区，直到 1911 年辛亥革命。这一时期诗文歌咏范围大大缩小，与山水园林结构变化相一致。

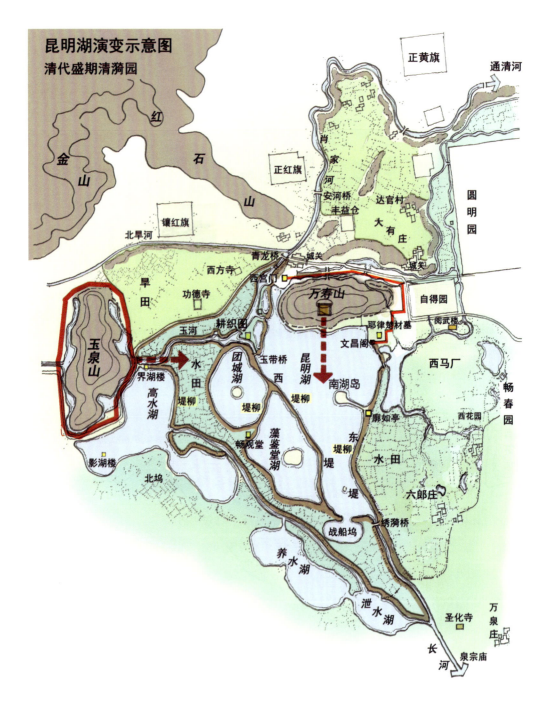

昆明湖演变示意图
清代盛期清漪园

正黄旗

通清河

红石山

金山

正红旗

肖家河

达官村

圆明园

镶红旗

安河桥
丰益仓

大有庄

北旱河

青龙桥

城关

城关

自得园

西方寺

西宫门

万寿山

阅武楼

旱田

功德寺

耕织图

耶律楚材墓

玉河

文昌阁

玉带桥

西马厂

玉泉山

界湖楼

水田

团城湖

昆明湖

高水湖

堤柳

堤柳

南湖岛

西花园

畅春园

堤柳

廓如亭

影湖楼

北坞

畅观堂

藻鉴堂湖

东堤柳

水田

六郎庄

堤

堤

养水湖

战船坞

绣漪桥

泄水湖

圣化寺

万泉庄

长河

泉宗庙

昆明湖演变示意图·清代盛期清漪园（图中箭头分别表示从万寿山、玉泉山观赏景区的方向；红色实线表示清漪园、静明园的围墙）

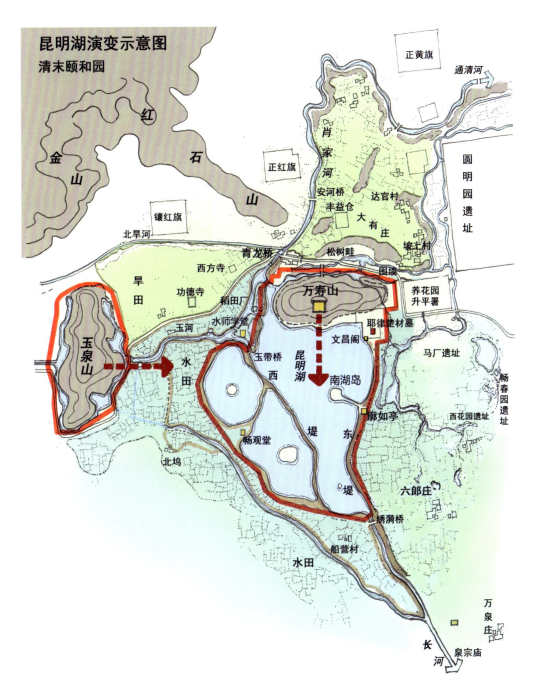

昆明湖演变示意图·清末颐和园（图中箭头分别表示从万寿山、玉泉山观赏景区的方向；红色实线表示颐和园、静明园的围墙）

谈迁（文1篇）

谈迁（明万历二十一年至清顺治十四年，1593—1657年）

原名以训。明亡后改名迁，字孺木，号观若。浙江海宁（今浙江省海宁市西南）人。明朝诸生。清顺治十年（1653年）始，北游京师，著有《北游录》。其他著作有《国榷》。

游金山玉泉

丁丑晨饭，别山僧，东出就北道山，朝诸王、公主殇绝者并葬金山。碧殿道接，化为榛莽瓦砾者过半矣，并不及问。行八里曰：二圣庵，庵北景皇帝陵。闻陵前坎陷，树多白杨。庵尝饭千人，遗釜可征也。

因寄径于玉泉山，山巅故金章宗行宫芙蓉殿故址，有吕公岩、七真洞诸胜，西湖在山下，有明武宗钓台，碧云僧语我可兼游也，而所寄径直东行，当山之伏，欲回足西南，各有难色，遂竟赴大功德寺。旧名护圣寺，金时建，宣德二年改今名。雪峰大师制木球*，使者募建。球大如斗，漆绘五采四金刚像，不胫而走。寺最巨丽，嘉靖中，世庙谒景陵，以金山口道隘镜阔数十丈，时谓功德寺开口不利。及驾至，周行廊庑，见金刚像狞恶可怖，责寺僧殿制不法，撤去之。寺遂废，仅苍柏两行亡恙，古松盘屈，盖塞外别种，可三四十株。后殿供木球于佛前，手举之，重可五六斤，金采如新。宣皇帝赐大师诗：

当年天下选高僧，独取尊师第一名。五凤楼前谭玉偈，金銮殿上讲金经。

词言滚滚如鹙子，法语滔滔似马鸣。大阐宗风扶末运，清名万古上传灯。

雪峰有《全云集》行世①。

又园陵自景帝外，怀献、悼恭、哀冲、庄敬、宪怀、献怀、悼怀，故太子七。卫、许、忻、申、蔚、岳、景、颍、戚、蓟、均、郯、简、怀、悼，故王十七**。殇主二十六，仁庙妃三，宣庙妃一，英庙妃□□，宪庙妃十二，按史皆葬金山，与景陵相属，凡五十三园，望之色馁。

寺南间道，河自西湖来，萦流屈注，度板桥，菰蒲依依，粳稻极目，阡陌纵横，或刈或馌。其远于河则沟之，古八尺曰沟哉。行五里，河益远，则禾瘠又若千里，土亢则稷菽矣。

过红慈宫^{***}，南折为武定侯郭口墓，佳城依然，过万寿、延庆二寺，稍东故万驸马白石庄，柳数株临渠不减张绪。当年趋阜成门^②。薄暮还邸，噫兹一游也，无导无征，在心者不必目，在目者不必足，往之日风甚，会雨后故尘不扬，直走而西，必卢师、平坡二山也。订疑补略，或俟异日。

自注

①一曰板庵大觉禅师。

②元平则门俗因之。

出处

《北游录》（清抄本）。标题为编者加。

编者注

*雪峰大师制木球为传说，纳兰性德、乾隆均有辨伪。

**在谈迁《游西山记》中多一"靖"王，但仍不足十七之数。

***在谈迁《游西山记》中记为"洪慈宫"。

王崇简（诗24题31首）

王崇简（明万历三十年至清康熙十七年，1602—1678年）

字敬哉等。顺天府宛平（今属北京市）人。明崇祯十六年（1643年）进士。清代官至礼部尚书。谥文贞。著有《青箱堂文集》《青箱堂诗集》等。

仲春读书功德寺

默念息群动，山空花放时。一窗闲日影，深径下风枝。

怡悦幽人性，清香达士思。晚来孤磬发，寂寂静相宜。

出处

《青箱堂诗集》卷二（清康熙二十八年王燕重刻本）。

玉泉山晚步

春色多苍绿，幽居感见闻。烟空天在水，风定树栖云。
平野悬山影，荒汀落雁群。隔桥林路暝，泉石晚氤氲。

出处

《青箱堂诗集》卷二（清康熙二十八年王燕重刻本）。

功德寺暮眺和王觉斯先生壁间韵

落照霞光敛，松高云影凋。看山输野衲，养日学闲樵。
逸兴来残寺，幽寻过小桥。数行烟柳外，凫雁水萧萧。

出处

《青箱堂诗集》卷二（清康熙二十八年王燕重刻本）。

秋暮偕家兄弟夕至玉泉

坦步宜溪径，逢幽且坐眠。湿云寒带雨，暝水澹凄烟。
叶下飞残磬，僧归涉乱泉。秋寻于此始，霜影照高天。

出处

《青箱堂诗集》卷二（清康熙二十八年王燕重刻本）。

自黑龙潭暮宿功德寺

归自幽深境，清闲耳目空。虫声依落日，雁羽送秋风。
竹覆苔痕绿，霜添山影红。惊心明月下，云叶堕残桐。

出处

《青箱堂诗集》卷二（清康熙二十八年王燕重刻本）。

甲申正月寻迹功德寺

功德寺僧廊数椽，丁巳仲春偕四弟来张甥廷瑞读书其中。时余年十六、弟十四、甥十七耳。甲申正月偕寻往迹已二十八年矣。甥久赞朝仪，余方通仕籍，弟又将履任塞下，门径依然，情事如梦，惨然有作。

一

奇怀矜少小，相与撰良辰。白日如前梦，青山来旧人。

悲欢情屡易，岁月忆难真。独有松声在，当年寤寐频。

二

忆昔岁时久，空宵闻野香。轻风吹雁影，明水聚山光。

心自松边远，情从柳际长。经过余叹息，形影纵难忘。

出处

《青箱堂诗集》卷之四（清康熙二十八年王燕重刻本）。

功德寺怀旧

荒寺颓檐覆短茨，风飘败筲出疏篱。长松古殿还人世，胜友高秋复酒卮。

旧事漫悲桑海变，老僧尚说岁华移。嵚崎惟有青山色，数点墙头似昔时。

出处

《青箱堂诗集》卷之七（清康熙二十八年王燕重刻本）。

归自玉泉道中

闻钟回首望秋岚，老翠深红影碧潭。篱落荒墟临古陌，稻畦野径数江南。

烟霞几处能偕侣，岩壑何时得结庵。一派溪流从此去，风尘谁识玉泉甘。

出处

《青箱堂诗集》卷之七（清康熙二十八年王燕重刻本）。

晚步功德寺堤上

日夕来荒寺，闲寻野岸秋。烟低迷乱径，月上起双鹙。

寂寞前朝事，衰徊古渡头。禅房疏磬歇，松柏照阶幽。

经玉泉废寺

山下残桥衰柳旁，乱泉荒石尽秋光。堤欹池藻摧颓绿，日冷岩花寂历黄。

隔浦人来闻犬吠，过溪僧去见鸥翔。幽怀深负渔樵约，惭对西风芦荻塘。

出处

《青箱堂诗集》卷十（清康熙二十八年王燕重刻本）。

宿功德寺

板桥落照低，古寺昔幽栖。花圃逢遗迹，僧房愧旧题。

秋灯深殿冷，霜月晚蛩凄。几度空山住，清宵梦不迷。

出处

《青箱堂诗集》卷十五（清康熙二十八年王燕重刻本）。

玉泉山至观音寺

玉泉山下径，缓步作幽寻。乱石迷新水，颓垣失旧林。

僧栖荒洞寂，碑卧野烟深。独有观音寺，霜崖落磬音。

出处

《青箱堂诗集》卷十五（清康熙二十八年王燕重刻本）。

春 日

桃花欲放柳丝柔，怀抱萦回罢倚楼。深院和风生径草，虚庭斜日下帘钩。

每怀往事情多癖，无意干时梦自幽。昨有山僧来问讯，玉泉春色正堪游。

出处

《青箱堂诗集》卷十五（清康熙二十八年王燕重刻本）。

玉泉观音寺暂憩

胜迹今余几，依岩旧刹稀。泉光悦石壁，柳色媚春晖。

曲岸随流水，孤亭闭短扉。参差尘世扰，揽辔愧言归。

出处

《青箱堂诗集》卷十九（清康熙二十八年王燕重刻本）。

功德寺堤上

不到荒林久，闲来玩物华。空山村径静，流水夕阳斜。

破壁留遗迹，新阡非旧家。几多怀昔感，古柏尚栖鸦。

出处

《青箱堂诗集》卷二十（清康熙二十八年王燕重刻本）。

宿功德寺旧感

僧已更三世，重来感慨存。故房余杖笠，新月淡黄昏。

未改檐边岫，犹然松下门。空堂眠旧榻，清籁梦中繁。

出处

《青箱堂诗集》卷二十（清康熙二十八年王燕重刻本）。

玉泉山游览

揽胜宜佳日，轻风二月天。攀岩依洞坐，枕石听泉眠。

新柳欺残雪，空亭媚断烟。何堪寂寞里，孤磬落云边。

出处

《青箱堂诗集》卷二十（清康熙二十八年王燕重刻本）。

玉泉山亭遇刘杜三孝廉

偶坐泉亭上，何来潇洒人。问名相识旧，藉草定交新。

高论惊山鬼，幽怀适暮春。泠泠岩下水，相与涤风尘。

出处

《青箱堂诗集》卷二十二（清康熙二十八年王燕重刻本）。

戊申二月二十七日重经耶律丞相墓

瓮山山下东南数十武，旧有元耶律丞相墓。明崇祯丙子春过之，祠宇倾颓，尚存公及夫人二石像，端坐荒陌，少前二翁仲，一者毁。相传居人夜见有光，疑其怪而凿也。后一高阜，则公墓云。康熙戊申二月二十七日策马重经，断垄渐平，耕者及其址，石像仅存下体，余皆荡然。三十余年来，问之土人，鲜知为公墓者。墓西去半里圆静寺僧犹能言其处。嗟夫！石像何患于人，去之者以其防耕也。念此十笏残基，再数年皆麦苗黍穗矣。俯仰久之，不觉有作。

丞相遗坟知已稀，荒冈不似旧嵬巍。空余祠址藏狐窟，无复苔纹绣石衣。

耕叟驱牛依冢卧，东风流水落花飞。俯思一代名臣盛，徒有青山挂夕晖。

出处

《青箱堂诗集》卷二十三（清康熙二十八年王燕重刻本）。题目为编者所拟。

玉泉山忆往

玉泉山下莽萧条，余柳依依破寂寥。访旧竟无依壁寺，寻幽尚有驾溪桥。

风轻日永流云淡，人静山空啼鸟骄。欲问当年歌舞地，颓垣久已属渔樵。

出处

《青箱堂诗集》卷二十三（清康熙二十八年王燕重刻本）。

玉　泉

突兀山忽落，水石相竞长。激泉涌山趾，迫逐涌幽响。灵异无端倪，澄澈足空朗。

世祖昔特幸，大悟发奇赏。曰取供宸御，四海仰沆漭。至今昼夜流，恩泽从兹广。

瞻瞩忘去来，秋风吹旷莽。

出处

《青箱堂诗集》卷二十四（清康熙二十八年王燕重刻本）。

忆读书功德寺

少年畸行强为降，携笈春风对法幢。半夜钟声清客梦，一编烛影淡松窗。

鸦啼荒径偏宜独，峰出平林喜却双。每忆玉泉山下路，至今犹自水淙淙。

出处

《青箱堂诗集》卷二十五（清康熙二十八年王燕重刻本）。

西山即事 (8首选4)

忽地风吹乱壑云，杏花望里倚斜曛。堆垣败瓦山边殿，尽是前朝王子坟。

玉泉山下径模糊，仿佛犹存裂帛湖。过去溪桥泉尚冽，观音寺上小亭孤。

功德寺前蛮子营，稻畦麦垄递纵横。绿杨篱落多茅屋，若在江南岸上行。

远望湖光十里明，青龙桥去倍澄清。青凫白鹤飞无数，却少扁舟渔唱声。

出处

《青箱堂诗集》卷二十八（清康熙二十八年王燕重刻本）。

春仲游玉泉山

同游张飞九徐子贞周光福儿熙樵然照燕默侄焘孙克善二月廿八日。

一

山岚掩映弄春晖，不惮寻芳雨打衣。最是石根泉涌好，何妨踏险坐危矶。

二

径绝石荒但野汀，玉泉犹自水泠泠。幽寻何处堪重憩，惟有观音寺上亭。

三

湖光山影淡春烟，嫩柳新蒲带雨妍。隔水鸳鸯随意立，一行鸣雁似当年。

四

水天霭霭望凄迷，飞去飞来白鹭低。十里长堤多曲折，频惊遥塔忽东西。

出处

《青箱堂诗集》卷二十八（清康熙二十八年王燕重刻本）。

陶季（诗1题3首）

陶季（明万历四十四年至清康熙四十年，1616—1701年）

初名澄，字季，以字行，晚号括庵。江苏宝应人。著有《湖边草堂集》《舟车集》等。

晓起自玉泉山东行三首

山横黛色水拖蓝，菹屋人家映两三。行到水塍清浅处，绝无分别似江南。

东南日日练平铺，正是人称裂帛湖。爱杀野风吹雨后，一双鸲鹆竞相呼。

宣宗游乐记当年，别殿新宫事已迁。剩得一湾烟水在，乱流东过瓮山前。

出处

《舟车集·前集》卷九（清康熙刻本）。

宋征舆（诗2题2首）

宋征舆（明万历四十六年至清康熙六年，1618—1667年）

字辕文，号直方。江苏松江（今属上海市）人。明末诸生。入清后，顺治四年（1647年）进士，官至副都御使。著有《林屋诗文稿》等。

宋征舆印章

自玉泉山至功德寺道中作

阊阖风来吹蓟门，乘风出门双骑奔[①]。秋衣飘摇半空举，两日遍涉西山樊。
千岩倒景夕阳动，石壁回合青林翻。扬鞭直拂云鸟外，还看积翠穷泉源。
玉泉之山山出泉，乱石齿齿流涓涓。如沫如溅如珠穿，疾流成湖湖色鲜。
举杯偶坐酌清冷，人影寂寂风萧然。芙蓉玉殿不可见，花庄野寺俱寒烟。
道傍木根削如石，令人却忆明昌年[②]。青龙桥边好山色，功德寺门湖水直。
寺中古木两三行，翠叶摇空映云日。荒原想象金银台，如带秋山树间出。
昔日明宣宗，往来骑八风。玉舆翠盖此游幸，坐使岩麓成瑶宫。
板庵上人木球跃，七楹九殿摩苍穹[③]。嘉靖文孙亦好游，玉女不笑空王愁。
百年金碧一朝废[④]，至今客子仍淹留。淹留夜入招提宿，山月初生隐修竹。
云房虚蔼生碧光，夜半寒星落窗屋。东方日出山禽鸣，游人归向西堤行。
阜城门里黄埃生，何时复出长安城。

自注

①时与杨子讷铭同游。

②山旧有芙蓉殿，是金章宗游处。明昌中建。

③上人役木球以募金，寺始得建。

④后世宗携妃嫔同游，恶塑像狰狞，命毁寺。

出处

《林屋诗文稿》卷五（清康熙九钥楼刻本）。

青龙桥暮眺

桥在功德寺前，去玉泉山数里，清湖稻田宛然江南风景也。

废寺寒乔木，湍流散夕阳。半轮秋月里，一带水云长。

竹叶含风冷，荷花湿露香。度桥寻宿处，灯影照山房。

出处

《林屋诗文稿》卷八（清康熙九钥楼刻本）。

丁炜（诗1题1首）

丁炜（明天启七年至清康熙三十五年，1627—1696年）

字瞻汝等，号雁水。福建泉州晋江人。顺治十二年（1655年）授漳平县教谕，官至湖广按察使。著有《问山诗集》《问山文集》等。

西湖杂咏次王贻上韵

泉涌金山绕半环，青龙桥下碧潺湲。柳堤远障湖中水，石瓮偏宜湖上山。

芙蓉废殿冷秋风，翠辇曾过路半通。不似唐家行乐地，骊山渭水遍离宫。

采莲舟小竹篷窗，水面凫鹥偶自双。流入玉河三十里，轻绡一幅剪吴江。

元朝耶律阡犹在，南史湖庄迹已非。只有流泉长不改，年年春水浸苔衣。

踏春士女艳如云，到得湖边日已曛。簌簌杏花墙外路，清明谁上内家坟。

千顷湖光绿似苔，熏风时节藕花开。石湖春水西湖月，那信银泉天上来。

出处

《问山诗集》卷十（清咸丰四年丁拱辰重刻本）。

朱彝尊（诗5题5首）

朱彝尊 画像

朱彝尊（明崇祯二年至清康熙四十八年，1629—1709年）

字锡鬯，号竹垞等，浙江嘉兴人。康熙十八年（1679年）举博学鸿词科，入直南书房。著有《曝书亭集》《日下旧闻》《明诗综》等。

玉泉山下别瞻公

石桥风泠泠，夕曛断崖口。

回指翠微深，山僧此分手。

出处

《曝书亭集》卷第七（四部丛刊景清康熙本）。

瓮 山

石瓮久已徙，青山仍旧名。

去都无一舍，已觉旅尘清。

出处

《曝书亭集》卷第十五（四部丛刊景清康熙本）。

角招·裂帛湖春游作

冷波濯。城西路、晓来燕子齐掠。龙舟今寂寞。卧柳断桥，总被藤缚。山云漠漠。渐作弄、春阴如幄。小雨浓烟披薄。知他花外谁家，尚依然亭阁。　　佳约，好春过却。轻寒正怯，肯把纱窗拓。海棠开又落。碧草溟蒙，东风还作。曲尘犹昨。偏湿了、秋千红索。料是羞登墙角。试吹动、卖饧箫，应窥著。

朱彝尊《雪竹图》

出处

《曝书亭集》卷第二十五（四部丛刊景清康熙本）。

清平乐·玉泉山寺招曾青藜徐方虎不至

津流竹树，暗指人家去。欲识桃花最多处，百啭宫莺绣羽。　　乘闲莫厌来重，殿前殿后花红。迟美人兮不见，抱琴好倚长松。

出处

《曝书亭集》卷第三十（四部丛刊景清康熙本）。

十拍子·同李武曾潘次耕蔡竹涛
过玉泉山寺

上苑离离莺度，前溪漠漠花生。溪畔数鸥闲不起，马上吟诗卷已成。千山冰雪晴。　　鱼网平铺荇叶，板桥人渡泉声。行殿有基荒荠合，竹坞无尘水槛清。偏伤远客情。

出处

《曝书亭集》卷第三十（四部丛刊景清康熙本）。

王士禄（诗1题1首）

王士禄（生卒年不详）

字子底，号西樵。山东新城（今山东省淄博市桓台县西）人，渔洋胞兄。顺治九年（1652年）进士。官考功员外郎。著有《十笏草堂集》《考功诗选》。

故明景帝陵

景皇决策仗于公，定变支危社稷功。南内已殊渊圣没，绝沟何意鲁昭同。
玉鱼杀礼虚幽寝，苍鼠惊人窜败丛。莫向空山纷感慨，十三陵树各悲风。

出处

《感旧集》卷八（清乾隆十七年刻本）。

王士禛（诗4题9首，文1篇）

王士禛（明崇祯七年至清康熙五十年，1634—1711年）

字子真等，号阮亭，又号渔洋山人，山东新城人。
清顺治十五年（1658年）进士，官至刑部尚书。谥文简。
著有《带经堂集》《渔洋山人精华录》《池北偶谈》等。

王士禛 画像

故明景帝废陵怀古

金山南临裂帛湖，荒陵十里鹎鶒呼。夺门事往二百载，行人过此犹唏嘘。
红墙剥尽古瓦落，莓苔溜雨生铜铺。老松离立色枯槁，但穴虫蚁余根株。

蕆涂龙輴礼本杀，矧乃劫火经樵苏。咫尺天寿云气接，抔土独葬西山隅。

洪宣老臣稍凋丧，国成一旦归刑余。勃鞮之问史所贬，讵有宦寺千征诛。

黄沙惨淡鼓声死，万乘一掷成累俘。国有君矣社稷重，孙申谋郑无差殊。

白登城南翠华返，钱塘司马功难诬。纷纷南渡议和战，乃知计左非良图。

同寅之占信奇中，朝衣东市嗟何辜。剑南归来西内闭，唐家父子输厩奴。

处人骨肉事非易，子臧季札今则无。功罪千秋有特笔，九鼎一发须人扶。

谥同泉鸠理太酷，纪年犹幸无革除。裁令流水良亦足，宁论玉匣还珠襦。

欲落不落夕阳下，吊古且复留斯须。残碑灭没牛砺角，石獾横卧苍髯须。

君臣一代尽宿草，雍门太息当何如。

出处

《带经堂集》卷二十四（清康熙五十年程哲七略书堂刻本）。

玉　泉

萧晨金山下，濯缨玉泉水。十亩清瑶流，分明镜相似。

金膏时掩映，碧玉相倾委。水荇随风翻，靡靡映清沚。

垂杨夹埼岸，其下多芳芷。流为裂帛湖，宛若昆明里。

湖上多渔村，网罟集沙尾。宣宗昔游幸，龙舸兹山趾。

当年功德寺，荒凉啸山鬼。何况芙蓉殿，遗迹皆销毁。

碧水自东流，弥伤人代驶。傥逐五湖舟，去问鸱夷子。

出处

《带经堂集》卷二十四（清康熙五十年程哲七略书堂刻本）。

裂帛湖杂咏六首

裂帛湖光碧玉环，人家终日映潺湲。分明一幅蔡侯纸，写出湖南千万山。

淋池十里芰荷风，太液西来一派通。应有恩波下黄鹄，年年流入建章宫。

水轩面面似船窗，沙燕鸂鶒尽作双。忽忆梦回闻柂鼓，一枝柔橹破烟江。

宣宗玉殿空山里，箫鼓楼船事已非。何似茂陵汾水上，秋风南雁泪沾衣。

石瓮山头归片云，望湖亭上倚斜曛。纸钱社酒棠梨道，谁到湖边耶律坟。

万树垂杨扫绿苔，桃花深映槿篱开。游人尽说西堤好，须及清明上巳来。

出处

《带经堂集》卷二十四（清康熙五十年程哲七略书堂刻本）。

城西一首

都城负太行，勃碣地形古。城西富流水，磬折颇参伍。裂帛憺淳著，渊渊乃句矩。
北上青龙桥，云峰粲可数。皎如奁中镜，晓窗照眉妩。南过金口寺，遍地鹅王乳。
锦石映文鱼，白蘋间红杜。吾家鲁连陂，蓑笠渺烟浦。小别二十年，稻塍几风雨。
安得半尺箠，行歌鞭水牯。

出处

《带经堂集》卷三十六（清康熙五十年程哲七略书堂刻本）。

玉泉游记

畅春御苑在高梁桥西北十二里，即海淀也。淀有二，南淀旧为明戚畹李氏清华园，北淀为米氏勺园，亦曰风烟里。自苑西行，堤直如弦，高柳胁之，罨霭冥蒙，不漏曦景。

里许折而北，堤柳相属，稻田弥望。数里至瓮山，山下有耶律文正墓，公及夫人石像尚存田塍间。有圆静寺不至，北上青龙桥。过桥一山蜿蜒，即玉泉也。山今为静明御园，缭垣周其趾，泉出其腹。万派竞发，细者如珠散落不可衽，大者如车轮，至桥西汇为潭膏渟黛，畜清不掩鳞。水由闸下入西湖，如辊雷喷雪。自是而西，沿青龙河行，泉与人时时争道。半里许，憩于石梁。梁下泉漱闸而出，响动岩谷，枚乘谓淋淋如白鹭之下翔也。

园门东向，额静明园三大字，御书也。堤行而南历山村凡六七，桑柘鸡犬皆闲静，饭于西顶，日已暮。归，过万寿寺不及入。尔雅曰：槛泉正出，沃泉悬出，氿泉穴出。玉泉，氿泉也。广雅曰：泉涌出曰喷。

出处

《带经堂集》卷七十七（清康熙五十年程哲七略书堂刻本）。

李良年（诗1题1首）

李良年（明崇祯八年至清康熙三十三年，1635—1694年）

字武曾，号秋锦。浙江嘉兴人。诸生。康熙十八年（1679年）赴京博举鸿儒试，不遇，归乡。著有《秋锦山房集》。

青龙桥下送瞻西上人还退谷

我寻退翁亭，几日禅房住。上人导我山中行，百折相随入烟雾。

送客流莺故故啼，朝来挥手麦庄西。远公自爱东林好，肯为春风过虎溪。

出处

《秋锦山房集》卷三（清康熙三十五年刻乾隆二十四年续刻本）。

张英（诗1题27首）

张英（明崇祯十年至清康熙四十七年，1637—1708年）

字敦复，号乐圃。安徽桐城人。康熙六年（1667年）进士。累迁至侍读学士。谥号文端。著有《笃素堂文集》《存诚堂诗集》《文端集》等。

西郊杂诗二十七首

偶随清跸侍甘泉，长得追凉日暮天。夕照西山云脚起，携诗吟到菜畦边。

几簇戎葵绕砌开，久无新雨到根荄。不逢闲客怜憔悴，谁汲清泉一勺来。

夕槐蝉噪晚风清，小径闲行菜甲生。瓜架忽看新水到，桃花井畔辘轳声。

柳墅门前官道铺，黄鸡白日听传呼。诗中差见田家乐，犹有苏州范石湖。

北牖南荣借一亭，豆苗瓜蔓叶青青。老翁戽水分畦白，小作潺湲亦可听。

草含珠露柳含烟，再展匡床一饷眠。何处人间偏睡美，晓星东上欲明天。

炎风炙日剧愁予，拟结他年避暑庐。檐接高梧窗映竹，方塘三亩种芙蕖。

西邻一径槐成幄，南陌千村柳作堆。独惜眼前双树好，海棠开日不曾来。

柳阴沙路入湖湾，方丈蓬壶指顾间。闻道御舟牵缆处，芰荷香里看西山。

不须桃李斗夭斜，底事芙蕖飐晚霞。最是野田芳草畔，一枝闲澹女郎花。

少小日长思隐几，冬烘头脑意难堪。一从失却青青鬓，始觉人间午睡甜。

夜雨连朝入晓晴，囷仓从此庆丰盈。经旬不到南来雁，农事频牵故国情。

苍茫村树绿烟霏，紫翠千峰日半规。独立菜畦耽晚色，平生珍重夕阳时。

残月微凉透碧纱，草根虫语不成哗。阶前绿蘸戎葵叶，帐底香清茉莉花。

郊坰自昔晚凉偏，烁石流金首伏天。闻说红尘最深处，连宵挥扇不成眠。

平畴一望接林皋，愁见芸田炙背劳。听彻檐前深夜雨，青青禾稼过墙高。

前朝陵墓久沧桑，石马丰碑卧夕阳。底事中涓留一窟，至今争蹋万泉庄。

浓阴高柳蝉千树，嫩绿新蔬蝶一双。极目苍烟十余里，远过红壁隐雕窗。

翦拂檐花秋转盛，经行畦菜夕偏凉。但容饱食安眠过，何必林泉是故乡。

人生自昔退休难，小住茅茨便足欢。绕砌露葵花灼灼，高眠近隔碧纱看。

星火西流节叙更，簟痕新觉蚤凉生。白杨叶上萧萧雨，已作秋宵第一声。

秋老烟光最所耽，作书频与报江南。龙眠万岭丹枫色，为我殷勤十日探。

一从骚雅流传后，大抵羁愁与贱贫。若论今古吟诗客，如我犹为幸甚人。

花名金凤苦低微，萱草丛中接翅飞。恰似村庄小儿女，银钗绿鬓紫罗衣。

青龙桥畔柳毵毵，野色泉声性所谙。莫讶夕阳吟望久，水村漠漠似江南。

御苑西通辇道铺，水田粳稻杂菰蒲。千峰黛色频回首，十里秋荷裂帛湖。

淙淙野水乱成溪，获稻人家近大堤。闲过牛庄小村落，秋风禾黍瓮山西。

出处

《存诚堂诗集》卷二十四（清康熙四十三年刻本）。

陈廷敬（诗2题3首）

陈廷敬（明崇祯十二年至清康熙五十一年，1639—1712年）

初名敬，字子端，晚号午亭。山西泽州（今山西省晋城市）人。顺治十五年（1658年）进士。任康熙帝师、吏部尚书等。著有《午亭文编》《午亭山人第二集》等。

迭前韵邀张敦复尚书励近公通政游西堤

愁处花迎笑，眠时鸟唤醒。泉流银浦白，山入缭墙青。

瑶草三霄路，香茅四照亭。欲邀湖畔去，弄月泛空冥。

出处

《午亭文编》卷十七（清文渊阁四库全书本）。

对酒西山下望裂帛湖，有怀廖芸夫往年同游香山碧云语江山之胜，兼寄云间二子杨玉符、董阆石二首

马棰猎平芜，烟波似有无。朗吟山鬼笑，烂醉野人扶。

万事依双桨，三生狎五湖。烦君待渔艇，未肯老樵夫。

夕鸟下汀洲，残虹挂寺楼。远烟赴山翠，晴雨接波流。

昔别惊蓬鬓，今来忆钓舟。人间诗意尽，入海可同求。

出处

《午亭文编》卷十七（清文渊阁四库全书本）。

元璟（诗4题4首）

元璟 [生卒年不详，顺治十七年（1660 年）前后在世]

字借山。浙江宁波天童寺僧人。居杭州时，结西溪吟社。著有《完玉堂诗集》。

瓮　山

初夏雨新霁，独游筇一枝。泉清堪濯足，山小亦开眉。

白鸟烟斜破，青秧浪细吹。江乡风物在，缥缈引归思。

出处

《完玉堂诗集》卷七（清初刻本）。

玉泉山

爱漱玉泉水，拨云又到山。珠宫游象外，仙枕隔人间。

绝壁翻松籁，留题剧藓斑。鞭驴重回首，半岭夕阳闲。

出处

《完玉堂诗集》卷七（清初刻本）。

青龙桥

玉泉飞下万山岚，春去清游步步堪。

垂手青龙桥上望，秧针蒲笋似江南。

出处

《完玉堂诗集》卷七（清初刻本）。

裂帛湖 一名小西湖亦名捏钵湖

望湖亭子映斜曛，荷叶荷花香气熏。传说宣宗游衍好，画船箫鼓似横汾。

三月桃花间柳条，窥鱼白鹭自风标。若将西子湖相比，只欠双堤十二桥。

出处

《完玉堂诗集》卷七（清初刻本）。

吴世杰（诗 4 题 4 首，诗文 1 篇）

吴世杰（明崇祯十四年至清康熙二十七年，1641—1688 年）

字万子。江苏高邮人。康熙二十四年（1685 年）进士。官内阁中书。著有《觉湖草堂集》。

玉泉山望西湖平田

玉泉亭子山之巅，下瞰晴虹众壑悬。万顷恩波通太液，千畦御粟上丰年。

荷锄野老清溪立，牧犊村童白日眠。民力东南今已竭，谁教西北尽陂田。

出处

《檗湖草堂集·近集西山纪游草》（清康熙刻本）。

裂帛湖

巨灵凿山真宰泣，雕镂万象寒髓涩。剪取清阴四幕垂，忽焉裂帛天光失。

此时骊龙不得眠，怒吐颔珠弄白日。大珠已落小珠随，迸入空潭媚荡潏。

日光激射无停影，石骨溪毛不敢匿。晞发阳阿驻晚晖，漱寒玉兮空伫立。

出处

《檗湖草堂集·近集西山纪游草》（清康熙刻本）。

废功德寺

古寺苍凉水一隈，宣皇曾此辟蒿莱。云霄寂寞龙归去，香界萧森鹿自来。

石路虚疑过翠盖，天人真见卧苍苔。只应古柏青青在，犹识当年御幄开。

出处

《檗湖草堂集·近集西山纪游草》（清康熙刻本）。

经景泰陵

阴崖覆雕甍，石马络青莴。咄嗟何王陵，鼪鼯走木杪。松风吹紫萝，丹旐疑缥缈。

叹息翠华归，兄弟空式好。相传出亡人，亦葬西山道。苔碣付寒烟，封树净如扫。

静观兴衰理，俯仰动怀抱。回首望长陵，寂寞亦青草。

出处

《檗湖草堂集·近集西山纪游草》（清康熙刻本）。

隆教寺

首夏清和惬幽兴，竭来杖策登化城。铃院花深客初到，珠林钟定鸟一鸣。

石壁含云影欲细，澄潭媚日光难倾。岚气浸衣不归去，空庭坐待月华生。

由卧佛至玉泉，从山崚峭处攀而上，目所及辄得数奇洞凡七。华严、吕仙窈以深，令人自远得一奇。山下玉泉螭昂首出岩畔，珠沫玉折，曳练为湖，得一奇。山上有亭翼然，遥望西湖如晴虹饮玉川，平田如掌，岸柳萦萦然。缘溪行，缭青拂白，朗如螺纹可指数，又得一奇。国初建三殿，工有议燔山石为灰者，赖少司空贾力争之乃免。今山畔碑之记之，且歌咏之矣。缘泉而北，寻望湖亭旧址不可得，堤畔多荷池，新叶旖旎，浅碧覆波。

左折至功德寺，明宣宗跸跸处也。寺今废，但古柏夹道而已。当宣宗时，天下太平，三杨柄国政，清和咸理。天子亦无琼台璇宫、龙舸锦缆之事，但追崇象教以为游观地耳。乃数传辄废，鼪鼯窜瓦，哀湍奔泻，欲求当日翠华临御之所而无有在者。盖兹寺之圮亦百六十年矣。

出寺东望，山光入湖，湖影影然，摇碧落解带临风，数月缁尘顿尽。循陇上行，见荷插者、带锄耕者、馌携筐者、牧者，仿佛置身鬐湖烟浪间，见妇子勤播种事为，倚徙不忍去。

出处

《鬐湖草堂集·近集西山纪游草》（清康熙刻本）。

高士奇（诗1题2首）

高士奇（清顺治二年至康熙四十三年，1645—1704 年）

字澹人，号江村。浙江杭州人。以诸生供奉内廷，官至礼部侍郎。谥文恪。著有《清吟堂集》《江村消夏录》等。

西堤偶得小舟泛玉泉山下

青青杜若遍芳洲，一棹山根溯碧流。露湿新蒲迷小燕，风牵细荇逐浮鸥。

尘容羞对波如镜，钓具还思月作钩。更向玉泉最深处，仙踪飘缈问丹丘。

麦庄桥下草萋萋，裂帛湖荒路欲迷。石间疏花缘岸出，水侵卧柳拂船低。

亲人鱼鸟忘机久，揖客峰峦入望齐。日暮扣舷歌一曲，清尊他日许重携。

出处

《高士奇集·城北集》卷四（清康熙刻本）。

王鸿绪（诗1题2首）

王鸿绪（清顺治二年至雍正元年，1645—1723 年）

字季友，号俨斋。松江（今属上海市）人。康熙十二年（1673 年）进士，官至工部尚书。著有《横云山人集》。

玉 泉

休沐寻胜游，言自玉泉始。方当秋日晴，出郭三十里。

马行不用策，徘徊翠微里。薄暮才抵山，山径颇险峙。

蹑磴叩僧扉，问余何至此。谓爱名山来，不惮折屐齿。

须臾烹香蕈，泉味澹且旨。是夕皓魄圆，天宇净如水。

山下裂帛湖，百顷无纤滓。鸣雁摩清空，含光投远沚。

世界成玻璃，广寒毋乃是。晨游固已佳，夜景良复美。

贪玩竟忘餐，兴极方拥被。明朝畅幽情，再访岩居士。

凌晨陟峰巅，攀萝历峭茜。拾草探仙洞，丹炉绝飞炼。

耸身瞩裂帛，秋光摇素练。伊昔金章宗，兹构芙蓉殿。

频经万乘来，对景娱芳宴。臣僚竞诗篇，宫伎陈歌扇。

文物与声明，流风溢史传。我来纡遐想，古迹漫游衍。

出处

《横云山人集》卷十三（清康熙刻增修本）。

博尔都（诗7题7首）

博尔都（清顺治六年至康熙四十七年，1649—1708年）

字问亭，号东皋渔父。辅国悫厚公培拜孙，袭辅国将军。著有《问亭诗集》《白燕栖诗草》等。

博尔都印章

西　堤

春到平原绿满溪，深林随处有莺啼。溪边若更添桃柳，宛似苏堤与白堤。

是处垂杨阴碧莎，桥边骑马共鸣珂。芙蓉波起香风细，吹入仙郎袖里多。

出处

《问亭诗集·白燕栖诗草》卷一（清康熙三十五年刻本）。

玉泉山

碧波锦石映寒空，溪畔亭前待好风。莫上玉泉山顶望，可怜畿辅满飞鸿。

陌上游人弹野雀，溪边稚子狎飞凫。捻花折柳西堤曲，挹酒吟诗裂帛湖。

出处

《问亭诗集·白燕栖诗草》卷二（清康熙三十五年刻本）。

玉泉山遇风

山气腾青鸟，浪花翻白鹇。

虚疑吹玉笛，实是响松关。

出处

《问亭诗集·白燕栖诗草》卷二（清康熙三十五年刻本）。

望湖亭

傍岭高楼迥，沿堤细柳斜。

浮鸥并没鹭，都作水中花。

出处

《问亭诗集·白燕栖诗草》卷二（清康熙三十五年刻本）。

瓮山 旁有耶律楚材墓

青龙桥畔夕阳斜，白石庄前玩物华。昨夜山头一片雨，今朝水面数重花。
留人语燕停新幔，携子轻鸥眠浅沙。耶律风标何处问，唯余荒冢锁烟霞。

出处

《问亭诗集·白燕栖诗草》卷二（清康熙三十五年刻本）。

西 堤

袅袅湖干路，微风吹暗凉。山从雨后绿，柳向镜中黄。
远水浮天净，飞花逐马香。载游春兴极，一曲奏沧浪。

出处

《问亭诗集·白燕栖诗草》卷二（清康熙三十五年刻本）。

春游曲

石瓮山头春燕归，裂帛湖边坐夕晖。含露天桃开未满，临风轻絮落还飞。

长皋麦陇跃骅骝，平淀菱梢没白鸥。玉蚁金觞乐复乐，千年万岁不知愁。

出处

《问亭诗集·白燕栖诗草》卷五（清康熙三十五年刻本）。

佟世思（诗1题1首）

佟世思（清顺治七年至康熙三十年，1650—1691年）

字俨若，汉军正蓝旗（一作辽东）人。康熙间以荫生为临贺知县。著有《与梅堂遗集》。

青龙桥

一出国门去，湖村信步探。西风满荷叶，茅屋杂秋岚。

稻熟八之月，山如江以南。大堤行万柳，衣上碧毵毵。

出处

《与梅堂遗集》卷之六（清康熙刻本）。

查慎行（诗9题10首）

查慎行（清顺治七年至雍正五年，1650—1727年）

字悔余，号他山，赐号烟波钓徒，又称查初白。浙江海宁（今浙江省海宁市西南）人。康熙四十二年（1703年）进士，入直内廷。后乞休归里。雍正四年（1726年）以家长失教获罪，被逮入京，次年放归。著有《敬业堂诗集》《他山诗钞》等。

晚行裂帛湖上观水势

西山前夜雨，暴涨声辟易。昨日与桥平，
今朝露水栅。晚来觇盈缩，又减三五尺。
一条修尾蛇，东向投远碧。菰蒲尽偃仆，
上带泥土迹。我欲追蹑之，前行洑盘石。
初疑遇壮士，拔剑斫其脊。径开中已拆，
首尾犹跳掷。却坐石上观，平心随所适。
有如杯底影，仰面意旋释。人生骇愕缘，
多伺躁妄隙。归来虚室中，静见鼻端白。

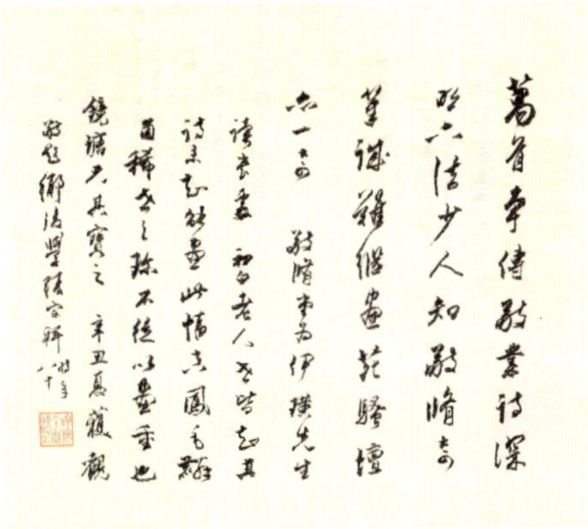

查慎行《松坡平远图》

出处

《敬业堂诗集》卷十七（四部丛刊景清康熙本）。

瓮山寻耶律丞相墓

裂帛湖东下马行，遥闻樵斧响丁丁。尽髡草木非山罪，难向牛羊问墓名。
石椁千年谁不朽，金椎一穴尚如生。我来忽堕无情泪，土蚀残碑恨未平。

自注

明末有人发冢，见一头加常人数倍，亟闭之后，掘得碣石知为公墓。

出处

《敬业堂诗集》卷十七（四部丛刊景清康熙本）。

青龙桥

瓮山西北巴沟上，指点平桥接碾庄。自甃清渠成石堨，尽回流水入宫墙。
残荷落瓣鱼鳞活，高柳飘丝鹭顶凉。不碍蹇驴行躄躠，有人缓辔正思乡。

出处

《敬业堂诗集》卷十七（四部丛刊景清康熙本）。

玉田观早稻①

灌园余润及平畴，千亩从无旱潦忧。总秸已供三壤赋，陂池新奉上林游。

神弦报赛秋长早，勾盾征租岁倍收。别与豳风编月令，筑场时节火西流。

自注

①官田早米，例于七月初十前贡新。

出处

《敬业堂诗集》卷十七（四部丛刊景清康熙本）。

废功德寺

瓦落空墙土尽崩，杂耕犹剩两三僧。晨参柏子留禅偈，夜看松花照鬼灯。

驻跸亭边牛喁草①，钓鱼台畔鼠攀藤②。木球斗大今安用③，自古琳宫有废兴。

自注

①明宣宗西郊省敛，驻跸寺中。

②寺前旧有元主赏花钓鱼台。

③"木球"事见《帝京景物略》，今寺中犹供之。

出处

《敬业堂诗集》卷十七（四部丛刊景清康熙本）。

吕公洞轮庵禅师兰若

只道山穷水亦穷，忽攀石蹬与云通①。芙蓉殿底三重阁，杨柳桥南一面风。

老去文人多入道，从来绝境必凌空。知君欲傲长江簿，佛号曾呼禁苑中。

自注

①绝顶有飞阁不可上，即金章宗芙蓉殿故址。

出处

《敬业堂诗集》卷十七（四部丛刊景清康熙本）。

玉泉山

销夏谁知别有湾①，孤云一角截西山。千家旧业蛙鱼国，十里提封虎豹关。

栏楯离离金碧上，歌钟隐隐翠微间。清泉自爱江湖去，流出红墙便不还。

自注

①玉泉山旧为金章宗避暑地，故首句云。

出处

《敬业堂诗集》卷十七（四部丛刊景清康熙本）。

查慎行《松坡平远图》

拟玉泉山大阅二十韵

地辟丹棱沴，天开裂帛湖。连冈环北极，列曜拱中区。鞮译销氛气，风云蓄睿谟。

不忘神武略，独握帝王符。吉日将差马，先期已祭貙。桓桓齐步伐，肃肃选车徒。

野旷金钲转，沙平玉帐铺。一人躬韎韐，九校勇驰驱。鹅鹳知兵法，龙蛇入阵图。

雪光明组练，寒律劲雕弧。忆昨三犁候，亲征万里逾。行间走英卫，麾下拔孙吴。

挞伐声灵在，韬钤将相俱。诗人赓虎拜，士气动山呼。振旅时方暇，回銮日未晡。

殊威宣逖土，同轨坦经涂。典礼因时举，欃枪扫迹无。武功虽再缵，文德久覃敷。

用逖昭无外，周防戒不虞。煌煌太平业，盘石巩皇都。

出处

《敬业堂诗集》卷二十九（四部丛刊景清康熙本）。

闰月十四日西苑送春二首

九十春光百五赊，绿阴阴处雨斜斜。多情裂帛湖头水，长替东风扫落花。

老去春迟愿竟酬，多添半月踏青游。人间何处无归路，也被宫莺唤少留。

出处

《敬业堂诗集》卷三十五（四部丛刊景清康熙本）。

查嗣瑮（诗1题6首）

查嗣瑮（清顺治九年至雍正十一年，1652—1733 年）

字德尹，号查浦。海宁（今浙江省海宁市西南）人。查慎行之弟。康熙三十九年（1700年）进士，选翰林院庶吉士，授编修，升至侍讲。后因弟查嗣庭文字狱案受株连，卒于戍所。著有《查浦诗钞》《查浦辑闻》等。

燕京杂咏 (147 首选 6)

东雉西勾地较宽，米园绝有好林峦。只因身住风烟里，画个朝参一笑看。

波光云影合成围，山鸟沙禽作队飞。十寺残僧余拙业，荷花香里负锄归。

刻丝秘像锥金柱，虎口开时古殿崩。事去木球稽首懒，更谁乞米救残僧。

少鬲仙家久结邻，帝城佳气有金银。谁移宝瓮他山去，从遣三街九市贫。

随身短锸埋何用，誓墓残碑枉瘗铭。丞相头颅曾出土，莫教翁仲怨流萤。

郊东花事换郊西，十里繁红趁马蹄。赢得风流百年事，承平宰相两诗题。

出处

《查浦诗钞》卷五（清刻本）。

曹寅（诗3题3首）

曹寅（清顺治十五年至康熙五十一年，1658—1712 年）

字子清，号荔轩、楝亭，原籍丰润，隶属正白旗。曹雪芹祖父。官至通政使兼两淮盐政，管理江宁织造。著有《楝亭诗钞》等。

再游功德寺

仍是耽吟善病身，重来浮地觅残春。萧森一雨全飞燕，岑寂双扉不见人。
顿抚垂杨生浩叹，转怜流水入嚣尘。招提昔日犹今日，珍重西崚旧比邻。

出处

《楝亭诗文钞·诗别集》卷二（清康熙刻本）。

离亭燕·登瓮山作 (147 首选 1)

寂寂平芜初远秋，好惜无人见。云影乍摇山影破，亭子正临天半。日午不闻钟，坐看西风驱雁。 雁被西风驱遣，人被西山留恋。二八月间风景似，风景更谁能辨。风景不争差，但觉诗情疏散。

出处

《棟亭诗文钞·诗别集》卷二（清康熙刻本）。

明月逐人来·自御园与高渊公踏月归村寓

西村柳叶，东村松叶，同来看玲珑秋月。溪桥宜月，胸次还如月，岂惜为君频说。 长念龙楼，待漏一丸冷雪，偏难过玉栏百折[①]。今宵瞥见，便已惊奇绝，莫待萧萧华发。

自注

①时寓功德寺。

出处

《棟亭诗文钞·诗别集》卷二（清康熙刻本）。

陈大章 (诗 7 题 7 首)

陈大章（清顺治十六年至雍正五年，1659—1727 年）

字雨山，号仲夔。湖北黄冈人。康熙二十七年（1688 年）进士。著有《玉照亭诗钞》等。

玉泉山池

玉泉山色摩青天，玲珑百道鸣名泉。平生梦想今始到，电车风马争回旋。

冠岭虬松灿霞绮，晴虹直下深潭底。跳玉喷珠寂无声，万迭寒烟飞不起。

倚空殿阁浮金碧，垂柳垂杨秋一色。寻幽纵步兴未淹，题名更扫苍苔石。

出处

《玉照亭诗钞》卷二（清乾隆九年陈师晋刻本）。

望湖亭

孤亭枕绝壑，缓策上莓苔。云外疑无路，天低小有台。

万川涵一镜，四面响惊雷。欲觅蓬瀛伴，陵空驾鹤回。

出处

《玉照亭诗钞》卷二（清乾隆九年陈师晋刻本）。

吕公洞与伟臣小酌

仙客去何之，传是烧丹洞。仰视蹑飞霞，俯身入瑶瓮。

灵光一线穿，石髓何年冻。朗吟文正词，瞿然惊昨梦。

自注

耶律词云："不知何限人间梦，并触沉思到酒边。"

出处

《玉照亭诗钞》卷二（清乾隆九年陈师晋刻本）。

裂帛湖

连峰上与天汉通，潴为平湖镜面同。层台复观压霜晓，万顷演漾玻璃风。

横绝明河拖素练，旷如倒景垂白虹。绿蓑青笠淑浦远，渔湾蟹舍烟萝重。

宣皇昔日此巡幸，天旋雷动浮空蒙。霓旌甲帐摇山岳，楼船箫鼓奔鱼龙。

残山剩水几蛮触，朝荣暮落谁雌雄。放眼未穷银色界，临流已洗芥蒂胸。

浩歌归来且小驻，杳杳落日啼孤鸿。

出处

《玉照亭诗钞》卷二（清乾隆九年陈师晋刻本）。

景泰洼

马蹄莘确金山口，败瓦颓垣气凄楚。凭高怅望十三陵，蜀魄年年啼杜宇。

英宗北狩同囚俘，九庙倾压须人扶。贪天便欲传诸子，南内禁锢胡为乎。

杭州司马一腔血，戡难保邦臣力竭[1]。夺门仓卒欲安归，留得丹青悬日月。

君不见，元武门前干戈起，一门骨肉骈头死。

又不见，金匮遗书语未寒，赵家兄弟亦如此。

六龙飞后事已空，千秋徒教污青史。莫雨潇潇貉一丘，独对寒风悲逝水！

自注

①公尝叹曰，此一腔热血洒向何地！

出处

《玉照亭诗钞》卷二（清乾隆九年陈师晋刻本）。

玉泉道中

鸬鹚谷口画眉山，昆阆飞来十二鬟。几曲玉潢流世外，数家茅屋自人寰。

踟蹰丘壑空前梦，抖擞尘埃亦厚颜。笑指凤城遥在目，石生何事马蹄闲。

出处

《玉照亭诗钞》卷二（清乾隆九年陈师晋刻本）。

瓮山拜耶律文正公墓

林转湖阴长，遥峰粲可数。迤逦得瓮山，嵌嵌若覆釜。劫火土一抔，英灵耿万古。

元祖昔龙兴，戎马日旁午。微公济世心，斯人尽豺虎。荒祠香火微，断碣聚鼯鼠。

漠漠望秋云，含情空激楚。

出处

《玉照亭诗钞》卷二（清乾隆九年陈师晋刻本）。

陈鹏年（诗4题4首）

陈鹏年（清康熙二年至雍正元年，1663—1723年）
字北溟。湖南湘潭人。康熙三十年（1691年）进士。
官至河道总督，兼摄漕运总督。著有《道荣堂文集》《陈恪
勤公集》等。

陈鹏年石刻像

故明景帝陵

功德寺前湖水流，荒陵日暮啼鹠鹠。

渚荷烟柳起寒色，玉雁金凫非故丘。

拾豆歌声嘶石马，夺门遗憾泣松楸。

莫嫌抔土输天寿，冷落诸陵一样秋。

出处

《陈恪勤公诗集·香山集》卷第二（清康熙刻本）。

玉泉山

窈窕金山丽，逶迤玉水清。九天灿星宿，万顷泻瑶瑛。元气滋坤轴，灵膏抱帝城。

云根更澄碧，石发两精莹。直讶银河落，兼疑冰魄倾。君王咏鱼藻，别院采香蘅。

露殿裁蒿柱，疏帘映水精。被渠红浪绹，绕砌绿云平。画槛中流接，朱桥隔浦横。

山光湖外出，霞影镜中明。凫雁飞还集，菱荷落又生。楼船晨络绎，箫鼓夜琮琤。

冬狩时观猎，春田载省耕。呼嵩千仗肃，同乐万方荣。不得陪游从，空劳想瑟笙。

高秋望烟水，信步到蓬瀛。拂石堪垂钓，临流且濯缨。斜阳微雨后，衰柳故乡情。

去去期浮海，飘飘合泛蘋。洞庭归路邈，秋色正盈盈。

出处

《陈恪勤公诗集·香山集》卷第二（清康熙刻本）。

瓮　山

金山之东瓮山青，平湖千丈如列屏。连山断尽始突兀，毋乃命名真肖形。

天风萧槭孤鸿泪，片片湖波落衣袂。残碑拂拭耶律坟，荒草斜阳莽无际。

出处

《陈恪勤公诗集·香山集》卷第二（清康熙刻本）。

西湖堤上作和损斋先生韵

重湖曲曲柳阴长，水殿时闻百和香。
最忆年年逢六月，荷花堆里睡鸳鸯。
万顷秋清扫淡妆，蓼风荷雨近君王。
谁将十幅光如鸭，点破娇红上野棠。
万山倒影逐人来，一叶渔舟去复回。
曾在西泠桥上见，晓风吹梦落燕台。
垂杨垂柳尽菁葱，短槛茅茨映水红。
闻道至尊亲稼穑，万泉庄上画豳风。

出处

　　《陈恪勤公诗集·香山集》卷第二（清康熙刻本）。

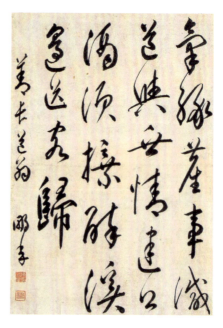

陈鹏年书法

程瑞祊（诗1题1首）

程瑞祊（清康熙五年至五十八年，1666—1719年）

字姬田。安徽休宁人。康熙三十年（1691年）贡生。官至内阁中书。著有《京华搜玉集》《槐江诗钞》等。

耶律文正王墓

寻秋出国门，瓮山聊小憩。喜遇风日佳，园林正初霁。侧身过山南，下有古松桂。

问是何代祠，门闭无人祭。数武即幽宫，荒凉杂薜荔。翁仲卧荒丘，石羊横草际。

剔藓考残碑，坟自元时制。耶律文正王，翊赞功非细。功在九州多，俎豆宜不替。

宗门契万松，象教得真谛。旁溢为诗词，亦足夸工丽。劫火才几时，狐兔穴阶砌。

俯仰内伤心，贤奸同永逝。所以雍门周，鼓琴能流涕。日暮悲风来，客眼黄尘蔽。

出处

《槐江诗钞》卷之一（清乾隆二年赐书堂刻本）。

揆叙（诗1题1首）

揆叙（清康熙十三年至五十六年，1674—1717年）

字恺德，满洲正黄旗人，康熙时纳兰明珠次子。著有《益戒堂集》《鸡肋集》等。

耶律文正公墓

冈转溪回路几层，遥瞻堂斧委荒藤。牧儿已作驱羊地，过客谁寻下马陵。

一代规模看创建，千年风骨想崚嶒。石麟埋没何须叹，银海鱼灯几废兴。

出处

《益戒堂诗集》卷二（清雍正刻本）。

郑板桥（诗2题3首）

郑板桥（清康熙三十二年至乾隆三十一年，1693—1766年）

名燮，字克柔。江苏兴化人。乾隆元年（1736年）进士。"扬州八怪"之一。历官河南范县、山东潍县知县，后乞疾归。善诗、书、画。著有《板桥全集》。

怀无方上人

初识上人在西江，庐山细瀑鸣秋窗。

后遇上人入燕赵，瓮山古瓦埋荒庙。

今君闻住孝儿营，乱石寒云补棘荆。

别筑岩前数间屋，绘图招我同归耕。

伊昔茅棚晒秋药，我混屠沽君种作。

推堕蹇驴村市中，笑而不怒心寥廓。

嗟我近事如束柴，爪牙恶吏相推排。

不知喜怒为何事，夜梦局踏朝喧豗。

一年一年逐留滞，徒使高人笑疣赘。

我已心魂傍尔飞，来岁不归有如水。

郑板桥画像

出处

《板桥集》（清清晖书屋刻本）。

赠瓮山无方上人二首

山里都城北，僧居御苑西。雨晴千嶂碧，云起万松低。

天乐飘还细，宫莎剪欲齐。菜人驱豆马，历历俯长堤。

一见空尘俗，相思已十年。补衣仍带绽，闲话亦深禅。

烟雨江南梦，荒寒蓟北田。闲来浇菜圃，日日引山泉。

出处

《板桥集》（清清晖书屋刻本）。

允礼（诗18题22首，文1篇）

允礼（清康熙三十六年至乾隆三年，1697—1738年）

康熙帝第十七子。雍正帝异母弟，封果毅亲王。受赐自得园，位于清漪园东北角。著有《静远斋诗集》《春和堂诗集》《自得园文钞》等。

允礼画像

春　游

徐徐策马过桥头，柳影垂丝拂玉沟。

满耳潺湲清瑟瑟，玉泉山下玉泉流。

出处

《静远斋诗集·乙未诗集》（清刻本）。

泛舟玉泉

更喜闲身好，今年得纵游。绿田开大块，澄溜漾瀛洲。

短棹寻嘉荫，微吟伴野鸥。前村居舍近，归路可无愁[1]。

自注

[1] 余往岁居大内，曾出游晚归不及城门。

出处

《静远斋诗集·己亥诗集》（清刻本）。

立秋前一日泛舟玉泉

交加密叶引清虚，水面微风度碧渠。堤外因来移桂棹，船头非是羡鲈鱼。

一端晴绮山容净，几处轻烟野色舒。向夕蝉声听远近，明晨秋至更何如。

出处

《静远斋诗集·己亥诗集》（清刻本）。

立夏后一日病起泛舟西湖

一春长伏枕，药饵自相亲。已及芳花落，惟留绿荫匀。

蒹葭连麦浪，舟楫动鱼鳞。小试登临兴，凌波倍爽神。

出处

《静远斋诗集·庚子诗集》（清刻本）。

初夏晚至西堤

瘦筇扶我到西堤，黯淡云山暝色迷。远墅轻烟供野望，晚天圆月快人思。

风吹衫袖惊秋爽，鱼跃荷丛识夏时。纵使垂腰金带贵，何如此际自堪怡。

出处

《静远斋诗集·庚子诗集》（清刻本）。

五月二十二日泛舟玉泉观新荷

闲身喜更到仙泉，漱液因临亭子前。应是上林多瑞气，能教五月放池莲。

西方名品布天池，五叶庄严透眼时。好上盘陀石上坐，待他向夕晚风吹。

出处

《静远斋诗集·庚子诗集》（清刻本）。

春　草

不辨江蓠与杜蘅，东风吹处一时生。西湖冉冉寻芳路，南浦萋萋送客情。
细雨迷离添杳霭，夕阳掩映更分明。乘鞭最忆花时节，河畔青青纵马行。

出处

《静远斋诗集·庚子诗集》（清刻本）。

初夏西堤纳凉

麦秋渐觉近炎时，寻到乘凉旧日陂。十亩新秧平似绮，千条弱柳乱如丝。
飞飞白鹭双双去，点点蜻蜓处处移。赢得今年无一事，好将心目快追随。

出处

《静远斋诗集·辛丑诗集》（清刻本）。

立秋后四日玉泉作

扁舟复过此，爽气绝尘埃。蝉韵清泫应，莲英羯鼓催。
泉头堪漱齿，石上可人来。几度凉风至，披襟欲忘回。

出处

《静远斋诗集·辛丑诗集》（清刻本）。

渔歌互答·效张志和鱼歌体四首

桃花浪暖三叉口，几个渔舟系垂柳。沧浪客，烟波叟，欸乃一声处处有。

荷叶平铺裂帛湖，渔歌两两声相呼。疑楚调，似吴歈，南风一夜满平芜。

玉泉山上枫叶赤，玉泉山下芦花白。网金鲤，钓银鲫，棹歌断续暮山碧。

青龙桥上雪漫漫，青龙桥下水团团。吹短笛，收长竿，前船后船歌声寒。

出处

《静远斋诗集·辛丑诗集》（清刻本）。

静观楼成咏

面面层峦向我楼，含青碧沼映空幽。买山徒自登高峻，泛水恒难际顺流。
月夕静观澄镜影，晴朝历数秀峰头。赏心惬目仙都兴，犹记当时纵意游。

出处

《春和堂诗集》（清雍正刻本）。

泛　舟

随波上下纵轻船，想象江湖思渺然。
把酒临风期皓月，一声款乃近堤边。

出处

《春和堂诗集》（清雍正刻本）。

即事二首集诗牌成

夏木绿连天，幽溪浴鹤眠。卷帘香入座，窗外有新莲。
林泉许小游，晴雨放渔舟。结念溪云里，机忘狎浦鸥。

出处

《春和堂诗集》（清雍正刻本）。

大有村即事

太平人住太平村，面面青山正对门。

篱落犬声知客到，呼僮命酒具鸡豚。

出处

《春和堂诗集》（清雍正刻本）。

大有村酒肆

闲趣山间村里，醉他沽酒人家。

谁道官身多事，能来篱下看花。

出处

《春和堂诗集》（清雍正刻本）。

赋得柳暗花明又一村

山水遥环路欲遮，但逢好处莫辞赊。垂丝细展纤腰柳，照眼初开笑面花。

村僻依微通石径，林深杳霭露人家。莫云此地无遗逸，尽有青门学种瓜。

出处

《春和堂诗集》（清雍正刻本）。

自得园成咏

清音耽素尚，日涉兴犹赊。烟水闲相领，林庐晚转嘉。

疏风琴涧竹，坐月药栏花。幽事宽如许，行吟手独叉。

出处

《春和堂诗集》（清雍正刻本）。

三月二十九日新雨登静观楼喜成一律以志有年之兆

杏花春雨晨光内,润物流膏正及时。楼近西山堪远望,云连北岭向空移。

已看芳树鲜千叶,行见良苗秀两岐。满目中畴添喜色,力耕田父尽伸眉。

出处

《春和堂诗集》(清雍正刻本)。

御赐自得园记

圣上驻跸圆明园,臣允礼扈从,蒙恩于园西南隅赐地一区。山环水汇,因地势之自然以为丘壑。正方定位,庀材鸠工,皆出内帑而官监之。园成,赐名自得,堂曰春和,楼曰静观,渚中之构,额曰心旷神怡,咸御书以赐。

臣窃惟自得者,心与境之交适也。而其大小浅深则各异焉。兹园之中,高者、洼者、奥者、旷者,台榭亭厦、桥梁磴瀑曲得其面势,竹树葩卉随在而旁罗。温凉朝暮,风雨晦明,物象时光无不与人相惬,对之常心旷而神怡,此自得之显见者也。

至于人事歇息,掩卷默坐,静观万物,浩然自得于幽独,则境与心又异矣。每窃自惟臣以亲属过蒙恩待,恤臣体羸,特颁宠命,必宣召乃入见,朝请常仪,一切勿与所领职事。即坐治于燕私之居,寝兴惟其所适,抚躬自念,无时不沐浴于春和之中,自得之大且深,莫逾于斯,此则臣允礼之独蒙德厚者也。

然又窃自惟古之君子,所谓自得者,必于此身所履职业,无不尽而后其心安焉,非悠游自适之谓也。臣以非材,过蒙委任,自雍正二年,特命入议政班,管镶红旗、镶蓝旗都统事,三年复命管理理藩院事,七年复命管理工部事,十一年复命总理户部事,六官九牧之任,臣各领其二。自古亲藩遭遇未有如臣之隆盛,则所以报称者愈难。是以日夕孜孜,延问群吏,披览案牍,一事未得其理,即中夜以思,不能安寝,逮日计所职无有抵滞,然后休其余闲,玩心云物,稽诹文史,则俯仰泰然,身心倍为忻畅。乃知我皇上以自得名兹园,不独圣恩优渥,迥出寻常,而教思无穷,即臣可奉以终身而无羞惰旷矣。其规制之备,布列之宜,景物之美,登临之乐,则别绘为图，而于记弗详识其大也。

出处

《自得园文钞》（清刻本）。

彭启丰（诗2题2首）

彭启丰（清康熙四十一年至乾隆四十九年，1702—1784年）
字翰文，号芝庭。江苏苏州人。雍正五年（1727年）进士。著有《芝庭诗文稿》等。

初夏海淀闲眺订同人为西山之游

御宿池南碧草生，槐阴密幄有余清。时当初夏云峰矗，地近西堤辇路平。

拄笏每看峦气换，投林空羡鸟飞轻。明朝准备登山屐，先向流泉歌濯缨。

出处

《芝庭诗文稿》卷四（清乾隆刻增修本）。

彭启丰书法

彭启丰《双鹅图》

玉　泉

青龙桥南滴苍翠，系马来寻功德寺。瞥见飞流溅雪泉，似从仙钵洗肥腻。

细者如珠大涌轮，龙唇螭首泻湍新。垂杨倒影初收网，水荇翻风不掩鳞。

闻道泉经称上品，甘比醍醐琼液饮。十亩清瑶树绕堤，杂佩泓澄花胜锦。

石栏天半带垂虹，掩映离宫碧巘中。佳名既与汤泉并，溉物能兴霖雨功。

玲珑疏凿依山趾，萝发沙痕鉴清沘。芙蓉行殿避暑庄，长年流出昆明水。

出处

《芝庭诗文稿》卷四（清乾隆刻增修本）。

李宏（诗1题1首）

李宏（清康熙四十六年至乾隆三十六年，1707—1771年）

字济夫，号湛亭。汉军正蓝旗人。由监生捐州同知。官至江南河道总督。著有《戢思堂诗钞》。

秋夜同青圃四兄随侍家严泛舟青龙桥玩月偕韩翼堂秀才马澄斋处士

秋气将深入夜清，数声长笛一舟横。老亲健有南楼兴，佳客欢多北海情。

蝉静枝头余寂历，月澄水底见晶莹。逡巡移向虚涵去，曾梦山阴鼓棹行。

出处

《戢思堂诗钞》卷上（清乾隆五十七年李奉瀚刻本）。

钱载（诗3题3首）

钱载（清康熙四十七年至乾隆五十八年，1708—1793年）

字坤一，号萚石，晚号万松居士等。浙江嘉兴人。乾隆十七年（1752 年）进士，官至内阁学士兼礼部侍郎。著有《萚石斋诗文集》。

钱载画像

清漪园晓直

苑西清境豫游便，轮直群僚奏事前。

万寿山光霁春旭，昆明湖气拥朝烟。

乳鸦声里宫门启，绿树阴中口敕传。

仰识圣人无自暇，一心常在众心先。

出处

《萚石斋诗集》卷二十九（清乾隆刻本）。

静明园晓直

万寿山阴石路平，朝凉十里肃趋行。沿湖树转高山静，拥岫云开远水明。

藕叶稻苗村缀景，松轩螭舫圣留情。今年降澍原沾足，倍觉郊坰夏绿盈。

出处

《萚石斋诗集》卷二十九（清乾隆刻本）。

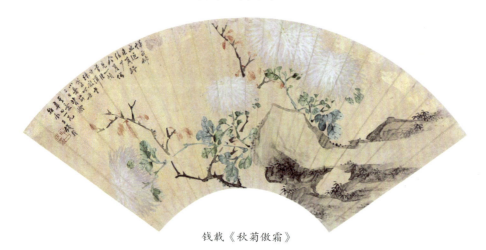

钱载《秋菊傲霜》

清漪园晓直

宫门启事候诸臣，列坐修廊藉软茵。银汉星明待遥夜，碧梧叶落验灵辰①。

湖光山渌非夸浙，菰米莲房总近宸。讲武木兰行出口，云峰千里快秋巡。

自注

①明日七夕，今日立秋。

出处

《择石斋诗集》卷三十（清乾隆刻本）。

钱琦（诗1题4首）

钱琦（清康熙四十八年至乾隆五十五年，1709—1790年）

字相人，号屿沙，晚号耕石老人。浙江杭州人。乾隆二年（1737年）进士。官至福建布政使。著有《澄碧斋诗钞》等。

应衡岁初履端两昆仲游西山碧云卧佛诸寺
余以事阻未获追陪归示纪游唱和诗奉次原韵

挈伴寻春出郭西，诗囊酒榼小童携。寺横云碧遮山断，桥卧龙青压水低①。

似解迎人花自笑，何来唤客鸟频啼。垂杨芳草东风里，一路香尘扑马蹄。

群季风流玉笋班，清凉福地共跻攀。观空道印心心佛，即景诗题寺寺山。

花落野溪流水急，树穿危石古苔斑。归劳好境从头说，挽得春风破俗颜。

眼看春雨簇春还，剩有余春乐意关。游伴两三人在画，好峰八九翠如鬟。

佛忘梦觉身常卧，官到神仙趣得闲。却怪罡风吹太急，蓬莱咫尺隔尘间。

世机那得定中消，一种佳游足避嚣。石骨寒分诗骨瘦，泉声清咽马声骄。

散开花市三千界，参透禅门八万条。我亦烟霞有夙癖，他时置酒肯重招。

自注

①道经青龙桥。

出处

《澄碧斋诗钞》卷三（清光绪二十二年刻湖墅钱氏家集本）。

国梁（诗1题1首）

国梁（清康熙五十六年至不详，1717—？）

字丹中，号笠民。满洲正黄旗人。乾隆二年（1737年）进士，授吏部主事，历官贵州粮驿道。著有《澄悦堂诗集》。

游万泉庄王氏园亭

清和四月节仍迟，正是余春恋客时。胜侣招邀同雅集，名园徙倚欲忘疲。

绿云红锦高低树，兰榭棕亭远近陂。人在画中人不觉，争看题画有新诗。

纪游选句记前年，亲见方知好句妍。花坞溪桥春涨地，风廊竹树雨晴天。

飞英满径行踪浅，好鸟亲人慧舌圆。何处更来红叱拨，一犁耕破陇头烟。

出处

《澄悦堂诗集》卷一（清嘉庆十五年刻本）。

德保（诗1题1首）

德保（清康熙五十八年至乾隆五十四年，1719—1789年）

字仲容，号定圃。满洲正白旗人，索绰络氏。官至礼部尚书。谥文庄。著有《定圃先生遗稿》《乐贤堂诗钞》。

燕九日万寿山看雪

九枝灯剪上元春，瑞雪俄飞万树银。高阁远依云影净，好山晴斗月华新。

梅花过眼重留态，弱柳含情欲媚人。身在瑶峰看不厌，好凭摩诘一图真。

出处

《乐贤堂诗钞》卷中（清乾隆五十六年英和刻本）。

弘晓（诗9题10首）

弘晓（清康熙六十一年至乾隆四十三年，1722—1778年）

号冰玉主人，又号冰玉道人。怡贤亲王允祥第七子，承袭怡亲王爵位，为第二代怡亲王。谥曰僖。著有《明善堂诗文集》《八旗艺文编目》等。

随驾幸静明园恭纪

山开红日照平芜，一镜光生裂帛湖。两岸麦田关睿虑，不教警跸听传呼。

烟笼金柳拂长堤，首夏风光绿影齐。此日晴明多景色，翠华重幸禁园西。

青龙桥接玉泉山，辇路风清极目闲。曲沼层台人不到，西峰遥拱露云鬟。

雨过西岩净点尘，宸游到处物华新。诸臣扈从承恩渥，芳甸常留黍谷春。

出处

《明善堂诗文集》卷十（清乾隆四十二年刻本）。

春游郊园即事

遥山青霭接平芜，雨过郊园百卉苏。蹀躞金牛堤上路，绿杨烟穗满明湖①。

草没苔纹护绿云，芳园春色已平分。碧桃如醉初含笑，不觉耽吟到日曛。

自注

①昆明湖。

出处

《明善堂诗文集》卷二十二（清乾隆四十二年刻本）。

过玉泉山望香山碧云诸胜

青龙桥畔水潺湲，峦翠迎人拥髻鬟。曾写屏颜入图画，今如身在画图间。
曾陪翠辇入诸天，绀殿青莲结瑞烟。朝罢蓝舆重过此，看花拟欲问南泉。

出处

《明善堂诗文集》卷三十一（清乾隆四十二年刻本）。

过耶律楚材墓

文正抔封何处看，行人指点近湖干。灵祠虽建青山麓，遗像空瞻碧水寒。
一代元臣忧国本，千秋勋业志辛酸。蘅芳欲荐忠贞魄，驻马西峰日已残。

出处

《明善堂诗文集》卷三十一（清乾隆四十二年刻本）。

昆明湖堤上作

千顷湖光碧，何须跨六桥。波声朝帐殿，楼阁倚层霄。
青雀飞奁镜，金牛跨钓车。逍遥杨柳岸，何自觅灵槎。

出处

《明善堂诗文集》卷三十一（清乾隆四十二年刻本）。

昆明堤上

湖上烟岚入望浓，依稀身蹑羽人踪。三山^①嵯峨披苍秀，一水^②平铺接澹溶。

蓬岛路通霄汉上，仇池境绕碧云封。篮舆堤畔闲容与，柳色参差绿影重。

自注

①万寿、玉泉、香山。

②即昔之裂帛。

出处

《明善堂诗文集》卷三十三（清乾隆四十二年刻本）。

招友人游西山昆明诸胜不果因索易堂和

娟娟春露净如沐，好景时花感旧游。拱秀三峰矗云外，岧峣一塔卧中流。

鹅儿酒映堤边柳，螺子山浮天际舟。佳客漫劳停杖履，愧无好句报琳璆。

出处

《明善堂诗文集》卷三十四（清乾隆四十二年刻本）。

上巳偕大兄过昆明湖堤

雨过驰道净游尘，草绿花浓上巳春。两字埙篪欣雅奏，一家和气重天亲。

昆明滉漾澄瑶镜，万寿巃嵸耀宝轮。缓辔沙堤频眺望，群峰回合秀嶙峋。

出处

《明善堂诗文集》卷三十四（清乾隆四十二年刻本）。

清明偕友游宝藏寺、昆明湖、长河诸胜晚归灯下偶成二律却寄

青青河畔草痕生，况复郊原社雨晴。古寺到来闻梵放，山窗开处见人行。

明湖潋滟开奁镜，远嶂参差染黛横。净域偶然留妙偈，落花啼鸟总关情。

昆明湖畔草初齐，桃柳春浓入望迷。一塔凌空浮碧浪，六桥争胜跨金堤。

山衔斜日归鞍骤，径绕长河宿鸟啼。乘兴款扉闻暮鼓，呼灯重检旧诗题。

出处

《明善堂诗文集》卷三十四（清乾隆四十二年刻本）。

陆耀（诗1题4首）

陆耀（清康熙六十一年至乾隆五十年，1722—1785年）

字朗夫。江苏吴江人。乾隆十七年（1752年）举顺天乡试。官至湖南巡抚。著有《切问斋集》等。

游西山同王孝廉元音高孝廉景濂作（8首选4）

三人共载一车箱，出郭身如返故乡。流水清于莺脰水，横塘长过虎丘塘。
朱栏碧树参差见，乳燕鸣鸠下上忙。酒店青帘招系马，误操蛮语问吴娘。

白波千顷滑琉璃，窈窕冲融落日时。金凤翼开宫瓦动，樯乌脚转战船移。
时追宴镐观鱼藻，不独横汾树羽旗。客子暂过窥浩荡，清缨争拟濯涟漪。

万寿山前金碧开，行宫别殿望崔嵬。丹青铸瓦甂棱耸，驼马装车柱础来。
湿浸云根泉漱玉，喧连人海气蒸雷。同游不暇寻遗迹，古墓流传说楚材。

玉泉流出水沄沄，今昔何烦感慨纷。景泰遗陵横古道，金源荒寺隐斜曛。
坚碉近筑增形势，健锐新移宿禁军。圣代武功元近古，方开麟阁画殊勋。

出处

《切问斋集》卷十六（清乾隆五十七年晖吉堂刻本）。

王昶（诗2题2首）

王昶（清雍正三年至嘉庆十一年，1725—1806年）

字德甫，号述庵。江苏青浦（今属上海市）人。
著有《征缅纪闻》《春融堂诗文集》等。

王昶画像

疏影·春暮同王谷原重步昆明湖堤上作

虹梁雨霁，正绿波渺渺，霞断鱼尾。望里楼台，
丹碧珑玲，空蒙一片云气。欹斜禁柳三眠后，渐
落尽，香绵初起。染翠岚、万寿山明，仿佛莫厘
幽致。　　一带新堤宛转，水田更放溜，泉注湖嘴。
画舸中流，锦缆牙樯，点缀十分佳丽。蓬瀛未怕天风远，便说与、人间知未。似梦魂、
重到仙都，历历旧游堪记。

出处

《国朝词综》卷三十五（清嘉庆七年王氏三泖渔庄刻增修本）。

绮罗香·西苑直庐春雨同谷原作

溪染新蓝，山添远翠，天气蒙蒙催暮。云软风骄，不辨帘前烟树。听穿花、禁
漏声迟。看隔叶、宫莺飞去。想昆明、湖水涟漪，绿芜生遍旧时路。　　萧疏此际
风景，只合尊前对酒，闲评诗句。衣润襟凉，赢得无聊情绪。最怜他、满地榆钱，
浑不见、一天风絮。问几时、好趁春潮，桃源同唤渡。

出处

《国朝词综》卷三十五（清嘉庆七年王氏三泖渔庄刻增修本）。

阮葵生（诗2题6首）

阮葵生（清雍正五年至乾隆五十四年，1727—1789年）

字宝诚，号吾山。江苏淮安人。乾隆十七年（1752年）举人，著有《七录斋诗文集》《茶余客话》。

同曹抑堂吴山夫南生大冶昆季游万寿山望昆明湖

微雨湿软尘，春风靓如沐。策马凤城西，西山献新绿。鞭影拂春堤，泉声溅寒玉。
此地接禁林，云霞纷绣簇。金碧耀亭台，清华映水木。梅柳竞芳菲，湖波远洄洑。
乍看檐槛浮，真见日月浴。翘首隔银潢，会心到濠濮。即此是瀛洲，何处问仙躅。
我欲学飞升，凌霄放遐瞩。

出处

《七录斋诗钞》卷二（稿本）。

同裘超然游昆明湖

蔚兰天气日初晴，十里沙堤辇路平。咫尺神山飞不到，盈盈一水隔蓬瀛。

界画亭台绕画栏，金潭碧幛俯云端。分明小李将军画，直似鹅溪绢上看。

水木清华占好春，玉桥西畔止游人。粉栏一带迎凉殿，输与金华侍讲臣。

玉毵层层划涨痕，轻烟软絮漾晴暄。不离紫禁东华土，疑入吴舠水上村。

山下晴开教稼亭，青畴处处劝春耕。依稀桑柘田家景，隔陇遥闻叱犊声。

出处

《七录斋诗文钞》诗钞卷九（稿本）。

钱大昕（诗1题1首）

钱大昕（清雍正六年至嘉庆九年，1728—1804年）

字晓征，号竹汀。江苏嘉定（今属上海市）人。乾隆十九年（1754年）进士。官至广东学政。著有《潜研堂集》《十驾斋养新余录》等。

钱大昕画像

青龙桥

崎岖卵石路延缘，雁齿平桥望渺然。

十里长堤虹影落，一湾浅碧谷纹圆。

午窗翠袖调笙地，夜栅青帘斗酒天。

想象故园真在眼，沿流只少橛头船。

出处

《潜研堂集》卷三（四部丛刊影印清嘉庆十一年刻本）。

梦麟（诗1题1首）

梦麟（清雍正六年至乾隆二十三年，1728—1758年）

字文子，号午塘。西鲁特氏，蒙古正白旗人。乾隆十年（1745年）进士。官至户部侍郎。著有《大谷山堂集》。

瓮　山

谷口白烟合，隔林闻打钟。樵踪不可拾，磴磴湿云浓。

人立一山雪，鸟鸣千涧松。僧房好闲坐，不为学降龙。

出处

《大谷山堂集》卷一（民国九年刘氏嘉业堂刻本）。

胡季堂（诗2题3首）

胡季堂（清雍正七年至嘉庆五年，1729—1800年）

字升夫，号云坡。河南光山人。由荫生入仕，官至兵部尚书。谥庄敏。著有《培荫轩诗集》。

胡季堂书法

和崔拙圃大司寇上巳日过昆明湖原韵

条畅和风拂面馥，当前景物总奇芬。

四围岚气烟连树，千顷湖光翠接云。

穿柳新莺添嫩哢，排空北雁早宾分。

尚书老健多清兴，退食优游纪见闻。

出处

《培荫轩诗文集》卷二（清道光二年胡镰刻本）。

壬子春日过昆明湖东堤望万寿山次寿雪少司寇元韵二首

昆明湖接玉泉水，第一名泉天下知。今日堤边翘首望，湖光山色画中诗。

一色湖波漾绿漪，六桥烟景望中知。峥嵘最是延禧寺，曾诵鸿篇御制诗。

出处

《培荫轩诗文集》卷四（清道光二年胡镰刻本）。

伊朝栋（诗1题9首）

伊朝栋（清雍正七年至嘉庆十二年，1729—1807年）

字用侯，号云林。福建宁化人。乾隆三十四年（1769年）进士，官至光禄寺卿。著有《赐砚斋诗钞》《南窗丛记》等。

散直过昆明湖九首

湖光山色两如如，又向西风一跨驴。最是嫩秋天气好，闲云澹澹雨疏疏。

吕公洞口片云飞，耶律坟前树影微。为爱山空如太古，红泉响带绿烟霏。

争说亭台似画图，名蓝金碧俯澄湖。不知妙手王摩诘，着色生绡画得无。

飞桥宛宛卧长虹，八角红亭映碧空。纠烂五云辉睿藻，陋周洛水汉秋风。

碧天无际镜空明，鱼鸟亲人各有情。却笑庄生濠濮小，未知仙界有蓬瀛。

咸若天渊物自嬉，依蒲泼剌响涟漪。衔恩何独歌黄鹄，岁岁飞来太液池。

拍拍鸡鹈浮远天，纷纷枫叶绕秋烟。分明人在潇湘岸，只少渔庄与钓船。

沿湖方罢叱乌犍，潋潋新流响稻田。记得江乡新雨后，栗留声唤绿杨烟。

佳气长连西苑浮，鹤巢珠树鹿扶辀。朱陵蜃海何须到，已见增城十二楼。

出处

《赐砚斋诗钞》卷三（清嘉庆十二年刻本）。

毕沅（诗2题2首）

毕沅（清雍正八年至嘉庆二年，1730—1797年）

字秋帆，号灵岩山人。江苏镇洋（今太仓）人。乾隆二十五年（1760年）进士。官至湖广总督。著有《续资治通鉴》《灵岩山人诗集》等。

毕沅《五瑞图》

游昆明湖偶作

蓬岛眼前落，游仙梦清昼。

小步修堤上，翻翻风满袖。

绿涵远近村，青映高低岫。

春深酒幔多，苔古渔矶秀。

紫燕每双飞，锦鳞时一逗。

波摇桥影曲，浪漾天光皱。

丹青画不成，诗句摹难就。

回首百花西，云中下宫漏。

出处

《灵岩山人诗集》卷十四（清嘉庆四年经训堂刻本）。

瓮山谒元耶律丞相墓

草昧文章正则乖，手扶斗柄上云阶。

得时道自高松雪，议谥荣还并鲁斋。

开国鸿谟关间气，上都名士鲜同侪。

我来再拜陈鸡酒，高冢麒麟半土埋。

出处

《灵岩山人诗集》卷六（清嘉庆四年经训堂刻本）。

任承恩（诗1题1首）

任承恩（清雍正八年至嘉庆三年，1730—1798年）

字伯卿，号畏斋。山西大同人。乾隆朝武将，承父荫入仕，官至福建提督。著有《二峨草堂愚稿》。

三月十日游青龙桥至金山遂入宝藏寺
次壁□韵时同张宾园暨张煦堂筠亭昆仲

春风湖外客，烟渚事登临。早月披兰榭，流波溯石林。花香知过雨，云远欲移岑。
且共扪萝入，招提有径寻。苍岩龛佛古，碧玉贮池方。茶鼎松风响，僧扉竹日光。
劳身凭偃仰，初地得清凉。此意忘言说，漫天花雨香。

出处

《二峨草堂愚稿》（清嘉庆九年刻本）。

严长明（诗1题1首）

严长明（清雍正九年至乾隆五十二年，1731—1787 年）

字道甫，号东友。江苏江宁人。乾隆二十七年（1762 年）赐为举人。官至内阁侍读。著有《归求草堂诗文集》《严东有诗集》等。

昆明湖晚泛

秋色满湖汀，波光小洞庭。远涵千顷白，高倚万重青。
击楫凭空阔，吹箫即杳冥。不须悲夜寂，中有大鱼听。

出处

《归求草堂诗集》卷四（民国元年郎园刻本）。

张埙（诗2题2首）

张埙（清雍正九年至乾隆五十四年，1731—1789年）

字商言，号瘦铜。江苏吴县人。清乾隆三十四年（1769年）进士。官至内阁中书。著有《竹叶庵集》。

张埙画像

昆明湖行

波浸不沉湖上山，桥锁不定山下水。鱼龙游戏天当中，日光冲融射金觚。

吾皇神武古无敌，手拓封疆二万里。眼前战舰锦帆开，汉武旌旗儿戏耳。

我偕同官破晓暝，披衣蹑露行稻田。沟头急水鸣溅溅，不来自地来自天。

平畴一豁见沙脊，苍茫溟渤相钩连。是日云汉清复清，四山楼阁琉璃擎。

钩陈元武压水怪，紫微北极高星精。湖中作闸分门揵，十十五五金堤偃。

箫鼓中流彩鹢飞，蓬莱宫苑圣人归。又敕明朝修火器，亲御楼船看合围。

出处

《竹叶庵集》卷六（清乾隆五十一年刻本）。作于癸巳四月迄十二月。

昆明湖晚眺

下春已过上堤游，佛火孤明僧寺楼。万里长风无石燕，一湖春水压金牛。

轩皇钟鼓思仙乐，武帝旌旗辨御舟。次弟传签铜史永，山头新月照桥头。

出处

《竹叶庵集》卷十一（清乾隆五十一年刻本）。

顾光旭（诗1题1首）

顾光旭（清雍正九年至嘉庆二年，1731—1797年）

字华阳，号晴沙。江苏无锡人。乾隆十七年（1752年）进士。官至四川按察使。著有《响泉集》《梁溪诗钞》等。

忆旧游四首 (4首选1)

昆明湖水玉泉山，划破玻璃一棹闲。

平碧横烟鹭双宿，不知春浪到人间。

出处

《响泉集》卷十（清乾隆五十七年刻嘉庆增刻本）。

朱珪（诗1题1首）

朱珪（清雍正九年至嘉庆十二年，1731—1807年）

字石君，晚号盘陀老人。直隶顺天府（今北京市）人，乾隆十三年（1748年）进士。官至户部尚书。著有《知足斋诗文集》。

朱珪画像

雨　后

前年六月朔日雨，泛溢欲涨昆明湖。今年朔晴朏日雨，点滴入土如膏酥。

盱衡我园好帧画，芳树靧沐茄葩敷。红盘珊瑚白晶玉，万舞狃猎琼霞裾。

游鱼自跃锦鳞尾，倒影好晃金蟾蜍。纵横广袤一骋望，芙蓉城拥千丽姝。

罗浮巨蝶戏仙阵，九光云海铺天都。江淹李白好才笔，谁能貌出真云荼。

濂溪爱莲但有说，太华玉井徒形模。朋来不速观不倦，揽结大意清而腴。

色香如此说不得，法华试转西方无。

出处

《知足斋诗集》卷第二十（清嘉庆九年阮元刻增修本）。

弘瞻（诗2题2首）

弘瞻（清雍正十一年至乾隆三十年，1733—1765 年）

自号精畜主人。雍正帝第六子，因果亲王允礼无子，过继为嗣，封果郡王，成为自得园第二代主人。著有《鸣盛集》。

园中春晓

小园春霁后，晓起薄寒侵。鹤语石苔径，鸟啼风竹林。

赤栏芳草浅，绿树野烟沈。短几屏山曲，炉残夜火深。

中元夕自得园泛舟观荷灯偕施静波、顾端卿即席联句

令节中元夜，香花礼法筵。高亭流水绕（主人），曲涧板桥连。

浅草承凉露（静波），残荷堕暝烟。风凄青柳岸（端卿），月朗碧云天。

弯静笙歌院（主人），闲移书画船。三篙知蜃涨（静波），一棹起鸥眠。

仙梵飘层阁（端卿），慈灯照远川。沤浮千盏动（主人），秀携百枝骈。

宓女凌波丽（静波），潘妃缓步研。疏时远泛泛（端卿），聚处更娟娟。

倒影成重萼（主人），流辉散列钱。丹华窥宝镜（静波），清漠浸星躔。

藻井纷披艳（端卿），骊珠的乐园。鳌山徒诩盛（主人），牛渚底须然。

鹤唳闻过屿（静波），鱼潜想在洲。轻衫添白帢（端卿），小几擘青笺。

约客同欢赏（主人），沿溪屡转旋。醇醪倾下若（静波），俪句采蓝田。

爱此林峦胜（端卿），偏多翰墨缘。灯残旋见跃（主人），僧散欲栖禅。

漏画横塘寐（静波），归寻仄径穿。长明依绣佛（端卿），坐待晓霞鲜（主人）。

出处

《鸣盛集》卷四。

翁方纲（诗3题3首）

翁方纲（清雍正十一年至嘉庆二十三年，1733—1818年）字正三，号覃溪，晚号苏斋。直隶顺天（今北京市）人，乾隆十七年（1752年）进士，著有《粤东金石略》《复初斋诗文集》等。

翁方纲画像

冻豆腐

黎祁淡味出冰光，瀹釜依然玉截肪。刻画霜巉水归壑，嵌空窠缀蜜分房。

虞家三德全融结，穆氏诸昆孰比量。来自青龙桥外店①，先春一夜送泉香。

自注

①苑西青龙桥店家卖冻豆腐著名。

出处

《复初斋诗集》卷第四十六（清刻本）。

扈从天津圣驾自泉宗庙启行恭纪 三月十三日

微雨蔼新晴，方塘绣罫枰。云涵千树影，玉戛万泉声。

御路澄烟水，花风卷旆旌。近天瞻沃辇，喜色切初程。

自注

上于泉宗庙门乘马。

出处

《复初斋诗集》卷第四十五（清刻本）。

奏事清漪园 乙巳三月廿九日

别馆新晴曙，刚逢奏雨来①。廊深湖水绕，径转瓮山开。

日泛金霞影，天浮碧玉堆②。侍臣赐食罢，卅载记蓬莱③。

自注

①是日顺天府尹奏得雨二寸许。

②小金山。

③癸酉夏来此。

出处

《复初斋诗集》卷第三十（清刻本）。

韩是升（诗2题5首）

韩是升（清雍正十三年至嘉庆二十一年，1735—1816年）

字东生，晚号乐余。江苏苏州人。贡生。著有《小林屋诗文稿》《听钟楼诗稿》等。

自陆郎庄散步至青龙桥

无多村落野人家，饭后来尝碧碗茶。

活水绕篱深一尺，野荷犹有未残花。

出处

《听钟楼诗稿》卷三（清嘉庆刻本）。

立夏后二日法时帆邀游万寿极乐二寺饭万泉庄次韵四首

朝出城西门，云木揽深秀。浓阴净如沐，宿雨沾已透。同人乐清旷，辙迹互奔凑。
佛事宣梵音，花香媚清昼。坐爱茅亭幽，宁嫌木榻陋。有约倘不来，所见毋乃谬。[①]

生长烟水乡，惯狎田间人。耒耜习勤苦，言笑最朴真。自来京洛住，罕觏泥涂身。
初夏土脉松，正宜播谷辰。嫩柳垂丝丝，活水吹粼粼。扬鞭叱黄犊，一幅江南春。

我本藜藿肠，嗜好极澹泊。不为名利牵，懒散谢束缚。兹游饮啖腴，兼得仁智乐。
泉声耳根清，藤花帽檐落。泛滥汇众流，何年事疏凿。层楼面陂塘，登陟仗腰脚。

弥望皆平畴，刮面少尘土。初晴鸟弄音，薄阴天不雨。梧门老诗人，辨色便起舞。
新诗出袖看，不待游后补。和章火急催，寸长亦必取。胎源汉晋间，交推五言祖。

自注

①昨与味辛梅溪相订天阴不至。

出处

《听钟楼诗稿》卷八（清嘉庆刻本）。

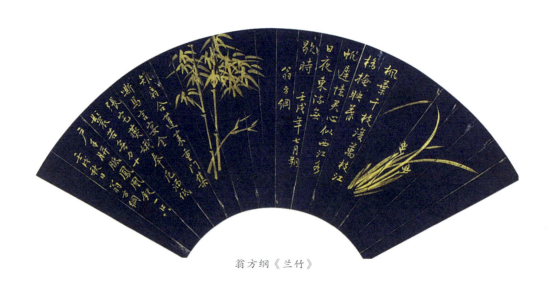

翁方纲《兰竹》

沈叔埏（诗1题1首）

沈叔埏（清乾隆元年至嘉庆八年，1736—1803 年）

字埴为，号双湖。浙江嘉兴人。乾隆五十二年（1787 年）进士，官吏部主事。著有《颐采堂集》等。

食昆明湖鲫呈疏雨前辈

讶是蓬池鲙，分尝到酒边。自来生液水，谁许荐芳筵。

洱海跳同健，温湖味比鲜。丹砂祇一味，皓魄已争妍①。

自注

①时八月十二夜。

出处

《颐彩堂诗钞》卷七（清道光二十八年沈维鐇刻本）。

茹纶常（诗1题1首）

茹纶常（清雍正十二年至不详，1734—？ ）

字文静，号容斋。山西介休人。监生。著有《茹纶常诗文全集》《容斋诗集》等。

出阜城门即目

蹇驴才出国西门，拟问门头旧日村。海淀前途劳远目，更无人说米家园。

清华园址已全迷，水鸟沙禽接稻畦。最好西勾桥上路，西山更在瓮山西。

出处

《容斋诗集》卷十八（清乾隆三十五年刻，乾隆五十二年，嘉庆四年、十三年增修本）。

祝德麟（诗2题2首）

祝德麟（清乾隆七年至嘉庆三年，1742—1798年）

字趾堂，号芷塘。浙江海宁人。乾隆二十八年（1763年）进士，官监察御史。著有《悦亲楼诗集》《国朝诗人征略初编》等。

昆明湖

山以名泉著，泉流水特长。出山仍不浊，掬水欲生香。

画鹢通桥穴，金牛护石塘。离宫频望幸，草树有辉光。

出处

《悦亲楼诗集》卷七（清嘉庆二年姑苏张遇清刻本）。

同人步昆明湖堤作长歌

玉泉之水天下无，注为万派环京都。跳珠戛玉自岩穴，奔放实始昆明湖。

灵台灵沼众所乐，异境迥与凡区殊。百重画障苍紫错，一奁明镜云霞铺。

湖光荡漾泼活翠，虹桥远跨嵌珉珠。水禽自来还自去，中有荇藻芰莲蒲。

瑶台琼岛罗列宿，隔岸可望不可摹。谓从九州写名胜，镕金一一归洪炉。

大江金焦汉黄鹤，杭之明圣苏具区。世间好景忽鳞萃，移徙转笑愚公愚。

双堤蜿蜒作龙卧，迤东绵互通阛阓。内有稻田可百顷，外有柳岸容千株。

孤亭踞中象华盖，连甍累栋神倾扶。四檐横扁刻睿藻，帝鸿墨海惊霆驱。

此间小憩得要领，翻令眼界愁模糊。我闻汉家习水战，开西南夷夸雄图。

武帝旌旗空想像，鲸鱼织女埋秋菰。国家威德及四远，雁臣鱼妾周海隅。

深宫宵旰鲜暇逸，几余偶此留宸娱。文王之囿七十里，刍荛雉兔咸奔趋。

古今代异治道一，较量名实宁同符。吾曹退直兴不孤，招邀胜侣三五俱。

徘徊堤上狎鹭凫，不觉乡思萦三吴。三吴风景虽云乐，岂若此地真蓬壶。

於戏！玉泉之水天下无。

出处

《悦亲楼诗集》卷十七（清嘉庆二年姑苏张遇清刻本）。

秦瀛（诗2题2首）

秦瀛（清乾隆八年至道光元年，1743—1821年）

字凌沧，号遂庵。江苏无锡人。乾隆三十九年（1774年）举人。官刑部侍郎。著有《小岘山人诗文集》《遂庵日知录》《清朝书画家笔录》。

遥忆时帆诸君游玉泉山五迭前韵

豫卜清游近禊天，诸君策骑瓮山前。岩深犹带残年雪，谷转难分远壑烟。

沽酒溪桥排雁齿，题诗松寺耸鸢肩。暮钟声里寻归路，好唤斜阳渡口船①。

自注

①闻自玉泉登小舟可直至高梁桥。

出处

《小岘山人集》卷十八（清嘉庆二十二年刻，道光间补刻本）。

山　寺

瓮山西畔始逢僧，佛火还悬最上层。野鼠穿松衔堕果，岭猿挂树络寒藤。

荒烟草没前朝刹，古径人寻废帝陵①。太息媚珰诸宰辅②，龟趺百尺耸崚嶒。

自注

①谓明景皇陵。

②前明佛利多阉人营建，碑文皆宰辅作也。

出处

《小岘山人集》卷十九（清嘉庆二十二年刻，道光间补刻本）。

吴俊（诗1题1首）

秦瀛画像

吴俊（清乾隆九年至嘉庆二十年，1744—1815年）

字奕千，晚号昙绣居士。江苏苏州人。乾隆三十七年（1772年）进士，累官山东布政使，著有《荣性堂集》。

由倚虹堂泛舟出绣漪桥眺三山楼阁用高达夫秋霁曲江俯见南山作韵

神山巨鳌戴，游戏仙者流。一夜飞徙此，开眼三昆丘。京邑满暑雨，雄虹吐清秋。

林旭翳杲杲，冰风调修修。蒲莲雾气密，篱落烟光幽。人语不可迹，回湍或误投。

瞥忽蹈溟渤，俯仰忘扁舟。目迴入飞阁，身轻过白鸥。松乔在咫尺，簪组徒营求。

夷犹信归棹，胜作东海游。

出处

《荣性堂集》卷六（清嘉庆刻本）。

李簧（诗2题2首）

李簧（生卒年不详）

字以雅，号梅楼。山东单县人。清乾隆三十六年（1771年）进士。官翰林院编修。著有《退园集》《梅楼诗存》《史垣集》。

同燕人过昆明湖

远树横官路，燕云识旧京。西山山色好，禁苑指昆明。

潴水香粳静，争崖石溜鸣。甘泉时咏赋，应有子云情。

重过昆明湖

深岩辇路与云平，湖水依然接太清。处处青荷宜夜雨，山山红树出秋晴。

千崖石气还留影，万壑风泉不断声。别苑词臣高骨马，几回常傍六龙行。

出处

《梅楼诗存》卷之十三（民国十年铅印本）。

洪亮吉（诗6题6首）

洪亮吉（清乾隆十一年至嘉庆十四年，1746—1809年）

字君直，号北江，晚号更生居士。江苏常州人。乾隆五十五年（1790年）进士，累官至贵州学政。著有《卷施阁诗文集》《更生斋诗文集》等。

洪亮吉画像

春灯词第六

昆明湖水连天碧，万盏灯辉一天月。临湖亭上看春灯，鱼龙曼衍从东升。

春灯词接春帖子，远自乾隆丙寅始。辛壬以后皆八篇，却与卦象同绵延。

生生不已真堪卜，今岁自随还至复。年年岁岁游豫同，谁识义蕴阴阳通。

宸篇下计归政日，却合伏羲全部易。

出处

《卷施阁集》诗卷第九（清光绪授经堂刻洪北江全集本）。

循青龙桥北入山

高原无人居，千顷堆白日。前行惊眯眼，沿道飞石屑。流云势汹汹，意欲碍车辙。

洪亮吉《高冠富贵》

万叶鼓北风，斜冲一门出。骑行既回互，徒步径尤劣。绝险度一冈，同行俨相失。

玲珑诸石窍，往往野花茁。秋虫与相间，竹径亦幽绝。到觉万仞湖，孤悬石楼末。

出处

《卷施阁集》诗卷十八（清光绪授经堂刻洪北江全集本）。

登苍雪庵小轩望安定平则诸门并见白塔

松阴甫迎人，槲叶忽拒辙。土垣从东颓，了了露佛阙。旋螺方数转，足险入石穴。

敧斜臻层轩，眼界始突兀。窗棂宁待启，云怒已飞出。重冈莽回环，幸有北口缺。

奔流从此注，百里只一瞥。蒙蒙烟尽处，时逗人马迹。心空无窒碍，木叶半俱脱。

谁云飞鸟迅，讵若隙驹疾。危瞻七层塔，天际白如雪。斜日下九门，丹楼亦齐突。

出处

《卷施阁诗集》卷十八（清光绪授经堂刻洪北江全集本）。

四月十一日绮春园雅集应教

名园一棹水沄沄，柳正披香草乍熏。画舫已教延碧月，紫藤偏欲上青云。

欣传檄报秦关捷，不碍颜从鲁酒醺。雅有剡溪笺百幅[1]，醉余书许乞羊欣。

昆明湖水接天流，揖客都从水上头。正好柳阴三弄笛，未妨花里一登楼。

迂疏尚荷贤王礼，扰攘谁分圣主忧。残盗莫矜盘踞稳，早看飞将下神州。

自注

①时观成亲王所书堂额，亦乞写卷施阁榜。

出处

《卷施阁集》诗卷十八（清光绪授经堂刻洪北江全集本）。

望雨作

朝望雨，雨不来，乌鹊声里红云开。暮望雨，雨不下，柝声茫茫星影泻。

五陵山，十日不出云，赤日炙窜牛羊群。昆明湖，一旬水减尺，青草欲生鱼鳖窟。

东西紫陌飞曲尘，祈祷日烦两圣人。君不见，安得檐头雨如注，更望驿西传露布[①]。

自注

①时望陕西捷音甚切。

出处

《卷施阁集》诗卷十八（清光绪授经堂刻洪北江全集本）。

春日游昆明湖

车轮迟，马蹄遽，十骑斜穿碧云去。山云穿罢入水云，鸂鶒天半飞成群。

阑干窈窕回廊复，山作屏风亦千曲。朝阳一缕透远红，却被松杉罩深绿。

牵牛亭北环桥东，八窗齐开迎八风。回途咫尺春波涨，燕剪都从马头扬。

出处

《卷施阁集》诗卷十九（清光绪授经堂刻洪北江全集本）。

赵怀玉（诗2题5首）

赵怀玉（清乾隆十二年至道光三年，1747—1823 年）

字亿孙，号牧庵。江苏常州人。乾隆四十五年（1780 年）赐举人。授内阁中书。著有《亦有生斋集》等。

昆明湖

小步西堤上，昆明一望收。水光清鉴发，山翠澹宜秋。

赵怀玉画像

遥作都城卫，频经御辇游。安澜恢禹绩，卅载镇金牛①。

自注

①堤有铜牛乾隆乙亥年铸。

出处

《亦有生斋集》诗卷十五（清道光元年刻本）。

立夏后二日伍尧侍讲法式善招游极乐诸寺饭万泉庄复过圣化寺小憩而归即次原韵

郊行西复西，弥望山色秀。新霁酿薄阴，朝晖出未透。

良朋颇契阔，是日各奔凑。花事盛精蓝，茶烟扬清昼。

聊追方外游，藉洗胸次陋。世网苦羁绁，私心殊刺谬。

侍讲扶大雅，所集皆名人。哺啜亦风流，周旋多率真。

且为偷闲客，谁证不坏身。惊心斗转已，瞥眼参与辰。

谷风飘习习，池水生粼粼。韶华去未久，伤别兼伤春。

言访丹棱沜，车停似舟泊。安得渔钓终，尽解情爱缚。

聚谈互出奇，有酒独亦乐。藤阴绿渐浓，楸花红不落。

名泉二十八，一一费疏凿。倘许遂重游，宁辞趁双脚。

圣化接万泉，清净隔尘土。天风飒然来，云黑势欲雨。

长河波浪阔，绝巘松杉舞。已收台池胜，遂以原野补。

客懒或未从，境幽当远取。唯嫌文字习，面壁愧初祖。

出处

《亦有生斋集》卷第十九（清道光元年刻本）。

赵怀玉书法

陈万全（诗1题1首）

陈万全（清乾隆十二年至嘉庆七年，1747—1802年）

字越群，号梅垞，浙江石门（今属浙江省桐乡市）人。乾隆四十九年（1784年）进士。官至兵部左侍郎。著有《三香吟馆诗钞》等。

过青龙桥憩遗光寺

夹道垂杨散晓鸦，晴坰迤逦踏平沙。遥寻山麓遗光寺，恰过桥西贳酒家。

极目真图时隐现，方秋远色正清华。纪辰忙报登高节，僧舍还来就菊花。

出处

《三香吟馆诗钞》卷五（清道光十年刻本）。

汪学金（诗4题4首）

汪学金（清乾隆十三年至嘉庆九年，1748—1804年）

字敬箴，号杏江，晚号静厓，江苏太仓人。乾隆四十六年（1781年）进士。官至左春坊左庶子。著有《井福堂文集稿》《静厓诗初稿》《静厓诗续稿》等。

雅堂既和二绝句复以丁巳新月旧作见示因和韵奉简

紫薇同直夜，湖月踏芳春。月影澄明镜，湖光烂湿银。一番经魄蚀①，几度寄眉颦。
邂逅重三节，蹉跎半百身。年华愁逝水，世事悟流尘。若指禅心认，推君慧业人。

自注

①乙未上元后一夕，与雅堂同至昆明湖玩月。更余月食，各有诗。

出处

《静厓诗续稿》卷一（清乾隆刻嘉庆增修本）。

题座主大宗伯定圃先生荷净纳凉图

昆明湖上红霞起，荷花一开三十里。青山倒影浸玻璃，落翠空蒙鲤鱼尾。

太乙仙人一瓣花，手持玉书双髻丫。天孙璇室晨舒锦，海客珠宫夜浣纱。

尚书早直明光殿，水嬉催侍华林宴。小筑城南韦杜居，特开天上蓬莱院。

即今晓禁缓鸣珂，仙苑潆洄少海波。不知何处衣香惹，定有熏风拂槛过。

午桥退直归来晚，曲榭回廊坐清远。卸却朝衫著接䍦，雨后秋光在西崦。

水天夕阳飞鹭鸾，碧云缥缈吹参差。湘帘半挂月初上，正是红衣欲堕时。

六月虚堂不受暑，香篆茶烟销几许。若问东山后乐心，人间遍洒清凉雨。

从来好事画图传，听履星辰近九天。他时更补沙堤路，曲里还歌相府莲。

出处

《静厓诗续稿》卷九（清乾隆刻嘉庆增修本）。

正月十六夜昆明湖上望月呈雅堂

月出满湖烟，湖光漾碧天。影摇千顷里，彩彻九霄边。琼岛春无际，沧江意渺然。

兹游非不美，一倍惜流年。花月春江夜，高楼十二阑。所思天末远，几度客中看。

薄宦怜鸡肋，浮生笑鼠肝。最怜明镜影，消蚀每无端[1]。

自注

①是夜月食。

出处

《静厓诗初稿》卷八（清乾隆刻嘉庆增修本）。

雪后昆明湖晓望

昨夜酒家酣，冲寒晓驻骖。

梅花一万片，吹不到江南。

出处

《静厓诗初稿》卷八（清乾隆刻嘉庆增修本）。

胡逊（诗1题2首）

胡逊（清乾隆末至嘉庆初）

字蕙麓。江苏常州人。乾隆末至嘉庆初任宛平令。著《蕙麓诗存》。

立夏后二日时雨初晴法时帆学士邀同人晨出西直门
憩极乐寺抵万泉庄饭罢游长河一带名刹和作

春去夏已来，草木竞森秀。应时三月雨，绿野土膏透。乘兴集朋侪，一时车毂辏。
细雨洒芳晨，微云幂清昼。布置本天然，邱壑岂云陋。适意欲忘归，鉴赏真不谬。
招提联袂至，一一皆伟人。下笔惊风雨，谈笑俱天真。烟云染襟袖，明月惊前身。
乐趣托泉石，芒角辉星辰。仰观山嵯峨，俯视水潾潾。痛饮莫辞醉，和神可当春。

十年为俗吏，此志颇澹泊。进取本有命，不为利名缚。终年事劳攘，此中有至乐。
草木秋复春，花开荣更落。万物一静观，私智不穿凿。山亭半日闲，聊以歇吾脚。
万木抱山寺，历历皆乐土。灌溉及花木，天气半晴雨。时鸟换新声，雏蝶初试舞。
呼朋共遨游，于世何所补。鸥鸟自忘机，此事各有取。归鞭问稻田，且以祀田祖。

出处

《蕙麓诗存》卷之三（清道光二十六年武进胡氏木活字印本）。

永瑆（诗1题1首）

永瑆（清乾隆十七年至道光三年，1752—1823年）

少字镜泉，别号诒晋斋主人。乾隆帝第十一子，嘉庆帝异母兄。乾隆五十四年（1789年）十一月封和硕成亲王。嘉庆四年（1799年）在军机处行走。谥曰哲。著有《听雨屋集》《诒晋斋集》等。

过自得园三侄十一侄寓

入门随眺望，系马各迟延。扑地野花足，谁家秋水偏。

眼明翻蝶处，心远浴鸥前。不意劳迎送，相过亦适然。

出处

《诒晋斋集》卷六（清道光二十八年刻本）。

法式善（诗11题16首）

法式善（清乾隆十七年至嘉庆十八年，1752—1813年）

字开文，别号时帆、梧门等。蒙古族。乾隆四十五年（1780年）进士。官至侍讲学士。著有《存素堂集》《梧门诗话》等。

法式善画像

青龙桥

天恐四山影，浑成翠一片。截之以横流，曲折使各见。

清泉进古石，青碧汇为淀。长桥亘厥中，蜿蜒倚晴甸。

过桥水声大，况有春风扇。一双蝴蝶飞，杏花满僧院。

出处

《存素堂诗初集录存》卷一（清嘉庆十二年王墉刻本）。

大有庄

草香及水香，沁人肠腹内。渴饮南山泉，饥餐北峰黛。遂令诗人胸，不着纤尘秽。
草堂谁所辟，幽洁殊可爱。虚沙涨石根，残竹倚花背。晨窗弄纸笔，午市售鱼菜。
夕月照前溪，松林黑无碍。

出处

《存素堂诗初集录存》卷一（清嘉庆十二年王埔刻本）。

始春游昆明湖

春波平不流，孤棹寒烟下。初旭入空林，饥乌噪平野。残雪露松梢，斜阳动蓬颗。
傍城四五家，冷翠扑檐瓦。村醪何处沽，一角山如写。

出处

《存素堂诗初集录存》卷一（清嘉庆十二年王埔刻本）。

万泉庄

北风吹不枯，积雪融渐绿。水烟与空色，远近湛林木。闲方羡白鸥，健早愧黄犊。
行行石桥南，忽见酒人屋。幽旷我天性，遂欲此卜筑。晴沙聚迤逦，细淙流洄洑。
草堂一灯孤，诗梦三杯续。月魄起夜窥，云鬟卧朝瞩。簪绂不累人，心迹涤尘俗。
前事怅已往，来日悲太促。且坐清泉尾，凉月手自掬。任尔百鸟喧，掩门听飞瀑。

出处

《存素堂诗初集录存》卷一（清嘉庆十二年王埔刻本）。

人日至大有庄憩佛寺

亭午始炊饭，老僧能耐贫。孤村人日酒，高树佛堂春。

冰啄鸟声碎，云皱山影新。过桥踏寒绿，一样画图身。

出处

《存素堂诗初集录存》卷二（清光绪五年崇福湖南刻本）。

重游万泉庄

万树已秋色，一蝉犹苦吟。流来西涧水，冷到酒人心。

归雁沙边去，夕阳花外沉。前游渺陈迹，壁上旧诗寻。

出处

《存素堂诗初集录存》卷三（清嘉庆十二年王墉刻本）。

由南海甸历青龙桥至宝藏寺寺原名苍雪庵

微雨洗氛垢，秋山愈秀整。穿林途径纡，沿溪村巷永。言过青龙桥，省然非人境。

目睇白湖烟，化作云万顷。鞭丝漾树外，却似孤帆影。我行苍翠中，健步不能骋。

山寺得小憩，午风吹忽冷。因思苍雪庵，久矣尘事屏。繁华现目前①，何事更端请。

愿与素心人，居高时警省。徙倚清泉旁，斜日下西岭。

自注

①开窗，京城廛市皆见。

出处

《存素堂诗初集录存》卷六（清嘉庆十二年王墉刻本）。

立夏后二日时雨初霁邀同人晨出西直门
憩极乐寺抵万泉庄游长河诸寺

北方见山水，心目竞森秀。草木抱城郭，一雨万绿透。

晴日苔矶明，远风麦陇皱。言招江南客，载酒娱清昼。

僧寮极幽窈，酒村殊荒陋。食肉胜食笋，此言或不谬。

我虽不饮酒，颇爱交酒人。鄙怀藉涤荡，烂漫存天真。

矧兹一代才，各负千秋身。相逢复相得，终岁难其辰。

清风林外来，吹动波粼粼。好鸟适和鸣，何知恋余春。

文士爱名誉，高人志澹泊。性情虽弗同，要都怕束缚。

生长太平日，吾自具吾乐。停杯看鸟还，坐石待花落。

委心任天运，何事费穿凿。萧然退院僧，安禅胜行脚。

天公爱佳客，特为除尘土。农夫荷锄笑，昨夜得好雨。

客皆江湖人，闻言忭且舞。我饱太仓粟，惭无毫末补。

快际风日清，赋诗义有取。诸君田间来，曷以报田祖。

出处

《存素堂诗初集录存》卷十一（清嘉庆十二年王埔刻本）。

步裂帛湖堤抵昆明湖

楼台在天际，不禁游者看。渺弥湖水光，荡我烦忧散。烟中白鸟呼，树上幽禽唤。

沿缘短草生，四顾愁无岸。波心大鱼出，避人忽惊窜。欲归路已失，前行桥又断。

忽从新绿底，一片春流乱。言是昆明湖，放眼窥浩瀚。始信裂帛水，仅此湖之半。

由浅而得深，儒生贵淹贯。知足故常足，何必到江汉。

出处

《存素堂诗初集录存》卷二十三（清嘉庆十二年王埔刻本）。

西方寺

寺既名西方，僧宜空诸有。米帖与欧书，墨云不离手。花影上石栏，棋声出松牖。

胸涤玉泉水，尘烦谢已久。春寒两湖月，风送千波柳。堤前曳杖来，曾得新诗否。

出处

《存素堂诗初集录存》卷二十三（清嘉庆十二年王埘刻本）。

由堤上历界湖、桑苎、玉带诸桥至镜桥而返得诗二首

春深花木房，水明桑苎村。断云没桥柱，古苏生松根。缓步长短堤，不问东西园。
但觉远来风，吹绿衣上痕。波摇树影破，任尔鱼吐吞。有色每易坏，无着能常存。
桃花与流水，二者当细论。

三山万树云，两湖一条水。鸟飞山影外，人在湖烟里。蓬莱本仙境，问谁能到此。
苍茫古诗境，历历豁眸子。坡公海市游，题句心独喜。有若造物厚，大块为我起。
笑余太局促，身未离乡里。暂偷半日闲，一雪拘墟耻。

出处

《存素堂诗初集录存》卷二十三（清嘉庆十二年王埘刻本）。

伊秉绶（诗1题1首）

伊秉绶（清乾隆十九年至嘉庆二十年，1754—1815年）
字组似，号墨卿，晚号默庵。福建宁化人。乾隆五十四年
（1789年）进士，历官至刑部员外郎。著有《南窗丛记》《留
春草堂诗钞》等。

伊秉绶画像

同年陈梅垞、万全周莲塘、兆基两编修
李凫塘中允骥元招游遗光寺次韵

半湾流水起栖鸦，雁齿鳞鳞映浅沙。秋浦渔间红叶艇，晚山僧指白云家。

伊秉绶书法

骖停初地尘新浣，磬落中天月正华。谁信蓬壶仙岛客，共跌禅榻对黄花。

出处

《留春草堂诗钞》卷一（清嘉庆十九年秋水园刻本）。

石韫玉（诗1题3首）

石韫玉（清乾隆二十年至道光十七年，1755—1837 年）

字执如，晚号独学老人。江苏苏州人。乾隆五十五年（1790 年）状元，官至山东按察使等职。著有《独学庐稿》《晚香楼集》等。

春日直庐纪事（11 首选 3）

大官侵晓便传餐，阿监擎来竹里盘。

饭罢更颁新茗饮，玉泉水煮密云团。

澹云疑雨复疑晴，林外声声布谷鸣。

传道上皇清跸出，大东门外省春耕。

蓬莱宫殿庆霄间，镜里烟岚万寿山。

云气轮囷峰顶出，化为霖雨遍人寰。

出处

《独学庐稿》卷一（清写刻独学庐全稿本）。

温汝适（诗2题2首）

温汝适（清乾隆二十年至道光元年，1755—1821年）

字步容，号筼坡。广东顺德人。乾隆四十九年（1784年）进士。官至兵部右侍郎。著有《携雪斋诗文钞》等。

麦庄桥道中即目

晓日平芜绿倍浓，溪桥遥望水溶溶。浮岚积雪分千叠，映出西山远近峰。

淀南淀北绕流泉，百顷陂塘几处连。又见桃花明镜里，曾逢荷气晚风前①。

离离芳树亦成林，已见根荄雪后深。想得清和三月尾，携来小榼醉浓阴。

自注

①时从湖畔至万泉庄。

出处

《携雪斋诗钞》卷一（清道光三年珍恕堂刻本）。

晓晴至前湖上观荷同香祖舍人作

昨朝骤雨打新荷，湖上风来走马过。却欠徘徊云锦里，闲看叶底水禽多。

长堤高树晓含烟，夹镜湖光御苑前。荇带牵风萍叶动，清晨小立暗香传。

山色天容碧四围，露珠的皪点人衣。略如太华峰头坐，未羡宫中给事归。

寻源曾过万泉庄，无数红蕖间绿杨。散直径须从此去，陂塘水满午风凉。

自注

万泉庄有泉宗庙，庙外一泉涌出名沸泉，殆泉源也。

出处

《携雪斋诗钞》卷一（清道光三年珍恕堂刻本）。

姚文田（诗1题1首）

姚文田（清乾隆二十三年至道光七年，1758—1827 年）字秋农，号梅漪。归安（浙江湖州）人。嘉庆四年（1799 年）进士。著有《邃雅堂学古录》《邃雅堂集》等。

姚文田画像

从御园步至昆明湖

昆明湖接御园西，石径斜通望转迷。

夹道泉流宫籞近，过桥山护禁垣低。

水田未没禾根短，沙渚新遮荇叶齐。

散步不知归去晚，更随残照过前堤。

出处

《邃雅堂集》卷八（清道光元年江阴学使署刻本）。

玉保（诗1题1首）

玉保（清乾隆二十四年至嘉庆三年，1759—1798 年）

字阆峰。满洲正黄旗人。乾隆四十六年（1781 年）进士。官至吏部侍郎。著有《萝月轩存稿》。

昆明湖

万顷烟波望欲迷，石桥风定乱蝉嘶。云浮金凤巢阿阁，日照铜牛卧大堤。

燠馆凌霄丹嶂迥，水师校战彩帆齐。圣皇自有平时备，郑重将军旧鼓鼙。

出处

《晚晴簃诗汇》卷一百四（民国退耕堂刻本）。

刘嗣绾（诗1题1首）

刘嗣绾（清乾隆二十七年至嘉庆二十五年，1762—1820 年）

字醇甫，又字简之，号芙初。江苏常州人。嘉庆十三年（1808 年）进士。官编修。著有《尚纲堂集》。

丁云鹏文殊洗象图

文殊出世数千载，洗象河边作狡狯。丁生何处得此意，空色中间著图绘。

变相涌现来毫端，时于定中作定观。波光不动云影直，妙华一朵当空盘。

象王点头与佛语，象鼻轩然如欲举，想见当年驱象来，倒卷诸天下花雨。

我闻异象曾噬人，有佛制象象亦驯，得毋象身即佛身，骑象渡河象弗嗔。

翻波撇浪随所使，佛不生灭象不死，佛力堪为象主人，象教乃如佛弟子。

瑶光奕奕恒星边，此象与佛同西天，佛来浴象如浴佛，佛亦随之入中国。

飘然一渡慈航来，雪山卷起千千堆。却从河边望星宿，奚止海上看蓬莱。

君不见，朝中尚有前时象，应识文殊本来相。

惜哉不遇丁生写此图，年年洗象昆明湖。

出处

《尚绸堂集·诗集》卷二十三（清道光大树园刻本）。

阮元（诗2题2首）

阮元（清乾隆二十九年至道光二十九年，1764—1849 年）

字伯元，号芸台等，晚号怡性老人。江苏仪征人。乾隆五十四年（1789 年）进士，官至云贵总督、体仁阁大学士。谥文达。著有《研经室集》《两浙輶轩录》等。

阮元画像

泉宗庙扈驾

维皇濩德泽，甘雨湛郊原。

晓晴云尚渍，夏首绿初繁。

东勾柳成谷，西雉稻名村。

泉响蛤犹吠，露凉蝉未喧。

宫槐交翠盖，堤草藉龙轩。

青畴契宸赏，黄屋瞻崇尊。

敷筵坐临水，赐食共衔恩。

清醴度双阙，于此镜心源。

出处

《研经室集》四集诗卷一（四部丛刊景清道
光本）。

阮元《抱膝图》

秋日同宋梯云越游昆明湖途中口占

一水盈盈限紫微，相将下马拂征衣。

自怜不及汾河雁，只傍秋风太液飞。

出处

《两浙輶轩录》卷二十七（清嘉庆刻本）。

吴嵩梁（诗1题1首）

吴嵩梁（清乾隆三十一年至道光十四年，1766—1834年）

字子山，号兰雪，晚号澂翁等。江西东乡人。嘉庆五年（1800年）举人。官至内阁
中书。著有《香苏山馆全集》等。

思元主人游海淀遇大风雨归自撰游记客为绘图赋诗应教

日暮白云出，飘然殊未还。明湖三十顷，照见画眉山。树影参差久，蝉声断续间。谁知临水客，幽意最相关。一雨先秋到，湖天得骤凉。稻花村径黑，荷叶水亭香。灯火从谁借，衣衫湿未妨。归来摇醉笔，雷电更飞扬。楼阁虚明里，斜阳万柳条。记寻黄叶路，曾过绣漪桥。暮鲤看频掷，闲鸥久见招。尘劳今廿载，对此亦魂消。诗画通三昧，西园约再过。身云功德满，心月妙明多。道力山同定，离愁水欲波。扁舟吾已具，归补旧青蓑。

出处

《香苏山馆诗钞》卷四（清木犀轩刻本）。

陈文述（诗2题2首）

陈文述（清乾隆三十六年至道光二十三年，1771—1843年）字谱香等，别号元龙等。浙江杭州人。嘉庆时举人。著有《颐道堂集》《碧城诗馆诗钞》等。

陈文述画像

昆明湖堤上望玉泉山楼阁

昆明池水汉时功[①]，倒影明波澹若空。碧湛楼台秋镜里，翠疏烟树晓屏中。华林隐隐无尘隔，蓬岛迢迢有路通。欲赋觚棱写葵藿，五云高处日华红。

自注

①杜句。

出处

《颐道堂集》（清嘉庆十二年刻道光增修本）。

七夕同张鹿樵中翰昆明湖对月

夜山如梦澹生烟，远水无波月上弦。

银汉欲流星渐转，昆明湖上早秋天。

出处

《颐道堂集》（清嘉庆十二年刻道光增修本）。

斌良（诗37题63首）

斌良（清乾隆三十六年至道光二十七年，1771—1847年）

字吉甫，又字笠耕等，晚号随荃。瓜尔佳氏，满洲正红旗人。由荫生历官刑部侍郎、驻藏大臣等。著有《抱冲斋诗集》等。

昆明湖

二十二日游吉如二弟霍隆阿枣香山馆，过青龙桥。

紫骝蹀躞飒风飙，帽影冲寒度石桥。雪意粉渲峦万叠，春痕黛浣柳千条。

青阳白日一无事，山渌湖光互动摇。遥指郁林冈畔路，凌霄双塔似相招。

出处

《抱冲斋诗集》卷十一（清光绪五年崇福湖南刻本）。

过罨秀村

石路马蹄响，连镳逞隽游。近冈盘礴险，放溜断冰浮。

虎圈笼筊守，渔村罘网收。球场草萌蘖，寒色上貂裘。

出处

《抱冲斋诗集》卷十一（清光绪五年崇福湖南刻本）。

廿二日至董思村枣香山馆，饭罢邀家可盦吉如游宝藏寺，僧静省留坐清凉厂，汲玉泉水煮茗，开窗望三山、昆明湖诸胜，留诗疥壁，兼订后游

隔夜理都篮，晨策鸡戒旦。香粳饱山厨，蒙茸各巾盥。身轻健于鹖，结侣据款段。

钩衣荦确森，寺压翠微半。彩虹跨屝颜，破空悬匹练。阿邃残雪留，春阳古冰泮。

巢危老鹳栖，藤断惊麏窜。骑滑懔朽驭，骙袅飞凫换。琼霏屡齿霜，珠敛鼻头汗。

僧如纻千雀，面色冻梨烂。豆房作清谭，堂头起亲唤。披曳破衲衣，拂拭素木案。

指点下方景，邀我钻窗看。危构出鸟背，略吐凌紫汉。决眦接鹓鸿，侧身聆鹍鸣。

帛湖琉璃铺，渚宫金碧灿。舻棱羲驭辉，复道卿云缦。柳色带昆明，晴光转鹊观。

更复纵远目，万瓦起烟爨。渔村擨网佃，虎圈树栅捍。射苑接球场，隐约松篁干。

洪崖笑拍肩，窣堵波齐骭。置身阆峰巅，秩领丹霞冠。双眸给不暇，耳窍笙竽乱。

伏流涌山椒，喷薄玑琲璨。水乐鸣铮钹，泠然解烦暵。绠汲菩萨泉，炉炙金刚炭。

匏尊借取尝，奚啻醍醐灌。甘冽沁诗脾，参寥增咏叹。僧言时沍寒，裹足少攀玩。

遨头盛嬉游，听鹂客鱼贯。环村绛桃蒸，十里绮霞幔。何事避秦人，洞口扁舟绊。

而我乐无事，腰笏任樗散。行当携蛮榼，粹脚染新翰。吾师肯结邻，买山我不惮。

出处

《抱冲斋诗集》卷十一（清光绪五年崇福湖南刻本）。

游昆明湖坐青龙桥茅店中沽莲花白酒自饮

细草闲跌坐，都篮携取便。笪香莲叶酿，霜酽菊花天。

晴渌衫痕染，斜阳帽影圆。柳汀凉意味，吹到雪鸥边。

雨后过六郎庄题酒家壁

翠峦如笑卧春云，奁拓湖光绉縠纹。鸠妇引吭珠一串，慈姑种水碧三分。

攒眉自懒同莲舍^①，任达何妨狎鹭群。烟趣分明属渔者，酒瓶蓑藉醉斜曛。

自注

①子不到紫竹禅院十年矣。

出处

《抱冲斋诗集》卷十二（清光绪五年崇福湖南刻本）。

遗光寺

翠麓名蓝枕，支藤叩竹扃。避风香阁矮，穿壑善泉泠。

树腹空蟠石，云心懒下亭。菩提开宝筏，松栝导门青。

出处

《抱冲斋诗集》卷十二（清光绪五年崇福湖南刻本）。

题清凉厂

怀古桥边絷马群，丹枫乌臼锁秋雯。

此来免被樵夫笑，有暇相过话白云。

出处

《抱冲斋诗集》卷十二（清光绪五年崇福湖南刻本）。

西方寺看凌霄花访苑丞嵩阿礼不值和壁间梧门先生旧韵

入寺访良朋，四壁空所有。奇石绣苔钱，滑腻不留手。凌霄幂女萝，翠荫分虚牖。

可惜正花时，我来未携酒。明年当再游，僧言时太久。不如看稻田，秋深问湖柳。

莞尔对奚奴，其言是与否。

出处

《抱冲斋诗集》卷十六（清光绪五年崇福湖南刻本）。

由大树庵至大有庄，望昆明湖上玉泉诸山

看山兴胡勇，柭车乘晓晴。槎枒诗思殷，时共山云生。

荷气扑衣澹，松吹掠耳轻。云开鹔鹴丽，岸哳龟鱼横。

意行度湖堨，翠漻摇光晶。庄仍大有历，桥以安和称。

樵歌闻稍起，涤耳远市声。茅茨酒旗卓，宕荡朝暾明。

甘瓜碧藤蔓，林枣朱实成。槐夏暑渐阑，白袷凉飔萦。

群玉浓黛泼，萧爽接太清。中藏四百寺，绁马寻碑铭。

村翁佩牛归，相值依柴荆。耦语叩城市，米价近可平。

出处

《抱冲斋诗集》卷十六（清光绪五年崇福湖南刻本）。

昆明湖写望

晓值廊餐簉午停，桥西风籁满清听。鸥随夕照冲烟艇，天绘秋光入画屏。

琢句秀于山蕴玉，逢僧闲似絮遭萍。溪云波縠溟蒙处，只觉寥寥满目青。

出处

《抱冲斋诗集》卷十八（清光绪五年崇福湖南刻本）。

偕五侄延志至青龙桥登湖楼闲眺，
适值苑丞嵩阿礼招游昆明湖循堤至廓如亭

相将阿阮醉湖楼，邂逅同人作胜游。镜拓波光峰写翠，风光澹沱更宜秋。

拉伴长堤趁意行，蒲风细戛玉珂鸣。柳阴敬读金牛颂，应陋昆明汉石鲸[1]。

不踏湖山二十年，莺声柳色尚依然。春锄侧翅应相笑，何事空赢雪满颠。

鞯纹万顷鉴虚堂，天际荷风洒面凉。旧记十洲今始到，蓬壶宛在水中央。

忆昨趋随豹尾班，恪恭何暇赏烟鬟。对鸥凉榭叉鱼艇，今日相看始觉闲。

风沙眯目燕南重，烟水澄鲜那得经。何幸自饶山水福，帽檐重叩廓如亭。

自注

①昆明湖边金牛，乾隆间有御制颂镌于牛背。

出处

《抱冲斋诗集》卷十八（清光绪五年崇福湖南刻本）。

青龙桥

湖桥小市夕阳开，渔舍人家隐曲隈。

最爱清漪园畔路，华严香海见楼台。

出处

《抱冲斋诗集》卷二十《陔余近游集一》（清光绪五年崇福湖南刻本）。

过海淀罨秀村将军庙

澄溪环野寺，四面渌沄沄。山黛当门立，钟鱼隔坞闻。

湔裙逢士女，掷戟笑将军①。待到韶华丽，还来叩竹云。

自注

①石将军像，手拈香花并无干戟。

出处

《抱冲斋诗集》卷二十三（清光绪五年崇福湖南刻本）。

天暮复游遗光寺赠布尔和尚

我正扶藤到，僧将托钵行。偶然逢竹院，相与话峰晴。

枣熟丹砂缀，瓜香碧玉擎。高亭岚翠里，趺坐听书声。

云司僚直饭后，偕大树庵侍者普瑞同游昆明湖，过青龙桥，绕湖岸至西方寺，看凌霄花并赏珍藏米迹，复游大悲庵，观稻田入织染局观织，还至大树庵小憩杂题

松阴幂历碧环溪，楼阁搀云半未齐。最好湖亭闲买醉，豆羹香溢滑流匙[①]。

襄阳妙墨留狮赞，净土奇葩翳茑萝[②]。不道钟情惟聱叟，一年三过几摩挲。

机声鸦轧劳丝匠，稻陇纵横集稼夫。耕织开图钦帝德，谁将楼钥句重摹[③]。

菟裘小筑俯奔泷，竹屋花篱倒影双。曾借西斋舒远瞩[④]，浓岚如雨泼疏窗。

桥低雁齿还疑带，塍迭鱼鳞碧似油。汉殿石鲸难擅美，昆明刊碣颂金牛[⑤]。

镕银万顷镜湖澄，欲泛扁舟得几曾。棹入烟波任容与，畅游翻羡御园丞[⑥]。

烟林荟翳表崇冈，遥睇波心藻鉴堂[⑦]。闲听浣衣人说道，龙舟昨尚泊渔庄。

飞甍切汉五云光，鹤禁龙楼认未详。极睇壶天不容到，蓬瀛宛在水中央。

自注

①青龙桥豆腐汤最有名。

②西方寺藏米芾画，狮子赞真迹绝佳。庭中古柏上盘凌霄花，开时大于盘盂，为京师所罕见。

③稻田厂招民耕种，每岁纳租。内务府管理织染局，有江苏、浙江、江宁织匠织作，以供尚衣。

④肃府林亭在湖东，余曾借西斋延眺。

⑤如亭铸金牛镇水，昂首西向，背刻乾隆御制碣。

⑥明湖禁拏舟，惟苑丞查湖许乘舟往来亭榭间。

⑦藻鉴堂在昆明湖心，常蒙临幸。

出处

《抱冲斋诗集》卷二十三（清光绪五年崇福湖南刻本）。

闰六月十七日由双桥关帝庙至六郎庄静安禅院小憩，循堤散步，敬读乾隆御制碑碣，过绣漪桥至界湖桥，舒眺万寿山玉泉诸胜杂兴

松阴苔碣焕琳琅，忆旧怀人往事详。四十年中身世感，白头老衲话贤王[①]。

稻香吹满水西村，深锁双桥掩寺门。输与苾刍无个事，菊苗分种自移盆。

堤畔渔庄号六郎，莲泾围住柳丝乡。商量我欲移家住，酒美粳香恣饱尝。

艨艟战舰习昆明，尽罄鲸鲵庆息征。闽粤黄头身手捷，至今犹号小蛮营[②]。

银塘迢递界中央，稻陇莲汀错绣场。舟掠菰蒲惊鹭起，半天晴雪满身香。

绿阴如幄水西头，高柳风蝉唤不休。寄语鸣蜩须自慎，人间凉露易惊秋。

老兵无事闲渔钓，穿苇芟蒲傍水湄。花里垂纶人不见，蜻蜓飞上一痕丝。

轻车停傍锦牌坊，桐帽蕉衫趁午凉。近摘河鲜紫菱脆，旋沽村酿白莲香。

自注

①桥关帝庙为仪亲王修葺，碑阴刻王怀陈勿山、周海山二先生诗，僧话及颇增感叹。

②明湖战船，乾隆年间选闽广人，能习水战驾驶来京演习，即派拨南营居住，人呼其地为蛮子营。

出处

《抱冲斋诗集》卷二十三（清光绪五年崇福湖南刻本）。

云司散直，至大树庵斋后，命奴子等巾车先行，余偕朱湘帆主事国琛朱毅甫郎中璟，闲步由马厂万寿山西角门，沿溪至青龙桥，过西方寺看凌霄花，观米南宫狮子赞墨迹，复登车游金山宝藏寺，僧留宿未果，晚归坐斋中，觉湖光山绿隐约目前，得五古四章，并邀湘帆、毅甫同作，以纪胜游

云司初散直，就食伊蒲饭。巾车仆先行，携侣步独健。溜激琴筑撞，雾豁烟鬟献。

白袷飘轻飔，凉意袭人嫩。地迥马群空，天近龙楼建。延缘石径纡，幽绝缁尘溷。

鹭凉翠足翘，驹汗明珠喷。松杉夹涧森，菱荇澄溪蔓。悁脰睹飞甍，金碧楼台垒。

仙籞禁人行，顾瞻徒缱绻。信矣三神山，可望难登顿。何日逢阆巅，畅游洽心愿。

路转历峰口，城阓少尘嚣。小憩傍茶肆，税驾青龙桥。波滢鉴毛发，泉响铿咸韶。

稻香吹盈襟，衣袂共飘摇。湖光万顷铺，泼雪暖不消，晴岚落渔市。满目青烟撩，

终日秀色餐，输彼湖上樵。意行入兰若，茶瓜设僧寮。摩挲抚双桧，牵连赏凌霄。

共惜花时过，未得携酒瓢。朱子善摹绘，荃熙夙联镳。绕树独三匝，归拟图生绡。

寺古蓄珍翰，狮赞襄阳超。运笔风雨疾，波磔惊龙跳。相看齐咋舌，想象元丰朝。

清话未移晷，昃景明峰腰。才过董思村，山翠如相招。初游意倍欣。屡过境还熟。

摇鞭作前导，后车共追逐。红墙压翠岩，指点青一簇，轮铁荦确铿，星火光迸煜。

褰裳背伛偻，呀喘笑童仆。已陟青云巅，式廓千里目。时当秋正晴，陇畔禾绽粟。

遥林短于荠，町畦青裂幅。塔影卓锥如，孤标跨峰麓。明湖肖堂坳，杯水渌盈掬。

迤逦九门环，峥嵘三殿矗。山川城郭形，一片烟芜绿。西偏景亦佳，遍历意未足。

老僧颇解事，蔬笋设近局。茶浇舌本甘，桂冲鼻观馥。诗笺碧纱笼，西林企芳躅。

我今疥壁吟，斜行写盈轴。焉知后来者，过读兴感触。视昔犹视今，千古同转毂。

且覆掌中杯，休言客不速。游兴犹未倦，暝色凌苍范。斜阳胃高塔，青霭沈渔庄。

重厂逼秋气，向夕倏已凉。蒙茸理返辔，香积饭不遑。山缁苦留客，茗菽殷勤将。

商量订后约，月额零清霜。停车看枫林，红紫锦幄张。藉访雪峰胜，彳亍循山梁。

细读樱桃碑，实机和贤王[①]。今夕纵不永，盍赏寒月光。我辈绊尘鞅，何敢栖禅床。

况复隔重闉，官道修且长。归欤形赠影，犹恋青豆房。振笔发歌啸，天风吹琅琅。

自注

①天光寺在山后，殿前立康熙间大王子游山樱桃诗碑，寺僧实机同作。

出处

《抱冲斋诗集》卷二十三（清光绪五年崇福湖南刻本）。

雨后至昆明湖度青龙桥晚眺入功德寺小坐

山雨才收翠霭重，石桥东畔瘦扶筇。
绿杨如荠湖堧路，又听斜阳水寺钟。

西方寺在昆明湖旁，院中旧植凌霄花一株。本大于臂，花开如盘盂，牵连直上古柏端，金英耀日，翠蔓笼烟，是数百年故物，为燕京所罕睹。余前于嘉庆丙子夏观察曹济见濮州王谷原旧第舍西亦植一株，颇嫣媚，相传明隆庆时旧种，然犹不如此株茂。豫近惟极乐寺僧养一二本，率皆纤弱无足观者，乙未闰六月十七日，云司散直入寺见花赏叹不已，作长歌纪之。并柬叶筠潭鸿胪刘孝长孝廉同作一篇，为名花写照，他年日下旧闻应增佳话云

香风骀宕湖堧路，稻陇纵横细泉注。廊餐才罢得委蛇，桐帽棕鞋趁闲步。
青龙桥侧延景光，浓岚泼黛环渔庄。茅檐高下沿堤筑，灌木阴中古寺藏。
意行曳杖刚亭午，殿脊林端蓦遥睹。参天浓荫绿云遮，未到寺门先见树。
双桧相传五百秋，攫拿老干肖蟠虬。佛嫌狮象当门立，故种优昙殿两头。
竭来新甫遗苍柏，旋螺左纽苔痕积。雨皴青溜蚁穴穿，针攒碧讶莺毛摘。
柏根诘曲盘凌霄，锦云旖旎萦烟梢。临风纤影漾婀娜，信口香随笃耨飘。
神光离合形难写，紫磨色艳红炉冶。近映金容满月圆，倒悬钲面朝霞赭。
弱茎篆袅绕周身，衡杜葳蕤许结邻。恍惚岩阿啸山鬼，萝裳薜带相依因。
又疑入梦金山高，丈六天姿玉立神。雍肃璎珞垂胸宝，相殊玲珑琐铠累。
丝簇此花燕都见，亦稀海棠秾丽山。樊肥何如通理具，正色菊圆品格差。
应微忆昔濮州行，馆见谷原王家好。庭院柔枝蜿蜒绕，惊蛇璀璨奇花屋。
山罍复有极乐寺，里讲堂东两株丝。缕骄春风苾刍矜，宠夸姽婳圆朵钱。
叠朱竿笼[1]最芳婉，干粗于臂花如碗。开时佛座透香云，翠蔓金英新濯澣。
娇黄颜色费形容，杏子太深葵藿浅。我今相赏漫迁延，花房恐并斜阳转。

年来万事坐疏慵，讵独看花约偃蹇。爱花无计托相思，不侑以酒赏以诗。

玉卮吸饮饮易尽，佳篇远播花名驰。可惜曹司事填委，清标翻让山缁持。

谁为仙葩发精奥，嘉招词伯同赋之[2]。诗筒疾置须来往，更携茶具坐花阴。

吟到花梢月初上，花开易落看难久。复为珍花筹不朽，荃熙妙手绘作图。

悬向中堂千万寿。

自注

①那及此株。

②叶鸿胪刘孝长。

出处

《抱冲斋诗集》卷二十三（清光绪五年崇福湖南刻本）。

偕僧普瑞游昆明湖并柬碧峰和尚

俗氛填委迫胸臆，欲畅烦襟苦逼仄。昆明烟水冠燕南，腰笏过寻时莫失。

翻从方外觅知己，缁衣掩映湖山色。割白鹭股啖亦佳，煮蔓菁羹口还适。

精蓝小坐瀹香茗，玉泉芳洌尤奇特。步桥循岸历幽深，水枕岚衣环众植。

官禁拿舟游未畅，极目沧浪空散息。散怀藉得知民艰，紫翠林中看耕织。

人闲华腴众争取，胜景独探容着力。癖性狂师谢客儿，莫被人呼作山贼。

归来秀句带芳鲜，阆苑风光任雕饰。多生绮语未能忘，阿师见怪理亦得。

出处

《抱冲斋诗集》卷二十三（清光绪五年崇福湖南刻本）。

春日昆明湖上

走马寻花喜放颠，玉堂政减恣流连。

暖风绿遍湖侨柳，不听黄鹂又一年。

出处

《抱冲斋诗集》卷二十四（清光绪五年崇福湖南刻本）。

青龙桥和初白集中旧韵

西出环闉看雁齿，湖桥列市傍渔庄。参差画阁凭幽术，幂䍥松阴出短墙。

旋买豆羹供软饱，偶乘瓜艇泛新凉。北人忽动烟波兴，大似江南粳稻乡。

出处

《抱冲斋诗集》卷二十四（清光绪五年崇福湖南刻本）。

新秋过青龙桥至西方寺，值寺僧他出，逢杨茂才显复游大悲庵，携茗沿昆明湖堤遍览名胜，即景八首

簑棚树底避歊蒸，闲课桑麻旧话仍。旋摘河鲜持赠我，一规荷叶裹秋菱。

衫痕叠雪鬓堆鸦，女伴缘溪约浣纱。怪底游蜂飞绕髻，秋葵黄婵玉簪斜。

豆房三过日初曛，佛火清凉傍水云。却值山缁打包去，村夫子代致殷勤。

逶迤篆径认圆庵，妙谛如如水镜参。闻道西偏最森爽，凌霄瘦塔一窗含。

浮岚泼黛碧成围，鹤禁龙楼压翠微。行过东宫门畔路，湖光渌沁苎罗衣。

都篮茶具小臧携，寻遍荷泾接柳堤。岚气湿衣空翠里，草茵趺坐细评题。

散直廊餐罢乍停，模山范水路频经。老来诗律推敲懒，闲纪游踪写性灵。

澄波莹澈镜奁明，荇藻纷披翠带濚。流入沟塍行潦杂，可能还似在山清。

出处

《抱冲斋诗集》卷二十六（清光绪五年崇福湖南刻本）。

雨中至西方寺看凌霄花即题禅室壁

凌霄翳柏金英灿，青豆房西爱景光。僧说二年游未到，我来六月昼方长。
多生眼福摹珍翰[①]，半晌茶禅寄讲堂。万里人归胜因结，机锋楣语谜先藏[②]。

自注

①寺中藏米襄阳书狮子赞墨迹玩赏甚佳。

②壁间悬张得天书对，有"万里香花结胜因"之句，余今岁自土尔扈特差旋来游
兹寺已先兆楣语中，皆定数也。

出处

《抱冲斋诗集》卷二十六（清光绪五年崇福湖南刻本）。

昆明湖上晚眺

稻垄滨湖万绿浮，江乡景物宛迎眸。风花低趁雌雄蝶，水柳傍眠子母牛。
梅颗熟时偏望雨，芦芽抽处惯停舟。结邻拟傍渔家住，蓑笠烟波话旧游。

出处

《抱冲斋诗集》卷二十八（清光绪五年崇福湖南刻本）。

万寿山侍班散直后，由东北门过青龙桥肃府园亭

晓直眉班侍紫宸，白骢缓控绕湖滨。乍醒柳眼窥烟镜，如笑山眉媚远春。
斜侧帽檐租蹇客，双揎翠袖浣纱人。菟裘偶借幽襟豁，君实儿童喜朴纯[①]。
为开扃镭敞西斋，小住清佳畅好怀。金井双桐疑笔卓，玉峰三塔俨签排。
天然图画云霞丽，地涌楼台锦绣堆。老仆当阶谈往事，淹留矬午未言回。

自注

①借肃府林亭游览，守园人户皆甚淳朴。

出处

《抱冲斋诗集》卷二十八（清光绪五年崇福湖南刻本）。

过遗光寺访布尔和尚

桧拥崇椒冷翠凝，中峰坳处见高亭。偶过莲界缁流访，不觉云门锦辔停。

五观无违心漫骋，三匙有节口常扃。下方人海纷蛮触，且吃茶禅独自醒。

自注

布尔新修斋堂。

出处

《抱冲斋诗集》卷二十八（清光绪五年崇福湖南刻本）。

春畦方茂才，和逼字韵，颇新奇，时松垞五弟适至，从旁怂恿，复援笔和之

翠飐银塘猎猎蒲，恍摹一帧北风图。数椽占水招吟侣，百事输人笑老夫。

开卷纵横罗万有，闭门剥啄喜全无。六郎庄畔莲花白，买醉何愁酒价逋。

出处

《抱冲斋诗集》卷二十八（清光绪五年崇福湖南刻本）。

昆明湖上功德寺啜茗，复乘马沿静明园后墙至香山途中即目

古寺量茶罢，沿堤策短筇。云低穿塔影，叶脱露山容。

香刈千畦稻，风传一杵钟。翘瞻翠微里，欲陟惜无从①。

自注

①妙高寺绣壁诗态皆在御园内，未能登眺。

出处

《抱冲斋诗集》卷三十四（清光绪五年崇福湖南刻本）。

七月五日向晚马厂散步

四年不见此湖山，舒眺球场一破颜。泼翠峰回苍霭合，闹红荷借夕阳殷。

迎凉恰喜三庚历，燥直聊乘近午闲。侧笠溪桥当读画，才过董巨复荆关。

出处

《抱冲斋诗集》卷三十四（清光绪五年崇福湖南刻本）。

中秋夜独游岫贝子六郎庄园亭题壁

竟造浑如看竹游，菱塘淡沱故宜秋。风前荷气时穿榭，雨后山光半入楼。

漫说匠心营构巧，须知雅度石泉幽。银潢贵胄烟霞昵，品格应推第一流。

绕舍黄云万顷宽，堆场杷秅露犹泞。芙蕖漫路刚移棹，杨柳筛风独倚栏。

洗眼净观波潋滟，印心恰值月团栾。芳园题额应延借，金碧楼台隔岸看。

出处

《抱冲斋诗集》卷三十四（清光绪五年崇福湖南刻本）。

游岫贝子园林诸景题壁

径竹能延客，奚奴进茗瓯。残荷擎雨弱，老柳得风柔。

佳景四时备，腴田千顷收。鞞纹铺潋滟，涵碧耸高楼。

突兀层台迥，临流得月先。浓香穿榭曲，凉翠抱秋圆。

妙境谁能绘，清游不费钱。窗虚涵万象，别有好山川。

丹青楼阁焕，一幅李将军。偶尔脱朝簿，因之远市氛。

澄溪环碧玉，晚稻刈黄云。西郭湖山美，芳园占几分。

名园依阆苑，再过泃天缘。载酒他时拟，寻幽到处便。

爱莲穿沼曲，因树筑亭偏。疥壁留题去，诗凭众口传。

出处

《抱冲斋诗集》卷三十四（清光绪五年崇福湖南刻本）。

晚出阜城门夜抵西淀

一角秋山媚晚晴，辚辚石路斗车声。香收菜把园官送，静结茶禅衲子迎。

寒峭更宜绵帽暖，到迟恰趁竹灯明。趋公凤夜无稍暇，久负林塘雪鹭盟。

出处

《抱冲斋诗集》卷三十五（清光绪五年崇福湖南刻本）。

八月廿二日朝归，由青龙桥沿静明园墙西至香山、碧云寺游览，和蒋心余先生守风燕子矶登永济寺韵三首

袖惹炉烟玉殿过，支筇又复访桫罗。晶莹碧宇迎人爽，罨画晴岚入望多。

紫蟹待邀朋洒落，白鸥羞对发鬖髿。豆羹小店闲相鬻，澹泊能餐味若何。

百重堆案偶抽身，粹脚清游学散人。篱菊黄霏迟几日，林枫红赏隔经旬。

瘦筇圆笠携闲侣，竹净苔香悟触因。凉翠扫空真性见，阿师奚为说根尘。

不系浑如浩荡舟，茅庵佳处为余留。声华漫比陈惊座，秀句难追赵倚楼。

禅定讵为开士悦，书狂深愧老僧求。何须疥壁题新咏，久矣名场逊黑头。

出处

《抱冲斋诗集》卷三十五（清光绪五年崇福湖南刻本）。

妙喜寺

策马来寻不二门，潆洄晴渌抱孤村。万松环寺香成海，三阁朝元位独尊。

僧去凭谁奉灯火，弁髦犹解说根源。[1]漫言象教无兴替，佛髻乌巢涴翠痕。

自注

①寺属静明园管理，内并无僧焚修住持，派汛兵看守。老兵某云：寺系明季伯爵古墓，高庙登高望气甚盛，命改建兹寺，以厌胜之。

出处

《抱冲斋诗集》卷三十五（清光绪五年崇福湖南刻本）。

重阳日偕内子携儿辈同宝藏寺登高作

寥空风雨届重阳，携幼支筇叩上方。半壑秋声传地籁，一家人影话天光。

穿云珂佩莹心白，插帽茱萸满意黄。填委簿书乘偶暇，题糕豪举胜刘郎。

出处

《抱冲斋诗集》卷三十五（清光绪五年崇福湖南刻本）。

晚至坡上将军庙

小寺垂杨里，田衣划稻塍。草窗山影入，湖石藓花凝。

旧事谭犹忆[1]，香禅学未能。将军空戴甲，献果傍龛灯[2]。

自注

①余于乙未、丙申曾游寺中，老僧智本犹能记忆。

②殿中石将军像，手擎花果一盘，侍立龛侧，不知创自何年。

出处

《抱冲斋诗集》卷三十五（清光绪五年崇福湖南刻本）。

莫树椿（诗1题1首）

莫树椿（清乾隆三十七年至咸丰六年，1772—1856年）

字寿舍，别字翘南。福建上杭人。嘉庆二十五年（1820年）进士。官山东临邑县知县。《师竹堂文集》《荻芦山房诗抄》等。

寄黄昆岚参军时肄业成均

昆明湖水渺茫茫，回首天涯各一方。千顷汪涵思叔度，廿年驰逐笑王郎。

孤心自有青灯照，短幅宁无玉尺量。若问凭何报知己，好音须盼到槐黄。

出处

《师竹堂文集》卷十四（清道光二十八年师竹堂刻本）。

童槐（诗1题1首）

童槐（清乾隆三十八年至咸丰七年，1773—1857年）

字晋三，号萼君。浙江宁波人。嘉庆十年（1805年）进士。著有《今白华堂集》《过庭笔记》等。

晚望昆明湖

睡起抛书就玉壶，小楼帘卷暮山孤。

白荷花气凉如海，散作秋云荡碧湖。

出处

《今白华堂诗录补》（清光绪三年童华刻本）。

三赠吟

徐太宜人病於桐城署久不瘥宜人係到股會愈之會澤君感賦烏庭嘻編曰烏夜嘻聲烏之君之母烏之姑烏有良藥君支鐺巖霜滿庭除朔風吹四壁名醫無慶尋仙丹不可覓定命由天心割股盡歸贼并刀太快割尖滾不見刀頭只見血肉糜糊和藥煎味甘味苦難識別姑病日瘳報君知謹事無須再三詰臨來可酬姑姑恩何況匪祖一割我聞此語心惰酸新痕舊痕胡忍看如此愚孝益人子誰之父每頻卿安唔漫平吟贈詩篇感且婉請看滿紅墨痕都是淚詩回寿子不匪宜人之不匪乃蹄乎子也頌曰球翁療姑一割再割異事而常胝史菲菲湯火易趋肝腸難回割滾無苦天神相之

童槐《三赠吟》

洪饴孙（诗1题1首）

洪饴孙（清乾隆三十八年至嘉庆二十一年，1773—1816年）

字孟慈。江苏常州人。洪亮吉子。嘉庆三年（1798年）举人。官湖北东湖知县。著有《青垲山人诗》《毗陵艺文志》等。

晓行自畅春苑外至泉宗庙

秋藤冒寒碧，鸳瓦吹金波。舣棱隐曙华，列阙明星河。行行过溪桥，转转沿坡陀。

长堤引芳草，曲径延烟莎。崇冈郁西南，登揽何嵯峨。朝霞映层坡，窈窕翻风荷。

不知香露升，只觉清芬多。倏然柳阴下，暑景忘移柯。思与鸥鹭亲，乐此鱼鸟梭。

觊许坐垂钓，匪愿朝鸣珂。侧闻丰岐囿，亦有刍荛歌。

出处

《青垞山人诗》卷十（清光绪十年西江使廨刻本）。

徐谦（诗1题1首）

徐谦（清乾隆四十一年至同治三年，1776—1864 年）

字益卿，号白舫。江西广丰人。清嘉庆十六年（1811 年）进士。著有《悟雪楼诗存》等。

昆明湖月

停车不忍去，怜此湖上月。湖光助月光，寒彩两激发。波痕湿我裾，清气澈我骨。

水月本空明，况乃近瑶阙。银甲动石鲸，白云涨溟渤。西山回寒姿，积雪高突兀。

空阔展天容，明了鉴人发。水木情若欣，岛鹭梦亦悦。沉沉柝欲终，耿耿星未没。

胜赏久迁延，逸兴殊郁勃。岂不思流觞，从公虞陨越。沿洄寄清吟，晓钟答烟樾。

出处

《悟雪楼诗存》（清嘉庆同治间刻本）。

邓廷桢（诗1题1首）

邓廷桢（清乾隆四十一年至道光二十六年，1776—1846 年）

字维周，又字巘筠，晚号妙吉祥室老人等。江苏江宁（今江苏省南京市）人。嘉庆六年（1801年）进士。著有《双砚斋诗钞》等。

海淀见月

昆明湖上素蟾生，鸂鹊霜浓近太清。

玉宇琼楼寒亦好，却教飞向海天明。

出处

《双砚斋诗钞》（清末刻本）。

邓廷桢《沁园春》

陶澍（诗1题1首）

陶澍（清乾隆四十四年至道光十九年，1779—1839年）

字子霖，号云汀。湖南安化人。嘉庆七年（1802年）进士。官至两江总督，兼理两淮盐政。谥文毅。著有《靖节先生集》《陶文毅公全集》等。

陶澍画像

同唐镜海、贺耦耕两太史游昆明湖

万顷湖波接上台，御园风景即蓬莱。霭云晓漾三壶迥，德水秋澄一镜开。

几点银青浮岛屿，数重金碧护楼台。嘉游快遂乘鳌兴，出入恩光许共来。

连畦风送稻花香，领得恩波此日长。岂有战船劳武帝，端宜灵沼咏文王。

桥边玉蝀垂秋影，堤畔金牛卧夕阳①。曾是飞龙②亲御处，百年遗碣感先皇③。

自注

①堤东铜牛一，乾隆乙亥年铸。

②乾隆御舟名。

③堤上有碑恭勒高宗御制诗。

出处

《陶文毅公全集》卷五十九（清道光刻本）。

景安（诗2题2首）

景安（不详至清道光三年，？—1823年）

字忆山。钮祜禄氏，满洲镶红旗人。由官学生考授内阁中书，官至户部尚书。著有《深省堂闲吟集》。

赴青龙桥

策马石桥西，春堤草色齐。到来疑入画，随处尽堪题。

放眼湖光远，登楼山雨低。若非官吏雅，那得此中栖。

题青龙桥官署

何事来官舍，流连竟懒还。酒酣仍策杖，日暮更登山。

野阔炊烟直，亭孤客意闲。却怜新月上，纤影落幽湾。

出处

《深省堂闲吟集》卷二（清道光刻本）。

陈仅（诗2题2首）

陈仅（生卒年不详）

字余山，号渔珊。浙江宁波人。嘉庆十八年（1813年）举人。累官至陕西宁陕厅同知。著有《继雅堂诗集》。

勤政殿引见恭纪

紫禁花深玉漏淹[①]，槐阴不动地清严。云霞珥彩交黄宸，日月垂光耀绿籤。

星陛班联客独引[②]，天颜宵旰凛亲瞻[③]。微臣无分涓埃报，但矢周官六计廉。

自注

①向例辰正引见。是日巳及巳牌。

②是日俸满引见惟仅一人，别为一班。

③引奏之顷，仰见宵旰勤劳，天容清减。

出处

《继雅堂诗集》卷三十（清道光二十七年刻本）。

绣漪桥纳凉作 是日七夕

湖波澄澈藻文疏，白玉长堤锦绣舒。幕影锁风园绿柳，衣香擎露晕红蕖。

云烟骀荡秋还浅，士女昌丰画不如。信是银河逢七夕，鹊桥纷度五萌车。

出处

《继雅堂诗集》卷三十（清道光二十七年刻本）。

张维屏（诗1题4首）

张维屏（清乾隆四十五年至咸丰九年，1780—1859年）

字子树，号珠海老渔。浙江绍兴人。道光二年（1822年）进士。官至南康知府。著有《听松庐诗钞》《松轩随笔》等。

游极乐寺复繇西顶至绣漪桥望昆明湖得诗四首

春去无多日，追寻未觉迟。故乡如在眼[1]，新绿快舒眉。

柳有依人态，花多出世资[2]。清凉得禅味，消夏此间宜。

西顶嬉游盛，经旬兴未休。欢声哄车马，妙技幻婆猴。

地狱从人看[3]，尘心借佛收。困来无健者，虎饿亦垂头[4]。

骤暖觉身轻，云闲自在行。境从香界转，心到上方清。

碧瓦诸天丽，红墙一水明。居民来往熟，指点向蓬瀛。

满目江南思，桥环十里烟。荷钱才贴水，柳浪欲摇天。

紫翠西山外，楼台北斗边。重来思旧侣，怅触八年前[5]。

张维屏《八骏图》

自注

　　①极乐寺颇类吾乡花埭。

　　②寺有白牡丹。

　　③两廊塑像。

　　④见圈虎。

　　⑤辛未四月，同林月亭、汪益斋、金醴香来游。

出处

　　《听松庐诗钞》卷八（清道光咸丰间刻张南山全集本）。

金朝觐（诗1题1首）

　　金朝觐（清乾隆五十年至道光二十年，1785—1840年）

　　字午亭，一字銮坡。隶汉军镶黄旗义州人。嘉庆十六年（1811年）进士。官至四川重庆知州。著有《三槐书屋诗钞》等。

昆明湖

望洋成巨浸，疏导各分流。润泽滋香稻，澄清出御沟。

微风生水榭，倒影控山楼。圣世无征战，沿堤有钓舟。

出处

《三槐书屋诗钞》（民国辽海丛书本）。

程恩泽（诗3题3首）

程恩泽（清乾隆五十年至道光十七年，1785—1837年）

字云芬，号春海。安徽徽州（今安徽省黄山市）人。嘉庆十六年（1811年）进士，官至户部右侍郎。著有《程侍郎遗集》。

戊子八月十四夜偕祁春浦中允昆明湖踏月
八月初九日差旋复命仍入南书房

秋生玉宇琼楼夜，月在长杨五柞间。黑处树阴明处水，红皆台影碧皆山。

几年官酹侵铜斗，一日春雷响兽环。似此萧闲仍富艳，何劳清梦恋江关。

出处

《程侍郎遗集初编》卷三（清咸丰五年五氏刻粤雅堂丛书本）。

中秋夜颐和园直庐

旷籁寂思虑，直庐饶清秘。玉漏响沉沉，声递宫花外。谁家宴西园，夜半发歌吹。

怅触羁旅情，竟夕不成寐。秋月照关山，千里共明媚。遥忆故园人，娟娟坐相待。

枯莲摇碧漪，冷露瑟金井。秋寒鹊高飞，风紧鹤知警。水自玉泉来，到地声始静。

清波摇帘隙，万籁澄秋景。宣室未可议，闭门杜造请。天阶凉如水，夷旷绝人境。开窗延晓色，残柳梳月影。

出处

《晚晴簃诗汇》卷一百七十五（民国十八年退耕堂刻本）。

游宝藏寺清凉厂

两峰忽破处，一榭明以敞。虚无尽齐一，万绿与天荡。高楼出头角，圆水画盆盎。塔影堕烟细，城齿啮云上。九重连万井，五色日晃朗。庆霄龙虎气，人定自来往。天苑几处罗，琼树夹金榜。灵风山背至，盛夏萃森爽。雪泉与月夕，清境劳梦想。谁将千里目，舒卷一指掌。凭高岂不快，望远失之怳。见牛不见睫，离朱同象罔。三叹返幽寂，钟鱼正交响。

出处

《程侍郎遗集》卷五（清粤雅堂丛书本）。

贺长龄（诗1题1首）

贺长龄（清乾隆五十年至道光二十八年，1785—1848年）

字耦耕，号西涯，晚号耐庵。湖南长沙人。嘉庆十三年（1808年）进士。官至云贵总督。著有《耐庵诗文存》等。

登西堤望昆明湖

决眦湖光万顷连，无名圣德总渊渊。鲸鲵已见重溟靖，凫雁从看一水鲜。眼底旌旗虚汉代，波间日月足尧天。时清但览臣僚暇，卓尔先赓退食篇。

宫门几度点朝班，忽此句留亦等闲。净绿千回萦北阙，空青一点浸西山。

应知云日同瞻就，未信天风辄引还。碑碣摩挲先烈在，朝朝龙气彩桥间。

出处

《耐庵诗文存·诗存》卷二（清咸丰十年刻本）。

张祥河（诗5题8首）

张祥河（清乾隆五十年至同治元年，1785—1862年）

字元卿，号法华山人。江苏松江（今属上海市）人。嘉庆二十五年（1820年）进士。官至工部尚书。谥温和。著有《小重山房初稿》《诗龛诗录》等。

如 舟

平生万里舟，乘风辄破浪。一从宦西北，车舆苦尘障。兹喜值御园，昆明湖在望。

烟波相浩渺，乡梦入清旷。吾斋拓三间，春水如天上。得闲此坐观，林花与人向。

吴松念故里，渔庄有高尚[①]。几时青笠归，白发身无恙。

自注

①王述庵先生三泖渔庄。

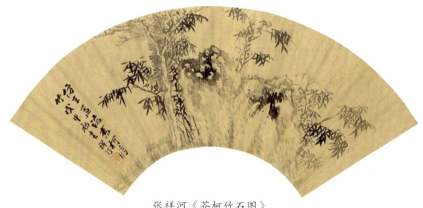

张祥河《苍柯竹石图》

出处

《小重山房诗词全集·怡园集》卷十八（清道光刻光绪增修本）。

四月八日谐趣园早直

五云深处碧珑玲，拾级人来得未经。

无雨无风佛生日，远山齐现佛头青。

出处

《小重山房诗词全集·诗舲诗外》卷二（清道光刻光绪增修本）。

偕乔见斋侍读、马厚莽比部、万荔门农部、郑莹圃舍人游遗光寺，寺后有亭可以眺远

入门不谒佛，先上最高亭。乱石自成磴，危墙俨列屏。

三山飞壮采，百雉接遥青。拂袖凉风动，微闻草木馨。

远野安营卡，碉楼碧汉间。赭痕层嶂断，云影大旗闲。

弧矢传韬略，车书达塞关。即今勤肄武，健旅属香山。

一水昆明望，楼台画本张。湖心浮屿小，木末跨桥长。

堤固金牛瞰，波明白鸟翔。御田秋获早，万罫兆丰穰。

伊蒲僧置馔，留醉古藤萝。客兴登高补，归程返照多。

碧泉窥石丈，红叶染霜娥。风景清时丽，常随禁仗过。

出处

《小重山房诗词全集·诗舲诗外》卷三（清道光刻光绪增修本）。

天光寺

龙象山荒佛门大，佛院花开黄绶带。推窗东望昌平城，十三陵在斜阳明。

伊蒲破律致肴酒，醉后穿云乱峰走。枯泉侧出苔石香，味如醍醐一掬尝。

众客留连还促膝，马识归途已先逸。芒鞋可踏筇可扶，兹山近接昆明湖。

幽邃之境何地无，道人舍发装神须。

出处

《小重山房诗词全集·诗馀诗外》卷五（清道光刻光绪增修本）。

耶律丞相墓

孰为开榛莽，空祠禁苑偏。一丘新瓮麓，万笏旧山泉。

戎马艰难日，衣冠干济年。英风留旷代，圣德眷前贤。

出处

《小重山房诗词全集·诗馀诗外》卷五（清道光刻光绪增修本）。

黄盛修（诗1题1首）

黄盛修（清乾隆五十一年至道光十四年，1786—1834年）
字永思，号竹云。江苏仪征人。道光元年（1821年）举人。著《求雉斋诗集》。

与汪孟慈员外观昆明湖过瓮山遂赴玉泉山

西城气佳哉，况兹风日美。修途夹林麓，广陌傍涯涘。

旷荡昆明湖，周缭四十里。有山矗其东，石瓮何年徙。

闻昔仙之人，构室尝住此。其北抗玉泉，楼观迥相峙。

垂虹跨飞碧，凉云荡空紫。翠华时一临，灵瑞不腾纪。

取径义沙堤，乱泉决山髓。暗脉涌珠圆，细流杂花绮。

白石既参差，翠藻复旖旎。导之汇为湖，巨浸识端委。

堤边浣衣女，玉貌照清泚。人家在空林，湿烟吹不起。

柳影水风交，山岚夕阳倚。香岩送钟声，相与携幪被。

出处

《求雄斋诗集》卷三（清道光二十八年刻本）。

易镜清（诗1题1首）

易镜清（清乾隆五十一年至道光二十四年，1786—1844年）

字本杰，号莲航。湖北京山人。嘉庆十六年（1811年）进士。官至庆阳知府。著有《二知斋诗钞》。

望昆明湖

汉代凿沼象昆明，后世禁籞留其名。万顷直淳水天碧，三山更绕蓬壶青。

此水当年号裂帛，石瓮流出常澄清。青龙桥头汇湖薮，一望衣带惟盈盈。

纯庙暇日偶临玩，特与湖岳图真形。浚深拓广三十里，滇池无此波浤渟。

起土筑山祝万寿，因势布置卑高生。山踞水面作岛屿，水抱山腹涵峥嵘。

五云楼阁日边落，九龙舻艒槛外停。旁有牛堤厚百尺，望高可以瞻园亭。

下有骆桥束一线，泄尾仍复穿都城。圣人制作副造化，山水至此呈菁英。

湖旁引灌尽稻畛，官佃岁岁输香粳。山麓环居列阛肆，刍荛不隔文王氓。

泽梁无禁有同乐，台沼非促不日成。恭惟景既出天造，复闻钱不由水衡。

先是湖堧本旷土，前代阉珰冢纵横。华表丰碑屹天起，琳宫峻宇连云平。

生前黩货死后用，珠襦玉盌充幽扃。一朝掘发泄天愤，火其残魄潴其茔。

遂将瘗钱代佣直，腐臭一旦化神灵。锄秽揽胜举两得，非比汉武为战争。

何时金门事大隐，占籍苑户为躬耕。不乞鉴湖拜恩赐，愿比鸡犬侍长生。

终朝扫花宫门外，终日垂纶向蓬瀛。上界真仙乏此乐，江湖魏阙身心并。

出处

《二知斋诗钞》卷一（清光绪元年恩余堂刻本）。

王相（诗1题1首）

王相（清乾隆五十四年至咸丰二年，1789—1852年）

字其毅，号惜庵。浙江嘉兴人。著有《友声集》《续友声集》等。

昆明湖

一色琉璃碧，恩波浩荡中。岚光侵远黛，桥影落长虹。

声响菰蒲雨，香轻粳稻风。晴明瞻凤阙，楼阁半凌空。

出处

《续友声集》卷二（清咸丰刻本）。

徐宝善（诗1题1首）

徐宝善（清乾隆五十五年至道光十八年，1790—1838年）

字敬依，号廉峰等。安徽徽州（今安徽省黄山市）人。嘉庆二十五年（1820年）进士，历官山西御道使、会试同考官等。著有《壶园诗钞》等。

瓮山 元耶律文正墓在焉

杞梓由来梦泽生，天教异国显功名。学成王佐才无敌，事到宫闱死亦争。

卅乘书随张壮武，百年坟护卜忠贞。瓮山南麓新碑在，展拜临风涕泪横。

出处

《壶园诗外集》卷四（清道光二十三年刻本）。

翁心存（诗1题1首）

翁心存（清乾隆五十六年至同治元年，1791—1862年）

字二铭，号邃庵。江苏常熟人。道光二年（1822年）进士。官至吏部尚书、体仁阁大学士。同治帝师。谥文端。著有《知止斋诗集》等。

山色湖光共一楼得庨字，京兆试诗题也，汪莼卿太史以蓝笔写景见赠，即用庨字韵作七言排律谢之

江南如此湖山好，归卧吾庐忍便抛。十载重温京国梦，三天未扫旧时巢。

空惭讲室陪论议，拟学元亭赋解嘲。枯树婆娑频揽镜，登楼凭眺悟悬匏。

忽承恩命襄文枋，喜遇同乡订素交。纬聚五星辉璀璨，音谐六吕箎笙巢①。

中秋官舍香萦篆，试帖天题韵限庨。茂对高深神共契，冲襟仁智理兼包。

清漪缥缈长春接②，倬汉昭回御集钞③。捧到锁闱惊焕耀，吟来矮屋费推敲。

睒睒丽欲追平子，联句奇谁斗孟郊。多士咿唔烧烛跋，词曹整暇染松胶。

凭将画意传诗意，写出峰坳复水坳。樵径微茫通鸟道，渔人隐约覆虾罦。

千层绣岭环孤寺，十幅蒲帆露远梢。铁笛数声闻仿佛，霞标百尺起岹峣。

二分凉月红桥映，七发飞涛赤岸捎④。收拾烟云归妙笔，澄观沙屿等浮泡。

量材定望青蓝胜，专美应难箨石敦⑤。手赠殷勤何以报，眼明鉴别傥无淆。

圣功夙协干行象，逊志常占兑泽爻。近者妖氛缠桂管，时虞庙算转刍茭。

捷书屡奏搜岩渎，恺乐行看拥镯铙。藤峡蛮花消雾瘴，罗池神旆漾参旓。

柳韩颂献铺鸿烈，褒鄂图成貌虎猇。还向西园勤翰墨，涧阿休更恋衡茅。

自注

①君及董酝卿农部，徐彝舟、谢梦渔两太史，曹艮甫给谏与予皆江苏人。

②清漪园东北门内、长春园后河北岸均有是楼。

③纯庙御制诗中有是题载《乐善堂》二集。

④君家扬州。

⑤乾隆庚辰钱箨石先生分校礼闱以蓝笔画竹石赠张文恪。

出处

《知止斋诗集》卷十四（清光绪三年常熟毛文彬刻本）。

彭蕴章（诗6题6首）

彭蕴章（清乾隆五十七年至同治元年，1792—1862年）

字琮达、咏莪。江苏苏州人。道光十五年（1835年）进士，官兵部尚书兼左都御史。谥文敬。著有《松风阁诗钞》。

儤值清漪园召对玉澜堂西暖阁和赵蓉舫尚书光元韵

离宫西舍敞轩楹，浩渺鸥波一镜明。共侍宸游来胜地，始知人世有仙瀛。

峰头塔势穿云峻，湖上烟光带雪清。灵沼跃鱼冰乍泮，欣从紫陌看春耕。

出处

《松风阁诗钞》卷六（清同治刻彭文敬公全集本）。

原附录元唱

玉澜堂畔敞雕楹，仙界琉璃照眼明。峰影半空横宝刹，湖光一片接蓬瀛。

不才敢拟依温室，此地真疑到上清。更喜夜来春雪透，皇情欣慰问农耕。

出处

《松风阁诗钞》卷六（清同治刻彭文敬公全集本）。

扇子湖晚眺

天光云影镜中明，徙倚湖边眺晚晴。着个乌篷应更好，便携吟侣掠波行。

万寿山边一塔孤，团团云树望模糊。夕阳明处湖光接，好写溪山烟霭图。

出处

《松风阁诗钞》卷六（清同治刻彭文敬公全集本）。

元夕淀园退直玩月 乙未

无复鱼龙戏①，冰轮傍玉岑。观灯嘉客宴②，却贡圣人心。

两岸楼台迥，三山③烟霭深。琼宫连咫尺，岂有软红侵。

自注

①上年有旨停止两淮烟火贡。

②是日宴外藩。

③香山、玉泉山、万寿山，今名为三山。

出处

《松风阁诗钞》卷六（清同治刻彭文敬公全集本）。

夜宿淀园寓馆

一梦萧条旅馆空，夜深人静扇湖东。孤灯欲灭闪如电，野柝将残凄入风。

绕砌蛩声秋寂历，当窗花影月朦胧。披衣待漏趋朝去，万寿山头旭日红。

出处

《松风阁诗钞》卷六（清同治刻彭文敬公全集本）。

五月二十四日傝值清漪园由藕香榭泛舟
入灵鼍偃偃月桥至鉴远堂召对恭纪

灵鼍十丈跨清波，放艇中流意若何。照槛湖光明似镜，当窗云影织如罗。

天机活处鳞依藻，山色深时髻拥螺。漫拟吴江横宝带[1]，斜风细雨片帆过。

自注

①吴门有宝带桥七十二孔。

出处

《松风阁诗钞》卷二十一（清同治七年刻彭文敬公全集本）。

祁寯藻（诗3题3首）

祁寯藻（清乾隆五十八年至同治五年，1793—1866年）

字叔颖、实甫，号春圃。山西寿阳人，嘉庆十九年（1814年）进士，官至军机大臣、体仁阁大学士，咸丰、同治帝师。著有《馧斿亭集》等。

纪游诗和许恂甫孝廉乃钊兼示六弟幼章

青龙桥西流水多，柳阴如水车轮过。不能回车走城市，赋性寂寞可奈何。

岑参兄弟兴尤剧，邀客时时蜡双屐[1]。信步真成汗漫游，无心遂得支机石。

山楼水殿朱阑干，雨过湖风五月寒。不知玉带桥边月，可许携琴坐一弹。

沉沉云雾春雷吼，咫尺双龙卧铜钮。未攀铁索度天台，已掉渔舟回洞口。

归来三日马头尘，清景追摹了不真。借君诗句醒吾梦，终愧游仙郭景纯。

自注

①恂甫与余弟同游。

出处

《馧斿亭集》卷十四（清咸丰刻本）。

八月十四夜偕春海昆明湖踏月次韵

曾随查客寻牛斗，闻道支机出世间。江月载归衡九面，天风吹到海三山。
红墙是处通银汉，紫府何人叩玉环。应念高寒留不得，夜深分影照柴关。

出处

《缦斗亭集》卷十四（清咸丰刻本）。

由昆明湖泛舟过金鳌玉蛛桥召对鉴远堂退直恭纪

藕香榭外水天秋，仙侣从容许泛舟①。金勒不须烦控骑，银河元自傍牵牛。
烟波浩渺岚光接，楼阁参差树色浮。召对归来移画舫，忘机真欲逐沙鸥。

自注

①是日枢廷同直麟梅谷尚书、魁邵又村侍郎、灿穆清轩光禄荫。

出处

《缦斗亭集》卷三十二（清咸丰刻本）。

祁寯藻书法

马国翰（诗1题1首）

马国翰（清乾隆五十九年至咸丰七年，1794—1857年）

字词溪，号竹吾。山东济南人，道光十二年（1832年）进士，曾任陕西洛川等地知州。著有《玉函山房诗集》等。

五月初三日圆明园引见恭纪

昆明湖水护宫墀，万寿山亭肃卫司。麀鹿习安灵囿草，鹓鹭新借上林枝。

幸叨御笔恩无极，得觐天颜喜可知。凛凛此生怀帝泽，五中常自矢倾葵。

出处

《玉函山房诗集》卷四（清光绪刻本）。

魏源（诗2题14首）

魏源（清乾隆五十九年至咸丰七年，1794—1857年）

字默深，号良图。湖南邵阳人。道光二十五年（1845年）进士。官至高邮州知州。清代启蒙思想家。著有《圣武记》《海国图志》《古微堂诗文集》等。

海淀杂诗十首中书舍人直园班作

封事承平午未阑，书生退直有余闲。他年若写春明梦，金碧楼台水墨山。

赐园退直玉堂春，扇子湖边莲叶新。福地神仙天尺五，不将边报渎词臣。

昆明池水与天连，汇尽西山万道泉。解识蓬莱仙岛近，何须海上遣楼船。

亭台岂是气嘘成，岛峤总疑云幻生。谁识升平酝酿久，已将寰海变蓬瀛。

昨宵一雨出烟鬟，耕藉春农听水潺。云外楼台楼外塔，水中树影树中山。

踯躅湖边落照凉，沿堤羡杀万垂杨。清阴何必灵和殿，日日莺声达建章。

涧泉退谷汇行宫，行尽源头路亦穷。无限沧桑陵谷恨，出山泉不及山中①。

龙髯便是隔山隈，裂帛湖前东四堆②。何处香魂桃万树，千年风雨翠蕚来。

前度蟠桃今又花，茂陵③何处荐如瓜。神仙不到秋风客，留得昆明属汉家。

实胜寺④中八白龙，潭山银杏戒坛松。上林自有新桃李，不用秦云护汉封。

自注

①香山卧佛寺后即孙侍郎承泽之退谷也。穷源僻坞无足取者。

②即东四墓。东四墓、西四墓正当万寿山后、宝藏庵前，皆明代妃嫔葬所也。东四墓宜桃，岁供进御，而都人多讹传为董氏墓桃，又或云东四亩桃，皆未亲历其地耳。

③宝藏庵隔岭即景泰陵。

④香山实胜寺白皮松八株。

出处

《古微堂诗集》卷四（清同治刻本）。

游别海淀四章殿试后引见出都遍眺三山留别直内廷诸翰林耆旧

万行柳色万声莺，啼遍千门万户春。车散花间雷殷地，珂环池畔水明人。
承平侍从无封事，阆苑清严少世尘。不睹水天文绿赤，始知香案尽星辰。

天水空明上下间，梦魂岛峤几盘桓。镜中鱼鸟文王囿，画里楼台汉苑峦。
舟至辄疑风引去，槎回始觉斗阑干。贾生年少前宣室，那识君臣际会难。

香山驰道出西冈，每岁搜巡忆武皇。百丈梵王乌藏刹，三千碉堞羽林枪。
一自溟鲸风鹤警，更无柳絮菊花觞。昆明自昔楼船地，曾宴来庭万里羌①。

灞陵回首望长安，廊庙江湖岂异观。忧乐不关青嶂事，泳飞只作白鸥看。
垂天云势西山拱，瀑月泉声北极寒。何必上林夸赋手，烟波自有旧渔竿。

自注

①乾隆中香山阅兵岁无定数。嘉庆中岁幸香山二次，一春避柳絮，一重阳登高。又乾隆中英夷入贡赐游昆明湖。

出处

《古微堂诗集》卷四（清同治刻本）。

柏葰（诗1题1首）

柏葰（清乾隆六十年至咸丰九年，1795—1859年）

字静涛。巴鲁特氏。蒙古正蓝旗人。道光六年（1826年）进士，著有《薜簌吟馆钞存》《奉使朝鲜日记》等。

奉命诣万寿山五百罗汉堂拈香敬成

偶陪銮辂幸名园，敕使拈香荷旨温。合十应真如问讯，大千世界绝攀援。

一灯指引室罗筏，四子皈依般若门。礼毕同舟登彼岸，香烟暗霭护云根。

出处

《薜簌吟馆钞存》（清同治三年钟濂写刻本）。

樊彬（诗1题1首）

樊彬（清嘉庆元年至光绪七年，1796—1881年）

字质夫，号文卿。直隶天津（今天津市）人。进京屡试不中，后辗转湖北任县官。著有《问青阁诗集》等。

出西直门至昆明湖

爽气迎西山，楼台见御苑。顿尔远尘沙，蜡屐宁辞懒。桥叠驼峰高，墙峙虎斑远。

湖岸荫垂杨，唼影纤鳞满。土美稻粱稠，岭遥松杉短。游览欲忘归，古寺钟声晚。

出处

《问青阁诗集》卷一（清刻本）。

王柏心（诗1题2首）

王柏心（清嘉庆四年至同治十二年，1799—1873年）

字子寿，晚号莲叟、遗园老人。湖北监利人。道光二十四年（1844年）进士。官刑部主事，著有《百柱堂集》《螺洲文集》等。

昆明湖秋眺

玉涧千声落，银河万顷秋。风高黄鹄下，天阔彩虹浮。

势异滇池凿，川同御宿流。只疑逢汉使，槎影拂牵牛。

霜树黄初染，秋蒲碧尚环。晴光涵北极，佳气满西山。

阁道丹霄上，楼台紫雾间。侧闻恭俭主，凤舸至今闲。

出处

《百柱堂全集》卷九（清光绪十九年刻本）。

汤鹏（诗1题1首）

汤鹏（清嘉庆五年至道光二十四年，1800—1844年）

字海秋，自号浮丘子。湖南益阳人。道光三年（1823年）进士。官至户部郎中，擢升御史。著有《海秋诗集》《浮丘子》等。

同陈子鹤吏部江饮吉比部散步昆明湖

柳横桥转藻花流，了却文书始一游。历历凫鹥秋影活，深深台榭夕阳留。

每经凤辇生春草，似有龙笙答棹讴。万国太平湖水白，小臣难买若耶舟。

出处

《海秋诗集》卷二十二（清道光十八年刻本）。

宝鋆（诗13题17首）

宝鋆（清嘉庆十二年至光绪十七年，1807—1891年）

字锐卿，号佩蘅，晚号群玉山樵。索绰络氏。满洲镶白旗人。道光十八年（1838年）进士。官至总理各国事务大臣、武英殿大学士。洋务派代表人物之一。著有《文靖公遗集》等。

昆明湖口占

湖上铜牛尚俨然，山光横水水横天。

闲花野草浑如梦，满耳秋声漱玉泉。

出处

《文靖公遗集》卷三（光绪三十四年羊城重刻本）。

游宝藏寺偶成

红石山头路纠纷，青龙桥水绿沄沄。

前朝鸿爪寻苍雪，古寺螺旋倚碧云。①

三世证明金粟藏，九霄高拱玉宸君。

鄗王耶律灵宫近②，一片烟岚锁夕曛。

自注

①寺旧名苍雪庵。碧云寺在山右。

②景泰陵在金山口。耶律文正王墓在湖漘，均属咫尺。

出处

《文靖公遗集》卷三（光绪三十四年羊城重刻本）。

景泰陵吊古

云端忽堕明天子，雨帝城隍谣诼繁。支柱可怜于少保，调停惜乏李长源。

储移深济亲情薄，门夺曹徐世局翻。太息金山松柏冷，野烟苍莽暮鸦喧。

出处

《文靖公遗集》卷三（光绪三十四年羊城重刻本）。

海淀杂诗

碧水红山罨画廊，菊花澹冶桂花香。忽逢开宝闲鹦鹉，絮絮风前说上皇。①

松树畦长拥钓矶，水光山色画依稀。风鬟雾鬓人多少，疑是前明旧浣衣。②

阅武楼前秋草深，重阳天气屡晴阴。玉峰塔影如招手，待我登高鸾凤吟。

自注

①宝藏寺遇同治年间许监，茶话良久。

②浣衣局前明有之。

出处

《文靖公遗集》卷三（光绪三十四年羊城重刻本）。

宝藏寺感怀

宫监香清弥勒龛，更谁稽首礼和南。人民城郭怆今古，老木寒林苍雪庵。

楼阁参差耀彩霞，青龙桥北梵王家。寺称宝藏名无忝，金粟花迎铁树花。

出处

《文靖公遗集》卷七（清光绪三十四年羊城重刻本）。

玉泉道中

清明节候蔚蓝天，燠浅寒轻立夏前。荷叶山低青有晕，柳花风软白于绵。

路歧始共思周道，滩洄犹疑涉大川。远虎近来诗句好[1]，迁乔莺语爱匀圆。

自注

①谓星伫远虎，并用见苏诗。

出处

《文靖公遗集》卷九（清光绪三十四年羊城重刻本）。

宝藏寺即事二截句

入道宫人浅淡妆，舞衣深锁缕金箱。宛然陇上唐鹦鹉，软语殷殷念上皇。[1]

冻青花白牡丹红，香色悬殊茂蔚同。富贵丰腴寒素劲，一时公道拜东风。[2]

自注

①官监白头，均道咸年间旧人，伊等感念恩遇津津不置。

②两花并美，何胜叹赏。

出处

《文靖公遗集》卷九（清光绪三十四年羊城重刻本）。

寺僧摘洛花持赠戏成二十八字

陡然富贵逼人来，魏紫姚黄烂漫开。

老衲似谙虞帝谱，南风一曲阜民财。

出处

《文靖公遗集》卷九（清光绪三十四年羊城重刻本）。

金山口闲眺

金山峰岭翠嵯峨，今古茫茫春梦婆。苍雪庵深迷月窟[①]，青龙桥凸控烟波。

南城嘉树轻阴减，北塞团营壮气多。叹息景皇陵寂寂，夕阳芳草卧明驼。

自注

① 正统四年西僧道深建，即宝藏寺。

出处

《文靖公遗集》卷九（清光绪三十四年羊城重刻本）。

题鼎臣将军养年别墅图

蓬壶深锁洞天春，未许庸流来问津。里近风烟高隐处，园娱桃李谪仙人。

万泉庄古石盘隩，巴沟川泽仍冈陆。芰荷香涌四围花，槐柳青遮千亩竹。

共推胜境隔尘寰，雅称名贤遂初服。丹菱汑外闻星源，卓卓温公独乐园。

明月清风调鹤舞，双柑斗酒听莺喧。将军昔日声威集，骏望龙堆连马邑。

侯封素志竟难偿，玉关慷慨欣生入。生平寄兴杯勺间，翠罍金浆证九还。

身外久空意识界，眼前即是三神山。山光水态天怀见，喜仰神州居赤县。

游侣应多黄绮偕，啸声合向苏门衍。寿以长康妙墨图，定教陵谷绝迁变。

展读悠然向往深，亭台门径认林林。他时我访赤松子，何虑云迷无路寻。

出处

《文靖公遗集》卷十（清光绪三十四年羊城重刻本）。

蓝淀厂归途作是日看外火器营合操

四围山色莽青苍，林柿红深野菊黄。

满目晴明好天气，无风无雨近重阳。

出处

《文靖公遗集》卷二（清光绪三十四年羊城重刻本）。

用柳子厚寒江韵秋郊即景是日海淀看操归途口占

秋色洵雅绝，新霁尘氛灭。

数声茅屋鸡，万顷芦花雪。[1]

自注

①附郭芦花，一望无际。

出处

《文靖公遗集》卷二（清光绪三十四年羊城重刻本）。

阅武楼看神机营冬操是日演健锐营暨海淀八旗洋枪马步各队

辇路余荒草，深冬梦未苏。林疏山骨瘦，泉凝石棱粗。

岁月惊鸿雪，勋名笑虎符。壮怀资浊酒，虹气抚昆吾。

出处

《文靖公遗集》卷二（清光绪三十四年羊城重刻本）。

沈善宝（诗1题2首）

沈善宝（清嘉庆十三年至同治元年，1808—1862年）

字湘佩，晚号西湖散人。浙江杭州人。清代女诗人，著有《鸿雪楼诗选初集》《鸿雪楼词》《名媛诗话》等。

四月上浣昆明湖纪游同云林作

七香飞处碾双轮，结伴欣偕拾翠人。楼阁参差含紫气，云山缥缈隔红尘。
花迎凤辇风光丽，柳拂龙池雨露新。此日蓬瀛竟身到，愧无白雪谱阳春。

高阁涵虚倚夕阳，离宫郁郁树苍苍。回风喜得群仙引[①]，弱水难教一苇杭。
浩荡烟波横雁齿，弯环石磴绕羊肠。振衣绝顶凭栏望，万里山河拱帝乡。

自注

①是日大风。

出处

《鸿雪楼诗选初集》卷六（清道光刻本）。

白恩佑（诗1题1首）

白恩佑（清嘉庆十三年至光绪六年，1808—1880年）

字兰岩，号石仙，晚署石翁。山西介休人。道光二十七年（1847年）翰林。著《进修堂诗集》等。

昆明湖上骑驴戏作

云满衣裳风满裾，湖山揽胜一鞭徐。
如何毷氉秋风客，翻学蕲王老跨驴。

白恩佑《兰草》

出处

《进修堂诗集》卷二（清光绪十九年介休白氏刻本）。

林寿图（诗1题3首）

林寿图（清嘉庆十四年至光绪十一年，1809—1885年）

字恭三，别署黄鹄山人。福建福州人。道光二十五年（1845年）进士。官至陕西布政使。著有《黄鹄山人诗初钞》《榕荫谈屑》等。

游西山，同蔡薇堂编修，张芳洲，梁随季两刑部，陈绎萱大令，幼农兵部自玉泉山至金山宝藏寺

市朝窘我步，倾簁沙尘黄。常恐陷泥淖，湔浣敝衣裳。出郊去晦塞，绿野铺平康。
迎面起突兀，昭旷皆天光。犹惜胜侣寡，未畅幽情芳。囊橐陈于门，生气浮鼎铛。
就锻觅嵇吕，扫帚延求羊。何以展游赏，迤逦前峰长。马曹昔挂笏，眉色剧飞扬。
傥令跻顶巅，奚翅骖鸾皇。西山匪阻远，所远冰炭肠。困鸟得出笯，翔空随雁行。
感叹冠带者，束缚为矜庄。

憩驾丹陵沜，秣马青龙桥。巴沟流浩浩，燕塞风萧萧。瓮山石久徙，玉泉塔孤标。
蔽亏长松外，参错列僧寮。乱石叠回溪，落叶疑乘潮。不识何代时，碑碣峙山椒。
梵诵送兴亡，巢居销暮朝。安知耶律氏，再世曾金貂。极浦自归渔，过涧不逢樵。
散帻插斜簪，沙鸟谅见招。

仕路习攀援，恒自进身始。用于邱壑间，岂曰昧知止。不惜脚力疲，先尽首涂美。

连冈带丛薄，阳采匿阴趾。一径远流烟，知可披云视。性颇负贞顽，气能激颓靡。

湖影天荡开，当轩试延跂。楼阁拥五云，重晕日抱珥。昔闻寄大隐，旷有高世志。

城市如山林，进退盖可俟。拄剑事玉阶，能几着屐齿。蠛蠓纷去来，横览尽帝里。

出处

《黄鹄山人诗初钞》卷六（清光绪六年刻本）。

侯家璋（诗2题2首）

侯家璋［生卒年不详，清道光二十九年（1849年）在世］

字沣南，号云岭。湖北公安人。监生。清道光二十九年（1849年）官山东巨野知县。著有《守默斋诗集》。

望昆明湖

湖上风和一鉴空，清波荡漾禁林中。坐收野色围香稻，凉送秋光到碧桐。

钓竹净浮晴浦绿，牙樯高落彩霞红。银河欲识天成象，十七桥西月殿东。

出处

《守默斋诗集》丙戌丁亥（清咸丰元年刻本）。

望万寿山

西山咫尺近天枢，分得英灵占上都。四面楼台临皓月，千层殿阁枕平湖。

云旗影落秋来紫，翠辇尘清雨化酥。自是君王巡幸处，青青草色满龙刍。

出处

《守默斋诗集》丙戌丁亥（清咸丰元年刻本）。

王培新（诗4题24首）

王培新［生卒年不详，清咸丰十年（1860年）前后在世］

字造周。直隶沧州人（今属河北省）。咸丰二年（1852年）副贡生。著有《蓄墨复斋诗钞》。

由绣漪桥沿湖堤西行暮投门头村宿途中书所见

车乘下泽促轮蹄，野水弥漫路又迷。山色照人忘远近，只凭孤塔辨东西。

危桥千尺跨清涟，磴道高盘尺五天。欲雪藕丝抽不尽，却怜人比藕花妍。

投竿何处钓鱼郎，十里烟波菱芡乡。临水柴门明镜里，荷花终比稻花香。

回首舻棱隔断云，金牛蔓草卧斜曛。鸂鶒睡稳菰蒲静，不见湖边耶律坟。

瓮山高踞乐游原，当日遨头接御园。何处采莲溪畔女，倾城空忆苎萝村。

小憩荒村藉碧苔，千人石畔讲堂开。一龛香火金山寺，错认生公说法台。①

玉泉山上蕊珠宫，山脚飞泉万派通。无限明珠随地涌，清流原是倒垂虹。

胜游一路问蓬瀛，只有青山解送迎。差喜新交如旧识，联床风雨订心盟。②

自注

①北坞王姬殁后附人说法，跪而听讲者甚众。

②健锐营教场旗人顺通，款留甚欢，因与订交。

出处

《蓄墨复斋诗钞》卷一（清光绪二十二年刻本）。

湖上漫兴

挂甲屯边路，呼朋着屐游。带波飞水鸟，偎石卧金牛。

缥缈三神岛，高寒百尺楼。廓如亭上望，得意豁吟眸。

园接清漪近，高凌尺五天。山光横地阔，桥影卧波圆。

乱荇牵鱼上，残荷藉鹭眠。何当御风去，直到翠微巅。

水天横一色，万象静中涵。夹岸青铜镜，连峰碧玉簪。

飞流喷雪练，罨画写云蓝。兴寄潇湘远，此间秋气酣。

可望不可即，仙境俨蓬壶。刈稻田开罫，沾衣水溅珠。

楼台辉绀碧，荻苇战模糊。归路松杉里，盘回磴道纡。

出处

《蓄墨复斋诗钞》卷四（清光绪二十二年刻本）。

由玉泉山迤东至青龙桥二首

蓬莱宫阙俯屏颜，回首依依夕照殷。一径树摇乌桕影，几家墙露虎皮斑。

任教跸路埋秋草，终觉行云恋旧山。抖擞征衫聊小憩，拟将粉本写荆关。

胜游何惮路迢遥，千尺清涟跨石桥。对酒窗开楼四面，思乡心系柳千条。

金山耸翠开屏障，玉水鸣琴静市嚣。值得骑驴还倒看，山灵点手笑相招。

出处

《蓄墨复斋诗钞》卷四（清光绪二十二年刻本）。

京西郊行即事

携伴寻幽出帝城，征车轹辘马蹄轻。弯环村径从旁过，黄壤新添跸路平。

万寿山前碧玉流，明湖十顷奉宸游。双轮激水沿堤转，风送荷香上御舟。

清漪楼阁矗长空，咫尺蓬莱路不通。桥影卧波圆似月，等闲深闭广寒宫。

长堤一带接晴峦，何处金牛扣角难。记得廓如亭上坐，唤茶小憩瀹龙团。

阿母骖鸾驻上方，如花侍女舞霓裳。岂知青鸟无消息，只放飞流出苑墙。

丁男畚锸集林坳，赴役无烦鼙鼓敲。赢得市廛生意盛，王公列邸遍西郊。

禁籞深严比玉京，似闻长乐递钟声。如何立仗宫门马，俯首衔枚噤不鸣。

高皇孝养忆当年，荆棘铜驼几变迁。莫问畅春园旧事，颓垣断瓦冷秋烟。

玉泉山翠锁屏颜，塔影当空未许攀。何事青龙桥下水，奔流偏欲到人间。

群峰合沓映斜曛，垩漫工师尚运斤。山寺又增新气象，岩腰高筑内家坟。

出处

《蓄墨复斋诗钞》卷四（清光绪二十二年刻本）。

叶名澧（诗2题2首）

叶名澧（清嘉庆十六年至咸丰九年，1811—1859年）

字润臣，号瀚源。湖北汉阳人。道光十七年（1837年）举人。历官内阁中书、文渊阁侍读等。著有《桥西杂识》《敦夙好斋诗集》等。

绣漪桥晚眺同蒋叔起作①

飞虹丽天半，巨鳌凌风游。用奠长湖浸，突起燕郊陬。日晚叱敝驷，拾级联朋俦。
仰瞻离宫壮，胜陟名山幽。名山望绵邈，佳气钟神州。穷年苦鞅掌，谁与豁心眸。
及此获清暇，渺若升崇丘。飘飘碧云举，蔼蔼朱霞浮。雪融百草芜，春木弥悠悠。

自注

①即昆明湖上桥也。

出处

《敦夙好斋诗全集》（清光绪十六年叶兆纲刻本）。

即 景

绣漪桥下水，缭绕达城隅。午日堪调马，残波尚浴凫。

萧椮官道柳，寂寞酒家垆。忽觉愁心远，霜风拂鬓须。

出处

《敦夙好斋诗全集》（清光绪十六年叶兆纲刻本）。

许宗衡（诗1题1首）

许宗衡（清嘉庆十六年至同治八年，1811—1869年）

字海秋。江苏江宁（今江苏省南京市）人。咸丰二年（1852年）进士。官内阁中书，起居注主事。著有《玉井山馆诗文集》。

纪事诗

皇帝未北狩，举朝方晏然。鱼龙戏曼衍，拜手觞万年。维时夏六月，兵气南斗缠。

荧惑骇星变，民间多讹言。觥觥陆御史，抗疏陈大篇。倏忽七月交，鼙鼓津门喧。

枢辅既引退，列卿还迁延。魑魅走白日，雕鹗迷青天。前军相交绥，骇兽如散烟。

朝议易翻覆，抚战两未坚。秘策宋南渡，预计周东迁。犹恃拓羯兵，庶几孤守边。

一人有弃甲，万马无回鞭。似闻失河湟，未敢盟澶渊。六飞谏未出，两诏众所传。

威欲熊罴申，诛或鲸鲵骈。夷祸二十载，得此如转圜。开关孰延敌，火已燎于原。

袖手思张弓，无由弸劲弦。王公既失险，坏云堕郊埏。黯黯八月秋，万树霜华寒。

光禄中枪退，丞相策骑旋。空劳懿亲议，难仗藩王贤。己巳日未午，惨澹旌旗翻。

仓卒羽林儿，彭彭遑整冠。缇衣亦颠倒，遥行指木兰。凉风起边色，疲马嘶声酸。

哑哑白项乌，回首长杨间。关云夜垺黩，颇似延秋门。尔时我皇意，岂不思多艰。

大业二百载，圣德垂便蕃。弧矢定四海，梯航方交欢。朝廷失砥柱，沧海生波澜。

昨者获巨寇，譬乌铩羽翰。呼吸一夫命，峥嵘千鬼环。狡计纵飞火，殿阁何斑斓。

血色昆明湖，电掣诸峰殷。疑是犬戎祸，传烽悲骊山。岂比阿房灾，焦土同一叹。
急纵虎出柙，遑惜驹伏辕。鲜卑竟姑息，惕隐宜生还。有功异回纥，无厌类契丹。
介弟非仗钺，进退空触藩。遵负征虏任，绛虑和戎愆。谚忌鼠投器，诗刺蝇止樊。
踌躇起四顾，但求宗社安。古来重悔祸，咸以殷忧先。挽回术无他，感召理有权。
信果格豚鱼，治可舞羽千。西山转苍郁，王气犹龙蟠，君侧必大儒，中兴诚非难。

出处

《玉井山馆诗卷》（清同治四年至九年刻本）。

鲍源深（文1篇）

鲍源深（清嘉庆十六年至光绪十年，1811—1884年）

字华潭，号穆堂。安徽和州（今安徽省马鞍山市和县）人。道光二十七年（1847年）进士。官至左副都御史。著有《补竹轩文集》等。

游御园

十一日偕仁山、伯寅游万寿山昆明湖，系樊姓内监领入并具酒席。其地为寅游之所，山色湖光，天然胜境。楼阁、亭台、寺观，嵌空玲珑，穷工极巧。景物之妙丽，真有目所未睹，口不能名者，拟以十洲三岛未为过也。又有村庄篱落，稻畦蔬圃，野趣翛然。又有廛肆、茶坊、酒馆，宛然□□风景。虽未能遍历，目之所及得其大概。玉泉山近在咫尺，以日向暮未能往游。

出处

《补竹轩文集》（清光绪刻本）。标题为编者所加。

魏燮均（诗2题9首）

魏燮均（清嘉庆十七年至光绪十五年，1812—1889年）

字子亨，号耕石老人，别号九梅居士。辽宁铁岭人。咸丰贡生，进京赴试不中。以书法名。著有《香雪斋笔记》《九梅村诗集》等。

昆明湖晚眺八首

湖方十余里，在万寿山之前，京西三十里。旧名西湖，乾隆间赐名昆明，铸铜牛一，置东堤上，山前为清漪园。

昆明湖畔雨初晴，映水斜阳一片明。我向湖东堤上望，西山犹是碧云横。

金银宫阙瑞云扶，山色湖光入画图。不是软红尘世界，分明海上看蓬壶。

片片霞光照水湄，金牛背上认铭词。摩挲细看昆仑石，恭读先皇御制诗。

几处亭台接玉桥，一湖烟水碧无聊。圣明天子承平日，曾驾龙舟荡画桡。

十顷芙蓉映夕晖，水风花气袭人衣。绣漪桥上无人过，但见闲鸥几个飞。

参差塔影列烟鬟，贝阙飞楼缥缈间。几片秋云遮不住，隔湖遥望玉泉山。

看花台①接钓鱼台，古迹荒唐佛寺开。传说当年曾驻跸，大元天子泛湖来。

淼淼平湖似镜光，更无小艇泛沧浪。天然一幅迂倪画，少个渔翁钓夕阳。

自注

①台在护圣寺内，为元主游乐更衣处。

出处

《九梅村诗集》卷十一（清光绪元年红杏山庄刻本）。

过六郎庄

水国风来四面香，芙蓉围住小村庄。

此中知有人如玉，应说莲花似六郎。

出处

《九梅村诗集》卷十一（清光绪元年红杏山庄刻本）。

李光廷（诗1题1首）

李光廷（清嘉庆十七年至光绪六年，1812—1880年）

字着道，号宛湄。广东广州人。咸丰二年（1852年）进士，任吏部封验司主事。著有《宛湄书屋文钞》《宛湄轩诗外集》等。

题倪云衢少尉鸿珠海夜游图

画船箫鼓珠江滨，银灯璧月天无尘。桂林少尉湖海客，黄金买笑娇青春。

是时咸丰岁壬子，我去北游曲江水。连钱骢马走金堤，滴翠湖山明玉玼①。

归来一梦还征歌，红巾焰起横江波②。招来裙屐风流散，听到琵琶哀怨多。

锋销重觅东华辙，故乡明月几圆缺。鲸鱼一夕跋沧溟，坐使鹅潭翻碧血③。

战气沉沉熏夕阳，绮罗丛作瓦砾场。燧象沸珠飞霹雳，赤龙搅海惊鸳鸯。

海风吹毒来三辅，惊听渔阳动鼙鼓。蓬岛三山陨露盘，洛阳宫殿成焦土④。

两地羁悬剧可怜，莼鲈秋思理归船。岂知关白输盟日，犹是司勋傲座年⑤。

披君图画劝君酒，百年梦醒终何有。姑苏灯舫里湖船，繁华底处堪回首。

君不见，汉家楼阁昆明湖，尺冈樵子亲手摹。至今苍莽浮烟墨，要比君家夜泛图⑥。

自注

①是岁游淀园，同游者陈古樵、杜喜亭两同年。

②甲寅土寇之乱。

③余丙辰入都，丁巳岁虏兵入城。

④庚申岁虏进京要盟，遂毁淀园三山。

⑤余辛酉岁告养回籍，是岁雳退出省城。

⑥壬子岁，陈古樵同年在都为作昆明湖图，盖淀园之真景也。今存余处。

出处

《宛湄书屋文钞》（清光绪八年刻本）。

郭长清（诗2题2首）

郭长清（清嘉庆十八年至光绪六年，1813—1880年）

字怿琴，号廉夫，一号种树山人。河北临榆（今属河北省秦皇岛市）人。咸丰四年（1854年）进士，官至刑部郎中。著有《种树轩诗草》等。

由畅春园诣泉宗庙踏勘被盗情形

御园百顷稻，灌溉资泉宗。巍然大祠宇，中奉行雨龙。兼祀猫虎蜡，祈报重田农。
神祇炎殊相，礼使人敬恭。奈何鼠窃辈，剿刀穿心胸。中有金银气，遂敢施铦锋。
虽曰土木偶，贪忍不可容。我曹忝执法，如律治顽凶。戚然念若辈，饥寒迫穷冬。
舍身陷法网，拟换米一春。教养既未及，赒恤亦无从。法在不能宥，使我心憧憧。

出处

《种树轩诗草》（清光绪二十三年刻种树轩遗集本）。

万泉庄行宫恭纪

云廊水榭锁朱门，想象宸游万马屯。祷雨龙池通地脉，题泉凤翰长苔痕。
松杉影碧天容倒，荇藻冬青石溜温。十里稻田资灌溉，溪花堤柳亦沾恩。

出处

《种树轩诗草》（清光绪二十三年刻种树轩遗集本）。

孙衣言（诗3题4首）

孙衣言（清嘉庆十九年至光绪二十年，1814—1894年）

字绍闻，号琴西，晚号逊披，斋名逊学。浙江瑞安人。道光三十年（1850年）进士。著有《逊学斋诗钞》等。

与少鹤步昆明湖上感赋

汉皇手拓定昆池，徒步池头有所思。秋后芙蓉摇白羽，云中鸊鹊隐朱旗。

鸂鶒鸂鶒仍遥渚，鼓角楼船忆昔时。却顾万行堤上柳，西风遮莫尽情吹。

出处

《逊学斋诗钞》卷九（清同治三年刻增修本）。

与小䣊怡琴同游金山宝藏寺

雨过觉春好，流泉润浅沙。呼童浇茗盌，邀客看桃花。

古寺寻山入，层轩并石斜。更临潭水静，知近梵王家。

架构危崖上，楼台纵目中。云生仙苑树，风送玉泉钟。

湖水深涵绿，斜晖远露红。帝城三殿迥，吟望独溟蒙。

出处

《逊学斋诗钞》卷十（清同治三年刻增修本）。

过遗光寺

下山仍访寺，游兴欲忘晡。红惜官桃浅，青知野草苏。

碑残愁说史①，僧腐学谈儒。归去判昏黑，深泥戒偾舆。

自注

①寺碑皆纪明时巨珰建寺事。

出处

《逊学斋诗钞》卷十（清同治三年刻增修本）。

王拯（诗4题4首）

王拯（清嘉庆二十年至光绪二年，1815—1876年）

字定甫，号少鹤，亦作少和，又号龙壁山人。广西柳州人。道光二十一年（1841年）进士。官至通政司通政使。著有《龙壁山房诗文集》《茂陵秋雨词》等。

秋杪晓直静明园作

瓮山西去龙桥左，仙峤离宫抱玉泉。杨柳晓风残月下，水天孤鹜落霞边。

中峰楼阁虚涵影，上界壶铛好汲鲜。独有微官惭扈从，朔霜飞练想茫然①。

自注

①宫前为观水操处云。

出处

《龙壁山房诗草》卷八（清同治桂林杨博文堂刻本）。

颖叔晓直清漪园归赋赠

积雪神皋路，仙郎走马归。回风欹絮帽，飞霰上朝衣。

白鹤寻双表①，青霓看一围②。云屏毋乃恨，错梦到金微。

自注

①园有耶律丞相墓祠。

②内人称三山之幸为外围。

出处

《龙壁山房诗草》卷八（清同治桂林杨博文堂刻本）。

雨后扈直清漪园谒元耶律文正公墓祠

郁郁瓮山麓，萧然孰祠墓。修治傍宫苑[①]，磊落想皇度。宿雨积高原，朝烟霭庭树。

虚堂神鬼吓，遗像冠裳塑。缅怀耶律公，草昧适天数。仓皇昔元代，法制仅粗具。

当时兹管葛，余事犹词赋。髯乎故绝伦，姚赵实友助[②]。我昔百泉游，馨香拜洲步。

颇闻梅溪胜，咫尺苏门路。如何虚卜筑，死瘗丘山处。乃知贤者心，七尺徇所遇。

乡闾重子孙，时节守霜露，纵能金碗秘，那得铜盘固。豹尾幸簪随，螭头起瞻慕。

余生畏沟渎，何处青山渡。

自注

①乾隆间修建。

②姚枢、赵复。

出处

《龙壁山房诗草》卷八（清同治桂林杨博文堂刻本）。

雪中扈直清漪园作

一冬浑未雪，春半忽飞霙。豹尾人披絮，螭头树琢琼。

楼台金碧影，池馆水云情。若许东风便，应须上玉京。

出处

《龙壁山房诗草》卷九（清同治桂林杨博文堂刻本）。

方浚颐（诗1题1首）

方浚颐（清嘉庆二十年至光绪十四年，1815—1888年）

字子箴，号梦园。安徽定远人。道光二十四年（1844 年）进士。官至四川按察使。著有《二知轩诗文集》《忍斋诗文集》等。

春明续忆七古十八首 (18 首选 1)

昆明湖畔对鸥舫，万顷沦漪景空旷。豸冠鹄立静无声，树杪红云拥天仗。

昔时鹓鹭半分飞，玉泉断础生苔衣。就中愁绝萧颖士，五华何日停征骓。

自注

芗泉久擢滇藩以道梗，闻至今尚在陕右。

出处

《二知轩诗钞》卷八（清同治五年刻本）。

刘日莘（诗 5 题 8 首）

刘日莘（清嘉庆二十一年至同治七年，1816—1868 年）

字辇村，一字韵泉。直隶盐山（今属河北省）人。道光二十年（1840 年）举人。官训导，与捻军战亡。著有《箧山诗草》。

出西郭望昆明湖

禁苑昆明劫火寒，秋风海上接波澜。甘泉驰道霾云磴，梵刹苍松护石坛。

画里楼台曾覆水，雨余杨柳好凭阑。十年重望湖边路，只有西山似旧看。

出处

《箧山诗草》卷下（清光绪十七年活字印本）。

历海淀诸园赋二首

石磴分明辇路斜，晚来谁数旧宫鸦。只余湖畔青青柳，瘦倚东风望翠华。

甘泉驰道接长杨，台殿消沈佛火凉。呜咽玉泉山下水，奔流依旧绕宫墙。

出处

《篑山诗草》卷下（清光绪十七年活字印本）。

游西山三首

都城负太行，西峰拔其萃。蜿蜒第八陉，拱卫耸右臂。俯瞰蓟门烟，高挹居庸翠。
渤碣包地形，阴阳状神秘。万古神仙宅，枕屏天为置。爽送满城雨，晴迓九门骑。
烟霭郁青苍，吞吐遑姿致。我性夙爱山，旧约留僧寺。出郭觉尘清，照水尘心醉。
恍惚飞马迎，似将山露意。同游二三人，砚笈携幪被。题句期层巅，笔带云霞气。

北上青龙桥，西望金山口。封树郁苍苍，寿陵此荒阜。阴风鹡鸰叫，古穴牲狸走。
缅怀土木变，万乘自贻咎。仓皇议南迁，谁为社稷守。夷吾辱亦归，司马业难朽。
夺门忽论功，君臣并蒙垢。直北望裕陵，王气亦何有。我沿湖水曲，荒坟起培塿。
丞相昔刻石，肖像公夫妇。翁仲误流萤，掊击来樵叟。势去陵谷迁，时来风云厚。
华屋与山丘，年代一回首。谁鼓雍门琴，临风慨叹久。惟有西山色，终古满林薮。

晚过昆明湖，梦落烟水窟。驴鞍带归云，远峰上夕月。行行碧云寺，空翠沁毛发。
石磴纡千盘，佛殿经数折。泉水鸣淙淙，清响激林樾。直上登浮屠，石气砭人骨。
下看夕鸟飞，平揖万峰列。回首望都城，云里指双阙。极天青蒙蒙，忽觉世路热。
寺僧留我宿，斋钵饭松屑。夜深木鱼静，清梵隔林发。

出处

《篑山诗草》卷下（清光绪十七年活字印本）。

昆明湖杂咏

石瓮山前日又曛，绣漪桥下水泛泛。金辽往迹残碑少，谁问湖边耶律坟。

夕阳犹认劫灰红，想象旌旗在眼中。一抹青山飞鸟外，汉家三十六离宫。

出处

《箧山诗草》卷下（清光绪十七年活字印本）。

游西顶

御堤北接长杨馆，驰道中通细柳营。杏酪麦饧齐供佛，进香天气十分晴。

晴年四月开香社，纨扇流苏照绮罗。斜日绣漪桥上望，颔巾来往内妆多。

出处

《箧山诗草》卷下（清光绪十七年活字印本）。

丁寿昌（诗2题5首）

丁寿昌（清嘉庆二十三年至同治四年，1818—1865 年）

字颐伯，号菊泉，室名竹筠轩等。江苏淮安人。道光二十七年（1847 年）进士。官至直隶按察使。著有《读易会通》《睦州存稿》等。

前湖曲四首

杨柳千条覆御沟，半遮湖水半遮楼。长条未许行人折，只为君恩雨露稠。

萧萧急雨打菰蒲，出水夫容意态殊。十里荷香留客醉，前湖端不让西湖。

钿车宝马度龙津，都是金鱼侍从臣。朝罢旗亭拼小饮，湖光洗尽软红尘。

青山环抱掖垣低，荷叶田田望转迷。归去西安门外路，凤皇楼阁与云齐。

出处

《睦州存稿》卷一（清同治五年刻本）。

西阳望昆明湖

城南车马厌尘嚣，出郭闲行热恼消。湖上青山思故里，烟中白塔指前朝。
爱看柳色逢僧寺，贪受荷香过石桥。自是六龙巡幸地，晚归未觉帝城遥。

出处

《睦州存稿》卷一（清同治五年刻本）。

童华（诗2题8首）

童华（清嘉庆二十三年至光绪十五年，1818—1889年）

字惟宪，号薇研。浙江宁波人。道光十八年（1838年）进士，官至礼部右侍郎。著
有《竹石居诗草》。

甲辰三月移寓海淀以待考试散馆寓舍西南，隔近昆明湖晓起望之殊为胜观也赋示同人

御苑逶迤杓斗回，千岩万壑受安排。闻将无数佳山水，各向东南写样来。

云气飞龙旭采鲜，树成金碧水生烟。定知春色无边好，都在阳和潋荡天。

峨眉山色远巴巫，花柳同辞明圣湖①。我辈真无风雅分，名区借得只操觚。

刻翠吟红日课诗，烟云活泼未相知。乍因送客出门去，为倚斜坡立片时。

自注

①同寓者江晓帆、国霖、陈均甫、洪猷皆蜀人，徐蓉、塘埔、周莲士、宗濂、孙蘽
田及余皆浙人。

出处

《竹石居诗草》卷二（清光绪刻本）。

同四弟宿海淀次早自澄怀园至昆明湖

湖山归鸟夕阳低，烟树葱茏稳可栖。短榻挑灯人未寐，渐闻车马满沙堤。

初阳影里见楼台，密钥朱扉次第开。夹路分擎黄合子，至尊知己御门回。

门前杨柳荫荷蒲，下界红尘一点无。待为园林添胜事，弟昆联袂直蓬壶。

湖波微皱小风凉，偃月桥边野稻香。最好烟霞明灭际，经台松栝水中央。

出处

《竹石居诗草》卷二（清光绪刻本）。

郭嵩焘（文1篇）

郭嵩焘（清嘉庆二十三年至光绪十七年，1818—1891年）

字伯琛，号筠仙，晚号玉池老人。湖南湘阴人。道光二十七年（1847年）进士。官至两淮盐运使，署广东巡抚。光绪二年（1876年）派赴英国首任驻英公使，光绪四年（1878年）兼驻法公使。著有《郭嵩焘日记》。

游清漪园

（咸丰十年三月）十一日。樊监邀同伯寅、华潭游"清漪园"①。从左穿堂门入，至"勤政殿"，绕殿后万山至"玉澜堂"，堂前后俱有宝座。右暖阁凡四。堂后绕石山至"宜芸馆"东暖室瞻玉佛，高约尺许，外袭袈裟，饰以金，旁悬贝多罗树画幅，高宗御笔赐班禅圣师者，上用四体书题额。东西庑皆有堂三楹。由右小门至"夕佳楼"，正临"昆明湖"，楼阁相照耀，气象万千。

左旋至藕香榭后登舟，历水木自亲、对鸥舫诸胜，至大报恩延寿寺。相传寺基为明琐妃陵寝，成祖生母也，今建为庙，正当万寿山之面。万寿山即瓮山也。右为罗汉堂，架木为山，曲径盘旋，仅可容一人，门外颜曰：祇树园。内塑阿罗汉五百尊，或坐、或立、或卧，或一人、或数人丛聚，并于羊肠一线中高下位置，生动灵妙，视西湖净慈、灵隐之罗汉堂，别出一奇。再上至铜殿，墙壁龛几皆范铜为之。

由铜殿折而左，石山环列，蹑级曲折，登正殿后之高阁，全湖俱在眼底。再上为智慧海，前树石坊，颜曰：众香界，为瓮山之颠。山后历香岩宗印之阁，至须弥灵境。正中供三佛像，塑阿罗汉五百尊。佛殿之大，殆无逾于此者。

沿山麓行，至买卖街，盖山之右臂玉泉山水所经，颇有江南景致。高宗仿苏州山塘之胜为宫市，皆有悬额。今存者裕丰当及茶楼数廛而已。市尽处为墩，有桥，建亭其上，颜曰：荇桥。傍桥砌石为龙舟，远望之如一巨舰泊桥下也。

山麓沿湖皆石栏，杂树松桧，或为连房、或亭、或堂，不可以数记，亦不能遍游也。至鱼藻亭前上船，由藕香榭直入，过霞芬室，出勤政殿后至殿左室，观西洋自行车二，制法极精巧。

出至东朝房，午饭毕，由殿右门至文昌阁，阁凡三层，其第二层为自鸣钟一座。复登舟，至广润灵雨寺，望瓮山楼阁，掩映烟树间。生平所历，未有此奇丽之景也。广润寺中楹为涵虚堂，左曰：云香阁，右曰：月波楼。以风大不复回舟，乃由石桥至廓如亭小憩而归。

计园中所历诸胜仅得其半。其圆城之在昆明湖中者，亦不能一至也。

自注

①本定是日以待碧湄同游，而碧湄不至。

出处

《郭嵩焘日记》。标题为编者所加。

段承实（诗1题1首）

段承实（生卒年不详）

字芳山。江西南昌人。清道光十九年（1839年）举人。历官内阁中书、起居注主事、刑部员外郎。著有《寸草心斋古今体诗钞》。

秋日偕同人登金山宝藏寺

都城西北隅，绵亘起层巘。伺隙思寻幽，屡约未能践。夙闻招提境，修眚足登览。
岂乏瞻眺怀，多病每疏懒。凉秋天气清，退食还别馆。诸公发高兴，追陪吾亦勉。
同行入山阿，舍车聊策蹇。未须临绝顶，出尘即萧散。咫尺见御园，宫树苍云掩。
东望拱神京，皇州浑可辨。城楼绕郭高，浮图矗天远。近揽昆明湖，蓬瀛水清浅。
台观郁崔嵬，坐久情款款。得饱漫忘归，此会良可展。况慈丹桂花，天香飘尚晚。
既然乘兴来，莫待兴尽返。

出处

《寸草心斋古今体诗钞》卷一（清咸丰八年上海刻本）。

陈璞（诗2题4首）

陈璞（清嘉庆二十五年至光绪十三年，1820—1887年）

字子瑜，号古樵，晚号息翁、尺冈归樵。广东广州人。咸丰举人。广东同知。著有《尺冈草堂遗集》。

昆明湖堤外瞻眺

西山如长城，天半横紫翠。昆明堤上行，峰岫忽入地。长风吹潋滟，岚影久升坠。
万寿峙其北，楼殿矗空际。浮屠黄琉璃，照耀者何寺。西南玉泉秀，白塔卓而侍。

中流岛屿开，员峤倏浮至。长桥卧玉蛛，飞檐擘金翅。宝树森云林，瑞草覆瑶砌。

明湖四十里，佳气此焉萃。跰躇那敢前，銮辂所常驻。灵台涌西岸，岿巍特雄异。

俯吞万斛水，坐阅千军戏。严阵出波涛，楼船列旗帜。懿哉久承平，未敢忘武备。

开凿沿汉名，游豫得夏意。乃知神圣代，御幸无非事。岂为耳目娱，实奠家国计。

书生来海滨，目未窥巨丽。敢拟长杨篇，窃睹用私记。

出处

《尺冈草堂遗集》卷三（清光绪十五年息庐刻本）。

都中杂咏六首 （6首选3）

云端瞻凤阙，金爵上青霄。春树浮宫瓦，神池接御桥。

烟波琼岛近，紫翠景山遥。欲拟西京赋，才疏负圣朝。

层迭西山色，苍苍拥帝阍。御园开罨画，辇道上嶙峋。

供帐千官从，移家万乘陈。近闻罢临幸，勤念在斯民。

陈璞《山水图》

昆明四十里，荡漾似西湖。雁塔矗青蔼，龙舟泛绿蒲^①。

岚光浮上下，烟柳写模糊。武备今虽弛，楼船未可无。

自注

①纯庙御制乘船至昆明湖诗，刻石堤上。

出处

《尺冈草堂遗集》卷四（清光绪十五年息庐刻本）。

李端临（诗1题1首）

李端临（清道光元年至同治十三年，1821—1874年）

字藕青，号更生。浙江湖州人。女诗人。伴夫游日、美等国。著有《红余籍室吟草》《女艺文志》等。

且月二十九日览玉泉山昆明湖

远山抱城转，傍晚翠云横。禁树蝉争噪，垂杨莺一鸣。

旧桥经雨断，斜日就烟明。呼艇前溪去，荷花香乱生。

出处

《晚晴簃诗汇》卷一百九十一（民国退耕堂刻本）。

蒋超伯（诗2题2首）

蒋超伯（清道光元年至光绪元年，1821—1875年）

字叔起，号通斋。江苏扬州人。道光二十五年（1845年）进士。官至广州知府，署按察使。著有《爽鸠要录》《通斋集》等。

和葉润臣登绣漪桥晚眺原韵

清泉无下尾，高梁无上游。岂若昆明湖，秀冠燕南陬。飞梁谁所营，恐是般倕俦。
高将揭三曜，下可睨九幽。廓然视中区，咫尺揽冀州。长杨与五柞，历历迎双眸。
夕阳在前山，绚烂如丹丘。我欲负笭箵，于兹聊抗浮①。徘徊石瀨上，湖水何悠悠。

自注

①冀州、抗浮俱本"淮南子"。

出处

《通斋集》卷之二（清同治三年刻，民国二十二年扬州陈恒和书林补刻通斋全集本）。

季秋述感用元遗山九日读书山韵 (10首选1)

元诗用渊明露凄暄风息气清天象明十字为韵

峨峨宝藏寺，俨若祇树园。去秋曾往游，静无一物喧。石瀨吐清流，桂丛有余暄。
逶迤上东岭，曲折循苔垣。回望甘泉宫，万户兼千门。其下昆明湖，盈盈如一樽。
壁间有题字，乃是武肃孙①。迩来经寇扰，忉怛复何言。

自注

①武肃孙谓萍矼宪副也。

出处

《通斋集》卷之四（清同治三年刻，民国二十二年扬州陈恒和书林补刻通斋全集本）。

俞樾（诗1题4首）

俞樾（清道光元年至光绪三十三年，1821—1907年）

字荫甫，自号曲园居士。浙江德清人。道光三十年（1850年）进士。官至河南学政。
著有《右台仙馆笔记》《春在堂诗编》等。

感事四首

海上军容盛火荼，名王自领黑云都。独当泚水心原壮，一失街亭势已孤。

九地藏兵狐善猾，重洋传檄鳄难驱。遥知此夕甘泉望，早见烽烟照大沽。

郁郁三山次第开，离宫别殿似蓬莱。累朝制度周灵囿，每岁巡游汉曲台。

海外鲳帆来络绎，云中凤阙失崔嵬。昆明湖畔波如镜，犹望春风玉辇来。

汉代和戎计最疏，重烦供帐大鸿胪。天吴紫凤真儿戏，清酒黄龙是誓书。

式璧齐廷聘鹔鹄，击钟鲁国飨鶺鴒。几时竿上垂明月，钓取吞舟海大鱼。

先朝讲武旧围场，萧瑟秋风塞外凉。早望羽车迥谷口，漫劳石鼓刻岐阳。

飞黄一去清尘远，凝碧重来法曲荒。剩有开元朝士在，颓唐诗笔赋连昌。

出处

《春在堂诗编》编五（清光绪二十五年刻春在堂全书本）。

严辰（诗1题13首）

严辰（清道光二年至光绪十九年，1822—1893年）

字缁生，号达叟。浙江桐乡人。咸丰九年（1859年）进士。任刑部主事。著有《墨花吟馆诗钞》等。

避地杂咏

已陟蓬山未到巅，澄怀佳境艳神仙。承恩傃直知无日，避地来游了此缘。①

昆明湖水漾微澜，汉武功名欲继难。无数楼台金碧画，今朝只作劫灰看。②

流寓燕平浃日余，悬弧今日意何如。老天知我沧桑感，故遣生辰遇朔虚。③

道州城小依元结，同谷天寒寓杜陵。题作门前春帖子，他年聊复记吾曾。④

孤城西北看山楼，万叠峰峦拱帝州。却望翠华何处所，朔风猎猎出关愁。⑤

醉向山城策蹇忙，漫寻诗思托襄阳。堕驴一笑翻成哭，我与希夷有别肠。⑥

劫火公然到上林，南楼纵目剧伤心。可怜一炬成焦土，不是阿房覆辙寻。⑦

相逢患难总相亲，地主多情尚款宾。但得竹溪成六逸，不辞长作异乡民。⑧

有才如此沦臧获，世事堪知已末流。却愧侬非萧颖士，令奴一去不回头。⑨

为寻王粲叩琳宫，世事谈深夕照红。话到器之真铁汉，不禁感叹想遗风。⑩

忽传消息向京华，王会图成尚可夸。终是圣明天子福，和亲犹有汉唐家。⑪

患难余生顾影怜，驱车重到凤城前。时艰未有涓埃效，贪恋君恩愧俸钱。⑫

无恙全家返帝州，风光弹指过三秋。霜余疏柳犹青眼，雪里高山已白头。⑬

自注

①八月十日携家出城至澄怀园，寓鲍花潭前辈直庐。

②十一二日挈妻孥游昆明湖。

③十三日移寓昌平，晦日值予生辰，适逢小尽。

④时潘伟如刺史典此州，乃旧识也。

⑤九月二日偕州幕诸公登城西楼看山。

⑥初三日骑驴堕地伤面。

⑦初五日登城南楼望香山、万寿、玉泉三山及圆明园火起。

⑧初六日伟如刺史邀饮，同座有章采南前辈、沈闲伯膳部、徐小云比部、沈子承上舍、李修生同年，皆素识也。

⑨姚奴进城以书，来辞忠义奋发，文词古雅，殊不料若辈中有此人也。

⑩初十日访王子怀少马于玉虚观，谈及道光朝河南刘侍御光世上书直谏事。

⑪十二日得城中信，知英法两国和议已定，前两日宴于礼部。

⑫廿二日先自入城，适值领俸之期。

⑬十月三日偕妻孥回城。

出处

《墨花吟馆诗钞》卷之六（清光绪刻本）。

黄锡彤（诗1题1首）

黄锡彤（清道光四年至不详，1824—？）

字子受，号晓岱。湖南长沙人。咸丰九年（1859年）进士。官至监察御史。著有《芝霞庄诗存》。

游昆明湖

芳时人意好，信步观神皋。良友适际会，携手共翔翱。盈盈水一泓，轻风散微涛。林亭曲径间，嘉树蔼周遭。危桥倚长堤，傍岸容轻舠。晨游送新碧，四野来刍荛。

出处

《芝霞庄诗存》（清光绪九年善化黄氏刻本）。

龙汝霖（诗1题1首）

龙汝霖（清道光四年至不详，1824—？）

字皞臣，湖南攸县人。道光二十六年（1846年）举人。历任山西曲沃等地县令。著有《坚白斋集》等。

昆明湖作

飞楼翼湖阴，枉岸立积石。沿洄搜极态，纵横展殊色。飔风扇层澜，荡激气相吸。倒光测渊浮，明暗划黝碧。文禽相背飞，矫景入明娴。废苑积荒基，楼船歇锦笮。芙藻卷朝媚，蒲稗澹春怿。皇心几载廑，横汾游衍寂。平榭扃欹危，茨阶靳翦剔。

施罛乐群棣，司爨卧老革。嘉眷易今古，繁感忘归夕。

出处

《坚白斋集》诗存二（清光绪七年刻本）。

易佩绅（诗2题2首）

易佩绅（清道光六年至光绪三十二年，1826—1906年）

字笏山。湖南龙阳（今湖南省常德市汉寿县）人。咸丰八年（1858年）举人。官至江苏布政使。著有《岳游诗草》《函楼文钞》《函楼诗钞》等。

过昆明湖望西山

春风冉冉日迟迟，太液波融乳鸭嬉。

却望西山余雪在，教人常忆岁寒时。

出处

《函楼诗钞》卷二十（清光绪间递刻本）。

触及咸丰庚申年过昆明湖望西山诗八叠韵诗云

太液池边看绿波，西山余雪更如何。仙都别辟新三岛，佛境还遭旧五魔。

谁护鸳鸯防打鸭，岂堪龙凤作惊鹅。四朝遗老回头处，四十余年瞥眼过。

出处

《函楼诗钞》卷二十（清光绪间递刻本）。

李慈铭（文1篇）

李慈铭（清道光十年至光绪二十年，1830—1894年）

字爱伯，号莼客，室名越缦堂，晚号越缦老人。浙江绍兴人。光绪六年（1880年）进士。官至监察御史。著有《越缦堂文》《白华绛跗阁诗》等。

昆明湖望万寿山赋有序

柔桃余月，偕同里徐子仲凡、陶子文冲、江阴缪子炎之游西山。先一日薄暮，经昆明湖，望御苑中万寿山，瑰丽殊状，不可殚述。略举仿佛，赋以写之。

翳高梁之经络，实津通乎玉泉。汇千顷之黛蓄，规一镜而璇圆。带以长桥，极望舂舂。柱斜波折，岸断虹连。危阑控月，窗洞纳烟。金堤四周，隐隐若悬。缥碧见底，荇藻在天。游鯈万队，香鳞媚渊。浮萍忽开，下见楼阁。仰视离宫，五云峄嶭。复道丹回，层城绮错。太华跖开，蓬莱股落。危榭空擎，平台峭拓。亭挟峰飞，馆缘岫缩。重檐藻攒，修廊翠络。松桂插簪，薜萝萦幕。极丽瘦之瑰观，穷班倕之巧作。山皆临水，屋不藏山。湖光下上，千髻万鬟。晕金浮玉，灵气往还。染青泾嶂，散采铺川。净练织锦，腾螺点岩。纷洒蓝而泼绛，亦花交而绮联。时则皓魄末升，夕芬将泾，朱霞若衔，碧云欲组。嵌糁缮于夕阳，卷罘罳于飞雨。陋悬圃与方壶，粲千门兮万户。诚欲界之仙都，疑玉真之灵府。金光合离，紫翠吞吐。彼夫跨倒景于石梁，媚中流于孤屿。奚足以模范神京，绘绤禁籞？仰圣哲之经营，迈灵台兮万古。

出处

《越缦堂骈体文》卷一（清光绪二十三年刻虚霩居丛书本）。

翁同龢（诗1题1首）

翁同龢（清道光十年至光绪三十年，1830—1904年）

字叔平，号松禅，晚号瓶庵居士。江苏常熟人。咸丰六年（1856年）状元，历任户部、工部尚书，军机大臣兼总理各国事务衙门大臣。同治、光绪帝师。谥文恭。著有《翁文恭公日记》《瓶庐诗文稿》等。

独游乐氏园遇李公登眺良久复游遗光寺循西路而归

玉泉如带走沄沄，策马寻山日未曛。转过一邱还一壑，桃花红遍董司坟①。

独凭小阁看山色，谁识雍容车骑来。一笑欲为终老计，问公何地有楼台②。

西山山下遗光寺，残碣荒凉四百年。偶与山僧谈笔法，中锋回腕意超然。

自注

①地名。董司墓产桃最有名。

②公欲寓此园。

出处

《瓶庐诗稿》卷六（民国八年邵松年等刻本）。

李慎传（诗1题1首）

李慎传（清道光十三年至光绪八年，1833—1882年）

字君胄，号植庵，一号子薪。江苏丹徒人。道光三十年（1850年）举人。官江宁县学训导。著有《植庵集》等。

今年闰三月距辛丑闰三月二十年矣感慨身世率尔有作

今年闰三月，闰数却与辛丑符。良辰回首二十载，花开花落徒嗟吁！

当时海镜清寰区，橐戢武事崇文儒。国恩家庆副众望，冰衔清美高蓬壶。

我方童稚总双角，彩衣随侍来京都。红尘四合开九衢，南邻北里吹笙竽。

山陬海澨罢烽燧，万方珍货通舟车。官曹清静循文书，军机不复劳中枢。

大臣休沐各佳宴，及时赏花兼钓鱼。玉河新柳青且腴，金鳌景物如东吴。

宣南尺五承明庐，千花万树神仙居。春波潋滟昆明湖，禁中楼阁疑有无。

倾城士女乐游赏，金鞍宝马香钿舆。共道两度遇修禊，名工迭画阑亭图。

我时髫年一无识，但爱绮丽堪清娱。呜呼绮丽堪清娱，太平盛事良非虚。

繁华一梦惊蘧蘧，东风欺人冷村墟。菜花有甲麦有须，清流浅浅生菰芦。

梧竹樱柳桃李榆，绕屋前后数百株。别饶春意成皇初，踏青寂寞邀农夫。

也携酒榼游平芜，呢喃双燕入我室。羽毛鲜洁无泥涂，尔从北地千里至，

皇州紫陌春何如。

出处

《植庵集》卷四（清光绪十年刻本）。

王闿运（诗1题1首）

王闿运（清道光十三年至民国五年，1833—1916年）

晚清经学家、文学家。字壬秋，号湘绮，世称湘绮先生。湖南长沙人。咸丰三年（1853年）举人。曾入曾国藩幕府，主讲成都尊经书院、长沙思贤讲舍、衡州船山书院、南昌高等学堂。宣统间，赐翰林院检讨。辛亥革命后任清史馆馆长。著有《湘绮楼全集》。

圆明园词

宜春苑中萤火飞，建章长乐柳十围。离宫从来奉游豫，皇居那复在郊圻。

旧池澄绿流燕蓟，洗马高梁游牧地。北藩本镇故元都，西山自拥兴王气。

九衢尘起暗连天，辰极星移北斗边。沟洫填淤成斥卤，宫庭映带觅泉原。

淳泓稍见丹棱沜，陂陀先起畅春园。畅春风光秀南苑，蜺旌凤盖长游宴。

地灵不惜瓮山湖，天题更创圆明殿。圆明始赐在潜龙，因回邸第作郊宫。

十八篱门随曲涧，七楹正殿倚乔松。轩堂四十皆依水，山石参差尽亚风。

甘泉避暑因留跸，长杨扈从且韬弓。纯皇缵业当全盛，江海无波待游幸。

行所留连赏四园，画师写放开双境。谁道江南风景佳，移天缩地在君怀。

当时只拟成灵囿，小费何曾数露台。殷勤毋佚箴骄念，岂意元皇失恭俭。

秋狝俄闻罢木兰，妖氛暗已传离坎。吏治陵迟民困痛，长鲸跋浪海波枯。

始惊计吏忧财赋，欲卖行宫助转输。沉吟五十年前事，厝火薪边然已至。

揭竿敢欲犯阿房，探丸早见诛文吏。此时先帝见忧危，诏选三臣出视师。

宣室无人侍前席，郊坛有恨哭遗黎。年年辇路看春草，处处伤心对花鸟。

玉女投壶强笑歌，金杯掷酒连昏晓。四时景物爱郊居，玄冬入内望春初。

袅袅四春随凤辇，沉沉五夜递铜鱼。内装颇学崔家髻，讽谏频除姜后珥。

玉路旋悲车毂鸣，金銮莫问残灯事。鼎湖弓剑恨空还，郊垒风烟一炬间。

玉泉悲咽昆明塞，惟有铜犀守荆棘。青芝岫里狐夜啼，绣漪桥下鱼空泣。

何人老监福园门，曾缀朝班奉至尊。昔日喧阗厌朝贵，于今寂寞喜游人。

游人朝贵殊喧寂，偶来无复金闺客。贤良门闭有残砖，光明殿毁寻颓壁。

文宗新构清辉堂，为近前湖纳晓光。妖梦林神辞二品，佛城舍卫散诸方。

湖中蒲稗依依长，阶前蒿艾萧萧响。枯树重抽盗作薪，游鳞暂跃惊逢网。

别有开云镂月台，太平三圣昔同来。宁知乱竹侵苔落，不见春风泣露开。

平湖西去轩亭在，题壁银钩连倒薤。金梯步步度莲花，绿窗处处留赢黛。

当时仓卒动铃驼，守宫上直余嫔娥。芦笳短吹随秋月，豆粥长饥望热河。

上东门开胡雏过，正有王公班道左。敌兵未爇雍门萩，牧童已见骊山火。

应怜蓬岛一孤臣，欲持高洁比灵均。丞相避兵生取节，徒人拒寇死当门。

即今福海冤如海，谁信神州尚有神。百年成毁何匆促，四海荒残如在目。

丹城紫禁犹可归，岂闻江燕巢林木。废宇倾基君好看，艰危始识中兴难。

已惩御史言修复，休遣中官织锦纨。锦纨枉竭江南赋，鸳文龙爪新还故。

总饶结彩大官门，何如旧日西湖路。西湖地薄比郇瑕，武清暂住已倾家。

惟应鱼稻资民利，莫教莺柳斗宫花。词臣讵解论都赋，挽辂难移幸雒车。

相如徒有上林颂，不遇良时空自嗟。

出处

《湘绮楼全集·诗集》卷八（清光绪三十三年墨庄刘氏长沙刻本）。

编者注

《圆明园词》原有大量自注，限于篇幅未录。最早刊本还有徐树钧序，文字颇长，故多数版本均不录。鉴于其对词作背景以及清漪园遗址有所介绍，特附录于后。

高心夔（诗1题1首）

高心夔（清道光十五年至光绪九年，1835—1883年）

字伯足，号碧湄等。江西湖口人。咸丰九年（1859年）进士，官江苏吴县知县。著有《陶堂志微录》等。

同人于昆明湖上作

峰峰含夕妍，岸岸吐曙鲜。鲜妍化奇绘，幛壁皆自然。春霏遁遥树，日藻生重川。
环宫滟轻渌，圭塔表幽峦。滃白云外溜，泫碧篁上烟。光华备智览，显晦从心迁。
遗此横汾迹，悠彼戏洛年。绿图讵足瑞，金支神见传。流界迎偏泽，殊感泳同源。
无因梦秋驾，空疑病钧天。理默渊臧寂，兴仲驰景廷。贞踪谢凤逸，垂翅非鸿轩。

出处

《陶堂志微录》卷之二（清光绪八年平湖朱氏经自注经斋刻本）。

志润（诗1题1首）

志润（清道光十七年至光绪二十年，1837—1894年）

字雨苍，号伯时。满洲镶红旗人。官四川绥定府知府、嘉定知府及广西庆远知府等职。著有《寄影轩诗钞》《暗香疏影斋词钞》等。

游昆明湖有感

不尽萧条意，空亭又夕阳。乱山分雨势，危塔耸秋光。

草掩一湖水，莲余半亩香。铜驼有孤愤，蒿目是沧桑。

出处

《寄影轩诗钞》卷之二（清光绪三十年上海新昌书局铅印本）。

周馥（诗1题2首）

周馥（清道光十七年至民国十年，1837—1921年）

字玉山，号兰溪。安徽建德（今属安徽省东至县）人。官至两广总督、南洋大臣。谥悫慎。著有《周悫慎公全集》。

丁亥十一月以卓异入都展觐归至保定感述五律 光绪十三年丁亥

（5首选2）

神京西北水云区，劫后春风土未苏。小辟荒芜聊点缀，为承色养助欢娱。

射堂讲武风生树，战舰鸣笳月满湖。①自是圣明不忘武，一游一豫见雄谟。

自注

①昆明湖建离宫数所，并起武备学堂，调轮船、炮船操阵。

出处

《周悫慎公奏稿·自著年谱》集五之一（民国十一年石印周悫慎公全集本）。

廖树蘅（诗1题1首）

廖树蘅（清道光十九年至民国十二年，1839—1923年）

字荪畡，室名珠泉草庐。湖南宁乡人。咸丰年贡生。初入湘学提督周达武幕，继馆于陈宝箴家。后主讲玉潭书院，主持常宁水口山矿务，任湖南矿务总局提调、总办。著有《珠泉草庐文集》等。

游颐和园（作于宣统元年，1909年）

颐和园中崒森爽，虬松老桧参差长。亭台高下绀墙围，复道行空备宸赏。

园门瑰丽填青红，铁色狻猊琢镂工。想见千官随仗入，旌旗剑佩声摩空。

循廊一片湖光白，天地萧寒忽异色。汉家昆明何足论，江南莫愁逊清绝。

垂虹下属湖心亭，万顷玻璃入杳冥。续缦沈竿深莫测，涛澜潏荡风烟青。

玉泉衍近丹棱泝，仓卒真源寻未见。剩有清浏浩荡来，人间已觉恩波遍。

佛香亭占山之巅，百级陂陀不易缘。恍惚华清石瓮寺，东西绣岭相钩连。

古松抱阁日光碧，谡谡寒声荡空隙。举目萧条郊野荒，皇情定轸流亡室。

东下遥连乐寿堂，椒房阿监直东厢。宫车宴驾行游息，绿苔生阁榭尘芳。

当年行乐回天眷，歌钟设在云和苑。水调新翻菊部头，熏弦引入排云殿。

此中宜夏亦宜秋，瑟瑟红衣镜里稠。四面凉风鉴玉玦，一帘香雨控琼钩。

园居避暑浸成例，圣圣相承六皇帝。一自圆明付劫灰，重来此地严周卫。

割取蓬莱左股来，依然平地起楼台。规模虽比上林小，将作微伤少府财。

宫官前后怀忠悃，姓氏依稀寇与永[1]。大臣容默小臣言，志节与园同不泯。

冲皇临御游幸稀，铜龙昼静寒乌啼。长杨五柞盛皇汉，昭宣以降停骖𬴂。

我来刚值彤扉启，中官守护严纲纪。凤钥长将寝殿扃，龙舟远向芦埼舣。

此后应难再步尘，聊将歌咏纪前因。《连昌》词与《津阳》什，一样伤心感后人。

自注

①指寇太监谏修颐和园，被孝钦杖毙。及颐和园八品苑副永麟上书谏摄政王，七日

不食饿死，托古人尸谏之义也。

出处

赵炳麟《柏岩感旧诗话》卷二。

李少白（诗1题1首）

李少白（清道光二十年至不详，1840—? ）

字云樵，号莲初。浙江宁海人。久试不第，课徒讲学为生。著有《竹溪诗话》《十六契斋诗钞》等。

游昆明湖

太行东来渴骥奔，昆明湖水汪洋吞。气象尊严势雄阔，山环水抱辅蓟门。

我览形胜游其地，琼楼贝阙多无存。灰烬瓦砾丛草莽，石桥曲榭余山根。

湖旁老人话往事，圣主几余时来此。仙仗彩卷螺峰青，龙舟晴漾鳞纹紫。

千官拥聚万姓欢，登嵩济汾难如是。香烟缭绕云霞生，不数海上蓬方瀛。

风摇荷芰高低艳，日辉殿阁参差明。灵台灵沼在人世，忘机水鸟鸣和声。

无端外夷纷不靖，一炬火连圆明警。今皇图治无暇时，此间不复重游幸。

东风细雨长榛芜，野人还记当年景。我闻此语心怀伤，惆怅溪山空耿耿。

出处

《十六契斋诗钞》卷二（清光绪二十六年刻本）。作于同治六年至光绪三年。

宝廷（诗29题31首）

宝廷（清道光二十年至光绪十六年，1840—1890年）

字少溪，号竹坡，晚号偶斋。满洲镶蓝旗人，郑亲王济尔哈朗八世孙。同治七年（1868

年）进士，官至礼部右侍郎。著有《偶斋诗草》等。其歌咏"三山五园"及西山诗篇数量居众文人之首。

冬兴十首并序 (10 首选 1)

昆明休说汉时功，玉宇琼楼一炬中。两岸沙拖枯草白，半湖冰闪夕阳红。

金牛有泪垂寒水，石像无言泣故宫。翘首南交倍惆怅，来年又是再星终。

出处

《偶斋诗草·内集》卷八（清光绪二十一年方家澍刻本）。

偕王芷亭道士、志伯时游昆明湖

列坐高亭上，悲秋独断魂。水枯斜照暗，风急乱云翻。

事变山犹峙，家亡我尚存。回头十年梦，愁绪不堪论。

又

伤心国乱家亡后，今日重来旧水涯。十载湖山悲故主，一门生死泣孤儿。

琼林玉树辉莺殿，锦缆牙樯耀凤池。四海治安多乐事，不堪回首太平时。

昆明湖登高

湖光黯澹岭岚消，芦雪飘风草木凋。

十一年来人似旧，登高重上绣漪桥。

出处

上 2 题辑自《偶斋诗草·内次集》卷三（清光绪二十一年方家澍刻本）。

昆明湖送高仲瀛之上海

去冬君送我，明圣湖水中。敲冰荡双桨，冲破湖心峰。

今夏我送君，昆明湖水上。南风掀荷钱，碧晕生圆浪。

人生难相见，半年两别难。相见莫孤负，少壮能几时。

岂惟时地殊，人事亦有异。我既咏休官，君亦叹下第。

翘首望南溟，血染蛟螭热。别离何足愁，相期建功业。

出处

《偶斋诗草·内次集》卷五（清光绪二十一年方家澍刻本）。

三伏日同人游昆明湖晚宿葆真观①

昆明游罢夜分时，投宿琳宫触旧悲。

方外不关军国事，如何亦自有兴衰。

自注

①少时曾至此观，甚整齐，今正殿已毁，屋宇残破矣。

出处

《偶斋诗草·内次集》卷六（清光绪二十一年方家澍刻本）。

晓从葆真观出，缘河堤至湖上

晨兴别琳宫，缘堤聊踯躅。晴空散微云，高树上初旭。长虹跨湖口，石色皎白玉。

桥门对远山，偶见半峰绿。荒芦带朝烟，随风乱如竹。芰荷不满水，红翠断复续。

村近树阴连，山回塔影独。楼台灿金碧，摧残望林麓。怅然思昔事，隐忧忽杭触。

余生犹几何，为乐须迅速。

出处

《偶斋诗草·内次集》卷六（清光绪二十一年方家澍刻本）。

花朝同芷亭子嘉二道士育又章师心竹
增韵清增伟人昆仲宗子右游昆明湖

高桥俯空旷，乘醉一攀登。山远烟如雪，湖平水似冰。寻春诗思惬，感旧隐忧增。

莫叹兵难弭，皇清运中兴。昆明韶景好，结伴且游观。佳节虚抛易，故人常聚难。

水声知冻解，柳色验春寒。漫说花朝到，芳菲未一看。

出处

《偶斋诗草·内次集》卷六（清光绪二十一年方家澍刻本）。

昆明湖同育又章宗子右闲步

河堤闲步思无穷，有客偕游感慨同。一片荒山攒乱石，半湖残照滚东风。

又闻烽火连遥徼，曾见莺花满旧宫。廿载升平谁习战，小舟来往任渔翁。

出处

《偶斋诗草·内次集》卷六（清光绪二十一年方家澍刻本）。

湖上偶成

忆昔咸丰岁庚申，长夏侨居西湖畔。追随杖履日承欢，沿湖名胜遨游遍。

三山金碧互辉煌，林木青葱隐楼观。忽惊海风卷地来，劫火燎原剩灰烬。

鸟兔梭织剧匆忙，二十八年转一眩。今年扶病复来游，俄讶荒凉改轮奂。

又闻画舫易戈船，仿古昆池重习战。兴来曳履连日行，历尽东堤更西岸。

桥度青龙问玉泉，船坞增修势巍焕。学堂共说习水师，栋宇崔嵬诧新建。

是时正值庚伏初，旸雨无恒炎威煽。暑气熏山岚翠胶，石骨蒸云溽欲汗。

屏翳怯热难安栖，突出晴空挟雷电。羲和促驭倏避藏，顷刻湖山色全变。

斜风忽起云中开，夕照冲云落天半。风催雨脚走湖东，一角断虹隔雨见。

兴阑荷盖缓步归，皓月徐升烟霭散。新景历览方欢娱，旧事回头转悲愤。

无聊强作旷达思，人事天时理一贯。试看阴晴日数更，可悟盛衰随时换。

念彼河决尚未塞，群黎流亡久罹难。闲身幸值太平时，饱食湖山恣赏玩。

天工岂容人强拗，仰湛苍苍徒浩叹。雨晴月朗且吟诗，安能天尽如人愿。

出处

《偶斋诗草·内次集》卷八（清光绪二十一年方家澍刻本）。

三伏日同人游昆明湖分汉字韵

酒酣步长堤，良俦共游玩。倚筇一凝眺，暮色昏难辨。月上湖水宽，

云生山影乱。金牛傍桥卧，依稀望河汉。天边宫阙高，无人空夜半。

出处

《偶斋诗草·内次集》卷九（清光绪二十一年方家澍刻本）。

浣衣曲

昆明湖畔芙蓉堵，芙蓉花下多浣女。有客看花来水边，偷听浣衣人笑语。

水声摇簌杂人声，花气熏衣不知暑。莺娇燕媚各分明，小姑中妇皆俦侣。

就中有妪鬓如银，倦息花前同畅叙。自云居近华家屯，海淀移居自吾祖。

百余年来事变多，见闻具在堪略举。忆昔乾隆全盛时，此地繁华天下推。

璇宫大庆民同乐，四海呼嵩更祝釐。升平歌舞穷百戏，远近梯航王会开。

中山乐浪不足道，万里南交来阮黎。更道远人曾入贡，红毛碧眼相形奇。

营旗八色接健锐，凯旋实胜传两碑。阅武楼高傍湖堧，四时习战屯虎貔。

扇子河边树夹路，柳阴花影青红迷。百官车马响流水，鸡鸣不断斜阳西。

咸丰一自庚申岁，郊坰顷刻腾兵气。萑苻魑魅共横行，玉宇琼楼尽摧败。

熏天一炬湖水干，从此三山不忍翠。滦阳回首五云迷，湘累泣水宫门闭。

灵区荒废廿余秋，雉兔凫莺任窃游。差喜昆冈延未尽，亭台几处幸仍留。

焚余嘉树多枯槁，长林伐尽剩丰草。积潦淤泥莽路湮，蛙声聒耳蝉声少。

琼岛瑶台石色朱，墙壁苔焦窗牖无。村童野老恣垂钓，福海水污难得鱼。

重修亦有新池馆，庭空径寂无人管。几回欲往总中停，愈游心愈增忧懑。

闻说长春庆五旬，湖山无福再沾恩。御园花草能多少，难慰深宫宵旰勤。

昨传闽海水横飞，鏖战鸡笼未解围。旧耻新仇今可雪，愤来自恨不男儿。

我闻此语心骨悲①，回思故事涕沾衣。记从老父来侨寓，幸及昆明未劫灰。

自注

①用成句。

出处

《偶斋诗草·内次集》卷九（清光绪二十一年方家澍刻本）。

湖上 庚申

饭后步湖西，闲游趁斜景。徐行过断桥，楼边立俄顷。

日落蒲苇凉，荷香鸥鹭静。倚阑望长空，莓苔透衣冷。

出处

《偶斋诗草·内次集》卷十（清光绪二十一年方家澍刻本）。

湖上晚步

雨余行湖堤，沙岸静如洗。日落水风凉，飘飘葛衫起。

远天青压山，残霞红满水。隔岸碧峰连，苍烟迷数里。

信步至高亭，石槛披衿倚。昂头一长啸，白云生树里。

出处

《偶斋诗草·内次集》卷十（清光绪二十一年方家澍刻本）。

九月望偕皆平缦乡昆明湖步月乙

群山带暮烟，倒影印波底。

凉风飒然来，寒声起芦苇。

四顾无行人，明月满湖水。

出处

《偶斋诗草·外集》卷三（清光绪二十一年方家澍刻本）。

昆明湖上刘氏莲庄

矮屋六七间，隐在花深处。一径入荷花，满衣湿香露。无门亦无墙，四围杨柳树。

清渠绕短篱，横石当桥度。入座南风来，炎歊忽全去。回首见青山，斜阳蒸薄雾。

出处

辑自《偶斋诗草·外集》卷六（清光绪二十一年方家澍刻本）。

宿刘氏莲庄

游归昏暮投莲庄，哦诗不寐劳倦忘。云消月上柳弄影，绤衣重袭身犹凉。

草堂高踞荷花里，荷叶参差不见水。南风一阵入花中，月光乱卷如波起。

更深人静寂无声，炎暑全消月更清。天空露下水气润，无风自觉荷香生。

湖堤斜亘如白练，远山隔堤惟露半。北峰低峙正当窗，树里楼台皆可见。

闲身无用合归田，官休愧少买山钱。却羡将军不好武，早辟名园依水边[①]。

人能行乐岂忧贫，快意当前假亦真。今宵清景尽我赏，有乐何须是主人。

自注

①铭鼎臣将军，买某氏园在湖南数里。

出处

辑自《偶斋诗草·外集》卷六（清光绪二十一年方家澍刻本）。

湖上晚归

日入大野暗，远近同茫然。明月出东海，照见湖上山。

月高湖水明，水气成白烟。山影带疏星，不动水底天。

伫立不忍去，欲行还俄延。凉风飒焉至，吹我葛衣单。

出处

辑自《偶斋诗草·外集》卷六（清光绪二十一年方家澍刻本）。

西山纪游行要 (节选)

壬申孟夏有九日，清晨偕朋西门出[①]。朝阳东升晴光溢，驱车北上离城阙。

高梁河横桥屹屹，急流悬空浪奔突。压流枕梁建宫室，堂标倚虹昔驻跸。

征尘塞路飘风烈，服骖蹀躞鞭难疾。遍野青青多宿麦，黍禾匝陇新苗茁。

载驰复载驱，曰至南海淀。通衢成荒村，萧条人罕见。

墙垣狼藉满堤岸，赭砖黔石抛烂漫。沟渠草深桥梁断，铜街珂里余空院。

园亭无花绝莺燕，蓬蒿满地狐兔窜。古树柯焦枝活半，台榭壁立柱成炭。

山红冰黑木石乱，桃李根枯芰菱烂。湖山锦绣景全变，怵目心悲不忍看。

忆昔庚申五月初，柳浪庄里曾侨居[②]。追随杖履遍游眺，探奇揽秀三旬逾。

繁华富庶士民乐，郊原景象过名都。光阴弹指已十载，只身再到风光殊。

村市凋敝人家少，连阡累陌皆成墟。鼎湖龙驭不可返，剩山残水看模糊。

椿闱永逝痛罔极，孑遗叹我留微躯。君亲重恩不能报，读书自愧冠冠儒。

家忧国难两纠结，重经故地空长吁。

自注

①志伯时同行。

②庄在海淀西，庚申夏，从家君侨居此，遍游湖上。

出处

《偶斋诗草·外集》卷七（清光绪二十一年方家澍刻本）。

廓如亭集成

吹面不寒杨柳风，钓船犹系柳桥东。三山半落青天外，多少楼台烟雨中。

柴门临水稻花香，隔岸渔家尽绿杨。遥望行云遮半岭，楼台倒影入池塘。

绿杨阴里白沙堤，草色青青送马蹄。水底看山山更好，此中楼阁有高低。

楼阁参差倚夕阳，浪花无际似潇湘。尚嫌未惬幽情兴，携杖来追柳外凉。

出处

《偶斋诗草·外次集》卷一（清光绪二十一年方家澍刻本）。

昆明湖上杂诗

廓如亭建碧湖边，千顷清波望渺然。步下苔阶数十武，铜牛特卧白堤前。

阅武高楼西近湖，阶前小渚聚菰蒲。为来此地习攻战，四望平田似纸铺。

龙王庙在湖中央，楼阁参差深树藏。白石为梁孔十七，往来不待登轻航。

柳浪庄依湖水东，稻田如罫迤遥同。晚飧已罢村边步，仿佛身行吴越中。

芦苇青葱遍野塘，绣漪桥畔可乘凉。拈毫不敢轻成句，御咏刊碑立路旁。

楼阁玲珑耸碧霄，景明赐号代非遥。青芦缘径通南岸，又仿杭州建断桥。

嵯峨宫殿望圆城，玉带高桥近岸横。西望玉泉东万寿，山光水色秀难名。

翠峦曲曲水潺潺，直把西湖移此间。不必雷峰观落照，七层塔立玉泉山。

静明园里楼台盈，白塔昂然霄汉平。小息宫门风满袖，穿墙碧水声玱铮。

玉泉万寿耸巍峨，金碧辉煌远照波。灵隐云栖名枉着，楼台终逊此山多。

圆明园侧水澄清，浣女如云石岸盈。碧柳垂阴草铺径，南风远送捣衣声。

西南门外接清陂，聚浣池边尽艳姬。此地山川苎萝胜，钟灵应有美如施。

稻田随处水潺潺，小径沿湖湾复湾。缘岸故多行数里，只图看尽水边山。

荇渚芦洲景不同，楼台环绕岸西东。缘堤来往难寻径，只在湖光山色中。

戏浪沙鸥远近飞，棕鞋踏遍水周围。沿途不必人频问，自有湖流引导归。

三山相接拟蓬壶，二水遥通俨画图。再有轻舟载歌舞，谁云风景异西湖。

出处

《偶斋诗草·外次集》卷一（清光绪二十一年方家澍刻本）。

廓如亭恭步御韵

云连三面山，烟压半湖水。妙境俨西湖，何须三十里。芦岸渔晒罾，稻田农负耜。
粉版悬梁间，宸章超杜李。东望御路遥，荡平不迤逦。北望宫殿多，高低真倍蓰。
昆明玉泉间，佳景萃于是。岂必杭郡堂，始堪称有美。望湖楼纵高，清况难过此。
彼湖胜此湖，只于稍阔耳。

出处

《偶斋诗草·外次集》卷一（清光绪二十一年方家澍刻本）。

中秋同王牧庵道士清皆平避债湖上葆真观醉后踏月西湖戏成丙

酒债逼人奔无地，醉后逃往西湖避。穷人同病自相怜，曳屐潜行屏车骑。
行行共行行，村荒不知路。纡回迷远近，琳宫在何处。
打门大呼主人惊，薄酒山蔬留客住。酒酣夜半开门去，主人牵衣客不顾。
兴来飞步登高梁，凭阑纵眺穷杳茫。楼台不见但见树，三山相接青苍苍。
缘湖北去四五里，沙堤如练行迤逦。是时云散天似洗，长空一片无尘滓。
山空野静风不起，上有明月下有水。鱼龙偷眼看游人，如此清兴世无几。
倦卧阁下藉蒲眠，杭州西湖到眼前。①六桥三竺梦魂绕，风景恍惚如当年。
大波一声惊梦回，满身风露沾尘埃。驰归道院樽重开，恣情欢笑忘愁怀。
追遄路远那能到，古观权作周王台。

自注

①癸酉九月既望，曾泛月西湖。

出处

《偶斋诗草·外次集》卷五（清光绪二十一年方家澍刻本）。

三月三日游昆明湖

芳郊含润净无尘，携杖闲游傍水滨。上巳风光宜过雨，北方韶景在残春。

桃花半落红犹艳，树叶初生绿不匀。少长同游湖水上，今年真不负良辰。

相随胜地共追攀，偷得名场半日闲。劫火尚留新草木，春光又到旧湖山。

承平廿载叨同享，愁闷今朝且暂删。莫讶骚人多感慨，昨宵宿卫紫宸班。

出处

《偶斋诗草·外次集》卷五（清光绪二十一年方家澍刻本）。

和芷亭湖上韵

绣漪桥最好，拾级共高登。新柳润残雪，枯芦分断冰。

良游宜令节，佳句属吟朋。归去莫辞晚，西山寒翠凝。

出处

《偶斋诗草·外次集》卷六（清光绪二十一年方家澍刻本）。

雪晴同又章富寿游昆明湖

西湖冻早开，一绿净到底。微风荡残冰，新波重不起。连峰带余雪，照影白满水。

野田融宿润，无雪雪意在。爱兹风景好，逾增湖山美。丰年已有征，相顾更色喜。

出处

《偶斋诗草·外次集》卷七（清光绪二十一年方家澍刻本）。

昆明湖与公玉集诗牌

隔岸金牛睡，湖边人自行。树稀露渔艇，花满隐莺声。

远塔上残日，断霞催晚晴。瓮山依旧碧，园草感时生。

出处

《偶斋诗草·外次集》卷七（清光绪二十一年方家澍刻本）。

湖上晚归

浓云过岭来，倒影湖水黑。水底忽有光，蒲苇明历历。微风蹙细浪，紫绿无定色。

举首见余霞，参差透云隙。鱼鳞染未遍，胭脂间深墨。须臾返照尽，苍茫四山夕。

曳杖寻堤归，索句猝不得。

我行归何处，投宿刘氏家。草堂高无垣，杨柳周围遮。荷塘隐微径，见叶不见花。

逶迤穿荷入，寂静人无哗。主归仆亦睡，露卧横复斜①。入室弛衣坐，月影明窗纱。

夜深挹荷露，酒渴聊当茶。

自注

①此处乃收获所，主人家任东半里许，昼来夜归。

出处

《偶斋诗草·外次集》卷八（清光绪二十一年方家澍刻本）。

三伏日同人游昆明湖分汉字韵

晴云恋天不忍散，前山方过后山漫。残阳得隙漏空下，喷气如金万丝乱。

水光倒射斜入云，上下通明眼花眩。须臾日暮众云合，暧霼漫空阴霭遍。

四山倒影晚翠深，树色湖光青一片。饥来杂坐忘主宾，披衿酣饮高桥畔。

莲花酿酒擘莲房，果丹豆碧恣吞咽。斯游原为待月来，暮气昏迷徒睇盼。

少焉飞出一轮红，错疑日上东海岸。嫦娥羞涩避游人，仙桂枝头幕罗幔。

阿谁弦管代吹开，广寒阻隔难偷看。好风飒然何处来，万丈浓云忽冲断。

横空让出一段青，玉轮倏忽当中现。兴来飞步登长虹，全湖十里一目见。

昏烟匝地尽扫空，群峰远近森可辨。夜气满空凉似雨，轻飙掠水蒲苇战。

三山楼阁望如旧，浑忘当年兵火烬。乐极哀来难久立，佳景相对空浩叹。

阴晴顷刻数改观，天时无常况世变。不见昔时习战昆明池，四夷孰敢凌炎汉。

出处

《偶斋诗草·外次集》卷十九（清光绪二十一年方家澍刻本）。

潘衍桐（诗2题3首）

潘衍桐（清道光二十一年至光绪二十五年，1841—1899年）
字峯廷，号峯琴。广东广州人。同治七年（1868年）进士。
官至浙江学政。著有《两浙輶轩续录》《拙余堂诗文集》等。

瓮山耶律文正墓

祠堂寂寞畏吾村，闻说东丹八叶孙。

一代元勋表国史，千秋异骨泣寒原。

空传神火惊翁仲，无复溪毛荐墓门。

惘怅铜驼凡几度，夕阳遥抹万山昏。

出处

《两浙輶轩续录》卷七（清光绪刻本）。

同四弟宿海淀次早自澄怀园至昆明湖

初阳影里见楼台，密钥朱扉次第开。

夹路分擎黄合子，至尊知己御门回。

门前杨柳荫荷蒲，下界红尘一点无。

行为园林添胜事，弟昆联袂直蓬壶。

潘衍桐书法

出处

《两浙輶轩輶续录》卷三十七（清光绪刻本）。

孙鼎烈（文1篇）

孙鼎烈（清道光二十一年至宣统二年，1841—1910年）

字叔和，号四槐老人，室名四槐寄庐。江苏无锡人。光绪十五年（1889年）进士，官至候补道台。著有《四槐寄庐类稿》《扈从纪程》等。

游万寿山记

戊子七月游万寿山。先，同乡杨仁山馆扇子河德兴园，丁卯出城共宿，戊辰跨卫由扇子河西行，过阅武台二里许至山麓。万寿为明瓮山西山之支，金山山之南。顾景范谓金即瓮者，非也。山南昆明湖即西湖。清漪园据山包湖，毁于庚申。

时方兴修，工匠云集，担负络绎出入弗禁。宫门东向外石梁二，跨河。河发于玉泉，自山后溪河分自注，由惠山园南流入湖，出东闸口。一泓清浅，白鹅成群，游泳青蘋绿藻间，浣女、钓童临流笑语。明王文端诗"江南风物未宜夸"者洵然。

循宫墙而北转西数百武，又有水自闸出，当即所谓东北门之闸也，与宫门之河同源异派，而同会于圆明园，分流为扇子河。

坏垣丛莽不得路，折回入宫门，由勤政殿后，折而北缘山腰。过山后转西，岩壑高下，长松翳日，山阿涧曲。圮堂颓榭十数处，所称怡春堂、澄晖阁、云松巢，与夫仿吾邑秦氏寄畅园之惠山园，界址皆不可识。

东北盘旋而上，度石桥。桥下涧深数丈，石削如壁，有若苏门虎阜剑池之形。复纡回经琉璃殿宇，当是须弥灵境、善现、云会诸寺，门虚无牓不可辨，琉璃塔六座圮其二。复南数十级跻山巅，杰阁巍峨高耸云际，当为明圆静寺之雪洞，四周以范制佛像黄琉璃砖为墙。阁北陷白石额曰吉祥云，南曰众香界。南北各五门，东西各三阁，内有级可登，门闭不得上。全园以此最完整，而最下佛面悉被斫碎。

南又一阁。阁南平台临湖俯瞰，波光如在足下。山陡削，叠石壁立数十仞，石磴分东、西，背下及腹折，而东西相向。下各百数十级，丰碑当其前，勒高宗御书《万寿山昆明湖记》。亭三面缺其前，纤榭以合之。其下古铜缸状莲花，大四抱、高三尺，而赢植榆大合抱高三丈，而赢复下濒湖，修廊曲曲，东西缅属亘数里。内外老柏成行，夹廊如仪列，乔木嘉荫乃未摧折。

循湖东行经乐寿堂，庭列巨石如屏，纵横二三丈，高逾丈，白石座多理纹。石为米万钟运置良乡者，高宗题曰：青芝岫。藓没剔久不得见。复东历数堂宇都未完葺，出文昌阁，园之东南门也。

门外湖东堤直达长桥，堤上镕铜为牛，作蹲踞状，昂首伸一足西北向，神采栩活。背篆凸文，高宗制铭，末云"乾隆乙亥"，当铸于是年。铜牛镇水，洪泽湖邵伯埭皆见之，其义以土制水欤。

其南有亭八折当是廓如亭，折而西度长桥，桥下十七孔，长约四十丈，缀石栏左右。石柱各六十三柱，各镌大小狮，或一、或二、或三五无定数，故土人有"狮子从来数不清"之谚。

桥西为龙王庙，即广润祠，当万寿山正南最宽处。盖昆明受西北诸泉之委汇，为巨浸环十里，万寿一山临之，平览无际。累土叠石为山形，建庙驾桥，踞湖中央以为波障。山巅遥望宛如太液池上金鳌玉蝀桥，又仿佛吾乡蓉湖之小金山也。高十数仞，前坡后陡峻，有阁殿数十楹，今半圮。凭槛西南、南望又有长虹驾空，当是绣漪桥。其亭台之址高耸者，当是景明楼、藻鉴、畅观诸堂，昔何雄远而今荒蔓迷离，不禁有禾黍之感。

湖中圆城尚存，而治镜阁亦废。延赏阁旧址不可得，耕织图存毁不暇问，北岸石勒耕织图三字乃屹然存，而其东滨湖已改武备水师学堂。故窃问修复之赀，亦出诸臣庶报效海军者云。天炎酷日，晡返扇子河，夜大风终朝雨。仁山割鲜沽酒以为乐。饮罢记之。

出处

《四槐寄庐类稿》卷八（民国二十三年铅印本）。

朱庭珍（诗1题1首）

朱庭珍（清道光二十一年至光绪二十九年，1841—1903年）

字小园，一作筱园、晓园。云南石屏人。光绪十四年（1888年）举人，著《筱园诗话》《穆清堂诗钞》等。

元耶律文正公墓

少昊南岩敝仙室，遗冢曾闻葬耶律。翁仲无言石兽危，西风落木莽萧瑟。

开国贤辅东丹裔，元不得公元不帝。六年称制国无君，垂死尚争天下计。

五亩西山怀旧隐，囊琴身后泣孤轸。松烟万笏今凋零，谁记平泉旧池馆。

角端寄语羊脾卜，汝又欲为百姓哭。当年若使无斯人，屠尽生灵纵游牧。

行人下马荐藻蘋，一抔长眠瓮山麓。瓮山南临玉泉水，利食百年比丰芑。

建言却忆郭守敬，尚有高风嗣文正。

出处

《穆清堂诗钞续集》卷二（民国刻云南丛集本）。

徐树钧（文1篇）

徐树钧（清道光二十二年至宣统二年，1842—1910年）

字衡士，号叔鸿。湖南长沙人。咸丰七年（1857年）举人。诰授资政大夫，二品衔江淮淮阳海兵备道兼按察史，江南道、山西道、京畿道监察御史，布政史，户部福建司郎中，军机处行走。以得王献之《鸭头丸帖》真迹而名其室曰宝鸭斋。

圆明园词序

圆明园在京城西，出平则门三十里，畅春园北里许，世宗皇帝藩邸赐园也。圣祖常游豫西郊，次于丹棱沜，乐其川原，因明武清侯李伟清华园旧址，筑畅春园，藩邸赐园，故在其旁。雍正三年，乃大宫殿朝署之规以避暑听政，前临西山，环以西湖。湖水发源玉泉山，曰瓮山，度宫墙东流入清河，《水经注》所谓"蓟县西湖，绿水澄澹，燕之旧池"者也。东流为洗马沟，东南合高粱之水，故鱼稻饶衍，陂泉交绮。

高宗皇帝嗣位，海宇殷阗，八方无事，每岁缔构，专饰园居。大驾南巡，流览湖山风景之胜，图画以归，若海宁安澜园、江宁瞻园、杭州小有天园、吴县狮子林，皆仿其制，增制园中，列景四十，以四字题匾者为一胜区，一区之内，斋馆无数。复东拓长春，西辟清漪，离宫别馆，月榭风亭，属之西山，所费不计亿万。园地多明权珰别业，或传崇祯末，诸奄皆以珍宝窟宅于兹，乾隆间浚池，发金银数百万，时国运方兴，地不爱宝，上心悦豫，殚精构造，曲尽游观之妙，元明以来，未之闻也。每岁夏幸园中，冬初还宫，内廷大臣，赐第相望，文武侍从，并直园林，入直奏对，昕夕往来，络绎道路，历雍、乾、嘉、道，百余年于兹矣。

文宗初，粤寇踞金陵，盗贼蜂起。上初即位，求直言，得胜保、曾国藩、袁甲三三臣。既以塞、程、徐、陆，先朝重望，相继倾覆，始擢用前言事者，各畀重任，三臣支柱，贼不犯畿。然迭胜迭败，东南数省，蹂躏无完土。上悯苍生之颠沛，慨左右之无人，九年冬，郊宿于斋宫，夜分痛哭，侍臣凄恻。大考翰詹，以宣室前席发题，忧心焦思，伤于祸乱，然后稍自抑解，寄于文酒。以宫中行止有节，尤喜园居，冬至入宫，初正即出。时园中传有四春之宠，皆汉女，分居亭馆，所谓杏花春、武陵春、牡丹春、海棠春者也。然上明于料兵，委权阃外，超次用人，海内称哲。而部寺诸臣，无所磨励，颇袭旧敝。晚得肃顺，敢言自任，故委以谋议。

先是，道光二十年，英吉利夷船，至广东香港，求通商不得，又以烧烟起衅，执政议和，予海关税银千八百万，英夷请立约，广督耆英，与期十年。届期而徐广缙督两广，夷使至广州，拒不许入，以受封爵，夷酋恨焉，志入广州。

咸丰元（九）年，英吉利、法兰西、美利坚各国，乘粤寇鸱张，中国多故，复以轮舶直入大沽台。王僧格林沁，托团练之名，焚其二船，尽击走之。夷人知大皇帝无意于战，特臣民之私愤，乃潜至海岸，买马数千，募群盗为军，半年而成，再犯天津，称西洋马队，闻者恐栗。夷马步登岸，我未陈而敌骑长驱矣。

十年六（八）月十六日，上方园居，闻夷骑至通州，仓卒率后嫔幸热河，道路初无供帐，途出密云，御食豆乳麦粥而已。十七日，英夷帅叩东便门，或有闭城者，闻炮而开，王公请和，和议将定。十九日，夷人至圆明园宫门，管园大臣文丰当门说止之，夷兵已去。文都统知奸民将起，环问守卫禁兵，无一在者，乃自索马还内，投福海死。奸人乘时纵火，入宫劫掠，夷人从之。各园皆火发，三昼夜不熄，非独我无官府诘问，夷帅亦不能知也。

初，英夷使臣巴夏里，已拘刑部，和议成，以礼释囚。于是巴夏里与英帅，各陈兵仗至礼部，订约五十七条，予以海关税银三千六百万，而夷人抵偿圆明园银二十万。王公奏言，未敢斥夷，文丰与主事惠丰同死于园，不称殉节，但言遭兵燹而已。

十一年七月，文宗晏驾热河，今上即位，奉两宫皇太后还京，垂帘十载，巨寇削平。而夷人通商江海，往来贸易，设通商王大臣，以接夷使。然常言："某省士民毁天主教堂，某省不行其教，某省民教构衅。"日以难我，应之不暇，盖岌岌乎华夷杂处。又忽忽十有一年，园居荒墟，鞠为茂草，西山大寺，夷妇深居。予旅京师，恻然不敢过也。

同治十年春，同年王壬父重至辇下，追话旧游。张子雨珊亦以计偕来，约访故宫，因驻守参将廖承恩许为道主。四月十日，命仆马同过绣漪桥，寻清漪园遗迹。颓垣断瓦，零乱榛芜，宫树苍苍，水鸣呜咽。由辇路登廓如亭，南（北）望万寿山，但见牧童樵子，往来林莽间。暮从昆明湖归，桥上铜犀卧荆棘中，犀背御铭，琅然可诵。

明日，访守园者，得董监，自言："年七十有余，自道光初入侍园中，今秩五品，居福园门旁。"导予等从瓦砾中，循出入贤良门而北，指勤政、光明、寿山、太和四殿遗址。前湖圆明寝殿五楹，后为奉三无私殿、九州清晏殿各七楹，坏壁犹立，拾级可寻。董监言："东为天地一家春，后居也；西为乐安和，诸妃嫔贵人居也；洞天深处，皇子居也。清辉殿为文宗重建，与五福堂、镂月开云台、朗吟阁皆不可复识。"镂月开云者，即所谓牡丹春者也。世宗为皇子时，迎圣祖至赐园，而高宗年十二，以皇孙召侍左右，三天子福寿冠前古，集于一堂，高宗后制诗，尝夸乐之。经其废基，徘徊怒焉。

东渡湖，为苏堤、长春仙馆、藻园，又北为月地云居、舍卫城、日天琳宇、水木明瑟、濂溪乐处，仅约略指视所在。东北至香雪廊，阶前茅荻萧萧，废池可辩。有老监奉茶自石畔出，讶客所从来，颇似桃源人逢渔郎也。

渡桥循福海西行，为平湖秋月，水光溶溶，一泻千顷。望蓬岛瑶台，岛上殿宇，犹存数楹，惜无方舟不达。其下流水潺湲，激石成响，董监示予："此管园大臣文公死所也。"西北至双鹤斋，又西过规月桥，登绮吟堂，经采芝径，折而东，仍出双鹤斋。园中残毁几遍，独存此为劫灰之余，乱草侵阶，窗棂宛在，尤动人禾黍悲耳。双鹤斋西，为溪月松风，翠柏苍藤，沿流覆道，斜日在林，有老宫人驱羊豕下来。

东过碧桐书院，地跨池上，东为金鳌，西为玉蛛，坊楔犹存。又东去，皆败坏难寻，遂不复往。暮色沉沉，栖乌乱飞，揖董监，出福园门，还于廖宅。廖，沣州人，字枫亭，少从塞尚阿、僧格林沁军，亦能言行间事，感予来游，颇尽宾主之欢。既夕言归，则礼部放榜日也。

雨珊既落第南去，予与壬父每相过从，念言园游，辄惘惘不自得。壬父又曰："园之盛时，纯皇勒记，必殷殷踵事之戒。然仁宗始罢南幸，宣宗尤忧国贫，秋狝之礼，辍而不举。惟夫张弛之道宜及，嘉道时补纯皇倦勤之功，而内外大臣惟务慎节，监司宽厚，牧令昏庸，讳盗容奸，以为安静。八卦妖徒，连兵十载。无生天主，教目滋繁。由游民轻法，刑废不用故也。江淮行宫，既皆斥卖，国之所患，岂在乏财。"又曰："燕地经安史戎马之迹，爰及辽金，近沙漠之风矣。明太宗以燕王旧居，不务改宅，仍而至今，地利竭矣。又园居单外，非所以驻万乘，废而不居，盖亦时宜。"

予曰："然。前年御史德泰请按户亩鳞次捐输，复修园宫。大臣以侈端将启，请旨切责。谪戍未行，愤悔自死。自此莫敢言园居者。而比年备办大婚，费已千万，结彩宫门，至十余万，公奏朝廷动用钱粮，婚以成礼，岂在华饰，若前明户部司官得以谏争，予且建言矣。又予闻慈安太后在文宗时，有脱簪之谏，《关雎》《车辖》之贤，中兴之由也。又园宫未焚前一岁，妖言传上坐寝殿，见白须老翁，自称园神，请辞而去。上梦中加神二品阶，明日至祠谕祀之，未一期而园毁，岂能定欤？子能诗者，达于政事，曷以风人之意，备《繁霜》《云汉》之采？"

于是，壬父为《圆明园词》一篇，而周学士、潘侍郎见之，并叹其伤心感人，笔墨通于情性。予以此诗可传后来，虑夫代远年逝，传闻失实，词中所述，罔有征者，乃为文以序之。

同治十年立秋日，长沙徐树钧撰。

出处

《湘绮楼诗集》（清光绪二十六年刊本）。参见欧阳绍熙《清谭》卷一，古今图书局，1915 年。

宗韶（诗 6 题 6 首）

宗韶（清道光二十四年至光绪二十五年，1844—1899 年）

字子美，号石君。满洲正白旗人。官至兵部员外郎。著有《斜月杏花屋词稿》《四松草堂诗钞》等。

同人游昆明湖

疲驴无停鞭，出郭澹尘虑。南风吹阡陌，烟霭散芳树。疗饥投村店，薄酒聊一酤。言寻昆明湖，共步沙堤路。萧条万寿山，楼阁已非故。幽兰委荆棘，风景枉追慕。迂儒感盛衰，太息归劫数。摩挲问铜牛，高卧不解语。

出处

《四松草堂诗略》卷二（清光绪三十年上海新昌书局铅印本）。

九日同人游昆明湖作

夙昔宸游地，荒凉剧可哀。十年多难后，九日我重来。盛德宣明诏，君王罢露台。

风光付村叟，佳节任徘徊。秋水清无底，闲愁共此深。野桥横独木，村肆掩疏林。

游客题残壁，农夫拾碎金。湖山余胜景，我辈足登临。

出处

《四松草堂诗略》卷二（清光绪三十年上海新昌书局铅印本）。

闲游昆明湖上遂至灵光寺信宿 七月十日

本无入山意，徒有乐水情。见山忽心喜，遂作西山行。崎岖穿禾黍，村落孤烟生。

到寺日已夕，老僧欢相迎。我归方匝月，时节忽已更①。寒花间疏竹，乱藻藏秋菱。

旧蝉咽残响，新螀多急声。西岭隐凉月，余光满空庭。高卧静无梦，夜深山磬鸣。

自注

①前游以六月十二日。

灵光寺夜坐

钟动人不眠，清谈方未已。

凉蟾松外下，孤萤竹间起。

白露湿秋衣，空庭落梧子。

出处

《四松草堂诗略》卷三（清光绪三十年上海新昌书局铅印本）。

诸君集昆明湖消寒予不预焉晚饮偶斋分韵得四字时甲申花朝也

九尽天尚寒，二月带冬气。花朝不见花，春色久壅滞。诗人爱湖水，出郭纷车骑。

新柳未展眉，西山冷犹睡。清游动高兴，得句有奇致①。嗟予迂拙流，穷困坐憔悴。

杞忧殊多事，末议忘出位。空怀贾生策，绛灌笑无谓。长揖见长官，利弊陈再四[②]。翘首想昆明，先朝习战际。岂徒恣宸游，勤远有深意。入眼无旌旗，回头失翡翠。即今独渔舟，载客供游戏。金牛卧榛莽，苔渍若流涕。诸君游赏处，当日伤心地。华筵晚招客，酒渴肯辞醉。但恐艰危心，相随归梦寐。

自注

①竹坡有湖上作。

②是日余以事上书大司马，故未与游。

出处

《四松草堂诗略》卷四（清光绪三十年上海新昌书局铅印本）。

浣衣曲

昆明湖中玉泉水，一望茫茫清见底。别支流出绕离宫，灌溉兼供人浣洗。

柳阴曲折逐水斜，下有村女颜如花。花光照影水中见，问人若个如侬家。

侬家近傍宫墙住，湔裙常向村头去。不知景物有兴衰，感时但恐红颜误。

曾闻古有若耶人，色倾敌国解报君。浣纱女伴休轻笑，未是寻常罗绮身。

出处

《四松草堂诗略》卷四（清光绪三十年上海新昌书局铅印本）。

潘文熊（诗1题1首）

潘文熊（清道光二十四年至民国九年，1844—1920年）

字幼南，号质之，室名宝砚斋。江苏常熟人，光绪三年（1877年）进士。官刑部主事。著有《宝砚斋诗词集》等。

海甸望昆明湖

曩时清禁地，宫阙想巍峨。沃壤添青麦，平芜接绿波。

林峦仍妩媚，村舍半藤萝。俯仰卅年事，来游感慨多。

出处

《宝砚斋诗词集》拙余诗稿（民国十九年常熟潘氏铅印本）。

戴启文（诗1题1首）

戴启文（清道光二十四年至民国七年，1844—1918 年）

字子开，号壶翁。江苏丹徒人。历官浙江乐清知县、温州知府。著有《招隐山房诗集》。

万寿山颐和园

天开胜境傍皇都，半是依山半枕湖。岚影波光俱入妙，云廊月殿自成图。

楼台鼋画宸游畅，花草精神帝泽濡。圣寿无疆钦舜母，地灵应亦效嵩呼。

出处

《道咸同光四朝诗史》乙集卷五（清宣统二年刻本）。

樊增祥（诗5题7首）

樊增祥（清道光二十六年至民国二十年，1846—1931 年）

字嘉父，别字樊山，号云门，晚号天琴老人。湖北恩施人。光绪三年（1877 年）进士，官至江宁布政使。著有《樊山全集》等。

樊增祥书法

晚诣湖上积雪满地

画角催寒晚霁开，水边无数好楼台。

一条扇子湖西路，看尽风荷看雪来。

出处

《樊山续集》卷十九（清光绪二十八年安皋署刻本）。

夜至大有庄

十月之交天宇澄，石桥沙路晚登登。冰胶野水乌啼柳，雪积寒林犬吠灯。

地远两僮俱偃马，劫余数寺不逢僧。西山晴黛来朝展，画汝修眉老尚能。

出处

《樊山续集》卷十九（清光绪二十八年安皋署刻本）。

最高楼·晚至玉带桥行散倚栏照水恨然有怀

丁字水，渺渺下前溪。芳树外，断虹垂，青山尽在栏杆北，柳花吹度女墙西，悄无言，溪上思，有谁知。　　残照里，单衣闲伫立。翦不断，天涯芳草碧。临曲岸，俯清漪，风前曾记人如玉，镜中已是鬓成丝。洗尘容，归旧隐，是何时？

樊增祥书法

出处

《樊山集》卷二十一（清光绪二十八年安臬署刻本）。

奉答爱伯师约游西山三解即书辛楣所画便面

十年梦绕翠微间，石色松光日往还。谁识谢公团扇上，如今惟画百花山。

羊欣着意写蓬莱，金界如云迤逦开。绝似青龙桥上望，碧莲花里起楼台。

西山秋色美于春，红树青林间夕曛。明日老坡携客去，好将笠屐问朝云。

出处

《樊山集》卷六（清光绪二十八年安臬署刻本）。

十月初十日慈圣万寿五鼓诣排云殿随班朝贺恭纪

长乐鸣钟晓禁开，灯珠交映锦毰毸。葳蕤翠凤排云出，络绎金貂带露来。

懿旨早停诸夏贡，寿觞新点小春梅。垂帘四十三称庆，臣祝长春第一回。

自注

见八月朔日诏书，自辛酉至今四十三年。

出处

《樊山续集》卷十九（清光绪二十八年安皋署刻本）。

陈遹声（诗1题2首）

陈遹声（清道光二十六年至民国九年，1846—1920 年）

字毓骏，号畸园老人，浙江诸暨人，光绪十二年（1886 年）进士，官至松江知府。著有《玉溪生诗类编》《畸庐稗说》《畸园老人诗集》等。

中秋夜颐和园直庐

旷籁寂思虑，直庐饶清秘。玉漏响沉沉，声递宫花外。谁家宴西园，夜半发歌吹。
枨触羁旅情，竟夕不成寐。秋月照关山，千里共明媚。遥忆故园人，娟娟坐相待。

枯莲摇碧漪，冷露瑟金井。秋寒鹊高飞，风紧鹤知警。水自玉泉来，到地声始静。
清波摇帘隙，万籁澄秋景。宣室未可议，闭门杜造请。天阶凉如水，夷旷绝人境。
开窗延晓色，残柳梳月影。

出处

《晚晴簃诗汇》卷一百七十五（民国退耕堂刻本）。

张百熙（诗2题2首）

张百熙（清道光二十七年至光绪三十三年，1847—1907 年）

字野秋，一作冶秋，号潜斋。湖南长沙人。同治十三年（1874 年）进士。官至工部尚书兼左都御史、管学大臣，主持京师大学堂校务，开中国新式教育先河。谥文达。著有《退思轩诗集》等。

偕谢麟伯编修丁竺云户部蓉绥同游海淀有作

博敞离宫地，艰难列圣心。鲸波沧海动，龙驭鼎湖深。御道犹存昔，游踪共怆今。

先皇有遗痛，颉利未成禽。车驾罢巡幸，封人废扫除。苍梧春不返，离黍感何如。

喜抑中官侈，言惩御史书。嗣皇躬节俭，莫更议园居①。断瓦黄金殿，荒垣碧玉墀。

即今游历处，想见治平时。积雨宫花委，寒烟苑草滋。内监头白尽，垂涕话兴衰②。

自注

①同治九年，安太监得海称中旨采买缎匹，所至悉索，至山东德州，建龙凤旗帜，为巡抚丁宝桢奏论斩之。部官某以利嗾御史德泰上言修复园居，按亩加税，诏旨切责。某事露亦得罪。

②守园董监年六十余，宣宗时小使也。四月初十日，湘潭王闿运壬秋、长沙徐树钧叔鸿及家兄雨珊游览园宫，董监为述文宗时事甚悉。

出处

《雪桥诗话续集》卷八（民国求恕斋丛书本）。

新　疆

新疆西北几千里，阻绝长城落日斜。未必边防全撤戍，不闻都护更鸣笳。

乌孙译道通中国，冒顿雄心伺汉家。柔远慎修干羽德，宰臣休拟弃浑邪。

万国车书拓九边，蛮荒重译达尧天。汉皇宣室求贤日，穆考灵台望祲年。

南越自修驯象贡，西周谁作旅獒篇。凄凉荒草铜犀路，十载昆明有暮烟①。

朔漠天高见蓟门，禁城兵马带云屯。六军容卫唐龙武，八校声威汉虎贲。

海内疮痍犹未复，秋来巡狩忍重论。贤王亲授黄金钺，珍重师垣壮九阍。

自注

①乾隆中修昆明湖成，作铜犀勒铭以纪。庚申之乱，犀尾毁折，事定以棘围之。

出处

《退思轩诗集》卷第一（清宣统三年武昌刻本）。

王鹏运（诗1题1首）

王鹏运（清道光二十九年至光绪三十年，1849—1904年）

字佑遐，号半塘老人。广西桂林人。同治九年（1870年）举人，官至礼科给事中、监察御史。光绪二十八年（1902年）离京，主讲扬州仪董学堂，卒于苏州。著有《庚子秋词》《味梨集》《鹜翁集》等。

望江南·小游仙词

临桂王佑遐给事，同光朝倚声大宗也。其丙稿《味梨集》中有《望江南·小游仙词》十五首，皆咏颐和园故实，录之以当诗史。

排云立，飞观耸神霄。双鹤每邀王母驭，六龙时见玉宸朝。阿阁凤皇巢。

山径转，云磴郁盘纡。闻道炼颜仙姥健，御风不用日华车。飞佩响琼裾。①

云木杪，瑶殿敞山阿。天上也思安乐好，璇题新署小行窝。富贵到烟萝。

金阙秘，朝暮降真仙。甲乙亲排承直日，英皇分侍上清筵。来往各翩然。

新涨落，荇藻碧参差。偶驾潜虬凌弱水，人间遥指是晴霓。金翠接天西。

多少事，天上异人间。电入夜城光不灭，月临蓬岛影长圆。云水共澄鲜。②

壶中静，挥洒出天真。题榜少霞官阁吏，侍书南岳召夫人。清极绝纤尘。③

烟外柳，空翠湿衣裾。三塔高低连北镇，六桥缥缈似西湖。图画定谁如。

屏山曲，云母绕周遭。玉座重重遮锦幄，琪花密密护仙茅。寒重觉天高。

阑干侧，风景更谁同。千步长廊随曲水，万株寒翠间鞋红。迎面碧芙蓉。

琉璃壁，云影四周围。不遣轻尘粘舞席，爱移行幛傍歌台。羯鼓报花开。

云水畔，奇幻绝人寰。泛海灵槎疑化石，出林高阁欲藏山。休作化城看。

仙路迥，天外望青鸾。最是云间鸡犬乐，因缘分得鼎余丹。长日守松坛。

骖鸾路，行近意都迷。柳岸风轻烟絮软，芝田日暖药苗肥。云控漫如飞。

游仙乐，弹指现林丘。宝气远腾天北极，豪情亲遏海西流。终古不知愁。

自注

①二孝钦晚年甚健，每游园登山陟磴，步履若飞，宫婢有追随不及者。

②此指电灯。

③侍书夫人疑指缪素筠。

出处

《国风报》（1910 年第 1 卷）。

白永修（诗 1 题 1 首）

白永修（生卒年不详）

字澄泉，号旷庐。山东平度人。光绪十一年（1885 年）贡生。著有《旷庐诗集》。

拟游西山

太行攘右臂，遥拱五岳长。雄镇帝京西，幽燕增气象。云梯上杳窅，不知几万丈。

每思造绝顶，吟眸得开朗。桑干及滹沱，如纹指诸掌。近瞩昆明湖，片碧界菰蒋。

吾乡富岩壑，着屐忆畴曩。虽极眺览奇，无斯包孕广。昨为世网牵，游约已屡爽。

奥区违夙期，那免心怅惘。行矣不及谋，勇气激幽赏。侣俦问谁携，携我青竹杖。

出处

《旷庐诗集》卷十（清光绪二十九年胶东逸园刻本）。

张謇（诗1题1首）

张謇（清咸丰元年至民国十五年，1851—1926年）

字季直，号啬庵。江苏南通人。出身农家，光绪二十年（1894）状元，授翰林院修撰。后致力于实业与教育。民国时任实业总长、农林工商总长兼水利局总裁。著有《张季子九录》《张謇日记》《啬翁自订年谱》等。今有《张謇全集》行世。

过颐和园

民国三年六月二十一日（1914.8.12）

圆明灰烬尚余温，土木巍峨复此园。赤舌烧城民与劫，黄金齐阁佛何尊。

新蒲细柳千门锁，石兽铜狮一代存。流水岂知兴废感，朝朝溅雪出墙根。

自注

清光绪朝，慈禧太后建佛香阁费一百数十万。

出处

《张謇全集》编纂委员会编，《张謇全集》，上海辞书出版社，2012年。

鲍心增（诗3题14首）

鲍心增（清咸丰二年至民国九年，1852—1920年）

字川如，号润漪，晚号蜕农。江苏镇江人。光绪十二年（1886年）进士，官吏部主事。甲午战争期间为主战代表之一。著有《蜕斋诗稿》等。

仲春初直颐和园即目成咏 戊戌

咫尺神京别有天，离宫遥揭五云边。十年久别南泠味，来试人间第一泉。①

宫城南去瓟湖光，十里周遭尽绿杨。最好风光三月暮，碧云深处帝王乡。

葱岭新疆大业恢，不将游豫侈楼台。森森万寿山头柏，曾遇神尧御辇来。[②]

七峰精舍[③]迹犹存，扇子河[④]边是御园。无数栖鸦上林树，朝朝飞过旧宫门。

西傍宫墙翼有亭，万松冈畔酒初醒。行过小市湖桥外，又见山光万叠青。[⑤]

青山环障水当门，随处桃源自有村。忽见斜阳深树外，非烟一缕是云根。

猎猎西风石骨僵，几人邪许在高冈。皇仁不筑慈恩塔，大孝于今越李唐。

几回人世阅沧桑，羡杀儿童稚且狂。生小住家蓬岛侧，由来不识海波扬。

自注

①园内昆明湖及左近各水皆自玉泉流自注，纯庙品定玉泉第一，而吾乡中泠改第七云。

②海淀各园多乾隆时修葺。

③从前军机章京退食之所。

④扇子河，北直圆明园，中间有池名。

⑤颐和园外有街，街前有额云：山馆环圚；湖桥列市。

出处

《蜕斋诗稿》卷上（民国三十八年油印本）。

赴直颐和园途中作

夹道名园辇路开，碉楼[①]百载尚崔巍。省耕古有郊坰舍，挂甲今无颇牧才[②]。
碧淀湾环村背合，青山匼匝马头来。圣明自裕防边策，日暮高城画角哀。

自注

①乾隆中用兵金川筑以演武。

②挂甲屯在辇路侧。

出处

《蜕斋诗稿》卷上（民国三十八年油印本）。

三月二十四日独游玉泉山

西山万叠翠如屏，东瞰明湖泻地青。扰扰缁尘人海外，褰衣独上冷泉亭。

六桥风景柳毵毵，遥比西湖妙境探。又似金焦两丸子，牵人离思到江南。①

浮名身外总悠悠，回首风尘五十秋。南望白云亲舍远，悔教泉水出山流。②

回途历历下阶除，举足频惭眼界殊。天下只藏天下内，能从高处置身无。③

灵泉一掬涤襟烦，第一中泠更莫论。珍重后游须努力，更从深处觅真源。④

自注

①遥望昆明湖景如是。

②兹晨适直四十七岁生日。

③下山时每低一级，则所见愈窄，此若有悟。

④玉泉真源在山后，是日以天暮未到。

出处

《蜕斋诗稿》卷上（民国三十八年油印本）。

王荣商（诗2题3首）

王荣商（清咸丰二年至民国十年，1852—1921年）

字友莱。浙江镇海人。光绪十二年（1886年）进士，官至国史馆协修。著有《容膝轩诗文集》《蛟川耆旧诗补》等。

自颐和园退直偶成示亭芙比部

中夜趋直庐，更鼓声逄逄。天衢何绵邈，万点悬星钉。西郊木叶秃，敝车风透窗。
奔驰三十里，肩背困磨撞。斗室得炉火，始觉寒威降。僚友相问讯，燕语杂吴腔①。
渐闻群鸟闹，晓色明旌幢。龙种娴骑射，骢马系高桩。卿相半黑头，恩赐肩舆扛。

济济宫门外，体貌多丰庞。此皆梁栋选，论道能经邦。衣冠厕其末，顾影惭愚蠢。归途益喧哄，两耳鸣涛泷。刺口谈时事，识短言易哤②。聊学拥鼻谢，持示生花江。大雅久凌替，非君谁与双。

自注

①时同直者，丹徒支学士恒荣，满洲侍讲达寿，宛平陆编修钟琦。

②是曙中缴札记。

出处

《容膝轩诗草》卷二（清末民初镇海王氏递刻本）。

赴颐和园二首

十年魂梦绕西山，只坐疏慵眼福悭。今日山灵如迓客，一天凉雨洗尘颜。

天街迢递接行宫，爽气初迎泼面风。万树垂杨新雨后，人家都在画图中。

出处

《容膝轩诗草》卷四（清末民初镇海王氏递刻本）。

伍兆鳌（诗1题2首）

伍兆鳌（清咸丰二年至不详，1852—？）

字绘才，号展峰。湖南安福（今湖南省常德市临澧县）人。光绪六年（1880年）进士。官刑部郎中。著有《展峰诗草》等。

四月十二日，与刘虚谷、段春岩两孝廉，顾少墀比部，同游西山，至山下之碧云寺，不及登山而返二首

西山亘千里，岩壑蕴奇态。昨夜游兴发，神栖苍翠内。策蹇清朝往，同行者数辈。

山灵如主人，阴云扫礇磶。安排峰峦青，静与来客对。寺塔一凌虚，天风弄霞佩。

佳气望神州，遥心揽大块。日庚归程迫，含情上驴背。绝顶不及登，回首渺烟黛。

秦皇遇风雨，马蹄阻泰岱。今日天晴和，前途为谁碍。百年弹指尽，此山固长在。

强颜自解嘲，兹游我当再。

我为西山游，不入西山宿。登高虽未能，所遇亦娱目。玉泉峰下水，一道出岩腹。

昆明湖畔田，万顷资农谷。榆柳百家村，一半溪绕屋。蔬香紫蝶飞，荷净翠禽浴。

少妇浣波晴，老氓谈雨足。黑头立青苗，赤脚走黄犊。客过龙无吠，民勤俗正朴。

三年别家山，魂梦亲樵牧。此间宛故乡，斯人皆我族。世途日以艰，园池那能筑，

聊却卸尘羁，暂与清景逐。

出处

《展峰诗草》卷五（清光绪二十四年至三十四年递刻本）。

林纾（诗6题9首）

林纾（清咸丰二年至民国十三年，1852—1924年）

字琴南，号畏庐等，室名春觉斋等。福建福州人。光绪八年（1882年）举人。任教于京师大学堂。依靠他人口述，用古文翻译欧美小说170余种，译笔流畅，为中国近代第一个著名的小说翻译家。著有《畏庐文集》等40余部书。

林纾画像

排云殿 饬联军之侵颐和园也

昆明湖对西山麓，崔巍秘殿仙云绿。宿卫披铍五百人，垂杨扫道铜街肃。

内侍传呼趣踏秋，粉霞长缓扬歌喉。至尊来与红云宴，十万银灯捧御楼。

紫檀抱竹长教舞，缇幕当花不上钩。无端忽勾伤心事，禁城传箭纷纷至。

豸帐宵空侍女稀，鸡翘晓出亲藩侍。西上潼关入乱云，西山别殿被斜曛。

林纾扇面

夺门兵仗跟跄入，蕃甲蛇鳞酒半醺。白头宫监天声哭，落花扫后仍愁独。

细草如毡辇道深，而今恣踏西人鞠。问道千官请启銮，属车西下古长安。

殿庭细细槐花落，回想烽烟胆尚寒。中兴指顾行新政，圣人肯忘芜蒌儆。

海宇澄清会有期，昆明湖水仍如镜。

出处

《普通学报》（1901 年第 1 期，第 24 页）。

谐趣秋阴图

内宴传呼供奉班，歌台斜面玉泉山。匆匆记得浑脱①舞，弟子于今匪盛颜。

双垂紫袖列昭仪，日午东朝出殿迟。新帕御床龙衮侍，天颜憔悴有谁知。

征歌恒在德和园，劝善金科②久不存。御辇无声秋草合，西风彻夜霁清轩。

秋柳萧疏傍岸斜，一泓御水长芦芽。八年玉笛收声久，旧谱何从问月华③。

自注

①音陀。

②张文敏所定谱。

③此指庄恪亲王为鼎崎春秋及忠孝图也。

出处

《畏庐诗存》卷上（民国上海商务印书馆印本，1934 年）。

余每作一画必草一绝句于其上，二年以来作画百余

昆明湖水罢宸游，今日湖心许荡舟。

哽咽岂堪谈艮岳，一分柳色一分愁。

出处

《畏庐诗存》卷上（民国上海商务印书馆印本，1934 年）。

晨起写雪图有感因题一诗

十年卖画隐长安，一面时贤胆即寒。

世界已无清白望，山人写雪自家看。

出处

《畏庐诗存》卷上（民国上海商务印书馆印本，1934 年）。

又一首

袅袅春风荡柳丝，湖波妖软晚春时。

记曾三过颐和苑，别具心头一种悲。

出处

《畏庐诗存》卷上（民国上海商务印书馆印本，1934 年）。

车中望颐和园有感

行人不忍过连昌，杰阁依然爇佛香。委命园林拼国帑，甘心骨肉听权珰。

鬼兵动后无完局，藩镇基成始下场。回望瀛台朱阙里，红桥断处水风凉。

出处

《畏庐诗存》卷下（民国上海商务印书馆印本，1934年）。

震钧（诗1题7首）

震钧（清咸丰七年至民国九年，1857—1920年）

汉名唐晏，字在廷，号涉江道人。瓜尔佳氏。光绪八年（1882年）举人。曾任职吏部。著有《天咫偶闻》《涉江先生文钞》等。

感事十六首（16首选7）

乳燕高飞傍故宫，垂杨成桁俨梳风。罘罳未换金銮殿，肸蠁仍传黄犬翁。
舞马未忘唐节奏，金人曾睹汉昭融。客行怕过高梁水，波响酸澌夕照红。

昆明湖水万层波，奈此冲风骤雨何。一纸夜回天子诏，偏师秋驻左军戈。
司空城旦成疑谳，廷尉山头比重科。纵使竞歌千里草，地年余恨果谁多。

九华分秀翠屏开，几度宸游玉辇来。赐浴长缨尊卫霍，赋诗别苑从邹枚。
已看汤殿金蟆出，曾侍乘舆石马哀。可怪先朝供顿地，而今狐兔满蒿莱。

太行落照向人低，西直门前望欲迷。授甲怨同荥泽鹤，严关唱彻汝南鸡。
翠华不复巡春水，衰柳无情满大堤。怅望延秋门外路，那堪还听夜乌啼。

畅春乐善久污莱，石瓮山高雾不开。太液几如三户水，渐池又起八风台。
功高竞颂石成字，乱极方知劫是灰。顿有君章陈大义，孤臣谠论亦雄哉。

清秋笳咽武昌城，倾覆中原是此声。仓卒缒城笑牛冕，张皇摇众责常清。
纺绋有恨曾亡纪，兰艾何知竟覆荆。闻道至今江汉水，洪波还作不平鸣。

萧条异代不堪论，旧垒俄空白下门。泽畔行吟悲故老，渡头芳草怨王孙。
幼安皂帽闲无恙，元亮黄花幸独存。把卷长歌吾事了，本无椽笔纪羲轩。

出处

《涉江先生文钞》（民国十年丰润张志沂铅印本）。

康有为（诗3题3首）

康有为（清咸丰八年至民国十六年，1858—1927年）

字广厦，号长素等。广东广州南海人，人称康南海。中国晚清时期重要政治家。于光绪二十四年（戊戌，1898年）在颐和园仁寿殿觐见光绪皇帝，被任命为总理各国事务衙门章京上行走，准其专折奏事，从而揭开变法维新的序幕。

游颐和园

七里长廊到石船，排云层殿上通天。

龙漦流作昆明水，游客伤心宫树烟。

出处

《康南海先生诗集》卷之十五（民国二十六年上海商务印书馆铅印本）。

仁寿殿卅年早朝地感赋

御床嵼嵲抗丹霄，银烛当年记早朝。

卅载重来仁寿殿，黄帘不卷柏萧萧。

出处

《康南海先生诗集》卷之十五（民国二十六年上海商务印书馆铅印本）。

游玉澜堂

堂昔幽德宗所。德菱云：德宗谈我"辄言不受官，只为救国，是侠士"五十余次。

玉澜堂里昔囚尧，栏槛摩摩久寂寥。

侠士频呼为救国，微臣感痛望青霄。

出处

《康南海先生诗集》卷之十五（民国二十六年上海商务印书馆铅印本）。

刘光第（诗1题1首）

刘光第（清咸丰九年至光绪二十四年，1859—1898年）

字裴村。四川自贡人。光绪九年（1883年）进士，戊戌六君子之一。著有《衷圣斋文集》《衷圣斋诗集》。

万寿山

绵绵万寿山，园庄枕其麓。宏规岂虚构，颐和祈天福。

基扃盘云霄，原野衣土木。铁路穿宫门，电灯照岩谷。

百戏陈瑶池，万宝走珍屋。每蒙王母笑，更携上元祝。

天上多乐方，奇怪盈万族。维昔经营日，淫潦迷川陆。

海雨吸垂龙，村氓乱浮凫。鼋头大如人，出水听众哭。

伟哉乌府彦，涕泣陈忠牍。膏血为涂丹，皮骨为版筑。

请分将作金，用振灾黎谷。天容惨不叹，降调未忍逐。

海军且扬威，嬉此明湖曲。仙人且弄姿，媚此西山绿。

出处

《衷圣斋诗文集》卷下（民国本）。本诗亦载于《新民丛报》（1903年第32期）。

周树模（诗1题1首）

周树模（清咸丰十年至民国十四年，1860—1925年）

字少朴，号沈观，室名沈观斋。湖北天门人。光绪十五年（1889年）进士。随五大臣出洋考察宪政，官至黑龙江巡抚。著有《谏垣奏稿》《沈观斋诗集》等。

晚至昆明湖

望中楼阁即神山，下有清流碧玉环。杨柳风前千骑过，藕花香处一鸥闲。

烟波未可容臣钓，猿鹤将无笑我顽。湖水夜明秋月上，为开双镜照尘颜。

出处

《沈观斋诗》（清宣统二年龙江节署石印本）。

杨钟羲（文1篇）

杨钟羲（清同治四年至民国二十九年，1865—1940年）

字子勤，号雪桥、雪樵等。汉军正黄旗人。光绪十五年（1889年）进士。官江宁知府，溥仪南书房行走。谥文敬。著有《雪桥诗话》等。

清漪园

在万寿山，先臣侍郎公尝奉派管理园务。高宗以万寿山背山临水，因名其堂曰：乐寿堂。米万钟欲致房山大石于勺园，仅达良乡而止。乾隆辛未命移置乐寿堂，名之曰青芝岫而系以诗。近西轩、夕佳楼皆向西山。

金陵观音山永济寺，悬阁临江，飞廊缘壁，因于万寿山仿作香岩室。取滕王阁序句意作六兼斋。每至清漪园先坐玉澜堂，传餐理事。肖西湖蕉石鸣琴景为睇佳榭。苏门山有邵雍安乐窝遗迹，肖其制为邵窝。余如停霭楼、无尽意轩、袖岚书屋、宜云馆、含新亭、对鸥舫、澄鲜堂、圆朗斋、澹宁堂、清可轩、清遥亭、味闲斋、知春亭、构虚轩、霁清轩、养云轩、云绘轩、藕香榭、绘芳堂、寻云亭、云松巢、道名斋、旷观斋、景明楼、水周堂、治镜阁、寄澜亭、怀新书屋，各有题咏。其怡春堂则每灯节后，奉慈宁凭御处也。惠山秦园最古，辛未南巡归，肖其意于万寿山东麓，名曰惠山园。有载时堂、墨妙轩、就云楼、澹碧斋、水乐亭、知鱼桥、寻诗径、涵光洞八景。

出处

《雪桥诗话》卷六（民国求恕斋丛书本）。

徐道政（诗1题1首）

徐道政（清同治五年至1950年，1866—1950年）

字平夫，号病无。浙江诸暨人。清末举人。肄业京师大学堂。由李叔同介绍入南社。后执教浙江两级师范学校及第一师范学校。擅长书法，能奏古琴。著有《中国文字学》《徐道政诗文集》等。

游颐和园（同卢临仙田多稼）

太行如波涛，起伏势向东。折到蓟门西，万壑为朝宗。

何年凿昆池，前仿汉武功。万寿学翠华，突兀而青葱。

殿阁依山起，结构称豪雄。山川相映发，金壁耀晴空。

我来结仙侣，轻车似卷蓬。柳色半青黄，桃花杂素红。

西郊霭麦气，十里见山容。红墙隐山麓，朱门开古松。

清凉延年井，岧峣仁寿宫。宫旁雕玉槛，宛转络云峰。

上有歌舞台，高与九天通。白日降神仙，人巧夺天工。

我行折而北，俯瞰飞清淙。缥缈涵远堂，亭阁何玲珑。

源头有活水，长谷乡峪巄。西路出岩腰，仰视五云封。

荒凉清可轩，参差荆棘丛。行行出幽谷，步石上艨艟。

便欲效宗悫，破浪乘长风。游女云成堆，粉蝶逐花蜂。

衣香飞天上，人影乱镜中。转过借秋阁，画里游仙踪。

长廊深窈窕，锦幛陋石崇。前有万顷陂，倒影碧芙蓉。

矗矗佛香阁，暧暧仙云从。如在山阴道，恨无目重瞳。

隔湖涵虚堂，神山不可逢。鞭石架巨鳌，雕玉飞长虹。

我脚行已倦，我目饥未充。蓬莱采药子，徐福追前踪。

三千童男女，香汗雨空濛。我乐殊未央，我悲亦无穷。

武清旧邸第，圆明赐潜龙。甘泉好避暑，长杨岂临雍。

清国当全盛，人和乐年丰。辙迹周吴越，邱壑横心胸。

名山移四景，巨役废三农。秋狝罢木兰，元皇失俭恭。

可怜骊山火，残砖落日烘。荆棘埋东洛，宝器入西戎。

文宗新堂构，三圣同游骢。露台诚小费，逸乐酿巨凶。

芦笳燕月冷，豆粥秦关供。钧天赓广乐，鼎湖泣遗弓。

唐虞揖让复，秦汉专制终。昔日清闷地，开放示大同。

环佩金闺客，葫芦玉局翁。高歌来燕市，细曲唱吴侬。

湖天旄头落，汉月剑气冲。古北纷虎迹，安要余狼烽。

亡鹿悲秦梦，得马思塞翁。瓜涎园外客，泪洒棘中铜。

越客多苦吟，深省发晨钟。愿言固藩篱，勿自坏垣墉。

荒郊生戎马，枯泽噭哀鸿。莺花徒艳春，鱼稻足御冬。

良田如袈裟，黍稷亩横纵。民福皆国利，池台乐从容。

歌成天欲暮，名园别匆匆。回顾西山上，烟霭接紫穹。

出处

《南社》（1916 年第 16 期）。

英敛之（诗4题4首，文1篇）

英敛之（清同治六年至民国十五年，1867—1926年）

名华，字敛之，号安蹇斋主、万松野人。赫舍里氏，满洲正红旗人。天主教徒。中国近代报刊出版家，1902年在天津创办《大公报》，兼任总理和编撰工作。

春日昆明湖上偶题

六桥风景近何如，探胜寻芳散步徐。春色满堤微雨后，斜阳半树晚晴初。

关关水鸟情相得，点点沙鸥意自舒。潇洒襟怀谁可语？翛然直欲问濠鱼。

出处

《益闻录》（1891年第1104期）。

昆明湖

沉云扫净雨初晴，日暖风轻湖上行。近水遥山开画本，刘芦舟向断桥横。

金是秋来眼界赊，冷风千里见平沙。一鞭得得余残照，无限凄情归暮鸦。

出处

《益闻录》（1892年第1154期）。

颐和园备差恭纪

春日曈昽送暖迟，红桃绿柳共生姿。祝釐频幸颐和苑，万代隆仪孝治时。

九十春光递嬗过，昆明新涨绿生波。楼台层叠辉金碧，信是天家富贵多。

出处

《益闻录》（1896年第1570期）。

颐和园灯戏纪盛

圣人以孝治天下，兆民媚兹惟一人。几于颐养古不废，智山仁水冶性真。

五园胜景此为最，后枕瓮山万水滨。曾当春秋佳日候，凤辇荡荡巡幸频。

钧天乐奏颐乐殿，画舫棹摇昆明津。推恩锡类迈往古，君臣家人父子亲。

琼浆玉馔天厨味，饮和饱德腴馐珍。时在柔兆涒滩岁，中秋既望二日辰。

内使传宣赐观剧，天香庆节曲本新。别开异境等水国，聚舰为台百戏陈。

自南自北任游弋，上下天光一囫囵。向晚莲灯燃水面，明如星布密如鳞。

此乐只应天上有，人间景象难比伦。额手群臣叹观止，旷心快目尤怡神。

但祝慈母康且寿，万邦协和四夷臣。天庥滋至百福作，熙皞永为尧舜民。

出处

《益闻录》（1896 年第 1616 期）。

皇太后游幸颐和园恭纪

皇太后于新正十有二日启驾，移幸颐和园。于是日巳刻发，驾路上簇锦凝香，威仪整肃，蹁跹至园。

十五日为元宵佳节。皇上命驾至颐和园请太后安，即陪皇太后观灯听戏。是日从王大臣，皇上俱赏听戏于颐乐殿，唤承庆班与升平署之御乐在殿前合演。抵日薄崦嵫，又在乐寿堂前点放烟火，即于牌楼之处高搭盒架，贯以彩索，花样玲珑，奇巧百出。其玉澜堂、景福阁、排云殿、乐寿堂各处均悬挂红穗牛角灯并电灯类，共牛角灯七千余盏，电灯数百支。各处铺陈尽皆华丽，婉婵金翠，光怪陆离，真所谓琉璃世界、珠宝乾坤。加以火树琪花，辉煌灿烂，神摇目眩，不暇给赏。万寿山宫殿寝室，及游廊、穿廊、亭楼、牌坊各处，悉缀彩灯，晶球颗颗，纱笼浑圆。乐寿堂牌楔外有玻璃□大柱，中藏气灯两盏，光照二三里。

皇太后御制灯谜粘于四纱灯上，每灯粘九十六条，或诗词或闲语，遍排号□，不拘王公、百官、执役人等，如有能猜得某号者，许用黄纸一条写明，交放赏处。

司房进呈皇太后览，及其能确凿成对猜到者，赏吃食一大盒，或赏桔灯、元宵、糕点等物，仿唐代上元观灯赐酺三日之意。

十六日午正，皇上升仁寿殿筵宴百官。殿系东向，在东宫门内仁寿门后。殿座不甚高，敞殿阶上设铜铸祥龙二首、威凤两头、小狮成对、小吼成双，其外则周列鼓钟各乐，咸有司乐者供戏其间。前阶下铺以大毯，密无隙地，果然锦绣氍毹。

迨皇上由玉澜堂乘兴而至，百官伺候，碰头跪迎，阶前乐作和声，鸣盛洋洋乎关雎之律吕也。嗣皇上入座，升平署诸内伶，结伴联翩唱出昆曲一出。俄经掌仪司受命撤宴，复进果点，官乐又作，梨园子弟再演戏一出。时王公大臣陪宴者中堂、尚书、侍郎各大臣，有礼王那王两位在席监宴。凡与宴大臣俱蒙赏官窑蓝磁胆瓶一个、活计等各件。

各王公于是日清晨，正值例请月安之日，因于日出时次第至颐和园东宫门外储秀宫他坦、正殿五楹中请皇太后圣安。殿中设有宝座，座背悬挂皇太后御书"龙"字一张，约四尺余，笔势劲健，寿者之征也。殿中铺黄云缎，有褥垫一具，左右设大镜各一，不啻春台照胆，光彩焕发，此时各王公请圣安，俱北向宝座，尘跪山呼。当有他坦达登记簿中呈奏，又奉他坦达口宣奉懿旨。除御前内廷行走各王、贝勒、贝子、公赏听戏外，又赏庄亲王一人亦得听戏。其余不在听戏之中，如阿王卓公等，赏吃食一盒，并在他坦处赏饭。

该戏系同春班承差，自辰正开演至午正，戏台上各房中人均赏食果点，并由放赏处备妥。听戏之王大臣赏物八十九盘，每盘内有玉如意一柄、尺头两卷、罗点漆盘一具、红铜手炉一具、绣花荷包四只、帽纬一顶，惟恭亲王则受赏帽纬二分，余俱相同。座中有蒙古王公三十位，外官则裕元戎禄、许大中丞振祎、任河帅道镕皆预席焉。其白须如雪五朝臣者，悉精神矍铄。

接连三日，各王大臣受赏受宴，倍沐恩膏，并之逐日清明，日月献彩，一色澄鲜。虽风信多寒，吹来凛冽，而城开不夜，玉宇琼楼，此景真不可多得。各官谢赏毕后，又以优伶各名，不可无酬劳之赏，当由众王大臣合赏内监及执事人等共银二千两，先由内务府垫出。

　　至二十日，皇太后又出懿旨，着年班蒙古王公等于巳刻齐集颐和园陪侍筵宴，另有赏赐。计此四五日间，京师各处自皇城至颐和园有各旗路灯照耀如白昼，民人游观者如梭如织，金吾不禁，万姓同欢，真与民同乐之上轨也。

出处

　　《益闻录》（1896 年第 1555 期）。

傅范淑（诗1题1首）

　　傅范淑（清同治七年至民国十九年，1868—1930 年）

　　字黎痴。浙江德清人。清代女诗人。著有《小红馀籀室吟草》。

忆览昆明湖

　　回首玉泉下，白莲十里花。扁舟载落日，欹柳锁流霞。

　　断续蝉声噪，参差鹭影斜。堤边诸钓叟，艳说驻龙车。

出处

　　《晚晴簃诗汇》卷一百九十一（民国十八年退耕堂刻本）。

丁传靖（诗1题1首）

　　丁传靖（清同治九年至民国十九年，1870—1930 年）

　　字秀甫，号同公。江苏丹徒人。光绪二十三年（1897 年）副贡生。宣统年由陈宝琛荐举为礼学馆纂修。民国后，任冯国璋幕僚。晚年居天津。著有《宋人轶事汇编》《沧桑艳》等。

导游颐和园恭纪

建章灾后柏梁新，万户千门拱玉宸。大孝能为天下养，暮年重见一家春[1]。

昆明水漾舸棱影，海淀风清辇路尘。二十四年春似海，白头宫监涕盈巾。

谢政归来坐桂宫，露桃十度御园红。人间花石瑶池贡，天半笙簧阆苑风。

鞠部忽停三日召，珠帘再卷五云中。垂垂西直门边柳，又见千官系玉骢。

弥天浩劫鼠儿年，蛇豕纵横御榻边。函谷归来惟涕泪，玉河倒洗尚腥膻。

西山烟霭还如旧，南内心情不似前。从此离宫歌舞少，龟年子弟散如烟。

斜日宫鸦冷绿槐，鼎湖龙去不胜哀。香烟画闭朝元殿，蔓草秋荒礼佛台。

长信玉音传罢幸，上清仙驭傥归来。年年社饭谁追慕，流涕经过独草莱。

自注

① "天地一家春"本圆明园旧额，今园中器多用此五字印文。

出处

《南洋官报》（1910 年第 118 期，第 39 页）。

邓镕（诗 1 题 1 首）

邓镕（清同治十一年至民国二十年，1872—1931 年）

原名代剑，字寿遐，晚号忍堪居士。四川金堂人。光绪十二年（1886 年）廪贡生。戊戌变法期间，在《蜀报》发表时议。后赴日本求学，获法学士衔。回国被钦赐举人，授内阁中书。辛亥革命后任四川临时参议院议员、中华民国参政院参政。著有《荃察余斋诗存》等。

颐和园词 并序

颐和园在京师之西，距西直门二十里而近，距海甸二里而遥。抗太行以疏基，鉴昆明而拓宇，信人海之仙都，皇居之福地者焉。溯自咸丰庚申，圆明园毁于火。同光两帝冲龄嗣服，孝贞皇后临朝称制，爱惜民力，不作无益。深居简出，罔事游观。暨于孝钦，再度训政，耄而倦勤，始营菀裘为娱老计，园居肇造，既丽且崇。内务府绌于财，则拨海军衙门经费以济之。甲午之役，师船不武。论者于合肥犹有恕辞，盖尽知此也。戊申秋中，余从日本归国，就试都门。九月二十六日，大驾还海，友人柏鹤龄年君，邀同瞻谒园宫。柏君尊人，故内务府三苑卿，园中守者皆其隶属，故能九关虎豹无所讥诃。元冬短景，游竟一日，时则十月二十日也。意拟为诗，蹉跎未就。暨于望后，两宫相次升遐，道穷宴驾，沈炯通天之表，泪落沾衣；李峤汾阴之词，怅触余怀。勉成初志，言之不文，行何能远。然他日有为汉宫阁疏者，吾此诗亦一左证也。

君不见，汉家文物盛西都，芝房宝鼎呈珍符。尺地寸天四万里，离宫别馆三十余。

驰道九衢萦紫禁，神皋三辅拥黄图。葱葱郁郁佳哉气，郊宫避暑因留跸。

羽猎晴开南苑云，藉田爽挹西山翠。藩邸潜龙谒畅春，圆明再奉属车尘①。

一堂福寿三天子②，四海升平六圣人③。谁知一炬阿房火，池馆成田树作薪。

鼎湖大去江山在，尧母垂衣奠寰海。为防启侈戒台臣④，卑宫俭德何曾改。

属玉安能厌火灾，陈方适有越巫来。制图别诏胡宽巧，读赋偏劳赵鬼才。

是时国力苦雕敝，大农仰屋愁无计。算缗榷酤治军储，余财那得供游戏。

铨曹忽授斜封官，方镇争输进奉钱。别启望仙秦苑囿，更无横海汉楼船。

五云深处楼台起，颐养天和称懿旨。未央长乐何足论，土木真堪被纨绮。

西直门前更向西，倚虹桥下水琉璃。排列金椎间官柳，承迎玉辇藉轻荑。

缭绕红墙围禁地，牌楼日射黄金字。神策六军宿卫营，中书三品平章事。

仁寿殿前双乔松，大圆宝镜字当中⑤。金铺玉砌陈仙仗，绣服珠襦观圣容。

复道承尘连后殿，瑶草琪花满庭院。甲帐垂垂幂绮疏，寝宫神秘无縣见。

玉纶堂在殿西隅，别有金床兔子符⑥。隔苑香云笼宝塔，当轩旭日射平湖。

湖上宫墙涂白垩，衔璧金缸珠错落。繁星璀璨电灯明，万顷湖光作澄绿。

湖水遥通太液波，贡御龙舟号永和⑦。自作池台比灵沼，未须箫鼓渡汾河。

长廊回抱湖堤作，亚字栏杆丁字曲。飞梁跨水偃雌蜺，灵刹依山祠海若。

步辇乘茵此地游，五步一楼十步阁。金兽衔环朱户开，排云正殿九重阶⑧。

星环北斗移宫扇，风入南熏荐寿杯。佛香阁在最高处，众香界去天尺五。

宫阙参差烟雾间，九门云彩成龙虎⑨。磴道萦纡曲曲通，隔花风送景阳钟。

都将艮岳玲珑石，化作飞来缥缈峰⑩。峰回路转临船坞，水心亭子平桥渡。

渚莲漂落褪红衣，银床冰簟都非故。为道西师万马屯，胡雏倚啸上东门。

至今窈窕窗纱绿，点点当年炮火痕。金銮旧事残灯烬，独自无言暗悲哽。

陂陀倚伏上平冈，宫鸦历乱斜阳影。遥指先朝旧苑墙，故宫余恸感沧桑⑪。

白头阿监红鹦鹉，犹自逢人问显皇。后人不识何王殿，十二金仙泪如霰。

开天遗事竟谁知，西京杂记无人撰。梵呗声来千佛堂，繁华世界换清凉。

亲蚕别起绮华馆，观稼还开如意庄。瓜棚细雨畦塍润，土堑炊烟饼饵香⑫。

芜菱豆粥溥沱饭，前事艰难定未忘。千门万户游难遍，移山回涧堪惊叹。

万瓦鳞鳞金碧晖，高低无数闲宫院。曼衍鱼龙百戏多，回銮重听教坊歌⑬。

翦鹑一梦天长醉，怪鸟千啼帝奈何。宫禁由来事秘密，尧囚舜死纷传说。

慈孝终全骨肉恩，种瓜莫向黄台摘。冕旒舞彩奉东朝，钟鼓湖山慰寂寥。

符咒妖书传米贼，戈船瀛海走惊涛。滦阳路与咸阳路，翠华两度仓皇去。

六龙回辔再收京，五十年来事匆遽。投壶电笑东王公，万八千骄博已终。

集灵台上余寒日，慈宁宫里啸悲风。悲风猎猎吹陵草，小臣泪落通天表。

富贵荣华全盛时，姒幄尧门春不老。千官剑履候传宣，万国梯航贡珍巧。

率土惟闻母后尊，划江未觉朝廷小。南山一锢几千秋，黯黯金灯照昏晓。

歌传云竹动哀音，青雀西飞信息沉。白奈三吴妖谶合，黄罗五夜涕痕深。

留将本纪归迁史，无籍词臣颂上林。只有玉泉呜咽水，流尽年光自古今。

自注

①圣祖屡幸畅春园，圆明园即在其侧，本世宗藩邸，赐园也。

②康熙中驾幸圆明园，御开云镂月台，高宗以皇孙召侍。湘绮楼《圆明园词》所谓"别有开云镂月台，太平三圣昔同来"者此也。

③园历康雍乾嘉道咸六朝代，有曾饰土木之盛，唐宋以来所未有也。

④同治初元，御史德泰奏请按亩捐输修复圆明园，孝贞严旨切责，遣戍伊犁，天下颂俭德焉。

⑤仁寿殿为孝钦训政之所，榜署大圆宝镜四字。

⑥玉纶堂为德宗宴居之所。堂侧小土坡，德宗几馀曾于此饲兔以自遣。宫中呼为兔儿山云。

⑦丙午日本进小蒸汽船，钦定名曰永和，以示邦交。

⑧面昆明湖者为排云殿。园居时万寿圣节于此受贺，新进士引见时亦临御。

⑨排云殿倚山麓，由殿后梯山而上为佛香阁，再上为众香界，远郊近圻一览可尽。自海淀来所见金碧楼台、照耀云表者，亦即此地也。

⑩由佛香阁迤逦而下皆太湖，石砌作假山，极绉瘦透之妙。

⑪望见宫墙外红砖剥落、丛树苍苍者，即圆明园遗址。湘绮楼《圆明园词》所谓平湖西去轩亭在者，疑即此也。

⑫如意庄莳蔬种稻，轩亭亦茅茨不翦。慈驾临幸亦惟啖饼喝粥，宛然田舍风景也。

⑬园中欢聚处为德寿宫本馆识：颐和园为前清亡国史上一大纪念品，北京某报曾载长沙饶智元君《颐和园词》，哀感顽艳，不减吴祭酒。今复得邓君此作，延平津两龙剑，犹未知谁为雌雄也。

出处

《新纪元星期报》（1912 年第 1 卷第 3 期，第 66—69 页）。

子威（诗1题4首）

子威（清同治十三年至民国三十四年，1874—1945 年）

名宗威，字子威。江苏常熟人。曾任北洋政府交通部秘书。历任北京师范学院、东北大学、湖南大学教职。抗日军兴，辗转任教于湖南辰溪、溆浦。工诗文，著有《诗钟小识》《小说学讲义》等。诗文散见于各种期刊。

和子立兄昆明湖遇雨原韵四绝

白山王气已全终，汤沐当年忆紫蒙①。留得昆明湖十顷，一齐吞吐到胸中。

未雨绸缪毕竟谁，矛头淅米语真危。连昌宫里无人问，心骨偏因此语悲。

湖光长绕旧宫门，一碧烟波隐晓暾。武帝旌旗今在否，胡僧灰劫不堪论。

柔橹分波影倒弯，雨工龙女现风鬟。推篷隔着烟岚望，水墨浓皴万寿山。

自注

①慕容氏邑于紫蒙之野。

出处

《铁路协会会报》（1922 年第 119 期，第 134 页）。

林旭（诗1题1首）

林旭（清光绪元年至二十四年，1875—1898 年）

字暾谷。福建福州人。清末维新派人士，戊戌六君子之一。著有《晚翠轩集》。

颐和园葵花

瀛海分余润，秋晖亦圣恩。

抚心无愧汝，飘落复何言。

出处

《晚翠轩集》（民国铅印墨巢丛刻本）。

汪荣宝（诗1题1首）

汪荣宝（清光绪三年至民国二十年，1877—1931 年）

字衮父，号太玄。江苏苏州人。光绪二十三年（1897 年）拔贡，官民政部右参议、京师大学堂教习、驻日公使。著有《思玄堂集》。

重游颐和园

涵虚罨翠旧频过，野服重来秋恨多。石影当墀疑挂笏，泉声隔树想鸣珂。

夕廊凝紫横蛛纲，春殿排云锁燕巢。不见洛妃劳反顾，素心犹欲托微波。

出处

《华国》（1923 年第 1 卷第 4 期，第 97 页）。

王国维（诗 1 题 1 首）

王国维（清光绪三年至民国十六年，1877—1927 年）

字伯隅、静安，号观堂。浙江海宁人。光绪年曾以诸生留学日本。晚年任清华大学研究院教授。1927 年自沉于颐和园昆明湖鱼藻轩，谥忠悫。著有《宋元戏曲考》《人间词话》《观堂长短句》《海宁王静安先生遗书》等。

颐和园词

汉家七叶钟阳九，颂洞风埃昏九有。南国潢池正弄兵，北沽门户仍飞牡。

仓皇万乘向金微，一去宫车不复归。提挈嗣皇绥旧服，万几从此出宫闱。

东朝渊塞曾无匹，西宫才略称第一。恩泽何曾逮外家，咨谋往往闻温室。

亲王辅政最称贤，诸将专征捷奏先。迅归巉抢回日月，八方重睹中兴年。

联翩方召升朝右，北门独对西平手。因治楼船凿汉池，别营台沼追文囿。

西直门西柳色青，玉泉山下水流清。新锡山名呼万寿，旧疏河水号昆明。

昆明万寿佳山水，中间宫殿排云起。拂水回廊千步深，冠山杰阁三层峙。

磴道盘行凌紫烟，上方宝殿放祈年。更栽火树千花发，不数名珠彻夜悬。

是时朝野多丰豫，年年三月迎銮驭。长乐深严苦敝神，甘泉爽垲宜清暑。

高秋风日过重阳，佳节坤成启未央。丹陛大陈三部伎，玉卮亲举万年觞。

嗣皇上寿称臣子，本朝家法严无比。问膳曾无赐坐时，从游罕讲家人礼。

东平小女最承恩，远嫁归来奉紫宸。卧起每偕荣寿主，丹青差喜缪夫人。

尊号珠联十六字，太官加豆依前制。别启琼林贮羡余，更营玉府搜珍异。

月殿云阶敞上方，宫中习静夜焚香。但祝时平边塞静，千秋万岁未渠央。

五十年间天下母，后来无继前无偶。却因清暇话平生，万事何堪重回首。

忆昔先皇幸朔方，属车恩幸故难量。内批教写清舒馆，小印新镌同道堂。

一朝铸鼎降龙驭，后宫髯绝不能去。北渚何堪帝子愁，南衙复遘丞卿怒。

手夷端肃反京师，永念冲人未有知。为简儒臣严谕教，别求名族正宫闱。

可怜白日西南驶，一纪恩勤付流水。甲观曾无世嫡孙，后宫并乏才人子。

提携犹子付黄图，劬苦还如同治初。又见法宫冯玉几，更劳武帐坐珠襦。

国事中间几翻覆，近年最忆怀来辱。草地间关短毂车，邮亭仓卒芜蒌粥。

上相留都树大牙，东南诸将奉王家。坐令佳气腾金阙，复道都人望翠华。

自古忠良能活国，于今母子仍玉食。宗庙重闻钟鼓声，离宫不改池台色。

一自官家静摄频，含饴无异弄诸孙。但看腰脚今犹健，莫道伤心迹已陈。

两宫一旦同绵惙，天柱偏先地维折。高武子孙复几人，哀平国统仍三绝。

是时长乐正弥留，茹痛还为社稷谋。已遣伯禽承大统，更扳公旦觐诸侯。

别有重臣升御榻，紫枢元老开黄阁。安世忠勤自始终，本初才气尤腾踔。

复数同时奉话言，诸王刘泽号亲贤。独总百官居冢宰，共扶孺子济艰难。

社稷有灵邦有主，今朝地下告文祖。坐见弥天戢玉棺，独留末命书盟府。

原庙丹青俨若神，镜奁遗物尚如新。那知此日新朝主，便是当时顾命臣。

离宫一闭经三载，绿水青山不曾改。雨洗苍苔石兽闲，风摇朱户铜蠡在。

云韶散乐久无声，甲帐珠帘取次倾。岂谓先朝营楚殿，翻教今日恨尧臣。

宣室遗言犹在耳，山河盟誓期终始。寡妇孤儿要易欺，讴歌狱讼终何是。

深宫母子独凄然，却似滦阳游幸年。昔去会逢天下养，今来劣受厉人怜。

虎鼠龙鱼无定态，唐侯已在虞宾位。且语王孙慎勿疏，相期黄发终无艾。

定陵松柏郁青青，应为兴亡一拊膺。却忆年年寒食节，朱侯亲上十三陵。

出处

《大同月报》（1915 年第 1 卷第 10 期，第 85 页）。

澄宇（诗 1 题 1 首）

澄宇（清光绪八年至 1955 年，1882—1955 年）

字洞庭，笔名澄宇。湖南岳阳人。由傅熊湘介绍入南社。曾任中国大学国文教授。1930 年任湖南省政府秘书、国学馆教授等。新中国成立后受聘为湖南省文史馆馆员。晚年寓居长沙。著有《未晚楼全集》。

民国二年春游颐和园

昔诵阿房赋，今游颐和园。维民有脂膏，结晶王者门。

楼台引春屐，草木皆灵根。故宫未寥落，士女喧良辰。

龙凤向人立，铜驼其前身。行行陟山腹，屋瓦黄鳞鳞。

芳草绿化蹊，杰阁俯灵源。更上纵雄眺，万象肴然陈。

有亭翼远岫，有虹眠湖滨。有风花间来，随蝶扬芳尘。

芳尘上衣襦，而蝶避游人。游人憩廊榭，或立或坐言。

宫殿郁崔嵬，得以当丽春。万柳界明湖，万松犹秦臣。

山禽与水鸟，酬唱一何亲。僵石叠危洞，山假奇逾真。

塔铃作人语，沧桑难具论。东风动九宇，今古几芳晨。

浩然发长喟，拔剑斫花痕。微云西北来，忽忽愁边氛。

出处

《游戏杂志》（1914 年第 10 期，第 10 页）。

向迪琮（诗1题1首）

向迪琮（清光绪十五年至1969年，1889—1969年）

字仲坚，四川双流人。清末入成都四川铁道学堂读书。后参加同盟会。曾任天津海河工程局局长、四川大学教授、上海文史研究馆研究员。早年即工诗词。著有《柳溪长短句》等。

个侬·颐和园感赋

问翠华何处，但湖水年年呜咽。蔓缭宫墙，苔萦辇路，看绕砌鹃花凝血。铁锁沉江，金人辞汉，甚劫后妆楼，香云犹热。院起宜春，宫开延寿，更复道灯红欺月。弄羽吟商，不妨他李蕚听笛。谁料玉树歌残，风流顿歇。　　瑶池彩鹢。记阿母嬉春排日。风动边尘，夜鸣霜管，又沸地黄云千叠。漆室嫠悲，伊川人泣，笑结绮临春，欢游还急，鲁殿荒芜。昭丘岑寂，剩柳色清清如昔。抚事伤时，最凄凉行吟楚客。回想故国兴亡，笼鹦怕说。

出处

《学衡》（1924年第36期，第65—66页）。

编者注

1924年11月5日，末代皇帝溥仪被驱逐出紫禁城。颐和园也被国民军接管，不再属于皇家所有。其使用性质发生了根本改变，因以本年颐和园诗文作结。

袁克文（诗1题2首）

袁克文（清光绪十六年至民国二十年，1890—1931年）

字豹岑，号寒云。民国总统袁世凯次子，河南项城人，生于朝鲜汉城（今韩国首尔）。昆曲名家，民国四公子之一。著有《寒云词集》《寒云诗集》等。

分 明

乙卯秋，偕雪姬游颐和园，泛舟昆池，循御沟出，夕止玉泉精舍。

乍著微棉强自胜，古台荒槛一凭陵。波飞太液心无住，云起魔崖梦欲腾。

偶向远林闻怨笛，独临虚室转明灯。绝怜高处多风雨，莫到琼楼最上层。

小院西风送晚晴，嚣嚣欢怨未分明。南回寒雁淹孤月，东去骄风黯九城。

白驹留身争一瞬，蛩声催梦欲三更。山泉绕屋知清浅，微念沧波感不平。

出处

《最小报》（1922 年第 2 卷第 42 期，第 7 页）。

张怡祖（诗 1 题 1 首）

张怡祖（清光绪二十四年至民国二十四年，1898—1935 年）
字孝若，张謇独子。江苏南通人，实业家。

游颐和园

城西山水道游鞯，驰道阴阴树两边。石虎久荒耶律墓，铜驼犹载洛阳天。

长廊沉闷填香雪，阿监支分买票钱。指点佛爷临幸处，佛香高阁插云头。

自注

佛香阁为清西太后以海军军费八百万移建此阁。

出处

《民治报》（1919 年第 3 期，第 10 页）。

饶智元（诗1题1首）

饶智元（生卒年不详）

字石顽，一字珊叔。湖南长沙人。光绪年间优贡生，官中书舍人。曾负责留学事务，游历欧洲数国。著有《十国杂事诗》《明史宫词》《湘渌馆诗稿》等。

颐和园词

玉泉泠泠穿苑墙，汇作明湖青黛光。谁家宫殿照波绿，落花寂寂清昼长。

水天闲话前朝事，宫门老卒悲身世。指点龙楼凤阁中，纳兰先后多奇异。

排车迤逦入深宫，武媚榴裙分外红。珠袖调鹦槐殿月，铁鞭盘马柳堤风。

文皇宵旰还留意，分明粉黛南都丽。鞋帮蝶梦欲凌波，梳谱玉声惊坠地。

圆明一炬烬幽兰，半角湖山点缀难。试看峥嵘知帝力，也曾哀痛说民艰。

小臣叩额青蒲谏，惠陵纯孝佯加谴。只为东朝鼎箧功，何论少府金珠贱。

闻道宫中练习流，昆池明水碧凝眸。世龙已倚东门笑，飞燕能为北里讴。

冰嬉犹自夸雄武，相公不是筹边苦。飞遣龙舟觅念奴，春光一曲催花鼓。

先是东宫有圣尧，夔龙朱虎庆闻韶。宣仁社饭行家礼，明德绨衣肃内朝。

垂衣手定中兴治，可怜白奈涔涔泪。上官批牍惜研神，钩弋稽诛秘密记。

黄台瓜熟子离离，一摘何堪再摘稀。青鸟衔巾三岛路，红鹃啼血万年枝。

知鱼桥北呼鸾道，翻怜囿苑风光好。分付荷花琐玉娇，近来催折知多少。

姑恶声声响翠微，伤心帝后竟同归。二陵风雨孤忠殉，三世箕裘似续悲。

定陶承统原同气，两家姊妹椒房贵。争看元和天子姿，能令圣善慈颜慰。

乐寿堂中舞蹈年，帅臣新制孟家蝉。只严文室三朝礼，不讲豳风七月篇。

黄金卷尽黄河水，玲珑楼殿五云起。龙子惊鸣自不凡，鸾台暴悖犹如此。

盲风怪雨动中华，尧舜君民自古夸。路易哀同时日丧，崇祯生悔帝王家。

德宗天踪仁明主，熙宁新政神人与。葫芦掷地堕全功，拳祸滔天弃寰宇。

秋风十载玉澜堂，清夜书声识故皇。凝翠池边灯黯淡，夕佳楼上月苍凉。

笙箫隐隐排云殿，今宵大启金轮宴。清歌宛转不曾眠，娲皇笑掩芙蓉扇。

粉戏初停白戏传，梨园子弟赐袍鲜。银瓶丝断延年井，御墨香飞仙岛泉。

佛香高阁焚香处，欲乞长生此间住。风波涕泪落云哀，回头下界多尘雾。

黄泉相见岂非天，融泄如初圣孝全。早为九州忧铸错，诗留一线泣承祜。

从兹锁闭昭阳院，文窗窈窕流莺啭。回廊千步碧桃花，晚来风起花如絮。

近闻明诏定共和，四海承平望止戈。十九信条初誓庙，八千子弟已临河。

春秋九世今排斥，包衣旧隶镶蓝籍。奉帚宫门廿四年，当时官士如潮汐。

我闻此语涕滂沱，曾见金舆院外过。夹道春旗三十里，只今残照柳荫多。

出处

《新闻报》（1912 年 7 月 13 日 0013 版）。

张怀奇（诗 1 题 1 首）

张怀奇（不详至民国十八年，？—1929 年）

字芍岩，室名思古轩。江苏常州人。南社社友。著有《思古轩词》。

颐和园词

朱甍天际集凤凰，九成避暑离宫凉。御龙河母升云上，玉阶琼树凋秋霜。

圆明园火颐和起，西控都门五十里。闻说銮舆送内家，惯看禁马驰中使。

云栏月榭似南朝，斑扇当楼拥百僚。六曲屏风云母饰，九间殿柱水晶雕。

凤亭回护仙霞紫，昆明池馆巢翡翠。年高礼佛爱山庄，春老役灵移海市。

碧水潆洄绕画廊，新荷五月出池塘。中书奉诏赴偏殿，学士承恩待尚方。

月满桂花珠露重，龙涎细爇御炉供。玉敕还宫正赐宣，金珰返跸谁陪从。

鹰犬年年进九重，度支计画仰司农。徒闻邓后裁方贡，又见汤官索岁供。

殇帝宝天安帝继，三朝耆旧知开济。玉佩临云帝座高，珠帘掩月天颜霁。

花烂长秋风递香，绛霄赤凤正当阳。安知少子春秋富，但觉中兴日月长。

忧国杜根甘不敬，上书夜半谋归政。宫中衣带泪痕多，殿上缣囊膏血迸。

外镇先知举事难，反将密计告中官。内廷宰相亲迎旨，东市英豪痛毁冠。

君王微失慈亲意，奸邪乘间窥神器，流毒天骄济北王，养痈计拙关西吏。

痛哭潢池盗弄兵，豺狼当道白蛇横。赤眉米贼倾畿辅，碧眼胡儿入禁城。

辇毂仓皇深夜走，郊甸饥民不如狗。寝殿空虚战士屯，雄关艰险将军守。

从此阿房付劫灰，羌兵炊饭烧花柳。日落虫飞蝙蝠群，台崩草长狐狸薮。

荆棘铜驼倒殿门，途穷贺监泣荒村。官家弃国余双阙，大府勤王望九阍。

华阴道远诏西幸，天帝洄銮泥首请。辇路生禾思故宫，山家献麦悲新饼。

归车卷幕过天街，不见当年旧馆娃。杨柳枝疏牵别院，梧桐叶落响空阶。

城头仿佛鸣笳吹，耿耿星河宵不寐。对镜黄门话昔愁，凭栏白发流孤泪。

凉月无情照凤楼，清秋燕子不胜愁。重来傅旨征方物，依旧通泉筑御沟。

沉吟五十年间事，太平谁定乱谁致，一条祸水出萧墙，十丈妖星流大地。

天津桥上望君门，绝世聪明履玉尊。何必金珠藏大内，枉将财赋竭中原。

下方疮痏凄蒿目，锐意还教兴土木。春梦绵绵醒绿蕉，秋风瑟瑟催黄竹。

墙头细柳漾宫烟，小侯鹊立拖鱼玉。衣监停传冷翠裘，谏章空积残红烛。

双引湖龙天上游，名园云物冷千秋。鹍梭织锦关宫树，蛛网垂丝罥玉钩。

秉笔词人诗作史，兵戈逃出乱中死。酿祸传闻亲贵臣，弄权忆得中常侍。

宜凛冰渊一片心，防淫无逸意何深。和熹欲法女中舜，崇俭皇家第一箴。

出处

《南社》（1912 年第 9 期）。

编者注

原诗有大量自注，限于篇幅未录。

杨小欧（文1篇）

杨小欧（生卒年不详）

任创刊于光绪三十一年（1905 年）的《北京日报》编辑。

颐和园

大清国慈禧端佑康颐昭豫庄诚寿恭钦献崇熙皇太后，福丽天地，寿齐山河。皇上至孝，薄海讴歌。以为天子之母，应以天下养。孝养稍阙，其如苍生何？乃筑文王之囿，择地西山之坡。山曰万寿，园名颐和。是盖圣天子之所以养其亲，亿万年之所以乐其寿。鸠工庀材，经营结构。殿宇辉煌，山水碧秀。泉石拥翠，林木郁茂。百物效灵，天工俯就。以媚于天子，以娱我皇太后者也。

园之中，殿开仁寿，阁启文昌，亭知春色，楼倚夕阳。霞芬之室，玉澜之堂。馆宜芸碧，榭沁藕香。藻绘呈瑞，恩风扇长。明目达聪，元音古乐，纵之瞰如，以成始作。

园曰德和，殿号颐乐，上下三层，整齐错落。景福高阁，乐寿华堂，亭含新意，岫挹芝苍。水木自清，仁风斯扬。养云轩外，含绿随香。意迟云在，川泳云翔。半山之坡，了无尽意；瞰碧圆朗，凭临俯视。寻云写秋，别馔风致。千峰拥翠，佛殿排云。众香祇树，智慧海滨。堂称介寿，阁耸宝云。云松巢密，湖山意真。鹂黄清听，畦绿成茵。窝中邵老，画里游人。

盖至此而仰太虚，清无点尘者矣。尤复楼可借秋，门工邀月。秋水依稀，寄澜壮阔。舫对鸥盟，藻深鱼悦。以石为船，因贝成阙。是盖山色湖光共一楼，鬼斧神工皆叫绝者矣。若乃半水之座，寄澜之堂，荇桥虹拱，堂殿风凉。云岩烟屿，蔚翠霏香。可以泛挂棹，流琼觞。风流水面，荷净纳凉。

其他玉带之桥、禅宗之窟，庄严华丽，结构缜密，极天下之大观，非浅人所能窥万一。但见三伏无暑，四时皆春。阁峦若剑，草浅成茵。湖水镜清，山光媚人。鱼鸟驯伏，花木精神。金碧锦绣，纵横杂陈。光怪陆离，其殿堂也；深邃广敞，其阛阓也。环绕曲折，其垣墙也；文石铅砌，其康庄也。层楼叠阁，其戏场也；轮转波接，其舟航也。宝塔佛殿，如众香也。石峒寻丈，如周行也。湖光山色，浑相当也。玉泉香山，其可望也。于以避炎热，得清凉，觐外使，朝侯王。是乃化工大造，弦穹彼落，策河岳，辟上方，为之颐养圣德，万寿无疆者也。是用卑太极，陋未央。驾九成，傲健章，轶汉晋，薄齐梁。湘宫无宋，骊宫无唐。而何夸乎迷楼？遑足论乎阿房哉！

出处

《庄谐杂志·附刊》（1909 年第 1 卷第 1—10 期，第 A6—7 页）。

编者注

全文集颐和园匾额题名而成。其句中所注位置繁多，颇碍文意，予以删减。

鸿友华（诗 2 题 2 首）

鸿友华（生卒年不详）

事迹不详。

步友游昆明湖韵

昔年胜迹半消磨，几度伤心策蹇过。再布云楼三岛景，重栽烟柳六桥波。

长廊跨水委蛇远，小径穿林点缀多。振废兴颓劳勤系，祝釐民唱万年歌。

高水湖东裂帛湖，青青夹岸苇兼蒲。峰头涌出凌霄塔，柳下铺成似砥途。

粉蝶翩翩花侧见，黄莺故故耳边呼。寻诗访胜情何极，伴客攀登兴不孤。

庄名柳浪柳含烟，茁茁秧针出水田。绕郭扶疏垂绿树，盈池淡冶放青莲。

幽奇误认仙人境，溽暑浑忘夏日天。十七桥头岚翠里，石栏柏下足留连。

晓出城西一舍遥，旧时瞻仰屡乘轺。不教寻尺成闲地，更使回廊接小桥。

山色依稀呈翠黛，水声清澈胜琼箫。君今索我诗中画，本地风光信手描。

出处

《益闻录》（1891 年第 1061 期，第 191 页）。

雨后登玉泉浮图绝顶即题其上

塔势逼晴空，登临纵目雄。远山奇夜雨，古木壮天风。

感慨千年上，苍茫一望中。高宗遗迹在，瞻仰思无穷。

出处

《益闻录》（1891 年第 1061 期，第 191 页）。

天虚我生（诗1题1首）

天虚我生（生卒年不详）

事迹不详。

颐和园值日出游晚归有作

陂塘暑气未全收，昼永还为秉烛游。炝炝疏星悬树杪，垂垂凉露亚禾头。

牛羊自返知村路，蚱蜢群飞占岁秋。负耒躬耕吾夙愿，直庐拥被数更筹。

出处

《著作林》（1900 年第 19 期）。

人境庐主人（诗1题1首）

人境庐主人（生卒年不详）

事迹不详。疑为黄遵宪，遵宪别号人境庐主人。

万寿山

绵绵万寿山，园庄枕其麓。宏规岂虚构，颐和祈天福。基闳盘云霄，原野衣土木。

铁路穿宫门，电灯照崖谷。百戏陈瑶池，万宝走琛屋。每蒙王母笑，更携上元祝。

天上多乐方，奇怪盈万族。维昔经营日，淫潦迷川陆。海雨吸垂龙，村氓乱浮鹜。

鼋头大如人，出水听众哭。伟哉乌府彦，涕泣陈忠牍。膏血为涂丹，皮骨为版筑。

请分将作金，用镇灾黎毂。天容惨不欢，降调未忍逐。海军且扬威，嬉此明湖曲。

仙人且弄姿，媚此西山绿。

出处

《新民丛报》（1903 年，第 1231 页）。

李国瑜（诗1题1首）

李国瑜（生卒年不详）

字一庵。其余不详。

颐和园词 七言古诗用长庆体

飞帘桂观杨柳风，桃花落处萧萧红。开道算缗充海部，那知畿甸起离宫。

清漪旧址供游宴，傍水依山拓广殿。绝壑郁青翠欲流，旧池澄洁明如练。

重开玉宇结琼楼，尧母门高爽气浮。正殿排云悬日月，湖光山色望中收。

宝和殿上朝初罢，紫禁城高双凤下。柳拂霓旌拜冕旒，花飞芝盖来车驾。

先皇嗣统中兴时，方召联翩国步持。玉阙风微飞燕雀，金田日暖静鲸鲵。

大乱初平宜休息，莺花不数南朝迹。九重只愿颐太和，十家那更惜民力。

疑奉瑶池寿万觞，扶桑乘隙忽侵疆。帅臣慷慨临山海，敌骑凭陵近沈阳。

马关约定民疲困，有诏翻然更法令。人才杂进济时艰，难别骐骥与枭獍。

消息传来恐未真，调和骨肉仗儒臣。谣传豸服趋黄屋，已见銮舆入紫宸。

垂帘争颂宣仁后，耻视佉卢同史籀。朝有温公法不新，汉家制度仍依旧。

郊居彩仗下云端，肯负亲王买宴钱。翠辇重经芳草路，遨游正值艳阳天。

亭台如锦花如雾，一岁三时国里住。青帘争呼阳羡茶，霜毫画出江南树。

边衅轻开门楚吴，漫凭篝火听鸣狐。大沽已树联军帜，十万横磨剑在无。

羽书又报津门失，仓卒闻警返宣室。倏忽虏骑没京华，两宫夜卒危城出。

单衣豆粥向居庸，无复云车从六龙。回首热河同避地，一般听断景阳钟。

高梁桥柳腰肢婵，万岁山头云雾锁。连营艮岳五洲丘，幸免阿房三日火。

玉泉秋老日黄昏，野宿罴貅万灶屯。不见王公班道左，又看戍卒出园门。

画角军笳鸣关下，玉阶霜罩琉璃瓦。永宁殿宿痕都兵，青芝岫牧阿剌马。

昔时灯制拟西洋，电气还欲夺月光。莫向宜春寻旧馆，秋林月黑花茫茫。

园中一水平如掌，御苑霜来殒菰蒋。不见轮舟破浪来，惟闻蒿苇因风响。

地转天旋返八銮，不堪重忆乱离年。未央依旧生春草，门闭东风景宛然。

肯令东风门久闭，旌旗又复郊坰去。山水聊适垂暮年，诏书还问维新计。

空望桥山痛鼎湖，瑶池驭返鹤声孤。遗谋布宪更新法，重整金汤补旧图。

圆明遗址君知否？劫灰满地鼯鼯走。禾黍离离影殿基，憔悴宫花更宫柳。

风卷西欧亚雨斜，磨牙四境尽长蛇。须更敝俗回时变，莫再宸游玩物华。

春到瀛洲芳杜绿，迂儒空自忧时局。连昌宫阙乌夜啼，泪下开元天宝曲。

出处

《申报》（1910 年第 0505 期，第 12 页）。

梦瑶（文 1 篇）

梦瑶（生卒年不详）

事迹不详。

辛亥秋游颐和园记

颐和园在京师西直门外，海甸之西北。拉太后退政之暇，栖宿于此，拨海军费数百万，重加修葺，以为颐养之所者也。余向在成都即耳其名，亟思一览而未易得。辛亥岁，旅居京邑，有同学旧友数人，相约设法往游。惟园自拉太后龙驭后，久经禁闭，非亲贵大臣及与守园职官有素者，未易擅入。迩岁以来，外国人之旅居京邑者多要求入览，外务部乃于月之逢五日发给门照，以为之券，即时派部员一二人入往照料，此禁遂弛。

余因托友人假得外务部门照六张，即约同学友人五人共往，时辛亥之七月初五日也。是日由南横街圆通观起身，雇马车三辆，六人分乘，午前八钟展轮。出西直门约二十余里至海甸，市街颇盛，货店繁伙，闻拉太后住该园时，诸王大臣入直议政者多住宿于此，故规模繁阔，不减于东西牌楼各大街。今又新筑马道，荡平易行，绿树垂杨，夹翳左右，轻车数辆驰逐如风。自西直门至此约一小时许即至，顾风景之美，又不觉车行之太速也。出海甸折而西，又数里至园门，缴纳门照，守者导入焉。

园门正南向，朱门兽环，森然宫禁也。门外数武，有大排楼一座，自左侧门入，松柏参天。正中列石笋一支，高约五六尺，挺然峭立。古色斓斑，未知是何石质，得自何地，未易多见之物也。正殿为"仁寿殿"，殿七楹，墀高数尺，上列乌铜龙凤缸鼎十二具。东西各有偏殿，由殿侧入，牡丹台九层，甃石为道，上荫修木。数十武见大湖，盖园内昆明湖之东北岸也。

沿岸栏槛排列作凸凹状，与波光相吞吐。傍湖北行，过宫门数处，匾额有"日月澄辉""烟云献彩""丹楼映月"等字，皆未入览。又西行至"乐寿堂"，由左"玉澜门"入，殿南向五楹，拉太后之寝宫也。东偏殿曰"舒华布宝"，西偏殿曰"仁以山悦"。殿前列乌铜鹿鹤缸瓶八具，杂莳花木。穿西廊北行，入小门有方塘盈丈，北有宫宇曰"云和庆韵"。

东行过"邀月门"。仍南出乐寿堂前门，至湖边沿湖数武入游廊。至是时始见湖之正面。广袤数百顷，清波浩渺，与天无极。南望水光中，有陆土凸出，祠宇纵叠，与岸复绝，询之导者，知为"龙王庙"。遥望之如方壶圆桥，远隔海表，使人可望而不可接。祠东以飞桥，如卧波长虹。桥东有亭巍然，悉在烟波缥缈之际。

廊南近岸悉砌石为栏，栏外芰荷花萦绕，花多残萎。廊北高障山峦，时近时远，盖此为万寿山之东麓。廊傍山麓行，自东迤西与山为起止，约长五六里。左挹湖光，右揽山翠。红栏绿柱，杂阴花阴，亦雅径也。西行过"养云轩"，为宫女住所，门有联云"天外是银河烟波宛转，云中开翠幄山雨霏薇"。绕廊西行数百武，地势略平厂，北有宫门屹然，兽环高耸，形势甚雄。盖已至"排云殿"，为园中各楼殿之最壮丽者也。

由外侧门入至内宫门，有守者迎迓。正中南向为"排云殿"，殿七楹，阶高十五级，墀上列鸟铜龙凤四具，墀下设鸟铜缸六具。东偏殿曰"芳晖"，西偏殿曰"紫霄"，墀下东殿曰"玉华"，西殿曰"云锦"。

殿后崖壁，正中有台巍然，高出排云殿十余丈者，为"德晖殿"。德晖殿后又高阁巍然曰"佛香阁"。阁后又高出十余丈，直据山顶，佛像如林者曰"众香界"。西侧略下为"五芳阁"，阁下为"宝云阁"。与佛香阁相配，东侧为"转轮殿"，亦佛香阁之配殿也，皆在崖壁之间。立排云殿墀昂首北望，黄瓦绿甍，层叠间出，气象极为雄壮，此排云殿全体之大概也。

余等因亟欲攀登各殿游览，守者乃导由西廊拾级上，约一百三十级。至平台西折过小门，有石坊为纯庙御笔，柱坊曰"川岩独钟秀，天地不言功"。又"茗雪溪山吴苑画，潇湘烟雨楚天云"，额曰"侧峰横岭尽来参"[①]。北上十余级，至"宝云阁"，阁为铜造，高二丈余，广丈余。桌凳窗栏悉铜构。由阁西拾级登，径甚窄，上"五方阁"，满地多碎璃片。盖阁最高，各窗牖玻璃被风击碎，而散入平地者也。

下阁东南行，入山洞中，周回曲折，步步通行。鞠腰俯偻行数十武，出山腰，地甫平坦，而入"佛香阁"。阁高数丈，共三层，八方形。檐牙高耸，飞翠流丹。中有佛像三尊，面南立。"众香界"距阁尚远数步，予等至此均力乏不能登，因而小憩凭栏，俯眺对面湖光，波平似镜，湖心龙王庙如掬土一抔，覆压水面。远望天宁寺塔矗立云际，与玉泉山寺塔遥遥对峙，如双峰插天[②]。西望玉泉诸山，奔赴而来，若群龙垂尾。近视园内各殿宇，悉在烟雾迷离之际，模糊不可辨。坐移时，大风飒来，顿生凉爽。披襟当之，有飘飘然凌云之意。

出阁门东行至"转轮殿"，左右各有小亭一。出亭东南行，循径下入山洞，深而窅，石溅流泉，步滑欲踬。其玲珑曲折相通，与西上者相似。出洞有方墀甚广，矗丰碑高丈余，系乾隆十六年立。碑阳勒"万寿山昆明湖"六大字，碑阴勒记一篇，皆纯庙御笔。

绕阶侧折而西，至"德晖殿"由东廊下，出排云殿。守者煮茶以待，相与披襟小息，给门者洋五角，约坐二十分钟始去。

出殿门仍由长廊西行，南经"对鸥舫""鱼藻轩""清遥亭"等水榭，各绕石栏，栏外芰荷田田，残香犹馥。盖廊长数百楹，每廿四楹为一亭，方圆各状，随地而异。自东头秋风亭起，以后曰"函海"、曰"养春"、曰"金支"、曰"秀春"等，皆各亭之名也。

南临湖畔，亦水榭船房，络绎不绝，与廊亭相间。过"清遥亭"至廊西头为"秋月亭"，额书"山色湖光共一亭"，至此廊尽山穷，已入园之极西，折而北将另开生面矣。

山麓迤南长堤数里，以界湖址。旁植春柳，一绿无际。越数十武，间以石桥，略仿杭州六桥之制。北面倚山，楼殿参差与排云殿相配。曰"画中游"，因畏登降未入览焉。

湖边泊船一只，前后七舱，额曰"清宴舫"，石底木篷，柱施白垩，略染水墨，作大理石形。远望之，若一只础石船舫横卧水际。盖特制以眺览湖景，停而不能动者也。舱有楼可登，西首三面皆璃窗，可蔽风雨。东首轩槛开敞，可挹凉爽，其顶牖四壁彩绘甚丽。守者献茶。

坐移时，湖面有小舟掠波而来，翩若飞鸟，内载五六人，皆外国人也。一梢一桨，形态甚逸，至岸而泊。同行有欲乘舟至龙王庙者，既议改游山后乃止，给洋三角作茶赀，出舱度岸去。

上岸登山北行，绕"寄澜堂"过石桥为"迎旭楼"，再北有亭舍数处，来往观。复折向东北，过"穿堂殿""小有天""延清赏楼""澄怀阁"数处至此，过山后径斜上至"宿云岩"。岩前半里许有白石长桥，过桥折向西傍山麓行，砌石为道，尚平。数十武见路旁有茅屋五楹，绘柱为竹形，远望之疑为竹屋然。盖北方少竹，偶有其似亦生逸趣。

再东行，见"清和轩"，为纯庙巡幸时休憩之所，今皆圮，废阶址犹存。至此，行暂高为"后德庙"楼殿，悉在岩际，侧有经塔、石坊三四座，半整半欹已近荒废，与山顶众香界佛殿相映。盖至此已在佛香阁后，与山前诸寺同为礼佛之场也。庙之北山脚下为"紫晖海"，甃石为岸，有石桥、牌楼各座。

过庙东行，山径萦纡多牡丹台，乔木蔽天，蓬蒿满径，沿路尤多古松。时有蝉声响彻林谷。俯观"挹爽桥"，涧深十丈，隐有流泉，山行之乐若在峨眉诸峰，几忘为行宫之一部分也。

度岭而下，隐见楼阁。再南行见"瞩新楼"，盖已至"谐趣园"，为万寿山之东麓而已。距初入仁寿殿不远矣。"谐趣园"为孝钦后消夏之所，别为一起落，稍较各处为曲折。正中有"涵远堂"，为园之正位，堂前横塘十余亩，环塘向列者有"澄爽斋""引镜""洗秋""知春""湛清"等亭轩，多在水滨岩谷之际，缭以游廊、石桥、宛轩可通。东廊有纯庙御笔石碑，刻"寻诗径"三字，并七绝诗一首。诗有俚句不可诵。廊檐及各斋堂多悬馆阁诸臣应制诗，似皆应制倡和之作。诗皆近体，悉楷书各诗皆绣丽有余，流动不足，盖为体制所限也。内以陆润庠、郑叔进、吴郁生为最多。至瞩新楼小憩啜茗，正中悬彩绘"寿喜"二字如绣者然。旁有鲁琪光楷书对联一副。坐片时，给茶赀洋数角，出楼绕池东南行，出园门数十武至德和园。

"德和园"为孝钦后听剧之所。正殿曰"颐乐殿"，殿后曰"荣福阁"。殿前数武为戏台，崇宏炫丽，烂彩夺目。两廊以馆阁诸老所书万寿无疆颂为捍壁，每间约广丈余，盖甲辰孝钦后七旬万寿，即是园以宴近臣，两廊乃赐座地。台作长方形，宽三丈余，深倍之。上有楼三层，高出林际，登而西望，全园风景历历在目，乃知万寿、玉泉诸山悉自西山蜿蜒而来，园即截其余支而为苑囿，因山建屋，凿地成湖。玉泉山迩在咫尺，即引其泉以成巨浸。诚哉！湖山之胜甲在全京，而为宸游现赏之区，中处人之旅京者必欲入是以观览也。南望洋楼鳞次，红白相间，为禁卫军屯住之营盘。东而庖厨杂室悉在眼底。

观赏移时，同人多以来泛舟入湖为怅。询之，导者曰：日过晡，湖内各舟已纷泊西堤，不能东渡以载游人矣。乃议由陆岸以诣龙王庙，为湖南之游眺。导者乃引余等下楼出门，仍至仁寿殿。

仁寿殿于全园为最南，与园门最近。初入时系由殿侧门入，往北行。此时行而南，约数十武见有门城卫，上署"文昌阁"。盖因四隅各有门如城关，此其东南隅之门也。出文昌阁不数武即湖岸。此为湖之东岸，与西柳堤遥相对。数百武至"八凤亭"，亦名"阔如亭"。岸旁有德宗御制石碑一道，又有乌铜水犀一只，乾隆乙亥年作，以镇水者。泐有御笔铭语数十字，字为篆体。亭八方形，甚雄阔，内有纯庙御笔诗文，亭西度石桥。

桥十七洞，约长百余武。达"龙王庙"，亦"灵雨祠"，已入湖心，四面环水，祠宇甚阔。犬闻人语出林而伏，亦别有风景。祠南面立门。外有牌楼四座，对向作井字形。楼南阶下环绕残荷，水清而浅，游鱼可数。

入祠内，人语四寂，林柯敞日，饶有山林之趣。正楼曰"月波"，长五楹。楹联曰"一径竹荫云满地，半帘花影月笼纱"。由西侧拾级上至正殿，额曰"涵虚堂"。各殿门皆严闭，窗牖悉有垂帘遮护，禁人窥览。全园一切殿舍皆然，故所至各处绕室行，未能一入窥览。且园境过宽，殿宇甚繁。迫于时间，均未久于流连，至是地时已过，晏行尤急，遂绕祠一周至涵虚堂而止。北望山半乐寿堂、排云殿各楼宇，斜阳返射，倒映湖波，金翠参差，彩丽夺目，如海市蜃楼、仙山蓬岛，使人目眩，真画中妙境！非人间所有也。堂下甃石为洞曰"岚翠间"，方广盈丈，曲折可登，入内小坐，阴森寒沁人。出洞傍湖东行，仍过桥，绕岸入文昌阁而至仁寿殿，时已六钟过矣。给导者洋三元，又门者洋二元，出园门仍乘来时马车归寓。

自注

①按此为北面柱联，南面失记。

②天宁寺在西直门外，与园相距约三十里。玉泉山寺在园侧，相距约数里。

出处

《娱闲录》（1914年第1期，第22页；第2期，第12页；第3期，第14页）。

编者注

文中所录景名多有错误，未加修改，读者稍辨可识。

竹怀（文1篇）

竹怀（生卒年不详）

事迹不详。本文刊在短篇小说栏目下。

风尘女侠记

壬戌之秋，浪游京师，小隐于贤良寺。与辇下诸君子笔墨相周旋。寺僧意因嗜研佛学，兼善讲经，清言娓娓，动人观听。

闲邀余游山，出西直门远眺，湖光山色，苍翠欲滴。缘山行忘路之远近，忽逢深林，古树参天，绿阴浓密。复前行欲穷其林，林尽水源，便得一山。余与寺僧携手登山，峰前地势纵横，气象雄特。山僧告余曰：此西山也。层峦耸翠，上接重霄。客来既可饮新汲山泉，复能吸新鲜空气，游山之乐，不言可知。

傍晚游颐和园，琼楼玉宇，画栋雕梁。其工程之美丽，更何待言。嗣瞻仰慈禧遗容，系义国女士手绘，俨若真形。嗣游湖登舟，看碧波荡漾，风景清幽，有天然画意。园中迭石为山，山有铜殿，精镂工致，结构精良。殿设铜佛数尊，悉系周铜陶铸，为奇世奇珍。

殿前仅见带发女尼，丰姿嫣丽，俨若神仙。身披绯色袈裟，手拈佛珠，小坐蒲团，喃喃念佛。余倦游拟少憩息，不避唐突，拱手向女尼笑问曰：仆与老僧来山进香，因时已晚，可否借宝殿少憩，信宿即行？女尼莞尔而笑曰：敝殿为清净佛地，概不留宿香客。况女尼系未亡余生，誓不与尘世人相周旋，恕不招待，乞格外原谅。

余只可退辞阶下，权就树根而眠。一枕黄粱，已是更深人静的时间。清夜自思，转辗不寐，披衣起散步庭中。月映窗纱，隐约若有人影，细视之即殿前所见之女尼。兀坐西厢，瞥见其口内透出白光一道，如万丈巨浪，一泻千里，即知女尼为剑侠。

翌晨登殿辞行，详询女尼历史。尼言：妾生不辰，夙遭闵凶，年三岁而慈父见背。赖母抚养成人，讵料红颜薄命，婚甫蜜月，遽作罗敷。由是秃髻蓬头，永辞鸾镜。一心皈佛，万念俱灰。晚研佛学余间，略习末技。如客喜研究，愿披沥直陈。夫剑虽小道，须从幼悉心练习，勤苦潜修，具坚贞不拔之操，冰雪聪明之质，崇尚道德，涵养天真。从此锐意精研，孜孜不倦，至诚所感，金石为开，何难化成剑侠奇才。

尼宣言毕，在席地而坐，一刹那间而忽盘旋梁上。非覃精剑术而道深高深者，曷克臻此？是不可以不记。

出处

《大公报》（天津版）（1923 年 4 月 29 日，07 版）。

编者注

本文为民国戏说颐和园故事之一。

附录：清代朝鲜《燕行录》诗文选辑

洪大荣《湛轩燕记》选 乾隆三十年（1765年）正月

洪大荣，字德保，号湛轩。时随"三节年贡及谢恩使"顺义君烜进京。

西 山

西山在京城西四十里，距圆明园南十里，燕都八景所谓"西山霁雪"是也。在玉泉万寿之间，高不过数十仞，前有湖曰西湖。自明时为都人游赏之地，今皇即位，屡幸浙江之西湖，悦其佳丽乃建宫于西山。凿湖而大之，以象浙之西湖。湖水东流四十里，为京城之濠，北至德胜门西，由水关而入，汇为大液之池。南至金鳌玉蛛之桥，分流为宫城之濠，合于宫城之南为玉河，出南水关合内城之濠，出东便门北合外城之濠，东流为通惠河入于海。自湖至京城四十里，屡设水闸以行舟，两岸亭阁相望，为流连般乐之舆。

二月二十日。自圆明园西南已望见山顶，百级宝塔挺入云霄。一山杂彩耀日如被异锦，以遍山楼观彩瓦放光也。未至宫数百步，甲军布列，禁不得近。登湖堤遥见正门，东临湖，左右廊阁可数百间，其宫室之在平地者已不啻千门万户，楼观之遍山者千百其制：平台叠榭、回廊曲槛、重房复壁、五层八面，穷千古之异制。最是琉璃彩瓦具成各样花纹，益见其瑰丽也！

湖周可十数里，堤广十数步，皆筑以灰泥，内甃以石。垂缏以测之，水深数丈。西岸当宫门，遍设石栏。湖中筑大岛[1]，有三檐高阁，环以彩屋者，水晶宫也。自湖之北岸架石桥通于岛，宫砌石为栏，白润如玉，下为十七虹门，中数门可出万斛巨舰，十丈帆竿。桥名未闻，我国人称曰"十七孔桥"。桥北有重檐画阁[2]，阁东有铜牛，背有古篆数十字，未记其文。湖南林树掩翳，外列十数帆樯，闻林中有桥曰"绣漪桥"，外藏龙凤楼船云。北堤设数丈水闸以蓄泄湖水，堤外有水田数十顷，沟塍秩然。盖历代楼台之奢滥，莫盛于秦汉陈隋。观此规制，其伟壮或不及于阿房、建章，而巧妙过之，康熙之政几乎息矣。虽然民不苦役，田不加赋，华夷豫安，关东数千里无愁怨之声，其立国简俭之制固非历朝之所及，而今皇之才略亦必有大过人者也。

出处

《韩使燕行录》第四十二册。

编者注

①龙王岛。

②指廓如亭。

李押《燕行记事》选　乾隆四十二年（1777年）十二月

李押（1737—1795年），时任"进贺谢恩陈奏兼冬至使"副使①。

东堤与昆明湖龙王岛②

出西直门十余里，小湖环之，洋洋映绿，广为四五间。皇城近地未尝见佳山丽水，至此沿流而上，襟怀清旷，不觉开眼矣。此水自玉田③凿池引流为西山昆明池，又引至阙内，以达于通州者。而自皇城三十里之间，胡皇以其游赏之所，随水缘涯，南北之间结构彩户，离宫行阁重重相望，莲亭水阁往往浮湖左右，造山列植树木，真是画中景也！

（略路程）

自此西山入望，至一桥头④，铺灰于路，坚而成石，有国禁不得乘车骑马而行。过五里至西山⑤，有大石桥，左右石栏干方正皓皓，广为数间，长为七八间，中央之高几为数三丈。桥之虹门，前面题一俪⑥曰"鳞纹千叠璧月漾金波，螺黛一丸银盆浮碧水"。后面又题一俪曰："路入阆风云霞空际涌，地临蓬岛宫阙水边明"。

桥门之上刻"绣漪桥"三字，皆乾隆笔也。

桥西一里许有六面亭，扁曰"廓如亭"。内揭[⑦]题咏四五板，即乾隆御制而笔法淋漓。亭轩广阔，只有墙而不设户矣。亭之西又有一长桥，以其虹门之为十七，名以十七桥。高为四五丈，长几数三十间。湖则昆明池，而桥影倒水，澄光上下，长广为十余里可以行舟。

又见水阁之下系以彩舸，往往筑石为小岛，阁在岛上。西山之傍小峰短麓皆是造山[⑧]，不能高大，树木亦不茂密。大小楼阁面面，跨横于峰峰麓麓，或屹立于山顶，或隐映于山腰。其中最大为行宫者数处，而西北间有四层六面阁，阁傍又有累百间楼馆，极为栉比，闻是皇帝在西山时，百官、军兵之所住处。北麓有三层八面阁，阁下八面又各有八面小阁，合为六十四楹，即象六十四卦而设也。又有耸空白塔处处，相对以青红黄紫瓦色色覆于楼阁，皆施金彩，夕阳之间照耀于树林之中，目难正视。南见远山粉堞峥嵘，又是行宫云。

十七桥西又有层阁眩耀，尤是奇制，去桥不远。而桥以半外有宦者守而牢拒。前后使臣不敢为入见之计。今日亦有数宦及十余从胡[⑨]出来桥头，初果落落不许逾桥半一步，使任译赠丸药等物，多般周旋，渠亦稍有颜面，煎茶以进于三使[⑩]，始得其路。

三使联步逾桥而西，从水边石栏内而入，有石假山屈曲如窟，石门左右题曰"列岫展屏山云凝霭画，平湖环镜槛波漾空明"，即乾隆笔也。门内有一路缘窟成梯，逶迤而登，其上乃行阁，而有复道高低曲折，一从假山之势尽其奇巧。

中央有三层八面阁[⑪]，高为数十丈，金碧璀灿，四面有扁，东曰"偃蝀"、西曰"流虹"、南曰"天游"、北曰"海涌"。楼北有一高阁，扁曰"渊精金碧"，亦皆乾隆笔也。阁内铺以砥砆[⑫]，皓皓如玉，无一点尘埃，结构极侈，不觉心神恍惚，未知天上瑶宫比此果何如也？

桥东有牌门，三使共坐吃饭，历见水边石碑乾隆诗，又见一金牛蹲坐石上，铸以乌铜，其大如小犊，背刻乾隆诗书以篆矣。从东北行，又见一彩楼、一行宫特立路旁，亦皇帝游赏之所云。

出处

《韩使燕行录》第五十二册。

编者注

①考订参见(日)夫马进《朝鲜燕行使与朝鲜通信使》(上海古籍出版社出版,2010年)。

②标题为编者所加。

③玉泉之误。

④应是长春桥。

⑤指万寿山。

⑥俪:对偶,此处指对联。

⑦揭:标志。此处指匾额。

⑧人造土山,不是真山。

⑨指守桥八旗卫士。

⑩燕行使团首领分为正使、副使、书录官。

⑪即"望蟾阁",乾隆年仿黄鹤楼建,嘉庆年改建为涵虚堂。

⑫砆砆(wǔ fū):同珷玞。像玉的石头。

徐浩修《热河纪游》选　乾隆五十五年(1790年)

徐浩修(1736—1799年),字养直,号鹤山,谥号靖宪。时任"进贺兼谢恩使"副使。

乾隆八十寿庆外藩使团游览万寿山记①

九日丁巳晴,留圆明园,以斋戒不设戏。晓,礼部送言:今日辰时皇上幸万寿山,安南王、各国使臣、从臣当接驾。余与正使书状往待于西苑宫门外朝房。至辰初,排班于"罨秀"华表②内石桥西。内阁学士、六部尚书、侍郎、各省督抚、司道、蒙回台吉班于皇道,南而北向东上。安南王、朝鲜、安南、南掌、缅甸使臣班于皇道,北而南向东上。

皇上御常服、乘礼舆,前引曲柄黄华盖而不张卤簿,不列佩刀侍卫二双,前引豹尾枪五双，后护军机大臣阿桂、和珅、福康安、福长安、蒙古王二人、回部王一人，随扈舆到班头驻跸。召安南王于舆傍下旨数，转次顾使臣等曰：尔等并随入宫内。

由行宫东门到勤政殿，庭殿广五间、纵三间，下铺黄花斑石，上覆黄琉璃，中设沉香御榻，玉阶三层。由殿后西逾太湖石磴道三十余级，降昆明湖边，朱漆龙舟已泊岸，长可十五丈、广可五丈，上为二层楼，长七间、广三间，上覆板屋和白石灰瓦屑涂之，绣窗雕栏，金碧炜煌，扁曰"昆明喜龙"，皇上御笔也。

皇上先御上层楼，正中船头建金龙黄旗一双。军机大臣阿桂、和珅、福康安、福长安、蒙回王三人、安南王、各国使臣、从臣登下层楼窗外槛内，乃行。

船左右梢工各五人，皆美貌鲜服，执朱漆棹，齐唱棹歌，盛饽饽、苹果、桃、榴、梨、檎、葡萄于朱盒，宣于诸臣。又宣香茶各一钟。桃、榴绝大，葡萄皆是马乳，馥烈甜爽，迥异常品。

和珅承皇旨，召余等指延寿寺之北麓、松杉蓊郁者曰：此万寿山；指昆明湖之西冈，楼台重叠者曰：此玉泉山；指万寿玉泉之西北峭峰秀岫、雄丽周遭者曰：此香山。又曰：湖光山色大抵何如？余对曰：湖如磨镜，山似削玉，三秋桂子，十里荷花，必不能过是。偏邦蝼蚁之踪，幸值千一之会，身登御舟，衣惹天香，纵观蓬壶之仙区，又荷珍果之宠赐，从古未闻如此恩数，第切感祝而已。

舟到延寿寺前，皇上命蒙回诸王、安南王、各国使臣、从臣下岸遍览。又命太监数十人，各持茶罐果盒随诸臣后，逾阜陟阶，时辄赐茶赐果以止渴。北行入"觉悟群生"华表，登延寿寺之正殿，内安丈六金佛一尊，排列钟鱼鼎炉，皆以乌铜为质，金玉珠贝为饰。殿右为"路指三生"华表，殿左为"法界清凉"华表。

由延寿寺北登白玉阶五十级，为"大雄宝殿"。内安金佛三尊，排列金玉奇器。由宝殿北又登五十级玉阶为"多宝室"，由宝室北又登五十级玉阶为"众香界"，即最高顶也。

南临昆明湖，绿波千顷，平野百里。天末遥环之峰嶂，点点如翠眉；水边交荫之杨柳，垂垂若锦帐。田畴纵横，黄云弥满。凤凰墩、绣漪桥斜峙东南维，影倒湖心滉漾万态。北瞰村闾，酒旗茶旌错综于街巷，药圃菜畦连布于阡陌，宛然以都市而兼郊墅。舒啸移时，已觉心凝形释，与万化冥合。

乾隆辛未，以皇太后圣寿六旬，号瓮山曰"万寿"，创此梵宫，名曰"延寿寺"。殿宇千楹，浮图九级，醮香灯、函贝叶为礼忏祝嘏地云。延寿寺东为清漪园，有玉澜堂、爱山楼、知春亭、养云轩诸胜景，坐众香界上可历历俯视。

由众香界而下大雄宝殿、由宝殿西行，降太湖石磴道，即五百罗汉堂。内设木假山，穹窿屈折为洞天，曲曲安罗汉形像各殊。堂前有阁内竖皇上御制碑。

（略所抄碑文）

由罗汉堂南出虹霓门，沿昆明湖西行，湖边玉栏三百余步，栏北长阁百余间，阁尽而有茶铺。由铺西行百余步到贝阙之东，折而北行数百步，历"赅春园"，内有"味闲斋""清可轩"等诸胜景，而日已晚未能登览。

北逾一冈，即"须弥灵境"正殿，安丈六金佛四尊，前面排列乌铜十层、双埠金玉、珠贝琉璃等奇器，后面及左右障以木假山，高与殿齐，峰峦洞壑之间皆有佛像或神像，下布彩花文氍毹。殿前为"慧因"华表，左为"宝地"华表，右为"莲界"华表。

"莲界"以东诸寺之殿阁华表，皆砌以玉石，覆以黄琉璃，由"莲界"西出，折而南行数十步，到"迎颢"阙下，东有小池，荷花衰而弃犹盛，池旁列茶铺数三，由"迎颢"南出，迤东南行数百步，历"莲座盘城"到石桥东上船。

溯溪数百步下船，转向东北行之百余步，到"惠山园"之西，两崖皆天成，石壁中有清流瀊瀊注之，胜于人巧远甚。园内有方池，砌以玉石，环以轩亭，檐楹相联，上覆筒瓦，不施丹雘，韵致极潇洒。西曰"载时堂""墨妙轩"，北曰"就云楼""澹碧斋"，南曰"水乐亭"，皆设沉香御座，笔砚印章等文房诸器随座而具。左右架上皆有锦轴牙签数十，即法书名画也。

"澹碧斋"东以太湖石筑成洞天，是为"涵光洞"。水乐亭东有石桥，饰以玉栏，桥东有石门，是为"知鱼桥"，出石门折而北行三十余步，有虹霓门，南有小碣，大书曰"寻诗径"，皇上御笔也。

观止由寻诗径出行宫北门，归寓馆。皇上自内已返跸圆明园。香山有静宜园，玉泉山有静明园，万寿山则为清漪、赅春、惠山三园，而惠山八景最胜诸园云。

出处

《韩使燕行录》第五十二册。另有《燕行纪》卷三可资参照。

编者注

①标题为编者所加。

②指东宫门外牌楼。

金士龙《燕行录》选　乾隆五十六年（1791年）

金士龙（1742—？），名正中，字士龙①。时随"冬至兼谢恩使"金履素来京。

诗游昆明湖龙王岛②

十六日，礼部回皇旨，使之姑退归。使家将还馆所，为看西山胜景，早饭后迁路西行，行五里许至文昌阁，乃万岁山初入之路也。

山之最高顶，有黄屋三层，自中层至下层，附以高楼曲台，其架叠重复之状不可一一指数。山势窈窕陂陀，西属西山，一名"香山"。其前大江横流，即昆明湖也。湖中有小岛，岛上有黄鹤楼，世称西山绝景。从湖大路历"澄明"牌楼西，小路傍立小牌，其左右石上种二松，长三尺有奇。行三四十步至廊如亭，其上揭御制六板。

亭西有十七桥，筑石为虹门，门之数凡十七，故名之云。舌官云：每年使行皆欲登黄鹤楼，而为守卒阻搪，未有逾此桥一步者。使家不听，即缓步升桥，果有小黄门拦道挥手，使家出扇子一柄、清心丸三丸，使马头双重诱而赠之。其人辄引路前行，余随使家后入。

其门楼东曰"螮虹"，西曰"流蝀"，北曰"洞庭留赏"，南曰"天游"，又曰"望蟾阁"。复道横互左右，且叠石为窟，隆然深曲，入其窟北有小石门，门外遍是江水，纵目一望，玉泉之塔、万寿之瓦如对几案，峰峰奇树谷谷层台，荡漾于空碧中，宛然是西湖副本。但二山无晴岚爽气，可知人巧不如天作之真也。

小立彷徨，从石间逶迤而南出，有三牌楼，一曰"拂斗""飞鲸"，二曰"浮玉""涌金”，三日“蒸云”“浴日”。黄门引使家坐于桌上进茶一杯，茶香水味顿爽牙颊。使家喜甚，更赐僧头篦一把。余吟一绝句曰：

昆明湖上春风香，万岁山中白日长。到此心神迷不定，分明移得古杭州。

停午，即出桥上马，转向东南，而行沿江十余里，无非垂杨彩楹，可谓五步一楼，十步一阁，皇帝自五龙桥幸西山时，放舟经过之所也。

出处

《韩使燕行录》第七十四册。

编者注

①参见黄修志《朝鲜文人金士龙及其〈燕行日记〉考论》。

②标题为编者所加。

李在学《燕行日记》选　　乾隆五十八年（1793 年）

李在学（1745—1806 年），时任“三节年贡兼谢恩使”副使。

从东宫门至昆明湖龙王岛

十六日早朝。月食天阴晚晴，夜还南小馆。差早吃饭，与三行人及二三从人往观西山。行未五里，有峻宇于万寿山之东，一名曰“小清凉”，高为三层，而下则四面，阁中则六面，阁上则八面。

阁之东又有宫府，环以流水，桥头牌楼曰“翯秀”、曰“涵虚”，至湖边则湖之东堤，设闸以放水，逶迤引入御河者也。堤路中高而两低，涂灰于上。自万寿山下南驰为十里，如铺白练，乾隆庚寅加修，而禁车马之行。

北有三层文昌阁，制甚宏高，设门长锁，非奉旨不可通焉。阁西一碑阁立于水中，垒石成岛，古松交映，碑面有大字而无得以入见矣。

湖名“昆明”仿汉昆明，而自元时有此湖。又南至数百步铸铜为牛卧在石栏之上，其角有觖，其背刻金牛铭八十字，即乾隆笔也。又其南有八角高亭临于堤上，名曰"廓如"，楣上六板诗律俱是乾隆诗，而每年泛船时所制也。

亭之南北短碑亦记增修湖堤之迹，而开稻田于堤外矣。亭西一大石桥跨据湖水，抵于"广润岛"，共十七虹门，而中三虹最高，可容巨舰，长为三百余步，广为二三丈。当桥之半，北刻曰"灵鼍偃月"，南刻曰"修虹（蝀）凌波"，石栏皓洁如磨玉。至桥尽处有寺曰"敕建广润"，前立三牌门，东为"浮玉""耀金"之门，南为"蒸云""浴日"之门，西为"飞鲸""拂斗"之门。蒸云门外及西亭下俱有钓台。

寺后望蟾阁高压岛山，画栋之辉辉，水波之渺渺，一望佳境。又别起小阁于檐上，东曰"流蝀"、西曰"偃虹"、南曰"天游"、北曰"海涌"。阁后筑石假山，硌砑埼岖，中通一径。

自桥头环水边立石栏百余步，栏头开石门，左右刻云"列岫展屏山云凝翠画，平湖环镜槛波漾空明"。门内二路，乃入石假山洞天也。架以石栈，盘回层折其上，阁道随山之势，斫若鬼斧，夹槛累罍如隔纱窗，石上置两石鼓，松影参差，起小亭于石门之上，题"洞庭留赏""渊静（精）金碧"八金字。

门头刻"岚翠间"三字，假山之嵌崿尽是太湖之石。亭阁之清绝若入君山岛，便无一点尘埃矣。广润寺则禁严如文昌门，不许入见。寺傍又有监守者，辄阻游观之人不令过桥，故先令下属给币，得路遂入其寺，则所居之室，明窗静案图书满前，如日下旧闻、满洲字书、西洋活画之类亦在焉。

又过堤南"春敷""秋澹"之门到"葱蒨"之门。门西第一桥曰"绣漪"，能通龙舟入湖中。桥南刻一俪曰"路入阆风云霞空际涌，地临蓬岛宫阙水边明"。桥南湖色亦如桥北，而岛屿楼阁不可以一日遍踏矣。

逾桥而西，过"蓬云""瀛浪"之门，前有小山，山下港口系龙舟四艘以避风浪。其制，尾头高举，设楼槛于中央，立高低二红樯，以挂双锦帆。而环船之外画以青黄巨龙矣。

又西行数百步，"会波"之楼浮在水中，甍上作金凤腾飞之状。"景明"之楼立于堤上，而南北二阁有守者，关其扉不许人过，遂赠以丸扇而登之。石栏上列铜鹿数双、铜炉一双，庭畔有海松十余本，如画中境也。

又行数百步，有彩亭曰"柳桥"，横板桥而涉焉。又数百步有八角彩亭曰"练桥"，题一面曰"风过成文"，一面曰"月来对咏"。坐胡床少顷，周览湖山之景。斯亭正当湖心，其北为万寿山，宫阙层层架壁，千甍万榭之朱碧金彩，殆如蜃楼。白石栏路之周亘岸上者，亦可为数里，而乔林杂树菀然于其间，而宫市楼廛对立于两边，最上佛香阁尤极奇丽。闻昔皇太后游衍之所，故禁人益严，虽未登见，而坐此亦可领会矣。

其南为云水之国，筑圆城^①于水中，城内环以重墙，墙内有楼阁，或二层或三层，岧峣入云，真是水晶宫阙，而城门常闭，只开一面以通守直者之出入，在水中央无梁可涉。今也则冰，而不许外人之入见矣。西有孤山寺^②亦在岛中，境界幽邃，林木苍蔚，盖象杭州林和靖百梅围及江心寺之景光，尽一名区而无入见之路，望之亦甚萧洒矣。

东望则一带长堤，丛柳垂波。文昌之缥缈，会波之茫苍，极目清旷。而十七桥之卧波，宛如玉虹。望蟾阁之流丹，下临无地，群凫鸣雁，浮沉于波澜之中。败荷残芦，点缀于渚涯之间。如当春夏之时，则光景之荡漾于天光水色之中者，必应接不暇矣。

西望则玉泉之百丈众塔，屹然于峰顶。香山之一壑，楼台罗列于林端，隐隐若堆金展绣之状。又西北至大虹桥，一如"绣漪"之制，通龙舫入柳港亭下，而桥名曰"玉带"，左右虹柱刻一俪曰"螺黛一痕平铺明月镜，虹光百尺横压（映）水晶帘"。后曰"地到瀛洲星河天上近，景分蓬岛宫阙水边多"。桥栏雕以水鹤芙蓉之形，极其精巧。

坐桥上回望第五、第六桥接于万寿之山，极欲处处穷览，而日已向晚，无计前进，遂以雪马涉冰回到绣漪桥。

盖此湖之缘堤种柳、六桥之楼亭、孤山之默林，皆仿西湖十景也。已自明时开湖水建宫阙，而湖周约为四五十里，楼阁不知几千万榭，穷侈极丽，耗竭天下之财奚，但比于西湖荷桂之使士大夫忘中原而已也。

由畅春园墙南路，渡巴沟桥，开堰引沟，殆过五里泂转作巴字样，沿流而下十余里，两岸之红亭彩阁，步步相连。古松垂柳、石假山之属，无非奇赏矣。

出处

《韩使燕行录》第五十八册。

编者注

①指治镜阁。

②指藻鉴堂。

李基宪《燕行诗轴》选　嘉庆六年（1801年）

李基宪（1763—？），时任"冬至兼陈奏使"书状官。

往圆明苑遍观西山次正使韵

峨眉一带映朝霞，翠阁丹甍巧掩遮。满地冰湖西子镜，撒天莲雨达摩花。

绣漪桥迥龙舟系，流蛛楼高玉槛斜。更有铁牛铭壮迹，十里沟塍作富家。

出处

《韩使燕行录》第六十四册。

李晚秀《輶车集》选　嘉庆八年（1803年）七月

李晚秀（1752—1820年），字成仲，号屐翁、屐园、书巢主人。时任"谢恩使"正使。

洞庭留赏

移来一面洞庭春，画阁雕甍步步新。玄武楼船空辟地，艮山花石总迷人。

虹桥十七通仙界，宝塔三千涌佛身。休唱西湖荷桂曲，遗民无复泪沾中。

皇 庄

十里黄云辟草茅，皇家独占上腴郊。灌通石闸平湖水，映带沙堤细柳梢。
闻说篝车皆入帑，那曾雉儿各安巢。姬周徽法今何说，愤帅空虑总惹嘲。

铜 牛

良工鼓铸几周星，背上乾隆御字铭。波劈石鲸临碧沼，门邻金马接彤庭。
疏河盛迹人何在，捍水神功语不经。荆棘铜驼悉旧物，夕阳无语对云屏。

绣漪桥

极目平湖秋色寒，太行云尽雁声残。山河不异今人感，风景无边着语难。
汉苑离宫棋局正，燕都全幅画图看。皇车闻自盘山返，伙众沉沉乐宴安。

凤凰墩

珍毛落尽九苞衣，阿阁岐冈事已非。千载湖心青出屿，数重楼影绣文闱。
秋清远岫窥帘近，水静游鱼上钓稀。安得小舟泛夜月，朱栏十二朗吟归。

出处

《韩使燕行录》第六十册。

权复仁《天游稿燕行诗》选 道光二年（1822年）

权复仁，生平不详。

西山记

又西北循坡陁行一晌许，地渐宽敞，湖水渐近，断续隐现如匹练光，左为文昌阁，右为阅武楼。（文昌）阁中祠文昌星神，屋三层，高二十余丈，有抉云驾虹之势。（阅武）楼二层，广博雄侈，皆覆绿瓦，楼前地面坦而砥，周十余里，乃演武校猎之场。北逾小石桥，沿湖行一里许，洲势逶迤斗入如龙尾形，路右铜牛卧地，细篆铭其背，不知是何用也。

铜牛东百余步，两牌楼对立，其内浩然亭（廓如亭），不甚精丽而明敞四达，宜眺望。亭西北大湖深阔，非方舟不可涉，遂为石桥十七架以抵彼岸。偃虹相衔，横截素湍，若连环然。护桥两傍石栏莹腻，柱头狮子踞相顾、类活动。桥面承履处，雁齿差差，渡者不栗其危，不厌其远也。桥尽而屿屿，盘而磴磴，穷而台台，巅置阁，扁曰"洞庭留赏"。阁前方石小坛，周以石栏，阁下洞穴幽窅可隐憩，环其旁峭者为峦隆者、为阜散者、为矶磴道可左右下上，夹以红绿小栏干，杂卉垂藤，蒙茸侧生，细枫聂聂，胃人衣裾。阁之所址直湖中一假山也，并奇石累成者，人工参天巧，当费石巨亿计耳。方其渡十七桥时，侧见西山宫殿才露一半，驻桥上不忍移步，后者促之始能前。

及登洞庭之阁，平立正视，湖势平圆，玻璃万顷，彩霞霭云，隔水翔空，是为西山一副全本也。峰之圆而尖秀曰"万寿"，其下最高处为凤凰楼，又稍低而平为凤凰阁皆三重屋，浑覆黄瓦，复道回廊，琐窗绮寮如蜂房燕窠，半为树杪所掩，略可指辨。时夕照正射晕霭不定，倒泻波心荡漾无际，为蜃楼海市，虽有敏口莫适名状。湖漘石虹门莹然如月，其出入处也。并湖之堤皆石筑捍水，缝合处凿眼至底，镕铁锢之防其圮。

已而还渡十七桥，东南循堤行至湖狭处，跨石桥回"绣漪"，穹窿如大虹垂饮，其下通五丈之樯。东北港藏龙舟二，渡桥北数弓地，洲屿穿络，楼阁联互，亭曰"星汉虹骞"，桥曰"玉带"、曰"练桥"，阁曰"延赏"，至水而止，此为洞庭阁之背，而洲港间之不与通也。是桥侧对西山，而香山隐约可望，直六七里许，室屋栉比累千户，广朗衍沃有田园之饶。西北冈有建文皇帝（墓），①冈下一塔皓然，梵宇环之。

坐桥上良久，出所齎酒脯相啖。一胡撑小艇过前，使舌隶要与泛湖周观，摇手不顾而去。童儿十余美雏，卖糖呼之前，观其戏耍，日已晡矣。傍见舆夫驺徒，视荫口喃喃、容颦蹙。盖燕京城门逮明而开，逮昏而闭，虑其不及返也。遂命驾疾驱，才入都门，两市灯火荧煌，抵馆已二鼓矣。

自注

①《皇明通纪》云正统中，建文自滇还京，迎入南内，号曰"老佛"，卒葬西山，题其碑曰"天下大师之墓"也。

出处

《韩使燕行录》第九十四册。

金老商《赴燕日记》选　道光八年（1828年）

金老商（1787—？），字芝山，号芝叟。时随"进贺兼谢恩使"李球进京。

昆明湖龙王祠所见

（岛上）又有龙王祠，南庭树木阴满可以避暑。坐于涵虚堂北望，尽是无限瑰观，而北京之胜此可以第一矣。凡池外西北都是画中，临水者、依山者皆四五层，彩阁奇形诡制，无所不有。楼台亭榭不一，其规方者、圆者、半月形、磬曲状、尖者、圭者、长者、平者、三面八角之制，或藏于林曲出面岩侧。凡池西北十余里内外，隐隐入瞩，不知作何样，而水中照耀眩晃靡定，镜面澄碧，游鱼可数。一渔夫棹小艇垂竿而行，菡萏盛开，香风津津。西南浦淑芦苇，极目如痴如醉，坐而忘起，恨不与东方诸益谈畅赋诗于此矣。"涵虚"所望不过豹文一斑，而犹且如是，其外未窥者，都在默会也。

出处

《韩使燕行录》第八十五册。

编者注

标题为编者所加。

权时亨《石湍燕记》 道光三十年（1850年）

权时亨（约1811—约1851年），号石湍[①]，以副使禅将身份，时随"进贺谢恩兼岁币使"进京。

由万寿寺游昆明湖龙王岛

一行讫讫将向西山，由那寺（万寿寺）西边行数十步，过一座虹霓门，上刻"云闲增高"四字，出其门向北而行，约莫七八里，车夫举鞭指西边，道：这便是西山，余即揭檐坐车头，远远的望见西边十里地有一座山，环如展屏，松桧丛匝，现有几座白塔挑出树梢上。又有彩楼画阁，往往隐映于云烟缥缈之间，渐渐而近恍如瑶池仙景。行至一处，有一座偌大莲池，周可三四十里，此所谓"昆明池"，引白河[②]为池，下流为玉蛛桥。莲池直通阙中为官沟，出玉河桥复入白河为海云。那池中往往有虹桥或断或续，彩阁或高或低，如棋置星罗。北望处有一座奇山，称为"万寿山"，此亦凿池造山。山上多奇树异石，层楼复阁不可形言。

东堤上通御路，用灰筑成仍成石路。正中路上有四个柱，一字儿列植如门形，上无横架，似是牌楼见堆者也。由其门少步而南，池中横截一石桥，下设虹霓作水门，桥形如无梁屋制，层层叠砖如鱼鳞，两边雕石为栏，广为七八步，高为三十余步，俯瞰濠水，水色如蓝深而澈，间有枯荷浸水。又有小船从冰解处往来打鱼，桥下可容一帆船出入,那桥名即长春桥③。恍若瑶海珠江,仍下桥从御路向北而行,路西有碑,书乾隆御制六首诗而忙未详看。

行行至上十七桥头,有一座八棱虚阁,有额"廓如亭"三字,御路东边皆是水稻田,不知为几石落,高丽店以后始见水田。昆明池为溉源,真个是膏腴沃田,每于秋熟时,皇帝登廓如亭观野色捧税而为御供,此是公田故也。亭楣上多御制,而乾隆诗云。(略所抄诗文)

观望未了,已渡绣漪桥凤凰墩④,山根四面皆竖石为栏。万寿山下水边亦皆有石栏,环如玉带,面面奇绝。墩之南⑤有短墙环匝,其内有一座神祠,门上署"敕赐广润灵雨祠",此则龙神祈雨处,牢镇不开。前有三座牌楼,东之东曰"浮玉"、东之西曰"耀金";西之东曰"拂斗"、西之西曰"飞鲸";南之北曰"蒸云"、南之南曰"浴日"。西牌楼外又有一宇,锁门不开。

复出东墙,环墩而行,至正北面左右各有数十级层阶,其下有一虹穴向北而开,虹楣上刻"岚翠间"三字,虹霓左右壁刻一双柱联,有云"列岫展屏山云凝罨画,平湖环镜槛波漾空明",即嘉庆⑥御笔。由虹穴而入即地尽头,岩穴如万寿寺假山,石穴崆峒无物,复出其门从西阶拾级而上。上作平台,有一阁北抽作丁字形,翼然临水,正北楣上大署"洞庭留赏"四字,此亦嘉庆御笔也。登兹四望,四面均适,左对右应、前平后阔,高楼杰阁,触目飞惊,奇岩怪石,接头森罗,千态万状,各呈其妍,满池澄波一色成冰莹,若玻璃宝盘,洞庭真景虽未目见,岳阳楼诗有云"白银盘上青一螺"⑦者即指君山之句,而今日所见仿佛子美所谓"昔闻洞庭水,今上岳阳楼"者,非此之谓耶?仍仿杜翁句续吟五绝一首:

昔闻洞庭水,今上凤凰墩。谁是今工部,岳阳即此轩。

相与指东问西,其喜洋洋。余之在东时,有人自北而还,盛称北京观光,语到西山遂击节叹赏,曰:东人若至西山,则不得不一番痛哭。余问其故,其人答道:不幸生小东方国,西山许多壮观不得任意管领,此是痛哭处也。余以谓言过其实,倒作嘲戏。今日乃知其非过,实语也!使余若有青莲之酒量、少陵之诗拳,则洞庭湖争雄、黄鹤楼椎碎都不让于他人,而以若瑰观壮游归,无实迹之可以施人咄叹叹。

复从西檐下，还至南面前楣止，有"涵虚阁"三字关上门，从窗缝里窥见，内有叠屋雕窗纹户，放下碧纱笼，楣上有"云水清凉"四字，皆是嘉庆御笔，而此即御座故不得开闭。阶下有一座铜炉，东檐下山角另作石栏，横石颓尽只有栏柱，环匝四面，内有一石桌，石纹拾似天生的竹叶，左右各有石榻如鼓形。其傍又有一石如茶罐样，此则必是杯酌之所，可谓无物不存。

噫嘻，壮哉！从古帝王之宫室楼台、苑囿池塘之尚侈何代无之，而岂有如此之甚是哉！此池创在永乐，至今清增制，无一不人力所到，以东人之小眼孔，不胜惊怯也。

周览一遍复从东阶而下，还至南面牌楼下，诸人皆肚饥。于焉之间，日轮将西，马头催还，一行还渡十七桥，各相恋恋。

出处

《韩使燕行录》第九十一册。

编者注

①孙成旭《十九世纪燕行录解题》，《域外汉籍研究集刊》第十辑，中华书局，2014 年。

②应为玉河。

③应为绣漪桥。

④应为十七孔桥龙王岛。

⑤应为北。

⑥应为乾隆。

⑦刘禹锡原诗："白银盘里一青螺。"

林翰洙《燕行录》选　光绪二年（1876年）

林翰洙（1817—1886年），时任"进贺兼谢恩使"副使。

劫后万寿山[①]

万寿山在西直门外三十二里，而是元末营基造筑。大明时就成，清人乃增制焉。予观光寿山，不甚高若一带锦屏之绕矣。顶上建二层行楼，不用土木只以黄绿陶玉，奇巧筑构，上下层四面皆设虹门，上下前后左右合三十。六面而壁面皆捏帖小佛塑像，升以黄玉陶瓦屋脊，刻列龙凤幡鬣，竖起三柱小塔。前面石扁小刻曰"众香界"，楼之左侧筑玉台，建彩玉塔，高三丈余。右侧建二对小阁，其中各立一小铜狮，筑四方台，石高十丈而截然平削，台下有正殿。自殿后上众香楼，而筑石台于中间因设础。自下一础上去而至第二础，一向东、一向西各至中腰半途，是石台边削立处也，乃回折相向到上头乃合础，即众香楼前础也，石础左右皆设彩玉栏逶迤曲折。

础之前面右侧有小途，即山门苍壁下也，竖起石碑一门，扁刻大书曰"山色因心远，泉声入目凉"。其石柱联刻曰"众皱峰如能变化，太空云每作沉浮"。又曰"境自远尘皆入咏，物含妙理总堪寻"[②]，又曰"苕霅溪山吴苑画，潇湘烟雨楚天云"。石台下东边有彩石墙，横刻大书曰"生欢喜心"，其下刻联曰"溪流自澈光明相，山色常如清净身"。

台之前即昆明湖也，万柄莲花宛如宫娥阵舞，池边筑玉栏逶迤曲折到正殿前础，有乌铜盆大可半间屋，其中有老杞树。

寿山下陡起大石碑，写刻曰"万寿山下昆明湖"[③]，咸丰临崩岁，西山行宫洋贼放火，海甸行宫同时俱烬。今见正殿及翼室夹廊、直署列庑诸构之玲珑，化为满地块炭，而所存者众香楼、石牌门、石塔、铜狮、楼石碑、铜盆而已。

出处

《韩使燕行录》第七十八册。

编者注

①标题为编者所加。

②原文抄写有误，此处按现场石刻更写，下句同样处理。

③碑文无"下"字。

主要参考文献

1.《中国基本古籍库》.igjk.er07.com.

2. 罗竹风主编：《汉语大词典》.上海：汉语大词典出版社，1997.

3. 李恪非主编：《汉语大字典》.成都：四川辞书出版社；武汉：湖北辞书出版社，1996.

4. 冉友侨：《汉语异体字大字典》.成都：四川辞书出版社，2019.

5. 蓝德康、松冈荣志：《汉字海》.北京：华语教学出版社，2018.

6. 中国古籍善本书目编辑委员会编：《中国古籍善本书目》.上海：上海古籍出版社，1998.

7. 侯仁之主编：《北京历史地图集》.北京：文津出版社，2013.

8. 续修四库全书总目提要编纂委员会编：《续修四库全书》.上海：上海古籍出版社，2015.

9. 四库全书存目丛书编纂委员会编：《四库全书存目丛书》.济南：齐鲁书社，1999.

10. 四库禁毁书丛刊编委会编：《四库禁毁书丛刊》.北京：北京出版社，2004.

11. 四库未收书辑刊编纂委员会编：《四库未收书辑刊》.北京：北京出版社，2000.

12. 刘野编：《摛藻堂钦定四库全书荟要》.长春：吉林出版集团，2005.

13. 李修生编：《全元文》.南京：凤凰出版社，2004.

14. 杨镰主编：《全元诗》.北京：中华书局，2013.

15. 国家图书馆编：《明代诗文集珍本丛刊》.北京：国家图书馆出版社，2019.

16.［明］沈榜编：《宛署杂记》.北京：北京出版社，2018.

17.［明］刘侗编：《帝京景物略》.北京：中国书店出版社，2014.

18.［清］于敏中等编：《日下旧闻考》北京：北京古籍出版社，1983.

19. 清代诗文集汇编编纂委员会编：《清代诗文集汇编》.上海：上海古籍出版社，2010.

20. 李灵年，杨忠主编：《清人别集总目》.合肥：安徽教育出版社，2000.

21. 江庆柏编著：《清代人物生卒年表》.北京：人民文学出版社，2005.

后 记

在本书付梓之际，我想在这里对全书的编写历程做一回顾。

《湖山集翠》的编写，源自我的一个想法，那就是为系统研究北京三山五园而做充足的准备。所以，我对相关诗文搜集的范围较大。不承想，在找到了搜集材料的有效途径后，我才发现，原来历代关于三山五园地区的诗文是如此丰富，相关史料浩如烟海。本书所汇集的也不过是其中的一小部分，可谓冰山一角。即便如此，书中也仍漏掉了百余首相关的诗词，只好以后有机会再做补充了。

这种"搜尽奇峰打腹稿"的方式，使得本书的出版一再拖延。不过，我在搜集诗文的过程中也收获颇丰。新史料、新视角、新方法是推进史学研究的主要途径，这些途径同样适用于对包括三山五园在内的中国传统风景园林的研究。在这种研究当中，史料实为第一要素。细读书中的诗文，我们就会发现，历史上的颐和园及其周边环境，远比现在所知的丰富多彩。颐和园地区如此，整个三山五园地区更是如此。

《湖山集翠》并不是简单的史料汇编，诗文的搜集、筛选的背后，依托的是对相关课题的学术研究。比如，在搜集耶律楚材有关"湖山"的诗文时，我首先研究了耶律楚材和他的家族，研究了《湛然居士文集》及其关的联文献。特别是王国维在相关领域的研究成果，让我豁然明白"闾山"与瓮山、玉泉山的隐喻关系，这也成为我对耶律楚材诗文筛选的依据。否则，仅凭直觉和诗文的字面意思，很难确定耶律楚材的哪些诗文是与颐和园地区相关的。类似的情况，在书中比比皆是。

对诗文史料的甄别、辨伪也是编撰本书的重要环节。如西湖、玉泉、金山、瓮山、望湖亭等景观，全国各地同名者甚多，而涉及这些景观的诗文更是成千上万。要从中准确选择出与颐和园地区相关的诗文，就需要对史料一一比对，理解诗意后再行定夺，辨伪更需要深思与缜密，如我在序言中提到的关于《帝京物略》问题。在筛选诗文时，我还与官史、笔记等文献做了参照性的比较，这种比较使我发现了许多早已成为"公论"的错误，如《宛署杂记》关于瓮山圆静寺的记载；又如颐和园的前身清漪园，以往给人的印象是这里为君王独享的禁区，而大量诗文却展示出昆明湖区域存在着平民共享性。这些发现都为三山五园的研究带来了新视角与新判断。

在诗文之前，我编写了诗文作者的小传，希望以此来帮助读者进一步理解诗文。

这些小传的字数虽少，编写的工作量却很大。尤其是许多诗文作者并非历史上的重要人物，他们留下的信息极为有限。因此，编写小传就变成了一项考证整理的工作。

诗文整理是一项基础性工作，在移动互联网时代要做到"气沉丹田"实属不易，寻诗积累、编织成"裘"也远比预想的复杂。好在初心未泯，锲而不舍，终成此书。

本书的出版，首先要感谢北京出版集团京版若晴公司董事长袁海、责编刘路，以及我曾经的出版助理丁悦女士。若不是三位的"督战"，排忧解难，或许还会拖延许久。在诗文作者小传编写、诗文版本斟校、插图等方面，刘路及其编辑同人付出了极大心血，在此特别致谢。在撰写本书的过程中，设计院的马信可、刘英、张英杰、梁燕萍、张锦伟、徐艳梅、王曦萌、魏晓矇、倪庆伟等设计师，在工作间隙参与了诗文的初级整理与录入。书中的复原图、平面示意图主要由赵站国整理绘制，这些绘图为读者提供了更直观的理解。图纸由我考证、草图标注，其间多次调整、反复修改，而赵站国不厌其烦，令我感动。在此对上述各位一并感谢。

老同学端木歧、老同事赵新路对我的研究工作一直给予鼓励，此外还有家人的理解和支持。我心中常存感激，尽在不言中。

作者 再识于天畅园

2023 年 12 月